Stephanie Rapp

Als der Himmel zerriss

STEPHANIE RAPP

Als der Himmel zerriss

SCM

SCM

Stiftung Christliche Medien

Der SCM Verlag ist eine Gesellschaft der Stiftung Christliche Medien, einer gemeinnützigen Stiftung, die sich für die Förderung und Verbreitung christlicher Bücher, Zeitschriften, Filme und Musik einsetzt.

MIX
Papier aus verantwortungsvollen Quellen
FSC® C083411
FSC www.fsc.org

SCM-Verlag GmbH & Co. KG · Max-Eyth-Straße 41 · 71088 Holzgerlingen
Internet: www.scm-verlag.de; E-Mail: info@scm-verlag.de

Umschlaggestaltung: Kathrin Spiegelberg, Weil im Schönbuch
Titelbild: Alberto Bogo / Trevillion Images
Satz: Satz & Medien Wieser, Stolberg
Druck und Bindung: CPI books GmbH, Leck
Gedruckt in Deutschland
ISBN 978-3-7751-5732-2
Bestell-Nr. 395.732

Für J. C.

PROLOG

Der Regen peitscht gegen das Fenster, die Laternen der parkenden Kutschen unten auf der Straße scheppern an Metall. Ich drehe mich zu dem Kind, das neben mir schläft. Gott sei Dank stehe ich nicht mehr draußen im Nassen wie früher – im Regen auf dem Feld, mit den Füßen im Matsch.

Das ist lange her. Ich bin jetzt nicht mehr in Irland, sondern in einem feinen englischen Haus. Im Kamin knistert ein Feuer. Die Kleine hat die Augen geschlossen, die Daunendecke bis zum Kinn gezogen. Ihr Gesicht ist pausbäckig, noch kindlich, aber ihre hohen Wangenknochen sind schon erkennbar. Ich berühre ihre warme Wange, spüre die weiche Kinderhaut. Sie sieht ihrem Vater ähnlich. Ich drehe mich auf den Rücken, lausche auf die Stimmen unten.

Der böige Regen setzt einen Moment aus und aus dem Salon dringt ein Lachen zu mir ins Kinderzimmer. Früher habe ich sie oft heimlich beobachtet, die feinen Leute. Damals stand ich im Wind hinter den Büschen am schmiedeeisernen Tor, schlang meine Arme um meinen dünnen Körper und wartete darauf, dass die Kutsche vorbeifährt. Dann trat ich einen Schritt zurück und spickte zwischen den Blättern hindurch, erhaschte einen Blick auf die Hauben der Damen, das Rosa der Ärmel, den harten Zug um den Mund des jungen Herrn.

Als Louise mich damals der Hausdame vorstellte und die Dame mich am Ende des Gesprächs meinen Namen unter den Vertrag schreiben ließ, konnte ich mein Glück kaum fassen. Ich öffnete morgens die Läden, säuberte die Kamine, zündete das Küchenfeuer an, während die anderen noch schliefen. Bürstete den Herd, deckte den Tisch für die Hausangestellten, trug die Betttöpfe der Dienerschaft hinaus. Schärfte vor der Küchentür die Messer. Dann stand er auf einmal im Regen neben mir. Das Wasser tropfte von seinem Hut auf meinen Schuh. Er war zu Besuch beim jungen Herrn, und er fragte mich etwas, und ich musste lächeln, weil seine Aussprache so affektiert klang und gar nicht zu ihm passen wollte. Doch als er auf die Antwort wartete, verging mir das Kichern, denn es kam mir vor, als wäre er der erste Mensch, der mich genau ansah, und mich durchfuhr ein warmer Schauer.

Unten lachen sie wieder. Ich stelle mir vor, wie sie beieinander am Tisch sitzen, vor den funkelnden Kristallgläsern, die mit Wein gefüllt sind. Wie er mitlacht. Wie eine der ledigen Frauen ihn anlächelt. Wenn ich die hellen Stimmen der Damen höre, habe ich Angst, dass ich ihn verlieren könnte. Dann müsste ich ohne Emily leben. Sie ist mein Ein und Alles und ich würde sie aus Liebe hierlassen, in diesem Haus. Aber nein, ich werde die beiden nicht verlieren, denn er hat damals alles gegeben, um mich wiederzufinden. Fast wären mir die Knie eingeknickt, als man mich damals an die frische Luft führte und ich erkannte, wer der Mann war, der in der Sonne auf mich wartete.

Wenn er Emily seinen Gästen vorstellt, ich sie dabei begleite und eine ledige Frau sich zu ihm hinüberbeugt, schaut er zu mir. Einmal hat eine andere Frau unsere Blicke gesehen und wissend gelächelt. Ich erwiderte ihren Blick und wollte es ihr so gerne sagen.

Manchmal möchte ich mein Geheimnis hinausschreien. Alle sollen es wissen. Sie sollen mich als die sehen, die ich bin. Doch damit würde ich Emilys Leben ruinieren.

Wieder drehe ich mich zu ihr. Ihr kleiner Brustkorb hebt und senkt sich unter der Decke. Sie ist eine von den feinen Leuten da unten. Ich bete, dass sie später einmal mutig sein wird. Dass sie der feinen Gesellschaft sagen wird, um was es im Leben wirklich geht.

Dass es keine Unterschiede zwischen den Menschen gibt.

KAPITEL 1

Killock 1845

Die Stadt war keine Stadt.

Wo Emily stolze Häuser erwartet hatte, standen nur niedrige Hütten. Statt gepflasterter Straßen zogen sich staubige Wege, getupft mit Unkraut, zwischen den Häusern hindurch. Die Reihenhäuschen duckten sich weg und gaben sich dabei im gleichen schiefen Winkel Halt. Für einen Moment kämpfte sich die Sonne zwischen den Wolken hervor und bannte ihr Licht auf die verspritzten Fassaden, bevor sie genauso schnell wieder verschwand. An den schnellen Wechsel von Licht und Schatten würde sie sich in diesem Land erst noch gewöhnen müssen, dachte sie.

Während sie sich bei ihrem Vater einhakte und neben ihm den erdigen Weg entlangschritt, fragte sie sich, ob sie sich jemals hier zu Hause fühlen würde. Sie hoffte es jedenfalls, es würde ihr Leben leichter machen.

Seit zwei Wochen waren sie nun schon hier in diesem Land, von dem in England niemand sprach. Beim Tee in Eldon Park hatten ihre Freundinnen entsetzt geschwiegen, als Emily in ihrer Gesprächsrunde verkündet hatte, dass sie und ihr Vater ihr Erbe in Irland in Besitz nehmen würden. Die jungen Damen hatten sie angestarrt, vergessen war die Diskussion, ob Kompressen mit Kampfer und Wein gegen weiße Flecken auf den Nägeln halfen. Nach einer Weile peinlichen Schweigens hatte Anne gekünstelt gelacht. Auch die anderen waren in Annes vornehmes Lachen mit eingefallen. Emily hatte sich ein Lächeln abgerungen und sich gefragt, warum sie sich wieder einmal in Gesellschaft einsam fühlte.

Sie lächelte einen Mann an, der ihnen entgegenkam und sie einen Moment lang neugierig musterte, während er sein Pferd am Zügel hinter sich herführte.

Sie würde das Beste aus der Situation machen. Immerhin hatte es auch Vorteile, am Ende der Welt zu wohnen: Sie war hier so weit weg von den Bällen in London, dass es keine Katastrophe war, wenn ihre Frisur nicht so ordentlich am Kopf klebte wie die der anderen Damen und wenn sie mit Jane, der kleinen Tochter der Köchin, ein Wettrennen über den Rasen machte. Hier behauptete bestimmt niemand, dass eine Dame nicht renne, dass das Rütteln die weiblichen Organe schädige und die Heiratschancen mindere. Sie würde hier von morgens bis abends durchs ganze Land rennen können.

Alles hatte seine Vorteile. Wenn sie das nur oft genug wiederholte, würde sie es vielleicht glauben.

Sie hörte ihren Vater murmeln: »Ich hoffe, wir finden überhaupt irgendjemand, der willig ist, als Verwalter für uns zu arbeiten. Die fähigen Leute scheinen sich nicht gerade um eine Stelle in diesem Land zu reißen.« Er blickte mit zusammengekniffenen Augen gegen die Sonne, die die Wolken für einen Moment freigaben. »Wir brauchen jemanden, der sich auskennt in diesem Land. Aber auf keinen Fall einen Einheimischen. Ein Verwalter braucht Abstand zu den Leuten. Ich hoffe, Mr Reddock hat gute Verbindungen zu Agenturen in England.« Er seufzte. »Zu ärgerlich, dass der Verwalter von Cousin Bernard nicht mehr hier ist.«

Emily fragte sich, warum der Verwalter ihres verstorbenen Cousins wohl gegangen war, aber sie verkniff sich die Frage. Sie konnte sich die Antwort schon denken. Das Leben hier war schwierig für ihn gewesen, weil er hier nicht willkommen war. Genauso wenig wie ihr Vater und sie willkommen waren. Auf ihrem eigenen Land.

Sie erreichten ihr Ziel, die einzige Anwaltskanzlei der Stadt. Ihr Vater trat zuerst ein. Mr Reddock begrüßte sie höflich, verbeugte sich und bedeutete ihr, Platz zu nehmen. Der Raum war eine Höhle, die Luft war stickig. Englands Wissenschaftler berichteten in Zeitungsartikeln davon, dass man an verbrauchter Zimmerluft sterben konnte. Doch hier schien niemand etwas davon zu wissen. Emily spürte, wie die Luft eine Wand zwischen ihr und den Männern bildete und sie einmauerte. Sie hatte das Gefühl, dass ihre Glieder ihr Gewicht nicht mehr tragen konnten, deshalb entschuldigte sie sich und verließ den Raum wieder.

Verloren stand sie auf der Straße und wartete. Der Mann mit dem Pferd hatte angehalten, um mit einem anderen zu plaudern. Sie beobachtete, wie die beiden sich verabschiedeten. Der Mann zog das Pferd weiter die Straße hinab, machte vor einem der Reihenhäuschen auf der gegenüberliegenden Straßenseite halt und öffnete die Tür. Er betrat das Haus, das Pferd immer noch hinter sich herziehend. Das Tier beugte den Kopf und zwängte sich durch die Tür ins Innere. Wackelnd tauchte das Hinterteil in die Dunkelheit des Hauses, während der Schweif über den Türpfosten strich. Der Mann schloss langsam die Tür von innen.

Einen Moment lang behielt sie verblüfft die geschlossene Tür im Auge. Sie hatte Neues erwartet in diesem Land, Wind, Hügel, Kartoffelfelder, eine unverständliche Sprache. Sie war von ihren Freundinnen gewarnt worden vor diesem Volk. Doch während sie auf der Überfahrt den doppelten Regenbogen betrachtet hatte, der sich über das Wasser gespannt hatte, war sie zu dem Schluss gekommen, dass sie Annes Schauermärchen keinen Glauben schenken würde. Aber ein Pferd in der Wohnstube, das würde ihr niemand glauben.

Sie straffte die Schultern und spürte, wie das Korsett an ihrer Haut rieb. Martha hatte es heute Morgen zu locker gebunden. Doch sie konnte ihr keinen Vorwurf dafür machen, denn schließlich war Martha ein irisches Bauernmädchen, das als Dienstmädchen arbeitete, und keine Zofe.

Es hatte alles seine Vorteile, wiederholte sie im Geiste. Auch, dass sie nun vorerst auf eine Zofe verzichten musste. Immerhin hatte sie nun jeden Morgen beim Ankleiden und Frisieren ihre Ruhe. Außerdem kümmerte es hier niemanden, wie sie aussah.

Sie ließ ihren Blick die Straße hinabwandern auf der Suche nach etwas Vertrautem, etwas, das sie aus England kannte. Eine Frau zog einen Lastschlitten vorbei, ihren Körper gegen das Gewicht gestemmt. Die Kufen schlitterten über die lehmige Straße. Auf der Ladefläche hockte ein Kleinkind, dem der Rotz über die Lippe lief. Drei Mädchen und ein kleiner Junge in einem Kittel stolperten o-beinig hinter dem Schlitten her. Emilys Blick folgte ihnen. Sie registrierte die Schwielen an den Fersen der Kinder und sah dann zu einer kleinen Gruppe junger Männer, die in einiger Entfernung die Straße herunterkamen. Durch die Risse in ihren weiten Hosen schimmerte helle Haut. Drei von ihnen trugen Kappen, die sie sich tief ins Gesicht gezogen hatten. Irgendetwas an ihnen beunruhigte sie. Sie wusste nicht, was es war, denn den Anblick von nackten Füßen und zerschlissener Kleidung war sie mittlerweile gewohnt. Verunsichert wandte sie sich wieder ab und überlegte, ob es nicht doch besser wäre, wieder in die Anwaltskanzlei zurückzukehren.

Sie sah wieder zu der Gruppe. Die Burschen waren näher gekommen. Sie schätzte sie nicht viel älter ein als sie selbst, die meisten waren etwa zwanzig, ein paar jüngere klebten in zweiter und dritter Reihe an ihnen. Wachsam sprang ihr Blick von einem zum anderen. Plötzlich wusste sie, was an der Gruppe so unheimlich war. Ihr Schweigen.

Alarmiert sah sie in die jungen Gesichter. Eine Zielstrebigkeit und gleichzeitig ein Zögern standen darin geschrieben, eine Unsicherheit, wer den ersten Schritt tun sollte. Sie hatten offensichtlich etwas vor. Emily trat vom rechten Fuß auf den linken. Das bekannte Gefühl der Beklemmung schwemmte ihren Körper, floss durch sie hindurch wie das Blut in ihren Adern und stieg an wie die Flut. Sie kannte das Gefühl gut. Diese Panikattacken waren ihre unberechenbaren Begleiter, seit sie denken konnte. Schweißperlen bildeten sich in ihrem Nacken. Sie sah zur Tür der Kanzlei. Sie wusste, dass sie flüchten musste. Aber es war zu spät. Ihr Atem ging flach. Sie konnte nicht gegen die Strömung ankämpfen. Sie konnte sich keinen Zoll bewegen.

Sie atmete ein und aus. Ein und aus. Sie würde diese dumme Angst dieses Mal besiegen, so lange ausharren und darin schwimmen, bis sie sie weggestrampelt hatte und wieder Boden unter den Füßen hatte. Atmen und denken. Sie war diejenige, die die Kontrolle innehatte, nicht ihre Emotionen. Atmen und konzentrieren.

Die jungen Männer bewegten sich langsam auf sie zu, Emily sah sie durch einen Nebel Schritt für Schritt herantreten, sie bauten sich vor ihr auf und standen da wie Felsen im Meer.

»Willkommen in Irland«, durchschnitt eine spöttische Stimme das Schweigen.

Die nebligen Silhouetten drehten sich und verschwammen. Sie trat einen Schritt zurück, bis sie die Mauer der Anwaltskanzlei hinter sich ertastete. Ein junger Mann schob seine Kappe zurück und machte einen Schritt auf sie zu. Seine Augen hatten die Farbe von Zimt. Emily atmete langsam ein. Sie hatte die Farbe seiner Augen wahrgenommen. Das war schon einmal etwas. Das bedeutete, dass sie denken konnte, dass sie nicht völlig geflutet war von dem Gefühl der Angst. Wieder atmete sie ein, als könnte sie dadurch alle Luft in sich aufsaugen, sodass davon für diese Burschen nichts mehr blieb. Sie wusste, der Gedanke war albern.

Ein anderer trat neben ihn und reckte sein sommersprossiges Kinn. »Wir haben eine Botschaft für Sie.« Sie hatte Mühe, die Worte des Dialekts zu entschlüsseln. »Lassen Sie uns in Ruhe. Das ist unser Land. Nicht Ihres. Egal, was auf den Urkunden steht!«

»Das ist eine freundliche Warnung.« Die Worte des Zimtäugigen klangen wie ausgespuckt. »Keine Vertreibungen aus unseren Häusern. Wenn Sie irgendetwas davon nicht verstanden haben sollten, können wir auch anders.«

Der Sommersprossige trat noch näher heran. Sie spürte seinen feuchten Atem, sah die dünnen Härchen seines Bartflaumes. »Wir sind diejenigen, die hier geboren wurden, die sich auskennen«, sagte er, »die die Gefahren der Landschaft kennen, die wissen, wie man mit Feuer umgeht.«

Die Wellen der Angst umwogten sie. Ihr Gift schwappte in ihren

Kopf. An den Schulterblättern spürte sie immer noch die raue Mauer. Wenn sie mit der Hand gegen die Mauer klopfen würde, würden ihr Vater und der Anwalt sie vielleicht hören. Sie atmete tief ein und hämmerte einmal kurz an die Wand. *Denk nach, sag etwas, das die Situation entschärft. Konzentriere dich. Denke.* Dann verebbt die Flut. Ein Wort. Und dann noch ein Wort. Sie öffnete den Mund. »Warum sollten wir euch vertreiben?« Ihr Atem ging flach. »Was hätten wir denn davon?«

Plötzlich bewegte sich etwas hinter der Gruppe. Eine Stimme erhob sich. Dann eine zweite Stimme, die ihres Vaters. Ein Spazierstock schnalzte durch die Luft und hieb auf den Kopf des kleinsten Jungen.

»Fort von hier, Lumpenpack!«, rief der Anwalt.

»Was fällt euch ein, meine Tochter zu belästigen«, tönte die Stimme ihres Vaters.

Nackte Füße polterten auf den staubigen Boden, Flüche hallten über die Straße, eine aufgeregte Stimme rief etwas auf Gälisch. Emily zog die Schultern hoch, während Mr Reddock weiter mit seinem Spazierstock nach den gebeugten Rücken der Kleineren schlug. Einem Jungen rann Blut von der Schläfe. Die Älteren waren schon die Straße hinuntergeeilt, die Kleinen rannten hinterher. Der Zimtäugige verlangsamte sein Tempo, wandte sich im Gehen noch einmal zu ihr um und ging ein paar Schritte rückwärts. Er bohrte seine Augen in ihre, als wollte er sagen: *Wir beobachten dich.*

Sie stand da und blickte ihnen schwer atmend hinterher.

Ihr Vater legte die Hand auf ihre Schulter. »Alles in Ordnung?«, fragte er.

Sie nickte benommen. Er nahm seine Hand weg. Seine Augenbrauen wirkten noch buschiger als sonst, während seine Kieferknochen unter seinem Backenbart mahlten.

Mr Reddock blickte ihren Vater mit gerunzelter Stirn an. »Ich denke, dieser Vorfall zeigt, dass Sie ganz dringend einen kompetenten Verwalter brauchen.«

Ihr Vater nickte langsam. »Ich brauche jemanden, der diese Verrückten in den Griff bekommt.«

»Ich schreibe gleich an die Agentur in London. Sie werden sicherlich schnell jemand Passendes finden«, hörte sie Mr Reddock sagen. »Miss Winslow, Sie brauchen sich keine Sorgen zu machen. Diese Männer machen große Sprüche, aber wirklich handgreiflich sind sie bisher noch nicht geworden.«

»Haben wir denn wirklich Pächter aus ihren Häusern vertrieben?«, fragte sie.

Ihr Vater schüttelte den Kopf. »Wir sind doch erst zwei Wochen hier.«

»Und was ist mit Cousin Bernard? Hat er Pächter vertrieben?«

Als ihr Vater ratlos zu Mr Reddock blickte, antwortete dieser zögernd: »Ja, mehrmals.«

Emily atmete langsam aus. Wenn sie nichts unternahmen, würden sie sich hier nie sicher fühlen.

Ein Wagen fuhr eiernd an ihnen vorbei. Die Räder waren solide, gefertigt aus einer einzigen Holzplatte. Als das Pferd an ihr vorbeitrottete, fiel ihr wieder die Wohnstube auf der anderen Seite der Straße ein. Sie wusste, Ablenkung half gegen Angst. Sie atmete ein, wandte sich an Mr Reddock und konzentrierte sich auf das neue Thema. »Warum führen die Leute ihre Pferde ins Haus? Leben sie mit den Tieren in einem Raum?«

Auch Mr Reddock schien erleichtert über den Themenwechsel. Er drehte sich um und zeigte mit seinem Stock auf die reetgedeckten Häuser an der Straße. »Manchmal leben die Bewohner tatsächlich mit Kleinvieh im Raum. Aber nicht mit Pferden. Für die Pferde gibt es Ställe, aber diese befinden sich in zweiter Reihe, und zu ihnen führen keine Gassen. Die Tiere werden durch die Häuser hindurch in die Ställe geführt.« Er drehte sich wieder zu ihr und ihrem Vater und sah sie entschuldigend an. »Dieses Volk findet immer pragmatische Lösungen für seine Probleme. Die Menschen hier sind sehr einfallsreich. Einmal haben sie sogar eine Steinmauer abgebaut, Schafe hindurchgetrieben und die Mauer wieder aufgebaut, weil sie keinen Umweg machen wollten.«

Im Moment kostete es sie große Mühe, sich auf die Findigkeit der Iren und die Reihe von Ställen ohne Gasse zu konzentrieren, trotzdem zwang sie sich, beim Thema zu bleiben. »Ihre Art von Pragmatismus haben wir ja gerade gesehen«, sagte sie leise. Vor ihrem inneren Auge flirrten die Sommersprossen immer noch wie Zimtmücken umher.

Auf der Heimfahrt in der Kutsche schwiegen sie. Emily war es recht. Sie starrte in die Landschaft, die zu einem aufgeweichten Gemälde in Grün und Braun verschmolz. Die Kutsche kippte in den Schlaglöchern hin und her, schlug auf und hüpfte. Merrill, der den Wagen lenkte, drosselte das Tempo.

In der Ferne erkannte sie drei graue Häuschen auf einem Hügel. Rauch quoll aus einem der Schornsteine, trudelte umher und verschwand in den dahinfahrenden Wolken. Menschen sah sie keine. Sie war froh darüber. Endlich erreichten sie die Spitze des flachen Hügels, von dem aus sie Ashton Manor sehen konnte. Die Sonne kämpfte sich für einen Augenblick zwischen den Wolken hervor, leuchtete die grauen Mauern an und ließ die Fenster schillern. An der Westseite des Hauses rankte Efeu am Stein empor, als wollte es das Haus in den grünen Hintergrund ziehen.

Ein paar Minuten später passierten sie das schmiedeeiserne Tor, das ihr Anwesen vor der Außenwelt schützte. Emily erhob sich gebeugt, hielt sich am Griff an der Decke fest und klopfte an die Wand. Rüttelnd kam die Kutsche zum Stehen. »Ich gehe den Rest zu Fuß.« Ohne auf Widerspruch zu warten, öffnete sie die Tür und sprang aus dem Wagen. Sie wusste, dass es sich für sie nicht ziemte, ohne die Hilfe eines Dieners aus der Kutsche zu steigen, geschweige denn zu springen, doch wer war hier schon zugegen, der sich daran stören könnte? Ihr Vater sicher nicht. Und nach der Begegnung von vorhin zu urteilen, wussten diese Menschen hier wahrscheinlich nicht einmal, wie man das Wort Etikette buchstabierte.

Sie wartete einen Moment lang, bis der Wagen sich entfernt hatte und das Knirschen der Räder auf dem Kies verklang. Dann legte sie den Kopf in den Nacken und blickte in den Himmel. Während der Wind an den Strähnen zerrte, die sich aus ihrer Frisur gelöst hatten, atmete sie die salzige Luft ein. Tief hängende Wolken jagten über sie hinweg, als wären sie in Eile, auf einer dringenden Mission. Der Himmel hier war anders als in England. Aufgewühlter. Gewaltiger. Brutaler.

Sie starrte in die Dunkelheit. Zog die Decke höher. Schloss die Augen wieder.

Sie war naiv gewesen. Als ob ein Regenbogen auf der Überfahrt irgendeine Bedeutung haben könnte! Aber ihr Vater war genauso naiv gewesen. Warum hatte er ihr Haus in England verkauft und mit dem Geld die Belastungen getilgt, die auf diesen Ländereien gelegen hatten? Er war ihr schon bei seiner Entscheidung kopflos vorgekommen, wie auf der Flucht. Aber wovor hatte er flüchten wollen?

Es war ein Schock gewesen, als er ihr vor dem Kaminfeuer verkündet hatte, dass sie nach Irland ziehen würden.

Sie hatte nichts gewusst über dieses Land. Es war ihr genauso entfernt von England erschienen wie Indien oder die Kapkolonie.

Doch als Emily damals zwei Tage später von Miller geweckt worden war, die Zofe ihr ein Kleid heraushängte und sie auf ihrem Bett saß und die Waschschüssel auf dem Toilettentisch anstarrte, wurde ihr bewusst, dass sie die Wahl hatte: Sie konnte sich entweder selbst bemitleiden oder das Beste aus der Situation machen. Und wenn sie ehrlich zu sich selbst war, erschien ihr eine Veränderung sogar willkommen. Seitdem ihre Schulbildung beendet und Miss Jagger, die Gouvernante, abgereist war, sah jeder Tag gleich aus: Miller brachte ihr morgens heißes Wasser, sie wusch sich, ließ sich von Miller schnüren und die Haare kämmen. Sie ertrug Millers verbissenes Schweigen, selbst wenn Emily versuchte, ein Gespräch in Gang zu setzen. Nach dem Frühstück las sie im Salon, ging mit Miller schweigend spazieren, besuchte ihre Freundin Anne, nahm mit ihrem Vater den Lunch ein, langweilte sich auf ihrem Zimmer, versuchte zu zeichnen, zerknüllte das Papier, bestickte Kissen und Servietten und besuchte Abendgesellschaften, nachdem Miller ihr wieder schweigend die Haare gemacht hatte. Auf den Gesellschaften saßen sie in Grüppchen, in denen über Bogenschießen für Damen und die neuen Schottenmuster für Herrenwesten geplaudert wurde, manchmal auch über eine Reise nach Bath oder eine peinliche Verwandte. Emily stellte sich vor, wie sie über sie reden würden, wenn sie aufstand und ging. Sie hatte es einmal gehört. *Ihre Kleider – so altmodisch, ihre Fragen – so naseweis. Dass sie es nicht merkt, wenn sie zu neugierig ist.* Der Raum schien dann immer größer zu werden und sie immer kleiner. Verlorener. Sie war zurückhaltender geworden und verließ abends seltener das Haus. Sie saß oft schweigend mit ihrem Vater vor dem Feuer. Sie hatte seine besorgten Blicke auf sich gespürt und wusste, dass er sie bald wieder zu den Damengesellschaften und Bällen schicken würde. Er wollte, dass sie jemanden kennenlernte. Einen netten Mann aus gutem Hause. Nach einer Weile hatte sie seine Blicke und Andeutungen nicht mehr ertragen und sich wieder mit Miller als Anstandsdame zu den Gesellschaften kutschieren lassen. Sie saß zwischen ihren Freundinnen und fühlte sich fremd. Sie sagte sich, dass sie sich an das Gefühl der Einsamkeit gewöhnen würde.

Schade, dass es ausgerechnet Irland sein sollte und nicht Schottland, dachte sie, während Miller sie frisierte. Wenn schon ein Ortswechsel, dann hätte sie sich Schottland ausgesucht. Die Heimat ihrer Mutter. Sie hätte gerne das Haus gesehen, in dem ihre Mutter mit der Urgroßmutter gewohnt hatte, nachdem sie Vollwaise geworden war. Einmal hatte Emily versucht, die kleine schottische Stadt, aus der ihre Mutter stammte, auf der Karte zu finden – ohne Erfolg. Und auch ihr Vater hatte den Ort seltsamerweise nicht gefunden – wobei sein Versuch auch eher halbherzig gewirkt hatte. Er sprach fast nie über ihre Mutter. Emily hatte sie nie kennengelernt und fragte sich mittlerweile, ob etwas zwischen den beiden gestanden hatte.

Und es war schade um Mr Campbell, dachte sie, während Miller ihr Kleid zuknöpfte. Sie hatte ihn erst kürzlich kennengelernt, er war vor zwei Monaten als Soldat aus Van-Diemens-Land gekommen. Er war kleiner als sie und seine Augen strahlten etwas Warmes und Lebhaftes aus.

Wenn er lachte, zog sich die Haut um seine Augen in tiefe Fältchen. Ihre Freundschaft war noch nicht so verbindlich, dass sie sich würden schreiben können. Aber vielleicht war das auch gut so. Sie wollte ihm keine falschen Hoffnungen machen.

Nun lag sie also hier in der Dunkelheit in ihrem Bett, am Ende der Welt. Für ihre Freundinnen von der Landkarte verschwunden, verschluckt von einem weißen Fleck. Auf Besuch würde sie hier ewig warten können. Aber selbst wenn Anne und die anderen jungen Damen Irland und seine Grundbesitzer belächelten und ignorierten, konnte Emily diese Menschen da draußen in der Stadt nicht ignorieren. Sie waren real und lebendig. So lebendig, dass sie sie bedroht hatten.

Was genau hatten sie gesagt? Dass sie wussten, wie man mit Feuer umging? Das war eine Drohung gewesen. Warum bedrohte man jemanden? Aus Rache oder aus Angst? Was hatte sie ihnen angetan? Sie musste herausfinden, was diese Menschen antrieb. Sonst würde auch sie ewig Angst haben. Unruhig wälzte sie sich auf die Seite.

Ihr Vater und sie mussten handeln, Signale setzen. Das war der Schlüssel. Gleich morgen früh würde sie ihren Vater überreden, irgendetwas zu unternehmen. Sie hatte zwar keine Ahnung, was, aber sie würde etwas tun. Denn ihre Angst war am schlimmsten, wenn sie sich einer Situation ausgeliefert fühlte. Es war deshalb wichtig, die Dinge stets unter Kontrolle zu halten.

Mit diesem Entschluss fühlte sie sich besser. Sie schlug die Decke zurück, tapste zum Westfenster und schob es hoch. Kalte Nachtluft umwehte sie. Zitternd huschte sie wieder ins Bett, zog die Decke bis zur Nase und atmete den Lavendelduft ein, der dem Stoff anhaftete.

KAPITEL 2

»Wir müssen dringend die Pacht eintreiben«, sagte ihr Vater beim Abendessen, während Bailey ihnen das Fleisch auftrug.

»Jetzt schon?«

Er lachte bitter. »Was denkst denn du? Wir sind schon fünf Wochen hier. Wir können nicht ewig von unserem Ersparten leben. Je schneller wir an die Pachtgelder herankommen, desto besser.«

»Und wie sollen wir das machen? Sollen wir herumreiten und die Hand aufhalten?« Sie hatte sich bis jetzt keine Gedanken darüber gemacht, wie Großgrundbesitzer an ihr Geld kamen. Ihr Vater würde doch sicherlich nicht erwarten, dass sie gemeinsam von Haus zu Haus gingen? Nicht dass sie sich zu fein gewesen wäre, mit den Pächtern zu reden, aber als Dame sprach man nicht über Geld. Wie peinlich, es explizit einzufordern.

»Ja, das trifft es ganz gut. Man muss sich auch die Hände schmutzig machen können.« Er hob die rechte Hand, um Bailey anzuzeigen, dass es genug war, und fuhr dann fort: »Aber die meisten von ihnen werden nicht zahlen, das weiß ich jetzt schon aus den Büchern, die Bernard hinterlassen hat.«

»Wollen sie nicht zahlen oder können sie nicht?«

»Das ist mir gleichgültig. Auf ihre Probleme kann ich keine Rücksicht nehmen. Auf meine nimmt auch niemand Rücksicht.«

»Du willst sie unter Druck setzen?«, fragte sie.

»Nicht ich. Ich brauche dabei Hilfe und ich bekomme sie auch.« Er lächelte zuversichtlich. »Wir scheinen Glück zu haben. Mr Reddock hat mir heute mitgeteilt, dass er einen Verwalter für uns gefunden hat.« Als sie nichts erwiderte, fuhr er fort: »Ich habe dem Glück allerdings auch etwas nachgeholfen.« Sie sah ihn fragend an. Er sprach weiter: »Ich habe dem neuen Verwalter in Aussicht gestellt, dass er einen Teil des Besitzes übertragen bekommt.«

»Ohne ihn zu kennen?« Sie nickte Bailey dankend zu, nachdem er Soße über das Fleisch auf ihrem Teller gegossen hatte.

»Wir müssen die guten Leute irgendwie ködern, sonst finden wir niemanden.« Ihr Vater griff zu Messer und Gabel. »Damit er besser arbeitet. Wenn ihm ein kleiner Teil des Landes gehört, zahlt sich das am Ende für uns aus.«

Sie hatte ihr Besteck immer noch nicht angerührt. »Und dann ist er Miteigentümer?«

Ihr Vater blickte sie verärgert an. »Hast du einen besseren Vorschlag?«

Sie schwieg. Dann sagte sie: »Ich kann verstehen, dass wir ihm etwas bieten müssen. Aber was machen wir, wenn er irgendwann seine Kisten packt, wir ihn nie wiedersehen und von einem fernen Fremden abhängig sind, dem ein Prozentsatz unseres Anwesens gehört?«

»Wenn er geht, zahlen wir ihn aus. Das wird alles vertraglich geregelt.«

Emily hätte sich gerne verblüfft zurückgelehnt, aber sie war so erzogen worden, dass sie niemals die Lehne berührte. Sie setzte sich noch aufrechter hin. »Macht man das hier so?«

»Hier ist alles anders. Wir müssen umdenken. Andere Länder, andere Sitten. Er wird hier wohnen. Und er wird einen Anteil bekommen.« Er lächelte sie aufmunternd an. »Er hat einen tadellosen Ruf. Sohn aus einer wohlhabenden Familie aus Shropshire. Und wie es der Zufall so will, kenne ich sogar seinen älteren Bruder. Wir haben eine Zeit lang gemeinsam in der Armee gedient, als junge Soldaten. Der Bruder heißt Edmond. Ich weiß nicht, ob sich Edmond noch an mich erinnert. Die beiden kommen jedenfalls aus einer sehr guten Familie. Wir können froh sein, dass wir Ronald Tuppence bekommen, er hat in England große Güter verwaltet. Und er ist noch gar nicht so alt.« Beim letzten Satz stach ihr Vater mit der Gabel in sein Roastbeef, um seine Worte beiläufig klingen zu lassen.

Nichts hätte Emily mehr alarmieren können. Er hätte ebenso offen sagen können: *Kind, endlich ein Heiratskandidat für dich.* Der König versprach dem Retter seines Reiches die Hälfte des Besitzes und die Hand seiner Tochter. Wunderbar. Sie hielt die Hände im Schoß gefaltet. Bestimmt war Ronald Tuppence ein dickbauchiger Zwerg mit geölter Halbglatze und roten Äderchen auf der Nase.

Tuppence, was für ein Name für einen wohlhabenden Verwalter.

Sean Lawlor hatte den Männern aufgetragen, leise zu klopfen, aber als er sich im dunklen Dorf umsah, stellte er fest, dass die Anweisung überflüssig gewesen war. In fast allen Hütten standen die Hausherren schon neugierig an der Tür.

Er hörte seine Männer mit den Bewohnern flüstern. Als sich die Tür direkt vor ihm öffnete, fuhr er sich mit der Hand über den Bart und wandte dann den Kopf dem Bewohner zu. Aedan stand im Rahmen und musterte ihn misstrauisch. »Was soll das, Sean? Was holst du mich aus dem Schlaf, mitten in der Nacht?«

»Wir erteilen den Grundbesitzern eine Lektion. Zur Abschreckung. Damit sie nicht auf dumme Gedanken kommen und uns so behandeln wie ihr Vorgänger.«

»Das ist doch Unsinn.«

Sean machte einen Schritt auf ihn zu und stieß ihm den Zeigefinger auf die Brust. »Aedan, ich sage dir eines: Ich habe hier mindestens fünfzig Männer, die bereit sind, den Engländern zu zeigen, wo der Hammer hängt. Es ist mir egal, ob du mit erhobenem Zeigefinger dagegenwetterst oder mitkommst. Was auch immer. Unsere Aktion wird auf jeden Fall stattfinden.«

Aedan senkte den Kopf und sah ruhig auf den Finger auf seiner Brust, bis Sean ihn wieder wegnahm. Dann blickte Aedan sich um. Schatten bewegten sich vor den Häusern zu seiner Rechten und Linken. Er seufzte. »Und du willst sie anführen?«

Sean antwortete nicht gleich. »Jemand muss es tun.«

»Was sagt denn Brendan dazu?«

Sean wusste, dass Aedan ihn mit dieser Frage provozieren wollte. Brendan war der Anführer der Bruderschaft. Aber das hier war keine Aktion der Bruderschaft. Das hier war Seans Idee. Und er würde damit Erfolg haben.

Aedan fragte: »Ist Brendan auch dabei?«

»Das interessiert mich nicht.«

»Brendan ist dagegen, stimmt's? Du ziehst das hier alleine durch. Nicht wegen den Grundbesitzern, sondern um Brendan zu zeigen, wer mächtiger ist.«

»Ich zeige den Männern, was die Lösung ist. – Da Brendan es nicht tut.«

Aedan schnaubte. Dann sagte er: »Ich schätze, ich kann dich sowieso nicht aufhalten. Aber ihr nehmt keine Kinder mit. Niemanden unter zwanzig.«

Sean grinste höhnisch. »Fehlt nur noch, dass du gleich den Zeigefinger hebst, Herr Lehrer. Warum sollten wir die jungen Leute zu Hause lassen? Sie haben am meisten Dampf im Kessel. Hast du Angst, dass du am Ende keine Schüler mehr hast und niemand dich anhimmelt?«

Aedan erwiderte seinen Blick. »Vielleicht.«

»Ich kann für nichts garantieren. Die Männer sind bereit. Die Jungs auch.«

»Dreckskerl«, sagte Aedan und griff nach seiner Jacke, die neben der Tür hing. Während er in die Schuhe schlüpfte, sagte er: »Um alles muss man sich selbst kümmern. Sogar mitten in der Nacht die Jugendlichen einsammeln und ihnen ins Gewissen reden.« Er zog seine Jacke an und folgte den Schatten, die mit Fackeln in den Händen die Straße hinabeilten.

Stimmen bahnten sich in ihr Bewusstsein, rollten wie eine Welle heran, flossen ineinander und vereinigten sich zu einem Rhythmus. Ein pochender Kriegsgesang aus einer anderen Welt. Sie schlug die Augen auf, stützte sich auf den Ellbogen und lauschte. Ihr Blick ging zum offenen Fenster. Der Gesang kam von draußen. War das ein Traum?

Der Traum wurde lauter, wälzte sich langsam auf sie zu.

Das hier war Wirklichkeit. Sie war plötzlich hellwach. Warum grölte jemand in der Nacht Parolen?

Fahrig schlug sie die Bettdecke zurück, sprang auf und hastete ans Fenster. Lichter bewegten sich im Park. Emily benötigte einen Moment, um zu verstehen, dass die Lichter Fackeln waren, in den Händen von Männern, die näher kamen. Dazwischen leuchteten Gesichter auf, halb in Schatten getaucht. Die Männer redeten aufeinander ein, schienen sich gegenseitig anzustacheln. Wie viele waren es? Siebzig?

Sie sah die Augen in der Farbe von Zimt vor sich. Die Sommersprossen des anderen, hörte seine Worte: *Wir sind diejenigen, die wissen, wie man mit Feuer umgeht.*

Wollten sie das Haus in Brand setzen?

Still stand sie da, die Hand auf den Mund gelegt. Sie war wie gelähmt, aber sie wusste, sie durfte nicht länger herumstehen. Sie musste handeln. Damals, als Hatty auf dem Boden gelegen hatte, die Augen weit geöffnet, der Körper verdreht, hatte sie nicht gehandelt. War in Angst geschwommen. Wäre fast darin untergegangen. Das würde ihr nicht noch mal passieren.

Denken, nicht fühlen, Emily. Handle. Sie rannte zur Tür, riss sie auf, eilte im Dunkeln den Korridor hinab und stolperte ins Zimmer ihres Vaters. Sie hörte, wie er einen Schnarcher aussetzte und schmatzte. In der Dunkelheit lief sie vorsichtig zum Bett, konnte ihn kaum erkennen, tastete nach seiner Schulter. »Vater, draußen kommt ein Haufen Männer mit Fackeln auf uns zu!«

Er rührte sich und setzte sich auf. Einen Moment lang nahm sie den Glanz seiner Augen in der Dunkelheit wahr. Offenbar sah er sie an. Dann schnitten seine Worte durch das Dunkel. »Mit Fackeln, sagst du? Es sind nicht einfach Laternen?« Ohne ihre Antwort abzuwarten, schlug er die Decke zurück und wirbelte dabei Luft auf. Sie spürte, wie er sich erhob, dann hantierte er an seinem Nachttisch mit einem Streichholz und entzündete zwei Kerzen. Seine Hand zitterte. Seine Stimme war jedoch fest. »Ich gehe in den roten Salon zu den Waffen. Hol David und Merrill.«

Sie hatte erwartet, dass er ihr die Geschichte zunächst nicht glauben würde. Dass er abwinken würde. Lässig sagte, sie habe nur geträumt. Doch hier stand er und erteilte Befehle. Sie griff nach einer Kerze und rannte die Treppe hinab. Ihre nackten Füße klatschten auf den Holzboden. Die Kerze flackerte, obwohl sie sie mit der linken Hand schützte. Atemlos klopfte sie an die beiden Türen. David erschien mit einer Kerze in der Hand. Aus kleinen Augen sah er sie an.

»Wir werden angegriffen. Ein Haufen Männer. Im Garten. Mit Fackeln.«

Die Nebentür öffnete sich. Sie blickte kurz zu David, der im Türrahmen stand, seine strohblonden Haare in alle Richtungen stehend. Er schien ihre Worte gehört zu haben, denn er trug bereits Schuhe und rannte ohne ein weiteres Wort los. »In den roten Salon«, rief sie ihm nach. Sie und ihr Vater wussten, dass sie sich auf ihn und auf die Familie Merrill verlassen konnten – sie waren die einzigen Dienstboten, die ihnen aus England hierher gefolgt waren.

Hinter Merrill erschien seine Frau Betsy, ängstlich und mit fragendem Blick. Merrill drehte sich zu ihr. »Ihr bleibt hier, du und Jane. Sagt den anderen Mädchen Bescheid, bleibt beisammen und seid wachsam. Und kümmert euch um Bailey.« Er zog sich seine Jacke über und schlüpfte in seine Stiefel. Emily und Betsy wechselten einen stummen Blick. Dann wandte sich Emily um und folgte Merrill. Er nahm drei Treppenstufen auf einmal, Emily raffte ihr Nachthemd und hastete hinter ihm her.

Sie fanden ihren Vater im roten Salon. Er stand vor dem Waffenschrank, den Rücken ihnen zugewandt. David stand neben ihm.

»Kommt hierher!«, sagte ihr Vater. Sie traten an den Schrank. Ihr Vater reichte ihr ein Gewehr, sie nahm es zögernd an. Die Waffe lag schwer und kalt in ihren Händen. »Das ist nur für alle Fälle, du bleibst zurück, Emily!«, sagte er, während er sein Gewehr entsicherte. Sie antwortete nicht. Sie würde nicht von seiner Seite weichen. Nie im Leben würde sie in einer solchen Situation alleine bleiben. Und außerdem brauchte sie etwas, auf das sie sich konzentrieren konnte. Etwas, das sie ablenkte. Sie starrte auf die Finger ihres Vaters. Er klopfte prüfend auf den Lauf der Waffe und sagte: »Emily, du läufst zurück zu Betsy. Es ist gut, wenn wir uns aufteilen.«

Sie schüttelte den Kopf, aber er sah es nicht.

Ihr Vater fuhr fort: »Merrill und David, ihr trennt euch. Einer bleibt hier im Raum, einer geht ins zweite Obergeschoss! Ich gehe hinunter. Öffnet die Fenster, legt die Gewehre an und feuert in die Luft. Nicht auf die Männer, versteht ihr? Aber wartet auf mein Kommando!«

»Aye, Sir!«, sagte Merrill und eilte aus dem Raum. David öffnete das Fenster. Emily folgte ihrem Vater die Treppe hinunter ins Musikzimmer. »Weg hier, Emily!«, sagte er, als sie nach ihm eintrat. Sie gab vor, ihn nicht zu hören. Sie wusste, er hatte keine Zeit, mit ihr zu streiten. Säure pumpte durch ihre Adern. Sie versuchte sich auf die zielstrebigen Handbewegungen ihres Vaters zu konzentrieren, denn sie brauchte etwas anderes, auf das sie ihre Aufmerksamkeit lenken konnte. Alles war besser, als an die Fackeln vor dem Haus zu denken. Er umklammerte den Fenstergriff, um das Fenster zu öffnen. Seine Knöchel färbten sich weiß vor Anspannung, die Blutbahnen auf seinem Handrücken traten hervor. Er schob das Fenster hoch. Die Venen verschwanden wieder, als er den Griff lockerte. Kalte Luft umwehte sie. Der Mob war nur noch hundert Meter entfernt. Es mussten mehr als siebzig Männer sein. Wahrscheinlich waren sie einfach über die Mauern geklettert.

Ihr Vater hatte eine Lampe entzündet und platzierte sie mitten auf dem Fenstersims. Er stellte sich direkt davor, sodass das Licht ihn anstrahlte, legte das Gewehr an und rief: »Verlasst sofort mein Grundstück, sonst schieße ich!«

Die Männer blieben stehen. Keiner sagte etwas. Ihr Vater verharrte, das Gewehr im Anschlag. Die Fackeln in den Händen der Männer tanzten still. Dann rief jemand: »Geht nach Hause, Engländer!«

»Lasst uns unser Land!«, rief eine andere Stimme. Die Anführer setzten sich erneut in Bewegung, die anderen stolperten hinterher.

Emily stellte sich mit dem Rücken an die Wand neben das Fenster und wandte den Kopf ihrem Vater zu. Er schlang seinen Finger durch den Abzug, winkelte den Finger an. Zog ihn weiter zusammen. Schlitze gruben sich in die Haut am Fingergelenk, tiefe Spalten, die die Haut zerteilten. Ein Schuss löste sich. Grollend verhallte er in der Stille.

Die Ruhe tat weh. Doch sie währte nicht lange, denn zwei weitere Schüsse explodierten, diesmal aus den Stockwerken über ihnen. Was zum Himmel dachten sich Merrill und David? Hatten sie den Schuss als Kommando aufgefasst?

Draußen erhob jemand seine Stimme. »Für Irland!« Das schien das Zeichen zu sein. Emily hörte die dumpfen Schritte, als die Männer aufs Haus zurannten.

»Auf die Männer feuern!«, rief ihr Vater aus dem Fenster nach oben zu David und Merrill.

Regungslos stand Emily an der Wand. Diese Männer bedrohten sie. Sie wollten ihr Haus in Brand setzen. Ihr Vater hatte alles Recht der Welt, sich zu wehren. Doch sosehr sie sich bemühte, logisch zu denken, hämmerte ein Gedanke in ihrem Kopf: Das waren Menschen, Ehemänner, Söhne, Väter. Sie durften nicht auf sie schießen.

Die Falten gruben sich erneut in den Zeigefinger ihres Vaters, dann ein Knall, das Gewehr federte einen Fingerbreit nach oben. Mit kantigen Armbewegungen lud ihr Vater nach, schlang erneut den Finger um den Auslöser, winkelte ihn an, zog ab. Der Schuss schmerzte in ihrem Ohr. Wieder ein Schuss. Der Rhythmus des Stakkatos änderte sich auf einmal: Von draußen hallte ein Echo wider. Die Männer feuerten zurück!

Hier stand sie und befand sich im Krieg. Es kam ihr unwirklich vor. Als sie mit Anne und den anderen in Eldon Park Tee getrunken hatte – in einem anderen Leben –, hätte sie nie gedacht, dass sie einmal bei einer Schießerei am Fenster stehen würde. Das war nicht ihr Leben. Es war alles ein Fehler, der sich gleich aufklären würde. Regungslos stand sie an der Wand und starrte auf die rauen Hände ihres Vaters. Er fluchte, trat auf die andere Seite des Fensters in den Schutz der Mauer und sah zu ihr herüber. »Einer ist zu Boden gegangen.«

Draußen schrien Stimmen durcheinander.

Emily benötigte eine Weile, bis sie in ihrem Gedankenchaos die Worte ihres Vaters begriffen hatte. »Du hast einen Mann erschossen?«

Ihr Vater lehnte den Hinterkopf an die Wand und sah zur Decke.

»Hast du denn gezielt?«, fragte sie.

Er wandte den Kopf zu ihr und sah sie direkt an. »Nein, natürlich nicht! Ich ziele die ganze Zeit auf den Boden vor ihnen.«

Etwas Brennendes zischte zwischen ihnen durchs Fenster und polterte auf den Boden. Eine Fackel. Sie rollte über den Teppich und blieb brennend liegen. Qualm stieg auf.

»Heb sie auf!«, sagte ihr Vater.

Sie stand da und starrte auf die Fackel.

»Schnell, bevor der Teppich brennt«, rief ihr Vater und stellte sich wieder mit dem Gewehr ans Fenster. Emily legte ihr Gewehr auf den Boden, rannte geduckt zu der Fackel, nahm sie auf, riss die Rosen aus der Blumenvase auf dem Tisch und tauchte die Fackel ins zischende Blumenwasser.

In der Zwischenzeit zerrissen wieder Schüsse die Nacht. Sie eilte zurück zur Wand. Ihr Blick fiel auf die Teppichfasern um das gesengte Loch herum. Sie kokelten weiter, weil sie das Feuer nicht ausgetreten hatte. Sie überlegte, ob die Wolle des Teppichs Feuer fangen würde. Von der Decke regnete es Staub. Sie hob den Blick. Eine Kugel war eingeschlagen und hatte ein Loch hinterlassen. Ihr Blick sprang zu ihrem Vater. Er stand halb im Schutz der Wand und schoss. Sah er überhaupt, wohin er zielte?

Das Stakkato veränderte sich wieder. Es war nur noch ihr Vater, der schoss. Die Männer draußen antworteten nicht mehr. War ihnen die Munition ausgegangen? Waren sie eingeschüchtert? Oder tot?

Rufe hallten über den freien Platz und verklangen. Emily hielt den Atem an und lauschte. Die Schreie verloren sich in der Nacht. Dann war es plötzlich still. Sie wechselte einen Blick mit ihrem Vater.

»Was ist?«, flüsterte sie heiser.

»Sie rennen davon«, sagte er.

Merrill und David betraten mit schweren Schritten den Raum. Wortlos stellten sie sich mit ihren Gewehren im Anschlag neben ihren Vater ans Fenster und beobachteten den Rückzug. Davids Finger zitterten.

Die Minuten verstrichen. Draußen regte sich nichts.

»Wie viele?«, flüsterte Emily.

»Ich kann niemanden mehr sehen«, antwortete ihr Vater, »aber ich schaue nach.« Er nahm die Lampe in die eine Hand, das Gewehr in die andere.

»Warte!«, sagte Emily. »Du kannst jetzt nicht hinausgehen. Sie verstecken sich vielleicht und schießen aus dem Hinterhalt.«

»Jemand muss nachsehen. Wir können die Verletzten nicht einfach im Park liegen lassen!« Er verließ den Raum und es wurde dunkel. Angespannte Stille legte sich auf sie und die Männer. Niemand sprach ein Wort. In ihrem Kopf begann es zu rauschen.

»Setzen Sie sich«, flüsterte Merrill und zog im Dunkel einen Stuhl für sie an die Wand. Sie ließ sich darauf nieder, während Merrill auf dem kokelnden Loch im Teppich herumtrampelte. David stand angespannt am Fenster und starrte in die Dunkelheit, das Gewehr im Anschlag.

Sie beugte sich vor, stützte die Ellbogen auf die Knie und barg ihren Kopf in den Händen. Atmete ein und aus. Versuchte an etwas anderes zu denken. An London. Eldon Park. An Hatty. Es funktionierte nicht. Sie zitterte. Sie presste die Handballen in die Augenhöhlen und konzentrierte sich auf die Farben, die sie sah. Langsam ließ das Zittern nach. Nach einer Ewigkeit hörten sie Schritte, dann erschien ein Licht in der Tür. Sie nahm die Hände von den Augen und setzte sich aufrecht hin.

Ihr Vater trat ein. »Es ist niemand mehr da, sie haben die Verletzten oder Toten – wenn es welche gab – mitgenommen.«

Sie spürte auf einmal die Kälte, die sich in ihren Gliedern ausgebreitet hatte. Bisher hatte sie nicht wahrgenommen, dass sie barfuß war und keinen Umhang über ihrem Nachthemd trug. Und hier saß sie mit drei Männern in einem Raum.

»Bitte entschuldigt mich«, murmelte sie, erhob sich, ging auf ihr unbenutztes Gewehr zu, das auf dem Boden an der Wand lag, hob es auf, überreichte es ihrem Vater, ließ die Männer stehen und tapste zur Tür in den dunklen Flur hinaus, während sie sich darauf konzentrierte, einen Fuß vor den anderen zu setzen.

KAPITEL 3

Schwerer Wasserdampf nahm ihr den Atem, als sie am nächsten Morgen den Kopf in die Waschküche steckte. Dass Laura und Martha wie jeden Dienstag Wäsche wuschen, befremdete sie. Sie hatte bis in die Morgenstunden wach gelegen, mit flirrenden Gedanken und pochendem Herzen, während die beiden Mädchen offenbar wie immer Feuer entzündet und Wasserkessel erhitzt hatten, als ob sie davon ausgingen, dass es eine Zukunft gab, für die es sich lohne, reine Wäsche bereitzuhalten.

Sie trat ein wie eine Dame, obwohl sie ihr Anliegen lieber von der halb offenen Tür aus geäußert hätte. Sie machte ein paar Schritte in den Raum und faltete die Hände. »Ist Jane bei euch?«, sagte sie in den Dunst hinein.

Laura, die die Wäsche mit dem Dreizack im Zuber geschlagen hatte, hielt inne. Ihre Haut war gerötet, Wassertropfen perlten über ihr Gesicht. »Nein, Miss.«

»Sie ist weg«, sagte Emily nervös. »Schon seit heute früh. Das ganze Haus sucht seit einer Stunde nach ihr. Vielleicht hat sie sich irgendwo versteckt – weil sie noch verstört ist von letzter Nacht?« Sie merkte, wie die Feuchtigkeit an ihr zu kleben begann. »Ihr solltet alle vier Fenster im Raum öffnen, nicht nur eines.«

Die Mädchen blickten sich an. Martha rieb sich ihre roten Hände an der Schürze ab. Sie sah Emily unsicher an, ihre schwarzen Locken hafteten am Ansatz ihrer Haube. »Es ist nur so, Miss«, begann sie zögernd, »wir sind völlig nass und verschwitzt. Wenn hier der Wind durchpfeift, werden wir krank.«

»Ihr könnt hier drinnen ersticken, wusstet ihr das nicht?«, sagte sie.

»In geschlossenen Räumen bildet sich Kohlensäure und man kann bei unzureichender Zirkulation ersticken.«

Die beiden sahen sich erneut an, dann blickten sie schweigend zu Emily.

»Wie dem auch sei. Ich öffne jetzt die Fenster.« Emily suchte sich einen Weg an den Eimern vorbei und schob die beiden anderen Fenster an den nassen Griffen hoch. »Vielleicht hat sie sich hier irgendwo verkrochen?« Sie schritt in die Ecke, in der ein Berg feuchter Wäsche lag, hob ihn auf, warf ihn wieder hin. Sie fühlte sich wie eine Närrin unter den Blicken der beiden Mädchen, die sie mit Verwunderung beobachteten.

»Sie ist hier nicht, Miss«, sagte Laura schließlich. »Wir sind hier schon seit vier Uhr, kochen Wasser und bewegen die Wäsche von einer Ecke zur anderen. Wir hätten sie bemerkt.«

Emily nickte und rieb sich die feuchten Hände. »Dann werden wir sie wohl draußen suchen müssen.« Sie bückte sich nach einem großen umgestülpten Zuber, hob ihn an, aber auf dem nassen Boden klebte nur feuchter Staub. Auf dem Weg zur Tür machte sie einen Bogen um ein Fass, in dem weiße Laken in blauer Flüssigkeit schwammen. Als sie ging, spürte sie die Blicke der beiden im Rücken.

In der Küche fand sie Betsy, Janes Mutter, die am Tisch stand und Teig knetete. Ihr Kopf fuhr herum, als sie Emily eintreten hörte. »Und?«, fragte sie schnell.

»Nichts«, antwortete Emily.

Betsy zog die Hand aus dem Teig und fuhr sich mit dem Handballen über die Wange. »Ich kann hier nicht länger weiterarbeiten, ich muss mitsuchen.« Sie blickte Emily eindringlich an.

»Nein, jemand muss hierbleiben, falls sie zurückkommt. Ich werde ein Pferd satteln lassen und suche die Gegend nach ihr ab. Irgendwo muss sie ja sein.«

Betsy schluckte und nickte. »Es hat bestimmt mit letzter Nacht zu tun!«, sagte sie klagend. »Womöglich haben die Iren sie geholt!«

»Das kann ich mir kaum vorstellen«, sagte Emily. »Wir werden sie finden, ich reite jetzt los.« Sie wandte sich zum Gehen, um nach einem Mädchen zu läuten, damit sie ihr beim Umziehen half.

Fünfzehn Minuten später wartete sie mit Hut und Reithandschuhen vor dem Stall. Sunrise' Hufen gruben sich knirschend in den Kies, während O'Leary, der Stallmeister, das Pferd zu ihr führte. Er sah heute nicht gesund aus, dachte sie. Seine Haut wirkte wie graues Pergament und das Weiß seiner Augen stach ins Gelb.

Er stellte den Schemel auf und Emily kletterte in den Damensattel. Sie war froh, dass er sie nicht mit einem verächtlichen Blick bedachte, wie die Engländer es taten, wenn sie eine Frau auf einem Pferd sahen. Vorsorglich hatte sie sich ihr Korsett noch enger schnüren lassen, zur Festigung der Organe. Sie bedankte sich höflich, als O'Leary ihr die Gerte reichte. Sein freundliches Lächeln entblößte zwei Zahnlücken. Sie nickte ihm zu, trieb Sunrise an und trabte aufrecht die Allee hinab.

Einen Moment lang überlegte sie, ob es nicht besser wäre, eine Waffe mitzunehmen. Schließlich waren sie letzte Nacht angegriffen worden. Andererseits konnte sie nicht mit Waffen umgehen. Und mit Merrill hatte sie ausgemacht, dass sie die Gegend westlich des Hauses bis zum Meer absuchen würde, während er östlich vom Haus umherritt, ihn konnte sie also nicht um Schutz bitten. Wo David und ihr Vater waren, wusste sie nicht. Wie auch immer, Janes Wohlergehen war jetzt wichtiger als ihre Sicherheit.

Sie ritt langsam und gleichmäßig. Ihre Augen suchten den Horizont ab, ihr Blick streifte Sträucher, schiefe Mauern, Hecken und einen Schlehdorn, der auf dem Feld stand und nicht abgeholzt wurde, weil es – wie Bailey, der Butler, ihr erklärt hatte – schlimmes Unglück brachte, wenn man einen von Feen bewohnten Schlehdorn beschädigte. Ein Ast mit verwelkten Blättern hing herab, mit einer Stoffschleife wieder an den Stamm gebunden. Offenbar hatte ihn jemand versehentlich abgerissen und dann wieder befestigt.

Kurzerhand lenkte sie das Pferd auf dem dünnen Trampelpfad zu dem steinigen Strand. Ein paar lose Haarsträhnen wehten vor ihren

Augen umher. Ungeduldig versuchte sie sie wieder unter den Hut zu klemmen. Sie sah nach rechts und links. *Bitte, Gott, lass sie in Sicherheit sein. Bitte lass sie sich einfach irgendwo zu Hause verkrochen haben. Am besten bei Betsy in der Küche.*

Sie hielt inne, beugte sich vor, legte für einen Augenblick ihre Hand an den samtigen Hals des Pferdes und spürte das beruhigende Pulsieren. Sie schloss einen Moment lang die Augen. Dann trieb sie Sunrise wieder auf den Trampelpfad zurück.

Nach einer Weile bog sie auf einen Weg ein, der sich an einem Feld mit bärtigen Ähren entlangschlängelte. Weiter hinten erkannte sie ein leuchtendes Haus, das von einer weißen Steinmauer umgeben war. Es war das erste mehrstöckige Haus, das Emily in diesem Land außerhalb der Stadt sah.

Während sie überlegte, ob es sicher war, weiterhin in Richtung des Hauses zu reiten, sah sie, dass sich an der Mauer etwas bewegte. Sie verlangsamte das Tempo und kniff die Augen zusammen. Auf der Mauer standen zwei kleine Gestalten. Als Emily zögernd näher heranritt, zeichneten sich die Silhouetten genauer ab. Es waren zwei Kinder, die sich auf der Mauer an den Händen hielten – wie ein Scherenschnitt, aus einem gefalteten Papier geschnitten, aufgeklappt und auf die Mauer gestellt. Wahrscheinlich waren es die Kinder der Hausbesitzer. Die beiden hatten sie entdeckt und warteten vor einem Hundsrosenbusch neugierig auf sie, immer noch auf der Mauer stehend. Als Emily näher kam, registrierte sie, dass die beiden wohl doch nicht aus derselben Familie stammten, denn das eine Mädchen trug ein modernes, weit ausgestelltes Kleid mit hohem Kragen, das andere ein kurzes Hängerchen, das um ihre nackten Waden und Füße wehte. Natürlich gehörten sie nicht zusammen, denn das eine Mädchen war Jane!

Emily ritt heran, sah sich kurz um, und als sie sicher war, dass niemand sie sah, hob sie sich aus dem Damensattel, drehte sich auf dem Pferd bäuchlings und ließ sich hinunterrutschen.

»Jane!«, sagte sie, »was machst du denn hier? Wir haben uns Sorgen um dich gemacht! Das ganze Haus sucht dich!«

Jane blickte sie mit ihren dunklen Augen verwundert an.

Emily musste lächeln. »Ich bin froh, dass ich dich gefunden habe, Süße«, sagte sie zärtlich. Sie wandte sich dem anderen Kind zu, ein dünnes Mädchen mit stumpfem Haar, das ihm strähnig über die Schultern fiel. Sie schätzte sein Alter auf etwa sechs Jahre. Mit seinen blaugrauen Augen musterte das Mädchen sie neugierig. Es strahlte etwas Sanftes aus.

»Und wer bist du?«, fragte Emily lächelnd.

»Deirdre«, antwortete sie mit erhobenem Kinn.

»Sie ist meine Freundin«, mischte sich Jane ein.

»Das dachte ich mir«, gab Emily zurück. »Habt ihr euch gerade kennengelernt oder wart ihr schon mehrmals zusammen unterwegs?«

»Wir sind ganz neue Freundinnen«, sagte Jane stolz.

»Du bist heute Morgen also einfach auf eigene Faust losgezogen und hast dann Deirdre getroffen?«

Die beiden nickten gleichzeitig. Hinter dem Hundsrosenbusch bewegte sich etwas im Hof. Emily trat einen Schritt zur Seite, um besser sehen zu können. Eine dunkel gekleidete Frau war aus der Tür getreten, stand am Eingang und beobachtete sie misstrauisch. Ihre Haltung strahlte gleichzeitig Trotz und Neugier aus.

»Ist das deine Mutter?«, fragte Emily an Deirdre gewandt.

Deirdre schüttelte den Kopf. Ihre Haarsträhnen standen noch mehr ab. »Nein, das ist Ella Strom«, flüsterte sie. »Sie ist ein bisschen unheimlich. Eigentlich darf ich nicht zu ihr, niemand darf das, aber die alte Mrs Strom steckt mir manchmal ein Stück Kuchen zu, weil sie mich für eine Bettlerin hält.«

»Und – bist du eine Bettlerin?«

Deirdre schüttelte den Kopf. »Nein!«, sagte sie konsterniert.

»Und warum darfst du nicht zu Ella Strom?«

»Sie gehört nicht mehr zu uns.«

Emily hob die Augenbrauen. Erneut musterte sie die Frau, die immer noch in der Tür stand. Als diese sich nicht rührte, sagte Emily, den Blick immer noch auf die Frau gerichtet: »So, dann werde ich euch beide nun nach Hause bringen. Deirdre, wo wohnst du?«

»In diese Richtung.« Deirdre zeigte nach Osten.

»Wohnst du im Dorf?«

Deirdre nickte.

»Ich schätze, deine Familie vermisst dich bereits. Wenn ihr euch das nächste Mal treffen wollt, müsst ihr zuvor eure Eltern um Erlaubnis bitten, ist das klar?«

Sie hievte Jane und Deirdre in den Sattel und nahm die Zügel. »Haltet euch bloß gut fest!«

Die beiden schaukelten stolz vor und zurück, während Emily das Pferd auf dem Weg Richtung Grenmore führte. Sie überlegte, an welcher Stelle sie Deirdre am besten absetzen konnte, damit sie selbst nicht in die Nähe der Siedlung musste. Schließlich konnte sie nach dem Vorfall von letzter Nacht nicht ohne Weiteres mit erhobenem Kopf durchs Dorf marschieren. Schon allein der Gedanke daran trieb ihr den Schweiß in den Nacken.

Die Sonne verschwand. Als hätte man eine Kerze ausgeblasen, legte sich Schatten aufs Land. Auf einmal wirkte alles grau und trostlos. Emily fröstelte. Deirdre musste frieren in ihrem abgetragenen Kleidchen. Links vom Weg starrten ein paar magere Rinder mit traurigen Augen zu ihnen herüber.

Weiter vorne auf dem Weg kam ihnen eine Gestalt entgegen. Emily wollte lieber niemandem begegnen und fragte sich einen Moment lang, ob sie Deirdre einfach hier absetzen konnte. Doch das wäre unverantwortlich gewesen. Während der Mann näher kam, taxierte sie ihn nervös. Sein Körperbau und sein Gang wirkten athletisch. Sie schätzte ihn auf Ende zwanzig. Er trug die Kleidung der Pächter: weite, bis zu den Rippen gezogene Hosen und ein ehemals weißes Leinenhemd mit einem Stich ins Gelbliche, dessen Kragen offen stand. Auch er schien sie zu mustern, während er mit schnellen Schritten auf sie zueilte. Sie senkte den Blick und konzentrierte sich auf die Schlaglöcher im Boden. Was für ein Bild sie wohl bot? Der Saum ihres Kleides war staubig und ihre Frisur hatte sich unter dem Hut gelöst. Sie sah nicht gerade aus wie eine Lady, aber vielleicht war das sogar gut. Hinter ihrem Rücken rief Deirdre plötzlich: »Brendan!«

Emily drehte sich zu ihr um. »Ist das dein Vater?« Wenn der Mann tatsächlich Deirdres Vater wäre, stünden die Chancen nicht schlecht, dass er ihr womöglich sogar dankbar war.

»Nein, mein Vater ist tot. Das ist mein Onkel.«

Emily sah wieder zu ihm. Er hatte dichtes, schwarzes Haar, ein gleichmäßiges sonnengebräuntes Gesicht und tiefblaue Augen, die im Moment auf Deirdre gerichtet waren. Er blieb stehen und wartete. Während sie sich ihm näherten, legte sich ein Schatten über seine Augen; stirnrunzelnd musterte er Emily. Sie verlangsamte ihr Tempo. Als sie nahe genug herangekommen waren, sagte er zu seiner Nichte: »Du kleine Ausreißerin! Du bleibst die nächsten fünf Tage zur Strafe zu Hause!« Dann bohrten sich seine Augen in Emilys. Sie hatte noch nie solch einen Ausdruck gesehen. Wut, Hass, Abgeklärtheit – und gleichzeitig eine tiefe Traurigkeit. Und am Schluss ein abschätziger Blick. Ein Schauer rann ihr den Rücken hinab. Nein, er war ihr definitiv nicht dankbar. Und er wusste offensichtlich, wer sie war. Musste sie sich vor ihm fürchten?

Sie straffte ihren Rücken. Er würde ihr nichts tun. Nicht hier vor den Kindern.

Sunrise tänzelte nervös zur Seite. Ihre Unsicherheit hatte sich auf das Pferd übertragen. Sie zog das Tier wieder zu sich heran.

Er wandte seinen durchdringenden Blick wieder von ihr ab und schritt an ihr vorbei zum Pferd, hob Deirdre herunter und hielt sie wie ein Püppchen auf dem Arm. »Wenn du noch einmal von zu Hause abhaust, ist was los!«, sagte er.

»Brendan, du musst meine neue Freundin Jane kennenlernen.«

Der Mann wandte sich zu Jane und nickte ihr zu. Jane, immer noch auf dem Pferd sitzend, lächelte ihn schüchtern an. Emily atmete tief durch. Sie konnte nicht wie ein Kaninchen zitternd verharren. Sie zwang sich zu reden. »Mein Name ist Emily Winslow. Ich habe die Kinder gefunden und wollte Deirdre in der Nähe des Dorfes absetzen.« Ihre Stimme klang unstet.

Langsam wandte er seinen Blick wieder von Jane ab und richtete ihn auf sie. »Ich kann mir schon denken, wer Sie sind.«

Sie schluckte. »Und wer sind Sie, wenn ich fragen darf?« Wie unfreundlich von ihm, sich nicht vorzustellen. Sein durchdringender Blick machte sie nervös, trotzdem zwang sie sich, ihm standzuhalten.

»Warum interessiert Sie das? Sie kümmern sich doch sonst nicht um andere.« Seine eisigen Augen ruhten auf ihr.

Emily wurde heiß und kalt gleichzeitig.

»Lassen Sie unsere Kinder in Ruhe!«, sagte er schneidend, während er mit Deirdre auf dem Arm an ihr vorbeischritt und sich entfernte, ohne sie noch einmal eines Blickes zu würdigen. Sie atmete hörbar aus und schaute ihm nach, während er Deirdre davontrug. Das Kind drehte sich über seine Schulter hinweg zu ihr um und lächelte sie an.

»Warten Sie!«, rief sie. Dieser Mann konnte mit seinem Blick jedem Lebewesen einen Schrecken einjagen, aber noch größere Angst hatte sie davor, dass er im Dorf Schlechtes über sie verbreiten könnte. Das Gerücht, dass sie Kinder belästigten, fehlte gerade noch. Vor allem nach letzter Nacht.

Er blieb stehen, aber er wandte sich nicht um.

Sie atmete durch. »Was denken Sie denn, was ich Deirdre angetan habe? Ich habe sie zufällig gefunden und sie – freundlicherweise – nach Hause bringen wollen.«

Er verharrte, den Rücken ihr zugewandt.

Sie hob das Kinn, um sich selbst Mut zuzusprechen. »Selbst wenn Sie es nicht annehmen, ist Deirdre bei Jane im Dienstbotenflügel jederzeit willkommen. Und sie wird von uns nicht schlecht behandelt.«

Langsam wandte er sich um. »Und warum, bitte, sollte ich Deirdre ausgerechnet zu Ihnen ins Große Haus lassen?«

Sie atmete ein. »Jane jedenfalls würde es guttun. Es kann manchmal etwas langweilig im Manor sein.«

Er schnaubte. Dann sagte er langsam: »Es kann langweilig im Manor sein?« Um seinen Mund zuckte es verächtlich. »Wissen Sie eigentlich, was Sie da reden?«

Ohne ein weiteres Wort wandte er sich um und ging mit Deirdre auf dem Arm weiter. Er hatte nicht gesehen, wie rot Emily geworden war, und dafür war sie dankbar. Eine Weile standen sie so da, Jane auf dem Pferd, Emily die Zügel haltend, während sie den beiden nachsahen.

Die junge Gutsherrin nahm den gleichen Weg zurück. Seine Frau und er hatten sie vorhin schon gesehen, als sie mit den beiden Mädchen geredet hatte. Nun hatte sie nur noch eines der Kinder dabei. Samuel Strom schob sich den Hut zurück und beobachtete Ella. Seine Frau hatte tatsächlich den Mut, sich der jungen Gutsherrin in den Weg zu stellen. Ablehnung härtete offenbar ab, stellte er stirnrunzelnd fest, während er sich aufrichtete und mit Sorge über die Mauer zu Ella auf dem Weg blickte. Er hatte schon öfters beobachtet, dass seine Frau langsam verlernte, wie man mit Fremden umging. Er rieb sich mit dem Handrücken den Schweiß von der Stirn, legte den Schraubenzieher auf den Boden und beobachtete mit klopfendem Herzen, wie das Pferd mit den beiden Reiterinnen näher kam. Sein Blick ging wieder zu Ella. Was hatte sie vor? Würde er sie zurück in den Hof zerren müssen, um ihr Peinlichkeiten zu ersparen? Er rieb sich erneut mit dem Handrücken über die Stirn. So weit war es also mittlerweile gekommen. Und er war schuld. Ihm war seit Jahren klar, dass er ihr dieses Leben nicht hätte zumuten dürfen. Dieses Leben als Ausgestoßene, die in den Augen der Iren nicht nur ihr Land, sondern auch ihren Glauben verraten hatte, indem sie ihn, den Dahergelaufenen aus einem anderen Volk, geheiratet hatte. Nun stand sie trotzig auf dem Weg und wartete, bis die junge Winslow sie erreicht hatte.

Das Wichtigste war jetzt, dass seine Mutter nicht auftauchte. Er wusste, welchen Verdacht sie hegte. Er musste unbedingt verhindern, dass sie der jungen Winslow begegnete, denn dann würde es tatsächlich zu Peinlichkeiten kommen. Er wandte sich um, ging um die kaputte Schubkarre herum und hielt nach seiner Mutter Ausschau. Hoffentlich war sie noch dabei, hinter dem Haus bei den Apfelbäumen das Gras zu sensen. Vielleicht könnte er sie dort in ein Gespräch verwickeln. Aber dann würde er selbst die junge Frau nicht in Augenschein nehmen können.

Vorhin war sie zu weit entfernt gewesen, um sie genau betrachten zu können.

Unschlüssig drehte er sich wieder um. Die Reiterin war näher gekommen. Sein Blick heftete sich wie von selbst auf sie. Ihre Wangenknochen waren hoch. Ihre Augenfarbe konnte er nicht erkennen. Das Haar war dunkel. Das passte nicht. Wenn er herausfinden könnte, wie alt sie war, käme er weiter. Daran entschied sich alles.

Andererseits war der Verdacht seiner Mutter wirklich abwegig.

Die junge Winslow schien verunsichert. Sie flüsterte dem Mädchen, das vor ihr auf dem Pferd saß, etwas zu und beobachtete Ella, während sie sich näherte. Als sie Ellas Blick auffing, umspielte ein scheues Lächeln ihren Mund. *Das Lächeln könnte passen*, dachte er stirnrunzelnd.

Er hörte Ella ein paar Worte sagen. Gleichzeitig vernahm er gedämpfte Schritte hinter seinem Rücken. Schnell wandte er sich um. Seine Mutter kam auf ihn zu. Er eilte ihr entgegen und versuchte ihr den Blick zu versperren. Doch es war zu spät. Sie war stehen geblieben und starrte die junge Frau an.

Er stellte sich vor sie. »Mutter, du darfst sie nicht so entgeistert anschauen«, flüstere er. Er wandte sich wieder zu der jungen Winslow und runzelte die Stirn. »Sie hat dich gesehen. Was soll sie denn von uns denken?«

Seine Mutter war blass geworden.

»Lass gut sein«, fuhr er fort. »Sie ist viel zu jung. – Und außerdem, warum sollte Charles Winslow so etwas tun?«

Sie antwortete nicht. Er legte den Arm um sie und schob sie sanft zum Haus.

Emily versuchte, die Frau, die vor ihr auf dem Weg stand, einzuschätzen. Ihre braunen Augen unter den schweren Lidern wirkten misstrauisch. Sie hatte noch kein einziges Mal gelächelt, seit sie Emily angesprochen und sich vorgestellt hatte. Ihr Name war Ella Strom. Während Emily ihren eigenen Namen genannt hatte, war ihr Blick kurz bei dem Mann und der alten Frau hängen geblieben, die mitten auf dem Hof standen und sie anstarrten, als wäre sie die Queen persönlich. Oder eine böse Fee? Sie wusste nicht so genau, ob die beiden fasziniert oder verängstigt waren. Gänsehaut überzog ihre Arme.

Die Frau hatte offensichtlich ihren Blick bemerkt. »Das sind mein Mann und meine Schwiegermutter«, sagte sie bedächtig.

Warum hatte Ella Strom sie auf dem Weg abgepasst? Emily umklammerte Jane fester und beobachtete die Frau aufmerksam von ihrer erhöhten Position auf dem Pferd aus.

»Möchten Sie vielleicht reinkommen?«, fragte die Frau.

Verblüfft sah Emily sie an.

Die Frau fuhr fort: »Ist das nicht Brauch in England? Dass man seine Pächter einmal im Jahr besucht?«

Emily wusste nicht, was sie antworten sollte. Nach den Vorfällen in Killock und dem Anschlag auf ihr Haus würde sie ganz sicher niemanden besuchen, auch nicht diese starrenden Menschen, die sie an das Märchen von Hänsel und Gretel erinnerten. Womöglich saßen in diesem gepflegten Haus schon ein paar andere junge Frauen im Käfig, dachte sie halb ernst. »Ähm, das ist sehr freundlich von Ihnen, Mrs Strom, aber diese junge Dame hier wird zu Hause gesucht. Ich sollte sie so schnell wie möglich abliefern.«

Die Frau musterte Jane, schlug langsam die schweren Lider auf und hob den Blick wieder zu Emily. Dann nickte sie. »Richten Sie Ihrem Vater Grüße von uns aus«, sagte sie langsam. »Wir würden uns über das zusätzliche Land freuen und würden ihn wählen, wenn er als Parlamentarier antritt.«

Emily nickte. Sie hatte keine Ahnung, wovon die Frau sprach, aber sie wollte nicht nachfragen. Sie wollte nur nach Hause. Fast hatte sie Angst, noch mal zu dem Mann und der älteren Frau hinüberzuschauen. Doch dann richtete sich ihr Blick wie von selbst auf die beiden. Mutter und Sohn standen immer noch an derselben Stelle mitten auf dem sauberen Hof. Die alte Frau sah aus, als wäre ihr ein Geist erschienen. Der Mann war sichtlich nervös. Er hatte sofort den Blick abgewandt, als er gemerkt hatte, dass Emily den Kopf in seine Richtung drehte. Eigentlich wirkte er sympathisch. Sein rotblondes Haar, das an den Ecken schon weit zurückgewichen war, betonte seine Sommersprossen. Die kleine Kerbe im Kinn ließ sein schmales Gesicht etwas abgerundeter wirken. Er sah seiner Mutter ähnlich. Auch sie hatte eine Kerbe im Kinn, die Emily aus irgendeinem Grund hübsch fand, obwohl sie, objektiv betrachtet, das Gesicht eher unattraktiver machte. Als der Mann seine Mutter in Richtung Haus schob, sagte Emily: »Es hat mich gefreut, Sie kennenzulernen, Mrs Strom. Auf Wiedersehen.« Sie lächelte zum Abschied.

»Auf Wiedersehen.« In einer schnellen Bewegung trat die Frau zur Seite. Sie lächelte auch jetzt nicht.

Emily ritt langsam den Weg entlang, während sie mit ihrem linken Arm Jane festhielt.

»Sie zittern ja«, sagte das Mädchen.

»Nein, ist schon gut. Ich will einfach nur nach Hause«, sagte Emily leise. »Es war heute Nacht und heute Morgen alles etwas viel.« Emily überlegte, ob es wohl kürzer war, an der Kreuzung nicht geradeaus, sondern nach Osten zu reiten, und entschied sich dann abzubiegen. Die Wolken jagten tief über die sanften Hügel, als wären sie auf der Flucht, während sie ihre Schatten wie gleitende Fabelwesen übers Land warfen. Als sie einige Hundert Meter den schmalen Weg entlanggeritten waren, huschten zwei graue Tiere über den Weg und verschwanden im Gestrüpp. Emily kniff kurz die Augen zusammen, nahm ihre Hand einen Moment lang von Jane weg und rieb sich mit dem Handrücken über die Augen.

»Das waren die Kinder von vorhin«, sagte Jane.

»Tierkinder?«, fragte Emily.

»Nein, sie haben Namen.«

»Was für Tiere sind es denn?«

»Es sind Menschen.«

»Menschen?«, fragte Emily verwirrt.

»Ja, sie wohnen mit ihrer Mutter in dem Loch da vorne. Deirdre und ich haben mit ihnen geredet.«

»Nein, es gibt doch keine Menschen, die in einem Loch wohnen!«

»Sie heißen Patrick und Lizzy. Kommen Sie, sehen Sie selbst«, sagte Jane.

Das Pferd ging plötzlich langsamer, als spürte es Emilys Zaudern. Emily umklammerte Jane, während sie sich langsam dem Gestrüpp näherten. Sie erkannte Äste und Grasnarben auf einem Haufen, direkt davor waren ein paar Treppenstufen in die Erde gegraben.

Ein Erdloch. In das gerade Menschen verschwunden waren.

Emily hielt das Pferd an, vergaß zu atmen, heftete ihren Blick auf den Haufen Gras und lauschte. Doch alles, was sie hörte, war ihr Herzklopfen. Sie zuckte zusammen, als Jane vor ihr plötzlich »Hallo?« rief.

Ein kleiner Kopf tauchte aus der Erde auf, blickte mit großen Augen das Pferd an und duckte sich wieder weg.

Emilys Zittern wurde stärker. »Bist du alleine?«, fragte sie mit bebender Stimme. Er konnte sie nicht gehört haben, ihre Stimme war zu leise gewesen. Sie müsste eigentlich rufen, aber sie konnte nicht.

»Sie wohnen dort mit ihren Eltern. Ich habe auch die Eltern gesehen«, flüsterte Jane.

Emily schwieg. Jetzt wusste sie, warum die Leute sie hassten. Ihr Cousin hatte die Leute aus ihren Hütten vertrieben und jetzt hausten sie in Erdlöchern.

Sie wollte weg von hier, wollte nichts mehr sehen. Sie würde mit ihrem Vater besprechen, wie man diesen Leuten helfen konnte, aber jetzt hatte sie keine Kraft mehr, darüber nachzudenken. Sie drückte ihre Stiefel in den Bauch des Pferdes und ließ es traben, während Jane vor ihr im Sattel auf und ab hüpfte.

Zu Hause in der Eingangshalle kam ihr Bailey entgegen. »Guten Tag, Bailey, wo ist mein Vater?«, fragte sie, während sie sich die Handschuhe auszog.

Er deutete eine leichte Verbeugung zur Begrüßung an. »Im Studierzimmer.«

Eine Minute später öffnete sie die Tür des Studierzimmers. Ihr Vater blickte auf. »Da draußen hausen Leute in einem Erdloch«, sagte sie tonlos.

Er zog die buschigen Augenbrauen zusammen. »Ach ja?« Er lehnte sich zurück. »Ist das Mädchen gefunden worden?«

»Was? Ja, ich habe sie gefunden. Sie ist wieder hier. Aber hast du gehört? Da draußen wohnt eine Familie in einem Erdloch.«

»Nun, dass es in diesem Land so etwas geben soll, ist mir bekannt. Es trifft sich gut, dass unser Verwalter diese Woche eintrifft. Ich werde mich mit ihm um diese Angelegenheit kümmern. Vielleicht kannst du in eine Karte einzeichnen, wo sich dieses Erdloch befindet.«

Sie nickte, trat heran und nahm die Feder entgegen, die ihr Vater gerade benutzt hatte. Mit fahrigen Strichen malte sie eine Karte auf ein Stück Papier. Als sie an der Stelle des Erdloches ein Kreuz machen wollte, tropfte Tinte herab, und es entstand ein hässlicher Klecks. Sie sah zu, wie er wie eine schwarze Träne auf dem Papier verlief.

KAPITEL 4

»Wann kommt er endlich?« Jane sah Emily einen Augenblick lang ungeduldig an und hüpfte dann mit beiden Beinen in den Holzreifen, den sie in der Bibliothek auf den roten Teppich gelegt hatte.

Emily ließ ihren Roman auf den Schoß sinken. »Er wird schon noch kommen. Jedenfalls wird dein Vater die Kutsche nicht schneller lenken können, nur weil du hier wie ein flatterndes Huhn herumhüpfst.« In Wahrheit war sie genauso ungeduldig wie Jane und vielleicht auch genauso neugierig. Doch sie sagte sich, dass sie nur aus einem Grund die Ankunft des neuen Verwalters herbeisehnte: Sie wollte mit ihm so schnell wie möglich über die Situation der Pächter reden. Gleichzeitig wusste sie, dass sie ihn damit nicht würde überfallen können.

Jane, die im Ring stand, kräuselte die Nase, hob ihren Rock, sodass ihre Unterröcke hervorlugten, und machte einen großen Schritt aus dem Reif heraus. Sie hob ihn auf und sagte: »Ich spiele draußen, dann höre ich die Kutsche eher.« Sie drehte sich um und rannte aus dem Raum, während sie den Reifen vor sich hertrieb. Emily blickte ihr amüsiert nach. Dann wandte sie sich wieder ihrem Roman zu. Ohne die Seite zu Ende gelesen zu haben, blätterte sie um. Der langweilige Dialog zwischen dem Fabrikbesitzer und dem Verwalter zog sich über vier eng gedruckte Seiten. Während ihre Augen auf die Buchstaben geheftet blieben, malte sie sich aus, wie sie den neuen Verwalter begrüßen würde. Sie würde ihn anlächeln und ihm die Hand reichen und für den Moment versuchen, ihren Unmut darüber zu vergessen, dass ihr Vater bestimmt hatte, sie solle ihn wie ein Mitglied der Familie behandeln.

Während sie auf die Buchstaben in ihrem Roman starrte und überlegte, ob sie ihn einfach gar nicht begrüßen sollte, hörte sie draußen Hufe und Räder auf dem Kies knirschen. Sie klappte das Buch zu und legte es mit einem dumpfen Schlag auf das Tischchen. *Guten Tag, herzlich willkommen in Ashton Manor, drei Ausrufezeichen, hatten Sie eine gute Reise?* Sie erhob sich und schritt mit raschelnden Röcken zur Tür. Dann überlegte sie es sich anders und ging zum Fenster.

Draußen hielt die Kutsche. Weiter hinten auf der Allee stürmte Jane heran. Ihren Holzreifen hatte sie offensichtlich irgendwo liegen lassen.

Merrill sprang vom Kutschbock und öffnete die Tür. Ein Zylinderhut beugte sich durch die Türöffnung. Lange Beine in karierten Hosen schoben sich heraus. Der Mann trat aufs Brett, richtete sich gleichzeitig zu seiner vollen Größe auf und sprang sportlich auf den Kies. Emily zog unmerklich die Augenbrauen hoch. Dann sah sie im Augenwinkel eine Bewegung. Es war Jane, die die Kutsche fast erreicht hatte. Als das Mädchen sah, dass sie ins Blickfeld ihres Vaters geraten war, der die Kutschtür offen hielt, verlangsamte sie ihre Schritte, wie es sich für eine kleine Dame gehörte. Trotzdem ging sie schnell, *zu* schnell, denn ihre Stiefel verfingen sich in ihren Röcken und sie schlug der Länge nach auf den Boden. Sofort hob sie den Kopf wieder und stützte sich auf die Hände, um wieder aufzustehen, doch der neue Verwalter war schon zu ihr geeilt und half ihr auf, indem er sie an der Hand hochzog.

Als Jane wieder stand, fragte er sie etwas, und sie nickte. Ronald Tuppence lächelte und wandte sich dann dem Haus zu. Die Sonne strahlte in sein Gesicht. Emily hielt eine Sekunde den Atem an. Selbst der plappernden Anne hätte es bei seinem Anblick die Sprache verschlagen. Graue Augen leuchteten unter Strähnen von blondem Haar, das sich unter seinem Hut hervorstahl. Das kantige Kinn wurde flankiert von einem hohen, schneeweißen Kragen, der seine Koteletten halb verdeckte. Der Kragen war perfekt gestärkt, und Emily fragte sich, wie er die Reise so unbeschadet überstanden hatte. Dieser Mr Tuppence würde sicherlich die Nase rümpfen, wenn ihm klar wurde, dass sich in Irland niemand aufs Stärken verstand und er seine Krägen zum Bügeln nach England würde schicken müssen.

Merrill schloss die Kutschentür, trat zu seiner Tochter und schimpfte mit ihr. Sie nickte, wandte sich um und ging davon.

Der neue Verwalter schritt selbstbewusst auf das Eingangsportal zu und verschwand aus Emilys Blickfeld. In ihrem Kopf hörte sie Annes Stimme, die verkündete, dass man laut der Zeitschrift *The Lady's Cabinet* frischer wirkte, wenn man sich in die Wangen kniff. Sie faltete absichtlich die Hände, um den Drang zu widerstehen, sich wie ein albernes Ding in die Wangen zu zwicken, und stellte sich aufrecht in die Mitte des Raumes.

Bailey betrat den Raum, verharrte am geöffneten Türflügel und verkündete feierlich: »Miss, Mr Tuppence ist hier.«

Sie nickte und presste die gefalteten Hände noch enger zusammen. Als Tuppence durch die Tür auf sie zuschritt, sah er sie selbstbewusst an, bis er sie erreicht hatte. Er deutete eine Verbeugung an und reichte dann Bailey seinen Zylinder und seine Jacke.

»Sir«, sagte Emily, »es freut mich, Sie willkommen zu heißen. Mein Vater ist leider in einer dringenden Angelegenheit zu den Pächtern gerufen worden. – Ich hoffe, Sie hatten eine gute Reise?«

Er lachte. »Ich hasse es zu reisen«, sagte er, während er sie nicht aus den Augen ließ. »Ich bin jedenfalls froh, hier zu sein.« Er sah sie einen Moment zu lange an, und sie merkte, wie ihre Wangen von selbst zu glühen begannen. So viel zu Annes Kniffen.

Hinter seinen breiten Schultern betrat jemand das Zimmer. Es war ihr Vater. »Mr Tuppence?«, fragte er erfreut. Der neue Verwalter wandte sich um und die beiden Männer begrüßten sich mit einem Handschlag. Mr Tuppence war ein Kopf größer als ihr Vater. Emily fragte sich, wie die beiden wohl miteinander auskommen würden. Ob der neue Verwalter das Gut mit einem Handstreich vereinnahmen würde, so selbstbewusst, wie er auftrat?

Nachdem ihr Vater und Mr Tuppence über die Reise geplaudert hatten, trat Tuppence ans Regal und betrachtete einen Moment lang die Sammlung alter Bibeln, die ihr Vater für teures Geld hatte nach Irland verschiffen lassen. »Wirklich beeindruckend, Ihre Sammlung!«, sagte Tuppence lächelnd.

Sehr schlau, der gute Mann, dachte Emily und beobachtete, wie ihr Vater strahlend herantrat. »Diese hier ist meine wertvollste«, sagte er stolz, rieb sich die Hände und nahm den Ledereinband aus dem Regal. »Ein Erstdruck der Tyndale-Bibel aus Worms.«

Er blätterte sie vorsichtig auf und hielt sie Mr Tuppence hin.

»Sehr schönes Exemplar«, sagte Tuppence anerkennend.

Emily bezweifelte, dass Mr Tuppence nach seiner Reise die Bibel wirklich von innen sehen wollte. Doch das sollten die beiden unter sich ausmachen. Bevor sie sich zum Gehen wandte, musterte sie ihn noch einmal von der Seite. Sein hoher Kragen versteckte die Hälfte seines Gesichtes. Als hätte er etwas zu verbergen.

Unsinn, es war einfach ein teurer Kragen. Sie entschloss sich, die Männer alleine zu lassen.

»Wir gehen heute nicht auf Reise. Heute ist Samstag. Samstags etwas Neues zu beginnen, bringt Unglück«, sagte Patricks Mutter, während sie im Erdloch vor der Feuerstelle kniete.

»Welche Reise?«, fragte Patrick.

»Das erkläre ich, sobald Lizzy zurück ist.«

Aus der Grasabdeckung tropfte es ins Feuer. Mama beugte sich herab und blies in den Torf, bis es qualmte. Dann straffte sie sich und rieb ihre Hand über die Stelle am Rücken, wo die Knochen einen Bogen bilden.

Patrick wusste, dass seine Mutter Rückenschmerzen hatte – von der Arbeit auf Onkel Martins Feld, aber auch, weil sie keine Sitzgelegenheiten mehr hatten. Vor zwei Wochen hatte Papa die Bank und den Tisch, die oben vor dem Erdloch gestanden hatten, zum Pfandleihhaus gebracht und sie gegen eine Decke eingetauscht.

Er vermisste Papa. Und er vermisste die Bank und den Tisch. Denn jeden Abend, wenn die Nachtvögel sangen und der Mond aufging, waren sie oben im Freien auf der Bank gesessen, hatten versucht, die Tanzgeräusche der Feen zu hören, und hatten Papas leisen Geschichten gelauscht. Die meisten Geschichten hatte Patrick schon gekannt, aber das machte nichts.

Als die hässlichen Soldaten gekommen waren, hatten Papa und Mama die Bank und den Tisch aus dem Haus getragen, um sie zu retten. Die Soldaten und die beiden Polizisten waren mit Leitern die Mauer hochgeklettert und hatten mit Flegeln auf das Reetdach eingeschlagen, bis es erst einknickte und dann absackte. Seine Mutter hatte Tränen in den Augen gehabt und sein Vater hatte sich abgewandt.

Als die hässlichen Männer wieder weg waren, banden sich seine Eltern schweigend ihre Beutel mit den Kleidern und den Töpfen um und trugen den Tisch und die Bank zu Onkel Martins Haus. Dort stellten sie die Möbel an die Hauswand. Die erste Zeit hatten sie noch in Onkel Martins Haus geschlafen, auf Matten auf dem Boden, aber dann hatte Onkel Martin eines Abends seltsam aus dem Mund gerochen und getobt, und sie hatten ab dem Zeitpunkt draußen vor der Tür schlafen müssen. Tante Mary hatte ihnen abends heimlich ein paar Kartoffeln hinausgebracht. Jedes Mal hatte sie Lizzy durchs rote Haar gestrichen, kurz gelächelt und war dann wieder in der dunklen Hütte verschwunden.

Ein paar Wochen später war Papa eines Mittags zu ihm, Mama und Lizzy aufs Feld gekommen. »Wir gehen«, hatte er gesagt.

»Aber das Feld«, hatte Mama geantwortet.

»Wir haben keine Verpflichtungen mehr. Wir wohnen ab jetzt nicht mehr bei Mary und Martin. Sie sollen ihr Unkraut selbst jäten.«

Papa hatte ihnen dieses Loch hier in der Erde gezeigt und Mama hatte wieder geweint. »Jetzt haben wir wenigstens ein Dach über dem Kopf«, hatte Papa gesagt.

Aus dem Dach tropfte es. Paddy stand auf. Er war neun, aber selbst er konnte sich in diesem Loch nicht aufrichten. Er wickelte die feuchte

Wolldecke um sich und setzte sich wieder auf den lehmigen Boden. Er spürte die Kälte, die die Erde ausstrahlte. Am Eingang rieselten Steinchen herab, dann sprang Lizzy ins Loch. Mama drehte sich um und schimpfte mit ihr, weil bei ihrem Sprung wieder etwas aus der erdigen Treppe gebrochen war. Lizzy kroch herein. Ihr Haar stand wieder so lustig ab.

Mama hatte ihnen erklärt, dass Lizzy Glück hatte, denn egal, wie sie ihr feuerrotes Haar trug, es fiel ihr nie in die Stirn, weil sie direkt am Haaransatz drei Wirbel hatte, die es in die Luft stehen ließen. Wahrscheinlich hatte Tante Mary ihr deshalb immer übers Haar gestrichen, dachte Patrick.

»Ich habe Hunger«, sagte Lizzy und rieb sich im Rauch die tränenden Augen. Auch Patricks Augen juckten.

»Erzählst du uns jetzt von der Reise?«, fragte Patrick seine Mutter.

Statt zu antworten, sagte Mama: »Das ist der letzte Rest.« Sie nahm den Topf vom Gitter, das sie über das Feuer gesetzt hatte.

»Haben wir dann keine Kartoffeln mehr?«, fragte Lizzy.

Mama schüttelte den Kopf.

»Und dann?«

Mama wandte den Blick ab. Sie sammelte sich kurz, dann schloss sie die Augen und sprach das Gebet, das sie immer vor dem Essen beteten. Als sie fertig gesprochen hatte, fügte Lizzy hinzu: »Und dass Papa bald wieder aus dem Gefängnis kommt.«

Doch Patrick wusste, dass es noch ein ganzes Jahr dauern würde, bis ihr Vater wieder nach Hause durfte. Und das alles nur, weil er versucht hatte, ihr altes Haus wiederaufzubauen. Die hässlichen Polizisten hatten Papa aus dem kaputten Haus gezogen und ihn angeschrien, dass er das Haus nicht mehr betreten durfte. Patrick war weinend zu seiner Mutter im Erdloch gerannt. Und dann war Tante Mary gekommen und hatte gesagt, dass Papa jetzt ins Gefängnis musste.

Während Mama für Lizzy und ihn die beiden Kartoffeln aus dem Topf nahm, sagte sie: »Wir gehen ins Armenhaus. Morgen früh. Dort werde ich viel arbeiten müssen und wir werden uns ganz selten sehen.

Vielleicht sonntags. Aber ihr habt ein Dach über dem Kopf und bekommt etwas zu essen.«

»Und was ist, wenn Papa entlassen wird und er uns nicht findet?«, fragte Lizzy.

»Er wird uns schon irgendwie finden.«

Zwei Stunden später stocherte Emily beim Abendessen auf ihrem Teller herum. Ihr Vater saß am Kopf der Tafel, während Ronald Tuppence den Platz ihr gegenüber eingenommen hatte. Jedes Mal wenn sich ihre Blicke trafen, schenkte er ihr ein Lächeln.

Vor diesem Lachen musste man sich in Acht nehmen, dachte sie. Wenn man nicht aufpasste, kitzelte es einem im Herzen. Am besten, man ging ihm aus dem Weg. Sie deutete ebenfalls ein Lächeln an, senkte den Blick und konzentrierte sich auf die Pastete und die kleinen Kartoffeln auf ihrem Teller. Nach einer Weile blickte sie zu ihrem Vater. Er führte unbeirrt seine Gabel mit dem Fleisch zum Mund, kaute, zog die Augenbrauen zusammen, weil ihm wohl etwas einzufallen schien, schluckte und führte die Konversation weiter. »Diese Pächter hier sind zu allem fähig, mein lieber Mr Tuppence, das sage ich Ihnen. Sie hätten sie sehen sollen mit ihren Fackeln und Gewehren.« Er griff zu seinem Glas. »Die Polizei kann die Angreifer nicht festnehmen, weil ich niemanden von ihnen identifizieren kann. Ich kenne ja noch fast niemanden in dieser Gegend. Wir müssen ihnen auf andere Art und Weise beikommen. Nur wie?« Er führte sein Glas zum Mund.

Er hatte sich die Frage selbst beantwortet, dachte Emily bei sich. Sie mussten ihre Pächter persönlich kennenlernen.

Ihr Vater stellte das Glas ab und sprach weiter. »Als Grundbesitzer ist man hier seines Lebens nicht sicher. Anfang des Jahres wurde Lord Mountmorris im County Galway ermordet, nachdem er ein paar Familien den Räumungsbefehl erteilt hatte. Und später auch noch ein anderer Gutsherr, William Clements.«

»Ja, aber Clements hat sich auch nicht gerade weise verhalten«, sagte Tuppence jovial, als weihte er sie in Dorfklatsch ein. »Er hatte zwei Dörfer niedermachen lassen, weil er dort sein Anwesen errichten und einen Park voller Bäume anlegen lassen wollte.«

Ronald Tuppence hatte offenbar seine Hausaufgaben gemacht, dachte sie. Sie spürte seinen Blick auf ihr. »So etwas Unmenschliches sollte man nicht tun«, sagte sie, weil ihr nichts Besseres einfiel.

»Wir werden uns umsichtiger verhalten«, erwiderte er lächelnd.

»Was genau schlagen Sie vor?«, fragte ihr Vater und schob sich ein weiteres Stück Fleisch in den Mund.

»Die Armut lindern, das schafft zufriedenere Pächter.«

Ihr Vater lachte beim Kauen. »Die Armut lindern. – Und wie genau, bitte schön?«

»Durch die Vergabe billiger Darlehen«, sagte Mr Tuppence freundlich.

»Von welchem Geld denn?« Ihr Vater griff nach seinem Weinglas.

»Zusammenlegung kleinerer Pachtstücke in größere. Dann hat man weniger Familien auf seinem Land, die wiederum auf mehr Land zurückgreifen können und mehr Ertrag erwirtschaften.«

Emily fand, dass das vernünftig klang.

Ihr Vater zeigte mit seiner Gabel in Richtung Mr Tuppence. »Neue Ideen und Verbesserungen, das ist es, was dieses Land braucht! Zusammenlegung klingt vernünftig. Es ist übrigens gerade ein mittelgroßes Pachtstück wegen eines Todesfalls frei geworden.«

»Wem wollen Sie es geben?«, fragte Tuppence.

Ihr Vater räusperte sich und führte sein Weinglas zum Mund, allen Blicken ausweichend. »Den *Palatines**«, murmelte er. »Der Familie Strom.«

Emily beobachtete ihn. »Was sind *Palatines*?«

Anstelle zu antworten, sprach er weiter, an Tuppence gewandt: »Aber das müssen Sie für mich erledigen, Mr Tuppence, ich möchte

---

* Deutsch: *Pfälzer*

nichts damit zu tun haben.« Er konzentrierte sich aufs Schneiden seines zweiten Stückes Fleisches. Seine Kieferknochen mahlten. Ein Zeichen, dass er aufgeregt war.

»Ich habe die Stroms kurz kennengelernt«, sagte Emily. »Sollte ich sie in Zukunft lieber meiden?«

»Ja, gehe ihnen besser aus dem Weg.« Er sah nicht auf.

Emily blickte ihn abwartend an.

Offensichtlich war ihm bewusst, dass seine Aussage einer Erklärung bedurfte. »Sie sind Methodisten«, sagte er knapp.

Sie runzelte die Stirn. Ihr Vater hatte noch nie von Methodisten gesprochen. »Sie sind *Palatines?* Was bedeutet das?«, fragte sie noch einmal.

»Ihre Vorfahren kommen vom Kontinent. Aus der Pfalz«, murmelte ihr Vater, während er Bailey mit einer fahrigen Bewegung zum Nachschenken herbeirief.

»Und warum willst du das frei gewordene Land an sie verpachten und nicht an jemand anders?«, fragte sie und spürte, wie Tuppence interessiert von ihr zu ihrem Vater sah und dann wieder seinen Blick auf ihr ruhen ließ. Offenbar versuchte er, sich einen Reim auf dieses seltsame Gespräch zu machen.

Auch ihr Vater hatte Tuppence' Blick registriert. Er sagte: »Ich will das Stück Land keinem Iren geben. Haben Sie gesehen, wie die das Land bewirtschaften? Von Fruchtfolge scheinen sie nicht viel zu halten oder sie definieren sie einfach neu: Kartoffel, Kartoffel, Kartoffel. Die *Palatines* halten sich wenigstens an den gesunden Vierjahresrhythmus: Kartoffel, Gerste, Weizen, Hafer.«

»Bei Limerick habe ich einmal ein Dorf besucht, das von *Palatines* gegründet wurde und das fast ausschließlich von ihren Nachfahren bewohnt ist«, sagte Tuppence. »Sie benutzen eine moderne Vorrichtung für die Aussaat des Getreides. Offensichtlich ist ihr Getreide hochwertiger, denn es wird zu höheren Preisen gehandelt als das der anderen Bauern. Und sie waren es auch, die hier im Südwesten Wagen mit Rädern eingeführt haben – so unglaublich das klingen mag!«

»Wie wurden denn zuvor Lasten transportiert?«, fragte Emily.

»Mit Schlitten.«

Emily runzelte die Stirn und fragte sich, ob die Behauptung, dass die Iren zuvor keine Wagen gehabt hatten, nicht eher ein Gerücht war.

»Die Iren glauben, dass Reichtum vom Glück abhängt, die *Palatines* glauben an Fleiß«, sagte ihr Vater. Emily hatte den Eindruck, dass er angestrengt versuchte, eine normale Konversation aufrechtzuerhalten. »Und außerdem«, sprach er weiter, »welcher der tausend irischen Familien sollte ich das Land denn geben? Sie würden sich nur gegenseitig die Köpfe einschlagen.«

»Sind die *Palatines* wohlhabender als die anderen?«, fragte sie. »Ich habe ihr Haus gesehen. Es ist zweistöckig und mit Ziegeln gedeckt. Sie hatten sogar ein Gemüsebeet. Das einzige, das ich hier bis jetzt gesehen habe.«

»Die auf meinem Land sind schon wohlhabender als die Iren, ja«, antwortete ihr Vater.

Ronald Tuppence sagte: »Wenn Sie das Land nicht den Iren geben möchten, könnten Sie einfach die Stempelgebühren für den Pachtvertrag erhöhen. Wer sich den neuen Vertrag leisten kann, bekommt das Land.«

Ihr Vater nickte anerkennend.

Emily fragte: »Wann und warum kamen die *Palatines* denn nach Irland?«

Ihr Vater schob sich eine Kartoffel in den Mund. Emily wartete. Als die Stille zu unangenehm wurde, ergriff Mr Tuppence das Wort. »Ich weiß ein bisschen was über diese Leute«, sagte er zögernd, »sie stammen aus der Kurpfalz und Umgebung. Vor über hundert Jahren wurden sie während einer Hungersnot unter falschen Versprechungen nach England gelockt. Die englische Königin hatte ihnen Land in Amerika versprochen, wo angeblich Milch und Honig flossen. So stand es sogar auf Werbebriefen, die auf dem Kontinent verteilt wurden. Doch als die tausend Familien dann zur Weiterfahrt nach Amerika in London eintrafen, änderte die Königin ihre Pläne plötzlich. Ihr war zwischenzeitlich eingefallen, dass sie zur Sicherung ihrer Herrschaft in Irland mehr Protestanten brauchte – und so schickte sie die Pfälzer kurzerhand nach Irland.«

Während Emily ihm zuhörte, fragte sie sich, ob es ein Thema gab, bei dem der gute Mann zur Abwechslung mal nichts zu sagen wusste.

Er sprach weiter: »Diejenigen, die von Haus aus katholisch waren, änderten ihre Konfession und wurden auf dem Papier zu Protestanten. Aber die meisten Familien waren ohnehin schon Protestanten. So kamen sie nach Irland. Ihnen war fruchtbares, weites Land versprochen worden und nun saßen sie auf steinigem Boden in kaltem Sturm. Viele von ihnen starben an Krankheit und Hunger und ein Großteil kehrte nach einiger Zeit in ihre Heimat zurück. Diejenigen, die blieben, versuchten ihre deutschen Bräuche beizubehalten, zum Beispiel kultivieren sie im Gegensatz zu den Iren Obstbäume.« Er lehnte sich zurück. »Sehr interessant, Sir, dass Sie *Palatines* auf Ihrem Land haben. Man könnte doch sicher Kapital aus ihnen schlagen?«

»Hm«, murmelte ihr Vater und griff erneut zu seinem Glas.

Emily sagte an ihren Vater gewandt: »Die Frau der Familie sagte mir, dass sie dir ihre Stimmen geben würden, falls du ins Parlament gewählt werden möchtest. Was meinte sie damit?«

Ihr Vater kaute, statt zu antworten.

Wieder sprang Tuppence ein. »Sie wollte damit sagen, dass sie wahlberechtigt sind. Das sind die meisten ärmeren Pächter nicht, denn man darf nur wählen, wenn man ein bestimmtes Kapital vorweisen kann. Die Loyalität der wahlberechtigten Pächter ist wichtig für einen Großgrundbesitzer, der ins Parlament will.«

Die Stroms hatten sie also bestechen wollen, dachte Emily. Ihr Vater stellte sein Glas ab und sagte: »Ich lasse mich nicht zur Wahl aufstellen.«

Ronald Tuppence lächelte wieder.

Am nächsten Morgen traf Emily Tuppence im Frühstücksraum an. Er legte gerade seine Serviette beiseite und erhob sich. »Kann ich kurz mit Ihnen reden – falls Sie fertig sind?«, fragte sie.

»Natürlich«, er musterte sie aufmerksam.

»Da draußen leben Menschen in einem Erdloch.«

Er nickte. »Ich weiß. Ihr Vater hat es erwähnt. Wollen Sie mir das heute Nachmittag zeigen?«

Sie atmete tief ein und sagte: »Ja, gerne. Sagen Sie mir Bescheid, wenn Sie bereit sind.«

Sie setzte sich an den Frühstückstisch und Tuppence verbeugte sich zum Abschied. Als sie fertig war, stieg sie die Treppe hinauf zu ihrem Zimmer. Überrascht blieb sie in ihrer Zimmertür stehen und betrachtete die Szene, die sich ihr bot. Dabei hielt sie die Luft an, um nicht den Terpentingeruch einatmen zu müssen. Drei Personen reinigten ihr Bettgestell – ein Hausmädchen und zwei Kinder. Die Matratze war aus dem Bett herausgenommen und an die Wand gelehnt worden. Der Stoffhimmel war in Knoten zusammengebunden. Eines der Mädchen war Deirdre, das andere Jane. Deirdre kniete vor dem Metallgestell, tauchte eine Bürste vorsichtig in einen Eimer mit Terpentin und anschließend in eine Schüssel mit Salzkörnern. Jane, die neben ihr kniete, schrubbte eifrig mit der Bürste die Bettpfosten ab. Martha, das Dienstmädchen, saß auf der gegenüberliegenden Seite und reinigte einen Metallfuß. Als sich Emily bemerkbar machte, indem sie den Raum durchquerte und das Fenster öffnete, hielten Jane und Martha inne und drehten sich zu ihr. Deirdre schrubbte weiter. Emily holte am Fenster tief Luft, drehte sich dann um und sagte: »Hallo Deirdre, was machst du denn hier?«

Das Mädchen antwortete nicht, sondern tat so, als wäre sie tief in ihre Arbeit versunken. Emily sah fragend zu Jane.

»Wir helfen Martha beim Schrubben gegen Bettwanzen«, erklärte Jane. »Deirdre will auch helfen, damit sie schon mal lernt, was man als Dienstmädchen tun muss. Damit sie später viel Geld verdient.«

»So?«, sagte Emily und stellte sich direkt vor Deirdre, die nun zu ihr aufsah. »Weiß deine Familie, dass du hier bist?«

Deirdre sah sie eine Sekunde lang mit ihren wachen Augen an, dann wandte sie sich ab und starrte ins Leere. Das war kein gutes Zeichen, dachte Emily.

»Du kannst hier nicht einfach gegen den Willen deiner Familie auftauchen. Und schon gar nicht kannst du mit Gift wie Terpentin arbeiten!« Wenn die Einheimischen das erfuhren! Vor allem, nachdem dieser unfreundliche Onkel klargestellt hatte, dass sie die irischen Kinder in Ruhe lassen sollte. Stirnrunzelnd blickte sie auf das Kind hinab. Ihr Ton hatte nicht so streng geklungen wie beabsichtigt, eher wie eine gutmütige Tante. Entschlossen sagte sie: »Ich bringe dich jetzt nach Hause. Los geht's. Du wartest unten auf mich, ich läute in der Zwischenzeit nach der Kutsche.«

Ein paar Minuten später trat Emily mit einem eingewickelten Laib Brot vors Haus. Deirdre stand da, verloren auf dem großen Rasen, über ihren Beinchen bauschte sich ihr Kleid im Wind auf. Ihre dreckigen Strähnen hatte sie sich hinter die Ohren geklemmt.

Merrill fuhr die Kutsche vor und Emily winkte das Mädchen herbei. Merrill sprang vom Kutschbock und sah erst zu Emily, dann zu Deirdre und hob unmerklich das Kinn, als er begriff, was Emily vorhatte. Das Selbstvertrauen der irischen Dienerschaft schien bereits auf ihn abgefärbt zu haben, denn er ließ sie spüren, dass er es unangebracht fand, ein Pächterkind mit der Kutsche nach Hause zu bringen. Und natürlich hatte er recht. Doch Emily wollte ein Zeichen setzen, dass sie keine kleinen Pächterkinder als unbezahlte Hausmädchen ausnutzte.

Merrill half Emily in die Kutsche, dann Deirdre, und schloss die Tür mit einem missbilligenden Blick.

Der Wagen polterte los. Deirdre wagte nicht, sich aufs Polster zu setzen, stattdessen lehnte sie sich nur vorsichtig an die Kante der Sitzbank. Sie richtete ihren Blick nach oben an die gepolsterte Decke und schaute dann unsicher zu Emily.

»Bist du einfach von zu Hause weggegangen?«, fragte Emily.

Trotz glomm in den klaren Augen des Kindes auf. »Sie kalken heute das Haus. Da bin ich nur im Weg.«

»Findest du es nicht schön, wenn sie es weiß anstreichen?« Emily lehnte sich zurück. Hier sah es ja niemand. »Dann habt ihr hinterher ein sauberes, schmuckes Häuschen.«

»Ja, aber sie machen das nicht, damit es schön aussieht.«

»Sondern?«

»Damit der Wind nicht so durchpfeift. Wir machen das jedes Jahr, bevor wir die Ernte retten.«

»Ihr *rettet* die Ernte?«

»Ja, wieso?«

Emily lächelte. »Das ist ein seltsamer Ausdruck.«

Deirdre zuckte mit den Schultern. »Wir retten sie. Ist doch klar. Vor Wind und Regen und so.«

»Was baut ihr denn an?«

»Kartoffeln.«

»Und die esst ihr dann selbst?«

»Ja, sicher. Aber jetzt ist Sommer, da gibt es fast keine mehr. Das ist eine blöde Zeit.«

Emily dachte an die Kartöffelchen, die sie am Tag vorher auf dem Teller hin und her geschoben und dann hatte zurückgehen lassen. Sie hatte sich nie gefragt, wie teuer sie um diese Zeit wohl waren. Sie schwieg kurz. »Was esst ihr denn sonst so?«

Die Kleine zuckte mit den Schultern. »Eigentlich immer Kartoffeln. Morgens, mittags, abends. Mal mit Milch, mal mit Butter. Jetzt im Sommer, wenn die neuen Kartoffeln noch nicht gerettet sind und wir kaum noch welche von letztem Jahr haben, knurrt den Leuten immer der Magen.«

»Und wie viele Personen seid ihr zu Hause?«

»Vier. Meine Mama, meine Großmutter, mein Onkel und ich.«

»Womit verdient ihr euer Geld?«

»Wir verkaufen manchmal ein bisschen was. Wolle oder ein Lamm oder so. Manchmal geht Brendan für ein paar Wochen weg zum Straßenbau. Manchmal bekommt er auch etwas von den Leuten aus dem Dorf geschenkt, wenn er mit den Tieren hilft.«

»Wie hilft er denn mit den Tieren?«

»Wenn ein Tier krank ist, bringen sie es oft zu uns und fragen Brendan, was sie tun sollen, damit es gesund wird.«

Mit Tieren konnte er also umgehen, nur nicht mit englischen Ladys, dachte Emily.

»Wie heißt ihr eigentlich?«, fragte Emily.

»Meine Mama und ich heißen Rooney, Brendan und Großmutter heißen O'Neill«, sagte sie, stand auf und stellte sich ans Fenster. Um das Gleichgewicht nicht zu verlieren, spreizte sie die Beine und stützte sich am Türgriff ab.

»Den Griff nicht nach oben ziehen, sonst geht die Tür auf«, sagte Emily.

Deirdre nickte, ohne sie anzusehen. Eine Weile schaute sie fasziniert hinaus, dann berührte sie andächtig mit dem Zeigefinger die Scheibe. Die Berührung hinterließ einen schmierigen Fleck. Behutsam wischte sie mit dem Handballen darüber. Sie schien überrascht, dass sie den Fleck dadurch in die Länge zog. Dann rief sie. »Hier! Wir sollten hier anhalten.«

Emily klopfte und die Kutsche kam zum Stehen.

Merrill öffnete die Tür und half Emily heraus. Hinter ihr sprang Deirdre auf den Boden. Sie waren am Dorfeingang von Grenmore angelangt, in etwa hundert Meter Abstand zur Siedlung. Die Häuser waren in unterschiedlichen Distanzen und Winkeln zueinander errichtet. Die meisten waren mit Reet gedeckt, das an einigen Stellen hässlich schwarz gefleckt war. Nur wenige der Häuschen besaßen einen Kamin. Emily erkannte sofort, welches Haus Deirdres Familie gehörte: Es stand etwas abseits, als hätte der Erbauer darauf spekuliert, dass die Siedlung noch wachsen würde. Die rechte Hausseite war weiß, die andere dreckig grau. Die Farbgrenze verlief am Fenster, dessen Scheibe wellig und matt war wie ein trübes Auge. Vor der Hütte standen zwei Personen mit Pinseln, die zu ihr starrten. Die eine Person war eine Frau Anfang dreißig in einem dunkelblauen Flanellkleid, an dessen Saum ein frischer weißer Fleck prangte. Sie trug keine Schuhe. Die andere Person war Brendan O'Neill. Als er sie erkannte, warf er den Pinsel in den Eimer und verschwand ins Haus. Er zog den unteren Flügel der Tür zu. Durch den oberen Flügel konnte Emily nur schwarze Dunkelheit erkennen.

Sie atmete tief durch. Am Dorfrand hatte sich eine Menschentraube gebildet, Junge und Alte waren vor die Türen getreten, in weiten, flatternden Hosen und braunen Kitteln. Überall sprangen Kinder umher, zeigten mit Fingern auf die Kutsche und riefen sich Worte zu.

Deirdre rannte mit dem eingewickelten Brot auf die Frau zu, die wohl ihre Mutter war, dann schien ihr einzufallen, wie unhöflich das war, und sie drehte sich noch einmal zu Emily um. Nachdem sie einen Knicks angedeutet hatte, rannte sie weiter. Emily ging langsam auf das Haus zu. Deirdres Mutter hielt den weißen Pinsel abwartend in der Hand, abgewinkelt vom Körper, sodass er nicht noch mehr Kleckse auf ihrem Kleid hinterließ, und blickte sie neugierig an. Die Farbe ihrer Augen leuchtete wie Kornblumen, aber anders als bei ihrem Bruder stand das intensive Blau in seltsamem Kontrast zu ihrer blassen Haut und den grauen Ringen unter den Augen.

Als Emily bei der Frau angelangt war, nickte sie ihr zu. »Guten Tag, mein Name ist Emily Winslow.«

Ein schüchternes Lächeln umspielte die Lippen der Frau. Sie schien amüsiert, dass Emily ihren Namen genannt hatte. »Erin Rooney«, sagte sie leise und lächelte breiter.

Emily fand ihr Lächeln wunderschön, sie war die erste Einheimische, die nett zu ihr war.

»Ich bringe Ihnen Ihre Tochter wieder. Sie ist heute ungefragt im Manor aufgetaucht und wollte mithelfen. Bitte verstehen Sie, dass wir sie nicht dazu ermutigt haben, im Haus auszuhelfen. Als ich sie sah, habe ich sie sofort hierhergebracht.«

»Das ist sehr freundlich von Ihnen«, sagte Mrs Rooney leise in ihrem melodiösen Dialekt. »Bitte entschuldigen Sie, dass sie Ihnen Umstände gemacht hat.« Ihr Blick fiel auf das Brot in Deirdres Händen. In dem Moment klackte die Tür und Deirdres Onkel trat heraus. Mit verärgertem Blick kam er auf seine Schwester zu. Emily merkte, wie sie wieder nervös wurde. Sie musste die Flut irgendwie zurückhalten. Sie atmete tief durch.

Brendan O'Neill sagte etwas zu seiner Schwester. Emily verstand die gälischen Worte nicht – was sie jedoch verstand, war, dass er sie durch das Verwenden einer fremden Sprache ausschließen wollte, denn dass er Englisch konnte, hatte er bewiesen.

Deirdre bedachte die Kinder, die in einiger Entfernung standen, mit einem triumphierenden Blick und ging ins Haus. Erin Rooney machte eine Bewegung mit dem Kinn in Deirdres Richtung und sagte leise auf Englisch zu ihrem Bruder: »Sie hat dort ein Brot bekommen.«

O'Neill zog die Brauen zusammen und wandte sich Emily zu. »Hatte ich mich nicht deutlich genug ausgedrückt?«, sagte er kalt. »Außerdem wollen wir Ihre Almosen nicht.«

Sie atmete hörbar aus. Sie hatte Merrill Mühe damit gemacht, die Kutsche einzuspannen, und hatte das Kind persönlich abgeliefert, nur um diesen Leuten hier zu zeigen, dass sie es gut mit Deirdre meinte. Aber diesem Kerl hier konnte man nichts recht machen. Er nahm ihre Bemühungen gar nicht wahr. Sie ärgerte sich über ihn und über sich selbst. Schweiß bildete sich zwischen ihren Schulterblättern. »Das sind keine Almosen. Das ist ein Geschenk«, erwiderte sie. Sie war stolz, dass die Flut der Angst nicht weiter anstieg.

Er antwortete nicht, sondern bedachte sie mit einem spöttischen Blick.

Gereizt sagte sie: »Meine Güte, geben Sie mir eine Chance.«

»Eine Chance wofür? Menschen zu töten?«, erwiderte er.

Sie schwieg. Dann sagte sie frustriert: »Sind bei dem Angriff also tatsächlich Männer gestorben, ja?«

In seinen Augen flackerte Wut auf. »Ja, in der Tat. Es ist jemand gestorben.« Seine Stimme klang gereizt. Er verschränkte die Arme vor der Brust.

»Lass gut sein«, flüsterte Erin Rooney ihm zu.

Er ignorierte seine Schwester und durchbohrte Emily mit seinem Blick. »Nicht nur irgendjemand. Nein, Sie haben es geschafft, den wichtigsten Mann des Dorfes zu erschießen. Man könnte fast meinen, Sie hätten das geplant.« Er nahm die Arme auseinander und ging auf Emily zu. Sie wich zurück. Um seinen Mund zuckte es spöttisch, als er an ihr vorbeischritt, denn sie war nicht sein Ziel gewesen. Stattdessen steuerte er auf die Kutsche zu.

Was hatte er vor? Wusste er, dass Merrill bei dem Angriff auch geschossen hatte, und wollte ihm nun eine Lektion erteilen? Sie wechselte einen unsicheren Blick mit Erin Rooney und entschloss sich dann, ihm mit Sicherheitsabstand zu folgen. Wenn Merrill und sie hier in Grenmore angegriffen würden, dann wären sie auf verlorenem Posten, wenn sie nicht beisammenstanden.

O'Neill hatte gemerkt, dass sie ihm folgte. Auf halbem Weg zur Kutsche drehte er sich zu ihr um. »Was wollen Sie eigentlich?«

Sie blieb unsicher stehen.

Er sprach weiter: »Sie nehmen uns das Land weg, das von jeher unseren Familien gehörte, verlangen unmenschliche Abgaben und schauen zu, wie wir verrecken! Dann haben Sie auch noch die Nerven, den Zehnten von uns einzutreiben – für eine Kirche, der wir nicht einmal angehören! Sie schießen wahllos in die Menge und töten Aedan Donovan, den Lehrer des Dorfes! Ausgerechnet! Sein Vater hatte nur einen Sohn, nur einen Sohn, verstehen Sie das?« Emily stand wie versteinert da, während O'Neill weitersprach. »Wer kümmert sich jetzt um Donovan? Sagen Sie mir das! Er ist alt und schwach, Sie haben ihm nicht nur seinen ganzen Besitz genommen, nein, Sie haben auch noch seinen einzigen Sohn getötet! War Ihnen langweilig? Es ist doch so langweilig im Manor! Und nun kommen Sie hier an und haben sich ein neues Spielzeug ausgesucht. Geht es Ihnen jetzt besser, da Sie Deirdre ab und zu etwas zu essen geben?«

Sie starrte O'Neill an und benötigte ein paar Sekunden, um etwas erwidern zu können. Ihre Stimme zitterte, als sie schließlich sprach. »So ignorant sind Sie doch nicht, dass Sie nicht wissen, dass *wir* diejenigen waren, die angegriffen wurden! Sollten wir vielleicht zusehen, wie wir umgebracht werden?«

»Oh nein, Sie schauen lieber zu, wie andere sterben!«

Sie schluckte. Die Ebbe, auf die sie so stolz gewesen war, war der Flut gewichen. Sie begann zu zittern. Merrill eilte zu ihr, nahm ihren Arm und führte sie wortlos zur Kutsche. Während er die Tür öffnete, sah er nervös zu O'Neill, der zum Pferd getreten war. Emily blieb hinter der geöffneten Tür stehen, um durchs Fenster zu sehen, was der Mann vorhatte. Er hob das Bein des Tieres an und zog einen Stein aus dem Eisen. Er ließ den Huf wieder ab. Als er sah, wie Merrill und Emily ihn anstarrten, sagte er: »Achten Sie besser auf Ihre Tiere. Es hat den Stein gespürt und ist nicht mehr gleichmäßig aufgetreten.«

Emily kletterte in die Kutsche und Merrill schloss die Tür. Sie spürte, wie das Gefährt wackelte, als er sich auf den Kutschbock hievte, dann hörte sie, wie er mit der Zunge schnalzte und das Pferd in Bewegung setzte. Er wendete das Gefährt in einem großen Bogen. Die Kutsche schaukelte auf dem unebenen Gelände hin und her. Als Merrill das Pferd in den Galopp fallen ließ, wurde Emily durchgerüttelt. Doch es machte ihr nichts aus. Sie wollte nur fort von Grenmore. So viel aufbrausende Emotionen wie bei diesem Mann hatte sie in ihrem ganzen Leben noch nicht bei einem Menschen erlebt. Selbst bei Hatty, die immer laut gelacht und abends heimlich geweint hatte, waren die Wogen glatter gewesen.

Sie zitterte immer noch, beugte sich vor, stützte die Ellbogen auf ihre Schenkel und legte die Hände vors Gesicht. Ihr war heiß und kalt. Sie bekam keine Luft mehr. Atmen. Einfach nur atmen. Jeder Schlag der Kutsche übertrug sich auf ihre Ellbogen, sodass ihre Hände ungleichmäßig in ihr Gesicht drückten. Sie richtete sich wieder auf, schluckte und zwang sich, in ihrer Manteltasche nach einem Taschentuch zu suchen. Zitternd konzentrierte sie sich dabei aufs Atmen. Endlich fand sie das Taschentuch und putzte sich die Nase. Die Tränen wischte sie mit dem Rücken ihres Handschuhs weg.

Warum ließ sie sich von diesem Kerl aus der Fassung bringen?

Er hasste Leute von ihrem Schlag, er hasste Engländer und die reichen Grundbesitzer. Sie durfte seine Worte nicht persönlich nehmen.

Unsinn, er hatte es sehr wohl persönlich gemeint. Er hatte sich schließlich auf das bezogen, was sie gesagt und getan hatte.

Wieder wischte sie mit den nassen Handschuhen über ihr Gesicht.

Sie hatten tatsächlich einen Mann getötet.

Zu Hause stürmte sie auf ihr Zimmer und warf die Jacke ihres Kostüms aufs Bett. Sie ließ sich in den Sessel fallen, streckte die Beine von sich und verschränkte die Arme. Sie musste aussehen wie ein kleines schmollendes Mädchen. Wie albern. Sie setzte sich aufrecht hin. Hatty hatte immer gesagt, dass man, wenn man nicht mehr klar denken konnte, Gott um Hilfe bitten sollte. Sie stand auf und ging zum Bücherschrank. Schnell fand sie den ledernen Einband, zog ihn aus dem Regal, ging wieder zurück zu ihrem Sessel und öffnete das schwere Buch.

Sie schlug die Bibel bei Hesekiel auf und arbeitete sich langsam vor zum Neuen Testament, indem sie immer mehrere Seiten zusammen umblätterte. Schließlich fand sie die Stelle, die sie suchte.

> Ihr habt gehört, dass gesagt ist: Du sollst deinen Nächsten lieben und deinen Feind hassen.
>
> Ich aber sage euch: Liebt eure Feinde und bittet für die, die euch verfolgen, damit ihr Kinder seid eures Vaters im Himmel! Denn er lässt seine Sonne aufgehen über Böse und Gute und lässt es regnen über Gerechte und Ungerechte.
>
> Darum sollt ihr vollkommen sein, so wie euer Vater im Himmel vollkommen ist.

Das war kein wirklicher Trost.

Konnte dort nicht geschrieben stehen: »Emily Winslow trifft keine Schuld. Sie ist vollkommen und wird zu Unrecht angegriffen«?

Wer waren die Bösen und die Guten? Ließ sich alles so einfach in Schwarz und Weiß malen? Sie wäre ja gerne die Gute, aber immerhin hatten sie einen Menschen getötet.

Und wie, bitte schön, sollte sie ihre Feinde lieben? Diese Menschen, die sie auf der Straße bedrängten, in der Nacht brennende Fackeln in ihr Zimmer warfen, in die Decke schossen und sie im Dorf beschimpften?

Außerdem stand da, dass man nach Vollkommenheit streben sollte. Ja, vollkommen, das wäre sie gerne. Aber wie in aller Welt konnte ein Mensch vollkommen sein?

Sie klappte das Buch zu, legte es auf ihren Schoß und seufzte. *Gott, wie soll ich dich verstehen?*

KAPITEL 5

Ronald Tuppence hatte keine Miene verzogen, als sie verkündet hatte, dass sie nicht mit der Kutsche fahren, sondern reiten wolle.

Seit zehn Minuten ritt sie im Schritttempo schweigend voraus, während Ronald Tuppence ihr folgte. Ein kurzer Regenschauer war vorübergezogen, hatte ihre Jacke durchnässt und einen Regenbogen an den Himmel gezaubert. Nun schien die Sonne auf den dampfenden Weg.

Sie näherten sich dem Loch und wieder ging Sunrise langsamer. Emily brachte das Pferd zum Stehen. Sie hörte, wie Ronald Tuppence hinter ihr absaß, auf sie zukam und ihr bedeutete, dass er ihr beim Absitzen helfen würde. Sie hielt einen Moment die Luft an, während er ihr herabhalf. Als sie stand, atmete sie leise ein.

»Dort ist es«, flüsterte sie und zeigte auf den Haufen Gras. Die Geste war überflüssig, denn Ronald Tuppence steuerte bereits auf die Behausung zu.

Sie folgte ihm zögernd.

»Hallo?«, rief er laut. »Ist da jemand?«

Sie zwang sich, ruhig zu atmen.

»Hallo? Ich komme jetzt hinunter.«

Sie schloss zu Ronald Tuppence auf und stellte sich direkt neben die erdige Treppe, während er den ersten Schritt machte. Weil die Erde vom Regen aufgeweicht war, brach die Stufe unter seinem Gewicht ab. Er rutschte in einem Schwung hinunter und stand im Loch, die Abdeckung auf Brusthöhe. Emily befand sich direkt über ihm. Als er den Kopf beugte, erhaschte sie einen Blick auf die Haut unter seinem Kragen. Sie war gerötet und schuppig. Sie fragte sich einen Moment, ob das wohl die Ursache für die Höhe des Kragens war oder eine Folge davon.

Er nahm den Hut ab und duckte sich, um unter das Grasdach zu schauen. »Es ist niemand da.« Gebeugt trat er wieder unter der Abdeckung hervor.

»Sind sie weg oder nur vorübergehend nicht da?«

»Es sieht verlassen aus. Das Einzige, was herumliegt, sind Grashaufen. Offensichtlich haben sie sich darauf gebettet.«

»Darf ich?«, fragte Emily und deutete hinunter.

Er lächelte sie überrascht an, sah mit funkelnden Augen zu ihr auf und hielt ihr die Hand hin. Mit einem Satz sprang sie direkt neben ihn. Als sie schief aufkam und schwankte, hielt er sie an den Armen fest. Schnell bückte sie sich, um einen Blick unter das Dach zu werfen und ihr gerötetes Gesicht zu verstecken. Ihre Augen benötigten eine Weile, um etwas in der Dunkelheit zu erkennen. Von oben tropfte es. Es roch nach vermoderndem Gras, nassem Lehm und Ruß. Neben dem Eingang lag die Asche eines Torffeuers. Hier hatte die Familie also ums Feuer herum gesessen, umgeben von der kalten Erde. Auf fauligem Gras. Während der Rauch ihnen die Tränen in die Augen getrieben hatte. Sie machte einen Schritt zurück und richtete sich wieder auf. Ihre Schulter berührte Tuppence' Brust. Was tat sie nur? Hoffentlich würde Tuppence es nicht falsch deuten. Sie wandte sich ab und besah sich die zerstörten Stufen. Wie um alles in der Welt sollte sie, die Würde wahrend, hier wieder hinaufkommen? Tuppence schien ihre Gedanken erraten zu haben, denn er begann, den kleinen Erdhaufen, den die herabgebrochenen Stufen bildeten, festzutreten. Dann hieb er mit der Spitze seines Stiefels eine Kerbe in die feuchte Erde. »Hier, versuchen Sie, mithilfe der Einkerbung nach oben zu klettern. Und wenn Sie nichts dagegen haben, schiebe ich zur Not.« Er hob die Hände. »Die Situation zwingt mich dazu«, sagte er lächelnd.

Sie schob ihren Hut zurecht, machte einen Schritt den Erdhaufen hinauf und drückte ihren Stiefel in die Einkerbung. Sie spürte, wie

Tuppence seine Hände um ihre Stiefel legte und sie nach oben schob. Sie fand mit dem rechten Fuß Halt und machte einen Schritt aus dem Loch heraus. Schnell wandte sie sich von ihm ab. Sie war rot geworden und ihr Herz pochte. Warum hatte sie nicht nachgedacht? Sie hatte ihrem Verwalter erlaubt, sie an den Knöcheln zu berühren. Sie wusste, wie skandalös das war, und er wusste es ebenso.

Sie versuchte sich den Dreck von den Händen zu reiben und sah ihm zu, wie er sich athletisch mit den Armen abstützte und heraussprang. Als er vor ihr stand, sah er sie wieder einen Moment zu lange an.

»Ich frage mich, was mit der Familie passiert ist«, sagte sie und wandte den Blick ab.

Der Regen setzte wieder ein. Er hob den Kopf. »Kommen Sie, gehen wir.« Er schenkte ihr ein Lächeln, das um ein Haar ihr Herz gekitzelt hätte. Wenn sie es zugelassen hätte.

Für wie dumm hielt der Junge ihn? Ronald Tuppence wusste nicht, ob er amüsiert oder beleidigt sein sollte. Immerhin war der Junge so schlau, dass er ihn schon von Weitem erspäht hatte. Das sprach für ihn. Während Ronald durch den Regen auf die Kreuzung zuritt, an der die heruntergekommene Hütte stand, fluchte er innerlich, weil das Wasser ihm von der Hutkrempe auf seine nassen Hosen tropfte und den Stoff an der Haut kleben ließ.

Er entschloss sich, das Pferd in den Galopp fallen zu lassen. Der Wirkung wegen. Wenn er auf die Hütte zupreschte, schindete er mehr Eindruck und schüchterte die Bewohner ein.

Er zügelte das Pferd vor dem einsamen Häuschen und blieb im Sattel sitzen. »Hallo?«, rief er laut. Eine Frau klappte den oberen Teil der Tür auf. In ihre Stirn gruben sich tiefe Furchen. Sie könnte dreißig sein, aber auch fünfzig, dachte Ronald. Die Farbe ihres Haares war unter dem Kopftuch nicht zu erkennen.

»Wir haben die Krankheit im Haus!«, rief sie. »Sie können nicht eintreten.« Sie deutete auf das rote Kreuz, das Luke Rafferty vor einer Minute hastig an die Tür geschmiert hatte, nachdem er Ronald erkannt hatte.

»Oh ja, die Krankheit! Welch Zufall!«, sagte Ronald.

Die Frau warf ihm einen unsicheren Blick zu. Dann schloss sie den oberen Flügel.

»Frau!«, rief Ronald, »schicke jemanden heraus zum Verhandeln!« Als sich drinnen nichts tat, sprang Ronald vom Pferd, ging mit großen Schritten auf die Tür zu und hämmerte dagegen. »Öffnet die Tür. Ich will mit euch sprechen!«

Nichts regte sich.

»Luke Rafferty, ich habe dich gesehen. Sei ein Mann und komm raus.«

Die Tür öffnete sich langsam und ein junger Mann mit zimtfarbenen Augen erschien im Türrahmen. Verunsichert sah er Ronald an.

»Ich habe etwas mit dir zu bereden. Komm, ich will mich nicht anstecken. Gehen wir ein paar Schritte.«

Luke sah ihn einen Augenblick verdutzt an, blickte kurz hinter sich in den Raum, zögerte einen Moment und trat dann aus dem Haus. Er schloss die Tür.

Ohne ein Wort ging Ronald los und führte sein Pferd vom Haus fort auf den Weg Richtung Meer. Seine nasse Hose rieb bei jedem Schritt an seinen Beinen und die Windböen jagten ihm einen eisigen Schauer über den Körper.

Ungelenk schritt der Junge neben ihm her. Immer wieder sah er sich um. »Wir haben die letzte Pacht bezahlt«, sagte er.

»Ich weiß. Deshalb bin ich nicht hier.«

Schweigend gingen sie nebeneinanderher. Bei jedem Schritt wurde der Junge unruhiger. Ronald genoss die Situation. Er wollte ihn auf die Folter spannen. »Wie viele Geschwister hast du?«, fragte er nach einer Weile.

»Warum?«

»Willst du es mir nicht sagen?«

»Sechs.«

Ronald erwiderte nichts. Schließlich sagte er: »Die beiden Jüngsten sind Anfang des Jahres gestorben, richtig?«

»Woher wissen Sie das?«

Ronald antwortete nicht. »So etwas kann vermieden werden, wenn man sich gesund und reichhaltig ernährt.«

Der Junge schnaubte.

»Durch mehr Pachtland hättet ihr eine reichere Ernte. Vielleicht könntet ihr sogar den Überschuss verkaufen.«

Der Junge gab ein abschätziges Zungenschnalzen von sich.

»Du denkst, ihr könntet euch das sowieso nicht leisten?«, fragte Ronald.

»Woher Sie nur immer alles wissen?«, erwiderte der Junge halb sarkastisch, halb unsicher.

»Was, wenn ich euch Land geben würde? Das frei gewordene Land, das alle haben wollen.«

»Das können wir nicht bezahlen. Weder die Stempelgebühr noch die Pacht.«

»Was, wenn ihr es euch doch leisten könntet?«

»Und wie, bitte, sollte das möglich sein?«

»Durch deine Hilfe.«

Der Junge wurde langsamer und blieb stehen. Ronald ging ein paar Schritte weiter und drehte sich dann um. Sie standen drei Meter voneinander entfernt mitten auf dem Weg. Lukes Haar klebte am Kopf. Seine wachen Augen sahen Ronald misstrauisch an. Ronald ließ ihn zappeln. Nach einer Weile sagte er: »Solange du mir Informationen gibst, stelle ich sicher, dass ihr das Land bekommt und behaltet. Die Stempelgebühr übernehme ich. Niemand wird davon erfahren.«

Luke sah ihn ausdruckslos an. Dann wandte er sich ab, sah eine Weile zum Haus und rieb sich die Handflächen an dem feuchten Stoff seiner Hose. Schließlich drehte er sich wieder um und beobachtete Ronald. Dann fragte er: »Was für Informationen?«

»Über die Untergrundkämpfer. Die Bruderschaft. Zu welchem Verbund gehört sie? Wer ist dabei? Namen. Hierarchie. Wem unterstehen die Anführer? Wer lenkt sie von wo? Solche Dinge.«

»Woher wollen Sie wissen, dass ich das alles weiß?«, fragte Luke.

Ronald lächelte nur.

Es verstrich ein langer Moment.

Ohne ein Wort wandte Luke sich um und ging zurück in Richtung Haus.

»Ich gebe dir den Rückweg zum Haus Zeit, darüber nachzudenken«, rief Ronald ihm hinterher. Er blieb, wo er war, und sah ihm nach. Luke eilte mit langen Schritten den Weg entlang, wurde immer schneller, rannte schließlich. Dann verschwand er hinter einer Kurve aus Ronalds Blickfeld. Ronald verließ den Weg und führte sein Pferd auf einem Trampelpfad zwischen Feldern hindurch ein paar Schritte Richtung Strand. Als er die Felsen erreicht hatte, sah er eine Weile aufs rauschende Meer, saß dann auf und lenkte das Pferd auf den Weg zurück. Im Trab näherte er sich der Hütte und erkannte schon von Weitem, dass der junge Mann nervös neben dem Haus auf und ab schritt. *Gut.*

Als Luke ihn hörte, drehte er sich zu ihm, doch dann schien er es sich plötzlich anders zu überlegen und verschwand im Haus.

Ronald biss die Zähne zusammen. Am Ende war der Junge der Bruderschaft doch loyaler, als er angenommen hatte. Ronald war sich bewusst, wie riskant sein Vorstoß war. Wenn Luke Rafferty allen erzählte, was Ronald ihm angeboten hatte, würde er wieder abreisen müssen. Und zwar besser heute als morgen. Mission missglückt. Pech gehabt. Und doch liebte er den Nervenkitzel. Volles Risiko – das waren die Situationen, in denen er spürte, dass er lebte.

Gespannt lenkte er sein Pferd im Schritt auf die Hütte zu. Als er etwa dreißig Meter entfernt war, öffnete sich die Tür wieder. Zwei Personen hasteten heraus. Eine junge Frau und Luke.

Ronald zügelte sein Pferd und sah vom Weg aus erwartungsvoll zu den beiden hinüber. Luke ging neben der jungen Frau her, seine Hand umfasste ihren Ellbogen. Sie wirkte leicht überrumpelt, als wäre sie bei etwas unterbrochen worden. Vielleicht hatte der Junge einen Vorwand gebraucht, um wieder zu ihm nach draußen zu kommen. Die beiden schlugen den Weg ein, der geradewegs von der Hütte wegführte, in einem rechten Winkel zu Ronald.

Von seinem Standpunkt aus konnte Ronald die beiden gut im Profil sehen. Neugierig wandte die Frau den Kopf zu Ronald, während Luke sie am Arm führte. Ronald betrachtete sie durch den Regen genauer. Die unbändigen roten Locken hatte sie zu einem Knoten zusammengesteckt, doch ein paar widerspenstige Locken hatten sich aus der Frisur befreit und fielen um ihr schönes, spitzes Kinn. Ihre Haut strahlte. Unter ihrem Umhang formten sich perfekte Rundungen ab. Sie war eine irische Fee, die Art Schönheit, von der man nicht mehr den Blick lassen konnte, bis man jedes Detail an ihr aufgesogen hatte. Luke wechselte Worte mit ihr, die Ronald nicht verstand. Doch während sich Lukes Lippen bewegten, sah er Ronald an. Und nickte langsam. Im nächsten Moment sah er wieder weg und führte die irische Prinzessin den Weg hinab, bis Ronald die beiden nur noch von hinten sehen konnte.

Er fühlte sich beflügelt. Es war bis zum Schluss spannend gewesen.

Und es hatte funktioniert. Nicht zuletzt wegen einer irischen Fee, die – solange sie nicht Lukes Schwester war – sicherlich Lukes Fantasien anheizte. Und um einer Frau den Hof zu machen, brauchte man schließlich Land.

Oder Macht, dachte Ronald und lächelte.

⁂

Zum ersten Mal ritt sie nicht nach Westen zum Meer, sondern nach Osten. Es war leichtsinnig, und sie wusste nicht, was genau sie antrieb. Aber sie hatte O'Neills Worte nicht vergessen. *Ihr schaut zu, wie wir sterben.* Er hatte unrecht. Bis jetzt hatten sie nicht hingeschaut. Aber sie hatte sich vor Gott vorgenommen, ein besserer Mensch zu sein. Sie wollte es zumindest versuchen, sie wollte hinsehen und wissen, was vor sich ging.

Langsam ließ sie ihr Pferd im Schritt den steinigen Weg entlangtrotten. Hinter ihr ritt Merrill, mit einer Pistole im Mantel. Der Himmel war grau, die Luft feucht. Die ersten vereinzelten Hütten erblickten sie schon nach fünf Minuten. Bei der ersten Behausung, die am Weg stand, fehlten die Glasscheiben. Bei der Tür stand eine Steinbank, auf der Krüge und Töpfe zum Trocknen aufgereiht waren. Neben den Töpfen staksten dreckige, dünne Gänse umher. Sie plusterten sich schnatternd auf und schnalzten mit ihren dünnen Hälsen vor und zurück. Emilys Pferd schnaubte und tänzelte zur Seite. Sie trieb es in den Graben, der am Weg entlangführte, um einen Bogen um das laute Federvieh zu machen. Auch Merrill lenkte sein Pferd vom Weg. Endlich ließen sie die Hütte hinter sich. Im Dunst in der Ferne erblickten sie zwei verlassene Hütten, deren Dächer fehlten. Rechts und links ragte das dunkelgrüne Kraut der Kartoffeln aus dem erdigen Boden. Ein Stück weiter wogte ein kleines Meer von gelben Ähren.

Zehn Minuten später erreichten sie Grenmore. Langsam ritten sie durchs Dorf. Die Hufschläge wurden verschluckt vom feuchten Staub der Straße. Es setzte ein Nieselregen ein, den ihnen der Wind wie Gischt ins Gesicht wirbelte. Die Häuserwände an der Straße waren übersät von Dreckspritzern. Emily hielt die Luft an, als sie an dampfenden Misthaufen vorbeiritten. Ein kleiner Junge rannte vor ihr über die Straße, sein schwerer Rucksack voller Torf schlug ihm bei jedem Schritt in den Nacken. Sie ließ ihren Blick über die Hütten wandern. Die Hälfte der Behausungen war fensterlos – die einzige Öffnung bildete die zweiteilige Tür. Bei den anderen Häusern waren die kleinen Fenster auf leicht unterschiedlichen Höhen eingebaut, als hätten die Menschen hier kein Maß. Vor einem Eingang wehte ein zerrissener brauner Stoff und bauschte sich im Wind auf. Kinder mit nackten Füßen sausten aus einer Gasse. Fangen spielend sprangen sie über ein Huhn, das gackerte und davonsprang. Sie überholten eine magere Frau, die einen schreienden Säugling in einem Tuch am Körper trug.

Ihr spitzer Ellbogen stach wie ein Haken aus ihrem Ärmel. Das Weinen durchdrang Emilys Ohren, als klagte das Baby sie an.

Der Regen und der Wind nahmen zu und drückten den Geruch von Torffeuer auf die Straße herab. Ihr war eiskalt, und wenn sie sich nicht den Tod holen wollte, musste sie so schnell wie möglich umkehren. Sie zügelte ihr Pferd und gab Merrill ein Zeichen umzukehren.

»Was gibt's da draußen zu sehen?«, fragte Aedans Vater auf Gälisch.

Brendan stand am Fenster. »Nichts. Es regnet.« Er blickte der jungen Tochter des Gutsherrn und ihrem Diener nach. Er würde dem alten Donovan nicht sagen, dass die Mörder seines Sohnes gerade vor seiner Tür die Pferde gewendet hatten. Er trat einen Schritt zur Seite, sodass er sie noch länger im Blick behielt. Sie schaukelten in ihren Sätteln davon. Was sie wohl in Grenmore gewollt hatten? Als sie umgedreht hatten, hatte er das Gesicht der Frau gesehen. Sie hatte neugierig gewirkt – und betroffen. Bei ihrer letzten Begegnung hatte er ein feuchtes Glänzen in ihren Augen wahrgenommen, nachdem er ihr die Meinung gesagt hatte. Und als sie gehört hatte, dass Aedan tot war, war sie einen Moment lang unmerklich erschauert. Als hätte jemand sie geohrfeigt.

Und dennoch – sie war die Tochter des Grundbesitzers, egal, wie feinfühlig sie sein mochte. Sie, die hier hoch zu Ross mit ihrem Diener ihre Untertanen inspizierte, war nur ein Mensch, genau wie seine Schwester, Aedan oder die alten Männer, dic hinter ihm im Raum auf ihren Holzhockern saßen, sich Geschichten vom großen Wind erzählten und traurig ihre Becher leerten.

Er würde sie das spüren lassen, falls er noch einmal mit ihr zu tun haben sollte.

KAPITEL 6

»Ich frage mich, warum mein Vater nicht mitgekommen ist, um den Stroms sein Beileid zum Tod ihrer Mutter auszusprechen«, sagte Emily, als die Kutsche vor dem zweistöckigen Haus der Stroms hielt.

Ronald richtete seine ungewöhnlichen Augen auf sie. Sie waren grau wie nasse, geschliffene Kiesel. Er verzog den Mund zu einem angedeuteten Lächeln, erhob sich gebeugt von der Bank, öffnete die Tür, sprang heraus und drehte sich lächelnd zu ihr. »Wir beide sind ja hier. Das sollte genügen«, sagte er. Die Sonne strahlte für einen Augenblick sein Gesicht an.

Als er ihre Hand nahm, um ihr aus der Kutsche zu helfen, sagte Emily: »Es wäre bestimmt kein Fehler, wenn er sich bei Gelegenheit mit ihnen unterhalten würde. Außerdem stehen sie uns doch irgendwie nahe. Schon allein, weil sie keine Katholiken sind, oder?«

Sie nahm wahr, dass er ihre Hand immer noch hielt. Schnell entzog sie ihm ihre Finger.

Er sagte: »Auch wenn die Stroms keine Katholiken sind, sind sie nicht ganz wie wir. Einige methodistische Strömungen meinen, sie wüssten es besser als die Anglikaner.« Er wandte sich zum Haus und bedeutete Emily mitzukommen. »Vielleicht ist es das, was Ihren Vater stört. – Ich kann ihn verstehen«, sagte er leise. »Auch ich kann Besserwisser nicht leiden.« Er zwinkerte ihr zu.

Das sagt der Richtige, dachte Emily. Doch sie war selbst ein Besserwisser, wenn sie über Ronald Tuppence urteilte. Sie beschloss, nicht mehr auf ihre negativen Gedanken zu hören. Dieser Mann verwirrte sie. Das ganze Land verwirrte sie. Sie konnte sich hier nicht auf ihr Urteilsvermögen verlassen. Außerdem wusste sie fast nichts über Katholiken und Methodisten – woher sollte sie wissen, ob Tuppence in seiner Beurteilung recht hatte?

Er legte vorsichtig seine Hand auf ihren Ellbogen und führte sie durchs Tor. Emily dachte an ihre letzte Begegnung mit den Stroms zurück und versuchte, die Nervosität abzuschütteln. An einem Trauertag wie diesem würden sie sie sicherlich nicht anstarren, als wäre sie die Heilige Bridget, die gekommen war, um sie zu holen. Ein deftiger Geruch nach Salzgebäck, Speck und Essig wehte ihnen vom Haus entgegen. »Was ist das?«, fragte Emily. »Der Geruch kommt mir irgendwie bekannt vor.«

»Wahrscheinlich irgendein Gericht mit Sauerkraut«, antwortete er.

Dass dieser Mann zu allem eine Antwort parat hatte, ließ ihre Finger unangenehm kribbeln. Warum hatte sie ihn überhaupt gefragt? Wahrscheinlich weil sie hören wollte, dass er es nicht wusste.

Während sie auf die Tür zugingen, sagte er: »Ich denke, es wird die Stroms nicht stören, wenn wir an Ihres Vaters statt kondolieren. Ich werde den beiden seine besten Wünsche und sein Mitgefühl …« Er stockte, denn von jenseits der Tür drang ein heulendes Geschrei heraus. Es war ein unbeherrschtes und wütendes Klagen aus dem Mund einer verzweifelten Frau.

Emily und Ronald sahen sich einen Moment lang an. »Sollten wir wieder umkehren?«, fragte Emily unsicher.

Wieder erklang das frustrierte Geheul. Sie horchten eine Weile. War noch jemand gestorben? Emily sagte: »Ich glaube, wir sollten besser …«

In dem Moment flog die Tür auf und Ella Strom rannte an ihnen vorbei. Ihre Augen lagen tief in ihren Höhlen, unter ihren schweren Lidern ging ihr Blick an ihnen vorbei, das blasse Gesicht war gezeichnet von kantigen Schatten. Strähnen hingen ihr wirr ins Gesicht. Sie nahm Emily und Ronald nicht wahr, war ganz in ihrer Welt, stürmte in den Hof, blieb stehen, warf den Kopf in den Nacken und ballte die Fäuste.

Emily und Ronald tauschten wieder einen Blick.

Samuel Strom erschien in der Tür. Auch er wirkte mitgenommen, sein Gesicht war blutleer. Er warf Emily und Tuppence einen Blick zu, rannte zu seiner Frau in den Hof, drehte sie zu sich um und schloss sie in seine Arme. Unter seiner Berührung fiel die Anspannung von Ella Strom ab, ihre Schultern sanken herab, ihr Kopf lehnte an seiner Schulter. Sie begann laut zu schluchzen, ihr Gesicht verborgen an seinem Hemd. Er streichelte über ihren Rücken und flüsterte beruhigende Worte, während sie weinte und ihr Körper bebte.

Emily wäre am liebsten im Erdboden versunken. Emotionen waren beängstigend und raubten ihr die Sicherheit. Doch statt die Flucht zu ergreifen, blieb sie stehen. Sie konnte den Blick nicht von den beiden abwenden. Sie war seltsam fasziniert von der Wucht des Schmerzes und der leisen Zärtlichkeit, die alles Leid auffing.

Ella Strom wurde ruhiger. Ihr Körper entspannte sich, und sie lehnte sich kraftlos an ihren Mann, der ihr weiterhin über den Rücken streichelte, während er Ronalds und Emilys Blick suchte. Nach einer Weile drehte er Ella behutsam um, legte den Arm um sie, nahm ihre Hand und führte sie langsam zum Haus zurück. Ronald und Emily wichen zur Seite. Ella Strom ging gebeugt und hielt den Blick gesenkt. Als Strom sie an Emily und Ronald vorbeiführte, sah sie nicht auf. Er sagte leise: »Warten Sie, ich bringe meine Frau hinein. Ich komme wieder. Ich muss dringend mit Ihnen reden. Es ist etwas passiert.«

Während sie warteten, verbot sich Emily, von einem Bein aufs andere zu treten. Sie konzentrierte sich auf die Steinchen vor ihren Stiefeln. Sie war auf einmal froh, dass Ronald an ihrer Seite war. Nach einer Zeit, die Emily wie eine Ewigkeit erschien, kam Samuel Strom wieder aus dem Haus. Seine Lippen waren grau. Während er zu ihnen trat, fuhr er sich nervös mit der Hand durchs Haar. »Bitte entschuldigen Sie«, sagte er leise. »Meiner Frau geht es nicht gut. Wir haben gerade etwas Furchtbares erfahren. Es hat sie und mich sehr aus der Fassung gebracht.«

»Möchten Sie es uns sagen?«, fragte Ronald ruhig.

Strom räusperte sich, sah an ihnen vorbei in die Ferne, wohl um sich zu sammeln, und blickte sie dann wieder an. »Meine Mutter ist vorgestern verstorben. Und …« Er stockte.

»Wir sind hier, um Ihnen unser aufrichtiges Beileid auszusprechen«, sagte Ronald.

Strom ging nicht darauf ein. »Wir haben sie gestern zu Grabe getragen. Und nun ist es so, dass … also, wir haben eben erfahren, dass«, er schluckte und bemühte sich, den Satz zu Ende zu bringen, »dass ihr Sarg heute Nacht wieder ausgegraben wurde und neben dem Eingang der Kirche aufrecht abgestellt wurde.«

Emily zog scharf die Luft ein. Ronald blickte den Mann schockiert an.

»Sie haben meine Mutter wieder ausgegraben«, sagte Samuel Strom wieder, als könnte er es selbst noch nicht begreifen. »Neben ihrem Sarg war ein Schreiben. Hier ist es.« Er griff fahrig in seine Hosentasche und zog ein dreckiges Stück Papier hervor. Ronald nahm es, las es und reichte es dann Emily weiter.

Neben Kämpfern gegen die protestantische Armee des Oraniers werden keine Ungläubigen ruhen.

Emily gab ihm das Schreiben schweigend zurück.

»Meine Frau ist außer sich. Sie müssen verstehen, dass sie das an ihrer wunden Stelle trifft. Ella wuchs in einer großen katholischen Familie in Grenmore auf. Als sie mich heiratete, wechselte sie für mich ihre Konfession. Seitdem verleugnet ihre Familie sie und behandelt sie wie eine Verstoßene. Wenn sie Leuten aus Grenmore begegnet, singen diese ein Lied über sie – ein Spottlied über ein einst gutes katholisches Mädchen, das sich selbst und seinen Glauben verkauft.« Er seufzte. »Sie kommt nur schwer damit zurecht. Und nun das.« Er fuhr sich wieder durchs Haar.

Emily stellte sich den aufrechten Sarg am Kirchportal vor. Sie fühlte Übelkeit in sich aufsteigen. »Bitte entschuldigen Sie mich«, sagte sie leise und entfernte sich von den Männern.

»Miss Winslow, warten Sie«, rief Ronald ihr nach. Sie wandte sich um und winkte ab. »Ist schon gut«, sagte sie. »Ich möchte einen Augenblick alleine sein.« Sie schwankte zum Tor, trat heraus und setzte sich ins Gras, den Rücken an die Mauer gelehnt. Es war alles zu viel. Die Angriffe. Der Hass der Menschen. Nur weil man der falschen Konfession angehörte. Sie wollte wieder zurück nach England.

Doch war die Welt in England besser? Vielleicht herrschte dort nur deshalb Frieden, weil die Mächtigen in der Überzahl waren. Sie wollte nicht mehr darüber nachdenken.

Sie hörte, wie Ronald und Samuel Strom leise miteinander redeten. Merrill, der an der Kutsche wartete, kam zu ihr, doch sie schickte ihn wieder weg.

»Die Armensteuern sind wieder gestiegen. Pro Pächter. Um 5 Prozent!« Ihr Vater schob sich eine kleine Pastete in den Mund und schüttelte den Kopf. »Kosten, immer nur Kosten!«

Ronald zerteilte sein Fleisch. »Wir sollten die Zusammenlegung der Pachtstücke baldmöglichst vorantreiben.«

Emily horchte auf. »Und wie möchten Sie die überschüssigen Pächter loswerden?«, fragte sie herausfordernd. *Vielleicht durch Abschießen im Park,* fügte sie bitter in Gedanken hinzu.

Ronald sah ihr direkt in die Augen. »Nun, da gibt es mehrere Möglichkeiten. Erstens, wir verlängern die Verträge nicht mehr. Zweitens, wir setzen die Gebühren für neue Pachtverträge so hoch, dass sich Erbschaftsstreitereien erübrigen, weil sich sowieso keiner der Hinterbliebenen die Gebühren leisten kann. Drittens, wir kümmern uns um Subventionen für Auswanderer und viertens, wenn Pächter mit den Zahlungen im Rückstand sind – und das sind die meisten –, veranlassen wir Zwangsräumungen.«

Emily hatte aufgehört zu kauen. Sie schluckte und legte die Gabel beiseite. Dann stützte sie die Ellbogen auf den Tisch und faltete die Hände. Sie tat all das bewusst. Um sich selbst zu beruhigen. Denn innerlich flatterte sie umher wie ein wütender Vogel. »Und die Leute sollen dann in Erdlöchern hausen? Halten Sie das für weise? Nach all dem, was schon passiert ist?«

Er lächelte. Sein umwerfendes Ronald-Lächeln. Emily nahm sich vor, sich nicht davon verwirren zu lassen. Sie erwiderte seinen intensiven Blick.

Er sagte: »Wir dürfen uns nicht vor ihnen fürchten. Das wäre der Anfang vom Ende. Sie sind Überlebenskünstler, sie wissen sich am Ende schon irgendwie zu helfen.« Er lehnte sich lässig zurück. »Schauen Sie, wir tun ihnen doch nur etwas Gutes, wenn wir sie zur Auswanderung zwingen. Sie haben hier kein gutes Leben.«

Ihr Vater prostete Ronald lachend zu und blickte dann zu Emily, anerkennend auf Ronald deutend, als wollte er sagen: *Und, war es nicht eine gute Idee, ihn einzustellen?*

Emily ging nicht darauf ein. »So? Wir helfen ihnen – indem wir sie aus ihren Häusern vertreiben? Sodass sie mit ihren Kindern auf der Straße sitzen? Und uns angreifen?«

Ronald lächelte nur. Sie hielt seinem Blick stand.

»Wie kam unser Cousin eigentlich zu seinem Besitz?«, fragte sie, riss ihren Blick demonstrativ von Ronald los und sah ihren Vater an.

»Großcousin«, verbesserte ihr Vater sie. »Seine Vorfahren erhielten das Land als Anerkennung für ihren Dienst bei der Unterwerfung des Landes. Es gibt irgendwo eine Schenkungsurkunde von 1695. Sie ist bei meinen Unterlagen.«

»Und wem gehörte es davor?«, fragte Emily.

Ronald zog anerkennend die Augenbrauen hoch. In seinem Blick lag ein herausforderndes Funkeln, als er sein Glas zum Mund führte.

»Woher soll ich das wissen?«, sagte ihr Vater leicht verärgert. Er schwenkte seine Gabel umher. »Wahrscheinlich einem ihrer barbarischen Könige, irgendeinem Boru, oder einem O'Neill oder O'Brian, was weiß denn ich?«

»Die O'Neills sind ein irisches Königsgeschlecht?«, fragte Emily überrascht.

Ronald ließ sie immer noch nicht aus den Augen. Amüsiert sagte er: »Das ist eine Ewigkeit her.«

Die Gelassenheit dieses Mannes ärgerte sie. Sie griff nach ihrem Wasserglas, wandte den Blick ab und trank. Er verstand den Wink. Er sah zu ihrem Vater und wechselte das Thema. »Es gibt noch etwas anderes zu klären«, verkündete er. »Sicherlich haben Sie schon erfahren, dass der Stallmeister, O'Leary, gestorben ist.«

Emily setzte das Glas ab. »Nein. Wann?«

»Gestern Abend. So wurde mir gesagt.«

»Woran?«, fragte Emily.

»An einem Fieber«, antwortete Ronald.

Emily war ehrlich betroffen. Sie erinnerte sich, dass er in letzter Zeit nicht gesund ausgesehen hatte. »Hinterlässt er eine Familie?«

»Alle seine Kinder sind erwachsen«, sagte Ronald.

»Wir sollten zur Beerdigung gehen«, sagte sie leise und legte ihr Besteck auf ihren halb vollen Teller, um anzudeuten, dass sie nichts mehr essen wollte.

Beide Männer sahen sie überrascht an. »Also, ich weiß nicht«, sagte ihr Vater.

Sie sagte: »In England würde das ein guter Arbeitgeber tun, wenn einer seiner Hausangestellten stirbt, oder nicht? Ich denke, wir sollten ein Zeichen setzen. Wir sollten den Pächtern signalisieren, dass wir uns für sie interessieren.« Während sie die Worte aussprach, fragte sie sich, ob sie zu viel Wein getrunken hatte. Gerade gestern hatte sie vor dem Haus der Stroms diesem Land abgeschworen und nun trat sie hier als Anwältin der Armen und Unterdrückten auf. Doch sie wusste, woran es lag. Sie hatte Angst. Und dieser *Mr Know-it-all* provozierte sie. Sie wollte ihm gerne widersprechen.

Zu ihrer Überraschung sagte er: »Sehr gute Idee, Miss Winslow. Wir beide gehen gemeinsam.«

Sie griff wieder zu ihrem Wasserglas, obwohl sie keinen Durst mehr hatte.

»Wir brauchen einen neuen Stallmeister«, murmelte ihr Vater. »Wir kennen hier doch niemanden. Woher sollen wir denn jetzt einen neuen Stallmeister nehmen? Es muss jemand sein, der sich gut mit Tieren auskennt. Unsere Pferde sind schließlich wertvoll.«

»Brendan O'Neill«, hörte Emily sich sagen und hätte sich sofort am liebsten auf die Zunge gebissen. Sie sollte heute am besten gar nichts mehr von sich geben. Sie durfte sich nicht so provozieren lassen. Sie faltete die Hände. Nun denn, O'Neill würde sowieso nie im Leben in die Nähe des Großen Hauses kommen, geschweige denn für sie arbeiten. Kein Grund also, sich über ihre Unbedachtheit zu ärgern. Sie würde nun schweigen, bevor sie alles noch schlimmer machte.

»Ich werde mir den Namen merken«, sagte Ronald. Dann wechselte er erneut das Thema: »Ihr Vater hat etwas von einer Einladung zu einem Ball erwähnt. Möchten Sie teilnehmen?«

»Ein Ball?« Emily blickte zu ihrem Vater.

Ihr Vater sagte: »Wir haben vor ein paar Tagen eine Einladung zum Sommernachtsball der Holdings erhalten. Sie haben uns alle drei eingeladen.« Wieder schwenkte er seine Gabel beim Reden. »Ich möchte aber nicht gehen. Ich bin ein alter Mann.« Er lachte. Dann fuhr er fort: »Ich habe ihnen für meine Person abgesagt, aber ich bin davon ausgegangen, dass ihr beide gerne dabei wäret.«

Wahrscheinlich hatten die Holdings, deren Ländereien zwei Stunden von ihren entfernt lagen und die sie noch nie persönlich kennengelernt hatten, noch nie etwas von Ronald Tuppence gehört. Emily war sich sicher, dass nur ihr Vater und sie eingeladen worden waren. Ihr Vater hatte abgesagt mit der Bitte, dass Ronald Tuppence seine Tochter an seiner statt begleiten dürfe. Schön eingefädelt.

»Nein, eigentlich möchte ich nicht gehen, wenn es Ihnen nichts ausmacht.« Sie faltete die Hände und schwieg.

Als Emily am nächsten Morgen aufwachte, pochten ihre Schläfen. Sie schlug die Decke zurück, setzte sich auf und lehnte sich schwerfällig zur Bettkante, über der ihr Morgenmantel hing. Sitzend schlüpfte sie in den Umhang hinein, erhob sich und ging zum Waschtisch, wo sie den Waschlappen in die Schale mit kaltem Wasser tauchte und ihn auf die Augen presste. Als sie ihn wieder wegnahm, sah sie in den Spiegel. Ihre Augen waren klein und verquollen. Sie sah genauso schlecht aus, wie sie sich fühlte.

Sie tapste zum Fenster, das über Nacht halb geöffnet gewesen war, und schob es ganz hoch. Ein paar zarte Reste von Nebelschwaden zogen über den Park und leuchteten milchig in der Morgensonne. Man sollte nicht meinen, dass so viel Unfrieden über dieser Idylle schwebte, dachte sie traurig.

Sie fühlte sich leer und sehnte sich nach Trost. Schwerfällig ließ sie sich im Sessel nieder, schlang den Morgenmantel enger um sich und nahm die Bibel zur Hand, die auf der Lehne des Sessels lag. In England hatte sie nur selten in der Bibel gelesen. Eigentlich immer nur mit ihren Gouvernanten – zur Bildung und Erbauung, wie diese ihr in ernstem Tonfall erklärt hatten. Nun war es anders. Alles hier war anders. Das Leben brauchte andere Lösungen.

Sie blätterte umher, erinnerte sich vage an eine Stelle, die sie mit Miss Hersham durchgenommen hatte und in der es um Trost ging, fand sie aber nicht. Stattdessen las sie ein paar Abschnitte im Johannesevangelium. Der Abschnitt endete mit den Worten:

> **Daran wird jedermann erkennen, dass ihr meine Jünger seid, wenn ihr Liebe untereinander habt.**

Sie sah auf und blickte von ihrem Sessel aus in die Landschaft. Die Sonne hatte die Nebelschwaden über den Wiesen weggeschmolzen, der Dunst hing nur noch über dem Meer. Sie dachte über die Worte nach. Die Katholiken sahen sich als Jesu Jünger, die Anglikaner auch und die Methodisten sicherlich ebenso. Daran würde man sie also erkennen: dass sie Liebe untereinander hatten. Dass sie nicht lachte.

Sie gruben sich gegenseitig die Leichen aus, sie sangen Spottlieder über jemanden, der die Konfession wechselte, sie fanden sich gegenseitig so abstoßend, dass sie es nicht einmal ertrugen, gemeinsam in einer Postkutsche zu reisen. Auf der Reise zu ihrem neuen Haus hatten ihr Vater und sie in einem Hotel übernachten wollen und waren wieder weggeschickt worden. »Wir sind ein Hotel ausschließlich für Katholiken«, hatte der Mann an der Rezeption ihnen kalt mitgeteilt.

Sie fröstelte, erhob sich, band den Gürtel des Morgenmantels noch fester, während sie ans Fenster trat und es wieder ein Stück herabschob.

Nein, diese Leute, die sich alle Jünger Jesu nannten, hatten keine Liebe füreinander. Und sie selbst? Hatte sie Liebe?

Was bedeutete es überhaupt, eine Jüngerin zu sein? Gab das einem den Trost, den man brauchte, um das Leben durchzustehen?

Ihr Kopfweh war schlimmer geworden. Sie drehte sich um und blickte aufs Bett. Entweder konnte sie nun den ganzen Tag im Bett liegen und die Decke über den Kopf ziehen, oder sie konnte sich nützlich machen und hoffen, dass dadurch das Kopfweh verschwand. Sie ging zur Wand und zog an der Schnur, um ein Mädchen herbeizurufen.

Zwei Stunden später stand sie vor der Stalltür und legte die Fingerspitzen an die Nasenwurzel. Das Kopfweh verursachte ihr Übelkeit. Sie atmete tief durch und öffnete die Tür. Herber Pferdegeruch strömte ihr entgegen. Staub und Strohteilchen flirrten umher, angeleuchtet von der Sonne, die durch die Öffnung über der Tür fiel. Sie ging zur ersten Box, stellte sich auf die Zehenspitzen und lugte hinein. Adonis stand darin, blickte sie an und schnaubte. Die Box war noch nicht ausgemistet worden. Sie würde später mit David sprechen. Jemand musste einspringen, bis sie einen neuen Stallmeister gefunden hatten.

Sie warf einen Blick in die drei anderen Boxen. Auch sie waren nicht gesäubert. Sie vernahm ein kratzendes Geräusch. Es kam aus dem Flügel links um die Ecke, in dem weitere Boxen lagen. Neugierig ging sie weiter und bog scharf um die Ecke. Im selben Moment traf sie ein harter Schlag gegen das Knie und brachte sie zum Schwanken. Ein ziehender Schmerz fuhr durch ihren Körper. Direkt vor ihr stand ein großer Schatten. Sie schwankte und versuchte, ihr Gleichgewicht zu finden. Eine Hand umfasste ihren Oberarm und hielt sie eine Sekunde fest. Sie fand die Balance wieder, ihr Knie pochte, in ihrem Kopf hämmerte der Schmerz und ihr Herz raste.

Als sie erkannte, dass direkt vor ihr ein Mann mit einer Karre stand, dass diese Karre in ihr Knie gerammt worden war und dass sie den Mann dahinter auch noch kannte, starrte sie ihn verblüfft an. Sie sah auf ihr Kleid. Es war nur leicht verschmiert. Das war die gute Nachricht. Die schlechte war, dass der Dreck Pferdemist war. Sie hob den Kopf und sah den Mann wieder an. »Sie? Hier?«, fragte sie heiser.

Brendan O'Neills blaue Augen funkelten im Sonnenlicht. Amüsierte er sich über ihr Ungeschick? Oder strahlte ihm einfach nur die Sonne durchs Fenster in die Augen? Wenn doch nur dieses Kopfweh verschwinden würde und sie wieder klarer denken könnte.

»Warum verwundert Sie das so? Sie selbst haben mich doch vorgeschlagen«, sagte er.

Sie versuchte klar zu denken. »Aber ich hätte nie erwartet, dass Sie tatsächlich für uns arbeiten würden.«

Ein Lächeln huschte über sein Gesicht. Sie konnte nicht sagen, ob es aufrichtig war oder nicht. Wahrscheinlich war es eher spöttisch. »Es ist leider so, dass ich nicht nur für mich selbst sorgen muss, sondern auch für andere Menschen.« Als sie nicht gleich antwortete, fuhr er fort: »Offensichtlich ein neuer Gedanke für Sie.«

Sie presste die Lippen aufeinander.

Er sprach weiter: »Meine Schwester spart sich das Essen vom Mund ab, damit Deirdre genügend bekommt. Da kann ich nicht Däumchen drehend zu Hause sitzen und ihr beim Fasten zusehen.« Er lächelte herausfordernd. »So muss man eben manchmal auch etwas tun, das einem eigentlich widerstrebt.«

»Ich bin beeindruckt von Ihrem Opfer«, sagte sie. Ihr Knie pochte und brannte gleichzeitig. Hatte er sich überhaupt entschuldigt? »Jedenfalls hoffe ich, dass Sie unsere Pferde gut behandeln.« Sie reckte ihr Kinn, als hätte sie ein Chance, mit ihm auf Augenhöhe zu kommen. »Beim Umgang mit Tieren sind Sie hoffentlich besser als beim Umgang mit Ihren Arbeitgebern.«

Er zog eine Augenbraue hoch. »Haben Sie vor, jetzt jedes Mal solch einen Auftritt hinzulegen, wenn wir uns im Stall begegnen, oder wollen wir uns wie zivilisierte Menschen verhalten?«

Hatte er das gerade wirklich gesagt oder spielte ihr das Kopfweh einen Streich? Als sie ihre Sprache wiedergefunden hatte, sagte sie: »Als zivilisiert würde ich Ihre Tirade bei unserer letzten Begegnung nicht gerade bezeichnen. – Und, ach ja, zivilisierte Menschen entschuldigen sich übrigens.«

»Und Sie meinen, Sie haben das Recht, mich über Entschuldigungen zu belehren?«

Dieser Mann machte sie wahnsinnig. Das ganze Land machte sie wahnsinnig. Sie fasste sich an die pochende Stirn und sagte viel zu laut: »Was wollen Sie von mir? Habe *ich* Ihren Freund erschossen? Habe *ich* Ihnen vor Hunderten von Jahren Ihr Land weggenommen? Fordere *ich* den Zehnten von den Katholiken ein? Gehen Sie lieber zu Ihren Freunden und beschweren Sie sich bei *ihnen*, dass *sie* mit dem Angriff begonnen haben! Und danach gehen Sie zum Premierminister und beschweren sich über seine ungerechte Politik!« Als sie mit ihrer Rede fertig war, wunderte sie sich über ihre eigenen Worte.

Er lächelte ungläubig und verschränkte die Arme. »Oh ja, natürlich. Sie können nichts für die Ungerechtigkeit, haben keinerlei Einfluss und keine Schuld.« Er löste die Arme. »Wissen Sie was? Mit Ihrer Einstellung sind Sie schlimmer als wir Iren.« Seine Augen funkelten wieder. »Sie legen eine größere Schicksalsergebenheit an den Tag als dieses ganze Volk da draußen!« Er machte mit der rechten Hand eine ausladende Handbewegung.

»Sie sind ja nicht gerade gut zu sprechen auf Ihre eigenen Leute.«

Er schnaubte. »Ich bin nur realistisch. Ich mache mir nichts aus Nationalromantik. Ich will, dass dieses Volk aufsteht und kämpft. Dass die Menschen wissen, dass sie etwas bewegen können! Genauso wie Sie, Miss Winslow! Auch Sie können etwas bewegen, wenn Sie wollen! Und zwar mehr als die Leute da draußen!«

Sie lächelte sarkastisch. »Natürlich, Moment bitte, ich notiere mir das, damit ich es nicht vergesse. Und wenn Sie mich nun bitte durchließen. Ich möchte vorher noch kurz mein Pferd striegeln, bevor ich die Welt rette.«

Eigentlich war genügend Platz, um an dem Schubkarren und ihm vorbeizukommen, doch er trat demonstrativ mit verschränkten Armen zur Seite. Sie schritt zur Box, die sich schräg gegenüber von ihm befand, und öffnete die Tür. Sie nahm die Bürste vom Haken und begann, Sunrise zu putzen. Dabei spürte sie seinen Blick auf sich. Sie ärgerte sich, dass ihre Hand zitterte, und sie umklammerte die Bürste noch fester.

Plötzlich trat er in die Box. »Lassen Sie gut sein. Ich mache das.«

Sie drehte den Kopf und blickte ihn an. Was wollte dieser Mann? Bei ihrer letzten Begegnung hatte er ihr ungeheuerliche Anschuldigungen an den Kopf geworfen, gerade eben hatte er sie wie ein Lehrmeister behandelt und nun schien er plötzlich hilfsbereit.

Wahrscheinlich wollte er einfach nur seine Anstellung behalten, sosehr er sie auch hasste.

»Manchmal kann man die Dinge auch durch kleine Schritte zum Besseren wenden. Es muss nicht immer gleich ein Wunder geschehen«, sagte er ruhig.

Ein Ire der philosophischen Sorte, dachte sie, biss sich aber auf die Zunge. Stattdessen lächelte sie steif. »Danke, ich bin schon fertig!« Sie hängte die Bürste wieder auf. »Füttern Sie die Tiere bitte.«

»Schon erledigt.«

»Gut«, sagte sie, ging an ihm vorbei, trat aus der Box und ließ ihn mit seiner Schubkarre im Stall zurück.

Als sie die Tür von außen schloss, fragte sie sich, was eigentlich in sie gefahren war. Nie zuvor war sie so konfrontativ gewesen. Es musste an der Stimmung in diesem Land liegen.

Ronald führte sein Pferd in die Ruine. Tür, Fenster und Dach fehlten. Die grauen Steine waren überwuchert von Moos. Luke wartete im Inneren. Er war offensichtlich nervös umhergegangen – nach den platt getretenen Gräsern innerhalb der Ruine zu urteilen. Dieses Treffen war gefährlich. Wenn jemand sie hier sah, würden die Leute reden. Es war gefährlich für Ronald, doch immerhin konnte er jederzeit wieder abreisen – doch noch gefährlicher war es für den Jungen. Ronald konnte sich vorstellen, wie man hierzulande mit Verrätern umging.

Der Junge trat auf ihn zu und blieb einen Meter von ihm und dem Pferd entfernt stehen. Nervös und erwartungsvoll sah er ihn an.

»Nur, dass wir uns verstehen«, sagte Ronald ohne Gruß. »Keine Treffen mehr am helllichten Tage. Ist das klar? Das hier bleibt eine Ausnahme. Von jetzt an finden die Treffen in der Dunkelheit am Strand statt. Beim Felsen.«

Luke nickte. »Ich habe Ihnen die Nachricht nur deshalb geschickt, weil ich Sie vor heute Abend warnen wollte. Eines der Dienstmädchen hat behauptet, dass Sie und die junge Herrin zur Totenfeier kommen wollen. Tun Sie das nicht.«

Ronald zog die Augenbrauen hoch. »Und warum nicht?«

Der Junge verlagerte das Gewicht aufs andere Bein. »Sean ist dabei, alle aufzuhetzen. Sie wollen Ihnen und dem Mädchen Angst machen. Heute Abend. Ich glaube, sie wollen im Dunkeln eine Schnur spannen, an der Brücke, sodass die Pferde auf dem Rückweg zu Fall kommen und die Kutsche verunglückt.«

Ronald fragte sich, ob das stimmte oder ob Luke Rafferty sich gerade etwas aus den Fingern sog, um an den Pachtvertrag zu kommen. Er sah ihn skeptisch an. Der Junge hielt seinem Blick stand. Ronald nickte. Er würde sich später noch Gedanken machen. »Wer ist dieser Sean?«, fragte er.

»Sean Lawlor. Er ist ein Großmaul, der immer alles besser weiß. Er wäre gerne der Anführer. Widerspricht Brendan bei jeder Gelegenheit.«

»Er wäre gerne Anführer? Von wem?«

»Von unserer Bruderschaft.«

»Namen?«

Der Junge griff in seine Hosentasche und zog ein zerknittertes Papier hervor. Ronald riss es ihm ungeduldig aus der Hand und warf einen Blick darauf. Ungefähr vierzig Namen standen auf der Liste.

»Na also, geht doch«, sagte er und steckte das Blatt in seine Jackentasche. »Wer ist dieser Brendan? Ist er der Anführer?«

»Was haben Sie denn mit den Anführern vor?«, fragte Luke. Sein Adamsapfel bewegte sich. Er schien Skrupel zu haben.

»Das lass mal meine Sorge sein«, sagte Ronald.

Er sah Ronald eine Weile unschlüssig an. »Brendan O'Neill.«

Sieh an, sieh an. Da hatte er ja ein glückliches Händchen gehabt, als er diesen Kerl heute Morgen eingestellt hatte. So hatte er O'Neill im Blick. Andererseits hatte O'Neill nun auch ihn im Blick. Womöglich war das der Grund, warum der Kerl die Stelle angenommen hatte. Er würde gut auf ihn aufpassen müssen. Auch darüber würde er sich noch Gedanken machen.

»Wem untersteht Brendan O'Neill? Eure Bruderschaft ist doch bestimmt der lokale Ableger einer Dachorganisation.«

»Das weiß ich nicht.«

»Finde es heraus. Was für Pläne hat dieser Sean?«

Wieder verlagerte Luke das Gewicht auf den anderen Fuß. »Das weiß ich nicht. Er redet immer davon, dass es uns schlecht geht. Und dass die Engländer schuld sind. Dass es in Amerika und sonst wo viel besser ist. Dass es dort Dinge gibt wie Kataloge, fertige Medizin, Rasierer, Uhren und Kämme. Brendan mag nicht, wenn Sean davon anfängt. Er befürchtet, dass die Leute auf die Idee kommen auszuwandern, wenn sie immerzu hören, was für ein Schlaraffenland der Rest der Welt ist.«

Ronald sah ihn einen Moment ungläubig an. Diese Leute hier hatten keine Uhren und Kämme? Er fragte: »Wie einflussreich ist dieser Sean?«

Luke zuckte mit den Schultern.

»Was weißt du über die Grabschändung?«

Luke zupfte sich am Ohr.

Sieh an, er war also dabei, dachte Ronald.

Luke hielt den Blick gesenkt, als er sagte: »Das war Sean.«

Ronald nickte.

Nervös sagte Luke: »Ella Strom ist seine Schwester.«

Ronald horchte auf. »Er hat die Schwiegermutter seiner eigenen Schwester ausgegraben?«

»Na ja, er bezeichnet Ella nicht mehr als seine Schwester, seit sie keine Katholikin mehr ist.«

Ronald schüttelte den Kopf. Dann fasste er in seine Jackentasche. »Hier ist der Pachtvertrag.« Er streckte Luke das Dokument entgegen. »Aber denk dran«, sprach er weiter, »das ist nur die Urkunde mit der Stempelgebühr. Die Pachtgebühr selbst steht noch aus. Du weißt, was ich meine?«

Der Junge griff nach dem Papier und nickte.

Ronald wandte sich wortlos ab und zog sein Pferd in Richtung Ausgang. »Du wartest zehn Minuten, bevor du gehst«, sagte er über die Schulter und führte sein Pferd aus dem verfallenen Gemäuer. Dann fiel ihm etwas ein. Er musste noch etwas klarstellen. Es würde zwar den Nervenkitzel bei der ganzen Sache verringern – und das tat ihm leid –, aber manchmal musste man auch vernünftig sein. Er brauchte bei der ganzen Sache mit Rafferty eine Art Lebensversicherung. Nicht dass der Junge noch Panik bekam und ihn aus der Welt schaffen wollte. Er trat noch einmal zwischen die Mauern.

KAPITEL 7

Emily zog den Handschuh aus und klopfte an Ronalds Zimmertür. Einen Augenblick später öffnete er die Tür. Als er sie sah, erschien ein breites Lächeln in seinem Gesicht. Wenn er lächelte, sah er umwerfend aus, stellte sie missmutig fest. Sie versuchte sich ihre Gedanken nicht anmerken zu lassen und fragte: »Wir wollten doch aufbrechen, oder?«

Ronald runzelte die Stirn. »Hat Bailey Ihnen nicht Bescheid gegeben?«

Sie schüttelte den Kopf.

»Das tut mir leid«, sagte er. »Wir können nicht zur Totenwache für O'Leary gehen. Ich bin leider unpässlich.«

Emily blickte ihn besorgt an. »Was haben Sie denn?«

»Nur eine leichte Magenverstimmung. Das wird schon wieder.«

Wieder dieses entwaffnende Lächeln. Wusste dieser Mann, wie er auf Frauen wirkte? Wahrscheinlich schon. Sie nickte. »Ich wünsche Ihnen gute Besserung.«

»Danke!«

Es hätte nicht mehr viel gefehlt und er hätte ihr zugezwinkert, dachte Emily verwirrt, während sie den Gang hinunterschritt. Sie wischte sich mit dem Handrücken ein Haar aus der Stirn.

Was sollte sie nun tun? Welchen Eindruck würden sie vermitteln, wenn sie ihren eigenen Bediensteten nicht die letzte Ehre erwiesen? Aber alleine gehen konnte sie nicht. Auf dem Weg nach unten zog sie ihre Reithandschuhe wieder an und läutete im Eingang nach David. Er war jung und stark – und er war ein Dienstbote. Die Einheimischen würden Achtung vor ihm haben.

Die Halle war nicht zu übersehen, obwohl der Name etwas zu hochtrabend war für das simple Gebäude aus Stein, das sich von den anderen Häusern in Killock lediglich darin unterschied, dass es die Dächer überragte. Emily und David hatten ihre Pferde dem Stalljungen des Wirtshauses überlassen und gingen zögernd auf das große Haus zu, aus dessen Fenstern Licht in die klare Nacht strömte. Emily räusperte sich vor Nervosität. »Sie werden uns nichts antun. Nicht heute Abend. Nicht auf einer Totenfeier. Das wäre pietätlos«, sagte sie halb zu David, halb zu sich selbst.

Seltsamerweise drang kein Laut aus dem Gebäude. Womöglich hatte die Totenfeier noch nicht begonnen? Sie tauschten einen kurzen Blick, bevor David langsam die Tür öffnete. Grelles Licht schlug ihnen entgegen. Jeder Winkel war mit Öllampen ausgeleuchtet. Es befanden sich mindestens zweihundert Leute im Raum, die schweigend einen großen Kreis in zwei Reihen bildeten. Während Emily und David leise eintraten, sahen sie sich unsicher um. Niemand der Anwesenden schenkte ihnen Beachtung. Sie blieben still hinter ein paar Männern stehen. Emily reckte das Kinn, um zwischen den kantigen Schultern eine Lücke zu finden, die ihr den Blick auf die Geschehnisse freigab. Als sich die Männer vor ihr bewegten, sah sie O'Leary in der Mitte des Raumes. Man hatte ihm seinen Sonntagsanzug angezogen und ihn auf einer Tür aufgebahrt, die auf vier Stühlen lag. Auf seinem Bauch, direkt über seinen gefalteten Händen mit dem Rosenkranz, stand ein Holzteller. Darauf lagen braune Blätter, die wie Tee aussahen. Wahrscheinlich war es Tabak. Daneben lag ein Stück Torf. Sicherlich sollte O'Leary es warm und angenehm in der Totenwelt haben. Emily fragte sich, ob niemand in den letzten tausendachthundert Jahren dieses Volk über den Tod aufgeklärt hatte.

Sie betrachtete O'Leary eine Weile. Die Züge seines leblosen Gesichts ähnelten kaum dem O'Leary, den sie gekannt hatte. Direkt neben der Leiche stand ein blasser Junge. Alle Augen schienen sich erwartungsvoll auf ihn zu richten. Da der Mann vor ihr sich wieder bewegte, trat sie einen Schritt zur Seite, um eine andere Lücke zu finden. Ihr Blick wanderte über die Menschen, die ihr auf der anderen Seite des Kreises gegenüberstanden. Die jungen Frauen trugen pink und gelbe Schals. Offenbar war das ihre Festkleidung, denn Emily hatte im Dorf noch nie auffällige Tücher gesehen.

Plötzlich wurde die Stille durchdrungen von einer klaren, hohen Stimme, die ohne Ankündigung zu singen begann. Die Stimme gehörte dem Jungen, der neben O'Leary stand. Er hielt die Augen geschlossen, während er eine langsame Melodie sang. Hell und klar erfüllten die Töne den Raum, umfassten Höhen und Tiefen, fielen unerwartet ab, um dann wie mit Flügeln aufzusteigen.

Emily verstand die Worte nicht, aber sie war fasziniert. Der Gesang umwehte sie wie die fruchtig-süße Luft einer fremden Welt. Als das Lied verklang, kam ihr die Stille laut vor. Niemand bewegte sich. Gespannte Erwartung erfüllte den Raum.

Und dann wusste sie auf einmal, worauf die Menschen gewartet hatten. In einem Moment herrschte Stille, im nächsten Moment bebte der Saal. In der Ecke hatten ein paar Männer ihre Flöten zur Hand genommen und bliesen ein lautes Signal. Es war der Auftakt von etwas Größerem. Zwei Geigen fielen mit ein. Die Menschen begannen zu klatschen und zu stampfen. Jemand jauchzte.

Unsicher sah Emily sich um. Alles war mit einem Schlag laut, wirr und unüberschaubar. Ein paar Männer und Frauen tanzten in einer Reihe. Direkt neben Emily hatte sich ein Pulk um ein paar Hölzer gebildet. Junge Männer und Frauen, deren Wangen vor Aufregung glühten, stritten sich um ein Lattenkreuz; jeder wollte den anderen übertönen, jeder wusste es besser. Ein junger Mann, dessen Bart noch ein heller Flaum war, wurde einem anderen auf die Schulter gehoben. Mit großen Augen sah Emily zu, wie er das Kreuz als Propeller an einem Faden an der Decke aufhängte. Jemand rempelte sie an. Schultern streiften sie. Sie sah zu den tanzenden Männern. Ihre Oberkörper hielten sie gerade, ihre Arme hatten sie an den aufrechten Körper angelegt, aber ihre Beine wirbelten und stampften. Emily wurde in die

Mitte des Raumes gedrängt. Menschen standen um O'Leary herum, beugten sich über ihn, küssten seine eingefallenen Wangen.

Sie sah sich nach David um, konnte ihn aber nirgends entdecken. Der Mann mit dem flaumigen Bart thronte immer noch schwankend auf den Schultern des anderen und band nun Äpfel an den Propeller. Emily sah sich weiter um. Dann erblickte sie David. Er war an die hintere Wand gedrängt worden und erweckte genauso wie sie den Eindruck, als käme er von einem fremden Stern. Sie schob sich langsam durch das Getümmel, stieß mit einem Mädchen zusammen, das sich mit einem Holzkrug durch die Masse kämpfte, ihre linke Hand schützend um den Krug hielt und zwischendurch immer wieder klare Flüssigkeit in Tonbecher goss. Emily fragte sich, ob es wohl Wasser war. Wahrscheinlich nicht. Direkt vor Emily hatte sich eine weitere Reihe Tänzer gebildet, diesmal waren es alte Männer, die sich an den Schultern hielten und unbeholfen umhersprangen, lauthals aus ihren zahnlosen Mündern lachend. Es hatte keinen Sinn, sie würde nicht an ihnen vorbeikommen. Sie würde in Richtung Wand zurückkehren und sich an der Eingangstür vorbei einen Weg zu David bahnen müssen.

Während sie noch vor den Tänzern stand, überkam sie das Gefühl, dass jemand sie beobachtete. Sie blickte sich zögernd um. Ein anderes dunkelhaariges Mädchen mit hellen Augen schob sich an ihr vorbei, schimpfend ein Tablett voller Becher balancierend. Emily drehte den Kopf. Dann sah sie ihn, tauchte direkt in seine Augen, ohne es zu wollen. Brendan O'Neill stand fünfzehn Schritte von ihr entfernt mit dem Rücken zur Wand und sah sie an. Sie überlegte, ob sie vorgeben konnte, ihn nicht zu sehen, aber es war zu spät. Er hatte sie aufmerksam beobachtet, und er wusste, dass sie ihn entdeckt hatte. Sie sollte wegschauen, ihn einfach ignorieren, aber sie stand still zwischen den Menschen, den Blick weiterhin auf ihn gerichtet. Er lehnte lässig an der Wand, sein dichtes, schwarzes Haar hatte er sich aus der Stirn gestrichen. Vor ihr schoben sich tanzende Menschen vorbei. Ein gelber Schal wedelte vor ihrem Gesicht. Und immer noch sahen sie sich an, als wären sie mit einem Band verbunden. Nach einer Weile stieß sich

O'Neill von der Wand ab und kam langsam durch die Menschen auf sie zu. Als er vor ihr stand, musste sie ihr Kinn recken, um zu ihm aufzuschauen.

»Welch freudige Überraschung, Sie hier zu sehen«, sagte er. Sein Mund verzog sich zu einem Kräuseln, das freundlich gemeint sein könnte, aber auch spöttisch.

»Die Freude ist ganz meinerseits.« Sie machte einen kleinen Schritt zurück und ärgerte sich im selben Moment darüber. Aus irgendeinem Grund fühlte sie sich diesem Mann unterlegen, er strahlte ein Selbstbewusstsein, einen Stolz und eine Unverschämtheit aus, die sie verunsicherten. Das war auch der Grund, warum sie seinen Blick erwidert hatte. Sie hatte wissen wollen, was er vorhatte. Nur deshalb.

»Wie gefällt Ihnen unsere Art, sich von einem Menschen zu verabschieden?«, fragte er.

»Ich finde es faszinierend, wenn auch etwas leichtsinnig, sich küssend von einem Toten zu verabschieden.«

»Ja, das sollte man nicht. Da haben Sie recht.« Er sah zu O'Leary. »Auf diese Art und Weise haben sich schon Generationen vor uns von ihren Toten verabschiedet.«

»Was machen die jungen Leute dort?«, fragte Emily mit Blick auf den Propeller.

Er sah kurz hinüber. Mittlerweile balancierten zwei junge Männer auf den Schultern ihrer Freunde. Jemand hatte den Propeller zum Drehen gebracht und die beiden versuchten, einen der Äpfel mit dem Mund zu fassen.

Er konzentrierte sich wieder auf Emily. »Sie machen ein Wettspiel. Der alte O'Leary hatte nicht viel zu lachen in seinem Leben. Aber er ist alt geworden. Und das wissen wir zu schätzen. Wenn jemand Altes stirbt, feiern wir dankbar sein Leben. Mit Essen, Trinken und Spielen. Das hat er verdient.«

»Ja, das hat er. – Ich werde ihn vermissen.«

Ein Lächeln umspielte seine Lippen. »Ich finde es sehr mutig von Ihnen, hierherzukommen.«

»Habe ich Grund, Angst zu haben?« Sie sah sich unauffällig um.

»Nein, ich werde Sie schon beschützen.« Das Lächeln wurde eine Sekunde lang breiter.

»Ich hoffe, Sie werden dazu keine Gelegenheit bekommen«, entgegnete sie schnell.

Er sah über sie hinweg und beobachtete jemanden. Sie drehte sich verunsichert um, doch sie konnte nicht ausmachen, was oder wen er fixierte. Sie fragte: »Wird für jeden älteren Toten eine Feier wie diese veranstaltet, hier in dieser Halle?«

»Nur wenn es sich die Familie leisten kann. Wir hatten hier seit Jahren keine richtige Totenfeier mehr. Und das lag gewiss nicht daran, dass es keine Toten gab.«

Sie nickte betreten, dann fragte sie: »Wie geht es dem Vater des Mannes, der bei der Schießerei starb?«

Er musterte sie einen Augenblick lang überrascht. Dann sagte er: »Wir kümmern uns um ihn. Aber er ist alt und krank und der Tod seines Sohnes hat ihn schwer mitgenommen. Ich fürchte, er wird es nicht mehr lange machen.«

»Das tut mir sehr leid.«

Er antwortete nicht; seine Miene war undurchsichtig. Sie fragte sich, warum er hier vor ihr stand und mit ihr redete. Sie nahm ihren Mut zusammen und fragte unverwandt: »Waren Sie bei der Schießerei dabei?«

Er lachte überrascht. »Warum sollte ich Ihnen das sagen?«

»Ja, natürlich, Sie würden es mir nicht sagen.« Sie sah in seine Augen. »Wir wollten wirklich nicht, dass jemand zu Schaden kommt.«

Er nickte.

»Wie geht es Deirdre?«, fragte sie.

»Gut. Sie spricht dauernd vom Großen Haus. Sie haben sie beeindruckt.«

Sie lächelte. »Ich mag sie sehr. – Ist ihr Vater schon lange tot?«

»Er starb, als sie ein Jahr alt war.«

»Wie alt ist sie jetzt?«

»Acht.«

»Acht? Sie sieht jünger aus.«

»Das liegt an der Mangelernährung.«

Emily schwieg. Alles, was sie als Großgrundbesitzerin dazu sagen würde, musste sarkastisch wirken.

»Was ist mit der Familie passiert, die in dem Erdloch gehaust hat? Die Kinder heißen Patrick und Lizzy.«

»Die O'Manions?« Er presste missbilligend die Lippen aufeinander. »Ihr lieber Vorgänger hat sie aus ihrem Haus vertrieben. Sie haben acht Wochen im Erdloch gehaust, aber mittlerweile sind sie ins Armenhaus gezogen, weil sie sich nicht mehr selbst versorgen konnten.«

»Und wie geht es ihnen dort?«

Wieder lächelte er überrascht. Dann runzelte er die Stirn. »Ich weiß es nicht. Sicher nicht viel besser als im Erdloch, wenn Sie mich fragen. Das Armenhaus ist ein Freiwilligen-Arbeitslager, ähnlich aufgebaut wie ein Gefängnis. Die Jungen wohnen in einem Block, die Mädchen in einem anderen, Frauen und Männer sind ebenfalls in verschiedenen Abteilungen untergebracht. Für ihren Unterhalt zupfen sie von morgens bis abends Werg und hauen Steine.«

»Die Familien werden also getrennt?«, fragte sie mit großen Augen.

Er nickte.

Das Gespräch strengte sie an, sie atmete tief durch und merkte erst jetzt, dass das Tempo der Musik noch schneller geworden war. Direkt neben ihnen wirbelten ein Mann und eine Frau im Kreis herum. Die Frau kam ihr so nahe, dass ihr fliegendes Haar Emilys Wange berührte. Emily wich zur Seite und strich sich übers Gesicht.

Wieder richtete er seine Aufmerksamkeit auf jemanden hinter ihr, dann heftete er seinen Blick auf sie und fragte: »Tanzen Sie?«

Ohne eine Antwort abzuwarten, trat er an sie heran und legte seine Hände um ihre Taille. Sie riss die Augen auf und öffnete den Mund, um zu protestieren. Doch er sah wieder kurz an ihr vorbei, und ehe sie ein Wort herausbrachte, stellte er seine Füße an ihre und begann, sich und sie zu drehen, bis sie immer schneller wurden. Sie spürte die Wärme seiner Hände um ihre Taille. Er hielt sie gut fest. Das musste er auch, denn wenn er ihr keinen Halt gab, würde sie davonfliegen.

»Was tun Sie da?«, zischte sie, während er sie beide immer schneller im Kreis drehte und ihr schwindlig wurde.

»Vertrauen Sie mir!«, sagte er leise.

Ihre Gedanken wirbelten umher wie ihr Körper. Sie wusste nicht, ob sie protestieren, lachen oder weinen sollte. Er hatte ihre Antwort nicht abgewartet, und so musste sie keine Verantwortung übernehmen für das, was gerade mit ihr geschah. Farben, Gesichter, Haare, Lichter flogen an ihr vorbei. Der einzige feste Punkt bildeten O'Neills Augen, die aufmerksam auf sie gerichtet waren.

Ihr wurde schwindlig. Was tat sie da? Ein irischer Bauer zwang sie, mit ihm zu tanzen! Was dachte er sich dabei? Er hielt es wahrscheinlich für einen Sport, seine Grenzen zu überschreiten und die Tochter des Gutsherrn wie seinesgleichen zu behandeln. Sie musste dieses Schauspiel sofort beenden. Der Schwindel wurde unerträglich, und so fing sie an, gegen ihn zu arbeiten. Es gelang ihr, ihn zu bremsen. Er konnte den Schwung nicht länger halten.

»Lassen Sie mich los!«, fauchte sie ihn an. Er fing den Rest Schwung langsam ab und sie kamen zum Stillstand. Alles um sie herum drehte sich. Gleich würde sie taumelnd zu Boden gehen und zum Gespött des Abends werden. Sie versuchte, ihren Körper unter Kontrolle zu bringen. *Tief durchatmen und keinen Schritt tun.* Sie musste hier stehen bleiben. Nein, es würde ihm nicht gelingen, sie zu blamieren. Während die Gesichter und Lichter in einer Acht um sie tanzten, wurde ihr klar, dass es das war, was er beabsichtigt hatte: Er wollte sie vor allen Leuten lächerlich machen. Und tatsächlich: In seinen Augen stand ein erwartungsvoller Blick. Am liebsten hätte sie ihn geohrfeigt. Doch das wäre natürlich das Dümmste gewesen, was sie tun könnte. Die Musik spielte noch, und ein paar Tänzer sprangen weiterhin umher, aber die jungen Leute hatten ihre Äpfel vergessen und sahen neugierig zu O'Neill und ihr. Sie sammelte sich ein paar Sekunden, wartete, bis sich der Raum nicht mehr drehte, ignorierte alle verblüfften und hämischen Blicke, raffte ihren Rock und bahnte sich durch das Getümmel einen Weg aus der Halle.

Als David nicht gleich folgte, überlegte sie, ob sie vor der Tür auf ihn warten sollte, doch sie wollte keine Sekunde länger bleiben. Mit glühenden Wangen eilte sie die kurze Strecke zum Gasthaus, bat um ihr Pferd, ließ sich von dem kleinen Jungen, der auf die Pferde aufpasste, mit dem Schemel hinaufhelfen und ritt zitternd durch das Städtchen. Sie fand den schmalen Feldweg, den kürzesten Weg nach Hause, der über den Bach führte. Der Wind wischte ihr übers Gesicht und trieb ihr die Tränen in die Augen. Sie zog die Nase hoch. Blind trieb sie ihr Pferd an, während ihre Gedanken durcheinanderwirbelten.

Dieser Mann hatte tatsächlich versucht, sie vor allen Leuten zu blamieren. Gleich morgen früh würde sie ihn entlassen!

Wieder zog sie die Nase hoch. Der schnelle Hufschlag beruhigte sie. Die feuchte Kälte der Nacht klärte ihren Kopf. Sie bremste Sunrise ab, um sie auf den Weg in Richtung Brücke zu lenken. Sie atmete mehrmals tief durch. Es hatte keinen Sinn mehr zu leugnen, dass dieser Mann eine gewisse Faszination auf sie ausübte. Sie konnte ihn nicht einschätzen in seinem Stolz und seiner Unberechenbarkeit und das machte ihn interessant. Außerdem hatte er sie beobachtet. Sie hatte wissen wollen, was er im Schilde führte, deshalb hatte sie seinen Blick erwidert. Nichtsdestotrotz wollte sie ihn nicht mehr sehen. Sie beide hatten heute Abend Grenzen überschritten und sie traf genauso Schuld an der Situation wie ihn.

Er hasste die Engländer und benutzte sie, die Tochter des Grundbesitzers, um gegen die Machtverhältnisse zu rebellieren. Wie dumm von ihr, dass sie in seine Falle gegangen war.

Sunrise hielt das Tempo. Die Brücke kam näher. Normalerweise erschrak das Pferd immer auf Holzbrücken, weil dort die Hufschläge lauter hallten. Aber darauf konnte sie heute Abend keine Rücksicht nehmen. Sunrise musste es schließlich irgendwann lernen. Noch zehn Meter bis zur Brücke. Emily drückte ihren Stiefel in die Seite des Pferdes. Sunrise gehorchte und galoppierte schneller. Der erste laute Hufschlag ertönte, dann ein polterndes Stakkato, einen Augenblick lang zuckte ein Halsmuskel, dann verklangen die Hufschläge und wurden wieder von der Erde des Feldweges gedämpft. »Gut gemacht«, flüsterte Emily, während sie auf dem Feldweg weiterritt und sich auf den Galopp konzentrierte.

Jetzt, da sie O'Neill durchschaut hatte, würde sie ihm besser die Stirn bieten können, dachte sie, als sie das Pferd endlich auf die Allee lenkte.

Während sie die Treppe zu ihrem Zimmer hinaufschritt und sich dabei ihre Handschuhe auszog, kam Ronald ihr entgegen. Überrascht blieb er stehen. »Wo kommen Sie denn um diese Zeit her?«

»Es geht mir nicht gut. Lassen Sie uns morgen reden«, sagte sie so freundlich, wie sie konnte, und versuchte an ihm vorbeizukommen. Doch er trat ihr in den Weg.

»Emily?«, fragte er sanft. »Sehen Sie mich an.«

Sie hob den Blick.

»Was ist geschehen?«, fragte er.

»Nichts. Ich bin müde. Ich möchte jetzt auf mein Zimmer.«

»Hat Ihnen jemand etwas getan?«

Sie sah ihm unverwandt in die Augen. »Nein. Niemand hat mir Gewalt angetan, wenn Sie das meinen. Es ist alles gut. Aber danke der Nachfrage.«

Er musterte sie aufmerksam. Nach einer Weile sagte er: »Gut. Da bin ich wirklich froh.«

»David ist noch auf der Totenwache. Jemand sollte vielleicht nach ihm sehen.«

»Sie waren auf der Totenwache? Ohne mich?« Als sie nicht antwortete, sagte er: »Ich werde mit Merrill nach ihm sehen.«

»Danke«, sagte sie leise.

»Schon gut. Erholen Sie sich jetzt. Gute Nacht.«

»Gute Nacht.« Zitternd ging sie an ihm vorbei.

Als sie an ihrer Zimmertür angelangt war, hörte sie, dass Ronald in der Halle mit einem Mann redete. Sie hielt einen Moment inne und erkannte Merrills Stimme.

»Wir gehen jetzt gleich los«, sagte Ronald. »Wir nehmen zwei Pferde mit, aber wir führen sie zu Fuß. Reiten ist heute zu gefährlich.«

Merrill fragte etwas. Dann hörte sie, wie die beiden das Eingangsportal hinter sich abschlossen.

Der Schlag in den Rücken kam aus dem Nichts. David stöhnte und taumelte auf die Holzwand der Pferdebox zu. Er fing sich mit den Armen ab und wandte sich keuchend um. Der zweite Schlag traf ihn in den Magen und ließ ihn in die Knie gehen. Er krümmte sich. Ihm blieb die Luft weg. Bevor er verstand, was geschah, zogen ihn kräftige Hände am Kragen seiner Jacke wieder hoch. David versuchte, die Sterne wegzublinzeln, die vor seinen Augen tanzten. Als sein Blick wieder klarer wurde, erkannte er einen blonden Bart direkt vor seinem Gesicht. Der Mann presste ihm seine klobige Hand auf die Brust und drückte ihn gegen die Wand. Der Mann war nicht alleine. Rechts und links neben ihm standen zwei jüngere Burschen, einer mit Sommersprossen, der andere groß und dünn. Der Bärtige zog seine Hand zurück. Bevor David reagieren konnte, schnitt sich plötzlich ein Seil in seinen Hals, drückte auf seinen Adamsapfel, ließ wieder Sternchen explodieren. Keuchend versuchte er Luft zu holen.

Die beiden Burschen hielten Davids Arme fest, pressten sie gegen das Holz, während der Bärtige sich rechts und links von seinem Hals abstützte, das Seil in den Händen. Es schnitt sich schmerzhaft in Davids Haut, wieder wurde ihm schwindlig.

»Ihr Dreckskerle lasst euch hier nieder wie die Maden im Speck. Nehmt uns die Arbeitsplätze weg«, sagte der Bärtige.

Was konnte er, David, dafür, dass die Reichen lieber Protestanten und Anglikaner einstellten? Er wollte nur Luft bekommen. Der blonde Bart verschwand hinter einem Vorgang von hellen Pünktchen.

Plötzlich hörte er eine Stimme im gleichen einheimischen Dialekt. »Was soll der Mist? Lass ihn los!«

Die Stimme kam näher. David erkannte den Mann nicht, konnte vor leuchtenden Punkten nichts sehen. »Luke, Marcus, raus mit euch. Sonst war's das mit euch beiden in der Bruderschaft!«, sagte der Mann wieder.

David spürte, wie der Druck nachließ, schließlich fielen seine Arme herab. Die Burschen eilten davon. Der Unbekannte packte den Bärtigen an den Schultern und zog ihn von David weg. Der Schmerz an Davids Hals ließ nach, er konnte wieder atmen. Er merkte, wie seine Knie ihm keinen Halt mehr boten. Langsam rutschte er mit dem Rücken an der Wand hinunter. Als er von unten aufsah, erkannte er den Unbekannten. Der neue Stallknecht, Brendan O'Neill, stand direkt vor dem Bärtigen. Die beiden sahen sich an wie Kampfhähne. David überlegte, was er tun sollte. Würden sie sich gleich schlagen?

»Als ob er ausgerechnet dir einen Arbeitsplatz streitig machen würde«, sagte O'Neill.

David stand auf.

»Nein, da hast du recht. Es wäre mir peinlich, im Großen Haus zu arbeiten«, sagte der Bärtige. Er stieß O'Neill zurück und spuckte ihm vor die Füße.

David beobachtete O'Neill. Würde er sich das gefallen lassen? O'Neill blieb stehen, wo er war, und schwieg. Einen kurzen Moment lang sahen sich die beiden an, dann stapfte der Bärtige mit langen Schritten davon. O'Neill blickte ihm schweigend hinterher. David und er blieben alleine zurück. Sie blickten sich an. »Geht's?«, fragte O'Neill.

David nickte.

O'Neill wandte sich um und ging davon. David atmete tief durch, holte das Pferd aus der Box, zog es unsanft nach draußen, saß auf und ritt davon.

Müde verrührte Emily die Milch im Tee. Sie blickte auf die Uhr auf der Kommode. Es war halb neun, ihr Vater und Ronald hatten ihr Frühstück beendet und waren aufgebrochen. Auf der Anrichte dampften Shrimps und Rührei.

Sie hatte keinen Hunger. Warum benötigten sie überhaupt ein solch luxuriöses Frühstück? Sie würde mit Betsy reden und sie bitten, in Zukunft etwas Simpleres aufzutischen. Während sie einen Schluck Tee nahm, betrachtete sie das rosa Rankenmuster auf der Tapete an der gegenüberliegenden Wand. Sie setzte die Tasse wieder ab und seufzte leise.

Zumindest hatte sie nun, da ihr Vater und Ronald fort waren, keine Ablenkung und konnte ihre Worte üben. *Ich bedauere sehr, dass ich Sie entlassen muss. Ihnen ist sicherlich klar, dass ich Sie nach dem Vorfall gestern nicht länger in Diensten halten kann.* Sie lehnte sich frustriert zurück. Sie würde einfach Ronald bitten, die Kündigung auszusprechen.

Aber das wäre feige. Außerdem müsste sie ihm dann erklären, warum. Und das wollte sie nicht.

Sie vernahm Schritte und setzte sich wieder aufrecht hin. Die Tür öffnete sich und David trat ein, seinen Hut in den Händen haltend. Sein borstiges Haar hatte er mit Haarkleber zur Seite gekämmt. Ein Schatten lag unter seinen Augen.

Emily erhob sich und nahm dabei die Serviette, die auf ihrem Schoß lag, in die Hand. »David, ich bin froh, Sie zu sehen. Sind Sie gut nach Hause gekommen gestern Abend?«

Er trat ein paar Schritte näher und knetete dabei seinen Hut. »Miss, da war gestern etwas Ungutes im Gange. Ich bin froh, dass Sie zeitig gegangen sind. Als ich Sie gehen sah, bin ich Ihnen gefolgt, wurde aber im Stall noch von ein paar Männern angepöbelt. Ich konnte trotzdem aufsteigen und davonreiten.« Er schüttelte den Kopf. »Also, ich glaube, ein paar von ihnen hatten noch etwas vor mit uns. Einer hatte auch eine Schnur bei sich, ich glaube, die wollten sie irgendwo spannen, damit unsere Pferde zu Fall kommen. Wären wir etwas später aufgebrochen, wären wir womöglich nicht so heil nach Hause gekommen.«

Emily blickte ihn mit großen Augen an.

»Unser Glück war, dass wir frühzeitig aufgebrochen sind. Damit hatten sie nicht gerechnet.«

»Hatte Brendan O'Neill damit etwas zu tun?«

Er schüttelte den Kopf. »Ich habe ihn beobachtet, und ich glaube, er ahnte etwas, denn während er auf der Feier mit Ihnen sprach, schaute er ein paarmal aufmerksam zu den Kerlen, die zu dem Zeitpunkt beieinanderstanden. Ich hatte ihn und die Männer im Blick. Er schien besorgt, wenn Sie mich fragen. «

Emily sah ihn regungslos an. Brendan O'Neill hatte also dafür gesorgt, dass sie die Feier früher als geplant verlassen hatte. Sie räusperte sich. »Sie haben sicher gesehen, dass er mich zu einem Tanz gezwungen hat …«, sie merkte, dass sie rot wurde, versuchte aber, darüber hinwegzugehen. »Meinen Sie, er hatte beabsichtigt, dass ich von der Feier flüchte?«

»Schon möglich.« Er knetete immer noch seinen Hut. »Er kam dazu, als die drei Männer mich im Stall anpöbelten. Er mischte sich ein und half mir.«

Emily benötigte eine Weile, um die Informationen zu verarbeiten. Dann nickte sie. »Danke. Für alles. Ich hätte Sie nicht bitten dürfen, mich zu begleiten. Das war leichtsinnig.«

»Schon gut. Sie konnten das nicht wissen.« Er lächelte zum Abschied und verließ den Raum. Nachdenklich sah sie auf die Tür, die er hinter sich geschlossen hatte. Dann legte sie die Serviette zurück, die sie noch in der Hand gehalten hatte, und verließ schnellen Schrittes den Raum.

Ein paar Minuten später öffnete sie die Tür zum Stall. Bevor sie Zeit hatte, es sich anders zu überlegen, beschleunigte sie ihre Schritte. Sie fand ihn in Sunrise' Box. Ihr Tanzpartner von gestern Abend war damit beschäftigt, die Hufe auszukratzen. Als er sie hörte, drehte er in gebeugter Haltung kurz seinen Kopf in ihre Richtung, konzentrierte sich dann aber wieder auf seine Arbeit. »Ich hoffe, Sie sind gestern Abend gut nach Hause gekommen«, sagte er, ohne sie anzusehen.

Emily blieb in der Tür stehen. »Ihnen ebenfalls einen guten Morgen.«

Er lächelte, sah sie aber immer noch nicht an.

»Wie Sie sehen, lebe ich noch«, sprach sie weiter. »Gibt es denn einen Grund für Ihre besorgte Nachfrage?«

Er setzte den Fuß des Pferdes ab, richtete sich auf und sah sie eine Weile an. Was er dachte oder fühlte, konnte sie nicht sagen. Der Mann war ihr ein Rätsel. Sie trat einen Schritt in die Box hinein und blieb stehen. »Sie haben gestern gesagt, dass ich keine Angst zu haben brauche, weil Sie mich beschützen würden. Ich dachte, das war ein dummer Spruch, aber das war es gar nicht, oder?«

Sein Mund verzog sich zu einem Kräuseln. »Miss Winslow ist eine kleine Menschenkennerin.«

»Andererseits … vielleicht war es ja doch ein dummer Spruch. Die scheinen Ihnen ja offensichtlich zu liegen.«

Er sah amüsiert von oben auf sie herab. »Sie haben die Dinge gerne im Griff, habe ich recht?«

Halb missbilligend, halb trotzig erwiderte sie seinen Blick.

»Sie sind neugierig und möchten Zusammenhänge verstehen«, sagte er ernst. »Ich habe es gesehen bei Ihrem Ausflug nach Grenmore. Und Sie haben gestern Fragen gestellt.«

Entschlossen und ehrlich hob sie den Blick. »Also gut, Mr O'Neill. Ich will offen sein mit Ihnen. Ja, ich will verstehen, was sich hier abspielt. Ob Sie es glauben oder nicht, ich bin ohne Vorbehalte in dieses Land gekommen. Zumindest habe ich es versucht.« Sie strich sich mit dem Handrücken über die Stirn. »Aber nach dem Angriff auf unser Haus und nach dem Vorfall mit der Grabschändung ist mir die Motivation abhandengekommen.«

Als er nichts erwiderte, fügte sie frustriert hinzu: »Sie und Ihre Leute machen es mir nicht gerade leicht, *nicht* aufzugeben.«

»Geben Sie uns eine Chance.« Die Andeutung eines Lächelns umspielte seine Lippen. »Diese Worte haben Sie doch selbst gesagt. Erinnern Sie sich?«

Hatte sie das? Sie hob das Kinn und sah ihn eine Weile an. Dann sagte sie herausfordernd: »Also gut, dann vereinbaren wir hiermit für jeden eine Chance. Eine einzige.«

Einen Moment lang musterte er sie schweigend, schließlich nickte er. Er hängte das Werkzeug an einen Nagel und führte Sunrise zwei Schritte auf sie zu. »Hier, sitzen Sie auf.« Er hob den Sattel von der Wand und legte ihn auf den Rücken des Pferdes. Dann holte er den Aufsitzschemel und platzierte ihn demonstrativ vor Emilys Füßen. Er trat einen Schritt zurück und sagte: »Bitte, Mylady.«

Sie sah ihn skeptisch an. »Was wird das?«

»Meine Chance. Wir beide machen einen Ausflug. Ich zeige Ihnen Land und Leute.«

»Jetzt gleich?«

Er nickte.

Er machte sich offenbar über sie lustig, dachte sie. »Und warum sollte ich Ihnen vertrauen und spontan mit Ihnen ausreiten, ohne dass jemand davon weiß?«

»Wenn ich Sie in die Falle locken wollte, hätte ich das schon gestern Abend getan.« Sein Blick ruhte auf ihr.

Wieder hob sie argwöhnisch das Kinn und sah ihn an. Sie versuchte ihn zu erforschen, wollte herausfinden, ob er ein Spiel mit ihr trieb, aber seine blauen Augen hielten ihr stand. Eine Weile standen sie so da, während sie stumm aushandelten, ob sie einander vertrauen konnten. Es war wie ein Spiel, wer beiseitesah, hatte verloren. Schließlich nickte sie. »Also gut. Morgen Nachmittag, drei Uhr.«

Lachen und Gemurmel drang aus dem Ballsaal der Holdings in die Eingangshalle. Während Ronald dem Butler ihren Namen nannte, fragte sie sich, warum um alles in der Welt sie sich auf das hier eingelassen hatte. Sie hatte Bälle noch nie gemocht, war immer an der Seite ihres Vaters durch den Saal geschlichen und hatte gehofft, dass niemand sie zum Tanz auffordern würde. Während Ronald mit dem Butler scherzte, dachte sie an den letzten Ball bei Lord Allington, wo sie gehört hatte, wie zwei Mütter über sie getuschelt hatten. »Sie reitet«, hatten sie geflüstert und nicht bemerkt, dass Emily mit dem Rücken ihnen zugewandt direkt in der Gruppe danebenstand. »Und Mrs Gilby hat sie sogar für eine junge Zofe gehalten. Na ja, kein Wunder. Sie sieht aus wie ein Dienstmädchen im Kleid seiner Herrin vom letzten Jahr!« – »Ja, aber man darf dem Kind nichts vorwerfen, schließlich fehlt ihr die Mutter. Niemand hat ihr ein Gefühl für ihre gesellschaftliche Stellung vermittelt. Dabei müsste ihr Vater es doch eigentlich besser wissen, als Gentleman und ehemaliger Lieutenant.«

Sie legte ihre Hand in Ronalds Armbeuge, straffte die Schultern und betrat den Ballsaal der Holdings. Zumindest war es um Welten besser, mit einem gut aussehenden Mann an der Seite einen Ballsaal zu betreten als alleine oder mit ihrem Vater. Schnell musterte sie den Raum und die Menschen. Männer und Frauen standen in kleinen Grüppchen zusammen. Es überraschte sie, dass so viele Leute anwesend waren. Aber vielleicht hatten die Grundbesitzer diesen Ball ja auch zum Anlass genommen, auf ihren irischen Ländereien mal wieder nach dem Rechten zu sehen. Die Musiker hatten noch nicht alle ihre Plätze eingenommen. Vier Diener in schwarzen Livreen balancierten Tabletts mit gefüllten Gläsern. Einer verbeugte sich vor ihnen. Dankend griff Emily nach einem Glas. Nun hatte sie etwas, an dem sie sich festhalten konnte.

Langsam durchschritten sie den weiten Raum, während sie neugierig von den Grüppchen beäugt wurden. Sie wusste, dass alle leise über sie redeten – sie kannte das von England, man tratschte über jeden Neuling. Eine junge Frau in Emilys Alter stand bei ihren Eltern und starrte Ronald an. Emily fragte sich, wie viele Dienstmädchen es brauchte, um die hundert Perlen, die in ihrer Frisur funkelten, erst ins

Haar zu fädeln und dann die Pracht über den Ohren und im Nacken zu drei schillernden Knoten aufzutürmen. Sicherlich lastete das Gewicht von zehn Dosen Haarkleber auf dem Kopf der Lady. Nachdem die Eltern sich wieder abgewandt hatten, äugte die junge Dame immer noch in ihre Richtung, vor allem musterte sie dabei Ronald. Emily war sich sicher, dass Ronald es ebenfalls bemerkte.

Eine vollschlanke Dame steuerte freudig auf sie zu und ergriff Emilys Hände. Hinter ihrem Rücken näherte sich ein dünner, grauhaariger Mann. »Sie müssen Miss Winslow sein«, sagte die Dame herzlich. »Ich freue mich ja so, dass Sie unserer Einladung gefolgt sind. Wir sind immer dankbar für neue Nachbarn. Das Leben hier kann so öde sein!« Sie verdrehte die Augen. In der Zwischenzeit hatte sich der dünne Mann zu ihnen gestellt. Er verbeugte sich. »Peter Holding«, sagte er und lächelte Ronald und Emily freundlich an.

»Sehr erfreut, Sie kennenzulernen, Madam, Sir!«, sagte Ronald strahlend. »Bitte verzeihen Sie, dass ich mir die Freiheit genommen habe, Miss Winslow an ihres Vaters statt zu begleiten. Mein Name ist Ronald Tuppence, ich bin der Verwalter des Besitzes.«

Mr Holding sagte erfreut: »Oh, da möchten Sie sicherlich unseren Verwalter kennenlernen. Warten Sie, wo steckt er denn?« Ohne auf eine Reaktion zu warten, bedeutete er Ronald, ihm zu folgen. Mrs Holding hatte mittlerweile Emilys Hände losgelassen, nun aber griff sie nach ihrem Arm, setzte einen schelmischen Blick auf und flüsterte ihr zu: »Meine liebe Miss Winslow, da haben Sie ja den stattlichsten Mann mitgebracht, den Südwestirland je gesehen hat! Ich bin mir sicher, das wird ein sehr inspirierender Abend. Ich als alte Frau gebe Ihnen einen guten Rat: Lassen Sie dieses Bild von einem Mann nicht von dannen ziehen!«

Emily schluckte und lächelte. »Ich werde mir Ihren Rat zu Herzen nehmen, Mrs Holding. Aber Sie sind nicht alt!«

»Ach, ich könnte Ihre Mutter sein!«

Die Musiker stimmten ihre Instrumente. Emilys Blick ging zu Ronald. Mrs Holding bemerkte es und schob sie zu der Gruppe von

Männern und Frauen, mit denen er sich unterhielt. Eine Frau warf ihren Kopf zurück und lachte als Antwort auf etwas, das er gesagt hatte. Warum nur ließ sich jeder von Ronald in den Bann schlagen? Dieser Mann wurde ihr langsam unheimlich. Er war zu perfekt, um echt zu sein.

Emily tauschte mit den Damen und Herren, die Ronald umringten, höfliche Begrüßungen aus. Das kannte sie aus England: Männer und Frauen gaben freundlich lächelnd liebenswürdige Phrasen von sich und behandelten einen wie ihren besten Freund. Sobald sich jedoch ein noch besserer Freund zeigte, blieb man alleine zurück. Sie atmete kurz durch und versuchte sich damit zu trösten, dass sich ja Ronald an ihrer Seite befand. Heute Abend würde sie sich inmitten der Menschen zur Abwechslung mal nicht alleine fühlen. Bald würde die Musik beginnen. Wenn man nichts mehr zu sagen wusste, konnte man immer noch die Tänzer beobachten und sich vor Lob über die Grazie der hübschen Damen und die Stattlichkeit der Herren überschlagen.

Nach ein paar Minuten höflichen Nickens und Lächelns spürte Emily wieder eine Hand auf ihrem Arm. Mrs Holding war zurück. »Kommen Sie, ich möchte Sie mit den Eltons bekannt machen.«

Ronald und Emily folgten ihrer Gastgeberin zu der jungen Dame mit dem Perlenhaar. Die Mutter, die ihren Ehemann überragte, nickte ihnen zu. Ihre Tochter knickste und sah scheu zu Ronald auf.

»Sie sind also der neue Verwalter von Ashton Manor!«, sagte der Vater. »Willkommen in Irland. Wie gefällt es Ihnen?«

»Danke, es gefällt mir sehr gut.«

Die Mutter warf von oben ein: »Sicherlich fühlen Sie beide sich noch nicht richtig zu Hause hier. Aber wissen Sie, wir sind eigentlich auch nicht wirklich ansässig hier, die meiste Zeit des Jahres verbringen wir in England.«

Jetzt tat auch die Tochter den Mund auf und natürlich wandte sie sich an Ronald. »Aus welcher Gegend Englands stammen Sie?« Langsam schlug sie ihre Lider auf.

»Ich habe die letzten fünfzehn Jahre in Shropshire verbracht.« Er schien nicht unempfänglich für ihre Tändelei, denn sein leuchtender Blick war fest auf sie gerichtet.

Mr Elton beugte sich verschwörerisch vor. »Uns kam zu Ohren, dass sich vor einigen Wochen ein unangenehmer Vorfall auf Ihrem Gut ereignet hat.«

Emily war überrascht. Doch dann besann sie sich. Ein Angriff von Pächtern machte die Grundbesitzer nervös, weil sie sich nicht wehren konnten.

Sie nickte und fröstelte. Ronald, der sie nun wieder aufmerksam beobachtete, legte ihr sanft ihren Schal, der etwas heruntergerutscht war, über die Schultern. »Wir wurden mit Gewehren angegriffen«, sagte sie.

Mrs Elton legte erschrocken die Hand auf den Mund. »Nein, du meine Güte«, rief sie unter der Hand gedämpft aus.

»Wie haben Sie sich zur Wehr gesetzt?«, fragte Mr Elton.

»Wir gaben Warnschüsse in die Luft ab.« Emily schwieg. Mehr wollte sie nicht erzählen.

Mrs Elton brachte atemlos hervor: »William, stell dir nur vor, uns wäre das passiert!«

»Was hat die Polizei unternommen?«, fragte Mr Elton.

»Mr Winslow hat am nächsten Tag Anzeige erstattet«, antwortete Ronald. »Allerdings gegen Unbekannt, er hat ja niemanden erkannt. Das ist das Problem. Die Polizei kann die Angreifer nur festnehmen, wenn die Täter identifiziert werden können. Jedenfalls haben wir verstärkte Polizeipräsenz angefordert.«

Mr Elton sagte kopfschüttelnd: »Ich kann nicht glauben, zu welchen Gräueltaten dieses Gesindel in der Lage ist. Wo gibt es denn das, die Pächter greifen ihre eigenen Herren an! Man müsste dieses rebellische Volk davonjagen!«

Emily fühlte sich plötzlich noch unbehaglicher. Sie hätte nichts sagen sollen.

Ronald ergriff das Wort. »Die Lage ist in der Tat sehr angespannt, wir müssen sie dringend entschärfen. Die Grundbesitzer brauchen wieder Milizen – wie früher.«

»Zwangsräumung. Schmeißt dieses faule Pack raus! Verschifft alle Iren in die Kolonien! Holt Engländer als Pächter! Die sind nicht so faul, die würden Erträge aus dem Land holen und ihre Pacht bezahlen!«

»Entschuldigen Sie mich bitte.« Ohne ein weiteres Wort drehte Emily sich um und ließ die Gruppe stehen. Nach ein paar Sekunden befand sich Ronald an ihrer Seite. »Alles in Ordnung?« Er legte seine Hand auf ihren Rücken.

Emily flüsterte: »Was bildet sich dieser Kerl ein? Diese abwesenden Grundbesitzer – wie die Eltons –, die den Menschen den Pachtzins abverlangen und dann das Geld in England ausgeben, berauben dieses Land! So wird sich die Lage hier nie bessern!«

»Der Kerl ist ein unangenehmer Knabe, aber er ist es nicht wert, dass Sie sich den Abend verderben lassen! Schauen Sie, gleich wird die Musik beginnen!«

Kurz darauf baten Mr und Mrs Holding um Ruhe, um mit feierlicher Stimme den Ball zu eröffnen. Der erste Tanz war ein Walzer. »Dieser Tanz gehört mir«, sagte Ronald leise.

Sie reichte ihm die Hand. Sie spürte die Wärme seiner Hand an ihrem Rücken, während er sie zur Tanzfläche führte. Er bewegte sich elegant, doch das hatte sie sich schon denken können, als sie ihn damals aus der Kutsche hatte springen sehen. Gab es etwas, das dieser Mann nicht konnte? Sie wusste nicht, was genau sie eigentlich an ihm störte, sie wusste nur, dass er in ihrem Inneren eine verstimmte Saite anschlug. Vielleicht weil er so anziehend auf Menschen wirkte, dass man sich seiner ungeteilten Freundschaft niemals würde sicher sein können?

So ein Unsinn, er würde doch sowieso nie ein Freund sein. Sie wischte den Gedanken beiseite, ließ sich von ihm führen und nahm wahr, wie aufmerksam er sie beim Tanzen ansah. Zwischendurch versuchte sie sich umzuschauen. Miss Elton war damit beschäftigt, ihrem

Tanzpartner zu imponieren. Sie tanzte mit einem glatzköpfigen Mann, der umhertappte, während Miss Elton anmutig schritt. Der Tanz ging zu Ende, wurde aber sofort von einem weiteren Walzer abgelöst.

Nach vier Tänzen mit Ronald war Emily erschöpft und sehnte sich nach einer Pause. Ronald schlug vor, etwas zu trinken, und führte sie zum Tisch zurück. Auf dem Weg sagte er: »So könnten wir eigentlich jeden Abend verbringen.«

»Damit Sie auch einmal Gelegenheit bekommen zu führen?«

Er warf ihr einen amüsierten Seitenblick zu. Sie setzten sich und beobachteten die Tänzer. Mr Holding kam an ihren Tisch, verbeugte sich und bat um den Tanz. Emily reichte ihm die Hand und betrat mit ihm die Tanzfläche. Er erreichte nicht die Maßstäbe, die Ronald gesetzt hatte, aber das hatte sie auch nicht erwartet. Als das Stück vorüber war, bedankte sie sich höflich und kehrte an ihren Platz zurück. Ronald war nicht da. Sie setzte sich und ließ ihren Blick umherwandern, bis sie ihn erspähte. Er tanzte. Mit Miss Elton. Ronald bewegte sich und Miss Elton so gewandt, dass fast alle Gäste sie beobachteten. Nachdem sie ihn eine Weile betrachtet hatte, wurde ihr bewusst, dass es höchst peinlich war, die beiden so anzustarren. Sie nahm den Raum in Augenschein. Die Decke war hoch und stuckverziert. Die Fenster erstreckten sich vom Boden bis weit über die Hälfte der Wand. Bei Sonnenschein musste dieser Raum lichtdurchflutet sein.

Aus den Augenwinkeln nahm sie wahr, dass Ronald Miss Elton zu ihrem Platz führte. Auf dem Weg zurück zu Emily wurde er plötzlich von Mr Holding aufgehalten, der sich wohl zum Ziel gesetzt hatte, seine Gäste so oft wie möglich in ein Gespräch zu verwickeln. Wenn Ronald redete, umspielte stets ein Lächeln seinen Mund und seine Augen leuchteten sein Gegenüber an. Sie durfte sich nichts darauf einbilden, wenn er ihr Blicke zuwarf. Es war einfach seine Art, mit Leuten umzugehen. Sie erhob sich und schritt langsam auf ihn und Mr Holding zu. Ronald sah sie kommen und lächelte sie an. Sie stellte sich zu ihnen. Die Männer nahmen ihren Gesprächsfaden wieder auf. Mr

Holding erzählte von der Zwangsräumung eines verschuldeten Pächters, und Emily fragte sich, wie die beiden so schnell auf dieses Thema gekommen waren.

»Sehr praktisch, dieses Druckinstrument. Und wussten Sie, dass es nicht nur als Sanktion für Zahlungsrückstände zugelassen ist, sondern auch für Fehlverhalten? Zum Beispiel als Strafe für Wildern. Und sogar für das Schlagen von Ehefrauen. Und das tun diese Trunkenbolde alle. Sie kriegen also jeden aus seinem Haus raus.« Holding lachte. »Alternativ können Sie auch mit einer Frist von sechs Monaten einfach kündigen. Sind die Leute danach immer noch da, können Sie die gerichtliche Räumungsanordnung durch die Polizei überbringen lassen. Die Polizei nagelt das Schreiben an die Tür. 48 Stunden später können Sie dann mit der Räumung beginnen.«

»Die Leute gehen sicherlich nicht freiwillig, oder?«, fragte Ronald.

»Oh, es ist ein Spektakel! Polizei, Gericht und der Vertreter des Besitzers sind vor Ort. Die Bewohner verschanzen sich, werfen mit Töpfen und Steinen, sogar mit heißem Öl!« Er hielt inne und schüttelte lächelnd den Kopf. »Unglaublich naiv, diese Iren. Die Polizei sprengt dann die Tür mit einem Rammbock auf, zerrt die Leute hinaus, und sobald alle das Haus verlassen haben, wird das Dach abgetragen und die Wände mit dem Rammbock beschädigt, damit es auch ganz sicher unbewohnbar ist. Oft rennt der Priester umher und beruhigt die Leute und die Nachbarn, um Gewalt abzuwenden.«

Emily stockte der Atem.

Mr Holding fuhr fort: »Vor einem Jahr haben wir mit den Räumungen begonnen. Sie können sich gar nicht vorstellen, welche Wunder das bewirkt hat. Nachdem die ersten Familien gehen mussten, bezahlten die anderen plötzlich wieder ihren Pachtzins. Jetzt haben wir sogar angefangen, zusätzlich zum Pachtzins auch noch anderweitige Abgaben einzufordern, und raten Sie mal, ob die Abgaben bezahlt werden!«

»Interessant«, sagte Ronald.

»Bei uns war es jedenfalls äußerst wirksam.«

Ronald nickte und sah zu ihr. »Was meinen Sie dazu, Emily?«
»Ich finde es nicht rechtens«, sagte sie.
Mr Holding lächelte gütig. Dann bat er sie um einen weiteren Tanz.

Die Verabschiedungszeremonie dauerte eine halbe Stunde. Endlich saßen sie sich erschöpft in der Kutsche gegenüber. Sie würden erst in den frühen Morgenstunden zu Hause ankommen.
»Das war wirklich ein schöner Abend«, sagte Ronald fröhlich, »danke, dass Sie mitgekommen sind!«
»*So* schlimm war es gar nicht«, sagte Emily lächelnd.
Er legte seine Handschuhe neben sich, lehnte sich zurück und sah sie eine Weile mit einem Lächeln in den Augen an. Emily merkte, wie ihr das Blut in den Kopf schoss. Gut, dass es in der Kutsche dunkel war.
»Wir haben noch einen langen Weg vor uns«, sagte sie nach einer Weile.
»Ich weiß. Vertreiben Sie mir die Zeit. Erzählen Sie mir von sich«, sagte er.
»Was wollen Sie hören?« Sie lächelte und schaute aus dem Fenster.
»Woher kommen Sie? Wer hat Sie erzogen? Auf wie vielen Bällen haben Sie getanzt? Wovon träumen Sie?«
Sie sah ihn mit einer Mischung aus Überraschung und Skepsis an. Immer noch saß er erwartungsvoll da, seinen Blick neugierig auf ihre Augen gerichtet.
Sie dachte eine Weile nach, betrachtete die dunkle Landschaft, die Hügel, die sich in der Ferne schwarz vor dem Himmel abzeichneten, konzentrierte sich dann auf die beiden Kratzer im Fenster, die wie ein V zusammenliefen. Und dann begann sie. Sie erzählte ihm von der Insel bei Australien, auf der ihr Vater mit der Armee stationiert gewesen war. Sie konnte sich an diese Zeit nicht mehr erinnern, auch nicht an ihre Mutter, die ohne lebende Verwandte gestorben war. Sie erzählte von Hatty, der lustigen, weinenden, übersprudelnden Hatty, ihrer

Kinderfrau, die mit ihr und ihrem Vater von der Insel nach London gezogen war, die Tag und Nacht an ihrer Seite verbracht hatte, ihr fremde Worte beibrachte, wusste, wie man einen Handstand an der Wand machte, sich manchmal abends aus ihrem gemeinsamen Schlafzimmer schlich, wenn sie dachte, dass Emily schlief. Die eines Tages leblos am Boden gelegen hatte.

Regen setzte ein. Unrhythmisch trommelten die Tropfen aufs Dach, und Emily fragte sich, wie es wohl Merrill auf dem Kutschbock erging. Hoffentlich hatte er den gewachsten Umhang bei sich.

Während sie mit den Augen die Tropfen am Fenster verfolgte, die sich gegenseitig einholten und sich vereinigten, überlegte sie, was sie aus ihrer Kindheit erzählen konnte. Ihr fiel plötzlich eine Begebenheit ein, an die sie lange nicht mehr gedacht hatte. Sie war etwa vier Jahre alt gewesen, der Donner hatte sie in der Nacht geweckt. Sie war aufgestanden, um sich an Hatty zu kuscheln, aber Hattys Bett war leer gewesen. Barfuß war Emily auf den Flur gerannt, ins Zimmer ihres Vaters, aber auch er war nicht im Bett. Als sie die Tür zum Salon öffnete und dort keine Lampe brannte, brach sie in Tränen aus. Sie hatte geträumt, dass sie mit Hatty im Park gewesen war. Deshalb war sie sicher, dass Hatty im Pavillon auf sie wartete. Sie ging zur Eingangstür, stellte sich auf die Zehenspitzen, entriegelte die Tür und rannte auf die nasse Straße, ohne die Tür zu schließen. Ihre Füße patschten durch die Pfützen, sie zog die Nase hoch, rannte, weinte, wischte sich mit dem nassen Ärmel unter der Nase entlang, erreichte den Park, rüttelte am verschlossenen Tor. Eine Kutsche mit vier Pferden rauschte vorbei, und sie war sich sicher, dass es der König war, der ihr aus dem Fenster einen gütigen Blick zuwarf. Denn der Mann sah aus wie der König auf dem Bild im Flur ihres Hauses. Ein Rinnsal umspülte ihre nackten Zehen und ließ sie vor Kälte taub werden. Jemand rief ihren Namen. Zwei Menschen kamen auf sie zugerannt. Es waren Hatty, ihr dickes Haar offen, wie Emily es noch nie gesehen hatte, nass vom Regen, und ihr Vater. Seine starken Arme hoben sie in die Luft und drückten sie fest an seinen nassen Mantel. Sie streckte die Arme aus nach Hatty, doch ihr Vater hielt sie fest. Sie hörte seine tiefe Stimme, vorwurfsvoll, aber nicht an sie gerichtet, sondern mit Hatty schimpfend. Und Hatty, die ihm lautstark widersprach und wütende Antworten gab.

Sie beobachtete die Tropfen. Sie war zu jung gewesen damals. Das konnte alles nicht stimmen. Natürlich war es nicht der König gewesen – und auch nicht das Gesicht auf dem Gemälde im Flur, wen auch immer das Bild dargestellt hatte. Und wie hätte sich ein Kindermädchen trauen können, gegen ihren Arbeitgeber die Stimme zu erheben?

Ihre Gouvernanten jedenfalls hatten ihrem Vater nie widersprochen. Sie sah wieder zu Ronald. Nach einer Weile begann sie von den Gouvernanten zu erzählen, die gekommen und gegangen waren und unglücklich aus dem Fenster in den Nebel geblickt hatten. Sie berichtete von ihrem Vater, der nach seiner Pensionierung Tag und Nacht seine antiken Bücher studiert hatte. Von den letzten beiden Ballsaisons und den Tänzen mit den ungelenken Männern, die ihre Freundinnen geheiratet und sie nach Indien und Schottland mitgenommen hatten.

Ronald betrachtete sie fasziniert, während sie aus dem Fenster sah und erzählte, ihn hin und wieder lächelnd anblickte und dann wieder die Landschaft betrachtete, bis ihr wieder etwas Neues einfiel.

Sie rieb sich mit ihrer behandschuhten Hand über den Nasenrücken. »Ach, und Mr Tuppence?«, sagte sie.

»Ja?«

»Ich möchte keine Zwangsräumungen.«

Er nickte. Schweigend legten sie den restlichen Weg zurück, während Ronald still dasaß und sie betrachtete.

KAPITEL 8

Graue Wolken eilten über den Himmel. Emily saß wartend auf Sunrise und beobachtete, wie Brendan O'Neill Olymp über den großen Platz zu ihr führte und sich dann hinaufschwang. Sie musterte ihn unauffällig. Er hielt sich nicht so vornehm im Sattel wie Ronald. Und trotzdem strahlte irgendetwas an ihm eine Stärke und Ruhe aus. Er wirkte fast würdig auf dem alten Pferd. *Der Nachfahre eines Königsgeschlechts*, dachte sie amüsiert.

Er blickte kurz zum Himmel. »Es sieht nicht nach Regen aus.«

»Sind Sie sicher?«, fragte sie skeptisch.

»Sie wollen, dass ich Ihnen dieses Land zeige? Dann vertrauen Sie meinem Urteil!«

»Aye, Sir!«, gab sie ironisch zurück. Sie hatte noch nicht zu Ende gesprochen, da stob er schon davon. Weil ihr der Damensattel nicht gut Halt bot, dauerte es eine Weile, bis sie zu ihm aufschloss, aber Sunrise war das überlegenere Pferd, und er musste damit gerechnet haben, dass er seinen Vorsprung nicht würde halten können. Wo die Allee auf die Straße mündete, holte sie ihn ein. Er bremste Olymp langsam ab, und die Pferde gingen im Schritttempo nebeneinanderher.

»Was wollen Sie mir eigentlich zeigen?«, fragte sie.

»Das Leben.«

»Sie sind lustig. Wie wollen Sie mir denn mal eben das Leben der tausend Menschen um uns herum zeigen?«

Er antwortete nicht, sondern verließ plötzlich die Straße und lenkte das Pferd auf einen Trampelpfad zwischen Kartoffelfeldern hindurch. Sie folgte ihm. An einer Steinmauer zügelte er das Pferd und wartete auf sie. Um sie herum ragten dunkelgrüne Kartoffelpflanzen in Reihen aus der Erde. Jeweils etwa 80 verliefen parallel, stießen jedoch am Ende auf neue Reihen, die in einem anderen Winkel gepflanzt waren.

»Warum sind sie so chaotisch angelegt?«, fragte Emily.

»Weil Sie hier zwanzig verschiedene Felder sehen. Alle bepflanzt mit Kartoffeln.«

Die Felder waren zwar größer als Beete, jedoch viel kleiner als die Ährenfelder, die sie aus England kannte. »Warum fasst man sie nicht in größere Felder zusammen?«

»Ganz einfach, Frau Großgrundbesitzerin. Das Pachtrecht wird an alle Söhne vererbt und aufgeteilt. Es gibt Jahr für Jahr mehr Menschen, die ein Stück Land besitzen. Manche Felder sind so klein und liegen so zerstreut, dass die Pächter sie aufgegeben haben, weil es sich nicht lohnt, sie zu bestellen.«

»Wie viel Acre braucht eine Familie, um sich selbst zu versorgen?«

»Ungefähr sieben. Die meisten Leute haben aber nur einen oder zwei.«

»Und warum pflanzen sie nur Kartoffeln?«

»Wenn Sie einen Fetzen Land und sechs Kinder hätten, was würden Sie anbauen?«

»Kartoffeln, meinen Sie?«

»Die Kartoffel wächst auch auf schlechtem Boden. Und sie macht satt. Außerdem kann sie lange aufbewahrt werden, sodass sie eine Familie von der Ernte bis zum Frühsommer des folgenden Jahres durchtragen kann.«

»Es gibt also keine Fruchtfolge?«

»Das können die Familien sich nicht leisten. Sie setzen auf die Kartoffel, weil sie verlässlich ist. Meistens zumindest. Vor vier Jahren gab es einen Ernteausfall. Viele Alte und Kinder starben in dem Winter an Schwachheit und Krankheit.«

Ein lapidares *Tut mir leid, das zu hören* kam ihr zu billig und oberflächlich vor, deshalb schwieg sie. Nach einer Weile fragte sie: »Und wer baut den Weizen an?«

»Nur die Großbauern und die mittelgroßen Gehöfte. Sie liefern das

Getreide nach England. In einem schlechten Sommer reift es aber nicht richtig. Das Klima hier ist zu feucht.«

»Stimmt es eigentlich, dass die Bauern den Pflug den Pferden an den Schwanz binden?«

Er lachte verbittert. »Ja, das kann durchaus vorkommen bei den Kleinbauern. Und leider braucht es dann auch noch drei Männer, um zu pflügen: Einer führt das Pferd, einer schiebt den Pflug und einer stellt sich auf die hölzerne Schar, um sie mit seinem Gewicht in den Boden zu drücken.« Als er sie einen Moment lang ansah, erkannte sie in seinen Augen eine tiefe Resignation.

»Und warum investiert man nicht in einen richtigen Pflug?«

»Schauen Sie sich diese Felder an. Würden Sie dafür in irgendwelches Gerät investieren?«

Sie presste die Lippen zusammen. »Stimmt es, dass die *Palatines* die Wagen mit Rädern eingeführt haben?«

Er lachte. »Unsinn.«

»Aber nicht jeder hier hat einen Wagen, oder? Viele Leute benutzen doch Lastschlitten.«

»Haben Sie sich schon einmal die Beschaffenheit des Bodens angesehen? Was glauben Sie wohl, womit man sicherer über Fels und Stein kommt – mit einem Wagen, der Achsen hat, die brechen können, oder mit einem Schlitten?« Er sah sie herausfordernd an.

Sie antwortete nicht. Stattdessen fragte sie: »Was ist mit Viehwirtschaft?«

»Das lohnt sich nicht mehr. Die Preise für Milch und Fleisch sind zu sehr gefallen. Die Weiden wurden in Felder umgewandelt. Die meisten Leute halten nur noch ein oder zwei Tiere für den Eigenbedarf.«

»Und warum gibt es keine Ställe?«

»Weil die Erweiterung eines Hauses zu viel kostet. Es ist billiger, das Vieh vor dem Winter zu schlachten, als in einen schützenden Stall zu investieren.« Er machte eine Pause und sagte dann: »Reiten wir weiter.«

Auf einem gewundenen Pfad ritten sie hintereinanderher in Richtung Dorf. Etwas abseits von den Hütten erkannte sie eine graue Ruine ohne Dach, eingehüllt von grauen Wolken. Er steuerte darauf zu. Während Emilys Pferd den engen Windungen des Weges folgte, fragte sie laut: »Warum hat man den Weg nicht geradlinig angelegt?«

Er drehte sich um und grinste. »Wegen der Feen. Sie wohnen angeblich hier verstreut. Man wollte den Weg um ihre Behausungen herum bauen.«

Emily zog eine Augenbraue hoch.

O'Neill hielt vor der verlassenen Hütte und saß ab. Er kam auf sie zu. »Soll ich Ihnen herunterhelfen oder möchten Sie sitzen bleiben?«

Wie stellte er sich das vor? Sie würde sich sicherlich nicht von ihm aus dem Sattel helfen lassen, denn dazu müsste sie sich praktisch in seine Arme fallen lassen. »Ähm … danke, ich bleibe im Sattel.«

»Das hier war unsere Schule«, sagte er, während er ihr zugewandt ein paar Schritte rückwärtsging, die Arme leicht ausgebreitet. »Es war eine Hedge-School. Hedge-Schools waren geheim. Vor meiner Zeit fand der Unterricht auf freiem Feld statt, später in dieser Hütte ohne Fenster. Wir hielten unsere Bücher so zur Tür, dass Licht darauf fiel. Unser Lehrer war ein Priester, Pater Vincent, er wurde von unseren Eltern mit Torf bezahlt. Sogar Altgriechisch hat er uns beigebracht.« Er machte eine Pause und grinste. »Und? Nutze ich die eine Chance gut, die Sie mir geben?«

Sie verkniff sich ein Lächeln.

Er spreizte spielerisch die Arme und sprach weiter: »Ja, Mylady. Sie finden hier tatsächlich Bauern, die klassische Sprachen verstehen.« Er wandte sich ab und ging ein paar Schritte umher. »Hedge-Schools waren ganz normal in den Dörfern, bis die staatlichen Schulen eingeführt wurden. Die Engländer dachten, dass sie uns durch die staatlichen Schulen besser in den Griff bekommen. Für sie sind wir ein minderwertiges Volk, das man umerziehen muss. Mit der Einführung der staatlichen Schulen fiel der Religionsunterricht weg, es gibt auch kein Gälisch und keine irische Geschichte mehr.« Er blieb stehen und wandte sich ihr zu. »Wissen Sie, was heute in den offiziellen Schulbüchern steht? Die Fabel vom Grashüpfer und den Bienen. Deirdre hat mir ihr Buch gezeigt. ›Jene aber, die im Sommer nichts tun außer trinken, tanzen oder singen, werden im Winter verhungern.‹« Ein seltsamer Ausdruck trat in seine Augen, der sie an ihre erste Begegnung erinnerte. »Die faulen Grashüpfer, das sind wir«, sagte er verbittert. »Ich wünschte, ich könnte den englischen Besserwissern die Größe unserer Felder zeigen! Wenn wir hungern, dann sicherlich nicht, weil wir zu viel tanzen und singen!«

Emily erwiderte nichts. Sie war Engländerin. Eine der Bösen. Was sollte sie dazu sagen? »Warum versteckten sich die Hedge-Schools?«, fragte sie.

»Die Strafgesetze Anfang des letzten Jahrhunderts verboten katholischen Schulunterricht und katholische Lehrer. Auf die Ergreifung von katholischen Lehrern wurden sogar Prämien ausgesetzt. Das Verbot wurde zwar in den letzten Jahren gelockert, aber die Hedge-Schools blieben trotzdem bestehen.«

Ohne ein Wort saß er wieder auf und ritt weiter. Sie atmete tief durch und folgte ihm. Dies war kein angenehmer Sonntagsausflug, das stand fest. Aber sie hatte sich vorgenommen, ein besserer Mensch zu sein, sie würde das hier jetzt durchstehen. Er verlangsamte sein Tempo und sie schloss zu ihm auf. Sie ritten ein Stück nebeneinander. »Dieses Land ist eine Perle«, sagte er, als spräche er zu sich selbst.

Endlich kam der poetische Ire in ihm durch, dachte sie lächelnd.

Er sprach weiter: »Aber es hat viel Unterdrückung und Ungerechtigkeit gesehen. Eine Million Morgen Land wurden konfisziert. Und nun sollen wir dafür zahlen, dass wir es bebauen dürfen.«

Sie konnte seine Augen nicht sehen und fragte sich, welcher Ausdruck gerade in ihnen lag.

Er fuhr fort: »Im letzten Jahrhundert durften Katholiken keine Waffen und kein Pferd besitzen, das mehr als fünf Pfund wert war, keine Offiziersämter in der Armee bekleiden, nicht als Anwalt praktizieren – es sei denn, sie schworen dem Katholizismus ab. Eigentlich sollte der Katholizismus dadurch geschwächt werden, das Ergebnis war aber ein anderes: Die Leute setzten sich intensiver mit ihrer Konfession auseinander. Sie wurden sich bewusst, dass sie Katholiken waren. Als Folge identifizierten sich die Protestanten mit England, die Katholiken mit Irland.«

»Die Gesetze gibt es aber nicht mehr, oder?«, fragte Emily vorsichtig.

»Sie wurden gelockert. Katholiken dürfen heutzutage ins Parlament gewählt werden. Aber nur Reiche dürfen wählen – und das sind in der Regel die Anglikaner. Sie können sich selbst ausrechnen, wie die Verteilung von Katholiken und Nicht-Katholiken auf den Parlamentssitzen von Irland aussieht«, sagte er.

Emily presste die Lippen aufeinander. Sie näherten sich dem Dorfrand. O'Neill steuerte auf eine dreckige Hütte zu. »Hier wohnen die Lawlors. Warten Sie hier, ich gehe voraus und kündige Sie an.«

Wie nett, er hatte sie nicht einmal gefragt, ob sie die Lawlors kennenlernen wollte. Sie beobachtete, wie er abstieg und an die Tür klopfte. Sie behielt die Zügel in den Händen. Aus irgendeinem Grund wollte sie sich fluchtbereit halten. Er musste sich unter dem niedrigen Türrahmen hindurchducken, als er die Hütte betrat. Hinter ihm schloss sich die Tür.

Nach ein paar langen Minuten trat er wieder heraus. »Kommen Sie, ich helfe Ihnen beim Absteigen.« Während er auf sie zukam, blickte sie ihn unsicher an. Wieder war seine Miene undurchsichtig. Als er vor ihr stand, sah er sie eine Sekunde lang zögernd an, trat dann an den Sattel, streckte seine Hände aus und legte sie um ihre Taille. Er ließ sie nicht aus den Augen, während sie sich aus dem Damensattel in seine Hände gleiten ließ. Sanft stellte er sie ab. Sie schluckte, nahm sich zusammen und bedeutete ihm vorauszugehen.

Im Haus war es dunkel. Es roch nach süßlichem Torf und Asche. Nach ein paar Sekunden erkannte sie, dass die Wände und die Decke schwarz glänzten. Sie sah zum Dach, es gab nirgends ein Loch, durch das der Rauch entweichen konnte. In die winzigen Fenster, die sich in den Wänden direkt ans Dach anschlossen, hatte man Grasnarben und Torf gestapelt und oben nur einen kleinen Spalt zu Belüftung freigelassen. An der kurzen Wand befand sich eine Feuerstelle auf einem großen Stein, der auf dem gestampften Boden lag. Davor kauerte eine alte Frau auf einem dreibeinigen Hocker. Vor ihr schaukelte ein verrußter Topf an einem Schwenkgestell über dem kokelnden Feuer. Außer ihrem Hocker und den beiden Bänken am Tisch gab es keinen weiteren Stuhl im Haus. Gegenüber vom Eingang hatte sich die Familie für den feinen Gast aufgestellt und musterte sie unsicher. Emily versuchte zu lächeln. Neben einer dünnen Frau um die sechzig stand ein junger Mann, den Emily ein paar Jahre jünger als sich selbst schätzte und der wohl ihr Sohn war, daneben zwei Jungen, die ungefähr acht Jahre alt sein mochten. Als Emily genauer hinsah, registrierte sie, dass es eineiige Zwillinge waren. Ein kleines Mädchen drückte sich an den Rock der Frau und beäugte Emily ängstlich. Halb verdeckt im Schatten der Frau stand noch eine Person. Es war eine junge Frau.

Sie hörte Brendan O'Neills Stimme hinter sich: »Das ist die Familie Lawlor.« Emily nickte ihnen verlegen zu. Die beiden Frauen machten einen Knicks und senkten ihre Blicke. Offenbar wussten sie nicht, was in einer Situation wie dieser zu tun war. So hatten sie und die Frauen zumindest eines gemeinsam, dachte Emily.

Ihr Blick fiel auf die Hühner, die hinter der Familie an der Wand auf einer Stange saßen. Mitten im Haus.

Sie sah wieder Mrs Lawlor an. »Es freut mich, Sie kennenzulernen«, sagte sie, während sie auf das kleine Mädchen zusteuerte. »Und wie heißt du?«

»Bridget«, antwortete sie schüchtern.

»Guten Tag, Bridget!«

Emily wandte sich an die Frau, die nach kurzem Zögern das Wort ergriff: »Miss, ich bin Kate Lawlor.« Sie zeigte auf die alte Frau, die sich nicht gerührt hatte. Vielleicht war sie schwerhörig, dachte Emily. »Das ist meine Schwiegermutter.« Dann deutete sie auf einen der Jungs. »Das ist Thomas und der Blonde heißt Rufus. Sie und Bridget sind die Kinder meines Sohnes, der im Norden arbeitet.« Sie sah zu dem Jugendlichen. »Das hier ist Michael. Ich habe noch einen erwachsenen Sohn, der hier lebt – Sean. Aber er ist mit meinem Mann unterwegs.« Sie wandte sich zu der jungen Frau. »Und das ist meine Tochter Ryanne.«

Ryanne war ungefähr in Emilys Alter. Ihr schönes Gesicht wurde von einer roten Lockenpracht eingerahmt und ihre Haut strahlte sogar in der schummrigen Hütte. Ihre Augen mochten dieselbe tiefe Farbe haben wie die von Brendan O'Neill, doch es war zu dunkel, um sie genau zu sehen. Nachdem sich Ryannes und Emilys Blicke kurz gestreift hatten, senkte Ryanne den Blick. In der nächsten Sekunde suchten ihre Augen nach Brendan O'Neill, der hinter Emily stand. Emily fragte sich, ob er ihren Blick wohl erwiderte.

Mrs Lawlor sagte leise: »Möchten Sie sich setzen? Ich kann Ihnen aber im Moment leider nichts anbieten.«

»Nein danke, Mrs Lawlor.«

»Sag ihnen, wo deine erwachsenen Kinder sind, Kate«, hörte sie Brendan O'Neill sagen.

Die Frau zögerte. »Zwei Söhne sind in England, zwei in Amerika, einer – der Vater der Kinder hier – ist beim Straßenbau im Norden.«

Es entstand eine unangenehme Pause. Emily hatte das Gefühl zu ersticken. Sie räusperte sich. »Haben Sie Felder gepachtet?«

»Ja, wir haben drei kleine Felder gepachtet. Wir bauen Kartoffeln an.«

»Haben Sie damit ein Auskommen?«

Die Frau sah sie misstrauisch an. Die Frage war ein Fehler gewesen. Mrs Lawlor sagte argwöhnisch: »Mein Mann arbeitet auch als Torfstecher. Während der Saison. Im Mai.«

Da Emily das Gefühl hatte, keine Luft mehr zu bekommen und nichts weiter zu sagen wusste, entschloss sie sich, den Besuch zu beenden. Sie lächelte freundlich, nickte den Menschen zu und wandte sich zum Gehen, wobei ihr Blick auf Brendan O'Neill fiel, der hinter ihr stand. Er sah Ryanne an.

Als sie die Hütte verließ, wurde sie im ersten Augenblick von dem dunkelgrauen Himmel geblendet. Sie atmete die frische Luft ein, ging zu Sunrise und führte sie zu der niedrigen Mauer vor dem Haus. Beklommen wartete sie auf Brendan O'Neill, damit er ihr aufhalf. Erst nach einer Weile erschien sein helles Hemd im Türrahmen. Während er auf sie zukam, funkelten seine Augen im Licht. Lag dieses Funkeln tatsächlich am Tageslicht oder vielmehr an seiner Begegnung mit der Tochter des Hauses?

»Wohin reiten wir als Nächstes?«, fragte sie, vor der Mauer stehend.

»Zu Matthew Donelly.« Er streckte ihr die Hand entgegen, um ihr auf die Mauer zu helfen. Als seine warme Hand ihre umfing, merkte sie, dass ihre Finger eiskalt waren. Sie machte einen großen Schritt auf die Steine, stellte sich auf die Mauer und ließ seine Hand los. Er hielt das Pferd, während sie in den Damensattel stieg.

»Ich glaube, ich würde lieber umkehren«, sagte sie.

Er lächelte sie aufmunternd an. »Sie machen das wunderbar, Mylady. Noch ein Pächter, dann lasse ich Sie in Ruhe.«

»Na gut.«

Während er aufsaß, sagte er: »Sie wunderten sich sicher, warum das Haus keinen Kamin hat. Dass die Häuser in solch einem schlechten Zustand sind, liegt daran, dass die Grundbesitzer hier nichts zum Hausbau beisteuern. Anders als in England.« Er setzte sein Pferd in Bewegung. »Außerdem sind unsere Verträge halbjährlich kündbar«, fuhr er fort, während Emily schweigend neben ihm herritt. »Warum sollten die Leute in Häuser investieren – oder in Ställe –, die ihnen bald nicht mehr gehören könnten?«

Sie umrundeten die Siedlung. Emily fragte sich, ob O'Neill absichtlich das Dorf mied, weil er sich mit ihr nicht zeigen wollte. Oder vielleicht erachtete er es als zu gefährlich für sie? Nach einer Weile lenkte er sein Pferd zum Eingang einer Hütte am Dorfrand. An die kurze Seite war ein zusätzlicher Steinquader angebaut. Direkt neben der Haustür türmte sich ein Misthaufen. Als O'Neill abstieg, deutete Emily auf den dampfenden Berg. »Würde man den Mist nicht lieber etwas abseits aufbewahren?«, fragte sie vorsichtig.

O'Neill kam auf sie zu und sagte: »Das Land ist karg, deshalb ist Dünger wertvoll.« Er deutete auf den Mist. »Dieser Haufen hier ist der Schatz des Hauses. Wir möchten unseren Schatz gerne im Blick haben.«

Sie stellte sich vor, wie sich die Menschen in der Dunkelheit heimlich gegenseitig den Mist in Eimern davontrugen, und schüttelte sich innerlich. »Was ist mit Seetang, damit kann man doch auch düngen, oder nicht?«

Er sah sie wieder herausfordernd an. »Sie sind die Großgrundbesitzerin. Sie haben die Hoheit über Strand und Gewässer – von der Ebbebis zur Flutmarke.«

Natürlich, diese Menschen durften nichts aus dem Wasser holen ohne ihre Genehmigung. Und sie hatte sich noch nie im Leben darüber Gedanken gemacht, ob das wohl gut oder schlecht für die Pächter war. Sie räusperte sich, legte das Bein über den Knauf des Damensattels und wandte sich ihm langsam zu. Er stand direkt vor ihr. Langsam legte er wieder seine Hände an ihre Taille. Sie spürte die Berührung, das Reiben des Korsetts an der Haut, dann die Kraft, mit der er sie hinunterhob und eine Sekunde in der Luft hielt. Als er sie absetzte, vermied sie es, ihn anzusehen. Schnell wandte sie sich ab. Er klopfte an die Tür. Nach ein paar Sekunden öffnete er sie und trat ein, kam aber schnell wieder heraus. »Niemand da«, sagte er.

Eine Kuh blökte laut. Das Muhen kam aus dem Anbau. Gleich darauf muhte das Tier wieder, es klang verzweifelt.

»Ist er gerade am Schlachten?«

»Das klingt eher nach einer kalbenden Kuh!« O'Neill verschwand im Stall. Emily folgte ihm und blieb im Eingang stehen. Drinnen roch es nach Mist. Donellys Stall war heller als das Haus der Lawlors, der Boden war gepflastert. In der Mitte des kleinen Stalles stand eine braune Kuh mit rundem Bauch. Ihr Fell war so gespannt, dass Emily einen Moment lang dachte, es würde gleich platzen. Die Kuh blickte mit schmerzerfüllten, braunen Augen ins Leere. Hinter dem Tier stemmte sich ein kleiner, alter Mann mit freiem Oberkörper gegen den Bauch.

Seine Brust war schmächtig und bedeckt von grauem Brusthaar. Emily hatte nie zuvor eine kalbende Kuh zu Gesicht bekommen.

Brendan O'Neill lief zu Donelly. »Was ist los?«, fragte er.

»Maria und Josef, sie wird sterben. Meine einzige Kuh wird sterben!«

»Wie lange ist sie schon in den Wehen?«, fragte O'Neill.

»Viel zu lange, viel zu lange«. Donellys hellwässrige Augen waren vor Angst geweitet, sein graues Haar war unordentlich zerzaust. »Ich habe sie schon geritzt, aber es hat nicht geholfen.«

Emily stand immer noch am Eingang des Stalles. Ohne zu zögern zog O'Neill sein Hemd aus und schleuderte es in ihre Richtung. Verdutzt fing sie es auf und behielt es in der Hand, da sie nicht wusste, was sie sonst damit anfangen sollte. Der alte Mann hatte sie noch nicht einmal bemerkt.

Während sich O'Neill der Kuh zuwandte, sagte er: »Vergiss das Ritzen, Donelly. Das ist Unsinn. Es schwächt den Körper nur.«

Mit Verwunderung beobachtete Emily, wie Brendan O'Neills Hand im Geburtskanal verschwand. Es war nur noch sein Oberarm zu sehen. Sein Gesicht war Donelly zugewandt.

»Ich kann die Nase des Kalbs fühlen. Wo sind die Beine? Die Beine sind nicht da!«

Donelly deutete auf den Bauch der Kuh und sagte aufgeregt: »Die Beine sind hier unten! Brendan, kannst du die Beine da drinnen finden?«

»Ich suche gerade nach ihnen.« Brendan O'Neills Arm verschwand fast ganz im Geburtskanal. Währenddessen blickte er in ihre Richtung. Sie merkte, wie entsetzt sie aussehen musste, doch sie konnte ihren Gesichtsausdruck nicht ändern.

Er grinste. »Miss Winslow. Mein Arm ist zu dick. Da muss ein langer, schlanker Frauenarm ran. Würden Sie vielleicht ...?«

Sie schnappte nach Luft.

Er lachte. Gott sei Dank, es war ein Scherz gewesen! Eine Wehe setzte bei der Kuh ein. Das musste Brendan O'Neills Arm abquetschen, denn er verzog sein Gesicht, gab jedoch keinen Laut von sich.

»Da, ein Bein habe ich! Ich ziehe es nach vorne!«

Donelly sah ihn gespannt an.

»Das eine habe ich, jetzt kommt das andere dran!«

Wieder durchfuhr sie ein Schauer, als sie sah, wie sein Arm im Geburtskanal suchend umherstocherte. Die Kuh machte Anstalten, sich auf den Boden zu legen. Der alte Mann stemmte sich mit dem Rücken und gebeugten Knien gegen sie, um sie daran zu hindern. Wieder muhte die Kuh laut. Mittlerweile hatte O'Neill auch das andere Bein gefunden und nach vorne gezogen. Nun befand sich das Kalb in der richtigen Position. Die nächste Wehe setzte ein, er ergriff die Beine und zog. Mit großen Augen beobachtete sie, wie die Schnauze des Kalbs hinter den Beinen erschien. Donelly konnte die Kuh nicht länger davon abhalten, sich hinzulegen. Schwerfällig beugte das große Tier erst die Vorderbeine, dann die Hinterbeine und legte sich auf die Seite. O'Neill kniete sich hin und zog weiterhin an den Beinen. Das Kalb flutschte halb heraus. O'Neill wartete einen Moment und zog es dann ganz heraus. Mit einer schnellen Bewegung zog er die Fruchtblase vom nassen Fell ab. Donelly lachte laut vor Freude, als er sich neben das Kalb kniete und ihm den Bauch massierte. Der kleine Bauch begann sich schnell zu heben und zu senken. Nach einer Weile nahm Donelly das Kalb auf, legte es vorsichtig vor das Muttertier, und die Kuh begann, ihr Neugeborenes abzulecken. Donelly lachte noch immer.

»Gütiger Gott. Unser Heiland hat dich vorbeigeschickt, Brendan. Mein Arm wäre nicht lang und stark genug gewesen, um die Beine vorzuziehen! Du hast meiner Kuh und dem Kalb das Leben gerettet. Damit hast du auch mir das Leben gerettet!« Während er lachte, entblößte er viele Zahnlücken.

Brendan O'Neill kniete immer noch und streichelte der Kuh über den Bauch. »Wir haben es überstanden!«, sagte er sichtlich erleichtert.

Auf seiner Stirn stand Schweiß und sein glänzender Oberkörper war blutverschmiert. Er blickte an seiner Hose herab. »Oh nein, meine Hose ist voller Blut!«

Sie konnte ihre Augen nicht von ihm abwenden. Dieser halbentblößte Mann bot einen wahrhaft abenteuerlichen Anblick.

Er las ihre Gedanken und lachte. »Da schauen Sie aber, Miss Winslow! Der verwirrte Blick steht Ihnen!«

Sie musste ebenfalls lachen. Noch nie zuvor hatte sie das Wunder der Geburt erlebt. Alle drei musterten zufrieden das neugeborene Kalb. In Donellys Augen funkelten Freude und Stolz. Auch Brendan O'Neill schien sich an den Früchten seines Einsatzes zu freuen. Nach einer Weile sagte er: »Donelly, das ist übrigens Miss Winslow!«

Donelly musterte sie mit zusammengekniffenen Augen.

Brendan O'Neill sagte: »Sie ist in Ordnung, Donelly. Sie wollte dich nur mal kennenlernen. Sie hat nichts mit der Verwaltung zu tun.«

Donelly nickte ihr zu. Dann blickte er zu Brendan O'Neill und murmelte: »Du musst dich waschen, Brendan.«

»Ja, das wäre keine schlechte Idee!«

»Dort hinten steht ein Eimer Wasser!«

Brendan O'Neill durchquerte den Stall und beugte sich über den Eimer. Sie beobachtete, wie er das Wasser zunächst mit den Händen auf seinem Oberkörper verteilte und sich dann mit einem Lappen abrieb. Nachdem er mit einer weiteren Ladung Wasser seine Haut abgespült hatte, blickte er an sich herab. »Mit dieser Hose kann ich mich nirgends sehen lassen. Ich jage ja allen einen Schrecken ein! Ich bringe Sie nach Hause und ziehe mich dann um.«

Sie nickte.

Donelly war guter Dinge, er fing sogar an zu pfeifen. Sie musste lächeln, als der Alte um das Kalb tänzelte und es dabei mit leuchtenden Augen genau musterte. »Gut, sehr gut!«, murmelte er leise vor sich hin.

Brendan O'Neill sah sich nach seinem Hemd um. Sie hob ihren

Arm, fing seinen Blick und warf es ihm zu. Er bekam es zu fassen und blickte sie amüsiert an. »Danke«, sagte er. Er streifte sein Hemd über und verabschiedete sich von Donelly und der Kuh. Da sie sich während des gesamten Schauspiels keinen Schritt bewegt hatte und noch immer neben der Tür stand, steuerte er nun auf sie zu. Ein belustigtes Lächeln stahl sich auf sein Gesicht, als er an ihr vorbeischritt. Wie gelang es diesem Mann, stets als der Überlegene aus einem Kampf zu gehen?

Sie richtete erst jetzt ein Wort an Donelly. »Ich gratuliere Ihnen zu Ihrer neuen Kuh!«

Donelly nickte kurz in ihre Richtung, erwiderte jedoch nichts.

Sie ließ den Mann mit seinen Tieren alleine und folgte Brendan O'Neill ins Freie.

Er schien nun bester Laune. Kaum wahrnehmbar verzog er seine Lippen zu einem Lächeln. »Ist eine Geburt nicht ein atemberaubendes Erlebnis?« Er blickte sie einen Moment lang an. »Sie sind ja so bleich, geht es Ihnen nicht gut?«

»Das gefällt Ihnen, nicht wahr? Sie durften den starken Mann spielen, während das Burgfräulein bewundernd Beifall klatscht.«

Jetzt wich das Lächeln einem aufrichtigen Lachen. Obwohl sie versuchte, ernst zu bleiben, verzog sie ihren Mund doch so, dass er es merken musste.

»Es tut mir leid, dass es nicht so verlief, wie ich geplant hatte«, sagte er. »Donelly war eine Zeit lang Lehrer der Hedge-School, vor Pater Vincent, und ich hatte gehofft, dass er sich mit Ihnen unterhalten würde.«

»Schon gut. Es war wirklich interessant. Noch mehr Eindrücke könnte ich sowieso nicht verkraften.«

Sie ritten wieder den kurvigen Weg zurück, diesmal ritt sie voraus und er hinterher. Bald gelangten sie auf die breitere Straße. Schweigend ritten sie nebeneinanderher, in Gedanken versunken. Doch in Wirklichkeit konnte Emily sich kaum konzentrieren, zu stark spürte sie seine Gegenwart. Sie hatte seine Welt gesehen, das verrußte Haus, die erbärmlichen Felder, die verwinkelten Wege. Beide wussten, dass ihre Welten eine Kluft trennte, und es schien auf einmal alles gesagt. Als er auf dem Vorplatz absaß, den Schemel zu ihr trug und beim Absitzen ihre Hand hielt, mied sie seinen Blick.

KAPITEL 9

Es war die Ruhe vor dem Sturm. Emily spürte es. Sie hatte schon seit Tagen Mühe, sich zu konzentrieren. Rastlos schritt sie von Raum zu Raum, blätterte stehend in *The Lady's Cabinet*, fand die Benimmregeln albern, legte die Zeitschrift beiseite, setzte sich an den Flügel und klimperte eine Melodie, bis ihr klar wurde, dass es eine der Melodien von O'Learys Totenwache war. Sie hielt inne, klappte den Deckel zu und erhob sich. Sie stellte sich ans Fenster neben den Vorhang und blickte auf den Vorplatz. Einen Moment lang überlegte sie, ob sie ausreiten sollte, doch dann müsste sie Brendan O'Neill gegenübertreten, und dazu hatte sie keine Kraft.

Auch Ronald ging sie aus dem Weg. Aus irgendeinem Grund war sie sich in seiner Gegenwart ihrer selbst bei jedem Atemzug bewusst. Sie achtete darauf, wie sie die Gabel hielt, ob sie aufrecht genug saß, und fragte sich während des Essens, ob sich eine Strähne aus ihrer Frisur gelöst hatte. Wenn sie am Nachmittag im Salon saß und hörte, dass die Männer vom Studierzimmer in den Flur traten, stand sie schnell auf, verließ den Raum durch die Tür auf der anderen Seite und ging auf ihr Zimmer, um ihnen nicht zu begegnen.

In ihrem Zimmer legte sie sich aufs Bett und starrte den hellblauen Betthimmel an. Er hing tief wie der Himmel über Irland.

Sie stand auf, verließ das Zimmer und trat ziellos auf den Flur. Ihr Blick fiel auf die Blumen, die in einer Vase auf dem Fensterbrett standen. Sie ging hin, fingerte eine Weile an den welken Blüten herum, zog zwei gelbe Rosen heraus und legte sie beiseite.

Aus den Augenwinkeln nahm sie draußen eine Bewegung wahr. Sie beugte sich vor, um durchs Fenster hinab auf den Vorplatz zu sehen, und erkannte Brendan O'Neill, der in langen Schritten sichtbar verärgert über den Kies marschierte. Ein junger Bursche mit weiten Hosen eilte in einiger Entfernung die Allee hinab in Richtung Straße. Sie kannte ihn vom Sehen, er hatte sicherlich wie jeden Tag die Post gebracht. Ihr Blick ging zurück zu Brendan O'Neill. Sie vergaß die Blüten und hastete die Treppe hinunter.

Sie öffnete das Eingangsportal und sah sich um. Sie entdeckte O'Neill hinter dem Kutschhaus auf dem großen Rasenstück. Offensichtlich war er auf dem Weg zum Nordtor, dem kürzesten Weg zu seinem Heim. Irgendetwas musste vorgefallen sein. Sie hob den Saum ihres Kleides an und rannte hinter ihm her. Es war ihr gleichgültig, ob jemand sie sehen konnte. Als er sie hörte, wandte er sich im Gehen kurz um. Obwohl er sah, dass sie auf ihn zukam, blieb er nicht stehen, sondern drehte sich wieder um und ging unbeirrt weiter. Wut stieg in ihr auf. Warum rannte sie ihm überhaupt hinterher? Sie machte sich zum Gespött. Wenn sie jetzt jedoch stehen blieb, machte sie sich noch lächerlicher.

Sie rannte weiter, erreichte ihn vor der Mauer und riss ihn am Arm herum. Sie blieben beide stehen. Sie ärgerte sich, als sie so keuchend vor ihm stand. »Warum laufen Sie davon?«

Sein finsterer Blick ließ sie schaudern. Sie spürte, dass seine Verärgerung auch mit ihr zu tun hatte. Dieser große Ire wirkte in diesem Moment wie ein Vulkan, der jeden Moment auszubrechen drohte und alles um sich herum zerstören würde.

Er atmete tief durch, als kostete es ihn große Anstrengung, seine Empfindungen unter Kontrolle zu halten. »Ich kündige«, sagte er.

Er ging weiter und ließ sie stehen. Wenn sie ihre Würde wahren wollte, sollte sie ihn ziehen lassen. Doch dann würde sie den Grund für seine Kündigung nicht erfahren. Sie zögerte einen Moment lang, folgte ihm dann und riss ihn erneut am Arm herum, dieses Mal lockerte sie ihren Griff jedoch nicht, sondern grub ihre Finger in seinen Oberarm.

»Was ist geschehen?«, fragte sie bestimmt.

Er blickte sie lange an. Sie ließ seinen Arm los. Schließlich sagte er: »Ich hätte nicht gedacht, dass Sie zu so etwas fähig sind.«

»Zu was?«

»Lassen sich herumführen wie eine Prinzessin, um die Untertanen zu begutachten. Haben Sie sich Ihr Opfer dabei ausgesucht?«

Sie trat einen Schritt zurück. »Was denn für ein Opfer?«

»Oh, natürlich! Das hatten die O'Learys verdient.«

Sie schluckte und war nahe daran fortzulaufen.

Er fuhr fort: »Was glauben Sie wohl, was jetzt aus der Familie wird? Könnten Sie einmal Ihr Hirn bemühen? Oder noch besser: Wie wäre es mit Ihrem Gewissen? Falls Sie so etwas überhaupt besitzen!«

Ihr Hals war eng. »Ich kenne nur einen O'Leary und der ist tot. Die Familie, von der Sie reden, kenne ich nicht, und ich weiß auch nicht, was ich ihnen angetan haben sollte.« Ihre Stimme klang unstet, und sie ärgerte sich, dass seine Worte sie so aus der Fassung brachten.

Er schnaubte und ging weiter.

»Jetzt bleiben Sie gefälligst stehen und sagen mir, was passiert ist!«, rief sie.

Er drehte sich um. »Sie behaupten also, Sie haben mit der ›Zwangsräumung‹« – er betonte das Wort sarkastisch – »nichts zu tun!«

»Nein, und ich weiß nicht, wovon Sie reden!«

»Dann werde ich Ihrem Gedächtnis mal auf die Sprünge helfen. Heute in den frühen Morgenstunden wurde das Haus der Familie O'Leary mit freundlichen Grüßen der Winslows abgefackelt! Die O'Learys hatten schon seit einem Jahr ihren Pachtzins nicht mehr bezahlen können. Die Familie musste zusehen, wie das Haus, das ihnen schon seit Generationen gehört, niederbrannte. Jetzt sitzen sie mit sieben Kindern auf der Straße! Was glauben Sie wohl, wie lange die Kinder unter diesen Umständen noch am Leben sein werden! Wenn diese Familie untergeht, müssen Sie und Ihre Sippe sich hier und in der Ewigkeit dafür verantworten!«

Emily starrte ihn an. »Das waren wir nicht!«, sagte sie.

Er lachte. »Sie können schön unschuldig gucken, Miss. Was für ein

Spielchen spielen Sie eigentlich? Nach außen hin die gutmütige, aber …«

»Hören Sie auf mit Ihren absurden Anschuldigungen!« Tränen schossen ihr in die Augen.

»Und ein paar Tage vorher bitten Sie noch kokett um eine Chance!« Wut brannte in seinen Augen. »Hauptsache, *Sie* bekommen eine Chance! Hauptsache, *Ihnen* geht es gut! Was mit den Menschen passiert, interessiert Sie einen Dreck!«

»Ich halte nichts von Räumungsbefehlen und finde es abscheulich, ein Haus niederzubrennen.« Sie blickte ihm nun direkt in die Augen, plötzlich war ihr gleichgültig, ob er das wässrige Glänzen darin sehen konnte.

Für einen Moment schien er verunsichert. Schließlich sagte er: »Ihre Familie wird dafür zur Rechenschaft gezogen werden. Das können Sie Ihrem schmierigen Verwalter ausrichten.«

»Woher haben Sie eigentlich diese Information?«

»Man hat es mir soeben berichtet.«

Sie fragte sich, welche Rolle Brendan O'Neill bei den Einheimischen einnahm. Er schien jeden zu kennen, und man machte sich sogar die Mühe, ihm die Nachricht bei der Arbeit zu überbringen.

»Woher wollen die O'Learys denn wissen, dass es Brandstiftung war?«, fragte sie.

»Wie sollte denn sonst das Dach Feuer fangen?«

Sie lachte auf. »Da gibt es ja wohl Hunderte von Möglichkeiten! Ein Funke zum Beispiel!«

»Haben Sie eine Ahnung, wie schwierig es ist, feuchtes Reet anzuzünden? Das fängt nicht mal eben so von selbst Feuer.«

»Dann hat es jemand in Brand gesetzt, um es uns anzuhängen«, sagte sie.

»Warum sollte das jemand tun?«

»Jemand will uns schaden.« Sie atmete aus. »Wer ist es denn, der behauptet, dass wir es waren?«

»Ihr lieber Verwalter hat in den vergangenen Tagen die Runde gemacht und Drohungen ausgesprochen.«

Sie kniff die Augen zusammen. »Es wird viel geredet in einer kleinen Gemeinde.«

»Er hat die Drohungen wiederholt, es gibt mehrere Zeugen«, sagte er langsam. »Ihre Familie kann froh sein, dass die Familie O'Leary bei dem Brand nicht ums Leben kam!«

Sie schwieg. Einen Augenblick lang sahen sie sich an. Plötzlich war ihr klar, dass sie nicht wollte, dass er aus ihrem Leben verschwand.

Doch in diesem Moment hörte sie ihn sagen: »Leben Sie wohl!« Zielstrebig ging er weiter und ließ sie auf dem Rasen stehen. Sie blickte ihm nach. Sie konnte nicht fassen, dass Brendan O'Neill ihr die Zustimmung vorwarf, dass das Haus einer Familie in Brand gesetzt wurde. Wie konnte er so etwas von ihr denken?

Sie hörte, wie das Tor ins Schloss fiel. Eine Weile blieb sie reglos stehen, dann ging sie langsam zurück über den Rasen, während sie versuchte, ihre Gedanken unter Kontrolle zu bringen. Die Vorstellung, dass sich Ronald frühmorgens aus dem Haus schlich, um das Reet eines Hauses in Brand zu setzen, war einfach absurd.

Es war jedoch alarmierend, dass die ganze Gegend davon ausging, dass sie die Übeltäter waren.

Die Flut kam. Zeitverzögert, aber mit aller Wucht. Sie stieg mit jedem Schritt weiter an, Emily fühlte sich, als watete sie in einen See, gegen eine Strömung. Die Kälte raubte ihr den Atem. Sie zitterte, dabei war ihr heiß. Sie zwang sich, einen Fuß vor den anderen zu setzen.

Vor dem Eingang wartete ein Mann mit rötlichbraunem Haar. Als sie näher kam, erkannte sie, dass es Samuel Strom war. Er drehte sich um, als er ihre Schritte hörte, und musterte sie überrascht. Kein Wunder, denn sie atmete wie eine Ertrinkende. Sie versuchte, ruhig Atem zu schöpfen.

»Guten Tag, Miss Winslow«, sagte er freundlich.

»Guten Tag«, antwortete sie und versuchte sich zu konzentrieren.

»Ich würde gerne mit Ihrem Vater sprechen. Über das freie Stück Land.«

Sie nickte und läutete. Als Bailey die Tür öffnete, sagte sie: »Mr Strom möchte meinen Vater sprechen.« Sie wandte sich kurz an Mr Strom: »Entschuldigen Sie mich bitte, ich muss dringend etwas klären.« Sie eilte davon, so schnell ihre weichen Knie es zuließen. Er musste sie für unfreundlich halten, aber sie konnte jetzt nicht höflich Konversation führen.

Im Flur im ersten Obergeschoss schwankte sie zu dem Sessel, der am Ende des Ganges am Fenster stand. Sie setzte sich, beugte sich vor und presste die Handballen auf die Augen. Es würde gleich wieder vorübergehen. Sie wusste es. Sie musste nur an etwas anderes denken. An Brendan O'Neill. Nein! Das machte es nur schlimmer. An Deirdre. Nein, an Jane.

Sie schwitzte, während ihre Finger kalt prickelten. Sie stellte sich vor, wie das Mädchen den Reifen mit dem Stock durch die Zimmer im Haus trieb, sah die Möbel in jedem einzelnen Zimmer vor sich, hörte Betsy mit ihrer Tochter schimpfen. Nach einer Weile ließ das Zittern nach. Sie wischte sich mit der Hand übers Gesicht, erhob sich und betrat das Studierzimmer.

Als seine Tochter die Tür öffnete, sah der Herr des Hauses von der Buchhaltung auf. Auch Ronalds Kopf fuhr in die Höhe. Emily schloss die Tür und trat mit gerunzelter Stirn näher. Sie versuchte offensichtlich, Ruhe zu bewahren, doch anstelle die Hände zu falten, wie sie es so oft tat, knetete sie sie nervös. Ronald, der neben ihm am Tisch saß, erhob sich.

»Ist etwas geschehen?«, fragte er.

»Ja«, sie fasste sich an die Nasenwurzel. »Aber dazu gleich. Unten wartet Samuel Strom auf dich, Vater.«

Schnell blickte er auf die Unterlagen, doch das war töricht, damit verriet er sich. Er zwang sich, wieder aufzublicken.

Sie stutzte. Seine Reaktion war wohl zu offensichtlich gewesen. Er fluchte innerlich und sah wieder auf die Zahlen. »Sage ihm, dass ich beschäftigt bin«, murmelte er.

»Aber ich muss etwas Dringendes mit dir besprechen, das keinen Aufschub zulässt.«

Als er wieder aufsah, bemerkte er, dass sie ihre Finger wieder an die Nasenwurzel gelegt hatte. Ein Zeichen, dass sie besorgt war oder verzweifelt. Damals, am schlimmsten Tag seines Lebens, als er Hatty tot auf dem Boden gefunden hatte, hatte seine Tochter verstört neben dem Leichnam gesessen, die Fingerspitzen an die Nasenwurzel gepresst. Es war der freie Nachmittag der Dienstboten gewesen und Hatty und sie hatten sich stundenlang alleine im Haus aufgehalten. Er wusste nicht, wie lange seine sechsjährige Tochter neben der toten Hatty auf dem Boden verharrt hatte, aber er wusste, dass sie sich danach verändert hatte. Das übermütige kleine Mädchen war kontrolliert und ängstlich geworden.

Während er versuchte, seine Gedanken zu sortieren, und seine Tochter ihn verwirrt ansah, ging Ronald auf Emily zu. »Was ist denn geschehen?«, fragte er, während er ihr die Hand an den Ellbogen legte und sie zum Sessel führte. Charles war dankbar, dass Ronald die Situation in die Hand nahm. Sein Verwalter zog den Fußschemel an den Sessel und ließ sich vor Emily darauf nieder.

»Heute Morgen wurde das Haus der O'Learys in Brand gesetzt«, sagte sie.

Ronald nickte. »Ja, davon haben wir gehört.«

»Man sagt, wir seien es gewesen«, erwiderte Emily.

Ronald lachte. »Das ist doch absurd.«

»Wir haben also nichts damit zu tun?«

Ronald griff nach Emilys Hand. Sie ließ es geschehen. Charles kam es vor, als beruhigte sie sich dadurch etwas.

»Nein, warum sollten wir etwas damit zu tun haben?«, sagte Ronald.

Charles war froh, dass die Sprache nicht mehr auf Samuel Strom kam. So hatte der Vorfall heute Morgen sogar etwas Gutes, dachte er.

Währenddessen sprach Ronald weiter: »Emily, beruhigen Sie sich. Die Iren haben das bestimmt selbst getan. Es gibt alle möglichen Streitereien unter ihnen. Ihre wirren Untergrundgruppen bekämpfen sich gegenseitig! Wahrscheinlich gehörten die O'Learys zu einer Gruppe, und eine andere Gruppe hatte etwas gegen sie, weil sie andere Ziele verfolgen. Die Pächter wissen das ganz genau.«

»Aber wenn jetzt alle denken, wir seien es gewesen, wird alles nur noch schlimmer«, sagte sie. »Wir sollten ein Zeichen setzen. Wir sollten die Familie unterstützen. Finanziell. Das würde die Situation entspannen.«

Charles sah überrascht auf. Er hatte seine kleine Tochter unterschätzt. Sie machte sich tatsächlich Gedanken über die Situation. Und ihr Vorschlag war gar nicht schlecht. Man konnte den Leuten ja eine Überfahrt nach Amerika finanzieren.

»Also, ich weiß nicht«, sagte Ronald. »Wir haben jedenfalls nichts zu verschenken.«

»Wir haben doch sowieso zu viele Pferde. Warum verkaufen wir nicht eines und geben ihnen einen Teil des Erlöses«, sagte Emily. »Sie brauchen das Geld jetzt.«

Charles mischte sich ein: »Das Problem ist nur, dass das alle andere dazu anspornt, ihr Dach in Brand zu setzen.«

»Denk darüber nach«, sagte Emily an ihn gewandt. Sie schien nun ruhiger. Charles registrierte zufrieden, dass ihre Hand immer noch in Ronalds lag. »O'Neill hat gekündigt«, sagte sie.

Auch das noch, dachte Charles.

»Warum?«, fragte Ronald überrascht.

»Wegen der Brandstiftung.« Emily nahm ihre Hand aus seiner Umklammerung.

»Das darf doch nicht wahr sein!«, sagte Ronald verärgert.

Emily erwiderte: »Wir brauchen einen neuen Stallmeister.«

»Ich kümmere mich darum«, sagte Ronald und erhob sich.

Auch Emily stand auf. Sie kam auf ihn zu. »Vater, unten wartet immer noch Samuel Strom.«

Seine Brust wurde wieder eng. Erneut wandte er den Blick ab. Er konnte die Erinnerung nicht ertragen. Und wer weiß, womöglich ahnte der Mann etwas. Am Ende war Strom hier, um ihn zu erpressen?

Das Atmen fiel ihm schwer. Es war das gleiche Gefühl wie vor einem halben Jahr in England, als plötzlich dieser Offizier bei Dinnern und Bällen aufgetaucht war. Der Kerl war frisch aus Van-Diemens-Land zurückgekehrt, und als Emily ihm erzählt hatte, dass sie dort geboren wurde, hatte er begonnen, Fragen zu stellen. Charles war den Fragen nervös ausgewichen, und als der Mann dann auch noch anfing, Emily den Hof zu machen, hatte Charles die Flucht ergriffen und sein Erbe in Irland angetreten. Es war eine Flucht für das Wohl von Emily gewesen. Für ihn jedoch war es eine Flucht direkt in die Arme der Erinnerung. Er hätte es besser wissen müssen. Er sah zu seiner Tochter auf. »Ich werde ihn nicht empfangen.«

Emily sah ihn verunsichert an und blieb unschlüssig stehen.

»Hast du nicht gehört, was ich gesagt habe? Ich bin beschäftigt.«

Sie nickte, faltete die Hände, drehte sich um und ging zur Tür. Charles hörte, wie Ronald zu ihr eilte. Er blickte wieder auf und sah, wie Ronald die Hand auf Emilys Rücken legte. »Ich begleite Sie noch zu Ihrem Zimmer. Es scheint Ihnen nicht gut zu gehen.«

Als sie das Zimmer verlassen hatten, stand Charles auf und schloss die Tür.

Brendan stand vor den Männern im dunklen Schatten der verfallenen Ruine, ließ seinen Blick über die anwesenden Männer gleiten und zählte sie unauffällig. Mit ihm waren es 39. Eigentlich hätten sie vierzig sein sollen – jede Bruderschaft bestand aus vierzig Männern –, aber Aedan fehlte. Und er würde nie mehr kommen. Brendan schluckte seine Gefühle hinunter und eröffnete die Versammlung.

Im Mondschein sah er, dass alle Augen auf ihn gerichtet waren. Etwas hatte sich verändert. Einige Männer schienen verschlossener und bitterer, als hätten sie die Schießerei noch nicht verkraftet. Die anderen schienen innerlich zu kochen, ihre Blicke brannten auf ihm. Er wusste, dass sie ihm genau zuhörten. »Wenn jeder einfach tut, was ihm einfällt, kommen wir nicht weiter«, sagte er. »Im Gegenteil. Alles wird nur schlimmer. Ihr alle wisst, was beim Angriff auf das Große Haus geschehen ist. Aedan ist tot. Einer der besten Männer Irlands. Und es hätte jeden von euch treffen können.« Er machte eine Pause. »Auch die Grabschändung führte zu nichts. Ebenso unbedacht war der Angriff auf den englischen Diener am Abend der Totenwache.« Er sah Sean Lawlor an. »Lasst uns einen Plan machen, anstelle weiter heißblütig Unsinn zu treiben.«

»Ja, sehr gut!«, sagte Sean. »Planen wir doch, wie wir uns für Aedan und für die Brandstiftung bei den O'Learys rächen können.«

Ein Raunen ging durch die Reihen. Ein paar Männer nickten. Jemand sagte: »Sie sollen bezahlen. In derselben Währung wie Aedan.«

Brendan schüttelte den Kopf. »Nein, niemand wird bezahlen wie Aedan.«

Sean sagte spöttisch: »Also gut, Brendan. Dann werde mal etwas praktischer. Wir alle wissen, dass der größte Mann Grenmores nicht mehr lebt. Wir wissen, dass er der Perfekteste war, der Gebildetste und Schlauste und dass du seit Jahren von uns allen verlangst, dass wir so werden wie er. Aber das funktioniert nicht. Wir sind Bauern. Keine Dorfschullehrer. Wir stechen Torf, anstelle in dicken Büchern zu schmökern.«

Brendan sah ihn eine Weile an. »Also gut. Du bist Bauer und willst es bleiben. Fein. Aber selbst dann bist du immer noch Ire! Wir Iren können uns ausdrücken, wir können reden. Wir können ihnen klarmachen, dass wir jemand sind.«

Jemand in der zweiten Reihe lachte.

»Du bist naiv, Brendan«, sagte Sean, »wir wollen nicht mehr länger zusehen. Wir wollen endlich zurückschlagen.«

Brendan ging langsam auf Sean zu und blieb direkt vor ihm stehen.

»Du willst immer alles politisch regeln!«, sagte Sean verärgert. »O'Connell wollte auch alles politisch und friedlich regeln! Sieh, was aus ihm geworden ist. Ins Gefängnis haben sie ihn gesperrt, nur weil er eine friedliche Kundgebung abgesagt hat.«

Jeder wusste, wovon er sprach. O'Connell war ihr irischer Held, der »Befreier«. Ein katholischer Anwalt, der dafür eintrat, dass Katholiken ins Parlament gewählt wurden und Irland sich von der Union mit Großbritannien lossagte. Die britischen Soldaten hatten sich wegen seiner Massenkundgebungen bis an die Zähne bewaffnet und vor Ort mit den Füßen gescharrt. Als O'Connell eine Versammlung aus Sorge um die Sicherheit im letzten Moment absagte, unterstellten sie ihm aufrührerische Aktivitäten. Mit der Absage habe er schließlich seine Schuld eingestanden.

Sean fuhr fort: »Diese Bastarde legen dir alles so aus, dass sie dir einen Strick drehen können! Egal, ob du friedlich kommst oder mit Waffen. – Dann doch lieber gleich mit Waffen!«

Brendan stand immer noch direkt vor ihm. Nach einer Weile wandte er sich an die anderen Männer. »Wer ist noch dieser Meinung?«

Die Hälfte sah zu Boden, ein paar blickten ihn unverwandt an. Williams Kiefer mahlte, während er an Brendan vorbeiblickte. Schließlich hob William die Hand, erst zögernd, dann entschlossener. Hugh tat es ihm gleich. Simon meldete sich, Brendans Blick ausweichend, auch Luke und Marcus hoben langsam die Hände.

Brendan nahm ihre Handzeichen schweigend zur Kenntnis. Dann sagte er: »Ihr wollt also kämpfen. Dann kämpft. Aber tut es clever. Tut es mit Nachhaltigkeit. Wenn ihr die Mächtigen demütigt, werden sie zurückschlagen, bis sie wieder Oberwasser haben. Bis sie wieder über euch stehen und auf euch herabsehen. Das wird ewig so weitergehen: Ihr demütigt sie, sie demütigen euch. Ihr werdet nur Erfolg haben, wenn keine Partei mehr auf die andere herabsieht. Wenn sie euch respektieren. Erst dann werdet ihr eure Ziele durchsetzen können.

Respektiert euch selbst. Habt Achtung vor euch selbst. Investiert in euch selbst. Tut nichts, für das ihr euch später selbst verachtet. Dann werden sie euch ebenso achten, wie ihr euch selbst achtet.«

Sean spuckte seine Worte hin. »Wir möchten Krieg, Brendan, verstehst du? Wir möchten, dass jemand von ihnen bezahlt. Vielleicht das Mädchen. Dann treffen wir den Vater umso mehr.«

Brendan und Sean sahen sich an, auf gleicher Augenhöhe. »Du lässt das Mädchen in Ruhe«, sagte Brendan langsam.

Sean grinste nur. »Hast du etwa eigene Pläne mit ihr?«

»Hast du mich verstanden?«, fragte Brendan.

»Wir machen, was wir für richtig halten«, erwiderte Sean ruhig. Dann drehte er sich zu den Männern. »Wer stimmt mir zu?«

Niemand von ihnen antwortete. Schließlich sagte Fred Keagan: »Ich will keine Gewalt. Alles, was ich will, ist ein Dach über dem Kopf, ein Feuer und Essen im Topf für meine Kinder. Das hier wird mir alles zu viel. Ich bin raus.«

Als er ging, schlossen sich ihm drei weitere Männer an. Brendan ließ sie ziehen. Er war dankbar, dass wenigstens ein paar von ihnen Vernunft angenommen hatten. Dann sah er die restlichen Männer an. Er wusste, dass er sie nicht würde überzeugen können. Sie waren heißblütige Dickschädel. Er konnte nur eines tun, um noch mehr Schaden zu verhindern. »Hiermit, Männer, löse ich unsere Bruderschaft bis auf Weiteres auf.«

Er wusste, sie würden sich neu zusammenfinden. Er konnte nichts dagegen tun. Er wartete nicht auf eine Reaktion, sondern wandte sich um und ging mit langen Schritten davon.

KAPITEL 10

»Wir sind um die Mittagszeit wieder zurück«, sagte ihr Vater in der Eingangshalle, als er seinen Hut aufsetzte und seine Pistole einsteckte. »Und ich werde mit Ronald über deinen Vorschlag sprechen, den O'Learys eine Überfahrt nach Amerika zu spendieren.« Er lächelte, berührte ihre Schulter zum Abschied und ging davon.

Verwundert sah sie ihm durch die Eingangstür nach, während er draußen auf den Kies trat. Er hatte ihren Vorschlag missverstanden. Und sie bezweifelte, dass sie im Ansehen steigen würden, wenn sie eine Familie nach Amerika schickten. Eher im Gegenteil.

Eine Weile blickte sie den beiden hinterher, während sie die Allee hinabritten. Als sie aus ihrem Blickfeld verschwunden waren, schloss sie vorsichtig die Tür von außen und schlenderte über den Kies in den Park. Sonnenstrahlen leuchteten zwischen den dahinfahrenden Wolken auf, ließen den Rasen wie Goldstaub glitzern und verschwanden wieder. Sie ging an der Parkmauer entlang und stapfte über den hohen Rasen zum Westtor. Durch die geschwungenen Eisenstäbe betrachtete sie die Wiesen, die mit gelben Blüten und Felssteinen getupft waren und sich in Richtung Meer im Himmel verloren.

Sie drehte sich um und ging über die Wege zurück. Die Bäume und Büsche waren zwar einfach und natürlich angelegt, aber der Park begann zu verwildern. Der Gärtner hatte Ashton Manor mit dem Tod ihres Cousins verlassen. Sie brauchten dringend einen neuen. Ein Regentropfen berührte ihre Wange. Sie wischte ihn ab und hob den Blick zum Himmel. Tiefe Wolken fuhren dahin und trieben den Regen in ihre Richtung. Feine Tropfen strömten herab und kitzelten ihr Gesicht. Über das Haus spannte sich ein zweifacher Regenbogen.

Weiter hinten wurde es wieder heller. Sie beschloss, den Regen zu ignorieren und noch länger im Park zu bleiben.

Eine Stunde später wusste sie, welche Hecken geschnitten werden mussten, wo das Unkraut im Kies wucherte und von welchem Mauerabschnitt Moos und Flechten gekratzt werden mussten. Sie kehrte ins Haus zurück, zog sich um, machte sich Notizen zum Zustand des Parks, läutete nach einer Kanne Tee, setzte sich in den Salon und nahm die Zeitung zur Hand.

Sie hatte die Zeitung fast durchgelesen, als sich die Tür öffnete und Ronald erschien. Er blieb in der Tür stehen, Schweißperlen glänzten auf seiner Stirn. Verstört sah er sie an, ohne ein Wort zu sagen. Emily ließ die Zeitung sinken. Sie ließ ihn nicht aus den Augen, während er langsam auf sie zukam. Ein erschütterter Ausdruck lag in seinem Blick. Sie legte die Zeitung auf den Stuhl und erhob sich. Unsicher sah sie ihn an.

Mit heiserer Stimme fragte sie: »Was ist geschehen?«

»Ihr Vater … es ist etwas Schreckliches passiert.«

Emily rührte sich nicht.

»Er ist tot.«

Es waren drei einzelne Worte, die nicht im Zusammenhang standen. Sie wusste, dass die Worte theoretisch eine Bedeutung hatten, aber sie ergaben keinen Sinn. Sie hatten nichts mit ihr zu tun.

Ronald nahm ihre Hände. Sie lagen schlaff in seinen. Noch immer sah sie ihn regungslos an.

Drei Worte.

Sie wiederholte sie im Kopf, formte sie im Geiste, sprach sie tonlos nach, bis sie sie auf der Zunge schmeckte. Zunächst waren sie nur ein bitterer Geschmack. Sie zwängten sich durch ihren Hals hindurch, bis sie wie ein Klotz im Magen lagen.

Ronald sagte leise: »Er wurde erschossen.«

»Erschossen?« Sie blickte ihn ungläubig an. »Von wem?«

»Ich weiß es nicht, es geschah aus dem Hinterhalt.«

Ihre Stimme war nur ein Flüstern. »Wo ist er?«

»Draußen, sie bringen ihn gerade mit einem Eselskarren.«

Gott, hilf mir.

Das war alles ein Missverständnis. Ein Irrtum, der sich gleich aufklären würde, wenn ihr Vater zur Tür hineinspazierte. Sie spürte, wie Ronald ihren Arm nahm und sie zum Sessel führte. Sie setzte sich, umklammerte ihren Bauch und sah von unten zu ihm auf, während er vor ihr stand. Schließlich beugte sie sich vor und starrte auf seine Stiefel.

Die Stiefel bewegten sich aus ihrem Blickfeld. Sie hörte, wie er auf und ab ging, wie der Rhythmus der Schritte unterbrochen wurde, als er am Fenster stehen blieb. Er drehte sich wieder um. Erneut hallten seine Schritte, nach rechts, nach links, wieder nach rechts.

Sie wusste nicht, wie viel Zeit verstrich. Ronald hatte sich auf den anderen Stuhl gesetzt und starrte vor sich hin.

Sie musste weg von hier. Sie erhob sich langsam. Sie musste zu ihrem Vater. Sie setzte einen Fuß vor den anderen, steuerte auf die Tür zu, wurde immer schneller, rannte in die Eingangshalle. Sie riss das Portal auf und stürmte auf den Vorplatz, rannte die Allee hinunter, rannte immer weiter, rannte und weinte, verschleuderte alle Energie, die in ihr war. Bevor sie die Straße erreichte, auf die die Allee mündete, wurde ihr schwarz vor Augen. Sie verlangsamte das Tempo und holte Luft. Die Welt war dunkel. Sie schloss die Augen.

Es donnerte. Die Dunkelheit um sie herum war Wirklichkeit. Dicke Tropfen regneten auf ihr Gesicht, tropften aus ihrem Haar und liefen in ihren Nacken.

Betäubt stand sie auf der Allee. Um sie herum prasselte der Regen auf den Kies, perlte auf ihrer Haut, klebte ihr Kleid an den Körper. Die Tropfen rannen ihre Wangen hinab und sammelten sich zwischen ihren Lippen. Ein Blitz durchzuckte den Himmel. Benommen schritt sie den Weg zurück. Ihre Schritte waren unstet. Sie betete, dass der Blitz sie treffen möge, aber Gott erhörte ihr Gebet nicht. Stattdessen strömte der Regen dichter herab, bis ihre Ärmel steif und ihre Hände taub vor Kälte waren. Langsam ging sie weiter, die Hände um den Bauch geschlungen, während ihre Tränen sich mit den Regentropfen vermischten und das Wasser auf ihren Lippen salzig schmecken ließen. Sie ging langsamer, blieb stehen. Hörte das Krachen des Donners, schloss die Augen. Der Regen prasselte auf den Kies, die Luft flirrte. Wenn sie die Augen geschlossen hielt, würde sie das Flüstern hören.

Ich bin neben dir, unter dir, über dir. Ich bin wie der Regen, der dich durchtränkt. Hab keine Angst, ich werde bei dir sein.

So stand sie da, mit geschlossenen Augen, während der Donner über ihr grollte und sich nach einer Ewigkeit mit Ronalds Rufen vermischte.

Den nächsten Tag verbrachte sie im Bett. Sie starrte den Himmel aus Stoff an, drehte sich zur Seite, legte die Wange auf das nasse Kissen, beobachtete das Wehen des Vorhangs vor dem offenen Fenster, schloss die Augen. Nach einer Weile richtete sie sich im Bett auf, stand auf, tapste zum Fenster und zog die Vorhänge vor. Die Wände tauchten in Schatten. Sie trat an die Bettpfosten und löste zum ersten Mal, seit sie hier war, die Kordeln der Bettvorhänge. Mit der rechten Hand wischte sie sich die Tränen aus dem Gesicht, mit der linken Hand zog sie den Himmel zu. Dann legte sie sich auf das düstere Bett.

Am Mittag klopfte Betsy an die Tür. Sie zog den Bettvorhang einen Spalt zur Seite, betrachtete Emily und sagte dann: »Miss, Sie müssen etwas zu sich nehmen.«

Emily drehte sich zu ihr und sah sie mit leeren Augen an.

»Ich habe Ihnen Obst und Tee gebracht. Hier steht das Tablett.« Sie ging zur Kommode, goss Tee in eine Tasse und reichte sie Emily. Emily trank mit zitternden Händen.

Betsy schlug vor, ein Bad vorbereiten zu lassen. Emily nickte nur.

Nachdem sie gebadet und sich angekleidet hatte, wagte sie sich aus ihrem Zimmer heraus. Eine Weile blieb sie am Geländer stehen und blickte auf den breiten Treppenabgang herab. Sie wartete darauf, dass ihr Vater heraufkam. Oder aus einem Zimmer heraustrat. Sie schluckte. Es war eine dumme Idee gewesen, das Zimmer zu verlassen. Langsam ging sie zurück und schloss die Tür von innen. In ihrem düsteren Zimmer setzte sie sich in den Sessel, beugte sich vor und presste die Handballen in die Augenhöhlen.

Jemand klopfte an die Tür. Emily sah auf, wischte sich die Tränen ab, suchte nach ihrem Taschentuch und schnäuzte sich. »Herein«, sagte sie leise. Zögernd betrat Ronald den Raum. Sie versuchte ihn anzulächeln. Von ihrem traurigen Lächeln ermutigt, kam er näher, bis er direkt vor ihr stand.

Seine Brust hob und senkte sich. Er atmete. Er war lebendig. Nur ein Augenblick. Und aus Leben konnte Tod werden.

Mit einem Gefühl von Dankbarkeit nahm sie wahr, dass Ronald hinter ihren Sessel getreten war und seine Hände auf ihre Schultern legte. Sie waren warm, lebendig, spendeten Trost, beschützten.

Sie schritt hinter den Totengräbern her, die den Sarg auf den Schultern balancierten. Es war ein warmer Augusttag, aber Emily schwamm in Kälte. Als tauchte sie in einem zugefrorenen Teich, über ihr die Eisdecke, unter ihr die Tiefe. Sie wusste, dass sie gleich erfrieren und ersticken würde.

Hinter ihr gingen fremde Menschen. Protestanten aus der Umgebung, zehn Männer, die sie noch nie gesehen hatte, zwei davon waren Kaufleute, das hatte ihr Ronald zugeflüstert, zwei von ihnen Anwälte. Der einzige Mensch, den sie kannte, war Mr Reddock, der Anwalt. Den Schluss des Zuges bildeten Merrill, Betsy, Jane und David, die Bediensteten, die sie aus England mitgebracht hatten. Der einzige Katholik, der gekommen war, war Bailey.

Sie hatte nicht erwartet, dass andere Grundbesitzer kamen, denn diese kannten ihren Vater nicht und hielten sich wahrscheinlich sowieso nicht im Land auf. Und natürlich war keiner der Pächter gekommen. Sie war froh darum, denn sie hätte es nicht ertragen, einen der Pächter zu sehen.

Neben Pfarrer Ormond stand sie am ausgehobenen Grab, hinter ihr die Fremden. Sie ließ hier den einzigen Menschen zurück, der sie ihr Leben lang begleitet hatte. Sie würde ihn jetzt in die Erde legen, zuschütten und weggehen.

Danach bliebe von ihr eine leere Hülle.

Nach der Beerdigung stieg sie langsam die Treppe zu ihrem Zimmer empor. Während sie sich am Geländer festhielt und einen Fuß nach dem anderen auf die Stufen setzte, hörte sie leise Stimmen aus dem Flur im ersten Stock. Es waren Pfarrer Ormond und Ronald. Als das Wort Grabschändung fiel, blieb sie stehen und horchte. »Ich verstehe Ihre Bedenken, Mr Tuppence, aber es gibt in Irland nun mal keine katholischen Friedhöfe. Ich kann nichts daran ändern. Alle Friedhöfe unterstehen unserer Kirche, alle Toten, auch die katholischen, werden bei uns begraben.«

Ronald erwiderte etwas, das sie nicht verstand.

»Mir passt es auch nicht, dass diese Methodisten ihre Mutter einfach bei uns beerdigt haben«, sagte Mr Ormond. »Aber ich kann niemanden abweisen, auch die Stroms nicht. Sonst fangen alle an, ihre Toten irgendwo in der Landschaft zu vergraben. Wobei diese methodistischen Enthusiasten mit ihrem Aberglauben und ihrem Fanatismus es wirklich verdient hätten, vor der Friedhofsmauer begraben zu werden. Sie haben die Dreistigkeit, selbst Taufen und Eheschließungen durchzuführen. Aber wenn es um den Tod geht, dann rennen sie zu uns!« Emily hielt die Luft an. Mr Ormond sprach weiter: »Aber ich kann Sie beruhigen. Wir haben seinen Leichnam so weit wie möglich entfernt von allen Abtrünnigen und Papisten beerdigt.«

Emily wollte nichts mehr hören. Sie ging weiter, schneller als vorher. Sie wollte sich nicht den Sarg ihres Vaters aufrecht neben dem Eingang der Tür vorstellen, sie wollte nichts mehr hören von Anglikanern, Katholiken und Methodisten. Mittlerweile fragte sie sich, ob hier überhaupt irgendjemand ein Jünger Jesu war.

Sie ging auf ihr Zimmer, legte sich in ihrem steifen, schwarzen Kleid aufs Bett und starrte den Betthimmel an.

Wenn sie die Augen schließen und einschlafen würde, könnte sie vergessen. Sie könnte in eine Welt ohne Gefühle tauchen.

Doch dann würde sie irgendwann aufwachen. Und wieder im Eissee treiben. Alleine. Wenn es Geborgenheit tatsächlich irgendwo gab, dann konnte sie nicht von dieser Welt sein. Denn diese Welt war zu flüchtig und zu brutal. Wenn es sie gab, dann musste sie übernatürlich sein.

Sie hielt die Augen geschlossen. Dann drehte sie sich auf den Bauch und streckte die Arme von sich. *Gott, ich kann dich nicht spüren. Habe dich noch nie gespürt, wenn ich ehrlich bin. Aber wenn ich dich je gebraucht habe, dann jetzt.*

Wie jeden Morgen besuchte sie das Grab ihres Vaters. Während sie vor der frisch aufgeschütteten Erde stand, warteten Merrill oder David mit den beiden Pferden vor der Friedhofsmauer. Auch sie hatten nun immer Waffen bei sich. Schweigend stand sie vor dem neuen Grabstein. Der lockere Boden war mit welken Blüten übersät. Bald würde Gras über die Erde wachsen, der Wind und der Regen würden die Inschrift auswaschen und Flechten würde sich in die Ritzen setzen. Niemand würde mehr entziffern können, wer hier ruhte.

Alles war vergänglich, nicht nur das Leben, sondern auch die Erinnerungen daran.

Doch eigentlich wusste sie, dass das nicht stimmte. Gott hatte jeden Menschen geschaffen, und er würde nie jemanden vergessen, egal, wie lange er schon tot war.

Zu Hause setzte sie sich auf den Sessel und nahm die Bibel zur Hand. Doch statt sie aufzuschlagen, starrte sie den ledernen Einband an.

Sie suchte Trost. Aber sie wollte das Buch nicht aufschlagen. Denn das wäre einer Kapitulation gleichgekommen, einem Schritt auf denjenigen zu, der ihren Vater zwar nie vergessen würde, der aber trotzdem zugelassen hatte, dass er gestorben war.

Es war nicht gerecht. Sie legte die Bibel wieder zur Seite und erhob sich. Ihr Vater hatte in seinem ganzen Leben niemandem etwas zuleide getan. Wieso hatte er als Sündenbock für all die Ungerechtigkeiten, die auf der Welt herrschten, büßen müssen?

Sie trat ans Fenster und betrachtete den Horizont, froh, dass sie von ihrem Zimmer aus den Anblick von Menschen und Hütten nicht ertragen musste. Sie wollte nie wieder irgendeinen Pächter zu Gesicht bekommen. Sie wollte nie wieder etwas über Feindesliebe lesen. Die Bibel konnte ihr gestohlen bleiben. Und Irland ebenso.

Sie verließ ihr Zimmer nur selten, aß nicht viel und verlor an Gewicht. Ronald klopfte mehrmals am Tag, setzte sich zu ihr, stellte ihr Fragen, erzählte ihr von seinem Tag und von seinen Gesprächen mit der Polizei in Killock und bat sie, ihm etwas auf dem Flügel vorzuspielen. Manchmal ging sie mit ihm ins Musikzimmer und spielte ein paar melancholische Stücke, während er auf dem Sofa saß und zuhörte.

Wenn sie beim Essen lustlos die Fleischstückchen auf ihrem Teller umherschob, stellte er ihr Fragen über ihre Zeit in England und las ihr Artikel aus der Zeitung vor.

Eines Sonntagnachmittags führte er sie in den Stall, um ihr den neuen Stallburschen vorzustellen. Der neue hieß Hogan, war achtzehn Jahre alt und wohnte in Grenmore. Sie ließen sich von ihm die Pferde satteln und ritten vom Haus weg. Es tat gut, die grauen Schattierungen der Wolken zu sehen und den Wind in ihrem Gesicht zu spüren. Sie vermieden die Gegend, in der ihr Vater erschossen worden war, und machten einen großen Umweg um alle Siedlungen. Nach einer Weile sahen sie die strohgedeckte katholische Kapelle der Gegend, aus grauem Stein auf felsigem Boden errichtet. Auf der Wiese dahinter spielte sich etwas ab. Eine Menschenmenge hatte sich versammelt. War es eine Kundgebung? Führten sie wieder etwas im Schilde? Emily hielt an und legte die Hand über die Augen, weil die Sonne, die wieder hinter den Wolken hervorgekommen war, sie blendete. Es schien eine Art Spiel zu sein. Die eine Hälfte der Männer trug rote Kappen. Sie rannten auf einem Spielfeld umher. Anfeuernde Zuschauer bildeten ein Viereck um die Mannschaften. Die Spieler stürmten vom einen Ende zum anderen, schienen etwas zu verfolgen, vielleicht einen Ball. Als die Sonne einen Augenblick verschwand, erkannte Emily grobe Holzschläger.

Diese Menschen spielten und feierten. Nachdem sie ihren Vater ermordet hatten.

»Machen wir einen Bogen um sie«, sagte Ronald.

Emily nickte und trieb ihr Pferd an.

Während sie sich entfernten, wandte sie noch einmal den Kopf. Die Männer sahen aus der Entfernung alle gleich aus.

Eine halbe Stunde später standen sie auf dem Felsen am Strand und blickten aufs schäumende Meer hinaus. Zum ersten Mal seit dem Tod ihres Vaters nahm sie das Kreischen der Möwen wahr und bemerkte den salzigen Geruch.

»Wie genau starb mein Vater?«, fragte sie, während sie auf die Wellen blickte.

»Wir hatten zwischen Grenmore und Killock ein paar Felder neu vermessen und einige Sturmschäden begutachtet. Wir waren hungrig und wollten nach Hause. Auf dem Heimweg ritten wir an der Mauer entlang, die Donovans Acker säumt. Ganz am Ende der Mauer, vor der Kreuzung der beiden Wege, hörte ich plötzlich einen Schuss aus nächster Nähe. Im selben Augenblick sackte Ihr Vater nach vorne zusammen und rutschte langsam vom Pferd.«

»Haben Sie niemanden gesehen?«

»Ich sah, wie sich Äste des Schwarzdorns hinter der Mauer bewegten, aber ich rannte zuerst zu Ihrem Vater, um zu sehen, ob ich ihm helfen konnte.«

»Donovan ist der Vater des Mannes, der bei der Schießerei starb, nicht wahr?«

Ronald nickte.

»Was hat mein Vater zuletzt getan, unmittelbar vor seinem Tod? War er glücklich?«

Ronald drehte sich zu ihr um. »Ja, Emily, er war glücklich. Er lachte sogar.« Sein Blick suchte ihren. »Ich weiß, dass Ihr Vater ein erfülltes Leben hatte. Sie waren für ihn das Wichtigste.«

»Worüber haben Sie beide zuletzt geredet?«

»Ich bin mir nicht sicher. Ich glaube, wir haben über Zukunftspläne diskutiert.«

»Was für Zukunftspläne?«

»Es ging um die üblichen Geschäfte wie Reduzierung der Kosten, Aufteilung neuer Felder, eventuelle Nutzung der brachliegenden Wiesen hinter dem Park und so weiter. Aber genau kann ich mich nicht mehr erinnern. Ein paar Minuten vor seinem Tod lachte er. Daran erinnere ich mich genau.«

»Worüber?«

»Über irgendeine Bemerkung von mir.«

Sie nickte und schluckte. Ein Windstoß zerzauste seine blonden Haare. Er hob die Hand und streichelte ihr behutsam übers Gesicht, um die Tränen abzuwischen. Ihre Wangen glühten unter seiner Berührung. Vielleicht war es aber auch einfach nur der Wind. Sie drehte sich wieder zum Meer, blickte auf die Felsen im Wasser, die die See vor langer Zeit der zerklüfteten Küste abgerungen hatte und die nun von der Welt abgeschnitten im Wasser standen. Sie fühlte sich wie sie.

Nach einer Weile sagte sie: »Wissen Sie, Ronald, Sie könnten uns beide jederzeit erschießen. Hier und jetzt. Ich denke schon die ganze Zeit darüber nach. Und der Gedanke zu sterben stört mich nicht einmal.«

»Ich denke auch viel über diese Gefahr nach«, sagte er. »Aber was hätten sie davon, Sie zu erschießen? Jemand Neues würde kommen und den Besitz übernehmen. Solange sie Sie am Leben lassen, haben sie einen Vorteil: Sie haben jemanden vor sich, von dem sie denken, dass er eingeschüchtert ist und ihnen mehr Freiraum zugesteht.«

»Und? Sollen wir ihnen den Freiraum geben?«

»Darüber reden wir noch. – Und Emily«, sagte er lächelnd, »es werden wieder bessere Zeiten kommen.«

Die Bediensteten unterbrachen ihr Abendessen und erhoben sich, als Emily die Küche betrat. Zehn Augenpaare sahen sie an.

»Entschuldigen Sie bitte«, sagte sie und trat ein paar Schritte näher. »Merrill, hatte mein Vater Ihnen den Auftrag gegeben, eines unserer Pferde zu verkaufen?«

»Ja, Miss. Aber ich bin noch nicht dazu gekommen, die Sache mit Ihnen und Mr Tuppence zu besprechen.«

Emily nickte. »Gut. Dann lassen Sie das bitte vorerst ruhen.«

Sie hoffte, dass er keine weiteren Fragen stellen würde, denn sie wollte ihm keine Gründe nennen. Sie wollte ihm nicht sagen, dass sie den Pächtern keinen Penny schenken würde. Nichts. Sie wischte den Gedanken, dass sie eigentlich gerne ein besserer Mensch wäre, beiseite, nickte den Bediensteten zu und verließ die Küche.

Auf dem Flur vor der Küche hörte sie, dass ihr jemand nacheilte. Sie blieb stehen, wandte sich um und sah Merrill und David auf sie zukommen. »Miss«, sagte Merrill, »dürfen wir Sie noch einen Moment aufhalten? Es gibt noch etwas Wichtiges, das wir gerne mit Ihnen besprechen würden.«

Sie sah die beiden neugierig an und fragte sich, was ihnen wohl auf dem Herzen lag. Womöglich hatten sie ihren Lohn für diesen Monat noch nicht erhalten?

Merrill und David blieben unsicher vor ihr stehen. Sie wappnete sich.

»Also, es ist so«, begann Merrill, »mit dem Tod Ihres Vaters und dem Angriff auf das Haus vor ein paar Wochen sind natürlich auch *unsere* Sorgen gewachsen. Und so haben wir begonnen, uns Gedanken zu machen. Wir sind Ihnen dankbar, dass Sie und Ihr Vater uns mitgenommen haben, als Sie hierher übergesiedelt sind. Wirklich. Das war sehr nett von Ihnen. Aber …« Er sah Hilfe suchend zu David.

David sagte: »Wenn wir im Dorf sind, schauen wir dauernd über unsere Schulter. Wenn wir abends einschlafen, fragen wir uns, ob wir wieder aufwachen.«

Merrill nickte. »Und wir fragen uns, wie es weitergeht. Wer als Nächstes stirbt. Oder ob wir in unseren Betten verbrennen.« Er machte eine Pause, dann fügte er hinzu: »Ich habe eine Frau und eine Tochter.«

»Um es kurz zu machen«, fuhr David fort, »wir möchten wieder zurück nach England.«

Emily blickte sie mit großen Augen an. »Ich, ähm, habe Verständnis für Ihre Bedenken«, sagte sie. Sie räusperte sich. »Sind Ihre Pläne denn schon konkret?«

Merrill nickte. »Ja, meine Frau und ich haben eine neue Stelle gefunden. Nur David noch nicht.«

»Wann?«, fragte Emily.

»In drei Wochen.«

Emily atmete hörbar aus.

»Es tut uns leid, Miss«, sagte Merrill bekümmert.

Emily nickte. »Danke, dass Sie mich informiert haben.« Dann fragte sie: »Was ist mit den irischen Dienstmädchen?«

»Sie sind auch nervös. Sie möchten gerne abends außer Haus übernachten.«

Emily atmete durch. Dann nickte sie.

Als sie das Studierzimmer betrat, fuhr Ronald zusammen. Er schob schnell ein Papier unter einen Stapel, erhob sich und lächelte sie an. Irritiert blickte sie einen Moment lang auf den Stapel, dann riss sie den Blick los und sah ihn an.

»Wir haben ein Problem«, sagte sie. Warum hatte sie *wir* gesagt? In Wirklichkeit war sie es, die ein Problem hatte, nicht Ronald. Dieser Mann war ihr Verwalter, ein ungebundener Angestellter, der jederzeit eine andere Stelle annehmen konnte.

Er trat an sie heran. Sie blickte zu ihm auf und sagte: »Merrill, Betsy und David verlassen uns.« Schon wieder *uns.*

»Ach du liebe Zeit«, sagte er.

»Und zwar schon bald. Betsy und Merrill haben bereits neue Stellen in England gefunden. Und die irischen Dienstmädchen sind auch nervös.«

»Gleich zwei Hiobsbotschaften an einem Tag.«

»Was denn noch?«

»Es kommen schwere Zeiten auf Irland zu«, sagte er mit finsterer Miene. »Ich habe heute die Nachricht erhalten, dass die Kartoffelpest, die auf dem Kontinent wütet, nun auch hier angekommen ist.«

Er lehnte sich im Stehen an den Schreibtisch an, griff nach einer Zeitung, die am Ende des Tisches lag, und reichte sie Emily, während er auf einen Artikel deutete.

Sie nahm das Blatt und las.

Wir halten die Presse an, um mit Bedauern zu informieren, dass die Kartoffelpest Irland erreicht hat. Die Ernte um Dublin ist von heute auf morgen verdorben. Wo wird Irland im Falle einer universellen Kartoffelfäule stehen?

Emily ließ die Zeitung sinken. »Was bedeutet das?«

»Wenn kein Wunder eintritt, wird sich die Pest wie ein Lauffeuer im ganzen Land ausbreiten. Die Knollen werden alle verfaulen.«

»Die gesamte Ernte?«, fragte sie.

Er nickte.

»Sie werden nichts mehr zu essen haben«, sagte sie leise.

»Ja, und wir auch nicht, wenn sie ihre Pacht nicht bezahlen.«

Emily schwieg. Sie dachte an die Kartoffeläcker, die Brendan O'Neill ihr gezeigt hatte, an Deirdre, die Zwillinge der Lawlors und die kleine Bridget. Sie alle warteten auf die Ernte, ihre Vorräte waren aufgebraucht. Sie ging an Ronald vorbei zu einem Stuhl am Fenster und setzte sich. Eine Weile sah sie aus dem Fenster. Ronald nahm ihr gegenüber am Schreibtisch Platz. Sie sahen sich an. »Wie soll es jetzt weitergehen?«, fragte Emily.

Ronald stützte die Ellbogen auf und faltete die Hände. »Wir werden die Wäsche zur Reinigung wegschicken müssen.«

»Sehr witzig!« Sie legte die feuchten Handflächen auf ihren Rock. »Nein, im Ernst. Kann man die Kartoffel irgendwie vor der Fäule schützen? Vielleicht, indem man sie sofort ausgräbt?«

»Die Kartoffeln sind jetzt noch nicht reif genug. Die Ernte ist verloren. Man kann die Fäule nicht aufhalten.«

Emily schürzte die Lippen. Niemand sprach. Dann sagte sie: »Und was jetzt?«

Ronald sah sie bedeutungsschwer an. Er schien mit sich zu kämpfen. Offensichtlich überlegte er, wie er ihr eine weitere schlechte Nachricht beibringen konnte. Sie behielt ihn aufmerksam im Auge.

Schließlich setzte er an: »Emily, hat Ihr Vater Ihnen je gesagt, wie viele Schulden hier auf dem Besitz lagen, als Sie Ihr Erbe angetreten haben?«

Sie blickte ihn überrascht an.

Er atmete tief durch. »Er hat zehntausend Pfund bezahlt, um die Schulden zu tilgen.«

»Und wie viel Geld haben wir jetzt noch?«

»Die Ländereien und das Haus.«

Sie benötigte eine Weile, um zu reagieren. »Und sonst nichts?«

Er schüttelte den Kopf.

»Wir haben kein Geld auf der Bank? Keine Wertpapiere?«

Wieder schüttelte er den Kopf. »Ihr Vater hat vor seinem Tod eine hohe Steuerschuld beglichen. Er besprach sich mit mir über diesen Schritt. Ich habe ihm geraten, die Schuld jetzt zu begleichen – und nicht später –, damit keine Mahngebühren entstehen. Er nahm dafür das Geld, das er bei der Bank hatte. Er ging das Risiko ein, weil wir beide damit rechneten, im nächsten Monat wieder die vollen Pachtbeträge einzukassieren. Doch daraus wird wohl nichts, denn es werden nur wenige die Pacht zahlen können, wenn die Kartoffel verfault.«

»Wir haben kein Geld auf der Bank? Ich sitze hier auf einem Gut, das nichts abwirft, und kann mir nicht einmal einen Neuanfang in England leisten?« Sie sah ihn immer noch mit großen Augen an, während sie die Information sinken ließ.

Er sah sie mitleidig an. Sie stand vom Stuhl auf und stellte sich ans Fenster. Der Himmel war strahlend blau, aber sie nahm es nicht wahr. Sie besaß nichts und sie würde kein Einkommen haben.

Was sollte sie tun?

Was wurde denn aus Frauen in ihrer Situation? Was wurde aus Frauen, die gebildet waren, aber nichts mehr hatten?

Gouvernanten. Sie wurden Gouvernanten. Die Erkenntnis traf sie wie ein Schock.

Hier stand sie und blickte gedankenverloren aus dem Fenster, wie damals ihre Gouvernanten traurig in den Nebel gestarrt hatten.

Sie wandte sich zu Ronald um.

Sein mitfühlender Blick ruhte auf ihr. Eine Weile stand sie still da. Sie versuchte in seinem Blick zu lesen, was er dachte.

Was, wenn er auch gehen würde?

Sie atmete tief durch. »Ich muss nachdenken.« Sie wandte sich um und ging aus dem Zimmer.

KAPITEL 11

Emily stand an der Allee und sah der Kutsche nach, die Merrill, Betsy und Jane zur Postkutsche in Richtung Cork bringen würde. Truhen und Koffer, mit Schnüren zusammengebunden, türmten sich auf dem Heck des Gefährts, während der Wagen die Allee hinabpolterte.

Hogan, der neue Stallbursche, der zum ersten Mal eine Kutsche lenkte, nahm an der Kreuzung die Kurve zu eng. Die beiden rechten Räder rollten in den Graben. Der Gepäckberg wackelte gefährlich, bis die Pferde die Kutsche wieder auf die Straße gezogen hatten.

Während der Wagen aus ihrem Blickfeld verschwand, trat Ronald an sie heran. Sie wandte sich zu ihm um. »Ich werde einen kleinen Spaziergang machen, in einer halben Stunde bin ich zurück«, sagte sie.

»Ich werde auf Sie warten.«

Sie betrat den Rasen, der ihr über die Knöchel reichte, stapfte ums Haus herum zum Westtor, öffnete es, sah sich um und begann zu laufen. Sie rannte immer schneller, bis sie schließlich schwer atmend auf dem Felsen am Meer stand.

Die Möwen über ihrem Kopf kreischten in hässlichen Tönen, als beschwerten sie sich über das Fortgehen der Merrills.

Sie setzte sich ins Gras und beobachtete die aufgewühlten Wellen. Sie fühlte sich leer. Ihr Vater war tot, die Merrills waren fort und Ronald würde womöglich auch nicht mehr lange bleiben.

Sie rupfte ein Büschel Gras heraus.

Was sollte sie tun, wenn Ronald ging? Ihr Blick schweifte zum Horizont. Vielleicht könnte sie einfach fortgehen? Weit weg in ein neues, aufregendes Leben, in eine neue Welt?

Wofür lohnte es sich zu bleiben? Warum sollte sie sich an dieses Land binden? Schließlich hielt es auch niemand für wichtig, sich an sie zu binden und in ihrem Leben zu bleiben. Sie schleuderte das Gras in den Wind. Andererseits waren die Menschen, die ihr lieb waren – Hatty und ihr Vater – nicht freiwillig aus ihrem Leben gegangen.

Nur Brendan O'Neill.

Sie erhob sich und ging zurück.

Während Emily das Besteck zu ihrem halb gegessenen Toast auf den Teller legte, tupfte sich Ronald mit der Serviette den Mund ab. Er faltete sie zusammen und sagte: »Ich habe zwei Pferde satteln lassen. Wir reiten aus. Sie müssen auf andere Gedanken kommen.«

Sie erwiderte nichts, nickte schließlich, ging auf ihr Zimmer, kleidete sich um und trat auf den Kiesplatz. Ronald wartete mit zwei gesattelten Pferden, über seinem Rücken hing ein Gewehr. Als sie näher kam, lächelte er sie herausfordernd an und verschränkte seine Hände zur Räuberleiter. Sie erwiderte seinen Blick, wenn auch mit weniger Enthusiasmus, stellte ihren Fuß in seine Handflächen, schwang sich hinauf und war froh, dass sie aus dem Schwung sofort zum Sitzen kam. Sie dachte an ihre alte Freundin Anne, die sie in dieser Situation gerügt und belehrt hätte, dass sie sich absichtlich in seine Arme hätte fallen lassen müssen, um ihre Absichten klarzustellen. Doch das war nicht ihre Art und außerdem verfolgte sie keine Pläne mit ihm.

Als er aufsaß, besprachen sie, wohin sie reiten wollten, und sie folgte ihm die Allee hinab. Während sich die Hufe in den Kies gruben, unterhielten sie sich über die neuen Lohndienstboten, die Ronald aus dem Gasthaus in Killock abgeworben hatte – Mary, das junge Dienstmädchen, und Mrs Kinsale, die Köchin. Die beiden kamen tagsüber zum Arbeiten und gingen abends wieder nach Hause.

Als sie die Hauptstraße erreichten, schwieg er. Emily fragte sich, was ihn beschäftigte. War sein Schweigen Absicht? Wollte er ihr etwas schonend beibringen? Vielleicht hatte er den Ausritt als Gelegenheit geplant, ihr zu sagen, dass auch er gehen würde.

Sie musste ihn irgendwie halten. Sie brauchte einen Verwalter.

Welche Argumente konnte sie vorbringen? *Es werden wieder bessere Zeiten kommen. Das haben Sie doch selbst gesagt. Ich werde Ihnen auch ein gutes Gehalt zahlen.* Sie blies sich ein Haar aus dem Gesicht.

Sie war so erbärmlich. Erstens hatte sie laut ihm gar kein Geld für ein besseres Gehalt, zweitens war ihre innere Armut ebenso mitleiderregend. Die Wahrheit war nämlich, dass sie ohne ihn verloren war. Sie hatte keine Ahnung von irgendetwas. Ohne Ronald war sie außerstande, das Gut zu verwalten, die Bediensteten anzuleiten, die laufenden Kosten zu begleichen, die Probleme zu lösen.

Schweigend ritten sie zwischen den Feldern hindurch. Die Kartoffelpflanzen lagen schwarzbraun auf der Erde. Auf einem Feld hatte jemand die halb reifen Kartoffeln aus dem Boden gerissen, offenbar in dem Versuch, die Ernte vor der Fäule zu retten. Sie stellte sich die Familie vor, die verzweifelt nach essbaren Kartoffeln gegraben hatte. Nun lagen die matschigen Knollen auf einem Haufen mitten auf dem Feld. Die armen Menschen.

Und warum sollte Ronald bleiben, bei diesem Anblick?

Als sie nebeneinanderritten, sagte er: »Die Polizei hat sich übrigens gemeldet. Sie hatten Donovan verdächtigt, da der Schuss von seiner Parzelle kam und er auch ein Motiv hat. Aber er hat ein Alibi, das mindestens drei Leute bestätigt haben. Und angeblich besitzt er keine Waffe.«

»Kann man den Zeugen vertrauen? Hier würden sich doch alle gegenseitig ein Alibi geben, oder nicht?«

Er nickte. »Dieses Alibi kann man den Hühnern zum Fressen geben. Luke Rafferty, Sean Lawlor und Fred Keagan wollen den Tag mit ihm in seinem Haus verbracht haben. Ausgerechnet!« Er schüttelte den Kopf.

»Sie haben meinen Vater wahrscheinlich alle vier gemeinsam erschossen«, sagte Emily mit geröteten Wangen. Sie ertrug es nur schwer, über den Mord an ihrem Vater zu reden. »Hat die Polizei sie denn nicht verdächtigt?«

»Die Polizei hat jetzt ganz andere Sorgen, Emily«, sagte er ernst. »Die Kartoffelpest ist eine Katastrophe. Es wird hier bald sehr chaotisch zugehen. Außerdem haben wir es nicht mit der englischen Polizei zu tun, sondern mit der irischen. Dieses Land ist extrem rückständig. Was erwarten Sie von den Ermittlungen? Eigentlich ist es Vorschrift, dass in jeder Polizeiwache vier Polizisten wohnen. In Killock gibt es nur zwei.«

Emily sah ihn von der Seite an. Er würde nicht bleiben.

KAPITEL 12

»Ryanne, rühre noch einen Löffel Zucker ins Wasser für die Kinder«, sagte Kate Lawlor vom Tisch aus. Ryanne, die an der offenen Truhe stand, nahm den Inhalt in Augenschein. Der Mehlbeutel war leer. Sie öffnete das Säckchen mit dem Zucker und wandte sich zu ihrer Mutter um. »Es ist fast nichts mehr da, Mutter.«

Die Zwillinge saßen auf der Bank am Tisch und schlugen aufeinander ein. Bridget weinte und legte den Kopf auf die Platte. Einer der Zwillinge fing an zu schreien. Kate übertönte den Lärm mit ihrer Stimme: »Mach es einfach!«

Ryanne kam mit dem Zuckersäckchen zum Tisch und rührte den Rest in die Becher der Kinder. Dann setzte sie sich.

»Ruhe!«, rief Kate.

Bridget hörte auf zu weinen, aber sie sah nicht auf. Kate legte die Hand auf ihren Kopf. Sie schob dem Mädchen den Becher hin. »Hier, trink.«

Ryanne ging zu ihrer Großmutter, die vor der Feuerstelle hockte, half ihr auf, nahm ihren Arm und führte sie zum Tisch. Die beiden setzten sich. Auch Sean und Timothy ließen sich schweigend neben den Kindern am Tisch nieder. Timothy fuhr sich durch sein graues Haar, senkte dann den Kopf und sprach ein Dankgebet. Schweigend sahen sie zu, wie die Kinder ihr Zuckerwasser tranken.

»Ich halte das nicht aus«, sagte Sean und erhob sich.

»Setz dich, Sohn«, sagte Timothy.

»Was sitzen wir hier am Tisch, als hätten wir eine Mahlzeit!«

Niemand erwiderte etwas.

»Und unsere Schwester hockt eine Meile entfernt im Überfluss zwischen Gerste und Hafer!« Er richtete seinen wütenden Blick auf die leere Hühnerstange an der Wand.

»So, jetzt ist sie also plötzlich wieder deine Schwester, ja?«, sagte Kate bitter.

»Ich gehe!« Während er sich erhob, klopfte es. Sean, der sowieso schon stand, ging mit langen Schritten zur Tür und öffnete sie. Brendan trat ein, einen Eimer in der Hand. Er begrüßte alle, kam zum Tisch und stellte den Eimer auf der Platte ab. Die Zwillinge erhoben sich und reckten ihre Köpfe, um zu sehen, was darin war. »Fische!«, rief Rufus.

»Danke, mein Junge«, sagte Kate und lächelte Brendan an. Sie ging zum Feuer und stocherte im Torf herum, um das Feuer anzufachen.

»Woher hast du sie?«, fragte Timothy. Brendan setzte sich neben die Kinder auf die Bank. »Die Fischer geben nichts ab. Nicht einmal für viel Geld. Erin und ich haben ganz altmodisch geangelt. Vom Felsen aus. Noch funktioniert es, aber sicherlich nur noch ein paar Wochen lang, dann wird alles leer gefischt sein.«

Sean verließ wortlos das Haus. Seine Mutter blickte vom Feuer auf die zugefallene Tür. Dann sah sie Brendan an. »Hattet ihr keine Angst?«

Brendan zuckte mit den Schultern. »Doch, schon. Eine Geldstrafe wäre jetzt das Ende. Aber nur Tuppence würde uns eine Strafe verpassen. Miss Winslow nicht, denke ich. Solange sie sich nicht von ihm beeinflussen lässt, besteht noch etwas Hoffnung.«

Timothy sagte: »Warum sollte sie für uns sein, nachdem ihr Vater ermordet wurde?«

Niemand antwortete. Kate wandte sich wieder dem Feuer zu, bewegte den Torf, legte den Eisenstab beiseite und erhob sich. Als sie sich aufrichtete, bemerkte sie, wie Ryanne und Brendan einen Blick tauschten. Sie kannte diesen Blick von Ryanne. Er war gefährlich. Aber gegen Brendan war nichts einzuwenden. Er wäre ein großartiger Schwiegersohn. Sie lächelte in sich hinein.

Brendan griff in seine Hosentasche. »Ich habe auch ein bisschen Zucker.«

»Den brauchst du für deine eigene Familie«, sagte Kate, als sie sich an den Tisch setzte.

»Schon gut. Wir haben heute ein Lamm verkauft.«

Timothy sagte: »Tu das nicht, Brendan. Wenn alle ihre Tiere verkaufen oder schlachten, gibt es keine Zuchttiere mehr.«

»Ich weiß, Timothy, ich weiß«, sagte Brendan nachdenklich.

Die beiden flackernden Kerzen zeichneten Lichtspiele an die Decke und tauchten die Tasten ins Licht, während sich die Ecken des Raumes in der Dunkelheit verloren. Das melancholische Stück, das Emily spielte, passte zu ihrer Stimmung. Zu Beginn hatte sie die schwermütige Atmosphäre fasziniert, aber mittlerweile war ihr die Dunkelheit unheimlich. Als die letzten Töne verklungen waren, erhob sie sich vom Schemel, griff nach der Kerze und steuerte auf den Kronleuchter zu, der in der dunklen Ecke verborgen war.

Hatte sich da nicht ein Schatten bewegt? Sie blieb stehen, hielt den Atem an, lauschte. Sie war sich sicher, dass sie nicht alleine war. »Wer ist da?«, fragte sie leise.

Keine Antwort. Sie blieb stehen, hielt die Kerze höher. Eine Diele knarrte. Da war jemand. Im Schatten des Schrankes. Sie hörte einen Schritt, gefolgt von einem zweiten. Sie umklammerte den Griff des Kerzenhalters. Jemand trat aus dem Schatten.

Sie wich einen Schritt zurück, hielt die Kerze noch höher.

Die Person trat in den Lichtschein.

»Ronald!«

Sie sah ihn entgeistert an, während ihr Herz sich immer noch überschlug. Seine rote Weste tat ihr in den Augen weh. Er kam auf sie zu und setzte sein Lächeln auf.

»Bitte entschuldigen Sie, wenn ich Sie erschreckt habe«, sagte er jungenhaft.

»Und ob Sie mich erschreckt haben. Was sollte denn das?«

»Es tut mir leid.«

»Warum verstecken Sie sich im Dunkeln?«

»Ich höre so gerne Ihrem Klavierspiel zu.«

»Und deshalb verstecken Sie sich?«

»Wussten Sie, dass Ihre Augen funkeln, wenn Sie irritiert sind?«, sagte er leise.

Sie trat einen Schritt zurück. »Ich wäre fast gestorben vor Angst. Bitte tun Sie das nie wieder!«

»Es tut mir leid. Das war ein dummer Kleinjungenstreich.«

Er nahm ihr die Kerze aus der Hand, trug sie in die Ecke und zündete die restlichen Lampen und Kerzen im Raum an, während sie ihm schweigend zusah.

Um sie herum war Licht und der unheimliche Fremde hatte sich als Freund entpuppt. Sie versuchte sich zu beruhigen.

Ronald trat wieder zu ihr, nahm ihre Hand und führte sie zum Sofa, wo er ihr andeutete, Platz zu nehmen. Mit weichen Knien setzte sie sich. Er ging zum Kamin, schichtete Holz aufeinander, stopfte Stroh und Torf dazwischen und zündete mit einem Streichholz das Feuer an. Er blieb eine Weile davor in der Hocke sitzen, bis es richtig brannte, dann kehrte er zu ihr zurück und setzte sich neben sie. Als er seinen rechten Arm auf die Lehne des Sofas in die Nähe ihres Nackens legte, wich sie unmerklich ein Stück nach vorne.

Er wandte sich ihr halb zu und musterte sie prüfend. »Wie geht es Ihnen?«

»Langsam wieder besser«, antwortete sie leise, während sie sich aufrecht auf dem Sofa hielt. Sie wusste selbst nicht, ob sie sich mit ihren Worten auf den Schreck von gerade eben bezog oder auf ihre generelle Verfassung nach dem Tod ihres Vaters. Ronalds plötzliches Auftauchen und seine Nähe verwirrten sie.

»Das freut mich«, sagte er.

»Und wie geht es *Ihnen*?«, fragte sie, während sie sich zwang, sich ebenfalls halb zu ihm zu drehen.

»Ich habe den Tod Ihres Vaters noch nicht überwunden. Und ich mag es nicht, Sie schwermütig zu sehen.«

Sie lehnte sich zaghaft mit dem Rücken an und blickte in die knisternden Flammen im Kamin. Das Zittern ließ nach. Nach einer Weile sagte sie: »Ich glaube, es war ein großer Fehler, dass wir hierhergekommen sind. Wir hätten in England bleiben sollen.« Sie faltete die Hände im Schoß. »Das Beste wäre wohl, wenn ich nach England zurückkehre.«

Aus den Augenwinkeln sah sie, wie er die Stirn runzelte. »Warum wollen Sie nach England zurück?«

Sie sah ihn an. »Sie haben es mir doch selbst gesagt! Ich habe nichts mehr. Eine Hungersnot steht an. Nicht einmal die Diener wollen bleiben! Und ich kann nicht einmal *Ihnen* Ihren angemessenen Lohn zahlen!«

»Aber was wollen Sie denn in England? Wovon sollen Sie leben?«

Sie zuckte mit den Schultern und blickte wieder trotzig in die Flammen. »Ich werde Gouvernante werden.«

»Das wollen Sie doch nicht wirklich, oder? Gouvernanten leben einsam. Und sie haben niemanden, der sie aus der Situation erlösen könnte. Es ist die deprimierendste Stellung, die es gibt.«

Sie wandte sich zu ihm und sah ihm direkt in die Augen. »Aber ich kann doch hier nicht alleine bleiben!«

»Warum? Sie sind doch nicht alleine. Ich bin doch auch da.«

Sie schwieg einen Moment lang. »Und wie lange noch?«

Er nahm ihre Hand. »Die Spannung zwischen den Pächtern und uns wird sich irgendwann legen, wenn wir erst einmal Boden unter den Füßen haben. Und dann ist dieser Besitz hier das Paradies auf Erden. Sie würden sich später ärgern, wenn Sie jetzt gingen und dieser Besitz heruntergewirtschaftet würde.«

Hieß das, dass er bleiben würde? Bevor sie Zeit hatte, sich zu freuen, kam ihr ein anderer Gedanke. Ronald schien es ihr anzusehen. »Ja?«, fragte er lächelnd.

Sie zog die Hand aus seiner Umklammerung und sah ihn mit großen Augen an. »Sie und ich, wir können nicht weiter zu zweit unter einem Dach leben. Das ist unschicklich.« Warum war ihr der Gedanke nicht schon viel früher gekommen?

»Was die Leute denken, ist mir gleichgültig.«

Sie lehnte sich wieder an und beobachtete das Feuer. War es ihr auch gleichgültig? Sie wusste es nicht.

»Andererseits«, sagte Ronald, »wir müssen auch nicht so weitermachen.«

Sie wandte wieder den Kopf zu ihm. »Sie wollen also doch gehen?«

Er lachte. »Nein, meine Liebe. Ich meinte, wir müssen nicht unverheiratet zusammen unter einem Dach leben. – Wir könnten doch verheiratet zusammen unter einem Dach leben.«

Sie sah ihn verständnislos an. Hatte er das gerade wirklich gesagt?

Er lachte wieder. »Wenn du dich sehen könntest«, sagte er leise.

»Sie wollen *mich* zur Frau?«, fragte sie.

»Natürlich. Warum überrascht dich das so?« Er nahm wieder ihre Hände in seine.

Sie ließ es geschehen, sah erst ihn an, dann ihre Hände in seinen. Währenddessen hörte sie ihn sagen: »Es tut mir leid. Erst erschrecke ich dich, dann überrasche ich dich mit dieser Frage und darüber hinaus bist du in Trauer.«

Sie zog ihre Hände wieder zurück und straffte ihren Rücken. Hinter ihm flackerte die Kerze auf dem Tisch und ließ die Silberfäden in der Blumentapete glitzern.

Sie merkte, wie Ronald ihren Blick suchte. Sie sah ihn wieder an und rang sich ein Lächeln ab. *Denk, Emily, denk. Du darfst ihn nicht verlieren.*

Sie schluckte und versuchte, klar zu denken. Mrs Holding hatte zu ihr gesagt, dass er der begehrteste Junggeselle im ganzen Land sei und sie ihn nicht ziehen lassen solle. Er schien immer zu wissen, was zu tun war. Er war Engländer und Anglikaner. Er war gebildet und stammte aus einer wohlhabenden Familie. Mit ihm würde sie hier in Irland bleiben können. Mit ihm würde sie auch nach England ziehen können.

Keine junge Frau in ihrer Situation mit einem einigermaßen gesunden Menschenverstand würde ihn ausschlagen.

Nie hätte sie erwartet, dass er ernsthaft an ihr interessiert sein könnte. Er war ein attraktiver Mann und sie sollte dankbar sein. Nach einer Zurückweisung würde er sicherlich nicht bleiben.

Ein Leben mit ihm als Ehemann – oder ein Leben in Hilflosigkeit?

Sie sah ihn an und sagte leise: »Gut.«

Er lachte und legte wieder seinen Arm auf die Lehne. »Gut heißt: ja?«

Sie nickte. Plötzlich spürte sie seinen Arm um ihre Schultern. Langsam zog er sie näher zu sich und küsste sie auf die Stirn. Zitternd setzte sie sich wieder aufrecht hin. Er betrachtete sie eine Weile voller Zuneigung, erhob sich dann, ging zum Feuer und legte Holzscheite nach. Als er wieder zum Sofa kam, zog er sie an den Händen hoch, bis sie vor ihm zum Stehen kam. Unsicher sah sie zu ihm auf. Sie spürte, wie er sie in seine Arme zog. Sie atmete seinen Geruch ein, Tabak, Eau de Cologne und nasser Sand. Sie spürte seine Lippen auf ihren.

»Du zitterst ja«, sagte er und ließ sie wieder los. »Komm, setz dich, ich bringe dir etwas zu trinken.« Er ging zum Tisch, goss Brandy in zwei Gläser, trat wieder zu ihr und überreichte ihr ihres. Sie nahm einen Schluck. Heiß zwängte sich die Flüssigkeit ihren Rachen herab. Sie schüttelte sich. Er lachte. Während er vor ihr stand, begann er: »Wir machen eine Liste. Bei einer Hochzeit muss man an so vieles denken! Warte hier, ich hole etwas zu schreiben!«

Sie sah ihm schweigend nach, während er den Raum verließ.

Alleine saß sie in dem großen Raum. Ihr Schädel pochte.

Als er wieder erschien, setzte er sich zu ihr, stellte ein Tintenglas mit einer Feder neben sich auf den Tisch und legte eine Mappe auf seinen Schoß. »Wen laden wir ein? Hast du Verwandte?«

Sie schüttelte den Kopf.

»Ich habe einen älteren Bruder. Seine Frau ist krank und er hat acht Kinder. Er ist etwas phlegmatisch, und ich glaube kaum, dass er den weiten Weg nach Irland auf sich nehmen würde.«

Sie nickte nur. Sie erinnerte sich vage, dass ihr Vater diesen Bruder erwähnt hatte. Edmond war sein Name, wenn sie sich nicht irrte.

»Du brauchst ein Brautkleid. In Killock gibt es einen Schneider. Auch wenn er bestimmt nicht gerade nach der neuesten Mode schneidert.« Er schrieb und redete und wurde immer lebhafter.

Emily steuerte nichts bei, sondern antwortete nur einsilbig auf seine Fragen. Ob er es wahrnahm, wusste sie nicht. Nach einer halben Stunde schlug sie vor, die Planung zu vertagen und zu Bett zu gehen. Der Schmerz in ihrem Schädel pochte.

KAPITEL 13

Emily blieb unschlüssig vor der Box stehen und beobachtete den rothaarigen Jungen, der sich so aufs Ausmisten konzentrierte, dass er sie noch nicht bemerkt hatte. Seine Kappe hatte er tief in die Stirn gezogen.

»Guten Tag, Hogan!«

Er sah auf, erwiderte ihren Gruß und lachte sie unbeholfen an.

Einen Moment lang sah sie ihn ebenso hilflos an. Sie hatte Ablenkung gebraucht, war erst im Haus umhergelaufen, dann durch den Park marschiert und schließlich hier im Stall gelandet. Nun stand sie müde vor ihm und wusste nicht, was sie eigentlich von ihm wollte. »Wie kommen Sie zurecht?«, fragte sie.

»Gut, die Arbeit finde ich nicht schwierig, die Pferde haben sich an mich gewöhnt und meine Familie freut sich übers Geld.«

Seine Stimme war für sein Alter zu hoch und sein Dialekt breiter als der von Erin Rooney.

»Haben Sie Anfeindungen erlebt, weil Sie hier arbeiten?«

»Nein, noch nie.«

»Wie geht es Ihrer Familie? Sie haben einige Geschwister, wie ich höre?«

»Sechs kleinere Geschwister.« Er stellte die Heugabel auf den Boden. »Also, ehrlich gesagt, war diese Stelle hier ein Geschenk des Himmels, denn wir hätten sonst nichts zu essen.«

»Bitte nehmen Sie sich jeden Tag ein paar Reste aus der Küche mit. Ich werde der Köchin Bescheid sagen.«

Die Sommersprossen auf seinen Wangen tanzten zu seinen Augen, als er breit lächelte.

»Wie ergeht es den anderen Familien, jetzt, wo die Ernte verloren ist?«, fragte Emily.

Sein Lächeln erstarb. »Fragen Sie lieber nicht«, sagte er. »Die Leute essen die faulige Matschepampe. Es dauert bestimmt nicht mehr lange, bis die ersten Krankheiten kommen. Wie vor ein paar Jahren. Da hatten wir schon mal keine Ernte.«

Sie betrachtete eine Sekunde das Pferd, dann wandte sie sich ihm wieder entschlossen zu. »Kennen Sie Brendan O'Neill, seine Schwester und seine Nichte?«

»Ja, er war mein Vorgänger hier.«

»Wie geht es ihnen?«

Er zuckte mit den Schultern. »Genauso wie den anderen, schätze ich. Na ja, immerhin hat er noch sein Haus.«

»Warum sollte er es nicht mehr haben?«

»Wissen Sie es denn nicht? Drei Familien haben den Räumungsbefehl erhalten.«

»Den Räumungsbefehl? Von wem?«

»Na von Ihnen, Miss«, sagte er verunsichert. »Oder von Mr Tuppence.«

Sie versuchte, sich ihre Bestürzung nicht anmerken zu lassen. »Was passiert denn mit den Familien, die den Räumungsbefehl erhalten? Wohin gehen sie?«

Er schob sich seine Kappe leicht hoch. »Wenn sie Glück haben, sammeln die Nachbarn für sie ein paar Pennys, für eine Überfahrt nach England oder Amerika. Oder sie gehen ins Armenhaus. Oder sie graben sich ein Erdloch.«

Emily schwieg. »Wissen Sie etwas über die Familie, die in dem Erdloch gelebt hat?«

Er schüttelte den Kopf.

»Gibt es hier irgendwo einen Pferdemarkt?«

»Ja, alle halbe Jahr in Killock. Der nächste ist aber erst wieder im Dezember.«

»Danke, Hogan. Ich wünsche Ihnen noch einen schönen Tag.«

Der Junge tippte sich an seine Kappe, die daraufhin so tief in sein Gesicht rutschte, dass er nichts mehr sah.

Als Emily die Stalltür von außen schloss, sah sie Ronald aus dem Haus kommen. Er ließ das Eingangsportal offen stehen, trat lässig auf den Vorhof und zündete sich eine Zigarre an. Sie beobachtete ihn, wie er zunächst ein paar abrupte Züge nahm, um den Tabak zum Glühen zu bringen, und dann entspannt in den Himmel sah, während er den Rauch aus dem Mund blies. Als er ihre Schritte auf dem Kies hörte, drehte er sich zu ihr.

»Hallo, Liebes!«, sagte er, als sie auf ihn zukam. Beim Anblick ihres Gesichtsausdrucks fragte er: »Ist etwas passiert?«

»Lass uns einen kleinen Spaziergang auf der Allee machen«, sagte sie knapp, »die Dienerschaft muss nicht alles hören.«

Er nickte.

Schweigend gingen sie die Allee hinunter, während Ronald seine Zigarre zum Mund führte. »Worüber möchtest du reden?«, fragte er.

»Über die drei angeordneten Zwangsräumungen.«

Er seufzte. »Ich hätte es dir sagen sollen.«

»Das sehe ich auch so«, antwortete sie gereizt.

»Lass es mich bitte erklären.«

Sie blieb stehen und sah ihn erwartungsvoll an.

»Es gibt drei Familien in Grenmore und Umgebung, die den Pachtzins und die Abgaben schon seit geraumer Zeit nicht mehr bezahlt haben. Nachforschungen haben ergeben, dass die Männer der Familien jedoch zu den Stammkunden des Wirtshauses zählen und ihr Geld bei Hahnenkämpfen verwetten. Ich habe mehrmals mit den Familien verhandelt. Als sie nicht auf mich eingingen, begann ich, Drohungen auszusprechen. Emily, diese Männer haben es nicht anders verdient, sie stürzen ihre Familien in den Ruin. Es tut ihnen gut, wenn sie aufgerüttelt und nüchtern werden und mit ihren Familien einen Neuanfang machen müssen.«

»Ach, komm schon. Ihre Lage kümmert dich nicht, du wolltest die Familien aus dem Weg haben! Das hast du ja oft genug betont. Je weniger Pächter wir haben, desto besser kannst du eine Neuaufteilung der Felder vorantreiben und desto weniger Steuern fürs *poor law* müssen wir bezahlen!«

»Das stimmt. Ich versuche, meine Arbeit zu machen.«

»Aber doch nicht so!«

»Ich bin nicht angestellt worden als der Anwalt der Unterdrückten! Ich muss einen Grundbesitz verwalten. Und ich vertrete allein *unsere* Interessen – dafür bin ich hier und das sehe ich als meine Verantwortung, auch als dein zukünftiger Ehemann!«

»Aber du könntest doch gleichzeitig auch ein bisschen auf *ihre* Interessen achten, das wäre doch nicht zu viel verlangt!«

»Die Pächter sind erwachsene Leute wie du und ich. Warum sind sie nicht imstande, ihre Angelegenheiten zu regeln? Soll ich etwa ein paar unverantwortliche Trunkenbolde für ihr Verhalten belohnen?«

Sie atmete tief durch.

»Und vergiss nicht«, sagte Ronald, »diese Leute da draußen haben deinen Vater auf dem Gewissen.«

Sie drehte sich um und ging weiter. Ronald schloss auf und war wieder an ihrer Seite. Der Qualm seiner Zigarre umwehte sie. Am liebsten hätte sie ihn mit der Hand weggewedelt.

»Ich verstehe dich ja«, sagte sie. »Aber ich möchte keine Zwangsräumungen. Außerdem erwarte ich, dass du solche Dinge mit mir besprichst! Ich bin die Besitzerin!«

Er stellte sich vor sie und versperrte ihr den Weg. Ein wütendes Funkeln flackerte in seinen Augen auf. »Ja, du bist die Besitzerin. Aber man muss einen Besitz nüchtern verwalten, verstehst du?«

»Ich bin also nicht nüchtern?«

»Dir tut jeder leid und so emotional kann man keine Geschäfte führen! Und in vier Wochen werden wir verheiratet sein. Dann kannst du dir deine selbstgefällige Bemerkung über die Besitzverhältnisse sparen!«

»Schön! Aber du wirst keine derartigen Entscheidungen über meinen Kopf hinweg treffen.«

»Ich habe fünfzehn Jahre als Verwalter gearbeitet, ich weiß, wie man Geschäfte führt. Du hingegen bist noch nicht einmal volljährig!«

»Du hast vergessen zu erwähnen, dass ich auch noch weiblich bin und mir als verheirateter Frau kein eigener Besitz zusteht. Trotzdem will ich auch in Zukunft mitreden!«

War das Spott in seinen Augen?

Sie funkelte ihn zornig an. »Was glaubst du wohl, wie die Stimmung unter den Pächtern ist?«

»Du hast Angst«, sagte er verächtlich.

»Selbst wenn es so wäre, hättest du kein Recht, lächelnd auf mich herabzuschauen! Du wirfst mir vor, ich sei nicht sachlich genug. Aber ich sage dir etwas: Jemand, der sachlich kalkuliert, macht sich Gedanken über die Folgen seiner Handlung. Und genau das tue ich! Welche Konsequenzen bringt wohl eine dreifache Zwangsräumung mit sich?« Sie schnaubte. »Ronald, diese Leute haben unser Haus angegriffen und meinen Vater erschossen! Und du glaubst allen Ernstes, dass uns nicht ein weiterer Vergeltungsschlag bevorsteht?«

Er sprach ebenfalls viel zu laut, als er antwortete, und sie war froh, dass sie sich außer Hörweite der Dienerschaft befanden. »Nur weil du dir zum ersten Mal in deinem Leben Gedanken über die Verwaltung eines Großgrundbesitzes und den Umgang mit Schuldnern machst, brauchst du nicht zu denken, dass allein du mit höchster Erkenntnis gesegnet bist! Leute, die vertrieben werden, verlassen die Gegend! Sie haben keine Lobby, die in ihrer Abwesenheit für ihre Interessen kämpft! Es ist besser, einmal ein paar Häuser niederreißen zu lassen, als ständig die Spannung voranzutreiben. Wir müssen hart bleiben, sonst tanzen sie uns auf der Nase herum!«

»Bitte sprich in Zukunft mit mir über Angelegenheiten wie diese!«

Er blickte über sie hinweg und schwieg. Seine Zigarre hielt er in der abgewinkelten Hand.

Emily sah auf ihre Stiefelspitzen, blickte wieder auf und wedelte mit der Hand den Rauch weg. »Lass uns zurückgehen.« Ohne ihn anzusehen, wandte sie sich um.

Schweigend schritten sie zum Haus zurück. Als sie das Hauptportal erreichten, warf Ronald seine Zigarre in den Kies, hielt ihr die Tür auf und trat dann nach ihr ein.

Er blickte sie nicht einmal an.

»Sean!« Luke kam schnellen Schrittes auf Sean zu, der auf den mittleren Sprossen einer Leiter stand, die an die Giebelseite des Hauses gelehnt war. Sean wandte den Kopf einen Moment lang zu Luke, legte vorsichtig die beiden Torfbriketts auf die oberste Reihe des Stapels, den er an der Hauswand aufgeschichtet hatte, und drehte sich dann zu Luke.

»Hallo!« Er sprang herunter.

»Gute Qualität«, sagte Luke mit Blick auf die Briketts, die neben ihm auf der Schubkarre lagen. »Woher hast du denn die dunklen Stücke?«

Sean lächelte. »Ryanne hat Beziehungen.«

Als Luke ihn fragend ansah, sagte Sean: »Frag nicht.«

Luke nahm zwei dunkle Briketts von der Schubkarre, um ihm zu signalisieren, dass er ihm helfen würde. Sean stieg wieder hoch und nahm die beiden Torfstücke entgegen.

»Hör mal, Sean«, sagte Luke leise und machte dabei einen Schritt um die Hausecke herum, um sicherzustellen, dass sich niemand vor dem Haus aufhielt und mithörte. Er trat wieder an die Leiter heran, hob den Kopf und sagte gedämpft: »Hogan hat mir erzählt, dass der Teufel vom Großen Haus verreisen wird.« Er griff wieder nach zwei Briketts und reichte sie Sean herauf. »Übermorgen soll Hogan ihn mit der Kutsche zur Postkutschenstation bringen. Er wird Gepäck für drei Wochen mitnehmen.«

Sean legte den Torf vorsichtig ab und schob ihn mit der flachen

Hand an die richtige Position, sodass der Stapel stabil blieb. Dann heftete er seine blauen Augen auf Luke. »Und die Frau?«

Luke zuckte mit den Achseln. »Kommt wahrscheinlich mit. Er würde sie doch nicht in einer solchen Situation alleine lassen.«

»Wann, sagtest du, reisen sie ab?«

»Übermorgen.«

Sean sah Luke von oben an. »Das trifft sich.« Er sprang herab. Während er sich die Hände an seinen Hosen abrieb, sagte er: »Ich will, dass der Hund bezahlt. Dass er merkt, wie man sich fühlt, wenn man vor seinem abgebrannten Haus steht. Er soll einen Herzschlag bekommen, wenn er zurückkommt und die Zerstörung sieht.«

Luke nickte.

Sean sah ihn an. »Wen fragen wir?«

Beim Frühstück sah er ihr wieder in die Augen. Sie antwortete mit einem leisen Lächeln.

Später, beim Lunch, berichtete er ihr von der Buchhaltung, die er heute Morgen durchgesehen hatte. Zwischendurch lächelte er sie an und sie erwiderte die Geste dankbar. Als sie am Nachmittag die Post von Bailey entgegengenommen hatte und mit den Briefen das Studierzimmer betrat, sah Ronald auf, erhob sich hastig und nahm ihr die Post ab. »Danke, meine Liebe«, sagte er freundlich und sah die Briefe schnell durch.

Als sie sich zum Gehen wenden wollte, nahm sie wahr, wie er beim Anblick des kleinsten Umschlags die Augenbrauen zusammenzog. »Alles in Ordnung?«, fragte sie.

Er sah nervös auf und lächelte »Ja, ja. Nur Rechnungen und Bekanntmachungen.«

Sie blieb einen Moment stehen. Als er nichts weiter sagte, nickte sie. Schweigend wandte sie sich um und verließ den Raum.

Am Abend machte er ein Feuer im Salon, goss sich Brandy ein und setzte sich aufs Sofa. Während sie vor den Flammen stand und die Hände ausstreckte, um sich zu wärmen, spürte sie seinen Blick im Rücken. Sie drehte sich zu ihm um. Er saß auf dem Sofa und betrachtete sie, sein Glas in der Hand. Dann streckte er die andere Hand aus. »Komm her, setz dich zu mir!«, sagte er.

Sie trat zu ihm und setzte sich. Er stellte sein Glas ab und wandte sich zu ihr. Sie erwartete, dass er sich nun entschuldigen würde, und überlegte sich, welche Worte sie als Reaktion wählen sollte. »Emily, ich muss verreisen. Nach England. Für vierzehn Tage.«

»Warum?«, fragte sie überrascht.

»Es tut mir sehr leid, Liebes, ich muss vor der Hochzeit dringend ein paar Angelegenheiten regeln.«

»Was denn für Angelegenheiten?«

»Als ich England verließ, wusste ich natürlich nicht, dass ich die wunderbarste Frau der Welt im hintersten Winkel Irlands treffen und für immer bleiben würde. Deshalb habe ich einige Papiere in England zurückgelassen, die ich nun für die Hochzeit benötige. Außerdem möchte ich mich noch einmal persönlich mit meinem Bruder in Surrey treffen.«

»Und es hat nichts mit unserem Streit zu tun?«

Er lächelte sie liebevoll an. »Nein.«

Sie betrachtete ihn schweigend. »Wohin genau wirst du gehen?«

»Zu meinem Bruder nach Surrey und zu einem Anwalt in London. Mit ihm muss ich noch ein paar Dinge bezüglich meiner Erbschaft in Berkshire klären.«

»Von der hast du mir nie etwas erzählt.«

»Eine komplizierte Angelegenheit. Mein Bruder und ich haben gemeinsam ein Haus geerbt, von unserer Patin, einer Freundin unserer verstorbenen Mutter. Im Moment ist das Haus vermietet. Aber du kannst dir sicherlich vorstellen, dass das einen großen Verwaltungsaufwand mit sich bringt. Ich musste sowieso früher oder später diese Angelegenheiten in England regeln und dies erscheint mir nun der passende Moment. Denn wenn wir erst verheiratet sind, werde ich nicht so schnell von deiner Seite weichen.«

Der Gedanke, dass sie dann ohne Probleme zusammen reisen konnten, schien ihm nicht in den Sinn zu kommen. Sie schwieg.

»Es tut mir leid, dass ich dich nun mit den Hochzeitsvorbereitungen alleine lasse, aber der Termin beim Pfarrer ist ja schon bestätigt und die Hochzeit wird sowieso ohne große Feier ablaufen. – Wirst du alles regeln können?«

Sie nickte.

Ronald stand auf, stellte sich vor sie, zog sie hoch und nahm sie in den Arm. Dann küsste er sie. Seine Lippen schmeckten nach Tabak und Brandy.

Als er sie wieder losließ, lächelte sie ihn unsicher an. Seltsam, dass er so plötzlich wegwollte. »Und es hat nichts mit uns zu tun?«, fragte sie noch einmal. Er schüttelte den Kopf. Ihr Blick fiel auf seinen hochgestellten Kragen. Er hatte einen Graustich bekommen.

KAPITEL 14

Seit Ronald vor zwölf Stunden aufgebrochen war, umspülte sie das leise Gift der Angst und des Verlassenseins, das sie so gut kannte. Sie wusste, dass sie sich ablenken musste, sonst würden die Wellen der Flut an ihr lecken.

Sie hatte zwei Stunden im Park verbracht, anschließend eine Stunde lang die Pferde geputzt, mit der neuen Köchin einen Menüplan für das Essen nach der Hochzeit besprochen und sich dann mit einem Buch in den Salon gesetzt. Auch jetzt, nachdem Bailey ihr Essen abgeräumt hatte, versuchte sie, im Schein der Lampe den Roman weiterzulesen, aber die Worte ergaben keinen Sinn. Sie klappte das Buch zu und überlegte, was sie als Nächstes tun könnte. Ihr Blick glitt über das große Bücherregal und blieb an einem alten Kinderliederbuch hängen. Es war eine der wenigen Erinnerungen an ihre Kindheit, sie hatte es schon in Van-Diemens-Land besessen, aber sie konnte sich an diese Zeit nicht erinnern. Aber sie erinnerte sich, dass Hatty ihr damals in London Lieder aus dem Buch vorgesungen hatte. Sie erhob sich, nahm das Buch vorsichtig aus dem Regal, blätterte darin herum und verließ den Raum, das Buch in der Hand. Im Musikzimmer öffnete sie die Klappe des Flügels, platzierte die Lampe neben dem Liederbuch und begann, eine der Melodien zu klimpern. Mit der Zeit fand sie eine passable Begleitung dazu. Während sie spielte, sah sie Hatty vor sich, wie sie sich singend und lachend um die eigene Achse drehte, dann stehen blieb, nach ihren kleinen Händen griff und sie gemeinsam im Seitenschritt durchs Zimmer tanzten.

Während sie spielte, dachte sie an London, ihr vornehmes Stadthaus, ihre Besuche bei Anne. Nach einer Weile hielt sie inne, klappte den Deckel zu, nahm ihre Lampe und setzte sich an den Sekretär. Sie griff zu der Feder, die neben der Tinte lag, und begann: *Liebe Anne*. Dann hielt sie inne und überlegte. Sie hatte ihren englischen Freundinnen kurz nach ihrem Umzug geschrieben, aber bisher hatte keine von ihnen geantwortet. Sie waren wohl zu beschäftigt mit Verabredungen und Bällen. Anne wusste noch gar nicht, dass ihr Vater tot war.

Sie spürte ein Ziehen in der Brust, als sie an ihn dachte.

Anne wusste ebenso wenig, dass die Pächter ihr Haus hatten anzünden wollen und dass sie verlobt war mit dem Verwalter. Der Entscheidungen über ihren Kopf hinweg traf. Und mit dem sie sich gestritten hatte.

Und dass der Stallmeister gekündigt hatte und nun schlecht von ihr dachte.

Doch natürlich konnte sie so etwas nicht schreiben. Zum einen wollte sie vor Anne nicht zugeben, dass es ein Fehler gewesen war, nach Irland zu ziehen. Zum anderen musste man in ihren Kreisen stets Contenance wahren. Sie könnte detailliert von Ronald schwärmen und über die bevorstehende Hochzeit schreiben. Sie lehnte sich einen Moment zurück und betrachtete das Rankenmuster der Tapete. Sie konnte noch gar nicht richtig fassen, dass sie mit Ronald Tuppence verlobt war.

Ihr Vater hatte sich diese Verbindung von Anfang an gewünscht, obwohl ein Verwalter in den Augen der feinen Gesellschaft natürlich kein hohes Ansehen genoss. Bestimmt war ihm klar gewesen, dass ihre Heiratschancen schlecht gestanden hatten, als er Emily aus der Ballsaison gerissen hatte. Vor allem im fernen Irland, wo man niemanden kennenlernte. Wie hätte er sich gefreut, wenn er noch erlebt hätte, dass seine Pläne aufgegangen waren. Sie würde nun ihr Leben mit Ronald teilen. Nicht nur, wie ursprünglich geplant, den Besitzanspruch an ihrem Land.

Wie viel hatte ihr Vater ihm damals eigentlich in Aussicht gestellt? Und hatte er ihm schon seinen Anteil überschrieben? Dann hätte Ronald womöglich wirklich das Recht, eine Zwangsräumung anzuordnen. Sie legte die Feder beiseite. Froh, dass sie nun für den Abend eine Aufgabe gefunden hatte, die sie vom Grübeln ablenkte, erhob sie sich, nahm die Lampe und trat in den Flur.

Die Enden des verlassenen Gangs verloren sich im Dunkeln. Langsam schritt sie über die Holzdielen. Der Schein der Lampe schaukelte auf dem Boden und brach sich an den Wänden. Ihre Schritte hallten in den dunklen Enden. Sie war im Bauch eines riesigen Hauses. Umgeben von sechzig Zimmern, deren Leere sie umfing. Sie ging schneller. Die Lichtschatten verwackelten auf den Dielen. Im Studierzimmer schloss sie schnell die Tür und stellte die Lampe auf die höchste Stelle des Sekretärs. Sie setzte sich, atmete durch und begann, die Schubladen durchzusehen. In einer Schublade befanden sich alte Rechnungen, in der nächsten Kostenaufstellungen. In einer weiteren fand sie einen zusammengefalteten Plan über die Aufteilungen der Felder mit den Namen der Pächter. Sie breitete das große Blatt aus und studierte die Skizze eine Weile. Die einzelnen Parzellen waren noch kleiner, als sie gedacht hatte. Einige Pächter hatten einen Teil ihres Landes an Unterpächter weitervermietet, deren Namen ordentlich auf dem jeweiligen Land eingetragen war. Sie suchte den Namen O'Neill. Ihr Ackerland zählte zu den eher kleineren Parzellen. Sie faltete den Plan wieder zusammen und legte ihn zurück.

Im unteren Teil des Sekretärs entdeckte sie eine Ledermappe, die Verträge enthielt. Sie legte sie auf den Tisch und klappte sie auf. Einige Schriftstücke waren bereits älteren Datums, sie trugen noch die Unterschrift ihres Großcousins. Die Papiere waren nicht chronologisch geordnet, anscheinend hatten ihr Vater oder Ronald in letzter Zeit nach ein paar Verträgen gesucht und dabei die Reihenfolge durcheinandergebracht. Sie überflog die Schriftstücke. Eines war datiert auf Juli 1845. Das musste der Vertrag sein, nach dem sie suchte. Unter dem Text hatten Ronald Tuppence und ihr Vater unterschrieben. Aufmerksam las sie den Wortlaut durch. Ronald erhielt mit Antritt seiner Stelle als Verwalter einen prozentualen Anteil des Besitzes, der wie folgt definiert war: Bis Januar 1846 sollte ein Prozent des Besitzes an ihn überschrieben werden, im Januar eines jeden weiteren Jahres, in dem er als Verwalter engagiert war, sollte der Anteil um jeweils ein weiteres Prozent erhöht werden. Im Folgenden wurden noch ein paar komplizierte Klauseln zur Berechnung der Prozente aufgeführt, die sich ihr nicht sofort erschlossen. Die Hauptaussage des Vertrages hatte sie jedoch verstanden: Wenn Ronald zehn Jahre als Verwalter gearbeitet hatte, gehörten ihm zehn Prozent des gesamten Ashton-Bentley-Besitzes. Das war kein schlechtes Entgelt für einen Verwalter. Außerdem erhielt er freie Kost und Logis sowie eine großzügige monatliche Aufwandsentschädigung. Allerdings war juristisch geregelt worden, dass Ronald seinen Anteil nicht ohne die Zustimmung ihres Vaters verkaufen oder beleihen durfte. Ihre Person wurde nicht erwähnt.

Sie legte den Vertrag zurück. Ronald würde also erst im Januar seinen ersten Anteil bekommen. Da ihr Vater nun tot war und es keine anderen Verwandten gab, gehörte alles ihr. Allerdings war sie ja noch nicht einundzwanzig. Wer war dann, juristisch gesehen, im Moment Treuhänder des Besitzes?

Sie ärgerte sich, dass sie sich diese Frage nicht eher gestellt hatte.

Sie sah die restlichen Papiere in der Mappe durch und fand ein weiteres Dokument neueren Datums. Es war datiert auf den 1. August 1845, ein paar Tage vor dem Tod ihres Vaters.

> Abschrift 1
> **Falls ich aus dem Leben scheide, bevor meine Tochter Emily Winslow volljährig ist und somit ihr Erbe antreten kann, möge mein Verwalter Ronald Tuppence als ihr Vormund eingesetzt werden.**
>
> **Lieutenant Charles Winslow III, Besitzer von Ashton-Manor und den dazugehörigen Ländereien**
>
> **Gordon Barney, Friedensrichter**

Ronald war ihr Vormund! Wusste er davon? Wenn er es wusste, warum hatte er es ihr nicht gesagt? Und welche Konsequenzen hatte das für ihre bevorstehende Hochzeit? Bestimmt war es einem Vormund untersagt, sein Mündel zu heiraten, denn es war schließlich von ihm abhängig.

Bis zu ihrem einundzwanzigsten Geburtstag blieben noch sechs Monate. Sollte sie dieses Schreiben einfach ignorieren und ohne ein Wort in die Mappe zurückstecken? Oder wäre es weiser, Ronald darauf hinzuweisen und die Hochzeit zu vertagen?

Sie hatte noch einige Tage Zeit, sich darüber Gedanken zu machen. Zitternd steckte sie das Schriftstück zurück und legte die Mappe wieder ins Fach.

Nachdem sie eine Weile tatenlos auf dem Stuhl gesessen und über die neuen Informationen nachgedacht hatte, schob sie einen Stapel Papiere auf die Seite. Es handelte sich offensichtlich um geschäftliche Korrespondenz. Eine halb beschriebene Seite lag zuunterst und war nur halb mitgeschoben worden. Es war ein Empfehlungsschreiben für die Merrills. Darunter lag noch ein Papier, ein Umschlag. Die Handschrift war übertrieben geschnörkelt und bis zum Rand des Umschlags geschwungen, als wollte jemand seine Wichtigkeit über Gebühr betonen. Nach den Schnörkeln zu urteilen, war der Absender eine Frau. Eine Frau, die auf jedem beschriebenen Zentimeter eine Botschaft senden wollte. Emily runzelte die Stirn. Der Umschlag war adressiert an Ronald Tuppence, Postfach, Killock.

Sie drehte ihn um. Es gab keinen Hinweis auf einen Absender. Das Siegel bestand aus den Initialen MT. Neugierig faltete sie den Umschlag auseinander, doch er war auf der Innenseite unbeschrieben. Warum befand sich zwischen der Geschäftskorrespondenz ein Brief an eine Postfachadresse? Sie durchsuchte den Rest des Stapels, fand den Inhalt des Umschlages jedoch nicht.

Irritiert lehnte sie sich zurück. Was ging hier vor? Warum brauchte Ronald ein geheimes Postfach in Killock?

KAPITEL 15

Sie hatte sich vor dem Schlafengehen von Bailey einen Tee mit Baldrian auf ihr Zimmer bringen lassen. Sie wusste nicht, was sie mehr beruhigte: Der Tee oder die Tatsache, dass außer ihr noch David und Bailey im Haus waren und sie einen von beiden noch einmal gesehen hatte, bevor sie sich für die Nacht zurückzogen.

Während sie die Decke bis übers Kinn zog, fragte sie sich, warum die irischen Dienstboten alle darauf bestanden, außer Haus zu übernachten. Wussten sie etwas, das sie nicht wusste?

Sie musste aufhören nachzudenken. Sicherlich würde der Tee bald Wirkung zeigen. Sie schloss die Augen und hielt still.

Ihr Bein zuckte und sie schreckte auf. Beugte sich da jemand über sie? Ronald? Ihr Herz hämmerte. Sie setzte sich auf. Nein, da war niemand. Sie hatte nur geträumt.

Sie legte sich wieder hin und wälzte sich auf die Seite. Warum erhielt er Briefe, die an ein Postfach adressiert waren? Was verschwieg er ihr? Immerhin wäre es nicht das erste Mal, dass er etwas vor ihr geheim hielt, denn er hatte auch die Zwangsräumungen angeordnet, ohne sie mit ihr zu besprechen. Und konnte es wirklich sein, dass ihr Vater ihm nichts über die Vormundschaft gesagt hatte? Andererseits hatte ihr Vater ihr gegenüber auch nichts erwähnt. Plötzlich knackte etwas auf dem Flur. Mit offenen Augen horchte sie. Sie dachte an die Nacht des Angriffs. Ihr Herz hämmerte gegen ihre Rippen. *Bleib ruhig, Emily. Es ist unwahrscheinlich, dass die Iren noch einmal einen Angriff auf die gleiche Art und Weise durchführen.*

Sie musste ruhig nachdenken. Schritt für Schritt. Diesmal konnte sie nicht zu ihrem Vater rennen. Es waren nur Bailey und David im Haus. Als ihr klar wurde, wie schutzlos sie war, setzte sie sich auf. Sie horchte weiter. Nichts regte sich. Bestimmt knackte nur das Haus. Sie legte die Finger an die Nasenwurzel und konzentrierte sich darauf, das Zittern zu kontrollieren.

Schritte. Ganz deutlich. Sie nahm abrupt die Hände aus dem Gesicht. Die Schritte waren gedämpft, aber sie war sicher, dass jemand den Flur entlangging. War Ronald zurückgekehrt? Aber warum sollte er in ihren Flügel kommen? Sein Zimmer befand sich auf der anderen Seite des Hauses. Vielleicht waren es Bailey oder David, die ebenfalls etwas gehört hatten? Die Schritte näherten sich. Ihr Atem ging flach. *Atme. Lange ausatmen, bis keine Luft mehr da ist.*

Die Schritte hielten inne. Gingen weiter. Türangeln quietschten. Die Person schien eine Tür nach der anderen zu öffnen. Jemand suchte offenbar etwas. Die Tür des Nebenraums wurde geöffnet. Die nächste Tür würde ihre sein. *Atme. Einfach nur atmen.* Sie erhob sich hastig, zog keuchend die Bettdecke über ihr Bett, bauschte sie leicht auf, sodass man nicht sofort erkennen konnte, dass gerade jemand aufgestanden war, tapste zu einem der Fenster und stellte sich zwischen Wand und Vorhang. Zitternd zog sie die Vorhänge zu. Der Stoff war hell und würde ihre Silhouette gegen das Mondlicht preisgeben, deshalb machte sie einen Schritt zur Seite, sodass sie die Wand im Rücken hatte. Sie hielt den Atem an. Nein, das war falsch. Sie musste atmen. Ihr war schwindlig. Ausatmen.

Die Tür öffnete sich. Die Person blieb in der Tür stehen. Sie zögerte offenbar. Würde sie gleich wieder kehrtmachen? Die Schritte bewegten sich zum Bett. Der Eindringling würde merken, dass das Bett warm war. Emily hatte das Gefühl zu ersticken.

Die Person stand nun am Bett. Sie stand dort zu lange. Dann schritt sie zum Schrank. Die Angeln der Schranktür quietschten. Der Jemand machte sich nicht die Mühe, die Flügeltüren wieder zu schließen. Nach ein paar Sekunden vernahm sie die Schritte erneut. Sie kamen auf sie zu.

Jetzt klangen die Schritte ganz nah bei ihr. Die Vorhänge neben ihr wurden zurückgezogen. Sie hielt den Atem an. Konzentrierte sich nur auf den Moment. Sie hob langsam die Unterarme. Wie im Traum sah sie die Finger, die direkt vor ihr in den Stoff griffen. Mit einem Ruck zogen sie den Vorhang zur Seite. Um ein Haar hätte sie geschrien. Ihr Verfolger stand ihr gegenüber. Der Mondschein leuchtete sein Gesicht an. Mit aufgerissenen Augen starrte sie ihn an.

Es war Brendan O'Neill.

»Was soll das?«, keuchte sie. Sie hielt die Arme immer noch kampfbereit und war kurz davor, auf ihn loszugehen.

Er hob ebenfalls die Hände, allerdings um sie zu beruhigen. »Ich tue Ihnen nichts!«, sagte er. Seine Miene war angespannt.

Ihre Brust hob und senkte sich. »Was wollen Sie?«

»Ich habe Sie gesucht!«

»Das sehe ich! Warum?«

»Weil Sie in Gefahr sind! Wir müssen so schnell wie möglich hier weg!«

»Wie bitte?«

»Ziehen Sie sich schnell an und dann kommen Sie sofort mit!«

»Ich werde gar nichts tun!« Sie sog scharf die Luft ein. »Sie schleichen sich mitten in der Nacht in unser Haus und stehen in meinem Zimmer! Ich sterbe fast vor Angst! Und dann erwarten Sie, dass ich mit Ihnen mitkomme?«

Er verdrehte die Augen. »Das hätte ich mir ja denken können! Gute Frau, in ein paar Minuten wird dieses Haus hier angezündet werden! Sie werden jetzt sofort mit mir mitkommen.«

»Unser Haus wird angezündet? Woher wollen Sie das wissen? Und warum warnen Sie mich? Und warum sollte ich Ihnen vertrauen?«

»Das erzähle ich Ihnen alles bei einem gemütlichen Plausch beim Tee. Und jetzt machen Sie schon! Kleiden Sie sich an! Nehmen Sie alle wertvollen Dinge mit, die Sie in Reichweite haben und gut tragen können!«

Was sprach er da? Das war alles absurd. »Ich werde das Haus nicht verlassen! Ich muss sofort David rufen, damit wir uns verteidigen können.«

»Sie werden sich nicht verteidigen! Es hat keinen Sinn. Das Haus ist umstellt. Und zwar gerade jetzt, wahrscheinlich sind sie schon da und legen gerade Feuer, und wenn Sie nicht sofort tun, was ich Ihnen sage, dann muss ich wohl doch Gewalt anwenden!« Er blickte sie warnend an.

Dies war kein Spiel, Brendan O'Neill meinte es ernst.

»Was ist mit David und Bailey?«

Einen Moment lang schien er irritiert. »Sind noch mehr Leute im Haus?«

»Nur Bailey und David«, antwortete sie. »Die anderen schlafen alle außer Haus.« *Weil genau das hier passieren könnte*, fuhr es ihr durch den Kopf.

»Bailey und David verlassen gerade das Haus. Meine Schwester war schon bei ihnen, um sie zu warnen. Sie waren es, die mich ins Haus gelassen haben.«

»Und das soll ich Ihnen glauben?«

Brendan O'Neills Augen funkelten. Der Mann war ungeduldig und darauf bedacht, keine Zeit zu verlieren. Er packte sie am Handgelenk und zog sie in Richtung Kleiderschrank. »Uns bleibt keine Zeit zu diskutieren! Ich stelle Ihnen zwei Möglichkeiten zur Auswahl: Entweder ich trage Sie hier im Nachthemd hinaus oder Sie kleiden sich jetzt blitzschnell an und gehen freiwillig mit mir!«

Unsanft schubste er sie direkt vor den offenen Kleiderschrank. »Los, nehmen Sie ein praktisches Kleid und ziehen Sie es sich über!«

»Und das sollte ich in Ihrer Gegenwart tun?«

Er verdrehte die Augen. »Sie sind ja schlimmer als eine Sechsjährige! Ich gebe Ihnen eine Minute, dann stehe ich wieder im Zimmer.« Er verließ den Raum.

Sie atmete tief durch und riss ein Kleid aus dem Schrank. Während sie sich zitternd ankleidete, tobten ihre Gedanken. Selbst wenn sich Brendan O'Neills Geschichte als falsch erweisen würde, hätte sie außer ein bisschen Stolz nichts verloren. Wenn das Ganze jedoch wahr sein sollte, hätte sie alles zu verlieren.

Vielleicht war David ja doch noch hier, dann könnten sie die Männer mit Schüssen einschüchtern wie schon vor ein paar Monaten.

Sie hatte das Kleid noch nicht ganz zugeknöpft, als Brendan O'Neill wieder im Raum erschien. Sie wandte sich von ihm ab und zog sich Stiefel an.

»Haben Sie etwas Wertvolles im Zimmer?«

»Dort drüben steht mein Schmuckkasten!«

Er ging zum Waschtisch, auf den sie gedeutet hatte, und nahm das Kästchen.

»Nehmen Sie einen Mantel mit!«, sagte er.

Sie konnte gerade noch ihren Mantel aus dem Schrank ziehen, ehe er sie zur Tür zog. Sie befreite sich aus seinem packenden Griff und schlüpfte in den Mantel.

»Los jetzt!« Er nahm ihre Hand und rannte den Gang hinunter. Zunächst zog er sie hinter sich her, doch dann begann sie, ebenfalls schnell zu laufen. Als er auf die Treppe zusteuerte und die ersten beiden Stufen nahm, rannte sie geradeaus. Sie wurden beide zueinander herumgerissen, da er ihre Hand nicht losgelassen hatte.

»Was soll das?«, fragte er.

»Ich gehe in den roten Salon!«

»Warum?«

»Um Gewehre zu holen!«

Ehe er reagieren konnte, hatte sie sich losgerissen und rannte den Flur hinab. In dem Moment, als sie die Tür aufstieß, war von unten ein lautes Klirren zu hören. Er hatte recht, sie waren da. Wie versteinert blieb sie stehen. Brendan O'Neill stand hinter ihr. Mit gepresster Stimme flüsterte er: »Wo können wir uns unbemerkt aus dem Haus schleichen?«

»Erst die Pistole!« Sie rannte zum Schrank, in dem die Jagdutensilien aufbewahrt wurden, öffnete ihn und griff nach der Pistole. Hoffentlich war sie geladen! In ihrem Kopf überschlugen sich die Gedanken. Ihr Vater war Offizier bei der Armee gewesen, er hatte seine Waffen stets gepflegt, sie war bestimmt schussbereit.

Brendan O'Neills Augen wanderten unruhig umher. Er kannte sich in dem Haus nicht aus, er war auf sie angewiesen. Unsanft zog er sie nahe zu sich, während er flüsterte: »Hören Sie zu, unten wird gerade Feuer gelegt! Keine Mätzchen mehr, sonst verbrennen wir beide hier drinnen! Wir verlassen das Haus so schnell wie möglich!«

»Die Hintertreppe, dann durch die Küche«, sagte sie mit gedämpfter Stimme. Sie lief los, er folgte dicht hinter ihr. Durch die Tür auf der gegenüberliegenden Seite verließen sie den roten Salon. Über die Galerie würden sie den Ostflügel erreichen, unter dem die Küche lag. Als sie auf der Galerie an den Fenstern entlangliefen, erhaschte sie einen Blick nach außen. Tanzende Lichter bewegten sich an der ganzen Hausfront entlang. Ein beißender Geruch wehte herauf. Das Feuer war gelegt, wahrscheinlich waren bereits mehrere Brandherde im Haus verteilt worden.

Sie befanden sich im Obergeschoss und um in die Küche zu gelangen, würden sie nicht nur die Hintertreppe hinabsteigen müssen, sondern auch im Erdgeschoss noch einige Meter zurücklegen müssen.

Während sie zur Hintertreppe rannten, überlegte sie, wie sie sich draußen davonschleichen konnten. Das Haus war ja offensichtlich umstellt, würden die Männer sie nicht bemerken? Die Hintertreppe war in Sicht. Als sie die Stufen hinunterhastete, stolperte sie über ihr Kleid. Sie klammerte sich ans Geländer und fing den Schwung ab. Brendan O'Neill, der dicht hinter ihr war, berührte sie leicht und fing sich ebenfalls am Geländer ab.

Sie standen im Erdgeschoss. Auch hier roch es nach Feuer. Sie fragte sich, wie das Haus so schnell Feuer fangen konnte. Doch dann fiel ihr ein, dass alle Wandvertäfelungen und Böden aus Holz waren.

Sie machte ein Handzeichen, um ihm zu zeigen, dass sie nach rechts gehen mussten. Auf der Höhe des Salons kam ihr ein Gedanke. Sie öffnete die Tür, rannte zum Regal, zog die Tyndale-Bibel aus dem Regal und kehrte zurück zu ihm. »Können Sie die für mich nehmen?«, fragte sie leise. Er nahm sie ihr wortlos ab. Sie hasteten den Flur entlang. O'Neill befand sich noch immer dicht hinter ihr. Plötzlich riss er sie am Arm zurück. »Runter!«, zischte er. Sie kauerten sich vor einem Fenster auf dem Boden an die Wand. Vor dem Fenster erschien ein Schatten mit einem tanzenden Licht. Wenn sie sich direkt an der Wand hielten, würden sie vielleicht unbemerkt an ihm vorbeikommen. Geduckt krochen sie unter dem Fenster entlang. Nur die Scheibe trennte ihn und sie. Als sie sich auf allen vieren unter dem Fenster befanden, zersplitterte die Scheibe, und es regnete Scherben auf sie herab. Emily hielt inne und barg ihr Gesicht in den Händen. Eine Fackel flog über ihre Köpfe, prallte von der gegenüberliegenden Wand ab und rollte gefährlich nahe in ihre Richtung zurück.

Ein Impuls befahl ihr, die Fackel zu löschen, doch der Mann, der die Fackel durchs Fenster geworfen hatte, stand nur einen Meter von ihnen entfernt vor dem zersplitterten Fenster.

Sie warteten. Die Fackel qualmte auf dem Parkett. Emily hielt die Luft an. Wenn sie nicht gleich weiterkroch, würde ihr Mantel Feuer fangen. Der Schatten vor dem Fenster bewegte sich. Sie betete, dass er weggegangen war. Langsam kroch sie weiter. Die Scherben knirschten. Sie schloss die Augen. Nichts geschah. Sie bewegte sich weiter, Brendan O'Neill befand sich dicht hinter ihr. Vor ihnen lagen noch andere Fenster, an denen sie unauffällig vorbeikommen mussten. Auf allen vieren näherten sie sich der Küche. Sie hoffte, dass die Küche ihnen tatsächlich einen Ausweg bot. Sie blickte zurück. Dunkler Qualm stieg vom Parkett auf.

Sie stand auf und öffnete die Tür. Brendan O'Neill trat vor sie und betrat die Küche als Erster. Schnell unterzog er den Raum einer Musterung, dabei schloss er hinter Emily die Tür.

»Ist die Außentür nicht verschlossen?«, fragte er plötzlich. Emily durchfuhr ein Schrecken. Die Tür war über Nacht bestimmt versperrt, und sie wusste nicht, wo der Schlüssel aufbewahrt wurde. Niemand würde eine Hintertür über Nacht unverschlossen lassen. Sie rannte zur Tür und hoffte, dass David und Bailey sie vielleicht auf der Flucht unverriegelt zurückgelassen hatten. Hastig drückte sie die Klinke herunter, doch die Tür bewegte sich nicht.

»Die Fenster!«, sagte Brendan O'Neill. Die zwei winzigen Fenster befanden sich im oberen Achtel der Wand und lagen etwas tiefer in der dicken Steinmauer. Es würde sie einige Mühe kosten, sich durch die kleinen Öffnungen hindurchzuzwängen, geschweige denn überhaupt die Höhe der Fenster zu erklimmen.

»Lassen sich die Fenster draußen im Flur öffnen?«, fragte O'Neill, während er begann, eine der Bänke unter die Küchenfenster zu schieben.

»Nein! Nur die hier in der Küche.«

»Gibt es hier irgendwo noch einen anderen Fluchtweg?«

»Wir müssten zurück in den anderen Flügel. Oder durch den Haupteingang. Aber es qualmt schon unter der Tür durch.«

Während O'Neill die Bank unters Fenster zog, arbeiteten ihre Gedanken wild. Wo bewahrt man einen Schlüssel auf? Neben der Tür? Ihr Blick fiel auf das Regal mit den Tontöpfen. Während O'Neill sich abmühte und der beißende Geruch des Feuers vor der Tür immer unerträglicher wurde, ging sie zum Regal und suchte es ab.

Vielleicht gab es gar keinen Schlüssel hier im Raum. Vielleicht nahm Mrs Kinsale ihn jeden Abend mit nach Hause, nachdem sie von außen abgeschlossen hatte? Sie fasste in ein flaches Gefäß, das sich auf Augenhöhe befand. Nichts.

O'Neill stand inzwischen auf der Bank unterm Fenster und hatte das Fenster einen Spalt geöffnet. Er spähte hinaus. »Kommen Sie!«, rief er ihr mit gedämpfter Stimme zu. Sie trat zu ihm und sah zum Fenster hoch. Sie hatte keine Ahnung, wie sie aus dieser Öffnung klettern sollte. Würde sie mit dem Kopf vornüber hinausklettern, müsste sie sich auch kopfüber auf den Boden fallen lassen. Dabei könnte sie sich den Hals brechen. Das Beste würde wohl sein, mit den Beinen voraus hinauszuklettern, aber wie sollte sie das bewerkstelligen? Um die Beine zuerst in die schmale Öffnung zu schieben, bräuchte sie etwas, an dem sie sich hochziehen konnte.

Brendan O'Neill stand auf der Bank und bedeutete ihr ungeduldig heraufzusteigen.

»Das schaffe ich nicht!«

»Natürlich schaffen Sie das. Ich helfe Ihnen.«

Ihre Augen tränten vom Qualm, der unter der Tür hereinströmte. Plötzlich hielt O'Neill inne und starrte auf den Mauervorsprung unter dem anderen Fenster. Blitzschnell präsentierte er ihr auf seiner Handfläche seine Entdeckung. Einen Schlüssel! Sofort griff sie danach, sprang von der Bank und rannte zur Tür. Der Schlüssel passte ins Schloss. Vorsichtig öffnete sie die Tür. Draußen war es neblig. Sie spähte durch den Spalt, während O'Neill die Lage vom Fenster aus einzuschätzen versuchte.

»Ich kann niemanden sehen!«, flüsterte er ihr vom Fenster aus zu.

»Ich auch nicht! Gehen wir!«, antwortete sie.

Er kam auf sie zu, machte aber plötzlich kehrt, ging zum Tisch zurück und nahm die Schmuckschatulle und die Bibel, die er dort abgelegt hatte, an sich.

»Lassen Sie mich vorausgehen!«, sagte er leise.

Er trat vorsichtig nach draußen, blickte sich um und rannte los. Während er die kurze Distanz zum Rasen zurücklegte, knirschten seine schnellen Schritte auf dem Kies. Sie lehnte die Tür von außen an und folgte ihm. Durch den Nebel rannte sie auf den Rasen. Er wurde langsamer, als er merkte, dass sie zurückblieb. Sie war nun an seiner Seite. Sie wusste, dass in einiger Entfernung die Rosenbüsche standen, vom Nebel verschluckt. Sie steuerte darauf zu, während er sich ihrer Geschwindigkeit anpasste. Plötzlich rief eine Stimme aus der nebligen Dunkelheit: »Wer ist da?«

»Weiter!«, hörte sie Brendan leise zischen. Zu ihrer Verwunderung blieb er stehen. Sie rannte weiter, erreichte die Rosenhecken und kauerte sich zwischen den Ästen in der Dunkelheit zusammen.

Der leichte Wind trug seine Worte in ihre Richtung.

»Ich bin's, Brendan O'Neill! – Wer ist da?«

Der Mann brummte etwas, das sie nicht verstand. Brendan O'Neill fuhr mit lauter Stimme fort: »Das war ein kleiner Kerl. Irgendein kleiner Bruder von irgendwem. Was soll denn das? Seit wann nehmen wir kleine Buben mit?«

»Wie?«

»Ich habe ihm ganz schön ins Gewissen geredet, aus Angst ist er jetzt bestimmt schon über alle Berge!«

Die Stimme lachte. »Lass ihm doch seinen Spaß! – Was machst du hier eigentlich? Du hast doch am lautesten gewettert!«

»Ich hab's mir doch anders überlegt!«

»Wolltest nichts verpassen, eh?« Der Mann lachte.

Es trieb sie fast zum Wahnsinn, diesen Kerl lachen zu hören. Durch den nebligen Dunst sah Emily, wie das Innere des Manors an einigen Stellen leuchtete. Tränen schossen ihr in die Augen. Sie kniete sich zwischen die Büsche ins Gras, ließ die Pistole fallen und kauerte sich zusammen. Sie lebte. Aber alles, was sie besaß, ging gerade in Flammen auf.

Der Wind trug wieder Brendans Stimme zu ihr. »Das reicht, lasst uns gehen.«

»Ja, ja«, antwortete die Stimme.

Brendan und der Mann verschwanden. Sie lauschte. In der Ferne hörte sie Stimmen und Lachen. Dann waren auf einmal keine Stimmen mehr zu hören. Sie war alleine. Die Rosenzweige stachen in ihr Knie. Es war ihr gleichgültig. Sie erlebte das nicht wirklich. Es war nur ein Traum. Gleich würde Ronald sie aufwecken.

Es vergingen Minuten. Die Rosenblätter, zwischen denen sie kniete, bildeten düstere Silhouetten im rauchigen Gelb. Der Lichtschein vor ihr wurde immer heller, bis er schließlich die neblige Nacht erhellte. Das Feuer musste mindestens bis nach Killock leuchten. Warum schickte niemand nach Löschfahrzeugen?

Ihre Handflächen waren nass vor Tränen. Vor Wut war ihr schlecht.

KAPITEL 16

Steif kauerte sie in der Kälte zwischen den Hecken und wartete. Sie wusste nicht, worauf sie eigentlich wartete, es mussten Stunden vergangen sein. Der Geruch des Feuers war widerlich und der Rauch biss in ihre Augen und in ihren Hals. Sie stellte sich vor, was gerade alles dem Feuer zum Opfer fiel, wie der Flügel qualmte, sich verzog, brannte und schließlich zu Asche zusammenfiel. Sie dachte an das Gemälde, das ihren Vater zeigte. Dargestellt hatte. Sie malte sich aus, wie die Ölfarben Feuer fingen und sich sein Gesicht verzerrte.

Was sollte sie nun tun? Sie rieb sich die tropfende Nase ab. Ihre Hand war blutig. Sie musste die Haut irgendwo aufgerissen haben. Obwohl das Feuer Hitze ausstrahlte, zitterte sie vor Kälte. Sie versuchte zu denken. Wohin konnte sie gehen? Sie hatte niemanden mehr.

Sie bildete sich ein, dass der Morgen graute, aber es war nur das Feuer, das die Nacht erhellte. Vielleicht war es doch schon Morgen und der Qualm verdunkelte den Tag. Nach einer Ewigkeit vernahm sie gedämpfte Schritte. Die Männer kamen zurück. Vielleicht zum Plündern. Sie fühlte nichts mehr, und sie war zu schwach, um zu kämpfen. Sollten sie doch mit ihr machen, was sie wollten. Sie kauerte sich zusammen und ließ die Pistole liegen, wo sie war.

»Miss Winslow!« Es war Brendan O'Neills Stimme. Er ging vor ihr in die Hocke. Sie hob den Kopf. Müde blickte sie ihn an.

»Sie sehen schrecklich aus«, sagte er leise.

Sie kniete sich hin. Ihre Glieder schmerzten. »Es ging mir nie besser«, flüsterte sie. Sie legte ihre Finger an ihre Nasenwurzel und schloss die Augen. »Was soll ich jetzt tun?«

»Ich weiß nicht. Sie müssen zunächst einmal hier weg. Die Männer denken, Sie sind tot. Es ist besser, wenn Sie für ein paar Tage untertauchen.« Sein Gesicht wurde vom Feuer angeleuchtet. Seine Augen blickten über ihren Kopf hinweg ins Leere. Er sah ebenfalls müde aus. Aber obwohl sein Blick in die Ferne schweifte, schien er vollkommen konzentriert. Offensichtlich dachte er darüber nach, was er mit einer obdachlosen, verstörten Lady anfangen solle.

»Wohin soll ich gehen?«, fragte sie. Sie sprach mehr zu sich selbst als zu ihm.

Er schwieg ein paar Sekunden. »Sie kommen jetzt erst einmal mit zu uns. Dann sehen wir weiter«, sagte er plötzlich entschlossen.

»Wo sind David und Bailey?«

»Ich habe keine Ahnung. Erin weiß wahrscheinlich, wo die beiden sind.«

»Kommen Sie!« Er reichte ihr seine Hand und half ihr aufzustehen. Ihre Beine waren steif, ihre Knie taub. Die Schrammen an ihren Händen brannten. Er behielt ihre Hand in seiner und führte sie weg vom Manor. Schritt für Schritt entfernten sie sich von dem hell leuchtenden Gebäude in die dunkle Nacht hinein. Ein paarmal wandte sie den Kopf zu ihrem Haus um, während sie wie betäubt weiterging. Die Verträge, ihre Kleider, die Bibelsammlung. Sunrise!

»Was ist mit den Pferden?«, fragte sie erschrocken.

»Die Ställe sind unberührt. Wir werden morgen nach dem Rechten sehen.«

»Ich könnte doch einfach in den Stall gehen und dort bleiben«, sagte sie.

»Nein, die Stallungen sind zu gefährlich. Die Tiere sind verängstigt.«

Wieder drehte sie sich zu dem brennenden Manor um.

»Schauen Sie nicht zurück, Miss Winslow!«

Sie erwiderte nichts. Ihr war nicht nach Reden zumute. Schweigend gingen sie nebeneinanderher. Von Zeit zu Zeit merkte sie, wie er seinen Blick auf sie richtete. Er wollte wahrscheinlich sichergehen, dass sie nicht kollabierte.

Sie musste Ronald informieren. Aber wie?

Schließlich brach sie ihr Schweigen: »Warum haben sie das getan?«

»Denken Sie jetzt nicht darüber nach. Wir reden morgen darüber.«

»Wie sollte ich nicht darüber nachdenken?«

Plötzlich hielt er inne. »Haben Sie die Pistole?«

»Nein, die liegt noch im Gras.«

Er erwiderte nichts.

»Warum haben die Männer das getan? Warum hassen sie mich so sehr, dass sie mich umbringen wollten?«

»Vielleicht wussten sie nicht, dass Sie im Haus sind. Vielleicht dachten Sie, Sie seien mit Mr Tuppence verreist.«

Sie schwieg. Nach einer Weile sagte sie: »Ihre Familie weiß nicht, dass ich heute Nacht zu Ihnen komme. Sie hassen mich wahrscheinlich genauso wie alle anderen auch.«

»Nein, meine Familie hasst Sie nicht. Deirdre liebt Sie sogar«, sagte er nüchtern.

Die verbleibende Meile legten sie wieder schweigend zurück. Sie fragte sich, warum Brendan O'Neill gekommen war, um sie aus dem Haus zu holen. Bereute er seine heldenhafte Tat mittlerweile? Er würde sie nun zumindest eine Zeit lang am Hals haben.

Schließlich erreichten sie die Hütte. Emily war immer noch benommen. Ihr war alles gleichgültig. Es hätte sie nicht gestört, wenn er ihr gesagt hätte, sie solle sich auf den kalten Boden vor der Hütte legen. Schlafen würde sie sowieso nicht.

Er flüsterte ihr zu, dass sie seine Mutter und Deirdre nicht aufwecken und deshalb leise sein sollten. Er öffnete die Tür und trat ein, sie folgte ihm zögernd. In der Hütte war es stockdunkel. Sie hatte keine Vorstellung davon, wie der Raum aufgeteilt war. Brendan flüsterte wieder irgendetwas. Diesmal waren seine Worte jedoch nicht an sie gerichtet, denn eine Frauenstimme antwortete.

Erin Rooney befand sich auf einmal neben Emily und berührte ihren Arm. Oder vielleicht war es auch Brendan O'Neill, der sie am Arm fasste. Sie schoben sie wieder behutsam nach draußen. Emily sah, wie der Feuerschein im Westen den Nachthimmel erhellte. Vor der

Tür blickte Erin Rooney sie mit großen Augen an. »Miss Winslow! Es tut mir schrecklich leid!«, flüsterte sie.

Wollte Erin Rooney sie mit diesen Worten wieder wegschicken?

»Würde es Ihnen etwas ausmachen, sich mit Erin heute Nacht das Bett zu teilen?«, fragte Brendan O'Neill.

Sie konnte immer noch keinen klaren Gedanken fassen. Schweigend sah sie ihn an. Offenbar interpretierte er ihr Zögern falsch, denn er runzelte missbilligend die Stirn. Womöglich dachte er, sie sei sich zu fein? Sie sagte: »Ich kann doch nicht einfach bei Ihnen übernachten.« Müde fügte sie hinzu: »Das kann ich Ihnen doch nicht zumuten.«

»Das ist schon in Ordnung!«, erwiderte Erin Rooney. »Wo sollten Sie denn sonst hin?«

In Brendan O'Neills Miene regte sich nichts. Erin Rooneys Mund umspielte ein leises, trauriges Lächeln. Die Gastfreundschaft und die Hilfe, die ihr diese Familie zuteilwerden ließen, beschämten Emily. »Sind Bailey und David wohlauf?«, fragte sie.

Erin nickte. »Ich habe die beiden geweckt, bevor Brendan Sie gesucht hat.«

»Sind sie in Sicherheit?«

»Ja, Hogan war übrigens über Nacht ebenfalls im Großen Haus. Er hat die beiden zu sich nach Hause ins Dorf genommen.«

Es dauerte ein paar Sekunden, bis sie reagierte: »Hogan war über Nacht im Manor?«

»Ja, er hat mir erzählt, dass er in letzter Zeit öfters im Dienstbotentrakt übernachtet hat, da es zu Hause so eng ist. Allerdings hatte er sich nicht getraut zu fragen, ob es Ihnen recht ist. Deshalb hat er es heimlich gemacht. – Bitte seien Sie ihm nicht böse. Er ist ein guter Junge.«

»Ich bin ihm nicht böse.«

Brendan sagte: »Es ist kalt, lasst uns reingehen.«

Sie kehrten leise ins Haus zurück, und Erin half ihr, das Bett zu finden. Emily tastete sich an der Kante entlang. Erin rutschte dicht an die Wand, Emily legte sich neben sie. Den Mantel behielt sie an. Ihr war eiskalt. Das Lager war hart und stachelig und viel zu eng für zwei

Personen. Die Decke war aus grob gewebtem Stoff, der auf der Haut kratzte.

Erin Rooney flüsterte dicht neben ihr: »Versuchen Sie zu schlafen!«

Mit offenen Augen starrte sie in die Dunkelheit.

Ihr war immer noch schlecht.

Sie hasste diese Männer. Sie hatten ihren Vater getötet. Sie hatten ihren Besitz zerstört. Sie hatten ihr alles genommen. Sie hatten sie töten wollen. Tränen der Wut rannen über ihr Gesicht und versickerten in der Matratze.

Schlief Brendan O'Neill? Oder lag er hier in diesem Zimmer, nicht weit von ihr entfernt, ebenfalls mit offenen Augen auf seinem Lager? Er hatte müde ausgesehen. Aber die Müdigkeit in seinem Gesicht war mehr als körperliche Erschöpfung gewesen. Für ihn war diese Nacht ebenfalls nervenaufreibend gewesen. Er hatte zwar nicht seinen Besitz verloren, jedoch ebenfalls um sein Leben fürchten müssen.

Sie rieb sich eine Träne weg und schloss die Augen. *Gott, ich brauche dich. Mehr denn je.*

Sie schlug die Augen auf. Es war hell. Zumindest heller als vergangene Nacht. Die beiden kleinen Fenster der Hütte ließen nur einen Schimmer Tageslicht hinein. Sie wusste sofort, wo sie war. Irgendwie war es Erin gelungen, über sie aus dem Bett zu steigen, ohne sie aufzuwecken.

Zwei graublaue Kinderaugen, nur wenige Zentimeter von ihren Augen entfernt, blickten sie an.

»Deirdre!«, flüsterte sie. Es war lange her, dass sie sich gesehen hatten.

»Hallo«, antwortete das Mädchen, das seine Unterarme auf die Matratze gestützt hatte.

Emily richtete sich langsam auf.

Das Kind ließ sie nicht aus den Augen. »Warum sind Sie hier?«

Emily benötigte eine Weile, bis sie antworten konnte. Sie strich sich die losen Strähnen zurück. »Haben dir deine Mutter und dein Onkel nicht erklärt, warum ich heute Nacht hier schlafen durfte?«

Sie schüttelte den Kopf. »Mama, Großmutter und Brendan stehen oft vor mir auf. Heute Morgen habe ich sie noch nicht gesehen.«

»Gestern Abend ist mein Haus abgebrannt. Ich wusste nicht, wohin ich gehen konnte, und deine Familie hat mir angeboten, hier zu übernachten.« Sie sprach viel langsamer als gewöhnlich.

»Warum ist das Große Haus abgebrannt?«

»Das weiß ich nicht.«

»Sind Sie jetzt traurig?«

Emily lächelte sie bekümmert an. »Natürlich«, sagte sie leise.

Deirdre betrachtete sie nachdenklich. »Was ist denn mit den anderen im Großen Haus passiert?«

»Es waren nur vier Menschen im Haus, sie sind alle in Sicherheit.«

»Ist Jane auch in Sicherheit?«

»Ja, sie ist vor Kurzem mit ihrer Familie nach England zurückgegangen.«

Auf Deirdres Gesicht machte sich ein Ausdruck der Enttäuschung breit.

»Wo ist denn der Rest der Familie?«, fragte Emily.

Deirdre zuckte mit den Schultern. »Bei den Schafen oder im Dorf wahrscheinlich. Sie sind bestimmt bald wieder hier. Sie lassen mich nie lange alleine.«

»Musst du nicht zur Schule?«

»Wir haben keinen Lehrer mehr.«

Emily schluckte und nickte. Was sollte sie darauf erwidern? Sie ließ ihren Blick durch den Raum gleiten. Die Hütte wirkte von innen größer als von außen. Es gab drei schmale Matratzen, die auf Holzgerüste gelegt waren, sodass sie nicht auf dem erdigen Boden lagen. Der auffälligste Gegenstand war ein altes, abgenutztes Spinnrad, das etwas abseits stand. An der kurzen Wand befand sich eine Feuerstelle auf dem Boden, mit Steinen gepflastert. Darüber war ein Holzgerüst gezimmert, auf dem ein geflochtener Abzug auflag. In der Mitte des Raumes stand ein simpler Tisch mit zwei Bänken. Die Wände waren weder verputzt noch getüncht, sondern bestanden aus grauem Steinmauerwerk. Durch eines der Fenster drang noch weniger Licht als durch das andere, da es zur Hälfte mit einem Brett vernagelt war. Die andere Scheibe musste eine Tierblase sein, obwohl Emily das nicht mit Sicherheit sagen konnte, da sie noch nie eine gesehen hatte. Ihr Blick fiel auf eine zweite Tür.

»Gibt es noch ein Zimmer im Haus? Oder ist das der Stall?«, fragte sie Deirdre.

Die Kleine schüttelte den Kopf und stützte ihre Ellbogen auf die Matratze. »Nein, wir haben keinen Stall. Ein Haus darf nur einen Raum haben, damit man das Glück im Haus hat. ›Erweitere dein Haus und die Familie wird kleiner.‹ – So heißt das Sprichwort.«

»Und, stimmt das?«

Sie zuckte mit den Schultern. »Nein, bei uns nicht. Wir waren mal viel mehr, obwohl wir nicht erweitert haben. – Die Tür, auf die Sie gezeigt haben, ist die Hintertür. Aber Sie dürfen sie nicht benutzen.«

»Lass mich raten. Hat es etwas mit Glück zu tun?«

Deirdre nickte. »Durch die Tür nimmt man das Glück aus dem Haus mit.«

»Denkst du, ich könnte mich hier irgendwo waschen?«

Deirdre deutete auf einen Eimer, der neben der Kochstelle stand.

»Woher bekommt ihr das Wasser?«

»Vom Bach.«

Sie stand auf. Deirdre schien nicht überrascht, dass sie in ihrem Mantel geschlafen hatte. Das Mädchen gab ihr einen Lappen und eine Tonschüssel, in die sie etwas Wasser goss. Zunächst trank sie etwas von dem Wasser. Es schmeckte ungewohnt. Sie spritzte sich ein paar Tropfen in ihr verschmiertes Gesicht und rieb mit den Handballen über ihre Wangen und Augen. Sie winkte Deirdre herbei. »Könntest du bitte die Bänder an meinem Korsett lösen?«

Das Kind trat hinter sie und begann, an den Bändern zu ziehen.

»Danke, den Rest schaffe ich selbst«, sagte sie, als sie spürte, dass sich die Schnüre lockerten. »Kannst du bitte aus der Tür schauen und mich warnen, wenn jemand kommt?« Als sich Deirdre an die Tür stellte, entblößte Emily ihren Oberkörper und wusch sich notdürftig. Deirdre half ihr beim Zuschnüren des Korsetts. Schnell knöpfte sie das Kleid wieder zu.

Plötzlich waren draußen Stimmen zu hören. Emily und Deirdre drehten sich erwartungsvoll zur Tür um. Brendan O'Neill betrat den Raum. Hinter ihm trat noch jemand ein.

»David!«, rief Emily erfreut.

Brendan O'Neill grüßte nicht, seine Miene wirkte finster.

Emily sagte aufgeregt: »David, ich bin so froh, Sie zu sehen! Geht es Ihnen gut?«

»Ja, Miss. Mrs Rooney hat uns letzte Nacht aufgeweckt. Verzeihen Sie, dass wir uns nicht um Sie gekümmert haben. Aber Mrs Rooney hat uns versichert, dass Brendan O'Neill bei Ihnen ist und Sie in Sicherheit sind!«

»Es war gut, dass Sie das Haus so schnell wie möglich verlassen haben. Dasselbe habe ich ja auch getan.« Sie vermied es, bei diesem Satz Brendan O'Neill anzusehen.

»Miss Winslow, wir haben eine weitere schlechte Nachricht für Sie«, hörte sie Brendan O'Neill langsam sagen. Unsicher blickte sie ihn an. *Bitte nicht Ronald.*

»Bailey ist letzte Nacht gestorben«, sagte er.

Sie schwieg ein paar Sekunden. »Ist er bei dem Feuer ums Leben gekommen?«

»Nein, er ist in Hogans Bett eingeschlafen. Heute Morgen war er tot«, erklärte David betreten.

Sie setzte sich auf die Bank und ließ ihre Hände schlaff in den Schoß fallen. Es war zu viel für ihn gewesen. Er hatte die Aufregung nicht überlebt.

Und das alles nur wegen diesen Aufständischen! Er war nun schon der Zweite, der durch ihre Anschläge gestorben war! Und sie hätten gestern noch mehr Tote in Kauf genommen! Tränen der Wut stiegen in ihre Augen. Frustriert schlug sie auf den Tisch. »Warum tun sie so etwas?«

Die Männer blickten sie erschrocken an.

»Miss«, sagte David. »Bailey war dreiundsiebzig. Vielleicht wäre er auch letzte Nacht von uns gegangen, wenn das alles nicht passiert wäre. Wir hatten eigentlich jeden Tag damit gerechnet. Er ist friedlich eingeschlafen.«

Brendan O'Neill trat zu ihr. Sie starrte vor sich auf den Tisch. Sie hörte ihn sagen: »Es ist Zeit.«

Sie hatte sich nach dem Aufwachen noch keine Gedanken gemacht, was sie als Nächstes tun sollte.

»Wir beide müssen uns dringend unterhalten«, fuhr er fort, seinen Blick auf sie gerichtet. »David wird zusammen mit Hogan zum Haus gehen und den Schaden begutachten. Vielleicht brennt das Feuer immer noch. Die beiden werden auch nach den Pferden sehen und sie füttern. Heute Abend treffen wir uns wieder mit ihnen und beraten, wie es weitergehen soll.«

Sie blickte zu ihm auf und nickte passiv. »Danke.« Sie wusste, dass sie seine Hilfe nicht als selbstverständlich hinnehmen konnte.

»Etwas muss mit Bailey geschehen«, sagte sie.

»Darüber reden wir heute Abend«, sagte David, bevor er sich verabschiedete und die Tür hinter sich schloss.

Ihr Blick fiel auf Deirdre, die verschüchtert in der Ecke stand. Emily erhob sich und ging auf sie zu. Es tat ihr leid, dass sie in ihrer Anwesenheit so aufbrausend reagiert hatte. Das Gerede um Tod, ihre Wut und die Angespanntheit, die ihr Onkel ausstrahlte, schienen sie zu verunsichern.

Emily lächelte sie an und streichelte ihr übers Haar. Brendan setzte sich auf einen der Hocker an der Feuerstelle und forderte Deirdre auf, zu ihm zu kommen. Als die Kleine ihn erreicht hatte, hob er sie auf seinen Schoß.

»Hast du etwas gegessen?«, fragte er. Sie schüttelte den Kopf. Er strich ihr übers Haar. »Es gibt noch einen Rest Fladen, den kannst du essen.« Sie nickte. Dann sah er Emily an. »Sie haben wahrscheinlich auch noch nichts gegessen.«

Sie fühlte sich noch unbehaglicher. Jetzt musste die Familie, die offensichtlich schon wenig genug zu essen hatte, auch noch einen Gast verpflegen. »Ich habe keinen Appetit.«

Er blickte sie prüfend an, als versuchte er, in ihr zu lesen, ob sie die Wahrheit sagte. Sein Benehmen ließ keine Schlüsse zu, was in ihm vorging. Dass er angespannt war, merkte sie. Was er über seinen ungebetenen Gast dachte, blieb jedoch im Verborgenen. Er hatte heute noch kein einziges Mal gelächelt.

»Mr O'Neill, ich möchte Ihnen danken für alles, was Sie für mich getan haben. Ich werde mich so bald wie möglich selbst um meine Angelegenheiten kümmern. Ich will Ihnen keine Unannehmlichkeiten bescheren.«

»Schon gut. Sie können ja wohl schlecht im Mist bei den Pferden schlafen. Nur leider können wir Ihnen nicht Ihren gewohnten Komfort bieten, Prinzessin.«

Es war kaum zu glauben. Selbst in einer Situation wie dieser konnte er seine Sticheleien nicht unterlassen.

»Es geht mir nicht um Komfort«, sagte sie leise. »Ich bin einfach nur froh, dass ich nicht alleine in der Hecke vor meinem Haus sitze.« Sie warf ihm einen unsicheren Blick zu.

»Sie sind zu stolz, um Hilfe anzunehmen«, antwortete er trocken.

Sie erwiderte nichts.

Er stand auf und brachte Deirdre ein Stück Fladen. Das Kind setzte sich auf den anderen Hocker und begann zu essen. Er wandte sich wieder an Emily. Sein Blick war nicht mehr ganz so kühl. »Wie fühlen Sie sich?«, fragte er.

»So, wie ich aussehe. Schrecklich.«

»Gestern Nacht sahen Sie schlimmer aus.«

»Danke.«

Eine Andeutung eines Lächelns huschte über sein Gesicht.

»Die Menschen hier müssen uns ja von ganzem Herzen hassen. Warum haben sie das getan?« Sie versuchte, das Brennen in den Augen zu ignorieren.

»In letzter Zeit gab es einigen Streit darüber, ob man auch Gewalt anwenden soll.«

»Sie sind einer der Anführer, nicht wahr?«

»Lassen Sie es mich so ausdrücken: Ich habe bis jetzt einen gewissen Einfluss auf die Diskussionen gehabt. Aber der ist mir offensichtlich abhandengekommen.« Er blickte ihr direkt in die Augen. »Miss Winslow, ich will offen mit Ihnen sein. Ich bin mir nicht sicher, wo Sie stehen. Ich habe Sie zwar vor dem Feuer gewarnt, aber ich weiß nicht, ob ich Ihnen trauen kann.«

Brendan O'Neill verstand es, einen Sachverhalt auf den Punkt zu bringen, so viel stand fest. »Worauf wollen Sie hinaus?«

»Ihr lieber Verwalter führt sich auf, als sei er der Teufel persönlich. Er ist arrogant, rücksichtslos und brutal. Zwei Tage vor seiner Abreise hat er eine der Zwangsräumungen sogar persönlich vorgenommen und vor den Augen aller mithilfe der Polizei ein Haus zerstören lassen. Das Hab und Gut der Familie hat er selbst angezündet. Das war gegen das Gesetz und er wusste das. Der Anschlag letzte Nacht sollte in erster Linie ein Vergeltungsschlag für seine Handlung sein.«

»Dass Ronald das getan haben soll, glaube ich nicht!«

»Das dachte ich mir. Wie ich höre, gedenken Sie diesen Kerl zu heiraten.«

Sie räusperte sich. Großartig. Sie blickte ihn einen kurzen Moment lang zögernd an, dann sagte sie: »Also gut, Sie wollen, dass ich Stellung beziehe. Zunächst einmal: Ja, ich bin mit Ronald Tuppence verlobt. Aber ich verachte die Maßnahmen, die er eingeleitet haben soll. Und es fällt mir schwer zu glauben, dass er sich so verhalten hat, wie Sie behaupten.«

Brendan O'Neills prüfender Blick verunsicherte sie. Sie fühlte sich wie damals bei ihrer ersten Begegnung. »Also gut«, sagte er langsam, »ich habe meinen Kopf für Sie hingehalten und bin sogar bereit, dies noch einige Zeit länger zu tun. Aber damit wir uns verstehen: Wenn sich herausstellen sollte, dass Sie doch Ihre Finger bei den Zwangsräumungen und Brandstiftungen mit im Spiel hatten, dann sind Sie es nicht wert, dass ich mich für Sie einsetze, und ich werde bereuen, dass ich Sie gewarnt habe.«

»Wie schön, dass Sie sich stets so unmissverständlich ausdrücken.«

Er beobachtete Deirdre, während er weitersprach: »Ich wollte den Anschlag verhindern, aber die Männer sind so blind vor Zorn, dass man nicht mehr mit ihnen reden kann. Es macht mich allerdings wirklich stutzig, dass sie so skrupellos waren, Ihren Tod in Kauf zu nehmen. Ich vermute, dass sie davon ausgingen, dass das Haus leer war.«

»Aber woher wussten *Sie*, dass ich mich im Haus befand?«

»Ich wusste es nicht. Aber ich wollte es nicht riskieren.« Sie sahen sich einen Moment lang an. Er fuhr fort: »Am besten ist es wohl, wenn Sie sich noch eine Weile verstecken, bis ich Entwarnung gebe.«

Sie stützte ihre Ellbogen auf die Tischplatte und legte die Stirn in die Hände. Gut, dass sie heute noch keine Zeit gehabt hatte nachzudenken.

Sie musste Ronald kontaktieren. Und zwar so schnell wie möglich. Von Brendan O'Neill konnte sie keine Hilfe dabei erwarten, Ronald ausfindig zu machen.

»Sie möchten bestimmt Kontakt mit Ihrem Verlobten aufnehmen«, sagte O'Neill plötzlich.

Sie sah erstaunt auf.

Er lächelte und sagte: »Das ist ziemlich naheliegend.«

»Ich werde nach Killock reiten und ihn von dort aus irgendwie ausfindig machen«, sagte sie.

»Er hat also keine Adresse hinterlassen?«

»Nein, ich weiß nur, dass er seinen Bruder in Surrey besuchen wollte. Ich werde an ihn schreiben. Sein Wohnort muss ja irgendwie ausfindig zu machen sein.«

»Sie könnten es über einen Agenten in Killock versuchen. Der kann den Brief zu einem Agenten nach Surrey schicken, welcher dann wiederum vor Ort nach der Adresse forschen kann. Die Frage ist nur, was zuerst ankommt. Tuppence in Irland oder der Brief in England.«

»Gleich heute Nachmittag werde ich nach Killock reiten«, verkündete sie.

»Sie werden Geld brauchen«, bemerkte er.

»Da haben Sie allerdings recht. In Killock kann ich doch meinen Schmuck verkaufen, oder? Denken Sie, ich muss dazu vielleicht nach Cork reisen?«

»Nein, in Killock gibt es ein Pfandleihhaus. Allerdings werden die Leute versuchen, Sie übers Ohr zu hauen. Sie sehen so unschuldig und nett aus.«

»Sie meinen, ich sehe naiv aus.«

Er schien sich ein Lächeln zu verkneifen. Dann sagte er: »Ich werde mitkommen, denn wenn ein finster dreinblickender Ire neben Ihnen steht, wagen die Leute es nicht, Sie zu übervorteilen.«

Deirdre hatte mittlerweile aufgegessen und hörte aufmerksam zu. Brendan erhob sich und stellte schweigend die Schmuckschatulle auf den Tisch.

»Wie viel Geld benötigen wir wohl fürs Erste?«, fragte sie. Warum hatte sie *wir* gesagt?

»Das hängt unter anderem davon ab, ob Sie oder Ihr Verlobter« – er sprach das Wort sarkastisch betont aus – »schnell an anderes Geld kommen können. Ich schätze, Sie möchten sich auch neue Kleider und andere Utensilien kaufen.«

»Am wichtigsten sind zunächst Nahrungsmittel und Futter für die Pferde. Ich brauche auch Geld für Hogan, David und die anderen Bediensteten. Außerdem werde ich der Bank einen Besuch abstatten und nach dem Kontostand fragen.«

»Sie wissen nicht, wie viel Geld Sie besitzen?«

Sie sah ihn angriffslustig an. »Woher soll ich so etwas wissen?« Als Frau wurde man nun mal nicht in Finanzangelegenheiten eingeweiht. Das war ein unausgesprochenes Gesetz. Doch insgeheim ärgerte sie sich, dass sie nicht doch darauf bestanden hatte.

Sie öffnete das Kästchen. Gold und Silber blitzten ihr entgegen. Deirdre reckte ihren Kopf in ihre Richtung.

»Erbstücke?«, fragte er.

»Das meiste davon habe ich von meinem Vater geschenkt bekommen, außer zwei Ketten, die meinem Kindermädchen gehört haben.« Sie räusperte sich. »Nun denn, sie erfüllen ihren Zweck, indem ich sie in Zeiten der Not verkaufe«, sagte sie mit fester Stimme.

Deirdre war zu ihnen an den Tisch gekommen und stand am kurzen Ende, die Unterarme auf der Tischplatte verschränkt. Emily schob das Kästchen zu ihr. Schüchtern lugte Deirdre hinein, fasste jedoch nichts an. Emily griff in die Schatulle und zog eine kleine silberne Kette mit einem zierlichen Pferd als Anhänger hervor. »Hier«, sie legte sie vor Deirdre auf den Tisch. »Die ist für dich!« Deirdre schaute sie ungläubig an.

Brendan O'Neills Gesichtsausdruck wurde hart. Sie hatte nicht nachgedacht. Natürlich würde es ihm nicht gefallen, Almosen anzunehmen. Nichtsdestotrotz stand sie auf, trat hinter Deirdre und legte ihr die Kette um. »Sehr schön«, sagte sie, »sie steht dir!« Deirdre erwiderte nichts. In ihrem Gesicht konkurrierten Ungläubigkeit und Stolz. Emily beobachtete Brendan O'Neill aus den Augenwinkeln. Er blickte starr vor sich auf den Tisch. Plötzlich erhob er sich. »Donovan braucht heute meine Hilfe.« Er verließ das Haus, ohne sie noch einmal anzusehen.

Benommen blickte sie auf die zugefallene Tür. Sie hatte keine Vorstellung, was sie nun tun sollte. Nicht nachdenken. Sie trank einen Schluck Wasser, dann sah sie sich nach einer Feder und Papier um. »Habt ihr Schreibzeug?«

Deirdre überlegte kurz, dann schien ihr etwas einzufallen. »Meine Freundin hat so etwas. Ich werde sie fragen. Ihr Name ist Molly Purcell. Sie ist schon vierzehn!«

Diese Information sollte offensichtlich Bewunderung hervorrufen. Emily nickte. Deirdre verschwand. Emily stand verloren im Raum. Ihre Augen wanderten über die Möbelstücke. Auf der Truhe lag ein dickes Buch. Sie trat heran und nahm es in Augenschein. *Erkenntnisse der Medizin* stand auf dem Ledereinband. Sie öffnete es vorsichtig und blätterte ein paar Seiten um. Es war in engen Abschnitten bedruckt, denen Zeichnungen folgten. Sie schloss es vorsichtig und legte es zurück in die Position, in der sie es an sich genommen hatte. Sie setzte sich aufs Bett. Bilder zogen vor ihrem inneren Auge vorbei: Das Feuer, das in die Nacht strahlte, Ronald, der seine Zigarre auf dem Vorplatz rauchte, Brendan O'Neill, sein Gesicht angestrahlt von den Flammen. Wie lange würde es dauern, das Haus wiederaufzubauen? Konnte man es überhaupt noch restaurieren? Sie legte sich auf die raue Decke und schloss die Augen.

Eine Hand legte sich sanft auf ihre Schulter. Sie schlug die Augen auf. Als sie sich umdrehte, blickte sie in gütige, grüne Augen. Die Augen gehörten zu einem faltigen Gesicht, das von ein paar grauen, welligen Strähnen umspielt wurde, die sich aus dem Knoten am Hinterkopf gelöst hatten. Emily versuchte etwas zu sagen, doch ihre Stimme versagte.

»Es tut weh, alles zu verlieren, nicht wahr?«, sagte die Frau. Ihre Stimme klang zwar im Moment sanft, ließ jedoch erahnen, dass sie normalerweise etwas energischer war. Emily richtete sich auf. Es war ihr unangenehm, dass sie sie so sah. »Sie sind Mrs O'Neill?«

Die Frau nickte.

»Es tut mir leid, dass ich Ihnen Unannehmlichkeiten beschere.«

Die Frau winkte ab. »Machen Sie sich darüber keine Gedanken! Sie haben im Moment wahrlich andere Sorgen. Möchten Sie einen Tee?«

Sie zögerte kurz, sagte dann aber: »Das wäre wunderbar.«

Mrs O'Neill ging zur Kochstelle und blies in den glimmenden Torf. Sie war klein und trug ein blaues, an mehreren Stellen geflicktes Kleid. Wie alle Iren war sie dünn. Wahrscheinlich sah sie älter aus, als sie in Wirklichkeit war. Nachdem sie eine Weile mit einem Haken herumgestochert hatte, fing der Torf an zu brennen. Sie schüttete Wasser in den Topf. Ihre Hände waren verhärmt.

»Kann ich Ihnen irgendwie behilflich sein?«, fragte Emily vorsichtig.

»Nein, im Moment nicht, vielen Dank. Vielleicht später.« Ihr Englisch klang seltsam. Wahrscheinlich war es eine Fremdsprache für sie.

»Aber wenn ich irgendetwas für Ihre Tochter oder Ihren Sohn tun kann, lassen Sie es mich wissen?« Leiser fügte sie hinzu: »Ich wäre dankbar für eine Aufgabe.«

»Das weiß ich«, antwortete sie. »Wir werden Arbeit für Sie finden. Aber jetzt ruhen Sie sich noch etwas aus. Sie haben eine harte Nacht hinter sich.«

»Ich werde mich so schnell wie möglich in einem Gasthaus in Killock einquartieren.«

Sie drehte sich zu ihr um. »Wir sind ein gastfreundliches Volk, Miss Winslow.«

»Das habe ich erfahren.«

Sie schwiegen eine Weile. Die ältere Frau stocherte im Feuer herum. »Sie haben sehr viel verloren«, sagte sie, ohne Emily anzusehen. »Die meisten Leute hier hatten nie etwas. Wenn man nichts hat, kann man auch nichts verlieren. Es hat also alles auch irgendwie seine Vorteile.«

Jemand machte sich an der Tür zu schaffen. Deirdre betrat den Raum. Ihre Mission war offensichtlich erfolglos verlaufen. »Sie war nicht da«, verkündete sie.

»Wer war nicht da?«, wollte ihre Großmutter wissen.

»Molly. Ich wollte für Miss Winslow Papier besorgen.«

»Wir haben irgendwo in der Truhe Papier und Tinte. Ich suche es gleich für Sie heraus.«

Deirdres Blick blieb überrascht an der Feuerstelle hängen. Wahrscheinlich wurde wohl um diese Zeit gewöhnlich noch kein Tee gekocht und Mrs O'Neill hatte extra für sie Wasser aufgesetzt. Nach ein paar Minuten legte Mrs O'Neill eine Feder, deren Spitze abgebrochen war, ein halb vertrocknetes Tintenfässchen und braunes, billiges Papier, das schon etwas vergilbt war, auf den Tisch. Emily bedankte sich überschwänglich und nahm die Schreibutensilien zur Hand. Es bereitete ihr einige Mühe, mit der dicken, kratzenden Feder leserlich zu schreiben. Nach einer Weile hatte sie einen unstrukturierten Brief an Edmond Tuppence verfasst, in dem sie sich kurz vorstellte, auch ihren Vater erwähnte und ihn bat, seinem Bruder Ronald auszurichten, dass das Manor niedergebrannt sei und sie dringend seine Hilfe benötigte. Als Kontaktadresse gab sie das Haus der O'Neills an. Sie hoffte, dass Brendan O'Neill nichts dagegen hatte. Nachdem sie den Brief zusammengefaltet hatte, stand sie auf und sagte: »Ich werde den Brief jetzt aufgeben.«

Mrs O'Neill nickte nur.

Emily nahm ein paar Ketten und Ringe aus dem Schmuckkästchen, stopfte sie in ihre Manteltasche, verstaute den Brief in der anderen Tasche und verließ das Haus in Richtung Manor, denn sie brauchte ein Pferd. Ihre Kapuze zog sie tief ins Gesicht. Nervös ging sie den Weg entlang. Sie betete, dass sie niemandem begegnen würde.

Auf halbem Wege zum Manor, in der Nähe der Kreuzung beim Schlehdorn, kam ihr jemand entgegen. Sofort senkte sie den Kopf und zog die Kapuze noch tiefer ins Gesicht. Hoffentlich würde der Mann abbiegen. Wenn nicht, würde sie nicht aufblicken, bis er an ihr vorbeigegangen war. Er bog nicht ab. Als er sich näherte, wandte sie den Kopf zur Seite. Ihr Puls ging schnell.

»Sie glauben also, so erkennt man Sie nicht, ja?«, fragte die vertraute Stimme.

Gott sei Dank, es war O'Neill. Sie schob die Kapuze zurück und sah ihn an. »Ich kann nicht länger warten. Ich muss dringend nach Killock!«

»In Ihrer vornehmen Kleidung würde man Sie zehn Kilometer gegen den Wind erkennen!«

»Ja, ja. Das weiß ich. Ich habe nun mal keine anderen Kleider. Aber wo waren Sie denn die ganze Zeit? Sie haben mir doch versprochen, mit mir zusammen nach Killock zu reiten und den Schmuck einzutauschen.«

»Ich habe nicht gesagt, dass wir das heute tun würden.«

»Ich muss aber dringend den Brief losschicken.«

»Ach ja, den Brief. Natürlich.«

»Es ist wichtig für mich.«

Brendan O'Neill stieß einen langen Atemzug aus. Wahrscheinlich ärgerte er sich über sie, jedenfalls funkelte etwas in seinen Augen auf, das sie nicht zu deuten vermochte.

Aus der Ferne drang ein leises, regelmäßiges Quietschen zu ihnen. Beide drehten sich in die Richtung, aus der das Geräusch kam, doch sie konnten nicht über die Kuppe des kleinen Hügels sehen. »Klingt wie ein ungeschmierter Eselskarren«, sagte Brendan O'Neill, »verstecken wir uns, falls er hier abbiegt. Man sollte Sie erst einmal nicht zu sehen bekommen.« Er verschwand zwischen dichtem Geäst in dem Graben, der parallel zum Weg verlief. Sie folgte ihm und zwängte sich ebenfalls durch die Büsche. Dabei riss sie sich eine Schramme von gestern blutig.

Zum Glück hatte es eine Zeit lang nicht mehr geregnet, sodass der Boden trocken war. Brendan O'Neill lehnte sich an den Rand des Grabens, mit dem Rücken zum Weg. Er versank so tief darin, dass man ihn durchs Geäst vom Weg aus nur dann erkennen konnte, wenn man genau hinsah. In seinem Gesicht stand ein Ausdruck der Belustigung. Sie warf ihm einen verärgerten Blick zu und ließ sich neben ihm nieder. Schweigend warteten sie, während das Klappern und Quietschen lauter wurde und tatsächlich in ihre Richtung kam. Sie betete, dass die Person nicht in den Graben blickte. Der Wagen ratterte vorbei und das Quietschen verklang wieder. Schweigend warteten sie. Vor ihr lagen gelbgrüne Fetzen von Land, die zusammen eine grenzenlose Weite ergaben.

Der Himmel war in verschieden dunkle Töne getaucht. Wo die dunstigen Wolken aufrissen, leuchteten die Ränder wie Diamanten am Himmel auf. Eigentlich war dieses Land wunderschön. Doch sie konnte sich nicht darüber freuen. Als kein Laut mehr zu hören war, blickte sie in sein grinsendes Gesicht und platzte heraus: »Was genau amüsiert Sie so sehr? Dass ich mein Heim und meinen Besitz verloren habe, dass ich meinem Verlobten schreiben möchte oder dass ich mich furchtbar fühle?«

»Wer hätte gedacht, dass wir beide uns einmal in die Büsche schlagen würden?«

»Ja, wer hätte gedacht, dass mein Vater erschossen wird, Bailey stirbt und mein Haus der Brandstiftung zum Opfer fällt?«

Er blickte sie an. »Sie sind am Leben, Sie sind gesund, Sie haben selbst jetzt immer noch mehr, als sich unsereiner jemals erträumen könnte. Hören Sie auf, sich selbst leidzutun.«

Ihr stockte der Atem. »Auf Ihre Weisheiten kann ich verzichten!«, sagte sie. Sie wischte sich mit dem Handballen über die Wange.

Er sah plötzlich wieder amüsiert aus. »Was sind denn das für Umgangsformen, Mylady!«

Wollte er sie absichtlich provozieren? Um sie abzulenken und ihre Trauer zu mindern? Sie atmete aus. »Lassen Sie mich einfach in Ruhe.«

»Willkommen im richtigen Leben, Emily Winslow. Ihr Elfenbeinturm ist abgebrannt. Das tut mir leid für Sie. Ich sehe, Sie sind zart besaitet, und ich wünschte, Ihre Landung in der Wirklichkeit wäre sanfter ausgefallen.«

Sie stützte den Kopf auf die Arme und schwieg.

Er sprach weiter: »Sie haben nicht alles verloren. Fragen Sie nicht, warum dies alles geschehen ist, fragen Sie lieber, wozu es dient.«

Sie sah wieder auf. »Wozu, wozu! Das sind doch die üblichen, dämlichen Floskeln, oder? Als ob es mir helfen würde, den tieferen Sinn hinter Tragödien zu verstehen.«

»Ob sich wohl ein tieferer Sinn hinter der Tatsache verbirgt, dass die Menschen hier verhungern, was meinen Sie?«

Zu perplex, irgendetwas zu erwidern, blickte sie ihn schweigend an. Bei diesem Mann wusste man nie, woran man war.

Er sagte: »Hier ist es nicht besonders gemütlich. Gehen wir nach Hause.«

Nach Hause. Sie hatte kein Zuhause mehr. »Ich möchte zum Manor gehen.«

»Ich kann verstehen, dass es Sie dorthin zieht, aber Sie sollten sich lieber versteckt halten. Sie können das Haus besichtigen, wenn es dunkel ist. Im Moment sind dort zu viele Leute. Heute Abend werde ich zu einer Versammlung gehen und herausfinden, ob der Anschlag nur Ihrem Besitz oder auch Ihrem Leben galt. Danach sehen wir weiter.«

Am Abend klopften David und Hogan, traten unsicher ein und nahmen ihre Hüte ab. Emily war überrascht, dass sie bei der Flucht an so etwas Lapidares wie Hüte gedacht hatten. Aber vielleicht hatten sie auch mehr Zeit als sie gehabt. Erin stellte Hocker für sie um die Feuerstelle. Zu siebt saßen sie im Halblicht. Mrs O'Neill bestand darauf, dass Emily auf dem Lehnstuhl saß, dem Ehrenstuhl, der speziell für Gäste reserviert war. Erin nahm Deirdre auf den Schoß. Die Frauen und David hielten Tonbecher mit starkem Tee in den Händen. Da die Familie nur vier Becher besaß, mussten sie sich die Gefäße teilen. Emily hatte am Mittag nur eine kleine Schale Haferbrei gegessen. Ihr Magen knurrte und ihr war schwindlig. Sie hoffte, dass niemand das Knurren hörte, denn auch die Familie O'Neill hatte nicht mehr zu sich genommen als sie. Wahrscheinlich hatten sie sich schon daran gewöhnt und ignorierten das Gefühl einfach.

Hier saßen sie beieinander und teilten sich das Geschirr wie Abenteurer, die im selben Boot saßen. Doch in Wirklichkeit trieb sie ganz alleine in einem separaten Boot. Es war *ihr* Haus, das abgebrannt war, es waren *ihre* Probleme, die gelöst werden mussten.

Hogan und David hatten heute das Manor begutachtet. »Es ist alles dahin«, sagte David betreten. »Das Haus ist innen völlig ausgebrannt. An manchen Stellen kokelt es sogar noch.« Sie starrte in ihren Tee. Wenn sie sich nur fest genug auf die kleinen Wellen in der heißen Flüssigkeit konzentrierte, würde sie nicht die Steinruine des Manors vor sich sehen. Sie spürte den Blick von Brendan O'Neill auf sich ruhen, der ihr halb zugewandt am Ende des Halbkreises saß. David sagte befangen: »Das Feuer hat auch auf das Kutschhaus übergegriffen. Es ist alles verbrannt. Aber eine gute Nachricht habe ich. Die Ställe sind unversehrt. Die Pferde sind allerdings verwirrt und unruhig.«

»Gibt es noch Futter für sie?«, fragte sie, ohne von ihrem Tee aufzusehen.

»Ja, für ein paar Tage noch. Hogan hat sie heute Mittag versorgt.«

Sie sah auf. »David, ich weiß nicht, wie es jetzt weitergehen soll. Aber ich kann nicht von Ihnen verlangen hierzubleiben. Da ich Sie momentan nicht bezahlen kann, möchte ich Sie bitten, Olymp als Geschenk anzunehmen. Versuchen Sie, ihn in Cork zu Geld zu machen, und gehen Sie zurück nach England.«

»Das kann ich nicht annehmen, Miss.«

»Doch. Sie müssen es annehmen. Ich fürchte, ich kann Ihren Lohn nicht anders auszahlen.« Zu Hogan sagte sie: »Um Ihren Lohn kümmere ich mich noch.«

Der rothaarige Junge nickte verlegen.

Brendan O'Neill sagte: »Dann wäre da noch Baileys Beerdigung.«

»Ich würde gerne eine Totenwache abhalten. Wäre das möglich?«, fragte Emily.

»Die Leiche muss so schnell wie möglich begraben werden«, sagte Brendan. »Vor allem jetzt, wo die Leute hungern, ist die Seuchengefahr groß. Wir müssen ihn gleich morgen früh unter die Erde bringen.«

Hogan und David erklärten sich bereit, sich darum zu kümmern.

Es folgte eine betretene Pause. »Wann kommt Mr Tuppence zurück?«, fragte David.

»Er wollte ungefähr vierzehn Tage in England bleiben. Hinzu kommt noch die Reise. Ich versuche aber, ihn eher zu erreichen.«

Sie trank einen Schluck Tee. Wenn sie ihren Magen mit Flüssigkeit füllte, hörte er hoffentlich auf zu knurren.

Nach einer Weile verabschiedeten sich Hogan und David. Brendan verließ mit ihnen das Haus. Mrs O'Neill begann, mit einem Gänseflügel über die Steine ums Feuer herum zu fegen, Erin setzte sich an das Spinnrad und platzierte eine Kerze neben sich. Deirdre trat mit einer leeren Flasche heran und stellte sie neben die Kerze. Das Kerzenlicht brach sich im Glas und tauchte das Spinnrad in helles Licht.

Das Spinnrad war alt und kratzte bei jeder Drehung. Deirdre kramte in der Holztruhe und kam zurück zur Feuerstelle. In ihrer kleinen Hand hielt sie ein rotes Stoffsäckchen. Sie blickte Emily verschwörerisch an, während sie sich ihr gegenüber auf den Hocker setzte. Vorsichtig steckte sie ihre kleine Hand in den Beutel, fingerte kurz herum und zauberte dann ein paar bunte Murmeln hervor, die sie sorgfältig auf dem irdenen Boden aneinanderreihte. Erwartungsvoll sah sie auf. »Welche finden Sie am schönsten?«

Emily deutete auf eine rosafarbene Kugel.

»Die finde ich auch am schönsten!«, erwiderte sie, »wollen wir spielen?«

Sie gingen zu Bett, bevor Brendan zurückkehrte. Da Deirdre ihre Mutter angebettelt hatte, dass Emily und sie sich eine Matratze teilen dürften, lag das Mädchen nun neben ihr, gleichmäßig atmend. Die Frauen, sie sich die andere Matratze teilten, schienen zu schlafen. Mit offenen Augen starrte Emily in die Dunkelheit. In ihrem Magen rumorte es wieder.

Die Tür ging auf und sie vernahm Brendans Schritte. Leise ging er in der Dunkelheit durch den Raum. Sie konnte nicht länger hier liegen und grübeln, sie musste mit ihm sprechen. Sie drehte sich langsam um. Das kleine Mädchen schlief weiter. Vorsichtig schlug sie die Decke zurück und erhob sich. Sie deckte Deirdre wieder zu und schlüpfte in ihre Stiefel. Ihren Mantel trug sie bereits. Brendan hatte bemerkt, dass jemand wach war, und sich in ihre Richtung gewandt. Sie berührte ihn sanft am Arm.

»Kommen Sie mit«, flüsterte er.

Sie folgte ihm durch die Dunkelheit nach draußen.

»Gehen wir ein Stück vom Haus weg, damit wir niemanden wecken«, sagte er.

Sie gingen schweigend ein Stück den steinigen Weg entlang. »Und? Haben Sie etwas herausgefunden?«, fragte sie.

Er blieb stehen. »Es sieht so aus, als wussten die Männer tatsächlich nicht, dass Sie sich im Haus befanden. Ich denke, sie wollten Sie nicht töten.«

Sie nickte und schwieg. Dann sagte sie leise: »Danke.«

»Wofür?«

»Für alles.«

Sie sah im Mondschein, dass ein Lächeln seine Lippen umspielte.

»Dafür, dass Sie mich nicht bei den Pferden schlafen lassen«, flüsterte sie.

»Sie meinen, die Tannennadeln in unseren Matratzen sind bequemer als Stroh? Fühlen Sie sich wie zu Hause, Frühstück aufs Zimmer ist allerdings im Moment nicht inbegriffen.«

Sie lächelte.

»Ab morgen können Sie sich wieder draußen blicken lassen.«

»Ja, das ist eine Erleichterung.« Sie fröstelte.

Er sah freundschaftlich auf sie herab. »Sie frieren. Gehen Sie wieder ins Bett!«

Sie kehrten schweigend zur Hütte zurück und sie tastete sich im Dunkeln zu ihrem Schlaflager.

Sie horchte, wie er sich ins Bett legte und zudeckte. Lange lag sie mit offenen Augen neben Deirdre und lauschte seinen Atemzügen. Sie wusste, dass er nicht schlief. Ein regelmäßiger Windhauch wehte von der kleinen Fensteröffnung her, strich über sie hinweg und beruhigte sie.

Den ganzen Morgen wurde es nicht richtig hell. Obwohl die Sonne schon hätte aufgehen müssen, schien es noch dämmrig, als Emily sich vor der Hütte in der feuchten Kälte gemeinsam mit Erin, Deirdre und Mrs O'Neill die Zähne putzte.

Sie wagte nicht zu fragen, woher die borstige Zahnbürste stammte, die Mrs O'Neill ihr schweigend in die Hand gedrückt hatte. Das Pulver zum Putzen war dunkelgrau, grobkörnig und schmeckte nach Asche.

Auf dem Friedhof standen sie wortlos im Regen um den Sarg. Pfarrer Ormond hatte keinen katholischen Priester zugelassen und er selbst hatte sich nicht zu dieser katholischen Beerdigung bequemen können. Unsicher sah Emily von einem zum anderen, tauschte einen fragenden Blick mit David, dann mit Brendan. Schließlich sagte Brendan: »Thomas Jacob Bailey, mögest du in Frieden ruhen.«

Er nickte den beiden Totengräbern zu. Moya O'Neill und Erin holten jeweils einen Rosenkranz hervor und begannen, das Ave-Maria zu beten. Brendan, David und Hogan schwiegen. Während die Frauen weiterbeteten, begannen Brendan und David, Erde auf den hinabgelassenen Sarg zu schaufeln.

Als das Grab zugeschüttet war, sah Brendan fragend zu Emily. Sie setzte sich still in Bewegung und sie verließen den Friedhof in einem kleinen Trauerzug.

Das Pferd, das Emily David überlassen hatte, stand schon gesattelt vor der Friedhofsmauer. David verabschiedete sich betreten von Emily. Sie wünschte ihm alles Gute und wischte sich eine Träne ab. Er saß auf, tippte sich an seinen Hut, lächelte sie traurig an und ritt davon.

Schweigend machten sich Emily und Brendan auf den Weg zum Manor. Als die Bäume der Allee den Blick aufs Haus freigaben, hätte Emily fast geweint. Das Haus lauerte im Park wie ein totes Gesicht mit ausgestochenen Augen. Das Dach fehlte, ein paar Reste gemauerter Schornsteine ragten aus dem Nichts in den trüben Himmel. Rußflecken zogen sich wie Schatten über die grauen Mauern. Ihre Schritte verlangsamten sich, als sie durchs Tor den Park betraten. Herabgefallene Mauersteine lagen auf dem Kies versprengt. Brendan schlug den Weg zu den Ställen ein. Als sie geradeaus aufs Haus zuschritt, fragte er: »Wollen Sie etwa hineingehen?«

Sie blieb zögernd stehen, dann wandte sie sich ihm zu und nickte.

Er kam zu ihr. Als er sie erreichte, sagte er: »Die Decken können jederzeit einstürzen.«

»Aber vielleicht kann ich noch etwas retten?«

Er lächelte traurig. »Das bezweifle ich.«

Sie ging weiter, er folgte ihr. Wo früher die Tür gewesen war, klaffte ein Loch. Aus dem Bogen im Mauerwerk über dem Eingang waren Mauersteine herausgebrochen. Emily machte einen großen Schritt vom Kies ins Haus hinein und blieb stehen. Brendan verharrte direkt hinter ihr. Der Boden der Eingangshalle sah aus, als hätte ein Köhler seine Kohlestückchen ausgebreitet, sie dann wütend umhergekickt und anschließend verkohlte Bretter darübergeworfen. Schwarze Hölzer ragten in spitzen Winkeln aus dem Unrat heraus. Emily hob den Blick und konnte durch ein riesiges offenes Quadrat durch die Decke in den zweiten Stock hinaufsehen. Auch oben war der Putz von den Wänden geplatzt und das Mauerwerk lauerte schwarz verfärbt über ihr. Der Gestank nach verkohltem Holz war beißend. Im Gebälk über ihnen knackte es. Aus einem der oberen Stockwerke hörten sie ein Ächzen, dann sackte etwas polternd zu Boden. Schwarzer Staub rieselte durch das Loch ins Erdgeschoss.

»Das war wohl ein Balken, der eingestürzt ist«, sagte Brendan. »Kommen Sie, es ist zu gefährlich hier drinnen.«

Sie nickte und trat benommen aus dem Eingang. Langsam schritt sie ums Haus herum, blieb vor den klaffenden Löchern, die einmal Fenster gewesen waren, stehen und besah sich die Räume. Überall bot sich das gleiche Bild. Kohlestückchen und schwarze Bretter. Vor dem Musikzimmer blieb sie länger stehen. Aus dem verkohlten Schutt ragten die Reste eines roten Polsters. Es war das Sofa, auf dem sie mit Ronald gesessen hatte, nachdem er ihr einen Heiratsantrag gemacht hatte. Sie erschauerte. Mit den Augen suchte sie den Rest des Raumes ab. Der Überrest des Flügels lag wie ein ausgeweidetes Tier auf einem Haufen Kohle, der geschwungene Holzrahmen war noch erkennbar. Ein Fetzen des Einbandes des Liederbuches, das sie auf dem Flügel zurückgelassen hatte, lag daneben. Sie starrte eine Weile mit tränenverschleiertem Blick auf das verkohlte Leder des Einbandes, der einzigen Verbindung zu ihrer Kindheit. Dann wischte sie sich die Tränen weg und ging langsam zurück zum Vorplatz. Sie wollte nichts mehr sehen. Es tat zu sehr weh.

Als sie zu Pferd nach Killock aufbrachen, trieb ihnen der Wind die Regentropfen ins Gesicht. Ihr Mantel war schwer vor Nässe, und die schäbige Jacke, die ihren Begleiter schützen sollte, hing nass an ihm. Schweigend ritten sie nebeneinanderher.

Sie erreichten Killock. Wie bei ihrem letzten Ausflug trat Brendan zögernd zu ihrem Pferd. Sein Haar glänzte vor Nässe. Einen Moment lang betrachtete sie die Regentropfen in seinem Gesicht, dann wandte sie den Blick ab und ließ sich in seine Hände herabgleiten. Er hielt sie einen Moment und setzte sie sanft auf dem Boden ab. Sie strich sich das Wasser aus ihrer Frisur und versuchte, die Tropfen von ihrem Mantel abzuschütteln. Als sie das Büro betraten, wurden sie von wohliger Wärme begrüßt, und sie beschloss, diesen Besuch bei der Bank so lange wie möglich in die Länge zu ziehen. Ein kleiner Mann mit geölten Haaren und gewaltigen Koteletten hatte sich hinter seinem Schreibtisch verschanzt. Über seine Papierstapel hinweg musterte er sie aufmerksam. Offensichtlich gaben sie beide in ihrer Unterschiedlichkeit einen seltsamen Anblick ab. Emily stellte sich vor. »Ich möchte mich nach dem Kontostand erkundigen«, sagte sie freundlich.

»Ich habe von Ihrem Verlust gehört. Es tut mir sehr leid für Sie«, sagte der Mann beklommen. Dann runzelte er die Stirn. »Miss Winslow, ich dachte, Sie wüssten Bescheid. Vor vier Tagen hat Mr Tuppence den gesamten Betrag, der auf Ihrem Konto verbucht war, abgehoben.«

Sie blickte ihn eine Sekunde lang an. »Und wie viel war das genau?«

»Etwas über zweitausend Pfund. Das war auch ein großer Schlag für uns. Wir sind eine kleine Bank, müssen Sie wissen.«

Ihr blieb die Luft weg. Sie besaßen zweitausend Pfund! Das war ein Vermögen, wenn man bedachte, dass sie angeblich keinen finanziellen Spielraum hatten und ihr Vater zuvor das Konto leer geräumt hatte. Dass Ronald für seine Reise Geld benötigte und sich die Freiheit genommen hatte, Geld abzuheben, konnte sie nachvollziehen. Aber man brauchte dafür doch nicht zweitausend Pfund! Sie hörte Brendan, der hinter ihr stand, sagen: »Dürften wir die Belege zu diesem Vorgang sehen, Sir?«

»Ja, natürlich.« Der kleine Mann stand auf, öffnete einen Karteikasten und reichte ihnen zwei Papiere mit Zahlen und Unterschriften. Brendan las sie durch und gab sie Emily.

Sie starrte auf die Zahlen. »Im Moment befindet sich also kein Penny mehr auf unserem Konto?«

»Ich bedauere, Miss.«

Angestrengt versuchte sie, ihre Fassung wiederzugewinnen. Brendan fragte: »Durften Sie Mr Tuppence das Geld denn ausbezahlen? Hatte er eine Vollmacht über das Konto?«

»Natürlich, er legte mir ein Papier vor, aus dem hervorging, dass er als Ihr Vormund eingesetzt sei und somit in Ihrem Namen das Geld verwalten dürfe.« Dabei schaute er Emily an.

Sie atmete tief durch, bedankte sich und sie verließen das Gebäude. Draußen peitschte ihr der Regen ins Gesicht. Sie vermied es, Brendan anzuschauen.

Auf ihrem Weg zum Gemischtwarenladen wich sie schweigend den Pfützen aus. Weil sie nicht wollte, dass Brendan von ihrem Misstrauen gegenüber Ronald erfuhr, bat sie ihn, draußen unter dem Dachvorsprung zu warten, und betrat den Laden alleine. An der kurzen Wand war ein Tresen aufgebaut. Dahinter stapelten sich Stoffballen, Brot, getrockneter Fisch, Porzellankannen, Kerzen und Eier in einem wandhohen Regal. Emilys Magen schmerzte vor Hunger, doch sie musste sich jetzt auf die Frau konzentrieren, die hinter dem Tresen saß und mürrisch von ihrer Strickarbeit aufblickte. Sie ließ ihre Arbeit auf den Schoß sinken und beäugte Emily.

»Guten Tag«, sagte Emily. »Gibt es Post für Ronald Tuppence?« Sie bemühte sich, ihr einnehmendstes Lächeln aufzusetzen.

Wortlos erhob sich die Frau, legte das Strickzeug auf den Tresen, zog ein paar Schubladen auf und wühlte darin herum. Sie kam zurück. »Nein, nichts da.«

»Wie häufig erhält er denn Briefe?«

Die Frau warf ihr einen misstrauischen Blick zu. »Das unterliegt dem Postgeheimnis.«

»Es ist wirklich wichtig für mich, Madam.«

Sie setzte sich und nahm ihr Strickzeug zur Hand. Als Emily klar wurde, dass sie vergebens auf eine Antwort wartete, schürzte sie die Lippen, bedankte sich knapp und verließ den Laden.

Mit Brendan betrat sie das Pfandleihhaus. Die Tür quietschte in den Angeln. Die muffige Luft stand im Raum wie eine Wand. Emily blieb eine Sekunde lang stehen, dann zwang sie sich weiterzugehen. Sie würde das jetzt durchstehen. Sie hatte in letzter Zeit schon Schlimmeres bewältigt. Sie atmete flach und inspizierte im Vorbeigehen die verstaubte Vitrine neben dem Eingang. Im obersten Fach lag ein Hammer neben Nägeln, auf den Flächen darunter türmten sich Messer, Ketten, Bürsten und ganz unten Töpfe. In einer anderen Vitrine waren staubige Hüte mit bunten Bändern und zwei gestärkte Krägen ausgestellt. An jedem Stück befand sich ein Zettel mit einer Nummer. Neben den Vitrinen stapelten sich Truhen und Decken. Die armen Menschen, die Decken verpfänden mussten, dachte Emily. Sicherlich würde hier bald noch viel mehr herumliegen.

Ein buckliger Mann schlurfte aus einer Ecke langsam zum Tresen. Anzüglich musterte er Emily von oben bis unten. Emily trat näher an Brendan heran, der bereits am Tresen stand und auf den Buckligen wartete. Sie holte Deirdres Murmelsäckchen hervor, das sie sich ausgeliehen hatte, entnahm drei Ketten, einen Ring und eine Brosche und breitete sie auf der klebrigen Fläche aus. »Was bieten Sie für diesen Schmuck?«, fragte sie so selbstsicher wie möglich.

Er verzog das Gesicht. »Schmuck ist ganz schwierig! Wer kauft mir denn hier Schmuck ab?« Mit seinen kalten Augen musterte er sie. »Aber Bücher nehme ich gerne. Romane. Oder eine Bibel. Haben Sie eine Bibel zu verkaufen?«

Brendan sah sie von der Seite an. Sie zögerte, blickte auf den Schmuck, dann auf den Mann. »Nein«, sagte sie mit fester Stimme.

Der Bucklige seufzte. Dann holte er eine Lupe hervor und nahm den Schmuck in Augenschein. »Zwei Pfund.«

Sie hatte es geahnt. Und sie hatte noch nie im Leben gefeilscht. Als sie Luft holte, stützte sich Brendan mit den Händen auf die Theke. »Ja, ja, und sie ist meine Großmutter«, sagte er, während er eine Kopfbewegung in ihre Richtung machte.

Der Bucklige lächelte und versuchte sich aufzurichten. »Das hier ist nicht aus reinem Gold. Und das hier sind keine Edelsteine.«

»Kommen Sie! Soll ich rüber zum Schmied und es schätzen lassen?«, fragte Brendan.

»Nein, ich bin Experte. Wir brauchen doch keinen Schmied! Wollen Sie mich beleidigen?«

»Also gut, mein Freund und Experte. Dann bitte einen neuen Versuch.«

Der Bucklige seufzte und nahm seine Lupe erneut zur Hand. Er drehte den Schmuck mehrmals um, schob ihn vor und zurück, hielt die Lupe näher und entfernte sie wieder ein Stück. Brendan trommelte ungeduldig mit den Fingern auf die Theke. »Ein bisschen schneller bitte, wir sind auf dem Weg nach Cork und brauchen noch eine Übernachtungsmöglichkeit.«

Fast hätte Emily verwundert den Kopf zu ihm gedreht.

»Oh, Sie reisen nach Cork!«, sagte der Bucklige nervöser als vorher. »Wirklich? Hm. Vier Pfund!«

Brendan lächelte ihn spöttisch an und schwieg.

Der Bucklige schob den Schmuck auf der Fläche herum. Dann führte er die Brosche zum Mund und biss darauf herum. Am liebsten hätte Emily sie ihm aus dem ungepflegten Gebiss gerissen.

Plötzlich schlug Brendan mit der Handfläche auf den Tisch, sodass die Schmuckstücke hüpften. »Ich habe jetzt keine Zeit mehr für den Unfug. Wir wissen doch beide, dass diese Stücke das Zwanzigfache wert sind.«

Der Bucklige zeigte mit seinem eingerissenen Fingernagel auf eine Schramme in der Brosche. Brendan lachte: »Ja, natürlich.« Er griff nach den Schmuckstücken, legte sie in Emilys Hand und drehte sich um, um den Laden zu verlassen. »Wir versuchen es dann in Cork«, sagte er zu Emily, während sie auf die Tür zusteuerten. Plötzlich kam der Bucklige hinter der Theke hervor und eilte mit einer Leichtigkeit zu ihnen, die Emily ihm nicht zugetraut hätte. Vor der Tür stellte er sich ihnen in den Weg: »Abgemacht. Zehn Pfund.«

Brendan heftete seine Augen auf den Mann und schwieg.

»Na gut, fünfzehn«, sagte der Bucklige.

»Fünfzig«, erwiderte Brendan.

»Dreißig«, krächzte der Bucklige.

Brendan drehte sich um, ging zum Tresen, legte den Schmuck auf den Tisch und verlangte das Geld.

Mit dreißig Pfund in der Tasche verließen sie den Laden. Emily wusste nicht, ob sie lachen oder weinen sollte. Zu ihrer Überraschung steuerte Brendan nun die Schmiede an. Er ließ den restlichen Schmuck gegen zwei Penny Bezahlung wiegen und schätzen.

Emily betrat ein Bekleidungsgeschäft, während Brendan bei den Pferden blieb. Auf der linken Seite hingen gebrauchte Kleider, die nach Schweiß rochen, auf der anderen lagen vorgefertigte Kittel und Frauenkleider zusammengefaltet in einem Regal. »Die Gebrauchtwaren kommen direkt aus London«, sagte das junge Mädchen stolz, das neben den Regalen stand. Emily nickte. Sie hatte bisher nur maßgeschneiderte Kleidung besessen und stand ratlos vor den Kleiderstangen. Sie nahm ein einfaches, gebrauchtes Kleid von der Stange, roch daran, hielt es sich an den Körper und suchte vergeblich nach einem Spiegel. Sie griff nach einem Unterrock und sah ihn sich genauer an. Er war aus Baumwolle und einigermaßen sauber. Eigentlich trug jede Frau zwei Unterröcke, einen an der Haut und einen zweiten, in den

Pferdehaar gewoben war, damit er weit abstand, darüber. Doch hier würde sie sicherlich vergeblich nach Pferdehaarunterröcken suchen. Sie griff nach einem zweiten Baumwollunterrock und einem Korsett, das normalerweise ein Dienstmädchen tragen würde, und nachdem das Mädchen genickt hatte, entschloss sie sich, das Risiko einzugehen und die Kleidung zu kaufen. Anschließend wählte sie Unterwäsche und vorgefertigte Kleider für Mrs O'Neill, Erin und Deirdre aus. Die Kleider waren weit geschnitten, damit sie möglichst jedem passten. Wie überflüssig, dachte Emily, in diesem Land waren sowieso alle Menschen dünn.

Ein paar Minuten später stand sie wieder vor der unfreundlichen Frau in dem Gemischtwarenladen. Sie verlangte Fladen, Butter, Käse, Kohl und White Pudding, eine Art Wurst aus Fleisch, Brot und Hafer – und Ammoniak und Talkumpuder, das sie als Deodorant benutzen würde. Bevor sie bezahlte, versuchte sie es noch einmal: »Könnten Sie mir sagen, wer normalerweise die Post für Mr Tuppence abholt?« Dabei schob sie der Frau einen Penny zu, den diese sofort in ihrer Rocktasche verschwinden ließ. Ohne den Mund aufzumachen, nuschelte sie: »Er selbst.«

»Der Verwalter vom Großen Haus?«

Die Frau nickte.

»Wissen Sie, woher die Briefe kommen?«

»Nein.«

»Erhält er oft Post?«

»Weiß nicht, vielleicht zweimal im Monat.«

»Gibt es in der Zwischenzeit vielleicht doch Post für Mr Tuppence?« Emily schob einen weiteren Penny hinüber.

Die Augen der Frau verengten sich noch mehr. Sie steckte die Münze ein und brummte: »Immer noch nicht.«

Emily bezahlte die Lebensmittel und verließ das Geschäft. Brendan sah sie einen Moment lang fragend an. Wahrscheinlich hatte er gesehen, dass sie der Frau Geld zugeschoben hatte. Sie wich seinem Blick aus.

Sie betraten die Anwaltskanzlei von Mr Reddock. Er überschlug sich fast vor Beileidsbekundungen, als er sie sah. Sie lächelte tapfer und bat ihn, ihren Brief an Edmond Tuppence an einen Agenten in Surrey zu schicken. Sie bezahlte und verabschiedete sich.

Brendan weigerte sich, die Wache der *Irish Constabulary* zu betreten, und wartete mit den Pferden vor dem kleinen zweistöckigen Haus, während Emily sich dem Eingang näherte. Im Erdgeschoss befanden sich das Büro und eine Zelle, in den oberen Etagen wohnten die Polizisten. Das hatte Ronald ihr erzählt.

Sie betätigte den Türklopfer und ein breitschultriger blonder junger Mann in dunkelgrüner Uniform mit einem breiten schwarzen Gürtel öffnete die Tür. Er musterte sie neugierig, ein Ausdruck des Erkennens trat in sein Gesicht und er bat sie herein. Ihre Stiefel hinterließen matschige Spuren, als sie ihm durch den dunkeln Flur ins Büro folgte. Neben dem Schreibtisch brannte ein Feuer im Kamin. Ein anderer Polizist, ebenso muskulös, gut aussehend und jung, erhob sich und zog einen Stuhl für sie heran. Ronald hatte ihr erzählt, dass die Polizei nur die hübschesten und stärksten jungen Männer anstellte, damit es als Ehre galt, für die Polizei arbeiten zu dürfen. Die beiden setzten sich ihr gegenüber an den Tisch.

»Ich bin Deputy Chief Constable Duffy. Das hier ist mein Vorgesetzter, Chief Constable Kelly. – Gut, dass Sie hier sind, wir haben Sie schon gesucht«, sagte der Blonde.

War das sein Ernst? Wenn die Polizei nicht einmal sie hatte finden können, wie sollten sie da einen Mörder finden?, dachte sie.

»Ja, jetzt bin ich ja hier«, sagte sie lahm. Sie räusperte sich. »Ich möchte Anzeige erstatten und mich nach dem Stand der Ermittlungen bezüglich des Mordes an meinem Vater erkundigen.«

Er lehnte sich zurück und sah sie schweigend an. Wie alt war er?, fragte sie sich. Er musste jünger sein als sie. Vielleicht achtzehn? Der Dunkelhaarige, der ebenfalls nicht viel älter sein konnte, vielleicht 25, ergriff das Wort. »Wir haben leider keine neuen Erkenntnisse«, sagte er in einem Dialekt, der wahrscheinlich aus dem Norden stammte. Sie wusste, dass die irischen Polizisten stets weit entfernt von ihrer Heimat eingesetzt wurden, damit sie unbestechlich blieben. Wenn sie an ihrem Einsatzort eine Familie gründen wollten, mussten sie erst sieben Jahre warten, bis sie die Erlaubnis zur Heirat erhielten. Dann wurden sie mit ihren Ehefrauen erneut versetzt, damit auch ihre Frauen keinerlei familiäre Verbindungen zur lokalen Bevölkerung hatten.

»Haben Sie den Fall an höhere Stellen weitergeleitet?«, fragte Emily.

Der Blonde nickte. »Ja, der Friedensrichter des Bezirks kümmert sich darum. Gemeinsam mit Kollegen aus dem Nachbarbezirk haben wir schon eine Zeugenbefragung durchgeführt. Außerdem haben wir personelle Verstärkung angefordert sowie die Stationierung einer Einheit der Armee. Hier ist der Bericht.« Er stand auf und bewegte sich schwerfällig zu einem Schrank mit Aktenfächern, kam zurück und überreichte Emily den Bericht. Sie las ihn durch. Sie kannte die Fakten bereits aus Ronalds Erzählungen: Donovans Haus und Grundstück waren durchsucht worden. Man hatte keine Waffe gefunden. Er habe ein Alibi, bezeugt von Luke Rafferty, Sean Lawlor und Fred Keagan. Die drei Männer gaben an, zum Zeitpunkt des Mordes mit ihm in seinem Haus gewesen zu sein.

»Und haben Sie die Männer überprüft? Kann jemand anderes bestätigen, dass sie bei Donovan waren?«

»Ja, hier ist eine Liste von Leuten, die gesehen haben, wie sie Donovans Haus betraten und wieder verließen.«

Emily warf einen Blick darauf. »Das ist doch bestimmt eine Verschwörung.«

Der Dunkelhaarige sah sie an. »Wir können niemanden festnehmen, solange es diese Zeugenaussagen gibt.«

»Und hier ist die Aussage von Ronald Tuppence«, der Blonde reichte ihr ein weiteres Papier. Sie las den Wortlaut durch. Sie kannte den Inhalt schon.

»Und jetzt?«, fragte sie.

Der Blonde beugte sich vor. »Wir werden jetzt erst einmal Ihre

Anzeige aufnehmen. Brandstiftung nehme ich an. – Haben Sie irgendjemanden erkannt?«

Emily atmete tief durch. Dann schüttelte sie den Kopf. Der Dunkelhaarige schürzte die Lippen. Er griff nach einem Papier und schob ihr Tinte und Feder hinüber. »Schreiben Sie uns doch bitte mal alles, was Sie wissen, hier auf.«

Emily warf ihm einen missbilligenden Blick zu und griff nach der Feder. Während sie schrieb, erhoben sich die beiden und begannen, geschäftig Akten aus dem Schrank zu räumen und sie auf dem anderen Schreibtisch zu sortieren. Offenbar wollten sie demonstrieren, dass sie viel zu tun hatten. Aus den Augenwinkeln nahm sie wahr, dass die beiden Männer die Akten genau in derselben Reihenfolge wieder in den Schrank legten. Sie konzentrierte sich auf ihren Bericht und schob eine Viertelstunde später das voll beschriebene Blatt von sich. Der Blonde setzte sich und las es durch. Er brauchte dafür eine Ewigkeit.

»Und? Wollen Sie mir gar keine Fragen stellen?«, fragte Emily.

Er lächelte sie an. »Nein, es steht ja alles auf dem Blatt. Wir haben Ihre Anzeige hiermit aufgenommen.«

»Und das war's?«, fragte Emily.

»Das war's«, sagte der Blonde und erhob sich lächelnd. Für einen Achtzehnjährigen war er erstaunlich selbstbewusst, dachte Emily. Er fragte: »Wo können wir Sie finden?«

»Bei der Familie O'Neill.«

Er nickte.

»Haben Sie nicht noch mehr Kollegen?«, fragte Emily, als er sie zur Tür führte.

Er lächelte wieder. »Nein, Miss.«

»Können Sie Unterstützung aus England anfordern?«

Sein Lächeln erstarb. »Die englische Polizei soll hier anrücken? Und dann? Sie werden genau zu den gleichen Ergebnissen kommen wie wir.«

»England und Irland sind doch eine Union, da gibt es doch bestimmt eine Zusammenarbeit?«

»Hören Sie, die Iren reißen sich nicht gerade darum, in diesem Land Polizist zu werden. Und die Engländer noch weniger. Killock kann froh sein, dass es uns hier überhaupt gibt. Das ist nicht selbstverständlich. Noch vor ein paar Jahren gab es hier nichts anderes als eine freiwillige Bürgerwehr, deren Mitglieder meistens betrunken waren. Und die wahrscheinlich bei der Brandstiftung beteiligt waren.«

Emily presste die Lippen zusammen und nickte.

Zu Hause wartete bereits heißer Tee auf sie. Brendan und Emily zogen ihre triefenden Mäntel aus und hängten sie neben die violetten Mäntel der Frauen an die Wand. Brendan stellte zwei Hocker vor die wärmste Stelle des Feuers. Sie ließen sich nieder, beide einen heißen Becher in der Hand. Ihre Schultern berührten sich. Emily setzte sich aufrecht hin. Er rutschte ein Stück beiseite. Sie dachte an den Tanz auf O'Learys Totenwache, als er sie festgehalten hatte. Er starrte nachdenklich ins Feuer. Heute war er sehr schweigsam. Eigentlich war sie dankbar für seine Reserviertheit. Dass Ronald ohne ihr Wissen zweitausend Pfund an sich genommen hatte, war seltsam. Sie wusste das und Brendan wusste es.

Die Frauen strickten Strümpfe, während Deirdre mit Murmeln spielte. Die Selbstverständlichkeit, mit der die Familie Emilys Anwesenheit duldete, tat ihr gut. Sie schätzte auch ihre Schweigsamkeit. Vielleicht dachten sie an die verlorene Ernte, an das schlechte Wetter oder es war ihnen schwindlig vor Hunger. Vielleicht strahlten Brendan und Emily auch eine Erschöpfung aus, die sie ansteckte.

Nach ein paar Minuten, in denen sie die Wärme des Feuers in sich aufgesogen hatte, hörte sie Brendan sagen: »Sie zittern ja. Sie sollten sich besser umziehen, sonst erkälten Sie sich.«

Sie stand auf und hob das verschnürte Päckchen mit den neuen Kleidern vom Boden neben der Tür auf. Das Papier war fast aufgeweicht, sie würde die Kleider erst einmal trocknen müssen. Deirdre beobachtete sie aufmerksam. Als Emily sie aufforderte, ihr zu helfen, machte sie sich am Tisch neugierig an dem Päckchen zu schaffen.

Während Deirdre den Inhalt ausbreitete, musterte sie die neue Kleidung ehrfürchtig. Auch Erin und Moya O'Neill stellten sich zu ihr und nahmen den Stoff fasziniert in Augenschein. Emily hoffte, dass sie die richtigen Größen ausgesucht hatte. Sie legte die einzelnen Wäschestücke nebeneinander, dann verteilte sie die Unterröcke, Oberkleider und Schürzen, indem sie sie den Frauen und Deirdre in die Hand drückte. Bevor sie etwas erwidern konnten, sagte Emily schnell: »Mrs Rooney, ich würde mich gerne umziehen, könnten Sie mir dabei behilflich sein?«

Erin riss ihre Augen von ihren neuen Kleidungsstücken los. »Sicher. Kommen Sie.«

Sie führte Emily in eine Ecke, nahm die Decke von ihrem Bett und hielt sie vor sie, sodass Emily abgeschirmt in der Ecke stand. Brendan starrte immer noch grübelnd ins Feuer, er war es gewohnt, dass sich Leute in seiner Gegenwart umkleideten, dachte Emily. Schnell streifte sie ihre nassen Sachen ab und zog sich die neuen Kleider an. Zum Glück waren sie einigermaßen trocken. Das graue Kleid kratzte wie die Decke, die sie sich mit Deirdre zum Schlafen teilte. Doch nie im Leben hatte sie sich mehr über ein Kleid gefreut. Sie trat hinter der Abschirmung hervor. Die Frauen blickten sie erstaunt an. Die Prinzessin hatte sich in ein Dienstmädchen verwandelt. Mit einer beunruhigenden Mischung aus Belustigung und Glückseligkeit stand sie im Raum. Diese Verwirrung war ihr inzwischen seltsam vertraut. Seit dem Brand war nichts mehr, wie es gewesen war. Nie hatte sie sich verletzlicher gefühlt. Zweifel an Ronalds Integrität nagten an ihr. Und sie hatte Angst. Und doch fühlte sie sich von Zeit zu Zeit beflügelt.

Brendan drehte sich zu ihr um. Sein verwunderter Blick glitt an ihr herab und blieb dann in ihrem Gesicht hängen. Sie blickte ihm fest in die Augen. Eine Regung flackerte darin auf, eine ungläubige Hoffnung, die jedoch einen Moment später erstickt war. Er wandte seinen Blick wieder ab und starrte ins Feuer.

Vielleicht hatte sie sich das alles auch nur eingebildet. Brendan O'Neill stellte für sie immer noch ein Buch mit sieben Siegeln dar. Er stand auf, um sich umzuziehen. Sie trat zur Seite, um ihn vorbeizulassen.

Eine Stunde später aßen sie zu Abend. Es gab frisches Brot und White Pudding. Zwischendurch blickte Emily verstohlen auf. Alle aßen schweigend, konzentriert und ehrfürchtig, als gäbe es keine wichtigere Beschäftigung auf der Welt. Und es stimmte ja auch, dachte sie traurig. Sie wollte sich nicht vorstellen, wie es den anderen Familien um sie herum erging, die keinen Schmuck zu verkaufen hatten.

Als sie fertig waren, sah Brendan Emily an. »Danke«, sagte er langsam.

»Danke«, sagte Emily genauso bedeutsam.

Beide nickten. Ihr stummes Abkommen war besiegelt.

KAPITEL 17

Ihre Hände fühlten sich taub an. Sie waren so kalt, dass sie dachte, sie würden jeden Moment zerbersten. Schon seit ein paar Minuten spürte sie das beißende Wasser nicht mehr.

Sie kniete auf einem flachen Stein, der weit in den Bach hineinragte. Neben ihr türmte sich Wäsche. Ein Teil davon war triefend nass, der andere Teil wartete noch darauf, in den Bach getaucht zu werden. Mit der größten Selbstverständlichkeit hatte Moya O'Neill sie heute Nachmittag mit einem Stapel Strümpfe, Unterblusen, Kleider und einem zerschlissenen Hemd von Brendan zum Bach geschickt. Zu dem Zeitpunkt war sie froh um die Ablenkung gewesen und um die Selbstverständlichkeit, mit der von ihr erwartet wurde, im Haushalt mitzuhelfen. Sie rieb die Kleidung aneinander und versuchte, das Wasser an dem seltsamen Brett, das ihr mitgegeben worden war, aus dem Stoff zu peitschen.

Währenddessen hatte sie Zeit nachzudenken.

Den Brief hatte sie nun abgeschickt. Und irgendwann würde Ronald zurückkehren, es war nur eine Frage der Zeit. Sie klatschte den Stoff gegen das Brett. Würden sie die Hochzeit nun verschieben? Sie brauchten erst ein neues Zuhause.

Was wäre, wenn er zurückkehrte, bevor er den Brief erhielt und sie nicht im Haus vorfand? Er könnte denken, sie sei bei dem Brand ums Leben gekommen und wieder abreisen. Sie würden sich nie wiedersehen. *Und ich wäre frei.* Unsinn. Mit was für Gedanken spielte sie denn? Sie wollte sich doch nicht ernsthaft vor ihm verstecken, oder?

Sie rieb den Stoff an dem Brett entlang. Also gut, sie war nervös. Vielleicht hatte sie sogar Angst vor der Hochzeit. Na und? Das ging bestimmt jedem so.

Andererseits hatte sie wirklich Grund, nervös zu sein. Welcher Verlobte verschwieg seiner Braut, dass sie zweitausend Pfund besaß? Und welcher Verlobte nahm eine solche Summe mit auf Reisen?

Aber bestimmt gab es dafür eine plausible Erklärung. Vielleicht plante er eine Überraschung, ein Hochzeitsgeschenk, oder er bereitete sein Haus in England für sie vor.

Die innere Stimme wurde zum Schweigen gebracht, als die Äste neben ihr raschelten. Etwas knackte laut. Ein Zweig war abgebrochen, jemand kam die Böschung herab. Neben ihr baute sich ein hübsches Pärchen auf. Es war niemand anders als Brendan O'Neill und Ryanne Lawlor. Überrascht erhob sie sich und versuchte, ihre roten Hände an ihrem Kleid trocken zu reiben. Beide Gesichter verrieten, dass sie die Wandlung, die die Großgrundbesitzerin durchgemacht hatte, faszinierte.

Schnell maß sie Ryanne mit einem Blick. Sie war wunderschön – eine romantische Elfe mit saphirgrünen Augen. Kein Wunder, dass Brendan bei ihrem Besuch bei den Lawlors seine Augen nicht von ihr hatte abwenden können. In einem Märchen würde der Keltenprinz mit den blauen Augen und dem schwarzen Haar perfekt zur ihrer ätherischen Erscheinung passen.

»Wie schön, Sie beide zu sehen!«, sagte sie.

»Wir kamen zufällig hier vorbei und haben Sie durchs Gestrüpp hindurch erkannt«, sagte Brendan. »Wie ich sehe, waschen Sie gerade mein zweites Hemd.« Der freche Blick, den er ihr zuwarf, verriet, wie sehr es ihn amüsierte, dass Miss Emily Winslow so weit gesunken war, seine Hemden zu waschen.

Emily rieb sich mit dem kalten Handrücken eine Strähne von der Wange. »Wenn Sie zufällig auf dem Nachhauseweg sind, können Sie Ihrer Mutter ausrichten, dass ich fast fertig bin. Sie hat sich sicherlich schon gefragt, wo ich bleibe.«

»Sie werden wahrscheinlich vor mir dort sein.«

Sie fragte sich, was er vorhatte. Und warum er mit Ryanne unterwegs war.

»Sie haben sich die beste Stelle hier am Bach gesucht«, sagte Ryanne.

»Mrs O'Neill hat mir erklärt, wo ich hingehen soll.«

Ryanne erwiderte: »Es wäre vielleicht keine schlechte Idee gewesen, wenn sie Ihnen noch ein paar andere Dinge erklärt hätte.«

Emily sah sie fragend an.

Ryanne deutete auf den gewaschenen Stapel. »Sieht interessant aus. Bestimmt erfinden Sie gerade eine neue Technik.«

Emily lächelte entschuldigend. »Woher soll ich denn wissen, wie man das macht?«

»Ich habe mal gehört, dass es gut für den Charakter ist, wenn man mit einer neuen Aufgabe fertigwerden muss, die einen herausfordert. Es wird Ihnen bestimmt nicht schaden.«

Wollte sie sie beleidigen? Ryanne lächelte zwar, aber in ihren Augen stand Häme. Natürlich, es musste eine Befriedigung für sie sein, wenn die Privilegierte aus ihrem Turm stürzte. Was konnte Emily auch anderes erwarten?

Sie wusste, dass sie am besten gar nicht auf die Provokation einging. Trotzdem sagte sie: »Wie interessant, dass Sie so viel von Charakterformung verstehen.«

»Oh ja, ich verstehe so einiges«, erwiderte Ryanne. Dabei sah sie zu Brendan, dann warf sie Emily einen wissenden Blick zu.

Brendan sagte nichts. Amüsierte ihn dieser peinliche Machtkampf? Oder fand er Ryannes Verhalten genauso lächerlich wie sie? Wie lange wollten die beiden denn noch so vor ihr stehen bleiben? Sie würde sich bestimmt nicht direkt vor ihnen wieder auf den kalten Stein knien und unter ihrem Blick mit ihrer Arbeit fortfahren.

Brendan nickte ihr zu. »Miss Winslow.« Dann drehte er sich um und ging. Ryanne folgte ihm. Flink kletterten sie die Böschung hinauf, dann waren sie verschwunden.

Emily kniete sich wieder auf den Stein. Eine Weile starrte sie in das schnell dahinfließende Wasser, das sich an einigen Steinen brach und mit einer hellweißen Gischt emporbarst. Warum regte sie sich auf?

Ryanne würde sicherlich nicht die einzige Person bleiben, die ihre Notsituation auskostete.

Trotzdem kratzten die Worte an ihr. Sie fühlte sich ohnehin verletzlich wie nie.

Nach ein paar Augenblicken nahm sie ihre Arbeit wieder auf. Diesmal rubbelte und wrang sie noch heftiger als zuvor.

Als sie fast fertig war, näherte sich zu ihrem Unmut schon wieder jemand. Wie konnte es sein, dass an einer abgelegenen Stelle eines kleinen Flüsschens in der Nähe eines winzigen Dorfes in Südwestirland ein solcher Betrieb herrschte? Sie drehte kurz ihren Kopf zur Böschung.

Brendan war zurückgekommen.

Sie wollte ihn nicht sehen. Sie wollte niemanden sehen. Verbissen arbeitete sie weiter. Er hatte ihr doch gesagt, dass er noch eine Weile beschäftigt sei.

Selbstbewusst stellte er sich neben sie. Als er merkte, dass sie ihre Arbeit nicht zu unterbrechen gedachte, ließ er sich neben ihr auf dem Stein nieder. Keiner sagte etwas. Wenn sie weiterhin schwieg, würde er bestimmt nicht länger bleiben. Doch er schien mit aller Geduld der Welt gesegnet zu sein, denn er saß einfach nur da. Sie schäumte innerlich. Am meisten ärgerte sie die Tatsache, dass er so gelassen neben ihr saß, während sie darum rang, ihre Fassung zu bewahren. Nach einer Ewigkeit brach er das Schweigen. »So wird das nie sauber!« Belustigt hob er kurz die Hand, um auf die Kleider zu zeigen.

Sie atmete tief ein, konzentrierte sich, dann atmete sie langsam aus. »Dann waschen Sie es doch, wenn Sie es so gut können.«

Er deutete auf das Waschbrett. »Sie müssen jede Stelle eines Wäschestücks an dem Brett reiben, nicht nur ins Wasser tauchen und dann auswringen!«

Sie ergriff das Waschbrett und hielt es so verkrampft fest, dass ihre Fingerknöchel weiß aus der geröteten Haut hervortraten. Mit aller Wucht peitschte sie sein triefendes Hemd dagegen. Das Wasser spritzte in alle Richtungen. Eine Ladung Flusswasser ergoss sich auch auf ihn. Wieder verzog er den Mund leicht, als ob er ein Lächeln unterdrücken wollte. »Dürfte ich fragen, wie sich das nennt, was Sie da machen?«

Das war genug. Sie nahm das Hemd, das immer noch nass war, und schleuderte es mit aller Wucht neben ihn auf den Boden. Schnalzend peitschte der Stoff auf den Stein und bespritzte sein trockenes Hemd. Sofort raffte sie die restliche Kleidung zusammen, klemmte sie sich unter den Arm und eilte davon.

Es bereitete ihr einige Mühe, mit vollen Armen die steile Böschung zu erklimmen, doch sie schaffte es. Raschen Schrittes entfernte sie sich. Verkrampft starrte sie auf den Weg und konzentrierte sich darauf, den Löchern auszuweichen. Sie merkte, wie Brendan sie allmählich einholte. Unbeirrt schritt sie weiter, doch schon bald befand er sich neben ihr. Das nasse Hemd hielt er locker in seiner rechten Hand. Sie weigerte sich, ihn anzublicken. Alle Wut der Welt schien sie gepackt zu haben. Sie ärgerte sich über Ronald, die Aufständischen, den Verlust ihres Hauses, die Tatsache, dass sie zum Gespött der Pächter geworden war, und über Ryannes und Brendans herablassendes Verhalten.

»Was ist los?«, fragte er.

»Nichts, mir geht es bestens, ich will lediglich alleine gelassen werden!«

Wortlos nahm er ihr den nassen Stapel Wäsche aus den Armen. Sollte das vielleicht bei stolzen Iren eine Geste der Entschuldigung sein? War das alles? Schweigend gingen sie nebeneinanderher.

Aber was erwartete sie denn eigentlich von ihm?

Nichts. Alles. Was sie wollte, war ein Freund. Irgendjemanden. Doch leider schien es weit und breit niemanden zu geben.

»Ich gehe noch zum Grab«, sagte sie und bog auf einen Trampelpfad ab. Nach einer Weile begann sie, schneller zu laufen, und schließlich rannte sie. Es tat gut, alle Energie zu verschleudern. Aber sie wusste gleichzeitig, dass sie nicht ihr Leben lang vor ihren Problemen davonrennen konnte. Oder vor ihren Gefühlen.

Nach ein paar Minuten war sie außer Atem und lief etwas langsamer. Zu ihrer Erleichterung war sie nun wirklich ganz alleine. Niemand war ihr gefolgt. Obwohl ihr Herz wild pumpte, fühlten sich ihre Hände immer noch an, als sei das Blut darin gefroren. Von Zeit zu Zeit peitschten Windböen in ihr Gesicht. Der graue Himmel überspannte das Braun des Landes. In der Ferne erblickte sie das unruhige Meer und schmeckte die salzige Luft, die von der See die Hügel hinauf geblasen wurde.

Sie erreichte die Kirche mit dem Friedhof. Hinter den Hecken ragten die grauen Steinkreuze und die abgerundeten Grabsteine empor. Vor dem Grab ihres Vaters sank sie auf die Knie. *Oh Gott, bitte zeig mir, wie es weitergehen soll. Ich brauche dich. Jetzt.*

Der Säugling schrie. Die Mutter, die auf dem kleinen Marktplatz neben Moya stand, wiegte das Baby im Arm und stopfte ihm einen Stofffetzen in den Mund. Der Säugling spuckte den dreckigen Stoff wieder aus und schrie aus vollem Halse weiter. Emily stand benommen an Moyas Seite im Schatten eines Hauses und beobachtete die Menschen, die ihre Runden drehten. Moya und sie hatten sich beide einen Strick als Gürtel umgebunden, an den Moya selbst gestrickte Socken zum Verkauf gehängt hatte. Emily kam sich mit den Socken um die Taille albern vor, aber sie schätzte auch Moyas Pragmatismus. Wie sonst hätte Moya ihre Ware feilbieten können. Marktstände gab es nicht und auf dem Boden würden die Socken verdrecken. Oder ein Schaf würde darüberlaufen.

Eine junge Frau, die einen Holzbecher mit Münzen in der Hand hielt, blieb vor ihnen stehen. »Ich sammle für Catherine Haggerty. Die Hebamme sagte, dass das Kind falsch herum liegt. Sie wird einen Doktor für die Geburt brauchen. Wir legen alle zusammen.« Moya griff ohne ein Wort in ihre Schürzentasche, holte ein kleines Geldstück hervor und warf es in den Becher zu den anderen Münzen. Die Frau lächelte und ging weiter.

Ein junger Mann hatte sich vor dem Nebenhaus vor zwei flötenden Musikanten postiert und jonglierte mit Bällen. Sofort scharte sich eine Menge barfüßiger Kinder um ihn, die ihn anfeuerten. Neben ihm türmten sich Käfige mit Hühnern und Tauben. Ein kleines Mädchen, deren vordere Milchzähne fehlten, rannte aus der Menge zu Moya, erzählte ihr atemlos, dass sie auch schon mit zwei Bällen jonglieren könne, und lief wieder zu dem Jongleur.

Emily ließ ihren Blick über die Leute gleiten und stellte sich vor, Ronald würde sich einen Weg durch die Menge zu ihr bahnen.

Zwei alte Frauen standen Pfeife rauchend ein paar Meter entfernt und diskutierten. Sie wedelten wortreich mit den Händen, reckten sie zum Himmel und sahen hin und wieder zu Emily herüber. Drei jüngere Frauen standen hinter ihnen, weinende Kleinkinder auf den Hüften. Ihre anderen Kinder saßen still an der Häuserwand auf dem Boden. »Sie haben Hunger«, sagte Moya, während sie eine traurige Kopfbewegung in Richtung der Kinder machte. Emily wurde das Herz schwer.

Ein junger Mann trug einen flachen Korb mit geflochtenen Bridget-Kreuzen an ihnen vorbei, eine Frau blieb stehen und begutachtete sie.

»Geht das hier immer so zu?«, fragte Emily die ältere Frau leise.

»Ja, aber heute kauft keiner was. Alle sind nur der Geselligkeit wegen da. Zusammen lässt sich alles besser aushalten.« Sie strich die Socken an ihrem Gürtel glatt. »Heute ist auch der Priester im Dorf. Er kommt an Markttagen immer den ganzen Weg von Ballysheen und bleibt von sechs Uhr morgens bis sechs Uhr abends in dem Haus da vorne, vor dem die Leute warten. Dort nimmt er die Beichte ab.« Sie deutete auf ein Haus mit zwei unterschiedlich großen Fenstern.

Emilys Blick streifte ein paar halbwüchsige Mädchen, die vor dem Haus standen, in ihre Richtung blickten, die Köpfe zusammensteckten und lachten. Emily tat so, als hätte sie es nicht bemerkt. Sie sah wieder dem Jongleur zu. Er beendete sein Kunststück und schlenderte auf sie zu. Sein dickes Haar fiel ihm in die Augen. Eine Handvoll Kinder verfolgte ihn. Er blieb vor Emily stehen, schlug sich lächelnd beide Hände aufs Herz und verbeugte sich. Dann ging er grinsend weiter, wurde aber aufgehalten von einem Halbwüchsigen. »Komm, Dick, schnell, der Trampeltanz beginnt!«

»Oh nein«, murmelte Moya, »wie kann man nur so unvernünftig sein und in einer Zeit wie dieser alle zum Tanz einladen? Man sollte es ihnen verbieten.« Energisch rief sie den Namen des Jongleurs, woraufhin der junge Mann sich umdrehte und zurückkam. »Was ist?«, fragte er.

»Du wirst den Verrückten verbieten, zum Tanz zu gehen!«, sagte sie.

Der junge Mann lächelte sie verunsichert an. »Können Sie ihnen das nicht selbst sagen?« Er zuckte entschuldigend mit den Schultern und rannte durch die Menge davon.

Moya schimpfte vor sich hin: »Wie kann man nur so von Sinnen sein, sich während einer Hungerzeit durch Tanzen zu verausgaben. Die bringen sich noch um, diese Draufgänger.«

Deirdre stand auf einmal atemlos vor ihnen. Moya bedachte sie mit einem tadelnden Blick, den die Kleine geschickt ignorierte. Sie zog Emily weg. »Kommen Sie zum Tanz!«, sagte sie bettelnd.

»Na, geht schon«, murmelte Moya und machte eine wedelnde Handbewegung. Als Emily sich an einer Frau vorbeischob, die von fünf blassen Kindern umringt war, griff sie in ihre Rocktasche und holte zwei Münzen hervor. Im Vorbeigehen drückte sie sie der Frau in die Hand.

Deirdre führte sie über den engen Marktplatz zu einem Haus am Dorfrand, dessen Reet hell leuchtete und das von jungen Menschen umringt war. Ein paar von ihnen erkannten sie und begannen zu tuscheln. Emily sagte zu Deirdre: »Geh du schon mal vor, ich warte hier und schaue zu.«

Deirdre lief davon. Emily stellte sich etwas abseits in den Schatten einer Hauswand. Als der Wind den Gestank eines Misthaufens zu ihr wehte, überquerte sie die Straße. Plötzlich stand Moya neben ihr und streckte ihr erwartungsvoll die leeren Hände entgegen. »Sie können mir den Gürtel wieder geben. Es hat sowieso niemand Geld.« Als Emily den Knoten löste und den Gürtel mit den baumelnden Socken Moya überreichte, sagte die ältere Frau: »Gehen Sie schon, tanzen Sie.«

Emily schüttelte lächelnd den Kopf und blieb neben Moya stehen. Die beiden Flötenspieler vom Marktplatz zogen spielend an ihnen vorbei, im Schlepptau eine Schar junger Menschen. Ein Mann trat aus dem neuen Haus und klatschte. Er trug eine zerrissene blaue Jacke, enge Bundhosen, schwarze Wollstrümpfe und einen roten Wollschal. »Das ist der Tanzlehrer«, sagte Moya. Er winkte die Flötenspieler hinein. Feierlich zogen die Musikanten in die Hütte ein, nach ihnen drängten sich die wartenden Menschen ins Innere. Emily reckte den Hals und erkannte durch die Eingangstür, dass die Männer und Frauen sich in dem engen Haus in Reihen aufstellten. Zu dem Rufen und Klatschen des Tanzlehrers tanzten sie nach rechts und links. Moya erklärte leise: »Das Haus ist neu, und es ist Brauch, dass sich alle versammeln, um den erdigen Boden festzutreten.«

»Aber wird er dann nicht uneben?«, fragte Emily.

»Natürlich. Alle Böden sind uneben. Aber das macht nichts. Deshalb haben wir dreibeinige Hocker. Die stehen auf jedem Boden stabil. Irgendwie.« Sie lachte.

Emily lächelte. Vor dem Haus fanden sich immer mehr Menschen ein. Mütter, Väter und Kinder hakten sich unter und tanzten vor der Tür im Kreis herum.

Moya legte die Socken aufeinander und murmelte dabei: »Sie werden bald keine Kraft mehr haben.«

Emily betrachtete die jungen Männer und Frauen, die vor dem Haus umherhüpften. Ihre sehnigen Körper ließen erahnen, dass sie noch vor Kurzem kräftig gewesen waren. Doch schon nach dem ersten Lied setzten sie sich auf den Boden und lehnten sich an die getünchte

Mauer. Während sie sich sitzend unterhielten, kamen immer mehr Menschen aus der Hütte heraus. Wie Besiegte ließen sie sich neben den anderen auf den Boden sinken.

Plötzlich war vom Ende der Gasse Pferdegetrappel zu hören. Die am Boden Sitzenden erhoben sich. Auch Emily und Moya wandten sich um. Ein Aufgebot an Uniformierten kam auf sie zu und wirbelte Staub auf. Es waren die beiden jungen Polizisten in Uniform und zwei rot gewandete Soldaten, gefolgt von einem Pferd ohne Reiter, das sie am Zügel mitführten. Emilys Blick fiel auf die Schwerter, die an den breiten Gürteln der beiden Polizisten baumelten, und sie zog verwundert die Augenbrauen hoch. Hinter den Soldaten folgte Samuel Strom auf einem kleineren Pferd. Der Zug hielt vor dem neuen Haus. Die Menschen wichen zur Seite, drinnen hörte die Musik auf. Der Tanzlehrer streckte den Kopf aus der Tür, ein breitschultriger Mittdreißiger schob sich an ihm vorbei und baute sich vor den Soldaten auf. Offensichtlich war er der Besitzer des neuen Hauses. »Wir tun nichts Verbotenes«, begrüßte er die Reiter, während er sich am Kopf kratzte.

Der dunkelhaarige Polizist saß ab. Er rollte ein Blatt auf und hielt es dem Mann vors Gesicht. »Das ist ein Haftbefehl gegen Sean Lawlor. Man sagte uns, er sei hier.« Hinter Emilys Rücken hatten sich mittlerweile alle Marktbesucher versammelt. Die zwei Soldaten saßen ab und betraten das Haus. Drinnen erhoben sich Stimmen, Frauen schrien, Männerstimmen riefen laute Worte, vier Burschen rannten aus der Tür und verschwanden in der Menge. Emily erkannte den jungen Mann mit den Zimtaugen unter ihnen. Er sah sich um und stolperte dann die Seitenstraße hinab. Die Soldaten erschienen wieder und führten einen blonden, bärtigen Mann zwischen sich. Ein alter Mann schob sich aus der Menge. »Warum nehmt ihr ihn fest?«

Vielleicht war dieser Sean Lawlor der Mörder ihres Vaters und die Polizei hatte es endlich herausgefunden?, schoss es Emily durch den Kopf.

»Anordnung direkt von der Krone. Er ist der Kopf einer verschwörerischen, aufständischen Gruppe. Er wird des Hochverrats angeklagt.« Der Chief Constable schubste Lawlor in Samuel Stroms Richtung. »Ist er das?«

Samuel Strom, der immer noch auf seinem Pferd saß, nickte.

Eine Frau spuckte auf die Flanken von Stroms Pferd und das Tier tänzelte zur Seite. »Wer ist hier der Verräter?«, rief sie.

Chief Constable Kelly wandte sein rotwangiges Gesicht der Menge zu, die hinter Emilys Rücken stand. »Ihr hattet nicht nur einen Mann unter euch, der des Hochverrats angeklagt wird, sondern ihr habt auch einen Informanten unter euch. Er hat Lawlor an die Krone verraten!« Er machte eine Pause, wandte sich zu seinem Pferd, um aufzusitzen, und sagte leiser: »Und jetzt schlagt euch gegenseitig die Köpfe deswegen ein.«

Emilys Blick fiel auf Brendan, der ebenfalls aus der Tür getreten war. Sein Blick war finster, sein Brustkorb hob und senkte sich. Die zwei Soldaten legten Sean Lawlor Handschellen an und führten ihn an den Schultern die Straße hinab durch die Menge hindurch. Lawlor senkte den Kopf, als die Menschen zur Seite wichen. Die Polizisten und Samuel Strom folgten mit den Pferden. »Strom ist der Verräter, nicht Sean«, rief eine junge Frau ihnen nach. Die Polizisten reagierten nicht. Als sie sich entfernten, redeten alle aufeinander ein. Emily blickte zu dem Haus und sah Ryanne Lawlor aufgelöst neben Brendan stehen. Über ihre Elfenbeinwangen liefen Tränen. War der Mann ihr Bruder? Brendan redete leise auf sie ein. Sie nickte, weinte aber weiter und lief nach einer Weile davon. Brendan sah ihr besorgt nach. Dann ließ er seinen Blick still über die aufgewühlte Menge gleiten. Bevor sein Blick Emily erreichte, sah sie schnell weg.

Nur das glimmende Feuer erhellte den Raum. Emily hatte das Gefühl zu ersticken. Sie stand vom süßlichen Feuer auf, blätterte in der Tyndale-Bibel, stellte fest, dass es zu dunkel war, um etwas zu lesen, und setzte sich vorsichtig neben der schlafenden Deirdre aufs Lager. Sie brauchte Luft. Sie erinnerte sich noch zu gut an den Artikel in einer ihrer Frauenzeitschriften, dessen Autor dringend vor Vergiftungen in geschlossenen Räumen warnte. Kohlensäure bildete sich, wenn man keine Schale Wasser aufstellte, die das Gift aufnahm. Sie sah sich im Raum um. Der Eimer Wasser war fast leer. »Ich gehe ein bisschen vor die Tür«, sagte sie, nahm ihren Mantel vom Haken, griff nach dem Eimer und verließ die Hütte.

Während sie draußen den Eimer abstellte und in den Mantel schlüpfte, atmete sie tief ein. Konnte sie es wagen, in der Dunkelheit zum Bach zu gehen? Sie brauchte Bewegung, sonst würde sie noch den Verstand verlieren. Sie zog ihren Schal hoch und band ihn sich als Kopftuch um. Niemand würde sie erkennen.

Langsam ging sie den Weg entlang und bog ab in Richtung Strand. Ein kleiner Umweg würde ihr guttun. Sie hatte keine Ahnung, wie es nun weitergehen sollte. Das Chaos in ihrem Leben war fast so schlimm wie die Flut. Sie schwamm ohne Boden unter den Füßen. Sie brauchte einen Halt. Und sie hatte Gott das schon mehrmals gesagt. Warum spürte sie ihn nicht? Lag es an ihm oder an ihr?

Vielleicht spürte sie ihn einfach nicht, weil sie ihn nicht gut genug kannte. Mittlerweile war ihr klar, dass sie nicht automatisch ein Jünger Jesu war, nur weil sie in eine bestimmte Konfession hineingeboren worden war. Sie erinnerte sich noch zu gut an die Bibelstelle, in der es geheißen hatte, man brauche dafür Liebe. In diesem Land hatte niemand Liebe, also war niemand ein Jünger. Sie selbst auch nicht, wenn sie ehrlich war. Der Gedanke war frustrierend.

In der Dunkelheit erreichte sie den Felsen, wo sie vor ein paar Wochen mit Ronald gestanden hatte – als ihre Welt noch in Ordnung gewesen war. In der Ferne bewegte sich etwas am Strand. Schatten huschten hin und her, wateten ins Meer und trugen Körbe hinein und heraus. Sie erkannte Boote im Wasser. Eine Weile beobachtete sie die Männer still.

Plötzlich nahm sie eine Bewegung direkt neben sich wahr. Es war ein Windhauch oder das Geräusch eines Schrittes. Sie wandte den

Kopf, keuchte vor Überraschung und wich erschrocken zur Seite. Direkt neben ihr stand ein Schatten. Er schien aus dem Nichts aufgetaucht. Woher war die Person plötzlich gekommen? Und wie lange stand sie schon still an ihrer Seite? Emily erkannte ihr Gesicht. »Mrs Strom! Wo kommen Sie denn auf einmal her?«

Sie antwortete nicht, sah Emily nicht einmal an. Einsam stand sie neben ihr, ihr Profil ein Schatten vor den schwarzen dahinfahrenden Wolken. Ihr Umhang wehte leicht im Wind. In der Hand hielt sie einen dunklen Zweig. Still sah sie hinab auf das leise Treiben. Eine traurige Sehnsucht sprach aus ihrer Haltung, unerbittlich und gleichzeitig resigniert. Ohne den Blick abzuwenden, sagte sie: »Sie holen Fische und Seetang. Das dürfen sie eigentlich nicht.«

»Sie haben mich erschreckt!«

Ella Strom blickte immer noch zum Strand. Monoton sprach sie weiter: »Nur der Grundherr hat die Rechte über das Gewässer. Man müsste die Leute nach Australien schicken.«

»Wie lange stehen Sie hier schon?«

Ella Strom antwortete nicht. Reglos stand sie da, wie eine Statue. Aber ihre Lider zuckten.

»Sean wird nach Australien deportiert«, sagte sie tonlos. »Er ist jetzt tot für sie. Wie ich es bin. Und wie Henrietta es ist. Es geschieht ihnen recht.«

War es etwa Ella Strom gewesen, die Sean verraten hatte? Emily fragte sich, ob sie nicht lieber flüchten sollte. »Wer ist Henrietta?«, fragte sie unsicher.

»Meine Schwägerin.« Ella Strom blickte immer noch aufs Meer hinaus. »Das Große Haus hat nie dafür bezahlt, dass sie gehen musste.« Sie wandte sich langsam um. Ihre Lider waren halb geschlossen. Ihre Bewegungen waren bedächtig und fließend zugleich.

Bevor ihr Blick sie erreichte, raffte Emily ihren Rock. Die Frau war ihr auf einmal unheimlich. »Auf Wiedersehen. Bis zum nächsten Mal«, sagte Emily hastig und ging davon. Sie eilte über das Gras. Sie war dieser Frau nicht gewachsen, zumindest heute nicht. Vor allem, da sie angedeutet hatte, dass das Große Haus für irgendetwas noch nicht bezahlt hatte. Andererseits tat sie Emily leid. Vielleicht machte Einsamkeit die Menschen zu merkwürdigen Kreaturen. Vielleicht würde sie auch einmal so enden, wenn sie Ronald nicht heiratete.

Schnell wischte sie den Gedanken beiseite.

Während der Eimer vor- und zurückschwang, nahm sie aus den Augenwinkeln schon wieder eine Bewegung wahr. Verfolgte Ella Strom sie? Oder war da noch ein anderer Schatten? Sie hielt an und sah sich um. Sie konnte nichts erkennen. Keuchend lief sie weiter.

Nach einer Weile tauchte das Manor vor ihr auf. Von Weitem wirkte es wie ein gezackter Felsen in der Landschaft. Sie hielt wieder an und sah sich um. Dunkelheit drückte auf die stillen Felder. Sie war alleine.

Sie rannte zur Allee und blieb am Tor stehen.

Das Haus schien Einsamkeit und Tod auszuatmen. Ein gefallener Riese.

Ihr Blick glitt durch den Park und blieb an den schwarzen Hecken hängen, zwischen denen sie gekauert hatte. Warum war Brendan zurückgekehrt, um sie mit zu sich nach Hause zu nehmen? Bereute er es nun? Er hatte sie damals auf dem Weg nach der Pistole gefragt, und sie hatte ihm geantwortet, dass sie noch zwischen den Büschen lag. Sie nahm ihren Mut zusammen, betrat den Park und rannte auf die Rosenbüsche zu. Nach einer Weile fand sie den Busch, wo sie gekauert hatte. Etwas Metallfarbenes leuchtete zwischen den Ästen auf. Sie bückte sich und hob die Waffe auf.

Und dann geschah es.

In einer Sekunde hatte sie sich alleine gewähnt.

In der nächsten Sekunde sprang ihr Herz aus der Brust.

Ein Seil grub sich in ihren Hals. Würgte sie. Nahm ihr die Luft. Sie riss die Augen auf. Hörte, wie der Eimer zu Boden fiel. Jemand atmete in ihren Nacken. Sie spürte die Wärme, die von ihm ausging. Panisch schnappte sie nach Luft. Das Seil zog sich enger. In ein paar Augenblicken würde sie tot sein. Vor ihren Augen tanzten Lichter. Die

Schmerzen raubten ihr den Verstand. Sie durfte die Pistole auf keinen Fall loslassen. Die Lichter explodierten. Es gelang ihr, die Pistole zu entsichern. Sie winkelte die Hand nach hinten an. Ihre Gedanken überschlugen sich. Ihr Hals pochte am Seil. Der Schmerz zerschnitt sie. Sie brauchte Luft.

Der Schuss löste sich. Hallte nach.

Sie sog alle Luft der Welt ein und hustete. Das Seil lag vor ihr auf dem Boden. Hektisch atmend starrte sie ins Leere, griff sich mit der linken Hand an die Stelle, in die sich das Seil eingegraben hatte, dann drehte sie sich keuchend um. Es war nicht Ella Strom. Es war ein Mann mit langen Beinen, der laut fluchend vor ihr auf dem Boden saß. Sie kannte ihn. Seine Zimtaugen. Er umklammerte seinen rechten Schenkel, über dem die Hose mit Blut vollgesogen war. Zitternd starrte sie ihn an, dann trat sie zur Seite, mit der Pistole auf ihn zielend. Das Blut in ihrem Hals pochte, beim nächsten Herzschlag würde ihre Haut aufplatzen. Mit beiden Händen umklammerte sie das feuchte Metall und richtete die Waffe mit ausgestreckten Armen auf den Mann. Er musste sehen, wie stark sie zitterte. Er würde sie nicht ernst nehmen. Alles in ihr schrie danach wegzulaufen, doch was, wenn er aufsprang und sie verfolgte?

Er hob den Kopf, sein Bein immer noch umklammernd, und sah sie angsterfüllt an. Wie konnte jemand vor ihr Angst haben? Sie versuchte sich zu räuspern. Vergeblich. Sie flüsterte: »Warum wollten Sie mich töten?«

»Ich … das …«, der Mann drückte mit beiden Händen auf die Wunde an seinem Bein, »es war ein Auftrag.«

»Ein Auftrag? Von wem?«, flüsterte sie.

Er fluchte leise. Dann sagte er: »Tuppence.«

Emilys Zittern wurde stärker. »Haben Sie meinen Vater erschossen?«

»Nein, das war ich nicht!«

Sie hatte das Gefühl, neben sich zu stehen, und brauchte all ihre Willenskraft, um sich zu konzentrieren. »Wer war es dann?«

»Fragen Sie Tuppence! Oder Donovan.«

Ihr Hals würde gleich platzen. Sie wollte nichts mehr hören. Niemanden mehr sehen.

Langsam entfernte sie sich rückwärts, in kleinen Schritten, weiterhin die Pistole auf ihn richtend. Als sie weit genug weg war, wandte sie sich schnell um und rannte die Allee hinab, dann über die Felder, auf den Weg zur Hütte der O'Neills. Ihr Hals schmerzte. Atemlos stieß sie die Tür auf. Sie trat ein, schloss die Tür und lehnte sich dagegen. Ihre Brust bebte. Erin, Moya und eine alte Frau, die sie nicht kannte, saßen am Feuer. Sie drehten die Köpfe zu ihr und starrten sie entsetzt an.

»Wo ist Brendan?«, flüsterte sie.

»Was um Himmels willen ist geschehen?«, fragte Moya verwundert und erhob sich.

Emily griff sich an den Hals.

Sie hörte Erin sagen: »Brendan wird erst spät zurückkommen. Was ist geschehen? Kann ich etwas tun?«

Emily lehnte immer noch an der Tür. »Ein Mann hat versucht, mich zu strangulieren. Ich habe ihn angeschossen, im Park, wir müssen die Polizei holen«, flüsterte sie.

»Was?« Erin erhob sich ebenfalls.

»Wo ist der Mann jetzt?«, fragte Moya ungläubig. Die andere Frau musterte sie entsetzt.

»Beim Manor. Ich schätze, er kann nicht mehr gehen. Vielleicht können wir ihn fesseln und dann die Polizei verständigen.« Erst jetzt blickten die Frauen überrascht auf die Pistole.

»Niemand unternimmt heute irgendetwas«, sagte Moya. »Die Polizei ist weit weg, in Killock. Niemand von uns wird heute Nacht die Polizei holen.«

Natürlich. Die Männer am Strand, die Muscheln oder Tang aus dem Wasser holten, verstießen gerade gegen das Gesetz. Wahrscheinlich war Brendan auch dabei.

Moya ging auf Emily zu und nahm sie am Arm. »Kommen Sie,

setzen Sie sich ans Feuer und beruhigen Sie sich. Wenn Brendan kommt, wird sich alles klären.«

Brendan, immer nur Brendan. Unternahmen denn irische Frauen nichts ohne den Mann im Haus?

»Wir müssen den Mann fesseln. Er ist bestimmt noch da. Ich nehme auf jeden Fall die Pistole mit«, sagte Emily.

»Nein, setzen Sie sich und kommen Sie erst mal zu Kräften.« Moya sah sie eine Weile zögernd an. »Wenn da draußen wirklich ein Mörder herumläuft, ist es sowieso zu gefährlich.«

Sie führte Emily zu dem Hocker am Feuer. Emily setzte sich zitternd. Sie spürte, wie Moya eine Decke um ihre Schultern legte und ihr einen Becher zu trinken gab. Sie war durstig, aber sie konnte nicht schlucken. Die Flammen drehten sich im Kreis.

»Was genau ist geschehen?«, fragte Erin, die sich ihr gegenüber auf den Hocker setzte, sie mit großen Augen ansah und nervös ihre Finger ineinanderflocht.

»Jemand wollte mich umbringen«, flüsterte Emily benommen. Der einzige Gedanke, den sie fassen konnte, war die Frage, ob sie nun tatsächlich den Verstand verlor. Sie begann zu zittern. Ihr war schwindlig, das Feuer bewegte sich in Wellen auf sie zu und schlingerte zurück. Jemand legte ihr beruhigend eine Hand auf den Rücken. Nach einer Weile registrierte sie, wie Moya sie hochzog und sie zum Bett führte. Die andere Frau war in der Zwischenzeit gegangen, bestimmt hatte Emily ihr Angst eingejagt. Zitternd legte sich Emily neben die schlafende Deirdre ins Bett, während Moya zwei Decken über ihr ausbreitete. Als das Zittern nachließ, hörte sie, wie Moya und Erin leise auf Gälisch stritten. Wahrscheinlich hatten sie genauso viel Angst wie sie. Schließlich schwiegen sie eine Weile, wahrscheinlich aus Rücksicht auf sie. Sie hörte, wie Moya ihre Tochter auf Englisch rügte. »Warum hast du nicht den letzten Funken aus dem Feuer ins Wasser fallen lassen. – Das bringt Unglück, das weißt du!«

Erin erwiderte bitter: »Wo ist denn überhaupt der Eimer?« Nach einer Pause sagte sie leise: »Und außerdem haben wir das Unglück sowieso schon.«

Emily schloss die Augen.

KAPITEL 18

Sie schlug die Augen auf. Ein Sonnenstrahl hatte sich in die dunkle Hütte verirrt. Es war still, sie war alleine. Sie schloss die Augen wieder. Alles, was sie wollte, war Ruhe.

Eine Zeit lang kämpfte sie gegen den Durst an. Doch ihre Kehle war so trocken, dass sie nicht länger liegen bleiben konnte. Sie drehte sich um und stand vorsichtig auf. Fast überrascht stellte sie fest, dass ihr Herz tatsächlich das Blut durch den Körper pumpte. Als sie benommen neben dem Schlaflager stand, fiel ihr Blick plötzlich auf Brendan, der auf seinem Bett saß, mit dem Rücken an die Wand gelehnt, die Beine angewinkelt. Er beobachtete sie aufmerksam, als hätte er die ganze Zeit darauf gewartet, dass sie aufwachte. Neben ihm auf dem Schlaflager lag das aufgeschlagene Medizinbuch. Verloren stand sie mitten im Raum, als wäre sie alt und gebrechlich und wüsste nicht, was sie gerade vorgehabt hatte. Er stand auf und kam langsam auf sie zu. Erwartungsvoll blickte sie ihn an.

»Sie sehen schrecklich aus«, sagte er leise.

Sie lächelte müde. Er kam näher, ohne sie aus den Augen zu lassen. Sie versuchte zu schlucken. Er stand direkt vor ihr. Sie registrierte, wie er die Hand hob, ihr Kinn berührte und es sanft anhob, um ihren Hals besser sehen zu können. Alles schmerzte, doch sie spürte nur seine Berührung.

»Sie haben einen furchtbaren Bluterguss. Gut, dass es hier keinen Spiegel gibt. Der Anblick würde Ihnen einen Schrecken einjagen.« Er ließ sie los.

Sie versuchte sich zu räuspern. »Kann ich etwas zu trinken haben?«

Es nickte und holte ihr einen Becher Wasser, den sie sofort leer trank. Ihr Blick fiel auf den Eimer, der gefüllt neben der Tür stand.

Er hatte es bemerkt. Er sagte: »Als Erin mir erzählte, was passiert ist, dachte ich mir schon, dass ich den Eimer irgendwo im Park finden würde.« Er tauchte einen Stofffetzen in eine kleine Schüssel, trat wieder an sie heran und legte ihn ihr vorsichtig um den Hals. Der Stoff roch nach Kräutern. »Wir sollten den Bluterguss mit Beinwell behandeln, aber das haben wir nicht«, sagte er.

Sie setzte sich auf die Bank und strich ihre wirren Strähnen über ihre Frisur zurück. Er ließ sich ihr gegenüber nieder und sah sie an.

»Wo sind Ihre Frauen?«, fragte sie mit heiserer Stimme.

»In der Messe.«

»Und Sie sind hiergeblieben, um auf mich aufzupassen?«

»Ich mache mir Sorgen um Sie.«

»Sie wissen, was sich gestern Nacht zugetragen hat?«

»Erin hat mir gesagt, dass jemand versucht hat, Sie zu strangulieren.«

»Ich glaube, ich verliere langsam den Verstand. Jemand will mir das Leben nehmen? Warum um alles in der Welt? Ich verstehe das nicht.« Ihre Stimme war heiser. »Ich habe Angst«, flüsterte sie.

Er antwortete nicht. Sie fröstelte. Er bemerkte es und sagte: »Es gibt leider keinen Torf mehr, um Feuer zu machen.«

Sie erhob sich und zog ihre Schmuckschatulle unter der Matratze hervor, nahm einen Pfundschein heraus und legte ihn auf den Tisch. Brendan vermied es, sie anzusehen.

»Bitte, machen Sie jetzt kein Theater und nehmen Sie das Geld an«, krächzte sie. »Ich würde ja selbst Torf kaufen, aber ich weiß nicht, wohin ich dazu gehen sollte, und ich fühle mich krank.«

»Behalten Sie Ihr Geld, ich will es nicht.« Er mied immer noch ihren Blick.

»Ich weiß, dass Sie es nicht wollen. Das ist mir gleichgültig. Dann sagen wir eben, dass *ich* Feuer und Essen haben möchte.«

»Stecken Sie das Geld zurück. Ich kann schon selbst Torf besorgen!«

Warum musste er sich so anstellen? Sie hatte schon genügend andere Probleme. »Brendan, mir steht der Kopf jetzt wirklich nicht nach Ihren Spielchen!«, krächzte sie. »Seien Sie doch nicht so ein stolzer irischer Dickschädel!«

Erst brannten nur die Augen. Sie versuchte, dagegen anzukämpfen, doch dann brach plötzlich alles aus ihr heraus. Weinend stand sie vor ihm.

Er stand auf und ging um den Tisch herum. Mit verschwommenem Blick beobachtete sie abwartend, wie er näher kam. Er stellte sich vor sie und nahm vorsichtig ihren Kopf in seine Hände. »Emily, sehen Sie mich an«, sagte er leise. Wie konnte sie ihn nicht ansehen? Er stand direkt vor ihr. Sie zitterte am ganzen Körper. Seine blauen Augen ruhten auf ihr, als wollten sie ihr Mut zusprechen. Sein Anblick beruhigte sie keinen Deut. »Emily …« sagte er, »es wird sich alles finden.«

Er ließ sie los und sie senkte den Blick. Zitternd setzte sie sich an den Tisch und rieb sich wenig damenhaft die Nase ab. Brendan setzte sich ihr gegenüber. Erneut legte er eine Geduld an den Tag, die sie ihm nicht zugetraut hätte. Nach einer Weile sagte sie: »Ronald Tuppence …« Ihre Stimme versagte wieder. »Ronald Tuppence hat regelmäßig Briefe an ein Postfach in Killock erhalten. Der Mann gestern Abend, er hat gesagt, er wäre von Ronald mit dem Überfall beauftragt worden.«

»Er hat behauptet, Tuppence möchte Ihren Tod?«

Sie nickte. »Das ist natürlich absurd«, flüsterte sie. »Aber warum hat Ronald die zweitausend Pfund mitgenommen?«

»Sie kennen meine Meinung über den Mann.« Er schwieg, dann sagte er: »Wir müssen herausfinden, wer der mysteriöse Mann von gestern Abend war.«

»Ich kenne ihn, weiß aber nicht, wie er heißt«, sagte sie. »Seine Augen sind braun wie Zimt und er ist dünn mit langen Beinen. Etwa mein Alter. Er war einer aus der Gruppe, die mich in Killock umzingelten, damals, als wir hier ankamen.«

»Vielleicht Luke Rafferty? Das hätte ich ihm allerdings nicht zugetraut.«

Sie erzählte ihm in Einzelheiten, was passiert war, und er stellte zwischendurch ein paar Fragen. Als sie ihren Bericht beendet hatte, sagte er: »Es ist unglaublich, dass Sie gerade in dem Moment, als es geschah, die Pistole parat hatten. Und es ist wirklich ein Wunder, dass sie überhaupt funktionierte!«

»Ich frage mich natürlich, ob dieser Mordversuch in irgendeinem Zusammenhang mit dem Mord an meinem Vater steht. Wissen Sie eigentlich irgendetwas darüber, ich meine, ist Ihnen vielleicht etwas zu Ohren gekommen?«

»Sie meinen, ob ich weiß, wer Ihren Vater erschossen hat?«

Sie nickte.

Er sagte: »Sie gehen wahrscheinlich davon aus, dass es ein Anschlag der Aufständischen war.«

»War es das nicht?«

»Ich weiß es nicht. Ehrlich nicht. Ein Mord an einem mächtigen Gutsherrn ist eine große Sache. Wir Iren reden viel. Und wir brüsten uns gerne mit allem Möglichen. Aber keiner will etwas mit diesem Mord zu tun gehabt haben.«

»Würde es Ihnen denn tatsächlich zu Ohren kommen, wenn jemand etwas damit zu tun hat?«

»Ich weiß es nicht. Ich nehme an, die Polizei hat den Mord untersucht?«

»Ja, aber sie kommen nicht weiter.«

»Apropos Polizei. Sie sollten den versuchten Mordanschlag von gestern Abend anzeigen. Es dürfte nicht schwierig sein herauszufinden, wer der Täter war, denn derjenige, den Sie angeschossen haben, ist verletzt.«

Sie nickte. »Ja, ich weiß.«

»Es gibt noch etwas, das Sie wissen müssen«, sagte er. »Die Pferde sind weg.«

Am nächsten Morgen klopfte Deputy Constable Duffy an der Tür. Der Hausherr habe ihn rufen lassen, sagte er und hob das Kinn. Emily trat zu ihm, blickte einen Moment lang irritiert auf sein Schwert, begrüßte ihn und erzählte ihm stockend, was passiert war. Er notierte sich alles. Sie war froh, dass er dieses Mal den Bericht selbst schrieb. Dann sah er auf und runzelte die Stirn. »Wir werden überprüfen, ob dieser Rafferty eine Schusswunde am Bein hat.« Wenn nötig werde er sich erneut mit der Polizei aus dem Nachbardistrikt in Verbindung setzen, verkündete er feierlich. Dann notierte er sich die Anzahl und Rasse der Pferde, die gestohlen worden waren. »Sieben teure Pferde. Hm. Das ist eine Stange Geld. Wahrscheinlich haben Sie die Diebe überrascht. Deshalb wollten sie Sie töten«, sagte er nachdenklich.

»Was gibt es Neues über den Mord an meinem Vater?«, fragte sie heiser.

Er schüttelte den Kopf. »Ich bedauere, Miss. Wir sind noch nicht weitergekommen.«

Emily nickte nur.

»Aber wir verhängen jetzt eine nächtliche Ausgangssperre. Zu Ihrem Schutz.«

Bevor Emily etwas erwidern konnte, nickte er ihr zu, wandte sich zum Gehen und verschwand. Als Emily die Tür schloss, sagte Erin: »Eine Ausgangssperre? Und wie wollen sie die überprüfen? Sie sind nur zu zweit und sie dürfen abends ihre Baracke nicht mehr verlassen.«

Während sie nervös auf dem Ehrenstuhl der O'Neills saß, sagte sie sich zum hundertsten Mal, dass heute der Tag war, für den Ronald seine Rückkehr angekündigt hatte.

Sie konnte nicht länger hier herumsitzen. Brendan hatte ihr zwar geboten, das Haus nicht alleine zu verlassen, da ihr Leben offensichtlich in Gefahr war, aber wenn sie noch länger in diesem engen Raum auf diesem Holzstuhl ausharrte, wäre zusätzlich noch ihr Verstand gefährdet.

Außerdem hatte sie eine Pistole. In der sich noch Munition befand.

Während sie sich ihren Mantel anzog, wurde ihr klar, dass Irland ihr zumindest in einer Hinsicht gutgetan hatte: Sie hatte gelernt, in den Angstfluten zu waten, ohne unterzugehen. Vielleicht war es der Ortswechsel, das Vergessen des verwunschenen Hauses in England, in dem Hatty gestorben war, vielleicht war es die Abhärtung durch die Raffertys, Lawlors und wie sie alle hießen, vielleicht auch die Erfahrung, Schlimmes erlebt zu haben und nicht daran zerbrochen zu sein.

Noch nicht zerbrochen zu sein, dachte sie bitter.

Sie zog die Tür von außen zu, blinzelte gegen die Sonne, legte ihre Hand um die Pistole in ihrer Manteltasche und schlug den Weg zum Manor ein.

Von der Allee aus beobachtete sie das Haus eine Weile. Sie wollte sich nicht vorstellen, wo ihre Pferde jetzt waren, wenn sie überhaupt noch lebten. Aufgewühlt nahm sie den direkten Weg zum Meer. In der kleinen Bucht trat sie von Stein zu Stein und beobachtete, wie sich das glitzernde Wasser zwischen den Steinen ausbreitete. Sie blieb stehen und blickte zum Horizont, während der Wind an ihren Haaren zerrte. Ein Segelschiff durchschnitt die Grenze zwischen Wasser und Himmel. Vielleicht war es eines der vielen Auswandererschiffe. Sie konnte den Schmerz und die Hoffnung, die das Schiff umwehte, die Träume von einem besseren Leben, fast sehen. Wenn sie die Szene skizzieren würde, würde sie das Boot in Rot, Rosa und Gelb ausmalen.

Sie war nicht die einzige Person auf der Welt, die ihr Zuhause verlassen hatte, dachte sie, während das Segelschiff langsam vorbeizog. Allerdings waren diese Menschen an Bord wahrscheinlich aus freien Stücken gegangen. Sie tauschten die gewohnte Welt gegen eine neue. Aber in ihrem Fall wollte jemand, dass sie diese Welt für immer verließ. Und es war offen, welche Rolle Ronald dabei spielte.

Unter diesen Umständen konnte sie ihn unmöglich heiraten.

Sie fühlte sich plötzlich erleichtert. Aber auch leer. War es das, was sie wollte? Von ihm befreit sein?

Sie fragte sich, ob es wirklich einen Unterschied machte, wenn sie herausfand, was sie wollte. Denn langsam fing sie an zu verstehen, dass man im Leben nicht alles haben konnte, wonach einem der Sinn stand. Jeder war an Regeln gebunden. Jetzt, wo sie plötzlich nicht mehr wohlhabend war, verstand sie zum ersten Mal, wie sehr ein Menschenleben vom Geld abhing. Jetzt, wo sie verlobt war, wusste sie, wie belastend ein Versprechen sein konnte. Jetzt, wo sie Brendan O'Neill kannte, wusste sie, dass man gesellschaftliche Grenzen nicht einfach überschreiten konnte. Brendan und sie trennten Welten, die niemand vereinen konnte. Sie musste aufpassen.

Aber sie wollte fühlen. Und leben.

Hier stand sie am weiten Meer und begriff Stück für Stück, dass sie aus eigener Kraft nicht mehr weiterkam. Dass sie nur noch kapitulieren konnte. Ihr war gleichzeitig bewusst, dass es mehr gab als ihre eigene Kraft. Diese leise Sehnsucht, die sie ihr ganzes Leben lang begleitete, stieg in ihr auf. Diese Sehnsucht zog sie auf ein Ziel zu. Unaufhaltsam näherte sie sich dem Punkt, an dem sie sich geschlagen geben würde. Es war zu spät, um anzuhalten. Und sie wollte auch nicht zurück, sie wollte das Ziel sehen, sie wollte Gott erleben. Worte stiegen in ihr auf. *Ich weiß, dass es dich gibt. Zeig dich mir.*

Die Sonne wärmte ihre Haut. Das Meer schäumte. Ein Ozean lag vor ihr, weit wie der Himmel, der dem Firmament zu Füßen lag. Was für ein großartiger Gott hatte dies alles geschaffen. Wie überfließend musste dieser Schöpfer sein. Wie freigebig. Wie mächtig.

Ihre Haut prickelte. Ehrfurcht überkam sie. Die Welt hielt den Atem an. Sie war still, alles in ihr schwieg. Regungslos stand sie da, aufgewühlt und verwirrt. Langsam merkte sie, dass hier etwas Großes geschah. Der große Gott war im Begriff, etwas zu tun. Hier stand sie am Meer, aber in Wirklichkeit stand sie vor einem König, vor einer Persönlichkeit, die mehr Ehrfurcht und Respekt als alles verdiente.

Groß, majestätisch, erhoben. Alles, was jemals geschaffen wurde, trat zurück vor diesem Wesen. Alles beugte sich in seinem Schatten. Hier stand sie am Meer, aber in Wirklichkeit stand sie vor dem einzigen Gott. Ihr Geist machte Luftsprünge und wollte sich niederwerfen. Sie wollte auf die Knie fallen und schweigend anbeten.

Zitternd stand sie da. Sie wollte für immer in seiner Nähe sein. In seiner Gegenwart schwimmen. Von ihm durchflutet sein. Aber sie wusste, dass sie sich verstecken musste. Er allein war das Zentrum, nicht sie. Dabei hatte sie stets gedacht, sie wüsste es besser, sie könnte aus eigener Kraft ein besserer Mensch werden. Doch es ging allein um ihn.

Er war heilig. Sie war es nicht. Sie spürte seine heilende Gegenwart und war gleichzeitig bestürzt. Denn zwischen ihnen, das spürte sie, war ein tiefer Graben.

Ihre Augen brannten.

Und dann wusste sie es plötzlich. Erleichterung überkam sie. Freude durchflutete sie. Konnte es wirklich sein, dass sie ihn erreichen konnte? Natürlich, sie hatte es schon so oft gehört, aber nie verstanden. Er hatte schon längst eine Brücke gebaut! Der Sohn Gottes hatte für ihre Unheiligkeit bezahlt. Sie würde vor ihm bestehen.

Sie atmete aus. Ihr Inneres tanzte vor Freude. Der heilige, mächtige, liebende Vater nahm sie an. Kein Laut drang über ihre Lippen. Keine Worte der Welt konnten ihre Dankbarkeit ausdrücken.

Sie setzte sich auf einen Felsen und schloss die Augen. Ihre Seele flatterte. Er hatte sich ihr gezeigt. Und er hatte sie beschützt – bis hierher. Er würde weiterhin an ihrer Seite sein. Egal, ob Ronald zurückkam oder nicht. Egal, was sie fühlte. Sie war sein.

Als sie sich der Hütte näherte, war ihr Herz immer noch weit. Sie lehnte sich an die Außenmauer der Hütte und schloss die Augen im Sonnenlicht. Drinnen redete jemand. Nach einiger Zeit klackte die

Tür und sie hörte Brendan und eine Männerstimme, die sie nicht kannte. Der Besucher war offenbar gerade dabei, sich zu verabschieden. Die beiden standen ums Eck vor der Tür und bemerkten ihre Anwesenheit nicht.

»Dann gehst du also wirklich nach Liverpool«, sagte Brendan.

»Ja, ich hab ja wohl keine andere Wahl.« Der Mann schwieg kurz. »Ach, weißt du schon, wer ebenfalls weg ist, nach England? Von heute auf morgen? – Luke Rafferty.«

Emily horchte auf. Rafferty hatte also noch gehen können. Trotz Schusswunde. Und nun war er geflüchtet.

»Einfach verschwunden, ohne Adieu«, fuhr der Mann fort. »Seine Mutter sagt, er hat sich von niemandem verabschiedet, nur von ihr. Sie ist völlig aufgelöst.« Er machte eine kurze Pause. »Für meine Eltern wird es auch schwer, wenn ich gehe. Aber jemand muss Geld verdienen. Ich werde ihnen alles schicken und gleichzeitig sparen.«

»Ich weiß auch nicht mehr, was ich tun soll«, sagte Brendan. »Aber ich will hier nicht weg. – Was ist mit Hannah, wenn du nach England gehst?«

»Ich werde ohne sie gehen. Ich kann sie unter diesen Umständen unmöglich heiraten. Wie sollte ich mich um sie kümmern, wie sollte ich Kinder versorgen? Vielleicht kann ich schnell Geld verdienen und bald zurückkommen. Wenn sie dann noch frei ist, werde ich um ihre Hand anhalten.«

»Wirst du sie bitten, auf dich zu warten?«

»Was geht dich das an, Brendan? Willst du sie mir wegschnappen?« Der Mann lachte.

»Keine Angst!«

»Ich werde sie nicht bitten zu warten. Das kann ich nicht von ihr verlangen. Obwohl ich natürlich hoffe, dass sie's tut. Aber du hast ja sowieso ein anderes Eisen im Feuer, stimmt's? Wann wirst du sie heiraten? Die Lawlors sind bestimmt froh, wenn sie einen Mund weniger zu stopfen haben.«

Brendan und die irische Fee waren also tatsächlich ein Paar? Oder unterstellte der Mann ihm das nur aus Spaß? Emily lauschte angestrengt.

»Aber dann hätte ich einen mehr zu stopfen!«, murmelte Brendan.

»Und jetzt hast du auch noch die Engländerin am Hals!«

Sie hielt eine Sekunde den Atem an. Natürlich war ihr klar, dass sie eine Bürde war. Aber trotzdem war es unangenehm, es zu hören.

Brendan antwortete nicht.

Der Mann fuhr fort: »Was für eine Frau. Als ich sie auf dem Markt gesehen habe, habe ich kaum die Augen von ihr losgekriegt!«

»Das habe ich gemerkt!«

»Brendan, du bist verrückt, dass du sie bei dir wohnen lässt! Komm bloß nicht auf dumme Gedanken.«

»Wer kommt hier auf dumme Gedanken?«

»Na ja, bei der Frau!«

»Hast du deinen Verstand zu Hause vergessen, Healy? Das ist Emily Winslow! Sie ist nicht von dieser unserer Welt! Ich würde nicht mal im Traum an das denken, was in deinem hässlichen Kopf vor sich geht! Und ich warne dich: Es gibt Männer, die gehängt wurden, nachdem sie sich mit einer vom Großen Haus eingelassen hatten!«

»Na, ich werde bei ihr ja wohl sowieso keine Chance haben.« Der Mann lachte.

Brendan antwortete nicht.

»Wie lange wird sie noch bei euch sein?«

»Sie wartet darauf, dass dieser Teufel zurückkommt und sie heiratet. Aber ich glaube nicht, dass er noch einmal auftaucht. Er hat zu viel Dreck am Stecken, denke ich.«

Die Tür klackte wieder. Ein weiterer Mann stieß dazu. »Hey, Brendan, kommst du zu unserer Abschiedsfeier?«

»Natürlich!«

Emily trat um die Ecke und stellte sich zu ihnen. Die Köpfe der Männer fuhren zu ihr herum, die beiden Unbekannten verabschiedeten sich hastig und eilten davon. Als die Männer gegangen waren, blieben Brendan und sie schweigend vor der Hütte stehen.

»Männer sind gehängt worden?«, fragte sie schließlich.

Er antwortete nicht.

»Schon gut. Außer der unschicklichen Bemerkung über meinen Verlobten haben Sie nichts gesagt, wofür Sie sich schämen müssten. Außerdem ist es für mich genauso peinlich wie für Sie. Man lauscht schließlich nicht.«

Brendan verschränkte die Arme.

»Sind Menschen wirklich für so etwas gehängt worden?«, fragte sie noch einmal.

»Das kam schon vor, ja. Sie wurden wegen Vergewaltigung oder versuchtem Totschlag angeklagt und sie bekamen keinen fairen Prozess«, erwiderte er knapp. »Übrigens finde ich es überhaupt nicht lustig, dass Sie das Haus alleine verlassen. Ich finde es sogar ziemlich frech, dass Sie meine Warnungen in den Wind schlagen. Aber Sie tun und lassen, was Ihnen gefällt.«

»Stimmt.«

Er unterdrückte ein Lächeln.

Nach einer kurzen Pause fuhr sie fort: »Wollen wir Frieden schließen?«

»Befinden wir uns denn im Krieg?«

»Es gab Momente, da hätte ich Sie schon ganz gerne besiegt auf dem Boden liegen sehen«, erwiderte sie.

»Ja, das habe ich gemerkt. Und von Zeit zu Zeit habe ich Tränen in Ihren Augen aufblitzen sehen. Sie sind verletzlicher, als Sie sich geben.«

»Sie brauchen mich deshalb trotzdem nicht mit Samthandschuhen anzufassen.«

»Ich fürchte, so etwas besitze ich gar nicht.«

Sie lachte.

»Was ist anders an Ihnen?«, fragte er unvermittelt.

»Ist etwas an mir anders als sonst?«

Sein zaghaftes Lächeln traf sie wie ein Pfeil.

KAPITEL 19

Brendan betrat die Hütte. Emily erkannte an seinem Blick, dass etwas geschehen war. »Sean wird nach Australien deportiert«, sagte er grimmig, während er seine Jacke aufhängte. Moya ließ ihr Strickzeug sinken. Mutter und Sohn sahen sich schweigend an. Emily wusste, was sie dachten. Es hätte auch ihn, Brendan, treffen können.

»Mir war klar, dass sie eine neue Bruderschaft gründen würden. Und es wundert mich auch nicht, dass Sean sich als Anführer hervorgetan hat. Aber ich frage mich, wer ihn verraten hat«, sagte Brendan.

Er drehte sich zu Emily, sah ihr kurz in die Augen und legte schweigend einen Brief auf den Tisch. Hastig griff sie danach und öffnete ihn.

Liebe Miss Winslow,
heute Morgen erhielt ich Ihren Brief. Mit großem Bedauern und Mitgefühl habe ich zur Kenntnis genommen, in welch prekärer Situation Sie sich befinden. Leider muss ich Ihnen mitteilen, dass mein Bruder Ronald sich nicht bei mir angekündigt hat. Ich hoffe, es handelt sich lediglich um ein Missverständnis.

Es gibt leider noch etwas, das ich mich Ihnen mitzuteilen verpflichtet fühle. Wieder hoffe und bete ich, dass es sich um ein Missverständnis handeln möge. In Ihrem Brief schreiben Sie, dass Sie mit meinem Bruder verlobt seien. Doch Ronald ist bereits vermählt. Seine Gemahlin lebt in seinem Haus in Shropshire. Weder sie noch ich wussten, wo Ronald sich aufhält, erst durch Ihren Brief erfuhr ich, dass er in Irland weilte.

Es macht mir das Herz schwer, Ihnen dies mitteilen zu müssen.

Vielleicht fragen Sie sich, warum Ronald seinen Aufenthaltsort mir gegenüber nicht erwähnt hat. Vor einiger Zeit brach er den Kontakt zu mir ab. Der Grund hierfür sind Differenzen bezüglich unserer Erbschaft.

Liebe Miss Winslow, es fällt mir schwer, diesen Brief zu verfassen, denn ich möchte mich meinem Bruder gegenüber nicht illoyal verhalten, jedoch habe ich Grund zur Vermutung, dass ich Sie ausdrücklich warnen sollte. Mein Bruder hat in England hohe Spielschulden. Das Erbe unserer Eltern ist seinem Laster bereits zum Opfer gefallen, und da er sich nun mit Ihnen verlobt hat, obwohl er bereits vermählt ist, befürchte ich Schlimmstes.

Bitte zögern Sie nicht, mich zu kontaktieren, wenn ich Ihnen in irgendeiner Form behilflich sein kann. Dürfte ich Sie bitten, meinem Bruder auszurichten, dass er jederzeit bei uns willkommen ist und dass ich einer Versöhnung erfreut entgegensehe.

Hochachtungsvoll, Ihr Edmond Tuppence

Sie legte den Brief auf den Tisch und schloss die Augen. Das konnte nicht sein. Es musste sich um eine Verwechslung handeln. Vielleicht war dieser Ronald ja ein anderer Mann. Doch wie viele Männer mit dem Namen, deren einziger Bruder Edmond in Surrey lebte, gab es wohl auf der Welt?

Sie erhob sich langsam und blickte nachdenklich aus dem kleinen Fenster.

Sollte sie schreien, weinen oder lachen? Sie spürte Brendans und Moyas Blicke im Rücken. Sicherlich fragten sie sich, was in dem Brief stand. Sie würde es ihnen nicht sagen können. Schon allein der Gedanke, es auszusprechen, verlieh der absurden Nachricht Gültigkeit.

Sie drehte sich abrupt um, ging zur Matratze und zog die Bibel hervor. Ohne die anderen anzusehen, ging sie schweigend zurück ans Fenster.

Was, wenn alles wahr war? Wenn er tatsächlich ein Heiratsschwindler war, der auf ihren Besitz aus gewesen war, ein Lügner, ein Mörder? Sie wollte nicht weiter denken.

Sie brauchte Gott. Sein Wort. Sonst würde sie noch verrückt werden.

Sie spürte die Blicke auf sich, als sie durch Grenmore schritt. Ein paar Frauen blieben sogar stehen und sahen ihr nach.

Während sie weiterging und aus den Augenwinkeln die Menschen in ihrer zerrissenen Kleidung musterte, sagte sie sich, dass einer von ihnen vielleicht der Mörder ihres Vaters war. Oder der Dieb ihrer Pferde. Oder der Brandstifter, der ihr Haus zerstört hatte. Sie tastete nach ihrer Pistole, die schwer in der Tasche ihres Mantels hing und bei jedem Schritt an ihr Kleid schlug. Nie hätte sie gedacht, dass sie einmal wie ein Pionier in einem wilden Land mit einer Pistole bewaffnet durch eine Siedlung schreiten würde.

Zaghaft klopfte sie an den oberen Teil der morschen Holztür. Sie vernahm einen mürrischen Laut und betrat die heruntergekommene Hütte. Ihr Hals fühlte sich eng an. Vielleicht würde sie gleich einem Mörder gegenüberstehen.

Nachdem sich ihre Augen an das Dunkel gewöhnt hatten, erkannte sie eine kleine, zusammengesunkene Gestalt auf einem Hocker vor den glimmenden Resten eines Feuers. Die Luft war durchdrungen von dem stechenden Geruch von Krankheit. Unsicher blieb sie an der Tür stehen und fragte sich, ob der Alte sie sofort wieder seines Hauses verweisen würde, wenn er ihren Namen erfuhr. Als sie den Mann genauer musterte, bekam sie Gänsehaut. Donovan sah aus wie ein etwas zu groß geratener, vertrockneter Kobold. Er schien kaum noch Kraft aufbringen zu können, sich auf dem Hocker zu halten. Sie ließ die Tür weit offen, räusperte sich und nahm allen Mut zusammen. »Guten Tag, Mr Donovan.«

Der Alte drehte den Kopf zu ihr, musterte sie mit trüben Augen, aber erwiderte nichts. Es war komplizierter, als sie erwartet hatte. Langsam legte sie den Fladen, den sie für ihn gekauft hatte, neben die Tür auf den erdigen Boden. In seinem Zustand würde er das harte Backwerk wahrscheinlich nicht kauen können. »Ich bin hier wegen des Mordes an Charles Winslow.« Sie hielt kurz die Luft an, während sie auf seine Reaktion wartete. Er antwortete nicht. »Ich verspreche Ihnen äußerste Diskretion. Bitte, könnten Sie mir sagen, ob Sie etwas über den Mord wissen?« Sie blickte ihn nervös an.

Er schwieg.

»Mr Donovan, es ist wichtig«, sagte sie leise.

Die Ruhe dieses Mannes verunsicherte sie. Verwehrte er seine Hilfe absichtlich oder war er zu schwach zum Sprechen? Doch dann sprach er. Die Worte, die er atemlos ausstieß, ergaben keinen Sinn. Sie waren auf Gälisch.

»Es tut mir leid, ich verstehe Ihre Sprache nicht.«

Er erholte sich kurz von seinen Anstrengungen. Dann antwortete er abermals auf Gälisch. Trieb er ein Spiel mit ihr oder sprach er tatsächlich kein Englisch? »Mr Donovan, verstehen Sie mich?«

Er sah sie nur an. Dieser Mann war zu krank und zu schwach, um sie an der Nase herumzuführen.

»Falls Sie mich verstehen, bitte ich Sie, mir zu helfen.« Seine Antwort war auf Gälisch. Sie gab auf, nickte ihm freundlich zu und ließ ihn in seiner Hütte zurück.

Emily stand wieder am Fenster, die Bibel in der Hand. Die Schrift war wunderschön, aber schwierig zu lesen. Wegen der ungewöhnlichen Schreibweise und der altertümlichen Sprache brauchte sie manchmal etwas länger, um ein Wort zu entziffern. Doch das Buch war das einzige, was ihr aus ihrem alten Leben geblieben war. Und es war ihre einzige Rettung, um in all dem Chaos einen klaren Verstand zu behalten. Sie konzentrierte sich auf den Satz vor ihr.

Denn Gott hat uns nicht gegeben den Geist der Furcht, sondern der Kraft und der Liebe und der Besonnenheit.

Es war sein Versprechen. Es würde sie am Leben halten.

Hinter ihrem Rücken klappte Brendan sein Buch über Medizin zu, griff nach dem Eimer und verkündete, dass er sich auf den Weg zum Bach mache. Emily drehte sich zu ihm um. »Kann ich mitkommen?«

Er nickte. Sie legte ihre Bibel auf die Matratze, schlüpfte in ihren Mantel, in dessen ausgebeulter Tasche immer noch die Pistole steckte, und gemeinsam verließen sie die Hütte. Draußen blies ein salziger Wind.

Auf dem engen Pfad zum Bach mussten sie hintereinander hergehen. Die Felder stanken faulig. Emily atmete durch den Mund. Schweigend folgte sie Brendan. Nachdem er am Bach den Eimer mit frischem Wasser gefüllt hatte und sie den breiteren Weg Richtung Grenmore einschlugen, fragte er: »Was ist? Sie wollen doch irgendetwas.« Als sie nicht gleich antwortete, fuhr er fort: »Ich weiß, dass Sie in dem Brief etwas Unangenehmes erfahren haben. Es macht Sie wütend. Sie fressen es in sich hinein.«

»Also gut, Herr Menschenkenner.« Sie holte tief Luft. »An dem Abend, als Rafferty mich umzubringen versuchte, erwähnte er, dass Donovan Zeuge des Mordes an meinem Vater sei.«

»Und jetzt möchten Sie Donovan fragen, was er weiß.«

»Ja, ich war sogar schon bei ihm, aber er hat mich nicht verstanden. Würden Sie für mich mit ihm reden?«

»Wenn Ihnen damit geholfen ist.«

Sie sagte: »Donovan könnte der Mörder sein. Er hätte ein Motiv. Genauso wie Tuppence.«

»Und welches Motiv hätte Tuppence?«

Sie ließ sich mit der Antwort Zeit. Die Gräser am Rand des Weges wiegten sich im Wind und legten sich um ihre Knöchel, als wollten sie nach ihr greifen. »Mr Tuppence' Bruder Edmond informiert mich, dass Mr Tuppence sehr hohe Spielschulden habe. Sein Motiv könnte gewesen sein, an den Besitz zu kommen.« Sie sah aus den Augenwinkeln, dass Brendan die Augenbrauen hob. Sie fuhr fort: »Das ist aber noch nicht alles. Er ist bereits vermählt.«

Vor Überraschung gab Brendan ein hustendes Geräusch von sich.

Sie rieb sich über die Stirn. »Ich kann nicht glauben, wie ich mich in diesem Mann getäuscht habe. Wie konnte ich nur so dumm sein!«

»Er kommt also nicht mehr zurück«, sagte Brendan.

»Ja, und ich habe keinen Grund mehr, mich länger hier aufzuhalten.«

Er verlangsamte sein Tempo und blieb dann stehen. Sie hielt ebenfalls an und wandte sich zu ihm um. Einen Augenblick sahen sie sich an. Dann senkte sie den Kopf.

»Wohin werden Sie gehen?«, fragte er.

Sie hob den Kopf und suchte seinen Blick. »Wahrscheinlich nach England.«

Er nickte langsam. Sie konnte nicht deuten, was er dachte. War er froh, dass er sie bald los war? »Was passiert mit den Ländereien? Jemand muss sie doch verwalten.«

Sie zuckte mit den Schultern. »Ich habe kein Geld, um einen Verwalter einzustellen. Ich lasse das Land einfach so zurück.«

»Sie müssen doch Steuern zahlen.«

»Ich weiß. Aber ich kann jetzt keine Steuern zahlen. Ich gehe einfach.«

»Was ist mit der Pacht?«, fragte er.

»Ich lasse sie ruhen.« Sie stieß ein trauriges Lachen aus. »Oder soll ich vielleicht umhergehen und vor den hungernden Menschen die Hand aufhalten?« Sie sah frustriert weg. »Ich könnte den Pächtern in ihrer jetzigen Lage keinen Druck machen.«

Ein trauriges Lächeln umspielte seine Lippen.

»Da haben wir nun also unsere beiden Chancen jeweils ergriffen, oder?«, sagte sie leise. »Sie haben mir die Stärken der Iren gezeigt, und ich tue ihnen etwas Gutes, indem ich verschwinde und die Pächter in Ruhe lasse. Ihre Mission ist geglückt.«

»Das wage ich zu bezweifeln«, sagte er.

Sie konnte ihm nicht in die Augen sehen.

»Kommen Sie, Donovan wartet«, sagte er.

Schweigend legten sie den Weg zum Dorf zurück. Nachdem Brendan geklopft hatte, betraten sie den kalten Raum. Donovan lag auf seiner Strohmatratze, vergraben unter mehreren Decken. Brendan stellte den Eimer neben der Tür ab, ging freudig auf Donovan zu und begrüßte ihn. Er hockte sich neben ihn und befühlte seine Stirn. Der Alte blickte ihn müde an und lächelte schließlich. Brendan deutete auf Emily und sagte etwas. Zwischen den unbekannten Lauten hörte sie ihren Namen. Sie nickte Donovan freundlich zu. Brendan wandte sich wieder dem Alten zu. Er machte lachend eine Bemerkung, woraufhin Donovan vor sich hin schmunzelte.

Dann stand Brendan auf, leerte den Nachttopf und das abgestandene Wasser aus Donovans Eimer draußen aus und füllte ihn mit dem frischen Wasser, das sie mitgebracht hatten. Er goss etwas davon in einen Kessel, fachte ein Feuer an und setzte das Wasser auf die Feuerstelle. Der Rauch kroch in die Ecken des Raumes. Emily ging zur Tür und öffnete sie. Bis das Wasser kochte, unterhielt Brendan sich mit dem Alten. Sein Ton klang aufmunternd. Er nahm ein Buch aus einer Truhe, blätterte darin und begann einen Text zu übersetzen. Als das Wasser heiß war, goss er etwas davon in einen Becher, fügte ein paar getrocknete Kräuter hinzu und ließ den Becher im kalten Wasser des Eimers eine Weile abkühlen. Dann half er Donovan, sich aufzurichten, und setzte ihm den Becher an die Lippen. Der Alte trank dankbar und deutete auf das Fladenbrot, das Emily gestern gebracht hatte.

Brendan bat sie, das Brot einzuweichen. Sie setzte sich auf den

Stuhl, stellte eine Tonschüssel zwischen ihre Füße, zerbrach den harten Laib und goss etwas von dem abgekochten Wasser darüber. Nachdem sie den Brotbrei neben den beiden auf den Boden gestellt hatte, ging sie wieder zur offenen Eingangstür und beobachtete die beiden. Brendan half Donovan erneut, sich aufzusetzen, und fütterte ihn mit dem aufgeweichten Brot.

Da sie nichts vom Gespräch verstand, hatte sie Zeit, Brendan zu beobachten. Er bewegte sich ruhig und kraftvoll. Er war entspannt und wirkte wie ein Mann, der wusste, wer er war. Und trotzdem stand von Zeit zu Zeit diese Frustration und Trauer in seinen Augen. Brendan O'Neill war voller Widersprüche. Doch sie wusste, dass sie ihm vertrauen konnte.

Trotzig versuchte sie, gegen die Freude, die sie in seiner Gegenwart empfand, anzukämpfen, wandte ihren Blick ab, drehte sich um und blickte durch die Tür auf die Straße. Sie hörte seiner Stimme zu. Tief und vertraut. Und gleichzeitig war er ihr so fremd wie die Laute der irischen Sprache. Die Welt da draußen vor der Tür war langweilig. Sie drehte sich um. Sie wollte hier sein, bei ihm.

Gott sei Dank waren ihm ihre Gedanken verborgen. Und er würde sie auch niemals erfahren. Früher oder später würde er Ryanne zur Frau nehmen. Dieser Gedanke würde sie heilen.

Seine Stimme hatte plötzlich einen vertrauteren Ton angenommen. Er hatte Englisch gesprochen. »Wie bitte?«, fragte sie.

»Wäre es in Ordnung, wenn ich mit Donovan über die Angelegenheit spräche, ohne für Sie zu übersetzen? Das macht das Ganze leichter.«

»Ja, tun Sie das.«

Er lächelte sie an und ihr Magen krampfte sich zusammen.

Als sie Grenmore hinter sich ließen und wieder in Richtung Bach gingen, musterte sie ihn erwartungsvoll von der Seite. Ihr Körper antwortete mit Gänsehaut, als sie sein Stirnrunzeln bemerkte. »Was hat er gesagt?«

»Er möchte nicht in den Fall hineingezogen werden und weigert sich, eine eidesstattliche Aussage zu machen.«

»Das heißt, er weiß tatsächlich etwas.«

»Ja, aber – wie ich schon sagte – er wird es nicht offiziell bezeugen.«

»Aber was weiß er denn?«

Brendan atmete tief durch. »Der Mord hat sich am Weg auf seiner Parzelle zugetragen. Damals ging es ihm noch etwas besser, und er war dabei, Unkraut zu jäten. Er bückte sich hinter der Mauer, die den Weg säumt. Ihr Vater und Tuppence hatten ihn nicht bemerkt. Ob Donovan sich absichtlich vor ihnen versteckte, weiß ich nicht. Ich vermute es aber.«

Sie erreichten den Bach und kletterten auf den breiten Stein, auf dem sie die Wäsche gewaschen hatte. Brendan tauchte den Eimer in das sprudelnde Wasser. Sie fragte sich, warum er hier das Wasser schöpfte. Es gab eine Stelle, die näher am Haus war.

»Brendan, spannen Sie mich nicht so auf die Folter! War es Ronald?«

Er stellte den Eimer ab, kam plötzlich zielstrebig auf sie zu, ergriff ihre Hand und zog sie mit sich hinunter, sodass sie schließlich beide auf dem kalten Stein saßen.

»Ja. Donovan sagt, dass Ronald Tuppence Ihren Vater aus nächster Nähe hinterrücks erschossen hat.«

»Ist sich Donovan da ganz sicher?«

»Ja, er hat die beiden die ganze Zeit beobachtet.«

»Aber wenn eine Mauer dazwischen war?«

»Er hat mir erzählt, dass er den beiden misstraute, und da er wissen wollte, was sie auf seiner Parzelle vorhatten, hat er sie im Auge behalten.«

»Er ist alt, wie gut sind seine Augen?«

»Emily … Sie wollen es nicht wahrhaben …«

Sie hatte ihre Hände zu Fäusten geballt. »Nein, natürlich will ich es nicht wahrhaben. Es ist angenehmer, wenn ich mir einrede, dass es nicht stimmt.« Dieser Wolf im Schafspelz! Ihr Hals schmerzte vom unterdrückten Weinen.

»Möchten Sie alleine sein?«, fragte Brendan.

»Nein«, brachte sie heiser hervor.

Sie saßen beide da und blickten ins Wasser. Sie weinte still, Brendan schwieg nachdenklich. Nach einer Weile erhob sie sich, da ihr kalt war. Mit verschleiertem Blick starrte sie weiterhin aufs Wasser. Brendan hatte sich ebenfalls erhoben. Sie sagte: »Aber wenn er behauptet, dass es Ronald war, warum hat er das Ganze bis jetzt für sich behalten?«

»Er hat den Vorfall nicht ganz für sich behalten, Rafferty wusste Bescheid.«

»Ja, genau, warum hat er es Rafferty gesagt? Und warum gibt es dieses Alibi? Und warum hat Donovan sich nicht bei der Polizei gemeldet?«

»Er hat das Alibi erfunden – zu seinem Schutz«, sagte Brendan. »Und was weiß ich, wie es dazu kam, dass er es Rafferty gegenüber erwähnte. Donovan will nichts mit der Polizei und schon gar nicht mit einem Mord am Grundbesitzer zu tun haben. Die Polizei ist auf der Seite der Mächtigen, also auf Tuppence' Seite. Außerdem hat Donovan Angst davor, sich mit Tuppence anzulegen. Hinzu kommt noch, dass es ihm wahrscheinlich gleichgültig ist, was sich im Großen Haus abspielt.«

»Könnte es nicht doch Donovan gewesen sein, der den Mord beging?«

»Auf seiner eigenen Parzelle? Wäre er so dumm?«

Emily klopfte zögernd an die blaue Tür. Hoffentlich war Ella Strom nicht alleine zu Hause. Sie horchte. Kräftige Schritte näherten sich der Tür und Emily atmete innerlich auf.

»Guten Tag, Mr Strom«, sagte sie zögernd, als er die Tür öffnete. »darf ich Sie kurz stören? Ich hätte eine Frage.«

Er schwieg einen Moment lang überrascht, dann trat er zur Seite und sagte: »Bitte, kommen Sie herein.« Sie folgte ihm durch einen dunklen Flur in die Küche. Ein glänzender Tisch beherrschte den Raum und warf seine Schatten auf den Steinboden, ein gusseiserner Ofen stand kalt an der Wand.

»Würden Sie hier einen Augenblick warten? Ich muss kurz nach meiner Frau sehen. Sie hat sich im Nebenzimmer hingelegt. Es geht ihr nicht gut.«

Emily nickte, er ließ sie alleine und schloss sorgfältig die Tür hinter sich. Regungslos stand sie in der Küche. Von jenseits der Tür vernahm sie Samuel Stroms Stimme, die beruhigend murmelte. Dann hörte sie, wie er eine Melodie anstimmte. Emily stellte sich vor, wie er neben seiner Frau saß, die vielleicht auf einem Kanapee lag, die Lider geschlossen und zuckend, und wie er versuchte, sie zu beruhigen. Dann fiel ihr auf, dass ihr die Melodie vertraut war. Sie hatte sie seit Ewigkeiten nicht mehr gehört. Zu welchem Lied gehörte sie?

Sie machte ein paar leise Schritte in Richtung Tür und horchte genauer. Während sie sich auf das Lied konzentrierte, wurde ihr warm, obwohl es in der Küche kalt war. Die Worte zu dieser Melodie lagen ihr auf der Zunge, aber sie bekam sie nicht zu fassen. Samuel Strom beendete das Lied. Sie hörte, wie er auf die Tür zuging, und sie machte schnell große, leise Schritte rückwärts, sodass sie in der Mitte des Raumes stand, als er eintrat und die Tür wieder hinter sich schloss.

Er gab keine Erklärung zum Zustand seiner Frau ab, sondern sah sie erwartungsvoll an.

»Ich habe ein ungewöhnliches Anliegen«, begann sie verlegen. »Könnten Sie mir vielleicht sagen, wie hoch Ihre monatliche Pacht ist und ob Sie damit rechnen, dass Sie sie in Zukunft zahlen können?«

Er sah sie verblüfft an. »Warum? Gibt es ein Problem mit unserem Land?«

»Nein, nein. Es ist alles bestens. Sie sind die verlässlichsten Pächter. Meine einzige Hoffnung sozusagen.« Sie lächelte.

»Im Jahr 50 Pfund«, sagte er.

Emily überschlug die Zahlen im Kopf. Das war zu wenig für ein unabhängiges Leben, selbst wenn sie billig zur Miete wohnen würde.

Strom sprach weiter: »Ich denke schon, dass wir die Pacht weiterhin zahlen können. Hoffen wir's.«

»Danke für Ihre Auskunft.« Sie lächelte scheu. »Darf ich Sie noch etwas fragen? Was wissen Sie über Sean Lawlor?«

Strom seufzte. »Er ist der Bruder meiner Frau. Ich musste ihn bei der Festnahme identifizieren.«

»Wissen Sie, warum er festgenommen wurde?«

»Nein, aber auf dem Weg zu ihm habe ich gehört, worüber die Polizisten und die Soldaten geredet haben. Anscheinend hat ein Agent der Krone herausgefunden, dass er der Kopf einer Untergrundbruderschaft ist. Die Anordnung zur Festnahme kam direkt aus England.«

»Brauchte es denn keine Zeugen?«

»Offenbar gibt es einen geheimen Zeugen, der auch ein Papier unterschrieben hat.«

»Wissen Sie, wer es ist?«

»Nein.«

Emily gab ihm zum Abschied die Hand, eine Geste, die ihn überraschte. »Leben Sie wohl«, sagte sie.

Eine Schwere hatte sich über Killock gelegt, als warteten die Menschen in den Häusern auf den Beginn des Sterbens. Die Straßen und Geschäfte waren menschenleer. Emily und Brendan betraten das Pfandleihhaus. Als der Bucklige sie erkannte, sprang er aus seiner Ecke auf. »Heute vielleicht Bücher?«

Emily schüttelte den Kopf und schob ihm vier Goldketten hin.

Nach einer Weile hartnäckigen Feilschens schob er ihnen fünfzig Pfund über den Tresen. Auf dem Weg zur Tür streifte ihr Blick ein in Leder gebundenes Buch, das neben einer Bibel in einer Vitrine lag. Sie blieb eine Sekunde lang stehen und las den Titel, der ins Leder eingraviert war. *Erkenntnisse der Medizin*. Sie stutzte und sah Brendan an. Er mied ihren Blick und ging zur Tür. »Kommen Sie, Erin wartet!«, sagte er.

Sie warf noch einmal einen Blick auf das Buch und folgte ihm dann hinaus. Schweigend gingen sie Richtung Marktplatz. Als sie den leeren Marktplatz erreichten, sagte er: »Wenn wir schon hier sind, sollten Sie die Gelegenheit nutzen und zur Polizei gehen.«

Sie sah ihn bekümmert an. »Ich weiß.« Müde sprach sie weiter: »Aber Donovan ist der einzige Zeuge. Und er will keine Aussage machen. Was kann die Polizei schon gegen Tuppence unternehmen ohne Zeugen? Und der andere Mann, der etwas weiß, hat sich mit einer Schusswunde irgendwie nach England geschleppt. Sicherlich lebt er dort nicht unter seinem richtigen Namen.« Die Wahrheit war, dass sie keine Kraft mehr hatte. Am liebsten hätte sie ihren Kopf unter Wasser getaucht und alles vergessen.

»Denken Sie, Tuppence steckt auch hinter dem Mordversuch an Ihnen?«, fragte Brendan.

Sie hätte ihm Ronalds Motive im Schlaf aufsagen können. Nächtelang hatte sie darüber gegrübelt. »Wahrscheinlich«, sagte sie. »Er wollte mein Geld, sicherlich wegen seiner Spielschulden. Er hätte es auch bekommen, wenn es zu einer Heirat gekommen wäre. Dass diese Heirat nicht legal gewesen wäre, hätte erst einmal jemand beweisen müssen. Dann wurden seine Pläne aber offensichtlich durchkreuzt. Er floh und ordnete gleichzeitig den Mord an. Mein Tod hätte ihm gut gepasst, denn er hätte ihm die Freiheit gegeben, alles zu verkaufen.«

»Warum, glauben Sie, ist er Hals über Kopf abgereist?«

»Das weiß ich nicht. Vielleicht machte ihm die Kartoffelpest einen Strich durch seine Gewinnrechnung? Wie hätte er in der jetzigen Situation Geld aus dem Anwesen ziehen sollen? Vielleicht drohte auch sein Heiratsschwindel aufzufliegen? Vielleicht ist ihm seine Frau auf die Schliche gekommen. Vielleicht stammten die Briefe, die er erhalten hat, von ihr. Und immerhin konnte er durch die Abreise noch zweitausend Pfund stehlen. Das ist viel Geld.« Sie sah sich nach Erin um, dann sprach sie weiter: »Vermutlich gehörte der Mord an meinem Vater auch zu seinem Plan. Denn solange mein Vater lebte, hätte ihm eine Heirat mit mir erst einmal gar nichts eingebracht.« Nachdenklich blickte sie auf die Straße. »Wenn er jetzt hier die Straße entlangkäme, würde ich ihn schlagen und treten. Ich würde ihm die Augen auskratzen.« Sie wandte sich ihm zu. »Und wissen Sie, was das Schlimmste ist? Dass ich weiß, dass ich ihm vergeben sollte.«

»Warum denn das? Zeigen Sie ihn einfach an!«

»Nein, ich weiß, dass Gott das von mir verlangt.«

Er sagte skeptisch: »Ich weiß, dass Vergebung immer gepredigt wird. Aber warum eigentlich? Gott weiß doch, wie schwierig es ist, und er sieht doch selbst, wie ungerecht Tuppence gehandelt hat. Gott hat doch auch Gefühle, oder nicht?«

Sie schüttelte den Kopf. »Nein, ich bin mir sicher, dass er es will. Ich weiß, wie er ist.«

»Sie wissen, wie Gott ist?« Er hob herausfordernd die Augenbrauen.

»Ja, ja, ich weiß, das klingt seltsam.« Sie senkte den Blick.

»Sind Anglikaner mit aller Weisheit und Erkenntnis gesegnet?«

Sie hob irritiert den Blick.

Er sagte: »Wenn Sie so etwas sagen, klingt das, als sprächen Sie allen anderen ihren Glauben ab.«

Sie schüttelte den Kopf. »Das tue ich doch gar nicht.«

»Ich wüsste auch gerne, wie Gott ist«, sagte er. »Wirklich. Aber ich habe schon zu viel Schlimmes gesehen. Er kann nicht allmächtig und gütig zugleich sein.«

Sie schwieg kurz. Dann sagte sie: »Ich verstehe Gott natürlich auch nicht immer. Aber machen Sie es sich nicht ein bisschen zu leicht? Das meiste Leid ist doch von Menschen verursacht. Die Kartoffelpest ist zwar kein menschliches Versagen, aber es die Schuld der Menschen, dass die Iren auf die Kartoffel angewiesen sind. Es ist die Schuld der Menschen, dass die Armen nicht angemessen versorgt werden, dass die irische Wirtschaft zugunsten der englischen ausgebeutet wird und das Korn zu Niedrigpreisen nach England abgezogen wird … und da ich zu denjenigen gehöre, die Irland ausbeuten, trifft mich sogar mehr Schuld als Gott. Machen Sie lieber *mir* Vorwürfe!«

Er lachte anerkennend. »Jetzt laufen Sie aber zu Höchstleistungen auf.«

Sie lächelte selbstironisch. »Das war jetzt sehr klug von mir, ich weiß.«

»Nein, nein. Ich vermisse solche Gespräche. Mit Aedan Donovan konnte man auch gut diskutieren.«

Aedan Donovan. Der Mann, für dessen Tod sie verantwortlich waren. Sie schwieg. Brendan verstand es wirklich, sie immer wieder auf den Boden zurückzuholen.

Emily war froh, als Erin die Straße hinabkam. Im gleichen Augenblick fiel ihr Blick auf ein eng bedrucktes Plakat an einer Hauswand. »Warten Sie bitte einen Moment auf mich?« Sie ließ Erin und Brendan stehen, trat an das Plakat heran, das schon durchgeweicht war, und las den Text durch.

Sie kehrte zu den beiden zurück. »Wäre es in Ordnung, wenn ich kurz etwas erledige? Ich bin gleich wieder da.«

Die beiden nickten und Emily eilte zum Pfandleihhaus. Anschließend fragte sie sich zur Edward Street durch.

»Bevor Sie an Bord gehen, wird Ihr Hab und Gut von den Offizieren untersucht.« Der junge Mann mit der geölten Halbglatze reichte ihr ein Papier mit einer Auflistung von Gegenständen. »Sie benötigen all das hier.« Er zeigte auf die Liste.

Die Kleidung muss für heißes und kaltes Klima geeignet sein. Männer müssen folgende Kleidungsstücke mit sich führen: Sechs Hemden, sechs paar dicke Strumpfhosen, zwei Anzüge, zwei Paar Schuhe.

Frauen müssen folgende Kleidungsstücke mit sich führen: Sechs paar dicke Strumpfhosen, zwei Kleider, zwei Unterkleider, zwei Paar Schuhe.

Außerdem muss jeder Passagier Seife und Tücher bei sich haben.

»Warum wird das so genau festgelegt?«, fragte Emily verwundert.

»Die Reedereien erhalten Kopfgeld für jeden Passagier, den sie unversehrt im Zielhafen anbringen. Deshalb ist es für sie äußert unglücklich, wenn sich Passagiere erkälten und sterben.«

Sie nickte. »Und es gibt wirklich keine Möglichkeit, einen Zuschuss zu erhalten?«

»Sind Sie verheiratet? Denn dann bekämen Sie als Paar zwanzig Pfund Zuschuss – aber nur für Australien.«

Emily schüttelte den Kopf.

»Ich bedauere, Miss. Wenn Sie Landarbeiterin wären, müssten Sie nur zwei Pfund bezahlen. Aber in Ihrem Fall wird es auf mindestens zwanzig Pfund hinauslaufen. Doch das Geld ist gut investiert. Australien ist das einzige Land, in dem es zu wenige Gouvernanten gibt. Überlegen Sie es sich in Ruhe. Ich werde in den nächsten Tagen durch die Dörfer ziehen und meine Kontingente verkaufen.«

Sie sah den Mann eine Weile zögernd an. Australien. Vielleicht gab es dort keinen Nebel für Gouvernanten. Außerdem war sie dort geboren worden.

Erin stellte den Topf mit Kartoffeln auf den Tisch. Sie senkten die Köpfe und sprachen ein Gebet. Danach sahen sie sich gespannt an.

»Angeblich wurden sie rechtzeitig ausgegraben«, sagte Erin. »Ryanne meinte, man könne sie noch essen.«

Moya seufzte. »Na, dann schauen wir mal.« Sie schöpfte die kleinen Kügelchen, die aussahen wie bräunliche Murmeln, auf die Teller. Zögernd griff Erin nach dem Löffel. Brendan hob seinen an die Nase und verzog das Gesicht. Erin spuckte ihre Kartoffeln wieder aus. »Puh, das schmeckt scheußlich! Wie konnten die Lawlors das nur essen?«, sagte sie.

Brendan legte seinen Löffel in den Teller zurück. »Es tut mir zwar im Herzen weh, Essen wegzuwerfen, aber das kann nicht gesund sein. Wir tun uns nichts Gutes, wenn wir das essen.«

Moya erhob sich seufzend und schüttete den Inhalt der Teller wieder in den Topf zurück. Sie trug den Topf vor die Tür. Emily blickte verstohlen in die Runde. Sie wusste, dass sich alle zum Heulen fühlten. Brendan sagte an Erin gewandt: »Das ist fast so eklig wie das Rezept von Donelly, das du letztes Jahr gekocht hast.« Emily wusste, dass er sie ablenken wollte.

Moya, die wieder eingetreten war und seine Worte gehört hatte, lächelte.

»Was war das?«, fragte Emily.

»Das wollen Sie nicht wissen«, sagte Brendan.

»Ich glaube, mich schockiert mittlerweile nichts mehr.«

»Das wage ich zu bezweifeln!«, antwortete er. Mit einem Blitzen in den Augen wandte er sich zu Erin und Moya.

»Habe ich euch eigentlich schon erzählt, dass Miss Winslow Zeuge der Geburt von Matthew Donellys Kalb wurde?« Er warf ihr einen amüsierten Blick zu und berichtete von ihrem pikierten Gesichtsausdruck.

Sie wehrte ab. »Das stimmt nicht! Er übertreibt.«

»Ihr hättet sie sehen sollen!«

Ihre Blicke trafen sich.

»Ich war gestern bei einem Auswanderungsagenten«, sagte sie leise.

Brendan sah sie überrascht an.

»Ich habe eine Passage gebucht. – Nach Australien«, sprach sie weiter.

Niemand sagte etwas. Sie spürte Brendans Blick auf sich. Sie wich ihm aus und versuchte, zuversichtlich zu wirken. Sie lächelte und wollte doch sterben.

Warum sagte niemand etwas? Waren sie froh, dass sie ihnen nun endlich nicht mehr zur Last fiel? Sicherlich. Ihr Lächeln verkrampfte sich. Sie erhob sich und blickte tapfer in die Runde. »Ich schätze, es ist Zeit, mich schlafen zu legen.«

»Wann?«, war alles, was Brendan sagte.

»Jetzt. Es ist spät.« Sie lächelte. Sie hatte ihn absichtlich missverstanden, denn sie wollte Abstand schaffen. Von ihren Plänen. Und von ihm.

»Wann gehen Sie nach Australien?«, wiederholte er seine Frage.

»In zwei Wochen«, sagte sie leise.

Er erhob sich ebenfalls. Eine Weile ruhte sein Blick auf ihr. Dann nickte er. Tränen schossen ihr in die Augen. Er sah sie. »Kommen Sie, wir machen einen kurzen Spaziergang«, sagte er, griff nach seiner Jacke und ging zur Tür hinaus. Sie blickte kurz Moya und Erin an, dann folgte sie ihm.

Er wartete in der Dunkelheit auf sie.

Sie sagte: »Darf ich die letzten zwei Wochen noch bei Ihnen wohnen? Ich weiß, dass ich mir schon längst ein Zimmer hätte mieten sollen. Es tut mir …«

Er unterbrach ihren Redefluss. »Vielleicht haben Sie sich deshalb kein Zimmer genommen, weil Sie somit einen guten Vorwand haben, uns mit Nahrungsmitteln und Torf zu versorgen?«

Sic sagte nichts.

»Warum haben Sie da drinnen fast geweint?«

»Habe ich doch gar nicht.«

»Das können Sie jemand anderem erzählen«, sagte er sanft.

Sie sah an ihm vorbei in die Ferne, blickte dann zu Boden und richtete schließlich wieder den Blick auf ihn. »Weil ich Angst habe.«

»Sie sind sehr mutig. Andere Frauen würden sich niemals alleine in ein fremdes Land wagen.«

»Ich sehe keine andere Möglichkeit.«

»Was ist mit Tuppence?«, fragte er.

»Was soll mit ihm sein? Er ist nicht mehr gekommen. Und er kann mir gestohlen bleiben!«

»Flüchten Sie vielleicht vor ihm?«

»Nein, ich flüchte vor etwas anderem«, sagte sie leise.

Bitte frage nicht, wovor.

Er musterte sie schweigend. Und plötzlich wusste sie, dass er verstand.

Nach einer Weile erlöste er sie. »Wollen wir mit Erin angeln gehen? Vielleicht haben wir ja Glück.«

Sie nickte. »Immerhin gehören die Fische mir.«

Er lächelte.

KAPITEL 20

Eine Fliege surrte von einer Seite des dunklen Raumes zur anderen. Emily lauschte dem tiefen Brummen. Es lenkte sie ab von ihren Gedanken. Denn wenn sie die Augen schloss, sah sie ihren Vater vor sich, wie er sich das letzte Mal von ihr verabschiedete. Er hatte ihre Schulter berührt, als hätte er gewusst, dass er sie nie wieder anfassen würde. Dann dachte sie an Ronald, der seinen Arm lässig auf die Sofalehne gelegt hatte, um ihn dann auf ihre Schultern sinken zu lassen. Tränen der Wut tropften auf die Matratze. Sie drehte sich auf die andere Seite und versuchte, an etwas anderes zu denken. An heute Mittag, die Diskussion zwischen Brendan und seiner Mutter, den Ausdruck seiner Augen, traurig und hart zugleich, ihre Stimme, die beharrlich auf ihn eingeredet hatte. »Selbst wenn wir diesen Winter überleben, was ist mit der nächsten Saat?«, hatte sie gesagt. »Woher sollen wir Setzlinge nehmen, sie sind doch alle verfault!«

»Wir bauen Getreide an«, hatte Brendan geantwortet.

»Auf unserem schlechten Boden?«

»Wir werden nicht einfach wie Feiglinge davonlaufen, nur weil die Zeiten härter werden!«, hatte Brendan geantwortet, ohne sie anzusehen.

»Und von welchem Geld sollen wir das Saatgut bezahlen?«

»Dann verpfänden wir eben etwas.«

Moya schüttelte den Kopf. »Die Pfandleiher geben inzwischen kaum noch etwas, das reicht nie.«

»Und woran liegt das wohl?« Er klang frustriert. »Weil die feinen Engländer in London meinen, sie könnten die Entscheidungen für die irische Wirtschaft treffen! Weil sie der Meinung sind, der Markt regle sich am besten von selbst! Das tut er auch! Er regelt, wer lebt und wer stirbt!«

Moya trat an ihn heran und sah ihn an. »Wir werden nicht sterben. Wir werden gehen – nach England oder Amerika. Wir finden Arbeit und überleben. Sobald sich die Lage hier beruhigt hat, kommen wir zurück.«

Er antwortete nicht.

Moya hatte ihren Sohn eine Weile angesehen und dann wortlos die Hütte verlassen. Brendan war brütend zurückgeblieben. Emily hatte nicht gewagt, ihn anzusprechen.

Sie drehte sich vorsichtig auf die andere Seite. Ihre Wange berührte den tränenfeuchten Fleck. Sie griff unters Bett in ihre Schmuckschatulle und tastete nach dem Passagierschein. Das Papier fühlte sich rau an. Ein Vorgeschmack auf das, was kommen würde.

Als sie sich am nächsten Tag auf den Weg nach Killock machte, um Kleider für die Überfahrt zu kaufen, sah sie, dass sich vor Donovans Haus Leute versammelt hatten. Sie blieb einen Moment stehen und beobachtete die Menschen. Sie redeten leise miteinander, mit ernsten Mienen, eine Frau in einem rotverblassten Mantel nickte langsam. Ein Junge kam ihr entgegengehüpft. Sie ging ein paar Schritte auf ihn zu.

»Was ist bei Donovans Haus los?«, fragte sie.

»Er ist heute Nacht gestorben«, sagte der Junge und hüpfte weiter.

Sie blieb stehen und beobachtete die Leute. Nun gab es keinen Zeugen mehr, der gegen Ronald aussagen konnte. Ihr war die Entscheidung abgenommen worden.

Offensichtlich sollte es so sein.

Ronald würde ungeschoren davonkommen.

Weiter unten auf der Straße trat ein Mann in Anzug und Zylinder aus einem Haus heraus, näherte sich zielstrebig der Tür des Nachbarhauses und klopfte. Sie war dankbar für die Ablenkung und ging schnellen Schrittes auf den Mann zu. Sie hatte sich nicht geirrt. Es war der Auswanderungsagent.

Die Tür, an die der Mann geklopft hatte, blieb verschlossen. Als er sich zum Gehen wandte, trat sie an ihn heran. »Sir, entschuldigen Sie bitte. Dürfte ich Sie etwas fragen?«

Er sah sie freundlich an und hob den Hut. »Ma'am.«

»Ich war vor ein paar Tagen bei Ihnen und habe eine Überfahrt gebucht.«

»Ja, ich erinnere mich«, sagte er lächelnd. »Ich hoffe, Sie haben es sich nicht wieder anders überlegt?«

Sie schüttelte den Kopf. »Nein, aber ich frage mich, ob es für allein reisende Damen vielleicht Institutionen gibt, die Schutz bieten.«

Er schob seinen Hut zurück. »Ich verstehe Ihre Bedenken. Es ist nicht ganz ungefährlich, als Dame ganz alleine so weit zu reisen. Ganz zu schweigen von den Gefahren des Neubeginns im Zielland. Es gibt tatsächlich Institutionen, die ein gemeinsames Reisen organisieren, aber nicht hier in Südwestirland. Da müssten Sie eher von England aus segeln, Madam.«

Sie blickte ihn eine Sekunde lang schweigend an und hörte sich plötzlich sagen: »Wie viele Plätze gibt es noch auf der *Shannon*?«

»Ein paar. Ich weiß es nicht auswendig. Ich wollte eigentlich morgen an die Reederei schreiben und ihnen die freien Plätze zurückgeben, damit sie sie direkt am Hafen verkaufen können.«

Ihr Herzschlag beschleunigte sich. Ohne zu überlegen, sagte sie: »Ich bezahle die Überfahrt für vier weitere Personen, wenn Sie diese vier überzeugen können, auf der *Shannon* nach Australien zu reisen.« Verblüfft von ihren eigenen Worten sah sie ihn an.

Er lächelte verunsichert. Sicherlich fragte er sich, wen er da vor sich hatte. Eine Frau, die über ihre eigenen Worte verwundert war? »Na ja«, begann er zögernd, »ist es denn jemand aus dieser Gegend?«

Sie sagte schnell: »Ja, sie wohnen Richtung Westen.« Sie beschrieb ihm den Weg zur Hütte der O'Neills.

Er nickte nachdenklich. »Hm, ich wollte sowieso zu allen Einwohnern. – Eigentlich habe ich heute nur die Unterlagen für New York bei mir, aber ich sehe, was ich machen kann.«

»Sagen Sie ihnen aber bitte nicht, dass ich es bin, die die Kosten für die Überfahrt übernehmen würde. Sagen Sie einfach, dass die Tickets bezuschusst werden. Das entspricht ja auch der Wahrheit.«

Er nickte wieder, diesmal noch irritierter.

»Danke! Ich komme die Tage bei Ihnen vorbei, um alles zu klären«, sagte sie schnell, drehte sich um und eilte davon.

Als sie ein paar Tage später aus Killock zurückkehrte, platzte sie mitten in ein Gespräch zwischen Brendan und seiner Mutter. Erin saß vor dem Topf an der Kochstelle und hatte ihnen den Rücken zugewandt.

»Wie stellst du dir das vor?«, fragte Brendan seine Mutter in bitterem Ton.

»Ich weiß es nicht. Das ist immer noch viel Geld, ich weiß, aber vielleicht gibt es noch weitere Zuschüsse der Regierung, dafür muss uns nur jemand vorschlagen«, antwortete sie.

»Wer sollte uns denn vorschlagen?«

»Vielleicht könnte uns ja Miss Winslow vorschlagen, wenn sie in Amerika ist?«

»Nicht Amerika«, sagte Emily, während sie eintrat. »Australien. Das ist auf der anderen Seite der Erde. Reden Sie übers Auswandern?«

»Das ist nur so ein Gedankenspiel von Mutter«, antwortete Brendan ausweichend.

»Nein, das ist es nicht!«, rief Moya mit rotem Kopf.

Brendan mied Emilys Blick. Auf einmal knallte Erin den Topf auf die Steine, wandte sich um und rief: »Wenn ihr euch hier die Köpfe einschlagen wollt, dann tut das! Aber wenn wir schon so ein gutes Angebot bekommen, dann gehe ich eben allein mit Deirdre! Vier Kinder sind diese Woche gestorben! Vier Kinder in einer Woche!«

Moya erhob sich. »Ruhe jetzt!« Sie ging zu den Kleiderhaken und klopfte die Mäntel ab. »Wir müssen in Ruhe nachdenken! Wir reden morgen darüber.«

Emily ging an Brendan vorbei zu ihrem Schlaflager, um die Päckchen mit den Kleidern abzulegen. Er starrte auf den Tisch, während sich sein Brustkorb hob und senkte.

»Was genau hat der Agent denn gesagt?«, fragte sie vorsichtig, als sie sich wieder umdrehte.

Brendan sah auf. »Er hat von Zuschüssen gesprochen.«

Moya, die noch vor den Mänteln stand, wandte sich um und sagte: »Normalerweise kostet eine Passage für Landarbeiter zwei Pfund. Ich bin die Teuerste. In meinem Alter kostet es elf Pfund, ein Vermögen. Mich will dort keiner. Der Agent kann uns meine Passage aber für zwei Pfund verkaufen, wenn alle von uns mitkommen. – Aber das ist immer noch viel Geld.«

Emily setzte sich an den Tisch und sah sie eine Weile an. »Sie wissen, dass Sie unglaublich viel für mich getan haben. Ich würde gerne die zwei Pfund übernehmen. Oder Ihnen eine andere Passage finanzieren. Wohin Sie wollen.«

»Wie gesagt, sie meint es nicht ernst«, sagte Brendan.

KAPITEL 21

Emily stand in eine Ecke gedrängt, die kalte Mauer im Rücken, und hatte einmal mehr das Gefühl, nicht dazuzugehören. Das ganze Dorf war gekommen, um die O'Neills auf ihre Reise nach Australien zu verabschieden, die Menschen drängten sich Schulter an Schulter. Um zu dem Eintopf mit Hammelfleisch zu gelangen, der zur Feier des Tages über der Feuerstelle hing, hätte sie sich an vierzig Leuten vorbeidrängeln müssen. Sie hatte sowieso keinen Appetit, obwohl ihr Magen knurrte. Einer der beiden Männer, den sie im Gespräch mit Brendan belauscht hatte, blieb vor ihr stehen. »War es Ihre Idee, nach Australien zu gehen?«

Sie nickte.

»Warum ausgerechnet so weit weg?«

Sie erklärte ihm, dass es in Amerika schon genügend gebildete junge Frauen gäbe, in Australien Gouvernanten jedoch gesucht würden.

»Aber warum gehen die O'Neills? Sie werden nicht als Gouvernanten arbeiten.« Er gluckste.

Emily lächelte ebenfalls. Sie konnte noch gar nicht fassen, dass ihr Plan aufgegangen war. Nachdem die O'Neills zwei Tage diskutiert hatten, hatte Brendan schließlich eingewilligt. »Ich glaube, Erin meint es ernst«, hatte er zu seiner Mutter gesagt. »Wir können sie nicht alleine segeln lassen. Sie braucht Schutz.«

Seine Mutter hatte genickt. »Freut mich, dass du endlich Vernunft angenommen hast.«

»Aber wir werden zurückkommen.«

»Ja, das ist ein Versprechen«, hatte sie geantwortet.

Emily konzentrierte sich wieder auf ihr Gespräch. »Der Agent hatte noch freie Plätze für Australien«, sagte sie und hoffte, dass sie nicht rot wurde. Doch es entsprach ja der Wahrheit. »Es ist zwar weit weg, aber die O'Neills werden nicht für immer dort bleiben.«

Sie lächelte ihn zuversichtlich an und hoffte, dass er keine weiteren Fragen stellen würde.

Ihr Blick fiel auf Erin, die sich schon seit einer Stunde Tränen mit dem Ärmel abwischte. Der Stoff war nass. Wieder umarmte sie jemanden zum Abschied. Dann wandte Erin sich zu Ryanne, die neben ihr stand, und redete mit ihr. Ryanne lachte. Die Fee war in den letzten Tagen häufig zu Besuch gewesen. Bei jedem Zusammentreffen hatte sie versucht, Emily entweder durch spitze Bemerkungen zu reizen oder sie zu ignorieren. Zwischendurch hatte sie sich immer wieder vertraut zu Brendan gebeugt. Emily hatte daraufhin jedes Mal die Hütte verlassen, wenn Ryanne gekommen war.

Als der Tanzlehrer auf seiner Fiedel eine traurige Melodie anstimmte, schob der Mann vor ihr sich weiter. Die Menschen im Raum sangen mit. Vom Übermut der Zuhörer beflügelt, kletterte der Tanzlehrer auf eine der Bänke. Gerne hätte sie verstanden, wovon das Lied handelte. Bestimmt erzählte es die Geschichten von Helden und Märtyrern, die für ihr Land ihr Leben gelassen hatten. Oder vielleicht besangen die Menschen die Liebe zwischen einem Prinzen und einer Fee. Brendan stieg auf die andere Bank. In der Hand hielt er ebenfalls eine Geige. Er musste sie sich geliehen haben, denn sie wusste mit Sicherheit, dass er keine Geige besaß. Er hatte es nicht nötig, sich Gehör zu verschaffen. Der Gesang verklang in dem Moment, als die Menschen ihn auf der Bank sahen. Er blickte die erwartungsvollen Menschen freundlich an. Dieser Mann hatte eine Ausstrahlung, die einen Baum verwelken lassen konnte, dachte Emily.

Er sagte: »Ich werde gleich etwas bekannt geben. Zuerst möchte ich jedoch für jemanden ein Lied spielen. Er war ein treuer Mann, der eine großartige Abschiedszeremonie verdient hätte. Er ist vor Kurzem von uns gegangen, und zwar zu einem Zeitpunkt, an dem wir uns nicht angemessen von ihm verabschieden konnten. Wir mussten ihn ohne Totenwache beerdigen. Sein Name war Thomas Jacob Bailey.«

Brendan machte eine Pause. Sie freute sich, dass er Bailey gedachte. Sein Blick streifte sie kurz, kehrte dann zurück und ruhte auf ihr. Sie lächelte und merkte, dass ihre Augen feucht wurden. Brendan fuhr fort, ohne seinen Blick von ihr zu lösen. »Was ich euch gleich sagen werde, hat mit einer besonderen Frau zu tun.« Die Pause war eine Sekunde zu lang, dann riss er seinen Blick von ihr los und setzte die Geige an. Emily sah zu Ryanne. Sie war rot geworden und hatte den Blick gesenkt. Eine Bekanntmachung von Brendan, die mit Ryanne zu tun hatte? Während Brendan den Bogen über die Saiten strich, drückte sich Emily an den anderen vorbei in Richtung Tür. Er würde ihre Verlobung verkünden. Warum war sie so überrascht? Sie hätte damit rechnen müssen. Aber er hatte sie, Emily, angesehen. Was hatte er ihr damit sagen wollen? Dass er doch hierblieb? Sie musste raus.

Sie war zu langsam, denn sie hatte die Tür noch nicht erreicht, als Brendan das Stück beendete. Während sie sich weiter an den Menschen vorbeikämpfte, sah sie, wie Brendan jemandem zunickte. Ryanne bahnte sich einen Weg zu ihm, er ergriff ihre Hand und zog sie zu sich auf die Bank. Er legte locker seinen Arm auf ihre Schulter. »Heute Abend müsst ihr euch von noch mehr Menschen verabschieden. Ryanne wird mit uns mitkommen.« Die Anwesenden antworteten mit Seufzen und Raunen. Mit angehaltenem Atem wartete Emily auf mehr. Doch Brendan schwieg. Eine Stimme rief laut: »Wann heiratet ihr?«

Brendan sagte lächelnd: »Im Moment kann ich nur sagen, dass Ryanne mit nach Australien kommt.«

Ryanne stand neben ihm und presste die Lippen aufeinander.

Die beiden waren nicht verlobt? Aber sie kam trotzdem mit?

Wie schön, dass sie es auf diese Art und Weise erfuhr. Womöglich musste sie auch für Ryanne die Überfahrt bezahlen?

Es wunderte sie, dass die beiden nicht vor der Abreise heirateten, war das nicht die praktischste Lösung? Nach den überraschten Gesichtern zu urteilen, war Emily nicht die einzige Person im Raum, die sich diese Frage stellte. Ryanne wurde von allen Seiten bestürmt und umarmt. Unbemerkt öffnete Emily die Tür. Bevor sie die Hütte verließ, drehte sie sich noch einmal um und warf einen Blick auf das hübsche Paar, das immer noch auf der Bank stand. Zu ihrer Überraschung hatte Brendan trotz allem Trubel, der um ihn herum herrschte, seinen Blick auf sie gerichtet, sodass sie sich unverhofft ansahen. Sie drehte sich um und verließ die Abschiedsfeier.

Es war kalt, und sofort ärgerte sie sich, dass sie ihren Mantel nicht mit hinausgenommen hatte. Sie schlang die Arme um den Oberkörper und ging zügigen Schrittes vom Haus weg.

Dass er Ryanne mitnahm, kratzte zwar an ihrer Seele, aber es gab eigentlich keinen Grund, warum sie sich nicht für ihn freuen sollte.

Ryanne war hübsch, sie war Katholikin, sie war Irin und sie gehörte seinem Stand an. *Gut gemacht, Brendan, du hast die beste Wahl getroffen.*

Und wie hatte sich Brendan einmal ausgedrückt? *Willkommen im richtigen Leben.* Gott würde ihr helfen. Er hatte ihr bisher immer geholfen. Er hatte sie vor dem Tod bewahrt und vor einem Leben mit Ronald Tuppence. Sie dankte ihm im Stillen, dass er für sie kämpfte, dass er sie annahm, wie sie war, mit all ihren Makeln und schlechten Gedanken, mit ihrem Neid auf die schöne Fee. Sie dankte ihm, dass sie nicht tiefer als in seine Arme fallen konnte. Sie dankte ihm für die Möglichkeit, in Australien ein neues Leben zu beginnen. Und sie wusste auf einmal, dass sie mit ihrem Gott noch aufregende Dinge erleben würde.

»Darf ich mal riechen?«, fragte Erin. Emily, die ihr am Tisch gegenübersaß, sah auf. Neugier und Aufregung schimmerten in Erins Augen. Emily zog den Korken aus dem Fläschchen und reichte es ihr. Erin hob es an die Nase und schloss für einen Moment die Augen. Dann stellte sie es wieder ehrfürchtig auf den Tisch. »Und wie spricht man das aus?«

»Eau de Cologne«, sagte Emily und nahm die Tüte mit Reisstärke in die Hand. Sie leerte das Reispulver in den Topf, der vor ihr auf dem Tisch stand. »Jetzt schütten wir das Eau de Cologne dazu und rühren um.«

Erin nahm die Flasche und träufelte ein paar Tropfen in die Reisstärke.

»Gieße einfach alles rein«, sagte Emily und öffnete die Flasche mit dem Spiritus. »Dann nehmen wir einfach weniger Spiritus. Bestimmt sind wir auf dem Schiff froh, wenn wir gut riechen. Lieber stinke ich nach Parfum als nach Schnaps.«

Erin lächelte und leerte das Fläschchen in den Topf. Während Emily alles zu einer klebrigen Masse verrührte, fragte Erin: »Und für was braucht man das genau?«

»Eigentlich nehmen es Damen wie ich als Haarkleber, um ihre Frisuren zu fixieren. Jeder Scheitel muss genau sitzen, jeder seitliche Dutt perfekt über den Ohren kleben. Es darf kein einziges Härchen herausstehen. – Jetzt noch etwas Spiritus, aber nicht zu viel, nur tröpfchenweise, sonst wird es zu flüssig.« Während sie den Topf zu Erin schob, damit diese weiterrühren konnte, sagte sie: »Für aufwändige Frisuren werden wir den Kleber sicherlich nicht brauchen.« Sie lächelte. »Aber wenn man ihn einmassiert und dann rauskämmt, nimmt er allen Dreck und alles Fett mit. So kann man sich ohne Wasser die Haare waschen. Dafür werden wir in den nächsten drei Monaten sicherlich dankbar sein. Denn ich habe nicht vor, meine Haare zu häufig mit Salzwasser zu waschen. Das soll jucken – und das Haar schädigen.«

Erin rührte weiter, während Emily noch etwas Spiritus in die Masse träufelte. Emily stand auf, um die leeren Dosen, die sie im Gemischtwarenladen gekauft hatte, zum Tisch zu tragen. Während sie sich von Erin abwandte, fragte sie wie beiläufig: »Wie kam es eigentlich, dass Ryanne auch eine Überfahrt gebucht hat?«

»Sie war zu Besuch, als der Agent vorbeikam. Als dann schließlich klar wurde, dass wir gehen würden, fragte sie, ob sie sich uns anschließen könne. Sie sagte, dass sie auch schon über eine Auswanderung nachgedacht habe, aber nicht alleine gehen wolle. Und wenn der Agent noch ein Ticket zu einem günstigen Preis zum Tarif für eine ledige Landarbeiterin habe, würde sie es kaufen. Ihr Bruder hatte zwei Pfund aus England geschickt.«

Emily kehrte an den Tisch zurück und stellte die Dosen ab. »Hat ihre Entscheidung etwas mit Ihrem Bruder zu tun?«, fragte sie im Plauderton und schraubte konzentriert die Deckel ab.

Erin lachte leise. »Natürlich.«

Emily stellte die Dosen zum Abfüllen neben den Topf. Jetzt nur nicht aufblicken.

Erin sagte: »Sie macht sich Hoffnungen.«

Emily hätte gerne gefragt, ob die Hoffnungen berechtigt waren, aber sie biss sich auf die Zunge. Sie sah wieder auf und sagte: »So, und jetzt füllen wir es hier ein.«

Nebelschwaden hüllten die Hütte ein und ließen die Menschen, die sich davor versammelt hatten, wie Fabelwesen erscheinen. Während Brendan den Schlüssel im Schloss umdrehte, sahen ihm alle so gebannt zu, als hinge von dieser Bewegung ein Menschenleben ab. Er wandte sich um und blickte Hilfe suchend vom einen zum anderen, als wüsste er nun nicht, was er mit dem Schlüssel anfangen sollte. Schließlich ging er auf Ryannes jüngeren Bruder zu, nahm die Hand des Jungen und legte ihm den Schlüssel mit einem festen Händedruck in die Handfläche.

Niemand sagte etwas. Jeder wusste, was der andere dachte. Die Familie O'Neill würde dieses Haus vielleicht niemals wiedersehen, und doch verriegelten sie es, als beabsichtigten sie, in ein paar Wochen wieder über diese Schwelle zu treten.

Kate Lawlor nahm ihre Tochter wortlos in den Arm. Tränen liefen über ihre Wangen.

Ein paar Minuten später rumpelte der Eselskarren über Steine und

Wurzeln in Richtung Killock, während die Familie schweigend zu Fuß folgte.

Der Kutscher hatte Mühe, die Postkutsche durch die Menschenmassen zum Auswanderungsbüro in Cove zu lenken. Neben der Kutsche rannten zwei zerlumpte Jungen her und streckten bettelnd die Hand ans Fenster. Die Kutsche überholte im Schritttempo Menschen, die Karren voller Gepäck hinter sich herzogen. Emilys Blick fiel auf eine Familie, die ebenfalls in Richtung Hafen ging, sie zählte zwölf Kinder. Deirdre saß auf ihrem Schoß und sah schweigend und mit großen Augen aus dem Fenster.

Ryanne ließ den Kopf hängen. Emily warf ihr einen Seitenblick zu und stellte fest, dass sie noch bleicher war als sonst. »Ist alles in Ordnung?«, fragte sie.

Ryanne hielt den Kopf weiterhin gesenkt. »Das Geschaukel der Kutsche bekommt mir nicht.«

Die Kutsche hielt und Brendan lud ihre Kisten ab. Sie reihten sich schweigend in die Schlange von Menschen ein, die darauf warteten, dass ihre Papiere und ihre Habseligkeiten geprüft würden. Die meisten waren zwischen zwanzig und dreißig Jahre alt und hatten entschlossene Mienen aufgesetzt, wie unglaubwürdige Schauspieler. Kinder trugen ihre kleinen Geschwister auf den Hüften, Vierjährige rannten durch die Reihen, wechselten die Seiten und schoben sich zwischen den Wartenden durch. Väter schimpften. Weiter vorne in der Schlange sah Emily eine junge Frau, die sich immer wieder umblickte. Offenbar reiste sie allein. Emily bewunderte ihren Mut. Aber genau genommen, war sie auch auf sich alleine gestellt, zumindest nach der Ankunft – so oft sie den Gedanken auch beiseiteschob.

Ihr Blick fiel auf ein Plakat mit der Aufschrift:

Mädchen, nehmt euch in Acht vor Mädchenhändlern! Nehmt keine Stellen an, über die man euch nicht aufklärt! Wendet euch in Not an die Einwanderungsbehörde vor Ort! Vertraut keinem fremden Mann!

Der Mann mit dem pockennarbigen Gesicht musste wohl der Steward der Zwischendecks sein. Er stand breitbeinig auf der Treppe im Schiffsbauch. »Dürfte ich Ihre Papiere sehen, meine Herrschaften?«, sagte er im Londoner Akzent. Da sich Brendan damit abmühte, das Gepäck die enge Holztreppe hinunterzuschleppen, hatte Emily die Vorhut übernommen. »Natürlich, Sir, einen Moment bitte.« Sie holte die Papiere aus ihrer Manteltasche.

Er sagte: »Wie schön, eine Landsmännin zu treffen. Seit drei Jahren pendle ich nun zwischen Australien und Irland. Engländer treffe ich dabei wenige.«

»Hier sind die Papiere, Sir.«

Er las die Namen und persönlichen Angaben genau durch. »Soso, Sie sind also Gouvernante von Beruf.« Er lächelte und entblößte seine braunen Zähne.

Sie nickte.

»Gouvernanten haben wir nicht oft unter unseren Passagieren.«

»So etwas wurde mir schon angedeutet.«

»Hier rechts durch die Tür, Miss, suchen Sie sich Ihre Kojen aus. Matratzen und Decken, Besteck und Geschirr liegen dort bereit. Der Herr bitte nach links zu den Männern. Meerwasser zum Waschen steht jeden Morgen zur Verfügung. Jeder benutzt sein eigenes Soda zum Waschen. Mahlzeiten gibt es dreimal am Tag. Sie werden auf Ihrem Deck serviert. Die Latrine ist auf dem Oberdeck hinter einem Vorhang. Schütten Sie bitte jedes Mal den Inhalt über Bord!« Er wandte sich den Nächsten zu.

Der Raum war niedrig und lang. Ungefähr sechzig Schlaflager reihten sich in Doppelbett-Hochgestellen rechts und links, am Boden festgenagelt, sodass in der Mitte ein breiter Gang frei blieb. Emilys erster Gedanke war, dass sie alle hier drinnen ersticken würden. Frauen und Kinder liefen durcheinander, standen vor den Kojen und richteten sich ein. In der Mitte des Ganges waren in einer langen Reihe Tische und Bänke auf dem Boden befestigt. Emily warf, ohne zu überlegen, ihren Mantel auf das Doppelgestell direkt am Eingang. »Nehmen wir diese Betten hier«, sagte sie.

Zusammen mit Erin inspizierte sie die Matratzen. Erin sagte leise: »Ich fürchte, Filzläuse bekommen wir sowieso.« Emily atmete hörbar aus und sah sich um. Wenn sie die Tyndale-Bibel verkauft hätte, könnte sie jetzt in einer Suite den Ozean überqueren und würde sich nicht Ungeziefer von sechzig ungepflegten Mitreisenden einfangen.

Der Steward aus London, der seinen Namen nicht genannt hatte, schlenderte auf und ab und beobachtete die Passagiere. Als Emily seinen Blick auf sich spürte, sah sie kurz auf. Er lächelte sie an, blieb bei ihnen stehen und beobachtete sie.

Brendan kam, um sich zu vergewissern, dass sie sich gut eingerichtet hatten. »Sieht es bei dir genauso aus wie hier?«, fragte Ryanne.

»Ja, aber das Zwischendeck der Männer ist über mehrere Stockwerke verteilt.«

»Ich glaube, das hier ist auch nicht das einzige Frauendeck«, sagte Emily.

»Dürfen wir uns gegenseitig besuchen?«, fragte Ryanne.

»Nein, Männer haben keinen Zugang zum Frauendeck und umgekehrt. Im Moment ist alles noch etwas chaotisch, sodass es noch niemanden stört, dass ich hier bin. Aber es gibt täglich eine Stunde Deckausgang. Ich hoffe, wir können uns dann regelmäßig sehen.«

Nach ein paar Minuten gingen er und Ryanne zusammen nach oben aufs Außendeck. Emily blickte ihnen nachdenklich hinterher. Sie fürchtete sich vor der Nähe, die diese Überfahrt mit sich brachte. Und sie fürchtete sich vor ihren Gefühlen.

Um neun Uhr abends waren alle Passagiere an Bord. Die Koje neben ihr blieb unbelegt. Sie war froh darüber.

Die erste Nacht würden sie noch vor Anker liegen, sie konnte also immer noch davonlaufen.

Es war dunkel. Sie lagen immer noch vor Anker und vom Hafen drangen Geschrei und Hufgeklapper zum Schiff herüber. Seit den frühen Morgenstunden hatte sie das Gefühl gehabt, nicht genügend Luft zu bekommen. Leise war sie aufgestanden, hatte sich an Deck geschlichen und sich in einem Rettungsboot auf den Boden gekauert, den Rücken an die Bootswand gelehnt. Niemand hatte sie beachtet. Matrosen und Stewards liefen auf dem Deck hin und her, luden Waren auf, kletterten wie Eichhörnchen auf den Masten auf und ab, riefen Worte zum Hafen hinüber. Das leichte Schaukeln des Schiffes und der Fischgestank verursachten ihr Übelkeit. Sie stellte sich vor, wie sie die nächsten zwölf Wochen schaukelnd auf der stinkenden Matratze an die niedrige Decke starren würde.

Im Schiffsbauch begannen Türen zu schlagen. Schritte hallten unter ihr auf den Holztreppen. Stewards riefen etwas. Passagiere erschienen auf dem dunklen Deck, mit hochgezogenen Schultern. Emily wartete, bis niemand hersah, erhob sich mit steifen Gliedern, kletterte aus dem Boot und stellte sich zu den anderen Passagieren, die immer zahlreicher aus den Zwischendecks aufs Außendeck stolperten und sich verteilten, bis sie Schulter an Schulter an der Reling standen. Sie hörte, wie ein Steward am anderen Ende des Schiffes ankündigte, dass sie ablegten. An den Talglampen vorbei schob sie sich durch die Menschen, Ausschau haltend nach Erin, Deirdre und Moya. Einen Moment lang dachte sie an Ronald, malte sich aus, wie er dort am Hafen im Dunst unter einer Laterne stand. Dann entdeckte sie die O'Neills. Trotz des Gedränges hatten sie einen Platz an der Reling ergattert. Auch Brendan stand bei ihnen. Sie drängelte sich zu Erin durch, die sie traurig anlächelte und einen Schritt zur Seite machte, sodass Emily Platz zwischen ihr und Brendan fand. Emily legte die Hände auf die Reling und blickte in die Spiegelbilder der Lichter, die auf dem Wasser schwammen. Es ertönte ein Ruf. Am Hafen warfen Männer Seile ins Wasser. Die Menschen an Bord schwiegen, ein paar von ihnen redeten gedämpft.

Das Segel flatterte. Knarrend setzte sich das Schiff in Bewegung und driftete von der Mole weg. Die bunte Häuserreihe, die in der Dunkelheit grau wirkte, schwamm rechts aus dem Blickfeld, während das Schiff langsam drehte. Die Siedlungen, die die Bucht säumten, glitten an ihnen vorbei, ruhig und schweigend. Das Wasser ums Schiff wurde schwarz. Der Wellengang wurde stärker, das Schiff drehte erneut leicht. Die Menschen standen still da, während das Land davontrieb. So nah und doch für immer verloren.

Emily warf Brendan einen flüchtigen Blick zu. Obwohl sie seine Augen nicht sehen konnte, wusste sie, welcher Ausdruck in ihnen lag. Erins Miene war wie versteinert. Auf einmal schob sich Ryanne, die neben Erin stand, wortlos durch die Menge und eilte davon. Emily überlegte, ob sie ihr folgen sollte, aber Moya war schneller. Nach ein paar Minuten drängte Moya sich wieder durch die Menschen zu ihnen zurück. »Ich fürchte, sie ist seekrank, sie verträgt das Schaukeln nicht und musste sich übergeben«, sagte sie.

In diesem Moment tat Ryanne ihr leid. Sie würde das Schaukeln noch drei Monate ertragen müssen, und wenn die Winde schlecht standen, sogar länger.

Den meisten Passagieren war es zu kalt und so kehrten sie auf ihre Decks zurück. Brendan wechselte ein paar Worte mit seiner Mutter und sie hörte Moya sagen: »Sie hat sich hingelegt. Du darfst sowieso nicht zu ihr. Ich kümmere mich um sie.« Als Moya ging, nahm sie Deirdre mit.

Der Wind nahm zu, die Segel knatterten und Emily schlang ihren Mantel enger um sich. Hier stand sie auf einem Auswanderungsschiff neben Brendan O'Neill, dem Mann, der als Stallknecht auf ihrem Gut gearbeitet hatte. Sie ließ ihr altes Leben zurück, und im Moment freute sie sich nicht auf das, was vor ihr lag.

Der Abschiedsschmerz hüllte die Menschen ein und ließ sie schweigen. Die flachen Hügel versanken in der Dunkelheit. Ihre Haare, die sie unordentlich zusammengebunden hatte, lösten sich im Wind aus dem Knoten und wehten in alle Richtungen. Eine lange Strähne berührte Brendans Wange. Er ließ es geschehen.

Die Zeit verging und keiner sprach ein Wort. Möwen folgten dem Schiff, der Wellengang nahm zu. Allmählich färbte sich der schwarze Horizont im Osten dunkelblau. Das Blau wurde kräftiger, bis der Himmel in Hellrosa und Gelb getaucht war. Schwerfällig schob sich der weißgelbe Ball hinter den Hügeln hervor und tauchte die Küste in einen goldenen Schimmer. Irlands Hügel, im Dunst angeleuchtet von der aufgehenden Sonne. Sie versuchte, sich dieses Bild für immer einzuprägen.

Der erste Tag an Bord wollte einfach nicht vergehen. Womit vertrieb man sich die Zeit auf einem Schiff? Sie war müde und gleichzeitig aufgekratzt. Als sie sich auf ihre Koje setzte, fiel ihr Blick auf Ryanne, die auf ihrer Matratze ruhte. »Wie geht es Ihnen?«, fragte Emily.

»Nicht gut.«

»Kann ich irgendetwas für Sie tun? Möchten Sie vielleicht etwas trinken?«

»Nein.« Ryanne drehte ihr den Rücken zu.

Drei Monate! Wenn sie nicht gleich am ersten Tag den Verstand verlieren wollte, musste sie sich beschäftigen. Sie ging zu ihrer Tasche, fand, was sie suchte, setzte sich und strich behutsam über die wertvollen Seiten.

Das Abendessen kam in einem riesigen Topf. Die braune, dampfende Masse war zäh und unappetitlich. Deirdre saß ihr gegenüber an einem der langen Tische und rührte lustlos in ihrem Brei herum. Sie war blass. Außerdem war sie stiller als gewöhnlich. *Kein Wunder*, dachte Emily, *bei der Luft hier drin*. An diesem Abend wartete Emily mit offenen Augen, bis alle schliefen, stand dann leise auf, öffnete die Tür und hängte den Haken in die Lederschlaufe, die an die Holzwand genagelt war. Im Wellengang schlug die eingehakte Tür zwar an die Wand, doch das war besser als zu ersticken. Doch in der Nacht schrak Emily aus dem Schlaf auf. Direkt vor ihrem Gesicht befand sich das Gesicht einer jungen Frau. »Schön, dass du träumst«, zischte die Frau, »wir anderen können bei dem Geklapper nicht schlafen.« Sie ging zur Tür und schloss sie.

In den weiteren Nächten raubten ihr Kindergeschrei und Schnarchen den Schlaf. Die Wellen rüttelten ihren Magen durch. Die Decke schien sich jeden Tag ein paar Zentimeter tiefer auf sie herabzusenken. Die Mahlzeiten waren eintönig und knapp bemessen, zu fade oder zu salzig. Nach einer Woche hatte niemand mehr Appetit.

Die anfängliche Aufregung und Neugier, die die Menschen an Bord in den ersten Tagen erfasst hatten, waren mittlerweile abgelöst von Schwermut und Lethargie. Die Frauen ruhten auf ihren Kojen oder saßen mit gekrümmten Rücken am Tisch. Wenn Emily daran dachte, dass dieser Zustand noch mindestens zehn Wochen andauern würde, verließ sie der Mut.

Ryanne würdigte Emily weiterhin keines Blickes. Allerdings zeigte sie auch kein großes Interesse an den anderen Frauen. Morgens blieb sie liegen, bis die Sonne bereits hoch stand, und sprach bis zum Abend fast nichts. Auch Moya und Erin waren schweigsam. Deirdre hatte heimlich ein Loch in ihre Matratze gebohrt und übte Zielschießen mit ihren Murmeln. Wenn eine Murmel auf den Boden rollte, dauerte es Minuten, sie wiederzufinden, weil sie in der Schräglage des Schiffes schnell bis zum Ende des Decks kullerte. Die anderen Kinder freuten sich und stürmten der Murmel hinterher. Sogar die Kinder vom Familiendeck schlenderten nachmittags zur Tür herein, sahen sich neugierig um, warteten auf eine Gelegenheit zum Spiel, verfolgten Deirdres

Murmeln auf den Holzdielen, tobten, spielten Fangen zwischen den Bettgestellen und verschwanden dann wieder.

Die Passagiere durften das Außendeck nur zu bestimmten Zeiten betreten. Sie wurden jedes Mal vom Steward gerufen. Sobald seine Stimme ertönte, standen alle gleichzeitig auf. Manchmal schritt Emily alleine an der frischen Luft auf und ab, dankbar, dass sie ein paar Minuten lang niemand ansprach. Manchmal beobachtete sie die anderen Passagiere, versuchte sich vorzustellen, was und wen sie zurückgelassen hatten und was sie in Australien vorhatten. Sie erkannte, wenn es einem Passagier nicht gut ging, registrierte die Augenringe, die dunkler schattiert waren als letzte Woche, sah den stumpfen Blick.

Eine Frau fiel ihr immer wieder auf. Sie war hochgewachsen und trug ihr braunes Haar stets gut gescheitelt in einem strengen Dutt. Emily vermutete, dass sie in einer der beiden Kabinen untergebracht war, denn sie sah selten müde aus. Ihre braunen Augen leuchteten, wenn sich ihre Blicke trafen und sie sich anlächelten.

Wenn ihr die Nähe zu den Passagieren zu viel wurde, lehnte Emily sich während des Deckausgangs gegen eine Wand und las in der Bibel, obwohl sie wusste, dass die salzige Feuchtigkeit dem Buch schadete. Doch darauf konnte sie keine Rücksicht nehmen. Sie brauchte Gottes Reden, um nicht den Verstand zu verlieren.

Brendan und Ryanne schlenderten meistens zu zweit von einem Ende zum anderen und wieder zurück. Emily tat so, als interessierte es sie nicht. Doch aus den Augenwinkeln beobachtete sie ihn. Seine Augen, seinen Mund, wie er sprach, wie er die Stirn runzelte. Waren die beiden befreundet? Verlobt? Ryanne kokettierte und flirtete mit ihm, warf ihre Locken zurück, lachte laut und beugte sich zu ihm, aber er berührte sie nie, auch nicht flüchtig. Und wenn er mit ihr sprach, entdeckte Emily in seinen Augen nicht dieses Leuchten, das sie schon so oft in ihnen gesehen hatte.

Wenn Brendan mit Ryanne an seiner Seite auf sie zukam, entschuldigte sie sich mit glühenden Wangen und ließ die beiden alleine, während sie sich über sich selbst ärgerte.

Mittlerweile hatte sie herausgefunden, dass der Steward aus London Roger Quigley hieß. Er sah mehrmals am Tag auf ihrem Zwischendeck nach dem Rechten. Er überwachte die Frauen, die für die Zubereitung der Mahlzeiten eingeteilt waren. Sie schälten und schnitten Rüben für den Eintopf, und als die Brotvorräte aufgebraucht waren, kneteten sie am langen Tisch stundenlang Brotteig, während Quigley danebenstand. Er prüfte auch jeden Tag, ob der Raum sorgfältig gefegt war und schimpfte mit den Frauen, die dafür zuständig waren. Mit der Zeit merkte Emily, dass er sie häufiger als andere ansah. Sein durchdringender Blick war ihr unangenehm, und sie fing an, ihm aus dem Weg zu gehen.

An Bord traten die ersten Krankheitsfälle auf. Das Fieber begann auf dem Familiendeck und schon am zweiten Tag war die Krankenkabine voll belegt. Drei Tage später lagen in Emilys Deck vier Frauen krank auf ihren Lagern. Der Bordarzt sah jede Stunde nach ihnen. Mit offenen Augen lag Emily auf ihrer Koje und starrte in die Dunkelheit. War es klug gewesen, sich auf diese Reise einzulassen?

KAPITEL 22

Emily fand heraus, dass die beiden Schwestern, die auf der Doppelkoje über ihr schliefen, aus einem Armenhaus stammten. Ein Inspektor hatte dort alle ledigen Frauen unter dreißig Jahren antreten lassen und die gesündesten für die Emigration ausgewählt. Die beiden flüsterten abends, bis die anderen Frauen sich beschwerten. Die Wortfetzen, die Emily auffing, wurden zwar immer wieder von Kichern übertönt, doch Emily war sich sicher, dass mehrmals der Name Brendan O'Neill fiel.

Erin und Moya waren melancholisch und schweigsam. Emily versuchte, sie abzulenken und in Gespräche zu verwickeln. Es funktionierte nur manchmal.

Als die Frauen eines Vormittags das Teigkneten beendet hatten und den Tisch abwischten, sagte Erin zu Emily: »Wir hätten mehr von dem Haarklebstoff herstellen sollen.«

Emily war froh, dass Erin den Mund auftat. Sie grinste. »Ich weiß, wir hätten das Zeug hier für teures Geld verkaufen können. Tja, jetzt müssen wir wohl unsere Haare wieder mit Wasser waschen. Soll ich dir beim Haarewaschen helfen?«

Erin sah auf. »Jetzt gleich?«

»Haben wir etwas Besseres zu tun?«, fragte Emily lächelnd.

»Also gut. Ich kaufe einen Krug heißes Wasser.«

Nach ein paar Minuten kam sie aus der Kombüse zurück. Als sie die Kanne auf den Tisch stellte, roch Emily daran. »Da ist schon wieder Salzwasser beigemischt«, seufzte sie. »Wie viel hast du dafür bezahlt, einen Halfpenny? Wir sollten uns beschweren.« Emily zog ihre Kiste unter der Koje hervor, nahm ein paar getrocknete Rosmarinblätter aus einem Beutel und warf sie in die Kanne. Erin öffnete ihren

Dutt und schüttelte das Haar aus. Sie setzte sich auf die Bank und legte den Kopf in den Nacken, während Emily eine Schüssel auf dem Boden platzierte, die Rosmarinblätter wieder aus der Kanne fischte und Erin vorsichtig etwas Wasser übers Haar goss. »Du hast mir noch nie von deinem Mann erzählt«, sagte Emily.

Das Wasser plätscherte in die Schüssel. Erin lächelte. »Sein Name war Patrick. Wir kannten uns seit Kindertagen. Später verliebten wir uns.« Sie strich sich Wasser von der Stirn und fuhr fort: »Eigentlich war ich diejenige, die ihn unbedingt erobern wollte. Und das war gar nicht so einfach, denn meine zwei besten Freundinnen stellten ihm ebenfalls nach.«

»Und? Seid ihr Freundinnen geblieben?«, fragte Emily, während sie erneut Rosmarinwasser über Erins Haar träufelte.

»Nein, jede von uns fand auf einmal andere beste Freundinnen.«

Emily massierte das Wasser ein. Erin erzählte weiter. »Eines Abends nach einer Feier machte er mir aus heiterem Himmel hinter einem Strohballen einen Heiratsantrag. Damit hatte ich überhaupt nicht gerechnet und es hat mir die Sprache verschlagen. Ein halbes Jahr später heirateten wir und ich zog zu ihm ins Haus seiner Familie. Dann bekamen wir Deirdre. Er war glücklich und liebte sie über alles, obwohl sich Männer ja meistens Söhne wünschen. Ein Jahr später starb er an einem Fieber. Ich zog zu Brendan zurück und überließ das Pachtrecht und das Haus seinem jüngeren Bruder.«

»Denkst du noch oft an ihn?«

»Ich träume ziemlich häufig von ihm.«

»Ich denke auch oft an meinen Vater.« Emily goss behutsam eine weitere Ladung Wasser übers Haar.

»Mein Vater starb, als ich neun Jahre alt war«, sagte Erin leise. Dann fügte sie hinzu: »Und ich habe zwei Geschwister verloren.«

»Sind sie als Kinder gestorben?«, fragte Emily.

»Meine Schwester starb als Neugeborene, als ich ein Jahr alt war. Aber ich hatte noch einen Bruder, Jeremy. Er war Brendans Zwillingsbruder. Sie sahen sich aber nicht ähnlich. Die zwei waren wirklich niedlich, spielten immer miteinander und waren unzertrennlich. Jeremy starb mit sechs Jahren.« Sie senkte die Stimme. »Niemand redet darüber. Als könnten wir es einfach totschweigen.«

Emily stellte den Krug ab und sah sie an.

Erin sprach weiter: »Mein Vater war ein wunderbarer Mann, er liebte die Menschen und zeigte es ihnen. Er fuhr ab und zu mit ein paar Fischern aus Killock hinaus, weil er dabei ein bisschen was verdiente und weil es ihm Spaß machte, mit den Männern auf dem Boot zu reden und zu lachen. Eines Tages kam er auf die Idee, Jeremy mitzunehmen. Das war leichtsinnig, aber er scherte sich nicht darum. Ein Sturm zog auf. Sie kamen nicht zurück.«

»Das tut mir leid«, sagte Emily leise.

Fast war Emily froh darüber, dass sie nachts schlecht schlief. Wach zu liegen war immer noch besser, als von Ronald zu träumen.

Eines Nachts, als sie wieder wach in der Dunkelheit lag, hörte sie jemanden schluchzen. Sie lauschte und fragte sich, wie viele Frauen um sie herum ebenfalls wach waren. Sie konnte nicht mehr daliegen und zuhören. Vorsichtig kletterte sie aus dem Bett und ging leise zu der weinenden Frau. »Kann ich etwas für Sie tun?« Die Frau schüttelte den Kopf und drehte sich weg.

Emily zog sich ihre Schuhe und ihren Mantel an. Es war verboten, nachts die Zwischendecks zu verlassen, aber sie konnte nicht mehr länger eingesperrt sein. Leise ging sie die Treppe hinauf. Oben wehte ihr frische, salzige Nachtluft entgegen. Es tat gut, allein zu sein. Sie schlich sich zur nahe gelegenen Achteraußentreppe, setzte sich unter die untersten Stufen neben eine Kiste, zog die Beine an, schlang ihre Arme um die Knie und schloss die Augen.

Hier konnte sie atmen. Und mit Gott reden.

Er hatte ihr ein Versprechen gegeben, damals auf der nassen Allee, als ihr Vater gestorben war. *Hab keine Angst, ich werde bei dir sein.*

Sie spürte, dass er ihr Kraft gab. Und sie würde sich weiterhin an dieses Versprechen klammern.

KAPITEL 23

Am nächsten Tag wehte ein sanfter Wind über das Deck. Die alten Buchstaben tanzten vor Emilys Augen. Ihren Augenwinkeln jedoch entging nichts. Vor allem nicht Brendan und Ryanne, die sich angeregt unterhielten.

Die beiden lachten. Plötzlich standen sie vor ihr.

»Hallo Miss Winslow«, begrüßte Brendan sie. Sie tauchte in seine Augen. Sie waren blauer als das Meer. Schnell riss sie ihren Blick los.

Ryanne nickte ihr zu. Sie tat so, als sehe sie Emily heute zum ersten Mal, dabei schliefen sie nicht einmal einen Meter voneinander entfernt.

»Wie geht es Ihnen?«, fragte Emily Ryanne.

»Besser.«

Emily fand, dass sie tatsächlich gesünder wirkte, sie schien sogar ein bisschen Gewicht zugenommen zu haben. Brendan entdeckte plötzlich Timothy Galahan, einen jungen Mann, mit dem er sich angefreundet hatte, entschuldigte sich und verschwand. Wie schön. Was sollte sie nun mit Ryanne alleine bereden? Das Wetter? Sie sagte freundlich: »Wie lange, glauben Sie, wird es noch dauern, bis wir ankommen?«

Ryanne zuckte mit den Schultern. »Das steht in den Wind geschrieben.«

»Welche Pläne haben Sie nach der Ankunft?«, fragte Emily und bereute ihre Frage sogleich.

»Ich schätze, Brendan und ich werden auf einer der vielen Farmen Arbeit finden. Das haben wir ja schließlich als unseren Beruf angegeben.«

Emily wusste das bereits. Trotzdem gab ihr die Antwort einen Stich.

»Was werden *Sie* tun?«, fragte Ryanne.

»Meine Pläne haben sich ebenfalls nicht geändert, ich werde mich immer noch um eine Anstellung als Gouvernante bemühen.«

»Ich habe gehört, dass man als Gouvernante über der Dienerschaft steht, aber natürlich unter den Herrschaften. Ziemlich einsam«, bemerkte Ryanne.

»Ja, ich weiß.«

»Sie allerdings brauchen sich deshalb bestimmt keine Sorgen zu machen.«

Emily sah sie fragend an und bereute es im selben Augenblick.

»Sie scheinen ja mit Menschen aus allen Schichten gut auszukommen.« Sie lächelte und fügte spitz hinzu: »Ob die jeweiligen Personen das wollen oder nicht.«

Emily blickte sie überrascht an. Ihre Sticheleien mochten vielleicht nicht besonders raffiniert sein, aber die Frau war beharrlich. Ryanne Lawlor ging es nicht um ein harmloses Kräftemessen – sie schien von etwas getrieben, das sich Emilys Verständnis entzog.

»Aber wissen Sie was«, fuhr Ryanne lächelnd fort, »Sie könnten doch einfach einen reichen Mann heiraten und Ihr Problem wäre gelöst. Aber passen Sie auf, dass er nicht schon verheiratet ist, das wäre wirklich peinlich.« Sie drehte sich um und ging davon. Emily sah ihr kopfschüttelnd hinterher.

An Bord wurde ein kleines Mädchen geboren. Die Eltern gaben ihr den Namen Océanne. Es wurden Freundschaften geknüpft, Liebespärchen fanden zusammen. Von Zeit zu Zeit wurden sie wie Spielkarten neu gemischt.

Zweimal durften die Männer, die schwimmen konnten, bei einer Flaute im Meer baden. Jauchzend sprangen sie ins Wasser, während über ihnen zwei Matrosen nach Haien Ausschau hielten. Die Frauen und Kinder reihten sich neugierig an der Reling auf, unterhielten sich grinsend, deuteten ab und zu auf einen der Männer und kicherten.

Ansonsten verliefen die Tage eintönig. Emily konnte die Wochentage nicht mehr auseinanderhalten. Das einzig Spannende war der tägliche Kampf gegen das Ungeziefer.

Nachdem sie sich tagelang vor den Tierchen geekelt hatte, verbrachten sie und Deirdre nun Stunden damit, Flöhe von den Decken zu sammeln. Emily musste daran denken, mit welchem Aufwand Deirdre vor vielen Monaten mit Martha und Jane Emilys Bettgestell vorbeugend gegen Bettwanzen behandelt hatte. Damals, in einer anderen Welt.

Wenn Deirdre und sie genug vom Kampf gegen die Flöhe hatten, erkundeten sie gemeinsam das Schiff. Doch sie wurden jedes Mal aufgehalten von einem Matrosen oder einem Steward, zweimal erhielten sie sogar eine Verwarnung.

Eines Tages kniete Emily auf dem Außendeck vor einem Eimer Meerwasser mit Soda und rubbelte ihre Wäsche übers Waschbrett. Eine Frau kniete sich mit einem weiteren Eimer neben sie. Es war die Frau mit den freundlichen Augen. Sie lächelten sich an.

Nach einer Weile sagte Emily: »Letzte Woche haben die Matrosen die Unterkleidung einer Frau, die sie zum Trocknen ausgelegt hatte, als Scherz ganz oben am Mast aufgehängt.«

»Ja, ich habe davon gehört. Die Arme. Wie peinlich«, sagte die Frau.

»Ich bin froh, wenn wir endlich ankommen«, sagte Emily lächelnd.

»Ich auch«, erwiderte die Frau. Nach einer kurzen Pause fügte sie hinzu: »Ich reise zu meinem Bruder. Er ist Pastoralassistent in Sydney.«

»Besuchen Sie ihn nur vorübergehend?«

»Ich weiß noch nicht, wie lange ich bleiben werde. Simon, der Gute. Er ist so unbeholfen, wenn er auf sich alleine gestellt ist.« Sie lachte. Sie hatte hübsche Zähne, weiß und regelmäßig. »Ich war vor ein paar Jahren schon einmal eine Zeit lang bei ihm in Sydney.«

Emily hielt inne und sah die Frau erstaunt an. »Sie waren schon mal in Sydney? Wie ist es dort?«

Die Frau lächelte. »Hell. Wild. Grün. Heiß.« Sie nahm wieder ihre Wäsche zur Hand und wrang das Kleid aus. »Die Natur ist wild. Aber die Städte sind neu und sauber. Die Sonne scheint heller als in Dublin. Die Menschen sind neugierig und aufgeschlossen.« Sie legte ihre nassen Hände in den Schoß: »Trotzdem spürt man jede Minute, dass man am Ende der Welt ist.«

Emily sagte: »Ich wurde dort geboren. Am Ende der Welt.«

»Dann waren Sie ja auch schon mal dort!« Die Frau lächelte, wischte sich die Hand trocken und streckte sie ihr entgegen. »Miriam Baniston.«

»Emily Winslow.«

Die Kojen hoben sich und senkten sich. Hoben sich, senkten sich. Selbst hier drinnen konnte man das Rauschen der Wellen hören. Jemand schnarchte. Die Luft war wie Gift. Emily beschloss, die Tür zu öffnen, und stand leise auf. Sie hängte den Haken im Lederband ein und stopfte ihren Mantel zwischen Tür und Wand. Doch der Mantel rutschte auf den Boden und die Tür schlug gegen die Wand. Sie seufzte, zog sich Schuhe an, hob ihren Mantel auf, trat auf die Treppe und schloss die Tür leise hinter sich.

Als sie die Tür zum Außendeck öffnete, fuhr ihr ein Windstoß ins Gesicht. Die Wellen waren heute besonders laut. Sie schloss die Tür von außen, sah sich kurz um und huschte über den schwankenden Boden im Schatten der Wand zur Achterdecktreppe. Waren das Schritte, die ihr folgten? Was sollte sie sagen, wenn ein Matrose sie entdeckte? Die Latrinen lagen in die andere Richtung. Sie wandte sich um. Und erschrak. Direkt vor ihr stand Roger Quigley.

»Oh hallo, ich wollte nur …«, begann sie.

Er grinste sie seltsam an.

»Sie wollten nur was?«, fragte er herausfordernd. Im schummrigen Licht der Außenlaterne glänzten seine braunen Zähne. Er ließ seinen Blick über sie gleiten. Sie stolperte einen Schritt zurück, er erfasste ihr Handgelenk. »Nicht doch! Ich halte Sie.« Sein Atem roch nach Alkohol. Er lächelte. »Und warte auf eine Erklärung.«

Sie blickte auf seine Finger, die um ihr Handgelenk geschlungen waren, und versuchte, ihm ihren Arm zu entziehen. Er legte seine freie Hand auf ihren Bauch und drängte sie an die Wand. »So nicht, Kleine.«

Emily spürte das harte Holz am Rücken. »Lassen Sie mich los!«, rief sie laut. Das Rauschen der Wellen verschluckte ihre Worte.

»Ich könnte Sie in Schwierigkeiten bringen, wenn ich Ihren Ausflug melde, Miss.« Er stand dicht vor ihr, ihr Handgelenk immer noch umklammert.

»Lassen Sie mich sofort los!« Sie griff mit ihrer freien Hand seine Finger und versuchte, sie zu öffnen.

»Sie könnten mich allerdings umstimmen, damit ich Sie nicht melde.«

»Und ich könnte Sie in Schwierigkeiten bringen, wenn ich melde, was Sie sich Ladys gegenüber herausnehmen!«

Er packte ihre andere Hand und hielt sie fest. Seine Augen glänzten.

Der Boden drehte sich im Kreis. Sie nahm ihre Kraft zusammen und sagte: »Lassen Sie mich gehen!«

Er grinste. »Später.«

Mit dem Ellbogen öffnete er eine Tür direkt neben Emily. Er stieß sie ins Dunkel. Sie konnte nichts mehr tun, nicht mehr denken, sich nicht mehr bewegen. Keuchend stand sie da. Der Boden schwankte.

Er zündete eine Lampe an. Sie drehte sich um. Sie befanden sich in einer Abstellkammer, in der Segeltücher, Eimer, Besen und Rettungsringe gelagert waren. Er stand mit dem Rücken zur geschlossenen Tür. Wieder lächelte er. Emily blickte ihn mit geweiteten Augen an. Sie holte Luft. »Lassen Sie mich sofort gehen!« Sie rief, so laut sie konnte. Ihre Stimme hallte in ihren Ohren. Sie fühlte ihren Herzschlag.

Neben ihr stand ein Besen an einen Stapel Segeltuch gelehnt. Sie ergriff den Besen und wollte den Stiel zwischen seine Beine stoßen, aber er fing ihn ab, riss ihn ihr aus der Hand und warf ihn in die Ecke. Dann griff er nach ihrem Unterarm. Während sie versuchte, den Arm wegzuziehen, hatte er bereits ihr anderes Handgelenk umklammert. Sie wollte ihn treten, aber er verdrehte ihre Arme so, dass sie sich vor Schmerz nach unten wand. Plötzlich warf er sie brutal auf den Stapel Segeltuch. Sie landete auf dem Bauch und spürte, wie sich dieser widerwärtige Mann auf sie legte. Er atmete schwer. Sie wusste, sie hatte keine Chance. Er hatte ihr bereits in diesen wenigen Sekunden so wehgetan, dass sie sich nicht mehr lange würde wehren können.

Als er ihr Handgelenk einen Moment losließ, drehte sie sich zur Seite. Wild schlug sie mit ihrer freien Hand auf ihn ein und drehte sich ein weiteres Stück unter ihm, sodass er auf ihrem Bauch saß. Sie hob die Knie und stieß sie ihm in den Rücken. Sie musste ihn an einer empfindlichen Stelle getroffen haben, denn er verzerrte sein hässliches Gesicht. Erneut packte er ihre Handgelenke, verdrehte ihre Arme und zwang sie, sich wieder auf den Bauch zu legen. Panik pumpte durch ihren Körper. Sie bäumte sich auf, riss ihre Arme zurück und wand sich unter ihm. Doch er lockerte seinen Griff nicht. Sie hob den Kopf und biss in seinen Arm. Er fluchte laut und stemmte sein ganzes Körpergewicht auf ihren Rücken. Eine Ohrfeige brannte auf ihrer Haut. Tränen schossen ihr in die Augen.

Sie atmete kurz durch, dann winkelte sie ihre Arme ruckartig an und zog sie weg. Ihre Handgelenke entglitten seiner Umklammerung. Doch er saß immer noch auf ihr. Blitzschnell stieß sie sich mit den Händen ab, drehte sich unter seinem Gewicht um und versetzte ihm erneut mit dem Knie einen Schlag in den Rücken. Sie sah sein Gesicht, das hässlichste Gesicht der Welt, verzerrt vor Wut und Lust. Ein Schlag traf sie am Kinn. Lichter tanzten. Sie schmeckte Blut. Unkontrolliert schlug sie auf ihn ein. Als Antwort traf sie ein weiterer dumpfer Schlag unterm Kinn. Der Raum wurde schwarz. Sie spürte seine dreckigen Hände auf ihr, die ihren Mantel auseinanderschoben und nach ihrem Nachtkleid griffen. Niemals hatte sie jemanden mehr gehasst. Als er ihre Haut am Hals berührte, schlug sie noch einmal zu, doch ihr fehlte die Kraft. Tränen rannen über ihr Gesicht.

Plötzlich sackte er leblos zusammen. Wie ein schmutziger Berg lag er auf ihr. Sie zitterte. Vor ihren Augen blitzten immer noch Punkte. Er rührte sich nicht. Sie hielt den Atem an. Was war geschehen? Dann wurde sein Gewicht nach oben gezogen. Mit Mühe versuchte sie, etwas zu sehen. Sie merkte, dass noch jemand im Raum war. Dieser Jemand schleifte den leblosen Quigley durch die Tür nach draußen. Alles in ihr schmerzte. Sie war kurz davor, sich zu übergeben. Zitternd drehte sie sich auf die Seite, zog ihre Beine an und kauerte sich auf dem Stapel zusammen, die Arme schützend vor den Kopf gelegt. Plötzlich war jemand neben ihr. »Komm her, Emily. Es ist alles gut.« Was machte Brendan hier? Ehe sie einen klaren Gedanken fassen konnte, hob er sie behutsam hoch, setzte sich neben sie auf den Stapel und hielt sie in seinen Armen. Sie spürte seinen warmen Körper. »Du zitterst«, sagte er leise. Er streichelte ihr sanft übers Haar. »Es ist vorbei. Ich bin bei dir«, flüsterte er und wischte ihr mit dem Daumen vorsichtig die Tränen weg.

»Woher wusstest du, dass ich hier bin?«, flüsterte sie.

»Deirdre hat mich geholt.«

»Deirdre?«

»Sie hat gesehen, wie du aus dem Schlafsaal geschlichen bist, und dachte, du wolltest mal wieder das Schiff erkunden. Sie wollte dabei sein. Als sie sah, dass Quigley dir den Weg versperrte, versteckte sie sich. Sie lief aufs Männerdeck und suchte mich. Sie zeigte mir, wo sie euch zuletzt gesehen hatte. Ich hörte die Geräusche und fand dich hier.«

»Oh Deirdre. Meine liebe, tapfere Deirdre. Ist sie in Sicherheit?«

»Ja, ich habe sie auf ihr Deck zurückgebracht, bevor ich herkam.«

Seine starken Arme umfingen sie. Die Wärme seines Körpers tat ihr gut. Sie schloss die Augen und lehnte ihre Stirn an seine Brust. Dann weinte sie. Ihre Tränen durchnässten sein Hemd. Er legte seine Hand an ihren Hinterkopf. »Ich bin bei dir«, flüsterte er immer wieder.

Schließlich fragte er: »Hat er … dich berührt?«

Sie sah zu ihm auf. Er wischte ihr wieder sanft eine Träne weg. Sie flüsterte: »Er hat mein Nachtkleid vorne aufgerissen. Weiter nichts.«

Seine Arme umgaben sie. »Wenn dieser Kerl dir Schlimmeres angetan hätte, würde ich ihn umbringen!«

»Was hast du mit ihm gemacht?«

»Ich habe ihm einen Schlag auf den Hinterkopf versetzt. Er ist bewusstlos. Ich habe ihn an eine sichere Stelle aufs Außendeck gelegt, da wird er irgendwann aufwachen.«

Er ließ sie nicht los. Sie schloss die Augen. Sie hatte eine unsagbare Angst verspürt und nun lag sie in seinen Armen. Aber sie durfte nicht so nahe bei ihm sein! Er streichelte ihr Haar. Konnte er sie nicht einfach für immer so festhalten? Nach einer langen Zeit schlug sie die Augen auf und sah ihn an.

»Du zitterst immer noch!«, flüsterte er.

»Ich habe gekämpft. Ich habe ihn mehrmals getreten!«

»Ich weiß, dass du kämpfen kannst. Du hast ihm bestimmt wehgetan.«

»Ja, aber er mir auch. Das Schlimmste war, als er auf mir lag.«

Brendan blickte sie an. Seine Augen blitzen gefährlich auf. Gut, dass Quigley außer Reichweite war. Schließlich sagte er leise: »Er hat dich ins Gesicht geschlagen.« Seine Finger streichelten über die Stellen, wo Quigleys Hand ihre Spuren hinterlassen hatte.

»Sieht man es?«

»Wir müssen dein Gesicht kühlen, sonst schwillt es an.«

»Danke, dass du gekommen bist«, flüsterte sie.

Er küsste sie auf die Stirn. Sie war immer noch verwirrt. Was geschah hier? Sie wollte nicht darüber nachdenken und schloss die Augen. Sie wünschte, sie könnte die Zeit anhalten.

Schließlich suchte sie seinen Blick. »Brendan?«

»Ja?«

»Du hältst mich gerade im Arm.«

Er lächelte. »Dein Verstand scheint keinen Schaden genommen zu haben.«

Sie räusperte sich. »Mach keine Witze!«

Sie sahen sich an. Keiner von ihnen sagte etwas, als könnten sie dadurch den Moment anhalten.

»Brendan?«

»Ja?«

»Kannst du mich für immer so festhalten?«

»Nein. Das weißt du«, sagte er leise.

Sie stieß einen Atemzug aus.

Er blickte sie liebevoll an, während er weitersprach: »Deine Welt ist nicht meine Welt. Das wissen wir beide.«

Sie schnaubte und wischte sich mit dem Handrücken eine Träne weg.

Er fuhr fort: »Du kannst nicht mit uns mitkommen. Du bist mir zu wertvoll, als dass ich dich hinab in eine Welt holen würde, die dir nicht vertraut ist und die du nicht verstehst.«

Mühsam versuchte sie sich aufzurichten. »Aber wir gehen nach Australien! In ein neues Leben! Dort gibt es keine Standesunterschiede mehr!«

»Das glaubst du vielleicht. Es ist ein Märchen. Die neue Welt ist die alte. Du bist Anglikanerin, ich Katholik. Und du wirst immer in anderen Kreisen verkehren als ich. Es geht nicht, Emily.«

»Aber ich werde nie mehr mein altes Leben führen. Ich habe kaum noch Geld.«

»Du bist jung, schön, gebildet, hast die richtigen Umgangsformen, die richtige Aussprache, du kannst dich wieder aufrappeln, du kannst in deine Kreise einheiraten.« Ein trauriges Lächeln umspielte seine Lippen.

»Ich soll jemand Passendes heiraten – so wie du jemand Passendes heiraten wirst?«

Er schwieg.

»Sag was!«

»Ich weiß nicht, was ich tun werde.«

»Du und Ryanne, seid ihr einander versprochen?« *Bitte, Brendan, sag mir nicht, dass ich in den Armen eines verlobten Mannes liege.*

»Nein. Es gibt nichts zwischen uns.«

Er blickte sie an. Sie sah die feinen Fältchen um seine Augen, die Ernsthaftigkeit in seinem Blick. Er zog sie wieder langsam an seine Brust. Sie spürte die Wärme, die von ihm ausging, hörte sein Herz schlagen, atmete seinen Duft ein. »Es sieht aber so aus«, sagte sie leise.

»Dann muss ich wohl besser aufpassen. Ich will ihr keine falschen Hoffnungen machen.«

Sie wischte sich eine Träne weg. Er liebte sie, aber er würde sie nicht mitnehmen. Er liebte Ryanne nicht. Wie konnte man in einer halben Nacht durch so viele Höhen und Tiefen gehen?

Schließlich flüsterte er: »Wir müssen aufpassen. Emily … es tut mir leid.«

Sie schluckte. Schmerz hämmerte in ihrem Kopf. Einen Moment lang stellte sie sich vor, wie sie ihn schüttelte und ihm versprach, dass sie mit allem zufrieden sein würde.

Komm zur Vernunft, Emily. Er wollte sie nicht. Und sie konnte ihn wohl kaum anbetteln. Sie konzentrierte sich aufs Atmen und wartete darauf, dass sich der Sturm in ihr legte. Nach einer Weile fragte sie leise: »Wie soll ich mich dir gegenüber verhalten? Als ob nichts geschehen wäre?«

»Ich weiß es nicht.«

Sie konzentrierte sich darauf, die Tränen zurückzuhalten.

Er berührte ihre Wange und sah sie lange an. »Kannst du dich bewegen?«, fragte er sanft.

Sie wischte eine Träne weg und nickte. Er ließ sie los. Sie straffte ihren Rücken, so gut sie konnte. Er erhob sich, reichte ihr die Hand und half ihr aufzustehen. Langsam ließ er ihre Hand los. Dann öffnete er die Tür, löschte die Lampe und sie traten nach draußen. »Geh zurück und schau nach Deirdre, ich werde noch einen Blick auf diesen Frauenschänder werfen. Morgen früh werde ich ihn beim Kapitän anzeigen.«

Sie stand eine Weile auf dem schwankenden Boden vor ihm und bemühte sich, ihre Fassung wiederzugewinnen. »Danke, Brendan. – Das ist das dritte Mal, dass du mich gerettet hast.«

Er griff nach ihrer Hand. »Geh jetzt«, flüsterte er, während er ihre Hand weiterhin festhielt. »Du musst nach Deirdre sehen.«

Sie stand vor ihm und rührte sich nicht. Schließlich ließ er ihre Hand los. Zitternd ging sie an ihm vorbei in Richtung Zwischendeck. Sie spürte, dass er ihr nachsah. War dies Wirklichkeit?

Sie wusste nicht, wie sie zu ihrer Koje gelangte, aber schließlich stand sie mit pochendem Herzen an ihrem Bett. Sie beugte sich über Deirdre. Das Kind blickte sie an.

»Danke, dass du Brendan geholt hast! Du bist sehr mutig und tapfer.«

Deirdre lächelte stolz.

»Woher wusstest du, wo du ihn finden konntest?«

»Ich wusste es nicht. Aber er liegt nahe an der Tür.«

Emily streichelte ihr übers Haar. »Versuch zu schlafen!«

»Warum wollte der Mann Ihnen wehtun?«

»Das weiß ich nicht. Aber er wird es nicht mehr tun. Hab keine Angst.«

»Ja … gute Nacht!«

Emily lag wach, bis die Sonne aufging.

Mary sah gelangweilt von ihrem Buch auf. »Der verlorene Sohn ist zurück.« Um ihren Mund zuckte es spöttisch. Sie lächelte ihn herausfordernd an. »Vergib mir, dass niemand auf dich gewartet hat.«

Ronald trat näher an das Sofa und blieb vor ihr stehen. Er wusste, wie es weitergehen würde. Ihre gespielte Langeweile würde gleich einem kampflustigen Funkeln in den Augen weichen. »Ach wirklich?«, entgegnete er. »Niemand hat auf mich gewartet? Seltsam. Für mich hatte es den Anschein, als hätte jemand nach mir gesucht. Ziemlich intensiv sogar.«

Sie erhob sich entspannt. »Du bist nicht direkt hierhergekommen«, sagte sie wie beiläufig.

»Nein, ich war schon zwei Monate in London. Wie du sicherlich weißt.«

Sie lächelte, ging ein paar Schritte in den Raum und strich dabei mit dem Finger über den Tisch. Er bemerkte, dass der Saum ihres Kleides hinten und vorne gleichmäßig abstand. Ihr Kleid entsprach nicht der allerneuesten Pariser Mode. Das musste hart für sie sein. Und zeigte, dass sie kein Geld hatte. »Stimmt«, sagte sie. »Ich wusste, dass du dich in London herumgetrieben hast. Und dass ich nicht nur in Irland, sondern auch in London meine Quellen bemüht habe, kannst du mir nicht verübeln. Ich bin gezwungen, nach dir Ausschau zu halten. Immerhin bin ich von dir abhängig.«

»Ach ja?«, sagte er kühl.

»Ehe ist ein unmenschlicher Zustand, Ronald«, sagte sie kokett.

Man könnte meinen, sie wollte mit ihm flirten, dachte er spöttisch. Dabei waren sie über diese Zeiten längst hinaus. Ihr spielerisches Benehmen und der aufreizende Tonfall sollten ihre Unabhängigkeit betonen. Und ihre Überlegenheit. Sie wollte ihm zeigen, dass sie ihn am Haken hatte. In gewisser Weise hatte sie das auch, musste er zugeben. Durch ihre verfluchten Kontakte.

»Ich kann gar nicht verstehen«, sprach sie weiter, »dass dich die Ehe so sehr fasziniert, dass du sie schon wieder eingehen wolltest.« Sie schüttelte übertrieben den Kopf. Er wusste, ihr Schauspiel war absichtlich schlecht. Damit hatte sie ihn schon immer provoziert.

Er bedachte sie mit einem abschätzigen Blick. »Was willst du von mir, Mary? Du lebst dein Leben, ich meines. Warum hast du mich mit deinem Drohschreiben hierhergeholt?«

Sie lächelte ihn warm an. Dieses Mal schauspielerte sie gut. Ein Schauer lief ihm den Rücken hinunter, als er die Freundlichkeit in ihrem Blick wahrnahm. »Wie ich schon sagte, mein Lieber, die Ehe ist etwas sehr Unangenehmes. Zumindest für die Frau. Denn alles gehört dem Mann. Doch was, wenn man dem Ehemann nicht trauen kann? Wenn er alles verspielt? Oder einer anderen Ehefrau gibt?« Wieder lächelte sie, während ihre Augen warm leuchteten. Ihr Ton blieb freundlich. »Ich werde dich immer wieder aufspüren, mein Schatz, selbst am Ende der Welt.«

Er hörte ihr schweigend zu. Es hatte keinen Sinn, etwas zu erwidern, denn er wusste, dass es stimmte. Die feine Gesellschaft würde sagen, sie habe gute Verbindungen zur Regierung. Er selbst würde es so ausdrücken: Sie hatte die richtigen Liebhaber.

Sie fuhr fort: »Mit Bigamie im fernen Irland kommst du mir nicht davon.« Ein Lächeln flog wieder auf ihr hübsches Gesicht. »Wir wissen beide, dass wir aus dieser Ehe nicht herauskommen.«

Und sie wussten beide, dachte Ronald, dass Mary diejenige war, die an dieser Ehe festhielt. Denn ohne ihn hätte sie keine Sicherheiten mehr.

Sie griff nach dem Fächer auf der Kommode, öffnete ihn in einer fließenden Bewegung und wedelte sich Luft zu. »Ich lasse dich frei, mein Lieber. Du lebst dein Leben, ich meines. Ich werde dich nicht mehr aufspüren. Du kannst so viele Frauen heiraten, wie du willst. Unter einer Bedingung.« Ihre Fächerbewegung wurde schneller. »Ich bekomme eine monatliche Rente von dir. Solange werde ich den Mund halten.«

»Du bekommst zweitausend Pfund. Mehr habe ich nicht.«

»Monatlich?«

Er lachte tonlos.

»Tss!« Sie fiel in sein Lachen mit ein. »Du meinst einmalig?« Sie klappte den Fächer zu. »Komm schon, ein Mann wie du schafft mehr als das.«

Er sah sie kalt an. Äußerlich wirkte er ruhig. Aber innerlich fluchte er. Er verfluchte die irische Kartoffel. Wenn die Lage in Irland vielversprechender gewesen wäre, hätte er auf ihre Forderung eingehen und sie durch Zahlungen ruhig halten können. Das war zumindest sein Plan gewesen.

Er wusste, dass sie ihn fürs Erste nicht mehr gehen lassen würde. Denn solange sie in einem gemeinsamen Haushalt lebten, war sie zumindest versorgt.

Sie sahen sich still an. Dann lächelte sie. Diese Runde hatte er verloren.

Am nächsten Morgen sehnte Emily sich danach, Brendan zu sehen, fürchtete sich jedoch gleichzeitig vor einer Begegnung. Sie war durch die Hölle gegangen, auf einmal in den Himmel gehoben worden, nur um dann abrupt wieder auf den Boden der Realität abzustürzen. Und dies alles innerhalb einer Stunde. Langsam genügten ihr die Erfahrungen. Sie wunderte sich, dass sie die furchtbare Szene mit Quigley ohne Panikattacke überstanden hatte. Wahrscheinlich weil danach der Strudel der Gefühle weitergegangen war. Von schrecklich zu wunderbar. Und dann zu bodenlos. Die Kopfschmerzen, die in ihr pochten, waren nichts im Vergleich zu ihrer Verwirrung. Sie blieb den gesamten Vormittag im Bett liegen.

Dichter Regen prasselte auf den Ozean. Umgeben von den anderen Frauen lag sie auf ihrer Koje und starrte aufgewühlt an die niedrige Decke. Sie konnte nichts essen, ihr Magen revoltierte, und sie war sich sicher, dass sie nie wieder Hunger haben würde.

Nachmittags kam Erin an ihr Bett. Emily zog die Decke bis zum Kinn, damit niemand die Schwellung sah.

»Brendan lässt fragen, wie es dir geht«, sagte Erin.

Unter ihrer Decke murmelte sie: »Bitte sag ihm, dass es mir gut geht.«

Sie blieb sieben Tage unter Deck. Sie zählte mit. Immer wenn jemand den Raum betrat, zog sie die Decke höher und hielt ängstlich Ausschau, ob es Quigley war. Aber nach drei Tagen wurde ihr klar, dass er nicht mehr auf ihrem Deck arbeitete. Sie wusste nicht, was der Kapitän mit ihm gemacht hatte, und sie würde nicht fragen.

Mittlerweile waren sie nur noch ein paar Tagesreisen von Australien entfernt. Sie näherten sich dem Kontinent von Süden und würden bis Sydney an der Küste entlang nach Norden segeln.

Am achten Tag nach dem Überfall wagte sie sich wieder aufs Außendeck. Während sie aus der Tür trat, hielt sie sich an der Wand fest. Sie blieb in der Nähe des Treppenabgangs stehen und sah sich um. Sie entdeckte weder Quigley noch Brendan. Sie schlug die Bibel auf und versuchte, sich auf die Sätze zu konzentrieren.

»Wie geht es dir?«

Sie sah auf und blickte in die blauen Augen. Sie wollte die Hände ausstrecken, ihn berühren, doch stattdessen hielten ihre Hände verkrampft die Bibel fest.

»Hast du die Begegnung mit Quigley überwunden?«, fragte er.

»Körperliche Schmerzen habe ich jedenfalls keine mehr. Zumindest nicht von ihm.«

»Du hast mich gemieden.«

Leise sagte sie: »Natürlich habe ich dich gemieden. Was glaubst du denn?«

Er antwortete nicht.

»Wir werden bald in Sydney einlaufen.«

»Hast du Angst?«, fragte er.

»Nein, ich brenne darauf, dieses Land ganz alleine zu erobern!«, flüsterte sie voller Ironie.

»Du weißt, dass ich wünschte, du könntest bei uns bleiben«, sagte er.

»Du hast deinen Standpunkt deutlich genug gemacht.«

Er sah ihr in die Augen. »Glaub mir, Emily, ich würde dich gerne beschützen. Aber es geht nicht.«

»Ja, sicher. Du hast mich ja bereits mehrmals beschützt. Es ist an der Zeit, dass du dir ein neues Hobby zulegst.« Als er sie überrascht ansah, sprach sie weiter. »Vielleicht brauche ich ja gar keinen Schutz! Vielleicht brauche ich einen Freund!«

Er sah sie schweigend an.

»Findest du nicht, dass ich bewiesen habe, dass ich ein einfaches Leben führen kann?«, sagte sie leise.

»Siehst du. Genau das ist der Punkt. Mein Lebensstil ist für dich ›einfach‹, aber für mich ›normal‹. Schon deine Wortwahl verrät dich.«

Sie schnaubte leise. »So, meine Wortwahl hat mich also disqualifiziert?«

Er atmete tief durch und sah sie liebevoll an. »Emily, was erwartest du?«

Sie blickte ihn frustriert an. »Dauernd muss ich mich den Entscheidungen anderer beugen!«

Seine Augen begannen zu funkeln, und er verschränkte die Arme vor seiner Brust.

Sie redete gedämpft weiter: »Du sagst, du nimmst mich nicht mit, und ich muss es einfach akzeptieren! Schön, ich werde es auch alleine schaffen. Ich will sogar viel lieber auf mich alleine gestellt sein, als irgendwelchen Männern hilflos ausgeliefert zu sein, die doch einfach nur tun und lassen, was sie wollen! Entweder sie betrügen, schänden, spielen sich als Beschützer auf und lassen einen dann im Stich.«

»Du nennst tatsächlich Tuppence, Quigley und mich in einem Atemzug?«

Sie blickte trotzig aufs Meer.

»Du hast einiges durchgemacht, und ich kann verstehen, dass du wütend bist«, sagte er. »Aber lass es nicht an mir aus. Und im Übrigen nehme ich dich sogar sehr ernst, ich schätze dich über alles, falls du das noch nicht gemerkt haben solltest. Sogar so sehr, dass ich mir selbst fast das Herz herausreiße, indem ich dich nicht an mich binde!« Er hielt kurz inne, dann sprach er weiter: »Weißt du, du bist nicht die Einzige, die Angst hat. Vielleicht freut dich das zu hören, dass ich – ein Mann! – auch nicht gerade vor Zuversicht platze. Wenn ich ehrlich bin, ärgere ich mich über mich selbst, dass ich Irland verlassen habe. Das war feige.«

Emily runzelte die Stirn. Sie war diejenige, die die Familie aus Irland weggelockt hatte. War es doch ein Fehler gewesen?

Er sprach weiter: »Hier segle ich nach Australien und frage mich, was ich eigentlich tue. Ich habe keine Arbeit, kein Geld und eine Familie, um die ich mich kümmern muss! Und was soll ich mit Ryanne machen?« Er atmete tief durch. »Und es stimmt nicht, dass ich einfach tue und lasse, was mir gefällt. Im Gegenteil. Wenn ich einfach an mich denken würde, würde ich einfach mit dir zusammen sein, ohne Rücksicht. Aber das tue ich nicht. Damit es *dir* gut geht.«

Sie konnte seinem Blick nicht standhalten und wandte den Kopf ab.

Er sprach leise weiter: »Du bist immer noch Emily Winslow und ich Brendan O'Neill. Die Welt, die sich um so etwas nicht schert, muss erst noch erfunden werden.«

Sie sah ihn wieder an. »Na und? Du warst doch immer der Rebellische, der sich keinen Regeln beugt.«

»Das ist es nicht. Du weißt doch selbst, dass du auf Dauer unglücklich wärst.«

Das stimmt nicht, du stolzer Ire.

»Schau dir an, was aus Ella Strom geworden ist«, sagte er leise.

»Was ihr aus ihr gemacht habt!«

Er seufzte.

Sie schwieg und sah aufs Meer.

»Vertrau mir«, hörte sie ihn nach einer Weile sagen.

Sie wandte sich ihm wieder zu. »Das tue ich, das weißt du.« Gleich würden wieder diese dummen Tränen in ihre Augen schießen.

Sie tauschten einen langen stummen Blick. Es gab so viel zu sagen und doch schwiegen sie, als sei alles geklärt. »Komm, lass uns noch ein bisschen umhergehen«, sagte er.

Emily war klar, dass ab jetzt für immer Befangenheit zwischen ihnen herrschen würde. Wie zwei Tänzer, die jeden Muskel ihres Körpers anspannten, umrundeten sie sich, ohne sich zu berühren. Die Choreographie des Tanzes war vorgeschrieben. Es würde kein großartiges Finale geben.

KAPITEL 24

Die heiße Mittagssonne schillerte auf dem seichten Wasser in bunten Facetten, als breitete sie eine Willkommensflagge in der Bucht für sie aus. In der Ferne schwebten Hügel in blauem Dunst hinter gelben Sandsteingebäuden und blassgrünen Büschen.

Seit sie gestern Nachmittag die Bucht erreicht hatten, befanden sich der Zollbeamte und der Gesundheitsinspektor auf dem Schiff. Es dauerte seine Zeit, alle Passagiere abzufertigen.

Emily saß mit gefalteten Händen auf der Bank am Tisch und starrte ins Leere, während sie wie die anderen darauf wartete, untersucht und befragt zu werden. Sosehr sie sich gewünscht hatte, dieses Schiff zu verlassen, sosehr fürchtete sie nun das, was auf sie zukommen würde. Sie schloss die Augen. Sie würde schon zurechtkommen. Gott hatte ihr schließlich versprochen, dass sie mit ihm noch wunderbare Dinge erleben würde.

Ryanne schritt so dicht an ihr vorbei, dass sie den Wind ihrer Bewegungen spürte. Während sie sich auf ihre Koje setzte, schenkte sie Emily ein Lächeln. Emily beneidete sie.

Sie war froh, dass Miriam Baniston ihr angeboten hatte, die ersten Tage mit ihr zusammen bei ihrem Bruder zu verbringen. Das würde sie hoffentlich ablenken. Und sie würde fürs Erste nicht auf sich alleine gestellt sein.

Der staubige Boden der Straße schwankte. Die Sonne tat in den Augen weh. Während sie mit Miriam Baniston und ihrem Bruder Simon, einem kräftigen jungen Mann mit dickem Haar, die Straße entlangging, sog sie alle Eindrücke auf einmal auf. Die kubischen, sauberen Sandsteinhäuser, die die Straße säumten, der fruchtige Geruch, die braun gebrannten Gesichter und die weißen Kleider.

Nach ein paar Minuten Fußmarsch hatten sie Nummer 17 erreicht. Es war ein kompaktes, kleines Haus mit einer blauen Tür. Als der Kaplan sich anschickte, die Tür aufzuschließen, wurde sie abrupt nach innen aufgerissen. Eine rosige Frau um die fünfzig füllte den Rahmen aus. »Miss Baniston!« Ihre Stimme passte zu ihrer Erscheinung, stark und schrill. Sie deutete einen fahrigen Knicks an. Ihr rotes Gesicht leuchtete vor Aufregung und Neugier.

»Miss Duncan!«, rief Miriam erfreut aus.

»Gut sehen Sie aus, Miss! Wie sehr habe ich mir gewünscht, Sie wiederzusehen. Claire, habe ich zu meiner Freundin Mrs Miller gesagt, Claire, denk dir nur, Miss Baniston kommt wieder nach Sydney. Wie aufgeregt wir alle sind, nicht wahr, Pater, oh, kommen Sie, kommen Sie nur schnell rein. Jeden Tag haben wir uns gefragt, wann dieser langsame Kahn wohl endlich einläuft, nicht wahr, Pater, aber jetzt sind Sie ja hier. Wie sehr sich alle freuen werden! Mr Gibson, schauen Sie nur, wer zurück ist!«

Sie stand mittlerweile auf der Straße. Der angesprochene Passant fasste sich grüßend an seinen Hut und sah zu, dass er weiterkam.

Sie betraten das Haus. Miriam Baniston konnte Miss Duncan nur mit Mühe davon abhalten, ihnen auf der Stelle Essen zu servieren. Irgendwie gelang es Emily und Miss Baniston, die Treppe in den ersten Stock zu erklimmen, ohne dass Miss Duncan ihnen auf den Fersen war. Miss Baniston blieb vor zwei Zimmern stehen und öffnete eine Tür. »Das ist das Gästezimmer. Es kann sein, dass es nicht vorbereitet ist, aber stellen Sie ruhig schon mal alles ab.« Sie öffnete die Tür daneben. »Hier werde ich logieren.« Nachdem sie in dem Zimmer verschwunden war, hörte Emily sie rufen: »Bitte, fühlen Sie sich wie zu Hause.« Emily betrat ihr Zimmer und stolperte fast über Miss Duncan. Schwer atmend wirbelte diese durchs Zimmer und kehrte den

Staub vom Boden auf. »Kommen Sie nur herein! Ich richte schnell alles für Sie her, kommen Sie nur!«

Das kleine Zimmer kam ihr vor wie ein Saal, dessen Weite und Leere in der Stille verhallten. Kein knarrendes Holz, kein Schnarchen, kein Atmen. Sie war alleine.

Sie stand auf, legte ihre Decke um sich und blickte aus dem Fenster. Etwas weiter unten in der Straße leuchtete eine Laterne in die Nacht hinein. Der Staub des geschäftigen Treibens hatte sich schwer auf die Straße gelegt. Es war seltsam, an einem Fenster zu stehen, auf einem Boden, der völlig unbeweglich war. Wie gerne wäre sie in den Schlaf gewiegt worden.

Irgendwo da draußen lag Brendan. Sie könnte jetzt durch diese Tür schreiten, die Straßen der Stadt durchqueren, bis sie das Maguire Guest House gefunden hatte, dann durch seine Türen treten und wäre bei ihm.

Er wollte sie nicht.

Und bald würde er über alle Berge sein.

Hör auf, dir selbst leidzutun. Das bekommt dir nicht. Das hatte Brendan gesagt, als sie sich nach dem Brand im Graben versteckt hatten. Er war der einzige Mensch, der jemals so unverblümt mit ihr gesprochen hatte. Er war der Einzige, von dem sie solche Worte annehmen konnte.

Sie brauchte Trost. Von dem, der da war, wenn alles zu Staub zerfiel. Sie wischte sich mit der Hand über die Augen und kniete sich mitten im Raum nieder. Ihre Knie schmerzten. Sie streckte sich bäuchlings aus, die kalte Holzdiele berührte ihre Stirn. Sie schloss die Augen. Still lag sie vor dem, der alles in der Hand hielt. Der wusste, was sie brauchte. Ihrem Versorger.

Am Morgen wachte sie mit pochendem Herzen auf. Sie starrte die weiß getünchte Decke an und versuchte sich zu sammeln. Sydney und Kaplan waren die Schlüsselworte, die ihr in den ersten Sekunden fehlten. Bald darauf wusste sie wieder, wo sie war. Vorsichtig setzte sie sich auf und lauschte. Menschen bewegten sich im Haus; leises Klappern drang an ihr Ohr. Offensichtlich deckte unten jemand den Tisch. Als sie sich vorstellte, dass sie diesen Tag damit beginnen musste, Konversation mit Miss Duncan zu führen, hätte sie sich am liebsten wieder die Decke über den Kopf gezogen.

Die Erinnerungen an letzte Nacht stiegen in ihr auf. Sie lächelte. Gott war gut.

Miriam wollte ihr gerne die Stadt zeigen. Obwohl Emily gespannt auf dieses Land war, bat sie sie, ihren Ausflug auf den nächsten Tag zu verschieben. Miriam stellte keine weiteren Fragen. Stattdessen half sie Emily, eine Annonce für die Zeitung zu entwerfen. *Gebildete junge Dame aus Großbritannien sucht Stellung als Gouvernante.*

Beim Mittagessen stellte Emily ihrem Gastgeber Fragen, um sich abzulenken. Geduldig gab er Auskunft. Die genaue Einwohnerzahl des Landes kannte keiner, da sie sich täglich änderte. Sydney war die größte Stadt, daneben gab es noch eine Reihe kleinerer Siedlungen an der Küste, von denen die meisten südlich von Sydney lagen. Die ersten Einwohner, entlassene Sträflinge, hatten kein Kapital mitgebracht, deshalb hatte sich hier – im Gegensatz zu den anderen Kolonien des *British Empire* – noch keine ausgeprägte Oberschicht etabliert. Die wenigen Wohlhabenden im Land, Emilys potenzielle Arbeitgeber, wohnten entweder in Sydney oder in einer anderen kleinen Handelsstadt an der Küste. »Wo finden denn die einwandernden Landarbeiter in der Regel eine Anstellung?«, fragte sie, während sie sich Tee eingoss.

»Sie arbeiten fast ausschließlich im Hinterland. Die Farmer beklagen sich in Leserbriefen an die Zeitungen regelmäßig über die Knappheit an Arbeitskräften«, sagte Simon Baniston. »Das Hinterland, der

Busch, heißt hier übrigens *Outback*. Und das australische Wort für Farm ist *Station*«, fügte er hinzu.

Schon wieder so viel Neues, das sie lernen musste.

Nach dem Mittagessen zog Emily sich auf ihr Zimmer zurück. Sie war nervös. Sie hatte sich gerade gesetzt, als Miss Duncan ihren Namen rief und dabei forsch an die Tür klopfte. »Ein Mr O'Neill möchte Sie sprechen, Miss. Er wartet im Salon auf Sie.«

Er war da. War das ein gutes Zeichen? Hatte er es sich anders überlegt? Wohl eher nicht. Bestimmt war er gekommen, um sich zu verabschieden. Sie erhob sich mit so viel Würde, wie sie aufbringen konnte, schenkte Miss Duncan ein Lächeln und bedankte sich. Sie griff nach dem großen Buch, das die ganze Reise lang unberührt zuunterst in ihrer Kiste gelegen hatte, und stieg mit weichen Knien die Holztreppe hinab.

Sie betrat das Wohnzimmer. Da stand er, unbezwingbar und gut aussehend wie eh und je. Sie schloss die Tür hinter sich und merkte dabei, dass ihre Hände zitterten. Sie bewegte sich betont langsam, um ihre innere Unruhe zu überspielen. Während sie näher trat, legte sie das Buch auf dem Tisch ab. Ihre Blicke trafen sich und keiner sprach ein Wort.

»Hallo Emily.« Seine Stimme klang fest wie immer. Doch seine Augen passten nicht zur Stimme.

»Hallo.« Sie bot ihm nicht an, sich zu setzen. Er machte nicht den Eindruck, als würde er lange bleiben.

»Ich bin hier, um mich zu verabschieden. Wir sind sozusagen schon auf dem Weg zur Shubart-Station, hundertfünfzig Meilen nördlich von hier.« Seine Stimme klang rau.

Ihr Herz setzte eine Sekunde aus. »Seid ihr von der Station angeheuert worden?«

»Ja, einer ihrer Bullock-Treiber ist in Sydney, um Arbeiter anzuwerben. Wir können alle zusammen dort anfangen.«

»Das freut mich für euch.« Sie schluckte.

»Wir ziehen in einem Treck mit anderen Arbeitern dorthin. In ein paar Minuten treffen wir uns am Stadtausgang. Erin, Deirdre und meine Mutter werden jeden Augenblick hier sein, um dir Lebewohl zu sagen.«

Ihre Augen brannten. »Und du bist vor ihnen hierhergekommen«, sagte sie.

»Ich wollte mich alleine von dir verabschieden«, sagte er leise.

Sie nickte und griff sich an die Nasenwurzel. Nach einer Weile flüsterte sie: »Ich schätze mal, es wäre vergeblich, wenn ich dich jetzt davon überzeugen wollte, dass ich eine sehr gute Landarbeiterin abgeben würde?« Sie brachte ein verzagtes Lächeln zustande.

Sein Adamsapfel bewegte sich.

Der einzige Laut war das Ticken der Uhr. Schließlich war er es, der das Schweigen brach. »Was wirst du tun? Wirst du noch eine Zeit lang hier in diesem Haus wohnen bleiben?«

Sie räusperte sich und sagte: »Ich setze heute eine Annonce in die Zeitung.«

Er erwiderte eine Weile nichts, während sein Blick sie erforschte. Dann sagte er: »Du bist stark, Emily. Du brauchst keine Angst vor dem Ungewissen zu haben. Jemand wie du wird sein Leben in den Griff bekommen.«

»Ich bin nicht stark, Brendan.«

»Aber dein Gott ist es.«

Sie nickte.

»Ich hätte auch gerne einen starken Gott an meiner Seite«, sagte er mit einem traurigen Lächeln.

»Er ist schon da, an deiner Seite. Du musst ihm einfach nur Beachtung schenken.«

Wieder schwiegen sie. Dann fragte sie: »Bereust du es wirklich, dass ihr Irland verlassen habt?«

»Nein, im Moment nicht. Im Moment bereue ich etwas ganz anderes.« Sie sah ihn abwartend an, während er näher kam. Als er vor ihr stand, legte er seine Hände auf ihre Schultern und zog sie langsam in seine Arme. Sie schloss die Augen, spürte seine Nähe, seinen Duft, hörte sein Herz. Schließlich ließ er sie los. Sie wich seinem Blick aus und suchte in ihrer Rocktasche nach einem Taschentuch. Nachdem sie mit dem Tuch versucht hatte, ihr Gesicht abzutupfen, hörte sie ihn sagen: »Sie sehen schrecklich aus, Mylady.«

Sie brachte ein trauriges Lachen zustande. »Und du bist wie immer ein irischer Dickschädel, O'Neill.«

Vor dem Fenster zur Straße tat sich etwas. »Sie sind da«, sagte er.

Und sie sah aus wie ein verheultes, aufgequollenes Fabelwesen. Schön, sie wussten bestimmt ohnehin, welche Art von Gefühlen sie für den Mann der Familie hegte.

»Brendan«, sagte sie heiser, »ich muss dir noch etwas sagen.« Er sah sie aufmerksam an. »Ich ... habe den Auswanderungsagenten gebeten, euch zur Auswanderung zu überreden.«

Sein Blick ruhte eine Weile auf ihr. »Ich weiß.«

»Du weißt es?«, fragte sie. »Hat der Agent sich verplappert?«

Er schüttelte lächelnd den Kopf. »Ich bin nicht dumm. Und dich kann man lesen wie ein Buch.«

»Ich wollte nur, dass ihr in Sicherheit seid.«

»Ich weiß.« Er beugte sich zu ihr hinunter, nahm ihren Kopf in seine Hände und küsste sie dann auf die Stirn. Ein letzter Blick führte zu einer letzten stillen Kommunikation zwischen ihnen, ihr Herz setzte aus und Brendan umschloss ihre Hand mit seiner. Als ob er sich selbst nicht mehr trauen konnte und die Situation nicht mehr aushielt, zog er sie aus dem Raum. Im Gehen griff sie nach dem Buch.

Die gleißende Sonne war unbarmherzig in ihren gequollenen Augen. Vor der Tür stand ein großer zweirädriger Karren, an den zwei Ochsen gespannt waren. Der Wagen war voll beladen mit den Kisten der O'Neills und würde, wenn sie eng zusammenrückten, wahrscheinlich auch noch unbequemen Platz für alle fünf bieten. Moya, Erin und

Deirdre standen neben dem Wagen auf der Straße. Ryanne war etwas abseits.

Emily wandte sich zu Brendan und drückte ihm schweigend das Buch in die Hand. Er sah es überrascht an. Dann hob er den Kopf.

»Ich habe es in Killock im Pfandhaus ausgelöst«, sagte sie.

Er öffnete den Mund und schloss ihn wieder. Dann lächelte er, seine Augen wurden weich vor Dankbarkeit. Sie wandte sich ab, ging auf Moya zu und fiel ihr um den Hals. Die ältere Frau drückte sie an sich und sagte kein Wort. Dann umarmte Emily Erin und Deirdre. Die Tränen konnte sie nicht zurückhalten. Ryanne stand unbeholfen neben dem Wagen. Sie war sich offensichtlich nicht darüber im Klaren, welcher Abschied angemessen war. Emily schritt auf sie zu und reichte ihr die Hand. »Leben Sie wohl, Miss Lawlor«, sagte sie lächelnd.

»Leben Sie wohl«, erwiderte Ryanne. Sie legte sich eine Hand auf den Bauch. Im nächsten Augenblick rannte sie um die Ecke hinters Haus. Emily drehte sich fragend zu den anderen um. »Leidet sie noch immer an Übelkeit? Jetzt kann sie doch nicht mehr seekrank sein, oder?« In dem Moment, als sie diese Worte aussprach, dämmerte ihr eine Erkenntnis, die nun auch in ihr Übelkeit auslöste. Sie erinnerte sich an Brendans Worte. »Und was soll ich mit Ryanne anfangen?« Ja, was sollte er mit einer schwangeren Frau machen? Sie starrte ihn an. Er merkte, dass sie irritiert war, und blickte fragend zurück. In seinem Unverständnis lag auch eine Art Unschuld. So unschuldig, wie er tat, konnte er wohl nicht sein, oder? »Wir müssen los!« drang der schottische Dialekt des Kutschers zu ihr durch. »Kommt die Frau hoffentlich bald wieder?«

»Ja, ja, sie kommt gleich. Ich sehe nach ihr«, sagte Moya und verschwand um die Ecke. Erin hob Deirdre auf den Wagen. Emilys Blick durchbohrte Brendan. Er hielt ihm stand.

Ryanne schritt blass um die Ecke, dicht gefolgt von Moya. Emily ließ prüfend ihren Blick über sie wandern. Konnte es wirklich sein, dass sie ein Kind erwartete? Bildete sie sich dies alles nur ein?

Und wenn schon, es ging sie sowieso nichts mehr an. Es war Brendans und Ryannes Problem.

Dieser Gedanke war der schlimmste von allen.

Brendan half Ryanne und Moya auf den Wagen, dann schwang er sich ebenfalls hinauf und der Kutscher setzte die Tiere in Bewegung. Sie alle hatten ihr Gesicht Emily zugewandt, während sie sich langsam entfernten. Emily sah vom einen zum anderen. Brendan lächelte nicht. Sie sahen sich an, bis sie die Augen des anderen nicht mehr erkennen konnten.

Sie stand noch auf der staubigen Straße, während die O'Neills sicherlich schon längst den Stadtrand passiert hatten. Dann schleppte sie sich wieder die Treppe hinauf, betrat ihr Zimmer und setzte sich auf den Stuhl.

Das konnte nicht sein. Wenn Ryanne tatsächlich ein Kind von ihm erwartete, hätte er sie schon längst geheiratet. Welche äußeren Anzeichen – außer dem Bauch, den man unter dem ausgestellten Kleid verstecken konnte – kannte sie? Große Brüste? Geschwollenes Gesicht? Ja, Ryanne war tatsächlich rundlicher geworden, während auf dem Schiff alle dünner geworden waren. Und sie hatte sich nie in Anwesenheit der anderen entkleidet. Wenn sie tatsächlich in anderen Umständen war, musste das Kind in Irland gezeugt worden sein, denn sie hatte sich schon bei der Abreise nicht wohlgefühlt. Aber dann war sie mindestens im vierten oder gar im fünften Monat! Wieso warteten sie so lange mit der Hochzeit? Dachten sie, dass es nun nicht mehr darauf ankäme? Vielleicht wusste Brendan nichts von der Schwangerschaft. Doch Brendan war nicht dumm, er musste es ahnen. Vielleicht hatten beide nichts von Ryannes Umständen geahnt, als sie Irland verlassen hatten? Aber hätten sie sich dann nicht auf dem Schiff vermählen können?

Und während Ryanne ein Kind erwartete, hatte er sie, Emily, im Arm gehalten. Das konnte nicht wahr sein. Hatte sie sich schon wieder in einem Menschen getäuscht?

Sie erhob sich. Was zermarterte sie sich das Hirn? Vielleicht erwartete Ryanne ja gar kein Kind. Vielleicht gab es im Moment wirklich keine Verbindung zwischen den beiden.

Sie legte sich aufs Bett und starrte an die Decke.

Er war weg.

Das Leben musste weitergehen.

Sie hatte keine Ahnung, wie.

Beim Abendessen stocherte sie auf ihrem Teller herum und zwang sich, aus Höflichkeit wenigstens ein paar Bissen zu sich zu nehmen.

Sie hörte nur halb zu, als Simon Baniston zu seiner Schwester sagte: »Die Kirche hat mich vor ein paar Monaten angefragt, ob ich bereit wäre, meinen Standort zu wechseln.«

»Wohin denn?«, fragte Miriam.

»Neuseeland. Dort fehlt es an Geistlichen.«

Emily zwang sich, der Konversation zu folgen. Simon Baniston berichtete mit leuchtenden Augen von den Vorteilen in dem neuen Land. Er schwärmte von den Gestaltungsmöglichkeiten und erzählte von dem Wettlauf der Konfessionen, Kirchen in neuen Kolonien zu bauen, bevor ihre Schäfchen aus Mangel an Angeboten die Predigten anderer Konfessionen hörten. Am liebsten hätte Emily sich die Ohren zugehalten.

»Die Gemeinde hier in Sydney ist die etablierteste auf dem ganzen Kontinent, für Sydney finden sich viele Pastoralassistenten. Für Neuseeland nicht.«

Emily stach mit der Gabel in ihre Pastete. Neuseeland. Wie wäre es, wenn sie einfach ebenfalls nach Neuseeland ginge? Möglichst weit weg.

Sie war vor Ronald ans andere Ende der Welt geflohen, nun floh sie vor der Erinnerung an Brendan noch weiter? *Komm zur Besin-*

nung, Emily. Du hast einen Geist der Liebe, der Kraft und der Besonnenheit.

»Ich kenne diese Gegend gut«, sagte Miss Duncan am nächsten Morgen mit glühenden Wangen und stemmte sich eine Faust in den Rücken. »Es ist wunderschön! Wirklich *wunderschön*! Selbst wenn es regnet.«

Emily, die vor ihrem Frühstücksteller saß, wandte sich der älteren Frau zu. »Van-Diemens-Land, sagen Sie?«

Miss Duncan nickte, ihr Doppelkinn wackelte.

»Ich wurde dort geboren«, sagte Emily.

»Nein!«, rief Miss Duncan aus. Sie schlug sich die Hände aufs Herz. »Also, wenn das so ist, dann müssen Sie die Stelle unbedingt annehmen. Sie kehren dann ja praktisch in Ihre Heimat zurück!« Sie schüttelte den Kopf. »Also, das glaube ich ja nicht! Sie wurden dort geboren!«

Emily lächelte verlegen. Miss Duncan stemmte sich beide Fäuste in den Rücken.

»Was für eine Stelle ist es denn genau?«, fragte Emily vorsichtig.

Miss Duncan zog sich einen Stuhl heran und setzte sich. Sie beugte sich verschwörerisch vor und erzählte. Ihre liebe Schwester, von der die Leute angeblich nicht glaubten, dass sie mit Miss Duncan verwandt war, weil sie ganz anders war als sie, suche in Van-Diemens-Land eine Lehrerin für ihre Tochter Charlotte. Die beiden lebten dort in einem netten Häuschen. Da es sehr schwierig sei, gebildete Damen in Van-Diemens-Land zu finden – oder besser gesagt, überhaupt irgendwelche Damen in Van-Diemens-Land zu finden –, waren sie sehr verzweifelt. »Also, ich hatte ja gehofft, dass vielleicht unsere Miss Baniston die Stelle annehmen würde, aber daraus wird wohl nichts. Aber Sie! Sie wären perfekt! Charlotte ist wirklich reizend.«

»Gibt es dort wirklich fast nur Männer?«

Sie winkte lachend ab. »Machen Sie sich da mal keine Gedanken. Es kommen täglich mehr Frauen«, sie legte ihre dicken Finger auf Emilys Hand und beugte sich vor. »Sie sind doch Anglikanerin, oder?«

»Ja, warum?«

»Es ist wunderschön dort, sage ich Ihnen. Wunderschön!«

KAPITEL 25

Drei Monate später, Juli 1846
Grenmore

Kate Lawlor war auf dem Weg vom Feld nach Hause. Sie ging langsam, weil sie sich schwach fühlte. Sie hatte das letzte halbe Jahr gelernt, wie man mit seiner Körperkraft haushielt und die Schwindelanfälle ertrug. Wenn der Schwindel beim Gehen kam, musste man stehen bleiben und versuchen sich irgendwo anzulehnen. Man durfte sich nicht auf den Boden setzen, denn dann kam man nicht mehr hoch. Man durfte das Haus nicht in der Hitze verlassen, aber auch nicht bei Kälte. Der größte Fehler war, den Mantel zu verpfänden, wie es so viele Familienväter getan hatten, die nun Straßen ins Nirgendwo bauten. Die Regierung hatte beschlossen, Geld in den irischen Straßenbau zu investieren, damit die Bauern wenigstens ein paar Pennys am Tag verdienten und sich davon etwas Brot kaufen konnten. Im Winter froren die Männer, die ihren Mantel verpfändet hatten, auf den Baustellen und schwächten ihren Körper noch mehr. Sie fragte sich, ob auch ihre beiden Söhne nachts froren, wenn sie sich auf den Baustellen zum Schlafen legten.

Doch bald würden Schwindel und Schwachheit ein Ende haben. Denn alle waren überzeugt, dass das Schlimmste bald vorüber war. Irland hatte schon oft Ernteausfälle erlebt. Diese neue Ernte würde wieder in Ordnung sein. Der Priester hatte im Mai gesunde Setzlinge verteilt. Kate wusste nicht, woher er sie hatte, aber offenbar war die letzte Ernte in manchen Gegenden nur zur Hälfte zerstört gewesen, sodass er an Setzlinge gekommen war. Jetzt war Ende Juli und die Pflanzen sahen vielversprechend aus. Buschig, saftig und dunkelgrün.

Die Menschen träumten nachts von der Kartoffel, sangen ihren weinenden Kindern Lieder vor, die ihnen im Oktober eine neue Ernte versprachen.

Ein zerlumpter Mann kam ihr entgegen, sein Mund wirkte wie bei den anderen abgemagerten Gesichtern riesig. *Wie bezeichnend,* dachte sie, *dass es ausgerechnet der Mund ist, der bei Hunger alles beherrscht, selbst die körperliche Erscheinung.*

Als der Mann näher kam, blickte sie in seine müden Augen.

»Kate?«, fragte er heiser.

Sie blieb überrascht stehen und sah ihn genauer an. Sein schwarzes Haar hing ihm tief ins Gesicht.

»Ich bin Conor«, sagte er. »Conor O'Manion. Der Mann von Neala.« Als Kate ihn nicht sofort erkannte, fuhr er fort: »Meine Kinder heißen Patrick und Lizzy – das rothaarige Mädchen mit den abstehenden Haaren.«

»Conor! Du bist wieder da! Das freut mich!«

»Ja, ich bin seit einer Woche entlassen. Weißt du, wo Neala und die Kinder sind?«, fragte er angespannt und blickte sie unsicher an.

»Sie haben letztes Jahr das Erdloch verlassen. Soweit ich weiß, sind sie ins Armenhaus gezogen.«

»Ins Armenhaus?« Er rieb sich nachdenklich mit der Hand über den großen Mund. Offenbar wusste er nicht, ob das eine gute oder eine schlechte Nachricht war.

»Ja«, sagte Kate leise. »Wirst du dich auch aufnehmen lassen?«

»Ich weiß nicht«, sagte er zögernd. »Ich will sie unbedingt sehen. Jeden Tag habe ich gebetet, dass sie noch am Leben sind.« Er atmete durch. »Aber wenn ich mich auch aufnehmen lasse … wie sollten wir alle denn jemals wieder rauskommen?« Er fuhr sich wieder mit der Hand übers Gesicht. Beide wussten, dass mit der Einweisung in ein Armenhaus ein Teufelskreis begann. Man konnte sich ohne die Hilfe von Verwandten aus dem Armenhaus heraus kein neues Leben organisieren.

»Du könntest versuchen, in den nächsten Tagen ein Stück Land zu bekommen und sie dann anschließend aus dem Armenhaus holen.«

»Ja, aber was, wenn die Ernte wieder verfault?«

»Schau dich um, die Pflanzen sind gesund!«, sagte Kate glücklich.

Er rang sich ein Lächeln ab.

»Oder du könntest im Straßenbau arbeiten.«

»Ich würde keinen Berechtigungsschein bekommen. – Ich muss unbedingt zu ihnen«, sagte er leise, mehr zu sich selbst als zu Kate.

»Aber du kannst sie nicht einfach besuchen«, sagte Kate. »Besucher sind nicht zugelassen. Und wenn die Aufseher merken, dass du der Familienvater bist, behalten sie dich zur Arbeit da. Man darf nicht einfach seine Angehörigen dort abgeben und verschwinden. Du würdest wieder ins Gefängnis kommen.«

Er nickte niedergeschlagen. »Danke für die Auskunft, Kate. – Geht es deiner Familie gut?«

Das war die falsche Frage, dachte sie. Sie schluckte und nickte. Sie würde ihm nicht erzählen, dass ihr kleiner Rufus nicht mehr am Leben war. Dass er an Durchfall gestorben war. Und dass sein Bruder die Hälfte des Tages auf dem Bett liegend verbrachte, weil sein wachsender Körper zu schwach war, sich zu bewegen. Sie wollte den Mann nicht mit ihren Sorgen belasten. Leise verabschiedete er sich. Kate blieb stehen und sah ihm nach, während er gebeugt davonging. Sie wusste, dass er keine Chance hatte, an ein Stück Land zu kommen. Er würde sich in den nächsten Tagen ins Armenhaus aufnehmen lassen, und es musste ein Wunder geschehen, damit sie es jemals wieder verlassen würden.

Als Kate am nächsten Morgen aus der Hütte trat, sah sie es sofort. Einen Moment lang blieb sie stehen und starrte regungslos auf die Felder. »Nein«, murmelte sie. »Nein, nein, nein.« Sie setzte sich in Bewegung, rannte auf den Weg, viel zu schnell. Sie vergaß darauf zu achten, ihre Kraft zu sparen. Sie rannte zum Wegesrand, kniete sich hin und berührte die Kartoffelpflanzen mit beiden Händen. Die Blätter lagen verwelkt auf der Erde.

Hobart

Während der braun gebrannte Kutscher das Pferd langsam durch die breiten Straßen Hobarts lenkte und Emily die neuen Häuser betrachtete, hinter denen die Hügel wie Rücken von Riesenschildkröten lagen, drehte er sich immer wieder zu ihr um. »Wir haben hier enorme Fortschritte gemacht, Ma'am. Wir sind jetzt schon zwanzigtausend Einwohner, das soll uns erst mal eine Stadt nachmachen! Früher ging es hier wild zu, ja. Aber jetzt nicht mehr. Trotzdem kursieren überall noch Gerüchte über uns: Dass der Gouverneur einmal bei einem Trinkgelage neben seiner Tochter von seiner ersten Sträflingsgeliebten, seiner momentanen Geliebten, ihrem Exsträflingsehemann und dem Pfarrer saß. Das war vielleicht *früher* so.« Er schüttelte den Kopf. Dann sagte er: »Was für eine Verschwendung, gleich zwei Frauen auf drei Männer. Normalerweise kommt hier nämlich eine Frau auf sechs Männer. Ziehen Sie sich also warm an, Lady!« Er trieb die Pferde weiter an.

Emily dachte an Quigley. Ihr Hals wurde eng. Sie band sich ihren Schal loser.

»Hier ist es«, sagte er und zügelte die Pferde. Als er ihr Gepäck ablud, grinste er sie an, zwinkerte ihr zu und sagte: »Und noch ein Tipp, Ma'am. Nehmen Sie das Wort Exsträfling nie in den Mund. Diese Leute heißen hier Emanzipisten. Und fragen Sie niemanden nach seiner Vergangenheit. Niemals.«

Emily nickte. Sie bezahlte ihn und er fuhr davon. Sie hob den Kopf und ließ ihren Blick über die Sandsteinfassade des kleinen, zweistöckigen Hauses gleiten, das sich an den Fuß des Ausläufers des Mount Wellington schmiegte.

Sie atmete durch und betätigte den Metalltürklopfer. Drinnen waren schwere Schritte zu hören, die Tür öffnete sich und eine füllige Frau stand vor ihr.

Emily starrte sie an. »Miss Duncan?« Wie war sie vor ihr hierhergekommen? Und warum?

Die Frau lächelte. Im Unterkiefer fehlte ihr seitlich ein Zahn. »Das war ich mal. Jetzt heißt nur noch meine Zwillingsschwester so. Ich heiße Mrs Haffner. Sie müssen Miss Winslow sein. Herzlich willkommen! Treten Sie ein.«

Emily betrat zögernd das Häuschen. Es duftete nach Parfum, einer Mischung aus Bergamottöl und Zitrone. Gleich neben dem Eingang führte eine enge Treppe nach oben. Am Ende der Eingangshalle war durch eine offene Tür ein Raum mit einer Tafel und mehreren Tischen zu sehen. Emily fragte überrascht: »Wie viele Töchter haben Sie denn?«

»Oh, nur eine. Charlotte, sie ist dreiundzwanzig. Sie werden Sie gleich kennenlernen.«

Emily war zu verdutzt, um etwas zu erwidern.

Mrs Haffner sprach weiter: »Ah, ich sehe schon, Sie wollen gleich das Schulzimmer sehen. Kommen Sie nur.« Sie nahm Emily beim Ellbogen und schob sie ins Zimmer. »Hier hinten sind die Regale mit den Büchern. Hier haben wir auch einen Globus und die Kreide für die Tafel lasse ich sogar aus England kommen«, verkündete sie. »Die Schülerinnen kommen jeden Tag um 8 Uhr und gehen um 16 Uhr, nachdem sie im anderen Zimmer ihre Nähübungen absolviert haben.«

»Schülerinnen?«, stammelte Emily.

Mrs Haffner sah sie mit ihren wachen Knopfaugen an. »Ja, natürlich, hat meine Schwester Ihnen nicht gesagt, dass wir die beste weiterführende Mädchenschule in Van-Diemens-Land sind?«

Die beste Schule in Van-Diemens-Land bestand aus drei gelangweilten 13-jährigen Mädchen, die holprig lasen und nicht wussten, wie man Schatten auf eine Zeichnung malte, und Charlotte, der Tochter von Mrs Haffner, die durch die Reihen ging und hin und wieder auf einen Baum oder ein Haus in den Zeichnungen der Mädchen deutete. »Wenn das Licht von links hinten kommt, muss der Baum den Schatten in diese Richtung werfen«, sagte sie geduldig, während sich immer mehr lose Strähnen aus dickem welligen Haar aus ihrem unordentlichen Dutt lösten. Sie strich sie sich hinters Ohr, hob den Blick und sah Emily an. Ihre bernsteinfarbenen Augen leuchteten in der Sonne. Sie lächelte. Zwischen ihren beiden Schneidezähnen hatte sie eine winzige Lücke. Emily lächelte zurück. »So, meine Lieben«, sagte sie und drehte sich tänzelnd zu den Mädchen um, »jetzt wird uns Miss Winslow etwas aus England erzählen. Was wollt ihr hören?« Die Mädchen sahen sie mit großen Augen an und schwiegen. »Miss Winslow«, sagte Charlotte, »erzählen Sie uns doch, welche Tänze man in England tanzt und welche Mode man trägt.«

Als Emily aufstand, sich neben Charlotte stellte und zögernd beschrieb, wie die Tänze hießen, nahm Charlotte plötzlich ihre Hand und grinste sie an. »Führen Sie es uns vor.« Sie wandte sich um. »Kommt, Mädchen, aufstehen. Wir tanzen. Und danach üben wir Buchhaltung.«

Am Abend saßen Emily und Charlotte an dem wackligen Tisch vor dem Herdfeuer und tranken Tee. Weil der Griff von Emilys Tasse halb abgebrochen war, hielt sie die Tasse mit beiden Händen. Charlotte schob die Platte mit den Buttertoasts zu ihr. »Fleisch können wir uns leider zurzeit nicht leisten«, sagte sie mit einem entschuldigenden Lächeln. »Greifen Sie zu, solange es noch etwas gibt.« Während Emily kaute, stellte Charlotte ihre Tasse ab. »Wissen Sie, Sie schickt der Himmel. So lange habe ich schon für eine kompetente Lehrerin gebetet. Ich bin zwar gut im Nähen und die Mädchen mittlerweile auch, aber«, sie sah sich um und flüsterte, »ich bin schlecht im Rechnen. Und meine Rechtschreibung ist auch nicht die beste.« Sie hielt sich seitlich die Hand vor den Mund und flüsterte noch leiser: »Und was niemand weiß: Mama kann nicht einmal lesen.« Sie lehnte sich zurück und ließ ihre Worte wirken. Dann lachte sie und beugte sich wieder vor. »Sie müssen uns retten, Miss Winslow. Wir müssen unseren Ruf retten als eine der besten Schulen, sonst schicken die Leute ihre Töchter alle auf die Ellinthorp-Schule und wir können ganz schließen. Wir schreiben schon lange rote Zahlen und unsere Ersparnisse sind so gut wie aufgebraucht. Wir brauchen unbedingt mehr Schülerinnen.«

Emily schluckte den Tee hinunter, lächelte und fragte sich, worauf sie sich nur eingelassen hatte.

Emily lag mitten am Nachmittag auf ihrem Bett und starrte die weiße Decke an. *Fehlt nur der Betthimmel*, dachte sie. Von all den Räumen, die sie in letzter Zeit bewohnt hatte, kam dieses Haus Ashton Manor am nächsten. Es verwirrte sie und ließ sie an Ronald denken. Das Gute daran war, dass sie somit nicht jede Sekunde an Brendan und Quigley erinnert wurde. Sie nahm sich vor, Brendans Namen nie mehr auszusprechen. Selbst wenn sie für ihn betete. So war es leichter.

Am Samstagmorgen klopfte Charlotte an die Tür. »Komm, die Zeit des Heimwehs ist vorbei. Genügend gebrütet. Ich zeige dir Hobart, damit du dich mehr zu Hause fühlst.« Emily stand müde in der Tür und nahm die Tasse Tee entgegen, die Charlotte ihr hinhielt.

Gemeinsam spazierten sie an Baustellen mit Holzkränen vorbei und blieben am Hafen zwischen Fässern und Karren stehen. Während ihre Regenschirme im Wind flatterten, versuchten sie, die Flaggen an den Dreimastern zu erkennen. »Hobart hat einen Tiefseehafen«, sagte Charlotte, »deshalb machen hier so viele große Schiffe auf ihrer Reise halt, um Proviant aufzustocken.« Sie zog Emily weiter, an einem Kran vorbei, der über ihnen eine Kiste vorbeischwenkte. Das Hämmern und Rufen der Bauarbeiter, die ein neues Dock bauten, wurde unterbrochen von Pfiffen. Sie beschleunigten ihre Schritte und erreichten eine Straße, auf der rechts und links zerrissene Säcke und abgenagte Knochen lagen. Aus den alten Häusern strömte der Dunst von abgestandenem Bier und es roch nach Urin. Sie hoben die Säume ihrer Kleider. »Am besten den Kopf gesenkt halten«, flüsterte Charlotte ihr zu. Männer in dreckigen Hosen blieben stehen und riefen ihnen Worte nach. »Das hier ist Wapping. Niemals darfst du nach Anbruch der Dunkelheit hierherkommen«, flüsterte Charlotte. Emily fragte sich, wo ihre Eltern wohl gewohnt hatten und ob Hatty damals schon bei ihnen gelebt hatte. Sie machten einen Bogen um einen toten Hund, dessen Fell verklebt war vor lauter Blut. »Hundekämpfe und Hahnenkämpfe«, sagte Charlotte, »das ist der Wettsport hier. Die verendeten Tiere lassen sie einfach liegen.« Sie passierten Häuserreihen mit baufälligen Reihenhäuschen und stiegen wieder die Ausläufer des Berges hinauf, wo die größeren Wohnsitze die Bucht überblickten. Über ihnen schmiegten sich gelbe und dunkelgrüne Felder an die Hänge. Weiter hinten im Tal erstreckten sich die Felder bis hinunter zum Wasser der Bucht.

Am nächsten Tag lieh Charlotte sich eine Kutsche mit einem störrischen Pferd und lenkte das Tier mit viel gutem Zureden durch abgeerntete Birnenplantagen, die nach Salzwasser dufteten. Das Pferd blieb stehen und fraß Gras vom Wegrand. Charlotte drückte Emily die Zügel in die Hand, sprang vom Kutschbock und schob das Pferd wieder auf den Weg zurück.

Auf Emilys Wunsch verbrachten sie die Abende im Zeitungslesesaal der Bibliothek. Neugierig blätterte Emily die Seiten des *Hobart Couriers* um, strich sich nervös über die Nase und suchte angespannt nach Artikeln über Irland, fand aber nichts. Als sie nach anderen Zeitungen fragte, gab der Bibliothekar, dem eine Narbe übers ganze Gesicht verlief, ihr einen Stapel Zeitungen. »Aus England«, sagte er stolz. Emily warf einen Blick auf ein Datum. Die Zeitungen waren neun Monate alt. Nachdem Emily sie halb interessiert durchgeblättert hatte, holte Charlotte ihr Taschentuch hervor und wischte ihr die Druckerschwärze von der Nase.

Sie teilten sich den Unterricht auf. Emily unterrichtete die ersten Stunden – Rechtschreibung, Grundrechenarten, Geografie –, gegen Mittag übernahm Charlotte. Manchmal unterrichtete Charlotte Zeichnen, manchmal klimperte sie mit den Mädchen im Wohnzimmer auf dem Klavier herum. Über Mittag verspeisten die drei Schülerinnen die Lunchpakete, die sie mitgebracht hatten, dann räumten sie das Klassenzimmer auf, stapelten neues Holz neben dem Kamin auf und holten ihre Kisten mit den Näharbeiten hervor. Emily setzte sich zu ihnen und bewunderte die feinen Nähte der halb fertigen Säuglingskleidung.

Die Tage zogen an Emily vorüber. Aus Tagen wurden Wochen. Mit dem Dezember kam der Sommer. Während einer Mittagspause versuchte sie, mit Charlotte einen Lehrplan zu erstellen. »Wenn du Geschichte und Französisch unterrichten willst, brauchen wir dafür aber Bücher«, sagte Charlotte, während sie auf der Bank im Garten saßen und sich die Sonne ins Gesicht scheinen ließen.

»Dann besorgen wir eben welche. Es sind doch nur drei Schülerinnen, wir werden doch drei Bücher kaufen können«, erwiderte Emily.

»Ich werde mit Mutter darüber reden. Aber ich glaube nicht, dass sie Geld dafür übrig hat. Und außerdem, was willst du denn bitte mit Französisch? Frankreich liegt nicht gerade um die Ecke!«

»Na gut, dann eben keine Fremdsprache. Aber wenigstens Geschichte. Wir können jedenfalls nicht so weitermachen, das ist zu wenig«, flüsterte Emily.

Charlotte warf ihr einen Seitenblick zu und flüsterte: »Wir sind am Ende der Welt. Für hier reicht es.«

»Unsinn, das ist nur eine Frage der Perspektive. Europa ist am Ende der Welt, nicht wir.«

Abends saß sie oft mit Mutter und Tochter in der Küche und hörte den beiden zu, wie sie den neuesten Klatsch aus Hobart erzählten, während Charlotte den Herd abbürstete. Als Mrs Haffner sich eines Abends zur Nacht zurückzog, rieb sich Charlotte die schwarzen Hände an einem nassen Lappen ab. »Gehen wir noch ein bisschen in den Garten?«, fragte sie und strich sich ihre vielen losen Strähnen hinters Ohr. Dabei hinterließen ihre Finger eine dunkle Spur. Emily erhob sich, nahm den Lappen und warf ihn lächelnd Charlotte zu, während sie auf ihr Ohr deutete. Charlotte fing ihn auf, tupfte sich die Wangen und Ohren ab und warf den Lappen in einem hohen Bogen zurück. Sie holten ihre Schals und traten durch die Hintertür in den Garten. Eine Weile inspizierte Charlotte das Gemüsebeet, durch dessen weiche Erde sich dunkelgrüne Blätter schoben. Dann setzten sie sich auf die Bank, die an der Hauswand mit Blick auf die Bucht stand.

»Warum bist du eigentlich nach Australien gekommen?«, fragte Charlotte.

»Lange Geschichte.« Emily lehnte sich zurück. Gemeinsam betrachteten sie die Sterne, die hier ein anderes Bild in den Himmel zeichneten als in Irland. »Eigentlich gehört mir richtig viel Land. In Irland.«

»Du bist eine Grundbesitzerin?« Charlotte beugte sich vor und drehte sich zu ihr um. »Dann muss ich dich ab heute Mylady nennen.«

Emily dachte an Brendan, der sie frech Mylady genannte hatte, obwohl er wusste, dass sie keinen Adelstitel besaß. Sie wischte die Erinnerung beiseite und sagte: »Tu das. Vielleicht haben die Mädchen dann mehr Respekt vor mir.«

»Was ist mit deinem Grundbesitz passiert?«

»Das Haus ist abgebrannt, ich hatte kein Geld mehr und bin hierhergeflüchtet. Die Ländereien habe ich zurückgelassen.«

»Das klingt ja wie im Märchen, fehlt nur noch der Prinz. Wo kommt der ins Bild?«

Emily seufzte. »Der hat sich aus dem Rahmen geschlichen.«

Über ihnen ging das Fenster auf. Mrs Haffner flüsterte: »Wollt ihr jetzt wohl endlich reinkommen? Die Nachbarschaft muss nicht alles über eure Vergangenheit wissen!«

In ihrem Zimmer zündete Emily die Lampe an, setzte sich an den Schreibtisch und zog ein Papier aus der Schublade. Sie tauchte die Feder in die Tinte und schlug sie gegen das Glas, um die überschüssige Flüssigkeit abzuschütteln. Als sie die Feder aufs Papier setzte, reichte die Tinte nur für ein Wort. Erneut tauchte sie die Feder ein. Diesmal klopfte sie nur zweimal gegen das Glas und setzte dann an. Als sie fertig war, faltete sie den Brief zu einem Umschlag und adressierte ihn an die Shubart-Station in Neusüdwales. Eine genauere Adresse hatte sie nicht.

Sie zog sich um, löschte das Licht, legte sich ins Bett und schloss die Augen.

Sie hatte sich seit ihrer Ankunft gezwungen, nicht an ihn zu denken, sie hatte sich selbst versprochen, seinen Namen nie mehr zu benutzen, sie hatte sich erhofft, durch den Brief, den sie gerade im Plauderton geschrieben hatte, Unbekümmertheit auszustrahlen. Sie drehte sich auf die Seite. Die Wahrheit war, dass sie Tag und Nacht an ihn dachte, seine Augen vor sich sah, wenn sie die Zähne putzte, die Arbeiten der Schülerinnen einsammelte, sich von Mrs Haffner erklären ließ, wie man Eier briet. Und dass sie jeden Abend für ihn betete.

KAPITEL 26

Shubart-Station, Neusüdwales

»Brendan, wach auf!«

Jemand rüttelte an seiner Schulter. Er öffnete die Augen und blickte in die aufgerissenen Augen seiner Schwester. »Es brennt!«

Er blinzelte und zog die Brauen zusammen. In der nächsten Sekunde sprang er vom Bett auf. Er rannte zur Tür und sah hinaus. Hitze und Lichtschein schlugen ihm entgegen. Er hielt sich die Hand vor Mund und Nase. Schnell schloss er die Tür wieder.

»Sind alle wach?«, rief er in den Raum hinein. Sein Blick fiel auf Deirdre, die zitternd im Raum stand. Er rannte zur Hintertür der Baracke und riss sie auf. Das Feuer hatte noch nicht auf den Innenhof übergegriffen. Aber im Hintergrund standen die Gebäude in Flammen. Und auch der lichte Wald. Schreie hallten herüber. Er drehte sich um.

»Deirdre, nimm alle Decken und Mäntel und tauche sie draußen in die Tränke. Los, beeil dich.« Er riss alle Decken von den Betten, griff nach den Mänteln und warf sie Deirdre in die Arme. Ihr Kopf verschwand hinter dem Berg. »Mutter, hilf ihr! Ich hole das Pferd und den Wagen in den Innenhof, ihr nehmt die Eimer und macht den Wagen dort nass!«

Seine Mutter hatte die Hälfte der Decken an sich genommen und eilte mit Deirdre an ihm vorbei in den Hof. Erin kramte ihren Geldbeutel aus der Truhe hervor. Brendan drehte sich einmal im Kreis, griff nach seinem Medizinbuch, das auf dem Tisch lag, nahm den anderen Geldbeutel, steckte ihn in die Tasche und klemmte sich das Buch unter den Arm. Er rannte in den Hof, betrat den Schuppen und zog den Wagen in den Hof. »Überschüttet den Wagen mit Wasser!«, rief er den Frauen zu.

Erin stand am Brunnen und zog den Eimer hoch. Er rannte in den Stall, warf Honey den Sattel auf den Rücken, verschloss ihn an ihrem Bauch, legte ihr das Zaumzeug an und redete dem Tier gut zu. Andere Arbeiter kamen in den Stall gerannt. »Sind alle draußen?«, rief er ihnen zu. Sie nickten und sahen sich ängstlich um. »Lasst uns lieber zu Fuß flüchten«, rief John O'Malley, einer der Schafscherer, und machte wieder kehrt.

»Wir müssen sehen, dass wir zum Geröllfeld am Fluss kommen«, sagte Brendan zu den drei anderen, die sich nervös umsahen.

Die Männer zogen die anderen Karren aus dem Schuppen. »Lass gut sein«, rief O'Malley wieder von außen durch die Tür. »Rennt zu Fuß, da habt ihr bessere Chancen.«

»Wenn jemand nicht laufen kann, soll er zu uns auf den Wagen!«, sagte Brendan und fragte sich, ob die Idee mit dem Wagen nicht doch sein Todesurteil war. Die Männer hatten die anderen Karren stehen gelassen und eilten ohne Antwort aus dem Stall.

Während er das verängstigte Tier in den Hof zog, betete er. Er hoffte, dass Emily recht hatte und dass Gott bei ihnen war.

»Ist der Wagen nass?«, fragte er.

Die Frauen nickten.

»Setzt euch alle darauf. Ich decke euch zu.« Die Frauen kauerten sich auf dem Wagen zusammen. Er gab seiner Mutter das Buch und warf die Decken und Mäntel über sie. Dann legte er dem scheuen Pferd ebenfalls eine nasse Decke über den Körper und stellte seinen Fuß in die Sattelschlaufe. Weil die Decke auch über dem Sattel hing, brauchte er eine Weile, um aufzusteigen. Er spürte die Nässe des Stoffes durch seine Hosen. Plötzlich fiel ihm auf, dass er für sich selbst keinen nassen Umhang hatte.

Er drückte seine Stiefel in die Seiten des Pferdes. Es blieb auf der Stelle stehen, dann tänzelte es zur Seite. Brendan fühlte, dass es hochsteigen wollte. Er atmete tief durch. »Ruhig, Mädchen. Wir schaffen das.« Er verlagerte sein Gewicht nach vorn und passte die Stimmlage an. »Ganz ruhig.«

Das Tier stieg zwar nicht hoch, aber es bewegte sich auch nicht. Er sah sich um. Das Feuer hatte auch auf die mittleren Baracken übergegriffen. Er stieg wieder ab und zerrte das Pferd durchs Tor hinaus. Als er auf den Weg trat, begriff er das Ausmaß der Verheerung. Einen Moment lang verschlug es ihm die Sprache. Die Häuser standen in Flammen. Menschen rannten aufgeregt umher. Im Wald links von ihnen loderte eine Feuerwand. Er wandte sich zum Wagen um. Die Frauen blickten zwischen den Decken hervor. Der Waldbrand schnitt ihnen den Weg zum Geröllfeld ab, sein Plan würde nicht aufgehen. Er würde in die andere Richtung reiten müssen, doch dort gab es Waldstücke, die womöglich schon brannten, und dann wären sie eingeschlossen. Aber es gab keinen anderen Weg. Während vor ihm eine Hütte zusammenbrach, zog er das widerspenstige Pferd nach rechts in die Sackgasse. Es fiel in leichten Trab und Brendan rannte neben dem Tier her, die Zügel fest in der Hand. Als sie das Ende der Sackgasse erreichten, bremste das Tier ab und blieb stehen. Das Gras vor ihnen brannte. Das Pferd warf seinen Kopf zurück. Fünfzig Meter hinter der Wiese verlief die Straße. Rechts und links standen brennende Baracken. Es gab nur die Flucht nach vorne übers Gras. Wie lange würde es dauern, bis die Halme verbrannt waren? Vielleicht könnte er das Pferd über den verkohlten Boden führen. Wenn sie aber noch länger warteten, würde das Feuer über die Straße springen, dann wäre die Straße nicht mehr begehbar. Das Tier scheute erneut. Brendan hielt es fest und redete ruhig mit ihm. Wenn es jetzt in Panik ausbrechen und mit dem Wagen losrennen würde, wären die Frauen verloren.

Dann kam ihm ein Gedanke.

Vielleicht wären sie dann auch gerade *nicht* verloren.

Seine Idee ließ ihm den Atem stocken. Doch dann kletterte er auf den Wagen, hielt die Zügel straff und schlug dem Tier fest aufs Hinterteil. Er würde das Pferd seinem eigenen Überlebensinstinkt überlassen. Es war riskant, aber vielleicht rettete es nicht nur sich selbst, sondern auch sie. Panisch stieg das Tier hoch, dann wendete es und galoppierte zurück in die brennende Gasse. Er stand auf und legte sein ganzes Gewicht auf die Seite, weil der Wagen bei dem Wendemanöver zu kippen drohte. Das Pferd galoppierte ein paar Meter den Pfad zwischen den brennenden Baracken entlang, dann drehte es wieder panisch. Der Wagen schlingerte, das rechte Rad hob sich in die Luft und hopste wieder auf den Boden. Brendan wandte sich nach den Frauen um. Sie saßen alle noch im Wagen. Das Pferd sprengte auf das Gras zu.

Brendan schloss die Augen und betete.

März 1847

Sie versuchte, in der Routine Frieden zu finden, unterrichtete morgens und verbrachte die Nachmittagsstunden, die Charlotte übernahm, in der Bücherei, um Zeitungsartikel über Irland zu finden und Buchhaltung, Verwaltung und landwirtschaftliche Grundlagen zu lernen. Der Sommer ging in den Herbst über, und sie hatte sich nach all der Zeit immer noch nicht daran gewöhnt, dass draußen die Blätter abfielen, während sie das Datum *März* an die Tafel schrieb.

Als es an Emilys Zimmertür klopfte, legte sie die Bücher, die sie gerade sortierte hatte, ins Regal, und wandte sich um. Charlotte streckte ihren Kopf herein. »Der Postbote hat etwas für dich abgegeben«, sagte sie.

Sie trat ein und überreichte Emily den Brief. Hastig nahm Emily das Schreiben und wendete es. Es war ihre eigene Schrift. Sie stieß einen Seufzer aus. Charlotte sah sie besorgt an. »Alles in Ordnung?«, fragte sie.

Emily sah sie an und ignorierte das Brennen in ihren Augen. »Ich habe dir doch von der Familie erzählt, bei denen ich die letzten Wochen in Irland gelebt habe und mit denen ich nach Australien gekommen bin.« Sie atmete tief durch. »Der Brief war an sie gerichtet.« Sie drehte ihn erneut um und sah ihn eine Weile an. »Er kam zurück. Adressat unbekannt.«

Charlotte trat heran und legte den Arm um ihre Schultern. »Das tut mir leid.« Sie ließ sie wieder los. »Aber es heißt nicht, dass sie tot sind oder so.«

Emily wandte sich ab und legte den Brief auf den Schreibtisch. »Nein. Wahrscheinlich sind sie weitergezogen. Vielleicht haben sie schon ihre eigene Farm.« Sie versuchte zu lachen. »Oder sie waren zu stolz, ihn anzunehmen«, fügte sie hinzu.

»Das kann ich mir nicht vorstellen«, sagte Charlotte.

»Nein, ich mir eigentlich auch nicht.« Sie drehte sich zu Charlotte um. »Ich schätze, jetzt habe ich sie verloren.«

Charlotte sah sie mitfühlend an. »Vielleicht findest du sie ja wieder. Ich werde dafür beten.«

Emily schnaubte leise. »Ach nein, bete lieber nicht dafür. So ist es vielleicht besser.«

»Komm, wir machen uns einen Tee.«

»Ja, danke, ich komme in ein paar Minuten.«

Als Charlotte die Tür von außen geschlossen hatte, setzte sich Emily an den Waschtisch und sah eine Weile nachdenklich in den fast blinden Spiegel, ohne ihr Abbild wahrzunehmen. Dann nahm sie die Kanne, goss etwas Wasser in die Schüssel, warf den Waschlappen hinein und presste ihn auf ihre Augen.

Nach einer schlaflosen Nacht, in der Emily von Irlands Hügeln im Dunst geträumt hatte, saß sie am Samstagmorgen müde am Küchentisch. Charlotte kam in die Küche spaziert, blieb vor ihr stehen und sagte: »Ach du liebe Zeit. Das blühende Leben sitzt vor mir.« Sie ließ sich auf den anderen Stuhl fallen, grinste plötzlich und sagte: »Du brauchst Sonne. Komm mit.«

Eine Stunde später spazierten sie durch den Botanischen Garten. Charlotte hatte sich bei Emily eingehakt. In der Steinmauer, die den Garten umgab, loderten mitten am Vormittag in Nischen kleine Feuer.

»Wer hat sich das denn ausgedacht?«, fragte Emily.

»Die Feuer sollen die Steine erhitzen, damit direkt davor exotische Pflanzen gedeihen.« Charlotte lachte leise. »Vielleicht war ja in der Zwangsarbeitstruppe, die die Mauer baute, ein findiger Geist. Ich kann mir kaum vorstellen, dass die langweiligen Gouverneure auf solch eine Idee kamen.«

»Gibt es eigentlich auch Arbeitstrupps für Frauen?«, fragte Emily.

Charlotte schüttelte den Kopf. »Nein, die Frauen arbeiten in den Gefängnissen, dort gibt es Fabriken. Wenn sie sich zu Klasse eins hochgearbeitet haben, dürfen sie als Dienstmädchen in Privathaushalten arbeiten, sozusagen auf Bewährung. Wenn es aber im Haushalt Ärger gibt oder sie schwanger werden, werden sie wieder zurückgestuft und dürfen das Gefängnis nicht mehr verlassen.«

»Was für Verbrechen haben diese Frauen denn begangen?«

Charlotte zuckte mit den Schultern und zog sie weiter zu den Rosenbüschen. »Unterschiedliche. Manche haben aus Not nur eine Decke für ihr Kind gestohlen. Ich hatte mal eine Freundin, die mit sechzehn Jahren in Schottland zwei Welpen ihres Arbeitgebers geklaut hatte. Er hatte die Welpen töten wollen, weil sie eine Promenadenmischung waren, und die Tierchen haben ihr leidgetan. Dafür wurde sie dann nach Australien deportiert. Aber es gibt unter den Frauen auch welche, die richtig Dreck am Stecken haben. Schwerer Diebstahl, auch Mord.«

»Was passiert denn mit ihren Kindern?«

»Als Babys sind sie in der Kinderkrippe im Gefängnis. Sobald sie zwei Jahre alt sind, kommen sie ins Kinderheim.«

Sie blieben vor einem Staudenbeet stehen. Charlotte bückte sich und zupfte eine lila Blüte ab, roch daran und gab sie dann Emily. Emily hielt sich die Blume an die Nase, nahm einen Atemzug, war aber zu beschäftigt mit ihren Gedanken an die Kinder, um den Duft wahrzunehmen.

Im Januar 1847 erfuhr sie durch Zufall bei einem Gespräch nach dem Gottesdienst, dass auch im Herbst 1846 die Kartoffelernte fast völlig ausgefallen war. Die Information stammte von einem Gefängnisaufseher, der es wiederum von Gefangenen gehört hatte, die gerade aus England eingetroffen waren. Benommen lief sie an diesem Tag den Weg nach Hause und betete für Irland. In dieser Nacht träumte sie von dünnen Kindern und verfaulten Kartoffeln. Am Morgen erzählte sie den Schülern von Irland.

Im September 1847 verließ eines der drei Mädchen die Schule, weil die Eltern die Gebühren nicht mehr zahlen konnten. Mrs Haffner sagte beim Abendessen: »Wir sind selbst schuld, dass sie geht. Denn wenn wir ihnen das Nähen beibringen, nehmen die Eltern sie von der Schule, sobald sie mit dem Handwerk einigermaßen Geld verdienen können. Wir graben uns mit dem Nähunterricht das Wasser ab, wir müssen unsere Strategie ändern.«

Abends lag Emily wach und rechnete nach, wie lange ihre Ersparnisse noch reichen würden. Sie erhielt zwar freie Kost und Logis, aber von ihrem niedrigen Gehalt konnte sie nichts beiseitelegen. Letzte Woche hatte sie eine weitere Kette verkauft, weil sie Bücher bestellt hatte. Mittlerweile war sie gut im Feilschen geworden, diesmal hatte sie die Pfandleihanstalt sogar mit einem stolzen Lächeln verlassen. Aber so konnte es nicht weitergehen, denn ihre Schmuckschatulle leerte sich. »Es werden bessere Zeiten kommen«, hatte Charlotte an diesem Nachmittag gesagt, während sie gemeinsam das Geschirr abgespült hatten. Diese Worte hatte Ronald auch schon einmal zu ihr gesagt. Sie schob den Gedanken an ihn schnell beiseite. Emily bezweifelte, dass sich die Situation der Schule verbessern würde. Sie war sich sicher, dass es den anderen weiterführenden Schulen, die alle in privater Hand waren, nicht viel besser ging. Es gab in diesem Land zu wenige aufstrebende Familien, die es für nötig erachteten, ihren Töchtern eine gute Ausbildung zu finanzieren. Sie fragte sich, ob Deirdre wohl zur Schule ging. Sie schloss die Augen und stellte sich die Familie O'Neill vor, auch Ryanne, deren Baby schon längst auf der Welt sein musste. Das Kind war wahrscheinlich schon ein Jahr alt. Womöglich war das zweite unterwegs. Saß Brendan neben Ryanne am Tisch und hielt seinen Sohn oder seine Tochter auf dem Schoß? Sie stellte sich vor, wie er Felder pflügte und in den Stall gerufen wurde, um beim Kalben zu helfen. Ryanne und er würden sich in ein paar Jahren eine kleine Farm zulegen und im sonnigen Australien wunderbaren Wein anbauen. Sie würden noch mehr Kinder bekommen, niedliche kleine Iren mit stechend blauen oder grünen Augen, die ihren Vater über alles liebten. Irgendwann würden sich die Kleinen am Kamin um ihre Eltern scharen und sie mit großen Augen fragen, warum sie damals nach Australien ausgewandert waren. Und Brendan und Ryanne würden eine Engländerin erwähnen, deren Name ihnen gerade entfallen war.

Januar 1848

Weil jeder Tag gleich ablief – Aufstehen, Unterrichten, Bücher lesen, mit Charlotte die Aufgaben zusammenstellen – und keine Katastrophen eintraten, plätscherte die Zeit dahin und verrann. Emily war selbst überrascht, als sie ausrechnete, dass sie nun schon seit anderthalb Jahren in Hobart war. Wieder zog auf der Insel der milde Sommer ein, während sich die Stadt noch weiter ausdehnte. Jeden Tag legten neue Schiffe an, spuckten Passagiere und Sträflinge aus, brachten Werkzeug für die Baustellen und nahmen Wolle mit nach England. Als Neusüdwales keine Strafgefangenen mehr aufnahm und England alle Kriminellen ausschließlich nach Van-Diemens-Land deportierte, begannen die Einwohner zu protestieren. Denn die Sträflinge kosteten Geld.

Emily war bewusst, dass mindestens die Hälfte der Menschen, mit denen sie täglich zu tun hatte, ehemalige Gefangene waren – der freundliche Besitzer des Lebensmittelgeschäftes, der Bibliothekar mit der Narbe, der Postbote.

Wenn sie Besorgungen machte oder mit Charlotte und Mrs Haffner sonntags in den Gottesdienst ging, hielt sie Ausschau nach bekannten Gesichtern. Natürlich war ihr klar, dass die Chancen eins zu zehn Millionen standen, dass sie die O'Neills ausgerechnet zufällig in Hobart wiedertreffen würde. Trotzdem sah sie sich sofort um, wenn sie einen irischen Dialekt hörte. Einmal überquerte sie sogar die Straße, um einige Männer genau in Augenschein zu nehmen. Als sie wieder zu Charlotte zurückkehrte, die sie unverblümt von ihrer Seite der Straße aus beobachtet hatte, schüttelte diese den Kopf. »Ach Emily, wen auch immer du suchst, gib es auf«, sagte sie leise und hakte sich bei ihr unter. »Zu deinem eigenen Wohl.«

Endlich fand Emily im Lesesaal Berichte über Irland. Doch sie merkte schnell, dass das kein Grund zur Freude war, denn es bedeutete, dass Irlands Elend so schlimm war, dass es selbst am anderen Ende der Welt eine Schlagzeile wert war. Die Ernte war schon das dritte Mal in Folge ausgefallen. Sie wollte sich nicht ausdenken, was das bedeutete.

Kinderleichen ohne Sarg in hastig gegrabene Erdlöcher geworfen, Ehefrauen, die sich abgemagert zehn Meilen weit schleppen, um ein paar Pennys für den Sarg für ihren toten Mann zu erbetteln, ein Abgesandter der Regierung, der zu überteuerten Preisen Essen ausgibt – ein Zehntel dessen, was ein Mensch zum Leben braucht. Jedes Feld wird zum Grab, das Land zur Wildnis.

Emily schob die Zeitung beiseite, wischte sich die Tränen weg, putzte sich die Nase und lehnte sich zurück.

Sie stellte sich die Häuser in Grenmore vor, dachte an die Lawlors, an den kleinen Jungen, der ihr von Donovans Tod erzählt hatte und dann weitergehüpft war, sah den rothaarigen Jongleur vor sich.

Kinderleichen in Erdlöcher.

Sie schloss die Augen. Sie wusste, sie würde die nächsten Nächte wieder nicht schlafen können und von Irland träumen. Von den Menschen, die verhungerten.

Sie wünschte, sie könnte Geld nach Irland schicken.

Sie hatte damals in Irland niemandem geholfen.

Sie musste es wenigstens hier tun.

Er lehnte sich zurück, nahm die Arme aus der Verschränkung und betrachtete sie eine Weile. Er machte den Eindruck, dass er gleich weitersprechen würde, deshalb schwieg sie. Er sagte: »Wissen Sie, dass drei Viertel der zehntausend Kinder, die es in Van-Diemens-Land gibt, keine Schule besuchen? Und wissen Sie auch, warum meine Gesetzesentwürfe für ein zuverlässiges Schulsystem bis jetzt gescheitert sind? Wegen Konfessionsstreitereien.« Er beugte sich leicht vor. Offenbar war er dankbar, dass er über das Thema reden konnte. Er redete weiter: »Der anglikanische Erzbischof, der Präses der Presbyterianer und ein paar andere schlagen sich die Köpfe ein, weil alle die geistliche Hoheit über Van-Diemens-Land beanspruchen. Natürlich können sie sich auch nicht auf einen Lehrplan einigen. Deshalb gibt es keine staatlichen Schulen! Während die lieben Herren ihre Kämpfe austragen, büßen die Kinder dafür!«

Wenn ich noch einmal etwas von konfessionellen Streitereien höre, schreie ich!, dachte Emily. Sie holte Luft und sagte, so ruhig sie konnte: »Deshalb sind die Privatschulen die Antwort auf diese Misere. Es gibt uns bereits, Sie müssen uns nur in Anspruch nehmen.« Sie lächelte. »Wenn Sie die älteren Waisenmädchen tagsüber zu uns schicken würden, anstatt sie in Lehrstellen zu vermitteln, könnten Sie auf Dauer die Gesellschaft verändern.«

»Die Waisenmädchen? Aus dem Kinderheim in New Town?«

»Ja, Sir. Unsere Schule ist von New Town aus gut erreichbar.«

Er hob die Hand. »Tut mir leid. Das kostet zu viel. Ich kann nicht noch mehr Geld in die Waisenmädchen investieren. Haben Sie eine Vorstellung davon, was die Gefangenen uns jährlich kosten? 36 737 Pfund! Die Hälfte meines Kabinetts hat ihr Mandat aus Protest über die hohen Kosten niedergelegt!«

»Wir machen Ihnen einen guten Preis, Sir. Und wir bilden die Mädchen zu intelligenten und weisen Entscheidungsträgerinnen aus.«

Wieder hob er die Hand. »Bildung ist nicht gut für Mädchen. Sie bekommen dann keine Kinder.«

»Ist das jemals wissenschaftlich bewiesen worden?«, fragte Emily.

»Ich bin Ingenieur, kein Naturwissenschaftler.«

»Könnte es vielleicht sein, dass diese Meinung daher kommt, weil die Männer Angst vor gebildeten Frauen haben?«

Er betrachtete sie mit undurchdringlicher Miene. Einen Moment lang befürchtete sie, dass sie sich zu weit vorgewagt und ihn verloren hatte. »Und selbst wenn das der Fall sein sollte …«, sagte sie. »In einer Gesellschaft wie der unsrigen können sich die Männer diese Angst nicht leisten. Es gibt einfach zu wenige Frauen. Deshalb sind die Frauen auch der Schlüssel. Sie sind diejenigen, die auf andere Einfluss haben. Wenn wir ihnen Werte, Moral und Hygiene beibringen und sie darin ausbilden, wie man haushaltet, intelligent investiert, komplizierte Sachverhalte beurteilt und moralisch korrekte Entscheidungen trifft, wird die ganze Kolonie in dieser und in den folgenden Generationen davon profitieren. Ihre Kasse wird auf lange Sicht aufgebessert und das ganze Land zieht einen Nutzen daraus.« Sie musste auf einmal über ihren eigenen Feuereifer lächeln. Ihr fiel noch etwas ein. »Und indem Sie die Waisenkinder kurzerhand auf Privatschulen schicken, können Sie den streitenden Kirchenoberhäuptern zeigen, dass es auch ohne sie geht.«

Um seinen Mund zuckte es amüsiert. Er sah sie eine Weile prüfend an und wurde wieder ernster. Dann fragte er: »Wie heißt Ihre Schule?«

»Haffner-Institut für junge Damen, Sir.«

November 1848

»Das habe ich noch nie gemacht«, sagte Charlotte gespannt.

»In England machen das alle jungen Frauen, die ich kenne«, sagte Emily und übergoss die frisch geschnittenen, zusammengebundenen Holunderblüten mit heißem Wasser. Während Charlotte ihr die Küchentür aufhielt, trug Emily die Schale mit den schwimmenden Blütensträußen in den Garten. Sie stellte sie auf dem Gartentisch ab. »So, jetzt ist es etwas abgekühlt. Du nimmst ein Büschel, legst den Kopf etwas zurück, schließt die Augen und reibst dir die Blüten ins Gesicht«, sagte Emily, setzte sich auf die Bank und machte es vor.

Charlotte lachte, setzte sich neben sie, zog ein tropfendes Büschel aus dem Wasser und rieb es über die Stirn und die Wangen. »Reicht das?«, fragte sie nach einer Weile.

»Ich denke schon.« Sie blinzelten sich an und legten die Blüten auf den Tisch.

Charlotte kräuselte die Nase, zog die Stirn in Falten und schürzte die Lippen. »Merkst du schon etwas?«, fragte sie dann.

Emily rieb sich über die Stirn. »Hm, ich weiß nicht, die Haut sollte sich jetzt eigentlich weicher und öliger anfühlen.«

»Vielleicht haben wir hier eine andere Sorte als in England?«, fragte Charlotte.

Emily rieb sich die Wangen. »Na, ja, ein bisschen hat es funktioniert.«

Sie lehnten ihre Köpfe an die Hauswand und ließen sich die Sonne ins Gesicht scheinen.

Eine Weile schwiegen sie. Dann fragte Emily unvermittelt: »Musstest du schon mal jemandem vergeben?«

»Natürlich. Warum fragst du?«

»Immer wenn ich einen Gefangenentrupp sehe, bleibe ich stehen, weil ich fürchte, aber gleichzeitig auch hoffe, einen bestimmten Mann zu sehen. Ich will, dass dieser Mann mit den Händen Bäume ausgraben und sie mit den Zähnen zersägen muss. Anschließend soll er für den Rest seines Lebens mit den Fingern Straßen durch den Dschungel bahnen und in eine Dunkelkammer gesperrt werden, bis er in die Bettkante beißt.«

Charlotte schwieg. »Willst du mir erzählen, was passiert ist?«, fragte sie dann.

Emily begann. Erst erzählte sie zögernd von Ronald, dann flüssiger. Als sie über den Mord redete, stockte sie wieder. »Und das Schlimmste ist«, schloss sie, »dass ich ihm vergeben soll. Will. Was auch immer. Ich habe in der Bibel gelesen, dass Gott es auf die Guten und die Bösen regnen lässt. Ihm sind also alle gleich wichtig.«

Charlotte seufzte leise. »Ich verstehe das allerdings anders. Ich glaube, das soll heißen, dass wir uns zurücklehnen dürfen. Wir sind nicht diejenigen, die ewige Gerechtigkeit herstellen müssen. Gott macht das. Auf seine Weise.«

»Hm«, sagte Emily nachdenklich. »Das finde ich aber auch nicht so hilfreich. Ich würde schon gerne meinen Beitrag zur Vergebung leisten. Zumindest würde ich mich gerne von seinem Andenken befreien. Denn ich ziehe diesen Mann wie eine Fessel mit Bleikugel bei jedem Schritt hinter mir her. Und er ist es nicht wert, dass er mich so behindert!«

»Ja, natürlich ist er das nicht wert«, sagte Charlotte langsam, »aber wenn sich das alles wirklich so zugetragen hat, ist er der Mörder deines Vaters.« Sie machte eine Pause und sagte dann: »Da kannst du lange auf friedvolle Gefühle warten, die werden sich nie von selbst einstellen.« Als Emily sie von der Seite ansah, beugte sie sich vor und wandte ihr den Kopf zu. »Du musst eine Entscheidung treffen. Das ist dein Beitrag zur Vergebung. Du kannst dich bewusst entscheiden, ihm zu vergeben. Als Kopfentscheidung, ganz ohne Gefühle.« Emily schwieg nachdenklich und Charlotte sprach weiter: »Am besten hier und jetzt. Vor Gott. Sag ihm, dass du ihm vergibst. Ich bin dein Zeuge.«

Emily legte wieder den Kopf in den Nacken und betrachtete schweigend die Wolken über der Bucht. Sie wusste nicht, wie viel Zeit verstrichen war, und wunderte sich, dass Charlotte still neben ihr sitzen blieb. Schließlich seufzte sie. »Also gut. Er hat es zwar nicht verdient, aber ich will ihn nicht länger an mich binden. Ich will frei sein.«

Charlotte streckte beide Hände aus, Emily ergriff sie. Sie schlossen die Augen. »Vater, ich vergebe hiermit dem Mörder meines Vaters«, sagte Emily. »Ich vergebe Ronald Tuppence. – Und ich bitte dich, dass du mir dabei hilfst.« Sie hob den Kopf und wartete auf ein Gefühl. Wut, Schmerz, Frieden, was auch immer. Aber alles in ihr war leer.

Charlotte hielt weiterhin ihre Hände fest. Leise sagte sie: »Die Hassgefühle werden wiederkommen. Wundere dich nicht. Aber du hast ihm vergeben und Vergebung ist wie eine Zwiebel.«

Emily lachte auf. »Wie eine Zwiebel? Nur du kannst in diesem bedeutenden Moment von Gemüse sprechen.«

»Nein, im Ernst. Du hast jetzt die erste Schicht der Tuppence-Zwiebel abgeschält. Und irgendwann kommt die zweite, dann die dritte. Ganz am Ende wird nichts mehr von der Zwiebel übrig sein, dann bist du frei. Aber das geht nicht von heute auf morgen.« Sie ließ Emilys Hände los und Emily lehnte sich wieder an.

»Woher weißt du das alles?«, fragte Emily.

»Ich war mal ernsthaft verliebt. Es ist nichts daraus geworden und ich musste deshalb meiner Mutter vergeben. Natürlich ist dein Fall viel schwerwiegender. Aber es war trotzdem nicht leicht für mich.«

»Hat sie euch auseinandergebracht?«

Charlotte nickte.

»Warum?«

»Er war Methodist.

»Charlotte, Achtung, ich schreie jetzt.«

Charlotte sah sie einen Moment lang überrascht an, dann lächelte sie.

Doch statt zu schreien, sagte Emily bitter: »Wusstest du, dass es in Irland jetzt endlich Suppenküchen gibt? Was ja eigentlich gut ist. Aber weißt du auch, was in einigen Städten die Voraussetzung dafür ist, einen Teller Suppe zu bekommen? Du musst deiner Konfession abschwören und die Konfession derjenigen annehmen, die die Suppenküche betreiben!«

Charlotte gab einen kurzen Schrei ab. Dann sagte sie grinsend: »Ich habe den Schrei mal eben für dich erledigt. – Ihr Engländer könnt so was nicht.«

»Danke«, sagte Emily.

Im Nachbarhaus ging ein Fenster auf.

Dezember 1848

Vorsichtig entfernte Emily das Papier, in das das dicke Buch eingewickelt war. Heute war es angekommen. Ihre Bestellung hatte acht Monate gebraucht, um von England hierherzufinden. *Moderne Agrikultur.* Sie blätterte das Buch durch. Der Text wirkte nicht gerade aufregend, aber sie würde es trotzdem von der ersten bis zur letzten Seite durcharbeiten. Denn dann konnte sie den Mädchen die Grundlagen der Landwirtschaft beibringen und selbst lernen, wie ein Grundbesitzer besser für seine Pächter sorgen konnte. Sie seufzte, erhob sich, trat ans Fenster und blinzelte in die Sommersonne, die ihr kleines Zimmer durchflutete. Dezember. In Irland war dieser Monat feucht, windig und neblig.

Wie viele Iren würden diesen Winter nicht überleben?

Wie sah wohl inzwischen die Ruine des Manors aus? Sicherlich wurden die Steine langsam von Gras und Kletterpflanzen überwuchert. Auf den Grabstein ihres Vaters würde der Regen peitschen, bis die Inschrift ausgewaschen war.

Sie drehte sich wieder um, setzte sich und schlug das Buch auf.

KAPITEL 28

Februar 1849

»Sie kommen!«, rief Mrs Haffner von der Straße in die offene Tür hinein. Charlotte und Emily tauschten einen nervösen Blick und lächelten sich dann ermutigend an. Gemeinsam traten sie auf die Straße hinaus. Die Morgensonne stand noch tief über der Bucht und erfüllte die frische Luft mit einem Versprechen. Emily sah vier zweirädrige Karren, die von jeweils einem Gefangenen gezogen wurden. Sie würde sich nie an dieses Bild gewöhnen können, obwohl sie es schon oft gesehen hatte: Ein Mensch, wie ein Gaul vor einen Karren gespannt. Auf dem ersten Wagen saß ein grauhaariger Mann mit Mittelscheitel aufrecht neben drei Mädchen. Vor dem Haus stieg er als Erster ab, wechselte ein paar Worte mit Mrs Haffner und hielt ihr ein Papier hin. Emily und Charlotte, die am Eingang standen, hörten sie laut sagen: »Meine Augen sind nicht mehr die besten, mein lieber Mr Satcher.« Sie wandte sich an Charlotte. »Komm Kind, nimm das Schreiben ins Haus, lies es dir durch und unterschreibe es.« Während Charlotte den Zettel entgegennahm, hielten die anderen Wagen, und die Mädchen kletterten herab. Alle fünfzehn Mädchen trugen dieselben Kleider aus grauem, grobem Stoff; ein paar von ihnen waren so zierlich, dass Emily nicht glauben konnte, dass sie schon zwölf waren. Ihre Haare hatten sie in der Mitte gescheitelt, auf beiden Seiten Zöpfe geflochten und hinten wieder in einem Knoten zusammengeführt.

Emily trat näher an die Wagen heran. Alle vier Sträflinge, die die Karren zogen, sahen sie unverwandt an, aber einer von ihnen starrte mit offenem Mund. Sie musterten sich überrascht. Einen Moment lang wusste Emily nicht, was sie tun sollte. Sie nahm wahr, dass Mrs

Haffner etwas zu ihr sagte, aber sie verstand es nicht. Sie ging langsam auf den blonden Mann zu, bis sie direkt vor ihm stand. Er trug keinen Bart mehr. Die Haut um sein linkes Auge war blau und rot, das Auge zugeschwollen.

»Sean Lawlor?«, fragte sie.

»Sie sind Miss Winslow! Was machen Sie denn hier?«

»Ich wohne hier.«

Der Aufseher rief etwas. Seans Kopf fuhr herum. »Ich muss gehen, Miss.«

Während er den Karren wendete, fragte Emily: »Was ist mit Ihrem Auge? Werden Sie misshandelt?«

Er lächelte verbittert. »Kleine Auseinandersetzung unter Sträflingen. Die Engländer behaupten, wir hätten die Hungersnot in Irland durch unsere Faulheit selbst herbeigeführt. Mein Einsatz als Karrenpferd ist die Strafe für die Prügelei.«

»Los, Männer!«, rief der Aufseher und kletterte auf den ersten Wagen.

Sean nickte ihr zum Abschied zu. Emily sah den Karren hinterher. Dann drehte sie sich um und ging benommen ins Haus.

Die Mädchen saßen still in den Tischreihen im Klassenzimmer, falteten die Hände und sahen sie mit großen Augen an. Charlotte begrüßte sie herzlich. Sie lächelten nicht. Charlotte und Emily tauschten einen Blick. Dann trat Emily neben Charlotte und sagte zu den Mädchen: »Wir freuen uns sehr, dass ihr hier seid! Damit wir euch besser kennenlernen, möchten wir euch bitten, uns einen Brief zu schreiben, in dem ihr euch kurz vorstellt.« Während Charlotte Papier und Federn verteilte, rührten sich die Mädchen nicht.

Alle schrieben langsam, hielten die Feder verkrampft fest und runzelten beim Schreiben die Stirn. Nachdem Emily alle Briefe eingesammelt hatte, stellte Charlotte ihnen einige leichte und schwierige Rechenaufgaben. Da sich jedoch niemand meldete, teilten sie wieder Papier aus und ließen die Aufgaben schriftlich lösen.

Dann war Pause. Die Mädchen standen unschlüssig auf dem Rasen, sahen sich schüchtern um und gingen dann an die Straße, um zwischen den beiden gegenüberliegenden Häusern hindurch auf den Hafen zu sehen.

»Die meisten von ihnen waren noch nie weg vom Kinderheim«, flüsterte Charlotte. »Sie sind wie verschreckte Vögelchen, die man aus dem Käfig gelassen hat.«

»Da haben wir noch etwas vor uns«, flüsterte Emily zurück.

Am Abend saßen Emily, Mrs Haffner und Charlotte mit dampfenden Teetassen am Tisch, während Charlotte die Briefe der Mädchen laut vorlas. Wegen der chaotischen Rechtschreibung stockte Charlotte beim Lesen immer wieder. Zehn Mädchen waren im Gefängnis geboren und dann im Heim aufgewachsen, Margret und Emma waren mit acht und neun Jahren von Nachbarn ins Heim gebracht worden, nachdem ihre Mutter gestorben war; die Schwestern Frederica und Mary hatten bei ihrer Mutter gelebt, die als Strafgefangene in einem Privathaushalt gearbeitet hatte, dann jedoch schwanger geworden war und deshalb zurück ins Gefängnis musste. Ihre Mutter hatten sie seit Jahren nicht mehr gesehen. Luisas Brief bestand aus zwei Sätzen: Mit zehn Jahren hatte sie London verlassen. Jetzt war sie vierzehn. Die Lücken in ihrem Lebenslauf waren auch eine Botschaft, dachte Emily.

Charlotte legte den letzten Brief auf den Stapel mit den anderen.

»Sie tun mir leid«, sagte Emily.

Alle drei Frauen nahmen gleichzeitig einen Schluck Tee.

Als Emily ihre Tasse mit dem kaputten Griff wieder absetzte, sagte sie: »Ihre Mütter leben zum Teil ganz nahe bei ihnen in der Stadt. Und sie kennen sich nicht. Vielleicht haben sie sie sogar schon einmal irgendwo gesehen, ohne es zu wissen«, sagte Emily. »Vielleicht halten die Mädchen auf dem Weg zu uns Ausschau nach ihren Müttern. – So wie ich mir manchmal vor Augen male, dass meine Mutter durch diese Straßen ging.«

Mrs Haffner beugte sich neugierig zu ihr hinüber. »Ihre Mutter hat hier gelebt?«

»Ja, ich bin hier geboren.«

Mrs Haffner riss die Augen auf. »Warum haben Sie das nicht gesagt? Wo und wann?«

»Hier in Hobart Town. 1825.«

»Damals war ich auch schon hier! Vielleicht kenne ich Ihre Mutter!« Sie bekam vor Aufregung rote Flecken im Gesicht.

»Sie hieß Dorothy Moore.«

Sie schüttelte enttäuscht den Kopf und straffte sich. »Nie gehört.« Sie schien fast traurig. Nach einer Weile sagte sie: »Ich gehe ins Bett, es war ein anstrengender Tag.«

Als Mrs Haffner die Küche verlassen hatte, sagte Charlotte: »Emily, du weißt schon, was es bedeuten könnte, dass deine Mutter in Van-Diemens-Land war und dein Vater nie über sie geredet hat?«

Emily, die ihre Tasse gerade zum Mund führte, stellte sie wieder ab, ohne zu trinken.

Charlotte sagte: »In den Zwanzigerjahren ging es hier hoch her. Alle möglichen Offiziere lebten mit ihren Sträflingsgeliebten zusammen und ließen sich von der Bevölkerung schmieren. Bis ein neuer Gouverneur kam und gründlich aufräumte. Die bestechlichen Offiziere setzte er ab und die anderen zwang er, ihre Geliebten entweder aus dem Haus zu werfen oder sie zu heiraten.«

Emily blickte sie schweigend an.

»Jetzt sieh mich nicht so entgeistert an. Es ist nichts Schlimmes dabei, wenn man von Emanzipisten abstammt. Warum, denkst du wohl, sind meine Mutter und ihre Zwillingsschwester in den Zwanzigerjahren nach Hobart gekommen? Meinst du, ihre Auswanderung war freiwillig?«

Emily antwortete nicht. Nachdem sie eine Weile geschwiegen hatte, sagte sie: »Ich weiß nicht einmal, wie man sie schreibt. Muir, More, Moore. – Gibt es in Hobart Heirats- oder Geburtsregister?«

Der Unterricht lenkte Emily vom Grübeln ab. Sie gab den Mädchen noch mehr Schreib-, Lese- und Rechentests. Als sie die Ergebnisse am Nachmittag durchsah, stellte sie fest, dass diese Mädchen, die alle zwischen zwölf und fünfzehn Jahre alt waren, auf dem Bildungsniveau von Achtjährigen standen. Sie nahm ein Papier, teilte die Mädchen in verschiedene Leistungsgruppen ein und fertigte einen Unterrichtsplan an. Sie würde den Mädchen mehr Leseaufgaben geben, beschloss sie, vielleicht auch Romane, am besten »plakative Gefühlsduselei« wie Jane Austen, die ihre Gouvernanten immer verboten hatte, dachte sie mit einem rebellischen Lächeln. Allerdings würde sie damit erst übermorgen beginnen können, denn morgen erwarteten sie Rupert, den jungen Mann aus der Kirche. Er würde den Mädchen auf der Geige vorspielen.

Am nächsten Morgen versuchte sie, Notenlinien an die Tafel zu malen, aber ihre Schläfen pochten vor Aufregung. Die Linien waren zu weit entfernt oder berührten sich beinahe. Seufzend wischte sie sie wieder weg und bat ein Mädchen an die Tafel, um die Linien zu zeichnen. Während Rupert Melodien spielte, waren siebzehn anhimmelnde Augenpaare auf ihn gerichtet. Emily musste schmunzeln, vor allem, als sie den gleichen Ausdruck in Charlottes Bernsteinaugen bemerkte.

Jeden Tag hielt sie nach Sean Lawlor Ausschau, aber die Mädchen wurden immer von verschiedenen Sträflingen abgeholt.

An der Ecke Murray Street und Macquarie Street blieb sie stehen und blickte zu dem Kirchturmdach auf, das wie ein runder Pfefferstreuer auf dem eckigen Turm thronte.

Sie war schon oft hier gewesen, mit Charlotte, im Gottesdienst, doch sie hatte nie in der Kirche die Frage ausgesprochen, die sie nun stellen würde.

Sie öffnete die schwere Tür und betrat das Gebäude, durch dessen große Bogenfenster buntes Licht strömte und Emily in eine Märchenwelt tauchte. Sie hatte Glück. Der Kirchendiener stand vor dem Altar, den Rücken ihr zugewandt, und breitete ein Tischtuch aus.

Sie ging absichtlich laut, sodass er sich umwandte. »Guten Tag, Sir«, sagte sie, während sie näher trat.

Seine grauen Augenbrauen standen in alle Richtungen. »Guten Tag, kann ich Ihnen helfen?«

»Ich bin mir nicht sicher, aber ich glaube, meine Eltern haben hier geheiratet. Das muss Anfang der Zwanzigerjahre gewesen sein. Denken Sie, es wäre möglich, einmal einen Blick in die Kirchenbücher zu werfen?«

Die Art und Weise, wie er die dicken Augenbrauen hob, erinnerte sie an Bailey. »Oh, da fragen Sie am besten Mr Liggins, den neuen Vikar. Er ist gerade in der Sakristei. Kommen Sie, ich bringe Sie zu ihm.«

Sie folgte dem älteren Mann, während er gebeugt zu einer Tür schlurfte. Er klopfte, betrat den Raum, sagte ein paar Worte und winkte sie dann herein.

Ein schwarz gekleideter, stämmiger Mann erhob sich. Er war jünger als sie, und sein Kragen war zu eng, denn sein Hals quoll aus dem Stoff hervor. Er begrüßte sie freundlich und stellte sich vor: »Mein Name ist Liggins, ich bin neu hier.«

»Freut mich, Sie kennenzulernen, Mr Liggins. Darf ich Sie um etwas bitten?«

Nachdem sie ihr Anliegen wiederholt hatte, kratzte er sich an der Stirn. »Das könnte schwierig werden. Anfang der Zwanzigerjahre herrschte hier eine rechte Unordnung. Die alte Holzkirche wurde abgerissen, und es dauerte länger als gedacht, diese neue aufzubauen. Beim Umzug gingen ein paar Bücher verloren. Außerdem gab es gleichzeitig den ersten Pfarrerwechsel.« Stolz, dass er sich so gut mit der Geschichte seiner neuen Pfarrei auskannte, lächelte er sie an. Als er Emilys enttäuschtes Gesicht sah, fügte er schnell hinzu: »Aber schauen wir doch nach.« Er wandte sich um und öffnete einen Schrank. Umständlich bückte er sich und ging dann in die Hocke, um zwei Bücher aus dem untersten Fach zu holen. Als er sie auf den Tisch legte, stieg eine kleine Staubwolke auf. Er wedelte mit der Hand über dem Einband herum und bot Emily an, sich zu setzen und die Bücher durchzugehen. »Ich schreibe einfach solange an meiner Predigt weiter, wenn es Ihnen nichts ausmacht.«

Emily bedankte sich und setzte sich mit ihm an den Tisch.

Eine halbe Stunde später klappte sie die Bücher zu.

Er sah von seiner Schreibarbeit auf. »Nichts?«, fragte er.

Sie schüttelte den Kopf. »Aber es fehlen zwei Jahre.«

»Dass Sie Ihre Eltern nicht gefunden haben, heißt nicht, dass sie nicht geheiratet haben. Vielleicht ist ein Buch verloren gegangen. Aber vielleicht sollten Sie es auch mal bei den anderen Kirchen versuchen. Bei den Methodisten und den Presbyterianern.« Er wurde leiser und sprach schneller: »Das sollte ich vielleicht nicht sagen, Miss, aber unter uns: Der damalige anglikanische Pfarrer, Mr Knopwood, hatte nicht gerade den besten Ruf. Manche Leute gingen aus Protest in eine andere Kirche.«

Sie nickte und erhob sich. Lächelnd bedankte und verabschiedete sie sich von Mr Liggins.

Südwestirland

»Sind Sie geschäftlich unterwegs?«, fragte Ronald den modern gekleideten jungen Mann, der ihm in der Postkutsche gegenübersaß. Sie beide waren seit Cork die einzigen Fahrgäste, obwohl diese Postkutsche ausdrücklich sowohl Protestanten als auch Katholiken beförderte.

Der junge Mann hatte seinen Zylinderhut neben sich aufs zerschlissene Polster gelegt und seine Ledertasche zwischen seinen Schuhen auf dem Boden platziert. Sein blonder Backenbart wirkte schütter. Ronald fand, dass man sich lieber keinen Bart stehen lassen sollte, wenn man keinen dichten Bartwuchs hatte.

Der Mann lächelte. »Ich bin Reporter«, sagte er.

Eton, dachte Ronald. Oder eine ähnlich renommierte Schule – nach der vornehmen Aussprache zu urteilen. Der Mann musste Idealist sein, sonst hätte er sich mit seinem privilegierten Hintergrund nicht diesen Beruf ausgesucht.

Der Mann beugte sich zu seiner Tasche hinunter und entnahm ihr ein in Leder gebundenes Notizbuch. »Ich schreibe für die Zeitung. Die meisten Reporter holen ihre Informationen aus Dublin, aber das wahre Leben spielt sich hier ab.«

Ronald seufzte. »Ich schätze, Sie werden sich auf schlimme Eindrücke gefasst machen müssen.«

Der Mann schob mit dem Fuß seine Tasche ein paar Zentimeter nach rechts. Seine karierten Hosen legten sich um seine Schuhe, wie es der neuesten Mode entsprach.

»Und Sie?«, fragte der Mann.

»Geschäfte.« Er schwieg und hoffte, dass der Reporter sich damit zufriedengeben würde.

Der Mann lächelte. Aber Ronald wusste, dass er früher oder später Fragen stellen würde. Er musste schließlich von Berufs wegen neugierig sein – und sie hatten noch eine weite Reise vor sich. »Ross Finley«, sagte der Mann lächelnd.

Der Mann war clever. Nicht zu aufdringlich. Aber freundlich und offen. »Ronald Tuppence«, erwiderte Ronald.

Die Kutsche holperte über die schlecht befestigte Straße. Finley wandte sich zum Fenster, betrachtete die braunen Felder und schien etwas zu skizzieren.

»Für welche Zeitung schreiben …« Ronald hatte den Satz noch nicht beendet, als der Mann sich abrupt vorbeugte, um noch besser aus dem Fenster sehen zu können. Gleichzeitig klopfte er gegen die Wand, um dem Kutscher zu signalisieren, die Kutsche anzuhalten.

Er sah Ronald an. »Da liegt jemand am Weg.« Als die Kutsche zum Stehen kam, öffnete der Mann die Tür und sprang hinaus. Ronald kletterte halb neugierig, halb misstrauisch hinter ihm aus der Kutsche. Weiter vorne erkannte er zwei schwarz gekleidete Gestalten, die am Wegesrand lagen, offenbar tot.

Der Kutscher, ein Mittvierziger mit schwarzgrauem Bart, trat mit hochgezogenen Schultern zu Ronald. Mit Unbehagen in der Stimme sagte er: »Schon wieder Tote am Wegesrand.« Beide blieben bei der Kutsche stehen, den Blick auf den Reporter gerichtet, der sich den Toten mit großen Schritten näherte. »Sie glauben nicht, wie viele Särge mein Schwager jede Woche schreinert«, sagte der Mann verbittert. »Das sind nicht die ersten Toten, die ich am Straßenrand sehe.« Als Ronald schwieg, redete er resigniert weiter: »Die Menschen stellen sich manchmal in Gruppen der Postkutsche in den Weg, um etwas zu erbetteln. Stumm stehen sie da, sehen einen nur an, strecken nicht mal die Hand aus. In manchen Städten legen sie Kranke und Sterbende vor die Haustür, um von Passanten Geld für ihre Kinder zu erbetteln. Ich habe mir schon ernsthaft überlegt, diese Arbeit hier an den Nagel zu hängen.« Der Kutscher war offenbar froh, dass er mit jemandem reden konnte. Denn er sprach nach einer kurzen Pause weiter. »Manchmal wünsche ich mir Scheuklappen, wie die Pferde. Oder ich könnte einfach die Augen schließen und sie erst beim nächsten Halt wieder öffnen.«

»Kommen Sie«, sagte Ronald und bedeutete dem Kutscher, Mr Finley zu folgen. Der Kutscher brummte etwas Unverständliches. Sie näherten sich Mr Finley, der sich neben die beiden Toten gekniet hatte. Ein junges Paar. Offenbar auf der Suche nach Essen zusammengebrochen und nie mehr aufgestanden.

»Ich dachte erst, sie sind beide tot«, sagte Finley. »Aber schauen Sie mal, er atmet noch.« Ronald und der Kutscher starrten den am Boden liegenden jungen Mann an. Sein Hals bestand nur aus Sehnen und Knochen. Seine Wangen waren hohl und durchsichtig, der Kiefer wirkte überproportional vergrößert, die Nase eingefallen. Finley sah zu den beiden Männern auf. »Wir können ihn nicht hier liegen lassen.«

Ronald sagte: »Wohin sollen wir ihn bringen?«

Finley und Ronald sahen fragend zu dem Kutscher. Frustriert blickte dieser auf den sterbenden Mann. »Gott sei Dank haben sie keine Kinder dabei. Das habe ich nämlich auch schon gesehen.« Er schluckte. »Bringen wir ihn ins Armenhaus.«

»Und die Frau?«, fragte Ronald.

Der Kutscher zuckte mit den Schultern. »Ich kann nicht jeden Toten in diesem Land beerdigen. Dass ich den Umweg zum Armenhaus mache, könnte mich schon meine Anstellung kosten. Ich werde sicherlich nicht noch Leichen zum Friedhof transportieren.«

Ronald und Finley sahen sich an, dann beugten sie sich hinab. Finley hob den Oberkörper des Mannes an, Ronald die Beine. Er war leicht wie ein Kind. Sie trugen ihn zur Kutsche. Der Kutscher hielt die Tür auf und sie legten den Mann vorsichtig auf den Boden der Kutsche, stellten seine Beine auf, damit er hineinpasste, kletterten über ihn und setzten sich. Der Kutscher schloss von außen die Tür.

Als die Kutsche losrumpelte, fielen die aufgestellten Beine des Mannes zur Seite gegen die Sitze. Der Kopf wurde auf dem Boden hin und her gerüttelt. Finley beugte sich hinab, hob den Kopf an und legte seine Ledertasche als Kissen darunter.

Niemand sprach ein Wort. Schließlich fragte Ronald: »Sollen wir versuchen, ihm etwas zu trinken einzuflößen?«

Der Reporter blickte skeptisch auf den Sterbenden hinab. »Ich weiß nicht. Wir können es versuchen, aber er scheint bewusstlos. Er wird nichts schlucken.« Er nahm ein Taschentuch aus seinem Mantel. Ronald holte seine Reiseflasche hervor und reichte sie ihm. Finley goss Wasser auf den Stoff, bis er durchtränkt war. Dann beugte er sich hinunter, hielt das Taschentuch an den Mund des Mannes und strich ein paar Tropfen Wasser heraus. Gespannt beobachteten sie ihn. Entgegen ihrer Erwartungen liefen die Tropfen nicht wieder aus seinem Mund heraus und er röchelte auch nicht. Der Mann schien die Tropfen tatsächlich geschluckt zu haben. Er öffnete für einen Moment die Augen. Sie waren glasig. Er schloss sie wieder. Finley träufelte wieder Wasser in seinen Mund und wiederholte den Vorgang, bis sie plötzlich polternd zum Stehen kamen. Ronald sah aus dem Fenster. Sie standen vor einem großen, mehrflügeligen Gebäude. Es war mitten in der Landschaft erbaut worden, umgeben von erdigen Feldern, auf denen Unkraut wuchs. Ein Flügel des Tors zum Innenhof stand offen, und ein dünner Mann in grauer Uniform war gerade dabei, auch den anderen Flügel zu öffnen. Finley stieg aus der Kutsche und griff von draußen nach den Beinen des Mannes, während Ronald sich in der Kutsche bückte, um den Oberkörper anzuheben. Sie hievten den jungen Mann aus der Kutsche.

Ein Pferdewagen polterte aus dem geöffneten Tor heraus. Als der alte Kutscher Ronald und Finley mit dem Mann erblickte, hielt er an und ließ seinen Blick erst über Ronald, dann über Finley gleiten, bis er schließlich bei dem Sterbenden hängen blieb.

»Ist er tot?«, fragte er tonlos. Ohne eine Antwort abzuwarten, sagte er: »Werft ihn zu den anderen.« Er deutete mit dem Daumen hinter seine Schulter auf die Ladefläche. Ronald schluckte. Auf dem Wagen stapelten sich nackte Fußsohlen. Er sah genauer hin. Er sah drei Lagen toter Menschen in grauer Kleidung, mit den Füßen ihm zugewandt. Ganz oben lag ein totes Mädchen schräg über den Leichen. Ihr auffälligstes Merkmal war ihr rotes Haar, das an der Stirn direkt am Haaransatz mehrere Wirbel hatte, die das Haar nach oben stehen ließen, so dass ihr Haar wie die Krone einer schlafenden Prinzessin wirkte.

Finley fand die Sprache als Erster wieder. »Nein, der Mann lebt«, sagte er.

»Dann bringt ihn rein«, sagte der Mann auf dem Kutschbock. Er schien seltsam unberührt – wahrscheinlich war er über den Punkt der Verzweiflung hinaus, dachte Ronald. Seine Distanziertheit ließ ihn weiterleben.

Der Mann schnalzte mit der Zunge und die Pferde setzten sich in Bewegung. Ronald wandte den Blick ab, als die Toten direkt vor ihm vorbeigezogen wurden. Finley und er trugen den jungen Mann in den Innenhof. In den Ecken wuchs hohes Unkraut an den grauen Steinen empor.

Die Gebäude, die den Innenhof umgaben, hatten hohe, schlanke Fenster und erinnerten an Fabriken. Ronald erkannte durch die Fenster hindurch grau gekleidete Frauen, die an Tischen standen und sich auf etwas zu konzentrieren schienen. Der Hof war menschenleer. Ein Mann mit geöltem Scheitel eilte aus einer Tür auf sie zu. »Ich bin Mr Duffy, der Aufseher. Lebt der Mann noch?«

Finley nickte.

»Legen Sie ihn hier ab, wir kümmern uns um ihn«, sagte Mr Duffy. Sie legten ihn vorsichtig auf die Erde. Finley sah sich neugierig um. Dann sagte er zu Ronald: »Ich hole schnell mein Gepäck aus der Kutsche. Ich bleibe hier. Das ist *die* Gelegenheit.«

Ronald nickte. Er war froh, dass er den Rest der Reise alleine fortsetzen konnte. Schweigend kehrten Finley und er zur Postkutsche zurück. Der Kutscher wartete brütend neben den Pferden. Ronald verabschiedete sich von Finley und kletterte in die Kutsche. Für den Rest der Reise lehnte er den Kopf an die gepolsterte Wand und hielt die Augen geschlossen.

»Sie? Hier?« Samuel Strom sah den Mann verblüfft an, der in seiner Haustür stand.

Strom war älter geworden, dachte Ronald, während er den Blick erwiderte. Es konnte unmöglich nur dreieinhalb Jahre her sein, dass er ihn zuletzt gesehen hatte. Strom sah aus, als ob zehn Jahre vergangen waren. Aber alle Gesichter in diesem Land waren über die Zeit hinaus gealtert.

Sicherlich hatte die Langeweile der letzten Jahre auch ihm, Ronald, Falten ins Gesicht gezeichnet, dachte er bei sich. Mary hatte ihn wie einen Tiger im Käfig gehalten und er war viel zu selten nach London beordert worden. Seine Vorgesetzten hatten ihn immer nur Berichte schreiben lassen und ihm keine Aufträge mehr erteilt. Ihm war klar, dass er diesen Umstand Mary und ihren Kontakten zu verdanken hatte. Aber damit war jetzt Schluss. Er verschaffte sich nun selbst wieder Abenteuer.

Strom stand in der halb geöffneten Tür, halb versteckt. Wahrscheinlich hatte er beide Hände am Türgriff, um die Tür sofort wieder zu schließen.

Ronald setzte ein Lächeln auf. »Hätten Sie kurz Zeit für mich?«

Der Mann sah ihn misstrauisch an, überlegte einen Moment und nickte dann unmerklich. Während Strom die Tür ganz öffnete, ließ Ronald seinen Blick noch einmal über den Hof wandern. Die Stroms hatten schon bessere Tage gesehen. Die Gemüsebeete waren zwar gepflegt, aber Haus und Anbau benötigten dringend einen neuen Anstrich. Dem Dach fehlten Ziegel. Unkraut schob sich zwischen dem Kies hervor und ein Schubkarren, ein paar Fässer und leere Säcke lagen unordentlich auf einem Haufen neben dem Haus.

Nachdem er eingetreten war, verriegelte Samuel Strom die Tür von innen und bedeutete ihm zu folgen. Sie betraten die Küche und setzten sich an den Tisch.

Ronald überlegte, ob er nach Ella Strom fragen sollte – womöglich war sie nicht mehr am Leben. Er zögerte. »Wo ist Ihre Frau?«

»Im Dorf«, sagte Samuel Strom und faltete die Hände auf dem Tisch. Wieder fiel Ronald auf, wie grau und faltig sein Gesicht wirkte. »Sie verteilt Essen. Der Vorteil einer Hungersnot.« Er lächelte bitter. »Der Hunger vertreibt alle Ressentiments. Vor allem gegenüber denen, die etwas zu verteilen haben.« Er fuhr sich durchs Haar. »Sie verteilt jeden Tag Mehl. Am Anfang hat sie es hier getan, auf dem Hof. Doch dann belagerten auf einmal hundert Menschen unser Haus. Jetzt geht sie mit unserem Knecht jeden Tag um die gleiche Zeit nach Grenmore und verteilt es dort. Es hat sogar schon Schlägereien um das Mehl gegeben.«

»Auf dem Weg hierher habe ich Schlimmes gesehen«, sagte Ronald. »Auch in Grenmore sieht es schrecklich aus, aber eine Spur besser als anderswo.«

Strom nickte. Dann sagte er langsam: »Ja, wir füttern Grenmore durch. So kann man es sagen.« Er hob seinen müden Blick und sah Ronald in die Augen. »Wir haben kein Geld mehr, wenn Sie deswegen da sind.«

Ronald betrachtete ihn schweigend.

Samuel Strom fuhr fort: »Normalerweise öffne ich die Tür nicht mehr, weil wir von Bettlern überrannt werden. Aber ich habe Sie durchs Fenster gesehen. Ich habe zwar nicht erkannt, dass Sie es sind, aber ich habe Ihre Kleidung gesehen. Deshalb habe ich aufgemacht.« Er lehnte sich auf seinem Stuhl zurück. »Was wollen Sie?«

Auch Ronald lehnte sich zurück. »Eigentlich bin ich wegen den Pachtabgaben gekommen«, sagte er und grinste. Er wusste, dass seine Augen dabei nicht lächelten. Ein alter Trick, der die Leute verunsicherte.

Samuel Strom lachte bitter. »Die bekommen Sie hier von niemandem.« Er sah ihn eine Weile herausfordernd an. »Und jetzt? Werden Sie uns vertreiben?« Er beugte sich wieder vor und legte die Unterarme auf den Tisch.

Die Männer sahen sich schweigend an. »Könnten Sie mir ein paar Fragen beantworten?«, fragte Ronald.

»Das kommt darauf an.«

»Fangen wir doch mal mit dieser hier an: Wo ist Emily Winslow?«

»Warum wollen Sie das wissen?«

Ronald lächelte. »Aus nostalgischen Gründen.«

Strom schien zu überlegen, was er antworten sollte. *Gut, dass er noch nicht gefragt hat, ob ich überhaupt bemächtigt bin, die Pacht einzutreiben.* Ob Ronald die Pacht verlangen und auf Dauer in die eigene Tasche stecken konnte, entschied sich nämlich daran, ob es wahrscheinlich war, dass Emily jemals wieder auftauchen würde. Glück oder Pech. Hohes Risiko. Wie sehr hatte er das in den letzten drei Jahren vermisst.

Strom sagte: »Sie ist nach Australien gegangen. Mehr weiß ich nicht.«

»Haben Sie eigentlich Angehörige, die dieses Pachtstück erben könnten?«

Misstrauen flackerte in Stroms Augen auf. »Warum interessiert Sie das?«

Ronald lächelte. Er hatte Strom mit dieser Frage verunsichern wollen. Ohne Angehörige, ohne Unterstützung war Strom abhängig von ihm. »Nur so. Ich würde es doch sowieso herausfinden.«

»Wir haben keine Kinder.«

»Keine Verwandten?«

»Ich hatte einmal eine Schwester. Ich weiß nicht, was aus ihr geworden ist. Sie hat sich nie mehr gemeldet. Wahrscheinlich ist sie tot.«

Ronald nickte. Dann fragte er: »Macht die Bruderschaft in der Gegend immer noch Ärger?«

»Ich denke, die Leute haben momentan andere Sorgen«, antwortete Strom kühl.

»Es gibt keine Treffen?«

»Zumindest weiß ich von keinen.«

Ronald musterte ihn und kam dann zu dem Schluss, dass er es wahrscheinlich wirklich nicht wusste. »Wie geht es den Lawlors?«, fragte er.

Strom hob verwundert das Kinn. »Den Lawlors?«

»Ja, Ihre Frau ist doch eine von ihnen, oder nicht?«

»Es geht ihnen mittelmäßig.«

»Leben die Kinder noch?«

»Ein Enkelkind ist gestorben.«

»Wohnen sie alle noch hier?«

»Ryanne ist ebenfalls nach Australien gesegelt.«

Ronald sah ihn überrascht an. »Alleine?« Sogleich ärgerte er sich über seine Frage.

»Nein, mit den O'Neills. Und mit Miss Winslow.«

Ronald erhob sich. Auch Strom stand auf. Erleichterung stand ihm ins Gesicht geschrieben. Wortlos machte sich Ronald auf den Weg zur Tür.

»Warten Sie, ich muss erst das Schloss entriegeln.« Strom schob sich in dem dunklen Flur an ihm vorbei. Er drehte sich um und blieb zwischen ihm und der Tür stehen. »Wer ist denn jetzt eigentlich der Besitzer des Guts?«, fragte er.

»Das lassen Sie mal meine Sorge sein.«

Glücklicherweise hatte er noch die Urkunde, die ihm als Verwalter weitgehende Vollmachten gab. Wie dumm, dass hier niemand mehr zahlen konnte. Denn er hatte sich sein neues Leben so vorgestellt: Mit Florence, seiner neuen Geliebten, wieder hierherzuziehen, mit seinem frisch erspielten Geld ein Haus zu bauen, am besten im Park, und von den Pachtgeldern zu leben, weil Emily keinen Anspruch mehr auf das Land geltend machen würde. Und dass dabei auch noch Nervenkitzel im Spiel war, machte alles noch besser.

Diesmal würde Mary kein Druckmittel haben. Denn sie wusste nichts von den Besitzverhältnissen, wusste nicht, dass Emily noch lebte, konnte ihn also auch nicht erpressen. Er würde einfach behaupten, dass alles rechtens sei. Niemand konnte ihm das Gegenteil beweisen. Nur Emily.

Er könnte eine Wette schließen, mit sich selbst: Er würde warten, bis sich für Irland das Blatt gewendet hatte, und sich in der Zwischenzeit diesen Besitz hier sichern. Nur in einem Fall würde er sich geschlagen geben und seinen Plan fallen lassen: Falls sich Emily in den nächsten fünf Jahren bei ihm meldete.

Als er in den Hof trat, sah er zwei Gestalten mit einem Eselskarren den Weg entlangkommen. Er erkannte die Silhouette von Ella Strom. Schade nur, dass ihre schöne Schwester nicht mehr hier war. Mit ihr wäre sein Plan vollkommen gewesen.

Hobart, März 1849

Während Emily vor der Kapelle in der Melville Street stand und wartete, kam der Prediger mit einem merkwürdig schrägen Lächeln auf sie zu. Beim Anblick seines entstellten Gesichtes erschrak sie für einen Moment. »Sie müssen die Dame sein, von der mir meine Haushälterin berichtet hat«, sagte er und zog seinen Hut. »Peter Switzer.« Seine Aussprache verriet, dass er aus Irland stammte, jedoch nicht aus dem Südwesten. Er streckte ihr die Hand hin. Emily zwang sich, nicht auf seine entstellte rechte Gesichtshälfte zu starren, erwiderte den Händedruck und stellte sich vor.

»Ich schließe uns auf«, sagte er und ging zur Tür der kleinen Kapelle. Auch seine Hand war vernarbt. Unauffällig musterte sie seinen Nacken, während sie schräg hinter ihm stand. Die Narben stammten wahrscheinlich von Verbrennungen. Als er sie hereinbat, fiel ihr auf, dass seine rechte Augenbraue fehlte.

»Es tut mir leid, dass Sie ein paar Tage warten mussten. Ich war bis heute Nachmittag unterwegs, im Hinterland, um in den kleinen Siedlungen zu predigen. – Kommen Sie.« Er ging voraus, am Altar vorbei, und betrat durch eine Hintertür einen fensterlosen Anbau. Die Luft roch modrig. Er hantierte an einer Öllampe herum, brachte sie zum Glimmen und sagte: »Für welche Jahre brauchen Sie das Register?«

»Anfang bis Mitte der Zwanzigerjahre«, erwiderte sie.

Er sah ihr zum ersten Mal direkt in die Augen. Seine Augen waren sanft. Emily fragte sich, was er wohl erlebt hatte und wie alt er wohl war. Sein Haar war noch nicht ergraut. »Wir haben nur Bücher ab 1825.«

Das reichte nicht. Ihre Eltern waren zu dem Zeitpunkt bereits verheiratet gewesen. Sie seufzte. Es war ihr unangenehm, dass sie ihn umsonst hergebeten hatte. »Ich nehme, was ich bekommen kann«, sagte sie deshalb.

»Hier«, er übergab ihr zwei Ledermappen. »Am besten, Sie setzen sich in den Saal, da haben Sie Tageslicht.«

Als sie in einer der Kirchenbänke Platz genommen hatte, verabschiedete er sich wieder. »Ich komme in einer guten Viertelstunde wieder vorbei. Falls Sie fertig sind, legen Sie die Mappen einfach auf die Bank. Sie müssen nicht auf mich warten.«

Sie bedankte sich.

»Ich hoffe, Sie finden, was Sie brauchen. Falls wir uns später nicht mehr sehen sollten, wünsche ich Ihnen alles Gute. Sie sind jederzeit herzlich bei unseren Versammlungen willkommen.« Er lächelte wieder schräg, verbeugte sich und ging.

Emily nahm die dünne Mappe in die Hand und schlug die erste Seite auf. Darauf stand ein Taufregister, beginnend 1825, mit Namen des Kindes, der Eltern und dem Taufdatum. Sie schloss die Mappe wieder und griff nach der anderen, dem Heiratsregister. Plötzlich kam ihr ein Gedanke. Sie hielt inne und nahm wieder das Taufregister zur Hand. Sie blätterte zum Monat April. Es hatte nur drei Taufen gegeben. Neugierig blätterte sie weiter. Als sie den Monat Juni erreichte, setzte ihr Herz einen Schlag aus.

Emily Henrietta Winslow, geboren am 8. April 1825, in Hobart Town. Sie hielt die Luft an. Eltern: *Lieutenant Charles Winslow und Henrietta Winslow, geborene Strom.*

Sie stieß die Luft aus.

Ihre Mutter war Henrietta Strom.

Ihr entfuhr ein ungläubiges Lachen.

Henrietta, Hatty. Das Lied, das Hatty ihr beigebracht hatte, die Worte, die ihr nicht eingefallen waren. Sie hatte das Lied bei Samuel Strom wiedergehört, Henriettas Bruder. Die Worte mussten Deutsch gewesen sein. Hatty und Samuel hatten es von ihren Eltern gelernt. Hatty war die Schwester, die nach Australien deportiert worden war. Ihr Vater hatte ihr einen falschen Namen genannt.

Denn Hatty war ihre Mutter gewesen.

Nach einer Ewigkeit näherten sich Schritte. Peter Switzer war zurück.

»Sie sind ja noch da! Möchten Sie auch die Bücher für die Dreißigerjahre einsehen? Das sind aber viel mehr.«

Sie schüttelte den Kopf und sah ihn dann eine Weile benommen an.

»Alles in Ordnung?«, fragte er.

Sie nickte. Dann fragte sie: »Hätten Sie noch etwas Zeit für mich?«

Er nickte.

»Können Sie mir etwas über die Methodisten erzählen?«

Er lächelte sie überrascht an und setzte sich dann neben sie. »Was möchten Sie denn wissen?«

»Warum kann die anglikanische Kirche sie nicht leiden?«

Er lachte. »Sie sind aber direkt!« Er richtete sich auf. »Diese Frage kann man nicht so pauschal beantworten, aber vielleicht erzähle ich Ihnen einfach etwas über die Ursprünge der Methodisten. Es begann voriges Jahrhundert in England mit einem Mann namens John Wesley. Er war ordinierter anglikanischer Pfarrer. Er empfand die Kirche als zu apathisch und war der Meinung, dass man durch seinen Lebenswandel zeigen sollte, dass man Jesus liebt. Mit seinem Bruder und Freunden in Oxford gründete er den ›Holy Club‹. Ich glaube, der Name war teils selbstironisch gemeint. Jedenfalls geht die Bezeichnung ›Methodisten‹ auf einen abfälligen Spitznamen zurück, mit dem die Kommilitonen sich über den Klub lustig machten. John Wesley und seine Freunde übernahmen den Spitznamen einfach. Sie studierten täglich stundenlang das Neue Testament, fasteten regelmäßig, bekannten ihre Sünden voreinander, besuchten Gefangene und spendeten alles Geld, was sie nicht zum täglichen Leben brauchten. Dann begannen sie, herumzureisen und unter freiem Himmel zu predigen. Sie forderten die Menschen zu einer bewussten Hinwendung zu Jesus Christus auf und betonten, dass man nicht automatisch Christ ist, nur weil einen die Eltern haben taufen lassen, sondern dass es einer Entscheidung bedarf, um Christ zu werden. Der Kirche gefielen Wesleys Aktivitäten nicht, obwohl er immer wieder betonte, wie wichtig die

Einheit aller Christen sei. Er wollte keine Spaltung. Ich schätze, die Ortskirchen empfanden seine Veranstaltungen als Konkurrenz, vor allem, als sich kleine Ortsgruppen von Gläubigen bildeten, die sich wöchentlich trafen, ihre Sünden voreinander bekannten, füreinander beteten und sich zu ›Lovefeasts‹ versammelten. Das waren Treffen, bei denen sie Ermutigendes aus ihrem Leben mit Gott erzählten, um sich gegenseitig zu unterstützen.«

»Wissen Sie etwas über die *Irish Palatines*?«

»Sie wissen von den *Irish Palatines*?« Er richtete sich noch mehr auf. »Niemand in Australien kennt diesen Begriff!«

Emily sah ihn an. »Ich habe heute etwas erfahren.« Sie öffnete die Mappe und zeigte ihm den Eintrag. »Dieser Name hier, Emily Winslow, das bin ich. Ich wurde hier getauft.«

»Wirklich?«

»Und das hier ist der Name meiner Mutter. Von der ich bis heute nicht wusste, dass sie meine Mutter ist. Henrietta Strom. Sie war eine *Irish Palatine*.«

»Ich bin auch einer!« Er sah sie verblüfft an. In seinem entstellten Gesicht wirkten seine Augen weich.

Sie lächelte, dann kam ihr ein Gedanke. »Und ich wohl auch.«

Eine Weile sahen sie sich schweigend an, während Emily versuchte, die Erkenntnis zu erfassen. »Welche Verbindung gibt es zwischen den *Irish Palatines* und dem Methodismus?«, fragte sie dann.

»Ich weiß nicht, was Sie schon wissen. Ich fange mal von vorne an. Anfang des letzten Jahrhunderts wanderten viele Menschen aus Deutschland aus, besonders aus der Pfalz, weil sie dort keine Zukunft mehr sahen. Sie landeten in Irland, ohne darauf vorbereitet zu sein. Die Krone schickte sie dorthin, denn es wurden loyale Protestanten gebraucht. Eigentlich war ihr Ziel Amerika gewesen. Viele von ihnen kehrten in die Heimat zurück, einige starben an Hunger und Krankheit, einige blieben. Ein paar Generationen später wanderten mehrere Familien auch tatsächlich noch von Irland nach Amerika aus.« Er legte sich die Mappen auf den Schoß. »Die erste Generation der *Palatines* saß in Irland auf unwirtlichem Boden, fühlte sich entwurzelt und war nicht besonders beliebt bei den Einheimischen. Sie lebten alle zusammen in isolierten Dörfern. Mit den Jahren setzte eine gewisse Verrohung ein und einige flüchteten sich in Alkohol. Geistliche Wurzeln hatten sie jedenfalls in Irland nicht gefunden. John Wesley witterte ihre Verunsicherung und Verlorenheit. Er suchte sie gezielt auf und predigte in ihren Dörfern. Seine Bemühungen fruchteten. Es gab eine kleine Erweckung unter ihnen.«

Emily schwieg. Dann sagte sie: »Kennen Sie jemanden, der meine Eltern gekannt haben könnte?«

Er überlegte. »Vielleicht Martha Webb. Vom Alter her könnte es passen.«

Er nannte ihr die Adresse des Pubs, in dem Martha arbeitete. Sie verabschiedeten sich und Emily trat benommen auf die Straße.

Sie wandte sich noch einmal um. »Wissen Sie etwas aus Irland?«

Er nickte traurig. »Keine Veränderung.«

»Oh nein«, flüsterte sie. » Das sind jetzt vier Jahre.«

Er nickte betroffen.

Sie verabschiedeten sich mit einem traurigen Lächeln und Emily ging langsam die Straße hinab.

Am nächsten Morgen war Emily im Unterricht unkonzentriert, verlor mitten im Satz den Faden und verwechselte die Aufgaben für die verschiedenen Leistungsgruppen, in die die Mädchen eingeteilt waren. Als die Schülerinnen am Nachmittag abgeholt wurden, nahm sie ihren Mantel und machte sich auf den Weg zu der Adresse, die Mr Switzer ihr genannt hatte.

Die Adresse war ein dunkler Pub im Hafenviertel. Es stank nach verschüttetem Bier und ranzigem Bratfett. Der junge Mann an der Theke sagte ihr, dass Martha in der Küche sei, und winkte sie durch. Sie betrat den dampfenden Raum.

An einem langen Tisch, auf dem zwei große Zuber platziert waren, standen eine dünne, blonde Frau Ende vierzig und ein junger Mann. Der Mann bürstete in seinem Zuber Biergläser ab und reichte sie tropfend der Frau weiter, die sie in einen zweiten Bottich tauchte. Sie sahen beide auf, als Emily eintrat.

»Guten Tag. Ich hoffe, ich störe nicht. Man sagte mir, ich könnte einfach in die Küche kommen.«

Die beiden blickten sie neugierig an.

»Mein Name ist Emily Winslow. Mr Switzer hat mir die Adresse gegeben. Ich suche Martha Webb.«

»Das bin ich«, sagte die Frau mit schottischer Aussprache. Als sie sprach, kräuselten sich dünne Fältchen um ihre Lippen.

Emily sagte: »Hätten Sie kurz Zeit für mich? Ich bin auf der Suche nach Informationen über meine Eltern. Mr Switzer meinte, dass Sie sie vielleicht gekannt haben könnten. Henrietta Strom und Charles Winslow.«

»Hatty?«, fragte die Frau. »Du bist Hattys Tochter?« Ihr Blick hellte sich auf. Sie stellte das Glas ab, das sie gerade abgetrocknet hatte. »Ja, du siehst ihr ähnlich.« Sie lächelte. »Lebt sie noch?«

Emily schüttelte den Kopf. »Nein. Sie starb vor achtzehn Jahren in England. Und mein Vater vor vier Jahren in Irland.«

Die Frau nickte unmerklich, nahm ein nasses Glas entgegen und tauchte es in den Zuber.

Emily fragte: »Könnten Sie mir vielleicht etwas über meine Eltern erzählen?«

Die Frau zog das Glas aus dem Wasser, sah dann einen Moment lang auf und betrachtete Emily, während ein Lächeln ihren Mund umspielte. »Komisch, nicht, wir wollen immer wissen, wo wir herkommen und wo wir hingehen!« Sie stellte das tropfende Glas ab. Während sie sich auf das nächste konzentrierte, fragte sie: »Hast du deine Eltern denn nie kennengelernt?«

»Doch, ich habe bis zu seinem Tod bei meinem Vater gelebt. Und mit meiner Mutter habe ich jede Minute verbracht, bis ich sechs Jahre alt war und sie starb. Aber damals wusste ich nicht, dass sie meine Mutter ist. Mir wurde immer gesagt, sie sei mein Kindermädchen.«

Bei ihrem letzten Satz runzelte Martha Webb die Stirn. Dann sagte sie: »Hatty, das war so eine. Voller Ideen und Lachen. Wir haben eine Weile zusammengewohnt, hier in Hobart. Bevor wir als Dienstmädchen arbeiteten.«

Mittlerweile kannte Emily den Code in Van-Diemens-Land. Martha Webb hatte ihr gerade zu verstehen gegeben, dass sie und ihre Mutter gemeinsam im Gefängnis gewesen waren, bevor sie in ihre Arbeitseinsätze in Privathaushalte vermittelt worden waren. Sie fragte: »Was hatte man ihr zur Last gelegt?«

»Das hast du gut ausgedrückt!« Martha Webb sah kurz auf. »In ihrem Fall ist die Formulierung sogar zutreffend: Sie war unschuldig verurteilt worden. Natürlich behauptet hier jeder, dass ihm ein Vergehen untergeschoben worden sei – aber bei Hatty, da war es tatsächlich so. Das glaubte ich ihr damals und das glaube ich auch heute noch.« Sie tauchte wieder ein Glas ins Wasser. »Sie arbeitete als Dienstmädchen in einem Großen Haus in Irland. Als dein Vater bei den Hausherren, seinem Onkel und seiner Tante, zu Besuch war, entwickelte sich zwischen den beiden eine Romanze. Sie wurde schwanger, und als der Onkel und die Tante deines Vaters etwas von ihrem Verhältnis erfuhren, schafften sie Hatty kurzerhand aus dem Weg. Sie hängten ihr einen Diebstahl an. Womit die reichen Herrschaften aber nicht gerechnet hatten, war, dass Hatty mit Deportation bestraft wurde. Anscheinend bekamen sie in letzter Minute noch Gewissensbisse und zogen ihre Anklage zurück, aber da war Hatty schon nach England gebracht worden. Es war zu spät. Sie verlor das Kind während der Überfahrt. Die Arme.«

Emily hatte das Gefühl, in dem Dampf keine Luft mehr zu bekommen. Sie zwang sich, stehen zu bleiben, die feuchte Luft einzuatmen und weiter zuzuhören.

Die Frau sprach weiter: »Doch eines muss man deinem Vater zugutehalten – Feigling, der er war. Er ließ sich nach Van-Diemens-Land versetzen, um sie zu finden. Als er sie fand, nahm er sie als Dienstmädchen in sein Haus. So kam sie aus dem Gefängnis heraus. Zu der Zeit bekamen wir einen neuen Gouverneur. Er zwang alle Amtsträger, ihre Geliebten zu heiraten. Das tat dein Vater auch.« Sie schwieg und arbeitete weiter.

Als die Stille zu lang wurde, sagte Emily: »Ja, das tat er. Aber er bekannte sich nie zu ihr. Vor allem nicht, nachdem er nach England zurückgekehrt war. Er gab sie als mein Kindermädchen aus.«

»Ja, als sie damals abreisten, ließ sie so etwas in der Art durchblicken. Er war ein Feigling.« Sie setzte ein Glas ab. Dann sah sie kurz auf. »Aber immerhin kümmerte er sich um sie. Das kann man von den meisten anderen Männern in solchen Fällen nicht behaupten.«

»Sie starb in meiner Gegenwart«, sagte Emily.

»War sie glücklich?«, fragte Martha.

Emilys Augen brannten. Sie zuckte mit den Schultern. Dann schüttelte sie den Kopf.

Charlotte schürte das Feuer in dem gusseisernen Herd. »Es brennt jetzt seit einer Stunde. Ich denke, der Ofen ist mittlerweile heiß genug für den Kuchen«, sagte sie, während sie zu Emily an den Tisch kam. Die beiden hatten am Abend zuvor beschlossen, dass sie ab jetzt für die Waisenmädchen jeden Tag Kuchen bereithalten würden. Denn die Kinder waren viel zu klein und dünn für ihr Alter.

»Weißt du, ich kann mir gar nicht vorstellen, wie sie sich all die Jahre gefühlt hat«, sagte Emily und goss den Teig in die Form.

»Ja, das Ganze ist wirklich unglaublich.« Charlotte setzte sich an den Tisch und nahm einen Schluck Kakao.

»Ich kann mich erinnern, dass sie nicht immer in meinem Zimmer schlief. Vielleicht schlief sie ja nie dort, wer weiß. Und ein paarmal habe ich gesehen, wie die beiden abends zusammen vor dem Feuer saßen. Eigentlich hätte mich das stutzig machen sollen, aber als Kind dachte ich wohl, das sei ganz normal für ein Kindermädchen und dass sie vielleicht einfach etwas Wichtiges zu besprechen hatten. – Und später habe ich dann nicht mehr darüber nachgedacht.«

»Hat denn von den Bediensteten niemand etwas gewusst?«

»Keine Ahnung.« Emily öffnete die Ofentür über der Feuerkammer und schob die Form hinein. »Bestimmt ahnten sie etwas, aber sicherlich dachten sie, dass sie seine Geliebte war.«

»Na ja, immerhin konnte sie bei dir sein. Und bei ihm.« Charlotte stellte ihre Tasse ab. »Ich frage mich, was wohl geschehen wäre, wenn er sie als seine Frau nach England mitgenommen hätte.«

Emily schloss die Ofentür mit einem Geschirrtuch und drehte sich zu Charlotte um. »So wie ich sie kennengelernt habe und wie ich die Gesellschaft in England einschätze, hätten sich die Leute wie Hyänen auf sie gestürzt, ihr Fragen gestellt, sie getestet, ihr Fallen gestellt. Sie hätten sofort gewusst, dass sie nicht von feiner Abstammung ist. Und sie wussten ja, dass mein Vater vorher in Van-Diemens-Land gewesen war. Sie hätten einen Skandal gewittert. Mein Vater wäre für immer ein Geächteter gewesen.«

»Und du auch«, sagte Charlotte bedachtsam.

Emily nickte nachdenklich. »Mein Vater und Hatty hätten sich eine gut durchdachte Lügengeschichte ausdenken können – es wäre sicherlich nicht die erste Lüge in der feinen Gesellschaft gewesen. Aber Hatty war immer so ehrlich, so natürlich. Sicherlich hätte sie sich geweigert, Lügen zu erzählen.«

»Aber ihr Leben war doch eine Lüge von vorne bis hinten«, sagte Charlotte, stand auf und wischte den Tisch ab.

Emily setzte sich und sah ihr zu. »Ja, natürlich.«

»Sie haben es vielleicht aus Liebe getan. Für dich.«

»Aber Hatty war unglücklich. Ich habe sie oft weinen sehen. Manchmal hat sie mich im Arm gehalten und hinterher war mein Haar nass.«

»Wie ist sie denn gestorben?«

»Sie lag eines Tages einfach tot auf dem Boden.«

Eine Frage stand in Charlottes Augen, aber sie sprach sie nicht aus. Emily war dankbar dafür, denn sie wusste, welche Frage es war. Sie mied Charlottes Blick, denn sie wollte sich die Frage selbst nicht stellen.

Im August 1849 legte sich der Winter neblig auf die Hügel. Die Leute schimpften über die Van-Diemens-Land Company, die ihnen das Geschäft mit Wolle und Äpfeln stahl; doch die Stadt wuchs. Neue Schiffen verließen die Werften, Kirchen im Stil von griechischen Tempeln wurden gebaut. Nachts träumte Emily von Hatty und ihrem Vater. Morgens freute sie sich über die Mädchen, die sich mittlerweile trauten, ihr in die Augen zu sehen und Fragen zu stellen. In der Mittagspause aßen die Mädchen Kuchen, stupsten sich dabei gegenseitig an und unterhielten sich über die Romane, die sie sich von Emily und Charlotte ausliehen. Im März saßen die Mädchen am Fenster in der Herbstsonne und übten mit Charlotte komplizierte Stiche. Emily saß vor ihnen auf dem Stuhl und las ihnen Passagen aus *Stolz und Vorurteil* vor. Als sie erklärte, dass Darcys Heiratsantrag eigentlich eher einer Beleidigung als einer Liebeserklärung gleichkam, sahen die Mädchen überrascht von ihrer Näharbeit auf.

Emily verbrachte die Abende im Lesesaal, blätterte alle australische Zeitungen durch, suchte nach verlässlichen Informationen über Irland, las stattdessen von einer Stadt namens San Francisco, die wegen eines Goldrausches innerhalb eines Jahres von 1000 Einwohnern auf 25000 gewachsen war, und freute sich über die Ankündigung einer neu erscheinenden Zeitung für irische Sträflinge in Hobart, *The Irish Exile*.

Und eines Tages fand sie einen Artikel über Irland, der ihr die Tränen in die Augen trieb.

Die Hungersnot hatte 1845 begonnen. Jetzt war März 1850. In ganz Irland gab es keinen Fuchs, kein Seetang, keine Muschel mehr.

Um einen Fang zu machen, mussten die Fischer mindestens zwanzig Meilen aufs Meer hinausfahren, doch dafür taugten ihre Boote nicht. Die meisten von ihnen hatten ihre Netze sowieso schon längst an die Pfandleiher verkauft und nur einen Halfpenny dafür erhalten. Denn wer kaufte den Pfandleihern in Zeiten wie diesen Netze ab?

Zu Beginn der Hungersnot hatte die Regierung noch Arbeitsscheine ausgeteilt, die zur Arbeit im öffentlichen Straßenbau berechtigten, damit die Menschen wenigstens ein paar Pennys verdienten. Aber nur einer von zwanzig Männern erhielt einen Schein. Das Tagesgehalt betrug zehn Penny für einen Mann, acht Penny für einen Jugendlichen und sechs Penny für einen Jungen. Doch zehn Penny reichten nicht aus, um alle Familienmitglieder zu versorgen. Weil alles von der Muskelkraft des Hauptverdieners abhing, bekam er die größte Portion, während ihm der Rest der Familie beim Essen zusah. Sporadisch wurden Kornspeicher mit Getreide aus Amerika aufgefüllt, das jedoch nur in gemahlenem Zustand verkauft werden durfte. Leider hatte dabei in London niemand bedacht, dass es in manchen Gegenden in Irland keine einzige Mühle gab. – Die Menschen hungerten neben gefüllten Kornspeichern.

Im dritten Jahr änderte die Regierung ihre Strategie. Sie beendete den öffentlichen Straßenbau und schloss die Suppenküchen, stattdessen sollten die Menschen in die Armenhäuser ziehen und dort arbeiten. Fünfunddreißig Prozent der Neuzugänge starben innerhalb eines Monats, das waren pro Armenhaus im Durchschnitt fünfzig Männer, Frauen und Kinder in der Woche. Die Toten wurden zu Massengräbern gekarrt und aufeinandergelegt. Finanziert wurden die Armenhäuser von den Grundbesitzern; sie mussten pro Pächter Steuern an die Regierung bezahlen. Die reichen Herren reagierten auf diese Steuerlast, indem sie ihre Pächterzahl reduzierten – sie vertrieben die Menschen und machten die Häuser dem Erdboden gleich.

Bevor ihre Tränen auf die Druckerschwärze tropften, wischte sie sich mit dem Handrücken über die Augen. Sie schloss die Zeitung, schob sie von sich und rieb sich erneut die Tränen von den Wangen.

Nach einer Weile putzte sie sich leise die Nase. Sie wusste, dass sie heute Nacht nicht würde schlafen können.

Sie legte die Zeitung außer Reichweite, stützte den Kopf in die Hände und betete. Für Irland, die Pächter und die Menschen in den Armenhäusern. Nach einer Weile betete sie auch für ihre Schülerinnen und für Sean Lawlor. Und wie immer betete sie für Brendan. Ohne seinen Namen auszusprechen.

KAPITEL 29

November 1850

Als Emily eines Tages die kichernden Mädchen vor der Tür verabschiedete und den Karren hinterhersah, rechnete sie nach, wie lange es nun schon her war, seit sie Sean Lawlor gesehen hatte. Sie hatte jeden Tag nach ihm Ausschau gehalten, aber er war seit ihrem ersten Treffen vor fast anderthalb Jahren nicht mehr für die Transporte eingeteilt gewesen. Warum sollte sie weiter warten? Vielleicht war es in diesem Land erlaubt, Sträflinge zu besuchen.

Zwei Tage später eilte sie mit ihrem Sonnenschirm die Macquarie Street hinab zu der neuen Baustelle. Sie wollte sich lieber nicht vorstellen, was die Matrone nach ihrem Besuch über sie dachte. Nachdem die Matrone im Wärterhaus sie abfällig von oben bis unten gemustert hatte, hatte sie einen Karteikasten herangezogen und Seans Karte gesucht. »Er ist gerade mit einem Bautrupp unterwegs. Unten in der Macquarie Street. Baut eine neue Kirche.« Sie hob das Kinn. »Ich wünsche Ihnen viel Glück, Miss. Sie werden es wohl brauchen.« Aus den Augenwinkeln hatte Emily wahrgenommen, wie die Frau die Karte kopfschüttelnd wieder zurückgesteckt hatte.

Emily hob den Saum ihres Kleides, wich Pferdeäpfeln aus und versuchte, den Pfiffen von ein paar Männern keine Beachtung zu schenken. Sie sah die Baustelle schon von Weitem.

Ein Dutzend Männer in grauem Hemd und grauer Hose, auf deren Außennähte dicke Sträflingsstreifen genäht waren, trugen Steine heran, kletterten auf Gerüste und reichten sich Eimer mit Mörtel. Im Eingang stand der Aufseher, ein gedrungener, kleiner Mann, dessen breite Schultern und Unterarme ihn wie ein Quadrat wirken ließen. Emily trat an ihn heran. Interessiert nahm er sie in Augenschein. Er zog sich den Grashalm aus dem Mundwinkel und sagte: »Aye, Madam, kann ich Ihnen helfen?«

»Ich bin hier auf der Suche nach einem Sträfling namens Sean Lawlor.«

Er zog die Augenbrauen hoch und grinste. »Ach ja?«

Emily entschloss sich, mit einem kultivierten Lächeln zu reagieren. In vornehmem Tonfall sagte sie: »Wir kommen aus demselben Dorf in Irland und er war dort mein Pächter. Ich möchte ihn gerne etwas fragen.«

Der Mann steckte wieder seinen Grashalm in den Mund und musterte sie lässig. Dann nickte er. »Eine Minute. Mehr nicht. Und ich werde danebenstehen und zuhören.«

Sie nickte. Der Mann betrat den halb fertigen Bau. »Lawlor!«, rief er. Ein Mann, dessen Sträflingshemd sich um seinen breiten Rücken spannte, drehte sich auf einem Gerüst um. Er sprang in einem Satz herunter und kam auf den Aufseher zu. »Da ist eine Lady, die dich sprechen will.« Sean sah sich überrascht um und kam näher.

»Miss Winslow!«, sagte er, als er sie erkannte. Er hatte schon wieder halb verheilte Wunden im Gesicht, diesmal an der Wange.

»Geht es Ihnen gut?«, fragte Emily, während sie sein Gesicht betrachtete.

Der Aufseher stellte sich breitbeinig neben sie und blickte wachsam von einem zum anderen.

Sean antwortete nicht.

»Darf ich Sie etwas fragen, das mir keine Ruhe lässt?«, fragte Emily.

Als Antwort sah er sie neugierig an.

»Was wissen Sie über Mr Tuppence? Führte er damals etwas im Schilde gegen meinen Vater und mich?«

Sean blickte einen Moment lang zögernd den Aufseher an, dann Emily. »Bei meinem Prozess in Cork wurde etwas erwähnt. Es gab einen Zeugen gegen mich, der mich als Anführer der Untergrundorganisation angeschwärzt hatte. Er war nicht persönlich anwesend. Seine Zeugenaussage gab es nur schriftlich. Es war Luke Rafferty.«

»Luke Rafferty? Welchen Vorteil hatte es für ihn, Sie zu verraten?«

»Er hatte eine Abmachung mit Tuppence. Informationen gegen Geld und Schutz. Bei der Verhandlung klang es so, als ob Tuppence als Agent nach Irland geschickt worden sei.«

»Ja, er war Agent für uns.«

»Nein, das meine ich nicht. Er hatte den Auftrag, die Untergrundorganisationen zu beobachten.«

»Sie meinen, er war Agent der Krone?«

Sean nickte. »Hörte sich jedenfalls so an für mich.«

»Ronald Tuppence war aber nicht persönlich anwesend, oder?«

Sean schüttelte den Kopf. »Ich dachte, Sie wüssten über all das Bescheid.«

»Bescheid? Nein. Wie kommen Sie darauf?«

»Bei der Verhandlung wurde auch gesagt, dass Sie Mitwisser seien. Dass Tuppence alle seine Handlungen mit Ihnen abgesprochen habe. Auch seine Abmachung mit Luke Rafferty.«

»Nein, das hat er nicht.« Sie machte eine Pause und fragte dann: »Wissen Sie auch etwas über den Mord an meinem Vater?«

Der Anführer schob Sean weg. »Zeit ist um, meine Süßen. Zurück an die Arbeit.« Er machte eine Kopfbewegung in Richtung Baustelle und Sean wandte sich widerwillig um. Als er ging, durchzuckte sie ein Gedanke. »Waren es vielleicht die Stroms, die meinen Vater umgebracht haben? Aus Rache?«

Sean ging weiter, ohne zu antworten.

»Ich wollte Ihnen auch noch etwas sagen!«, rief Emily noch lauter. »Ryanne ist in Australien!«

Er blieb kurz stehen, ohne sich umzudrehen, und nickte. Dann ging er weiter.

Emily runzelte die Stirn. Wusste er das schon?

Der Anführer steckte sich wieder seinen Grashalm in den Mund

und sah Emily selbstgefällig an. Sie presste die Lippen zusammen, nickte ihm zu und ging davon.

Sie achtete nicht darauf, in welche Straßen sie einbog und wem sie auswich. Ihre Gedanken rotierten. Sie dachte an Ronald, stellte sich vor, wie er sich heimlich mit Luke Rafferty traf, stellte sich Sean Lawlor vor dem Richter vor. Sie ging die Straße hinab, bis sie sich an der Werft am Hafen wiederfand. Direkt vor ihr ragte der Bug eines halb fertigen Segelschiffes empor, von vier Pfeilern gestützt. Das Schiff sah auf sie hinab wie ein Wal, der plötzlich vor ihr aus dem Wasser aufgetaucht war. Auf so einem Monstrum hatte sie die Weltmeere überquert, nur um zu fliehen. Vor einem Mann, der womöglich ein Agent der Krone gewesen war. Und sie sollte darüber angeblich Bescheid gewusst haben?

Als eine Möwe so nahe an ihr vorbeiflatterte, dass sie den Windstoß der Flügel im Gesicht spürte, wurde ihr klar, dass Sean Lawlor ihr gerade die Erklärung für Luke Raffertys Anschlag geliefert hatte.

Als Emily erschöpft nach Hause kam, wartete Charlotte in der Küche auf sie. Sie sprang auf, als Emily eintrat. »Ich muss dir was erzählen!« Ihre Bernsteinaugen leuchteten.

»Ich dir auch«, sagte Emily müde.

»Du hast Ronald Tuppence in grauer Kleidung mit Streifen gefunden?«

Emily schüttelte den Kopf.

»Deinen Keltenprinz vielleicht?«

Emily ließ sich auf den Stuhl fallen. »Nein. Erzähl du zuerst.«

»Rate mal, wer mir einen Heiratsantrag gemacht hat.«

»Du meinst, einen, über den du dich zur Abwechslung mal freust?«

Charlotte nickte aufgeregt. »Rupert! – Ist das nicht aufregend. Ich habe Ja gesagt!«

Emily lachte. Charlotte kam auf sie zu, beugte sich zu ihr herab und umarmte sie. Unter Charlottes Gewicht stand Emily auf und erwiderte stehend die Umarmung. Obwohl sie sich für ihre Freundin freute, brannten ihre Augen. So viel Neues. Und jetzt würde es schon wieder Veränderungen geben. Charlotte würde weggehen oder Rupert würde herkommen. Auf jeden Fall würde es nicht mehr sein, wie es war. Und sie war sich nicht sicher, ob sie die Kraft für etwas Neues hatte.

Als Charlotte sie wieder losließ, zog sie sich einen Stuhl heran und setzte sich zu Emily. »Möchtest du noch etwas Kakao?«, fragte sie und goss die braune Flüssigkeit in eine Tasse, ohne die Antwort abzuwarten.

»Wie hat er dich gefragt?«, fragte Emily.

Charlotte schob die Tasse zu Emily. »Er kam zum Nachmittagsunterricht und schaute zu. Als die Mädchen weg waren, zog er mich ins Schulzimmer und schloss die Tür. Dann sah er mich eine Weile nur an. Er war richtig nervös.« Sie lachte.

Emily fragte sich, wie wohl ihr Vater ihrer Mutter einen Heiratsantrag gemacht hatte. *Tja, ich fürchte, wir kommen um eine Eheschließung nicht herum, meine Liebe. Allerdings unter einer Bedingung …* Ob Hatty wohl sofort damit einverstanden gewesen war?

»Wird Rupert an der Schule unterrichten?«, fragte sie.

»Vielleicht«, antwortete Charlotte und lehnte sich auf dem Stuhl zurück. »Sein Obstgeschäft hat sich ja leider nicht so entwickelt, wie er sich das gewünscht hatte.«

Eine halbe Stunde lang redeten sie über Rupert, Charlotte und ihre Pläne für die Hochzeit. Emily zwang sich, aufmerksam beim Thema zu bleiben, während Brendans Stimme in ihren Ohren klang. *Ich würde dich gerne an mich binden, glaub mir. Aber ich kann nicht.* Sie seufzte innerlich.

Wann würde sie ihn endlich, endlich vergessen? *Nicht an ihn denken, nicht an ihn denken. Bestimmt ist er schon längst verheiratet.* Sie versuchte sich auf Charlottes aufgeregten Bericht zu konzentrieren.
»Was ist denn los? Du runzelst so die Stirn?«, fragte Charlotte.

»Tue ich das?« Emily zwang sich zu einem Lächeln. »Ich versuche nur mich zu konzentrieren.«

Charlotte legte ihre Hand auf Emilys. »Du siehst müde aus. Geh ins Bett.«

Sie lächelten sich an, Charlotte erhob sich, nahm die Kerze in die Hand und gemeinsam verließen sie die Küche.

Zwei Monate später begannen zwei neue Schülerinnen, ein Mädchen aus dem Waisenhaus, das gerade zwölf geworden war, und eine Vierzehnjährige aus der Stadt. Emily freute sich über die neuen Schülerinnen. Während Charlotte die anderen unterrichtete, führte sie im Nähzimmer Tests mit den beiden durch und erklärte ihnen den Tagesablauf.

In der Mittagspause trat Mrs Haffner zu Emily. »Es entwickelt sich gut«, sagte sie lächelnd. »Das haben wir vor allem Ihnen zu verdanken.«

Emily lächelte zurück.

Mrs Haffner reichte Emily die Schüssel mit dem Brot. Die Gardinen vor dem geöffneten Fenster wehten in der Abendbrise. Draußen sang ein Vogel. »Emily, ich muss dir etwas sagen«, begann Charlotte und hob langsam den Blick. Emily stutzte. War das Reue in Charlottes Blick oder Mitleid? Emily legte die Gabel auf den Teller und fragte sich, ob Charlotte ihr etwas zu beichten hatte oder ob sie selbst irgendeinen Fauxpas begangen hatte. Ihr fiel nichts ein. Aus den Augenwinkeln nahm sie Mrs Haffner wahr, deren Blick mit derselben Schwere auf ihr lag.

»Also, es ist so«, sagte Charlotte, »es steht nun fest, dass Rupert ebenfalls hier unterrichten wird.«

Der Satz hing in der Luft, zwischen ihr und den beiden Frauen. Emily schaute von der Tochter zur Mutter. Beide sahen sie sie entschuldigend an.

Dann verstand sie.

Die beiden würden sich keine dritte Lehrerin leisten können.

Sie hatten gerade ihre Kündigung ausgesprochen.

Sie atmete tief ein und langsam wieder aus. »Ach so. Verstehe. Das bietet sich ja auch an.« Sie sah von der Mutter zur Tochter. Eine Weile sprach niemand. Dann sagte sie: »Es gibt genügend Schulen im Land. Irgendeine wird mich schon brauchen können.«

Mrs Haffner nickte erleichtert und spießte ein Stück Fleisch auf. Charlotte legte ihr Besteck neben den Teller, ließ die Schultern sinken und legte die Hände in den Schoß. »Es tut mir so leid«, flüsterte sie.

Emily sah sie an und betete, dass ihre Augen trocken bleiben würden. »Es muss dir nicht leidtun, Charlotte. So ist das nun mal im Leben. Die Zeiten ändern sich, Dinge kommen und gehen.«

»Du bist kein Ding, Emily.«

»Ja, und Rupert auch nicht.« Sie lächelte, weil sie ihrer Freundin keinen Kummer bereiten wollte. Aber in Wahrheit war ihr nicht nach Lächeln zumute. Wenn sie eines zur Genüge kannte, dann war es dieses lähmende Gefühl eines Abschieds. Es nahm ihr die Luft. Das erste Mal war es ihr bei ihrer Mutter begegnet. Und es würde niemals enden. Ihr war der Appetit vergangen. »Es wird mir schwerfallen, euch zu verlassen.« Sie legte ebenfalls die Hände in den Schoß. »Aber ich weiß, dass Gott mir helfen wird. Das hat er bisher immer getan. Trotzdem habe ich jetzt keinen Hunger mehr. Ich glaube, ich gehe jetzt einfach ins Bett. Gute Nacht.«

Die beiden erwiderten ihren Gruß leise. Während sie aus der Küche ging, sahen sie ihr stumm hinterher.

Emily lag lange wach und starrte an die Decke.

Welche Schulen gab es in dieser Gegend? Wie bald würde sie wohl gehen müssen? Die beiden würden sie wohl kaum auf die Straße setzen, bevor sie eine neue Anstellung gefunden hatte, oder?

Was, wenn sie einfach nach Irland zurückkehrte und ihre Ländereien wieder in Besitz nahm? Doch wo sollte sie wohnen, wovon leben? Pachteinnahmen würde es bei der Lage in Irland nicht geben.

Sie stellte sich vor, wie sie bei Samuel Strom klopfte und sich als die lang vermisste Nichte vorstellte. Doch dann verwarf sie den Gedanken wieder. Außerdem wusste sie nicht einmal, ob die Stroms noch am Leben waren.

Sie drehte sich auf die Seite, richtete sich auf, um die Lampe anzuzünden, und tastete nach der Tyndale-Bibel in ihrem Nachttisch. Vorsichtig schlug sie sie auf.

Als sie ihre Lieblingsstelle gelesen hatte, löschte sie das Licht und schloss die Augen. Gottes Trost umfing sie wie ein wärmender Mantel und hüllte sie in Geborgenheit. Er hatte ihr keinen Geist der Ängstlichkeit gegeben, sondern der Liebe, der Kraft und der Besonnenheit.

Bitte hilf mir, Jesus. Sag mir, was ich tun soll.

April 1851

Sie schickte Briefe an alle Privatschulen in Van-Diemens-Land. Jeden Tag nahm sie dem Postboten persönlich die Post aus den Händen und sah sie durch. Vormittags zwang sie sich, den Unterricht so interessant wie möglich zu gestalten, nachmittags begleitete sie die Mädchen zu den Wagen, die vor der Tür warteten.

Charlotte und Rupert würden in zwei Monaten heiraten. Und keine einzige Schule hatte Emily geantwortet. Sie wusste nicht, wie lange sie Mrs Haffners Gastfreundschaft noch in Anspruch nehmen konnte.

Eines Tages begleitete sie die Mädchen wie immer zu den Wagen.

Sie stutzte. Der Mann, der den vierten Wagen zog, war Sean Lawlor. Die ersten Wagen setzten sich in Bewegung.

Sie eilte zur Straße. »Mr Lawlor!«

Er lächelte sie an und nickte ihr zu. »Ich habe gehört, dass Sie hier aufhören, Miss«, sagte er, während er sich langsam in Bewegung setzte, den anderen Wagen folgend.

Sie lief ein Stück neben ihm her.

Bevor sie etwas sagen konnte, sagte er: »Ich habe einen Tipp für Sie. Ein Reeder, Raphael Walsh, in Sydney. Ziemlich bekannt.« Emily fragte sich einen Moment lang, was ein Reeder mit Sean Lawlor zu schaffen hatte. Doch bevor sie fragen konnte, sprach Sean weiter: »Er sucht eine Gouvernante für seine kleinen Töchter. Schreiben Sie ihm.«

»Wird's bald! Lawlor!«, rief der Aufseher, der auf dem fünften Wagen saß und Lawlor direkt folgte.

»Was wissen Sie über den Mord an meinem Vater?«, fragte Emily und beschleunigte ihre Schritte.

»Ist Donovan tot?«, fragte er.

»Ja, er starb, bevor wir abgereist sind.«

Der Aufseher blies in seine Walknochenpfeife. »Oh weh, das gibt ein Nachspiel. Ich muss los!« Sean fiel in Laufschritt und rannte davon.

Emily blieb stehen und sah ihm frustriert hinterher. Warum hatte er wissen wollen, ob Donovan noch lebte? Hatte Donovan doch etwas mit dem Mord zu tun gehabt?

Und woher wusste er von diesem Reeder? Etwa über seine Gefängniskontakte? Sie fragte sich, ob das wohl für den Reeder als Arbeitgeber sprach. Wohl eher nicht.

Nachdenklich sah sie den Wagen nach. Dann wandte sie sich entschlossen um, holte ihren Mantel und sagte zu Charlotte im Vorbeigehen: »Ich gehe zum Männergefängnis.«

»Was … aber …? Warte! Du kannst doch nicht alleine zum Gefängnis gehen! Was willst du denn dort überhaupt?«

»Ich bin in spätestens vier Stunden wieder da! Dann erzähle ich dir alles.« Emily eilte zur Tür hinaus und ging zügig die Straße hinab. Dann fiel ihr plötzlich ein, dass sie Sean einen Vorsprung geben musste, schließlich würde er erst einen Umweg zum Kinderheim machen, bevor er zum Gefängnis zurückkehrte. Sie ging langsamer.

Als sie schließlich das Wärterhaus betrat, sagte die Matrone: »Schon wieder Sie?« Sie legte vornehm ihre Hände auf den hohen Tresen. »Lassen Sie es gut sein, Lady. Sie sind doch eine vornehme Dame, nicht eine von diesen dahergelaufenen Mädchen. Zu ihrem eigenen Wohl werde ich Ihnen keine Auskunft mehr geben.«

»Sie verstehen mich falsch. Es geht hier nicht um mich. Es geht um meinen Vater. Mr Lawlor weiß vielleicht, wer ihn umgebracht hat.«

Die Frau lächelte dünn. »Erzählen Sie mir nichts von Morden. Mein ganzes Gefängnis ist voll von Mördern. Womöglich ist dieser Lawlor auch einer. Und ich werde Sie nicht dabei unterstützen, mit Mördern anzubändeln. Sie werden sich jetzt umdrehen, aus diesem Büro gehen und nie mehr wiederkommen.«

»Dieser Mann ist der einzige Mensch in Australien, der etwas wissen könnte. Das verstehen Sie doch, oder?«

»Ich verstehe so einiges. Und Sie verlassen jetzt mein Büro.« Sie wandte sich um und setzte sich an den Tisch. Als Emily stehen blieb, sagte sie: »Oder muss ich die Wächter rufen?«

Emily presste die Lippen aufeinander. »Aber Post dürfen die Sträflinge empfangen?«

»Das kommt darauf an.« Die Frau zog ein paar Blätter zu sich heran und begann, etwas abzuschreiben. »Sean Lawlor ab heute nicht mehr.«

Emily wandte sich wortlos um und verließ das Büro.

KAPITEL 30

Sydney, Dezember 1851

Ihr Kleid war viel zu dick für dieses Klima. Der Schweiß sammelte sich in ihrem Nacken und lief ihr zwischen den Schulterblättern hinab in ihr Korsett. Ihren Hut hatte sie schon längst abgenommen. Sie fächerte sich damit Luft zu, während sie die Häuserreihen betrachtete, die sich nach Süden erstreckten und an der Bucht entlangwuchsen. Klopfen und Hämmern, Rufen und Klappern von Pferdehufen drangen in die Droschke. Von den grünen Parks, an denen der Kutscher den Wagen entlanglenkte, wehte Eukalyptusduft herüber.

Das lange Eckhaus war das imposanteste in der Straße. Der junge, gut aussehende Butler schenkte ihr ein interessiertes Lächeln und führte sie dann mit ernster Miene ins Studierzimmer. Mit gefalteten Händen betrat sie den Raum. Ihr neuer Arbeitgeber war von seinem Schreibtischstuhl aufgestanden und kam mit langen Schritten auf sie zu. Sein grauschwarzes Haar war schon etwas zurückgewichen und beim Lächeln gruben sich zwei tiefe Falten in seine Wangen.

»Herzlich Willkommen, Miss Winslow. Ich hoffe, Sie hatten eine angenehme Reise, bitte setzen Sie sich.« Während sie ihm gegenüber Platz nahm, sagte er: »Wir haben uns ja schon brieflich miteinander bekannt gemacht, sodass ich nicht mehr viel zu sagen habe.« Er lächelte. Dann wiederholte er kurz, was er von Emily erwartete, und klärte sie knapp über seinen Hintergrund auf. Er stammte aus Norwich in England und hatte sich vor elf Jahren hier niedergelassen. Seine Reederei besaß eine Handelsflotte von fünf Schiffen – beste Werftqualität aus Hobart, wie er lächelnd hinzufügte – und mehrere Lagerhäuser am Hafen. Emily dachte bei sich, dass die Lagerhäuser wahrscheinlich das meiste Geld abwarfen, denn der Tee aus Indien, der Tabak aus Amerika und das getrocknete Fleisch aus dem Outback mussten ja irgendwo gelagert werden.

Walshs hatten hier in Australien ihre drei Kinder bekommen. Louis war zehn, Samantha sechs und Edith vier. Leider war seine Frau vor zwei Jahren verstorben. Er runzelte kurz die Stirn und fuhr dann sachlich fort. Emily sollte mit der schulischen Ausbildung der beiden Mädchen betraut werden. Louis besuchte eine Privatschule in der Stadt. »Wir vereinbaren zwei Monate Probezeit. Sie müssen nicht gleich morgen anfangen. Akklimatisieren Sie sich erst mal.«

Sie nickte.

Er klatschte einmal kurz in die Hände, als wollte er damit ankündigen, dass ihre Zeit nun um war. Hände reibend erhob er sich, bedankte sich und lächelte sie zum Abschied an. Emily deutete einen Knicks an und verließ den Raum.

Edward, der Butler, führte sie im Haus herum. Sie betraten den Salon, in dem gerade ein Dienstmädchen den offenen Kamin säuberte. »Cinderella beim Hausputz!«, begrüßte er sie fröhlich. Das Mädchen, das nicht älter als sechzehn Jahre war, schoss sofort hoch, straffte die Schultern und sah ihn mit blitzenden Augen an.

»Cindy, sag der neuen Gouvernante Miss Winslow Guten Tag.«

Das Mädchen musterte Emily neugierig, nickte ihr zu, wandte sich dann aber schnell wieder an Edward. »Ich bin nicht dein Hündchen, mein Lieber.« An Emily gewandt, sagte sie: »Und mein Name lautet Abigail, nicht Cindy.«

Edward grinste.

Das Mädchen sah Edward an. »Weißt du, ob der Herr nun heute Abend den Besuch empfängt oder nicht? Dann müsste ich nämlich noch frische Blumen besorgen.«

Edward runzelte die Stirn. »Hat Mr Walsh dir nichts gesagt? Er hat den Kershaws abgesagt. Wegen Paddy.« Er wandte sich zu Emily und erklärte: »Paddy ist ein lieber kleiner Kerl, aber leider ziemlich anfällig für Krankheiten. Dr. Beckett war vorhin hier, um ihn zu untersuchen. Er konnte zwar nichts feststellen, aber da es Scharlach in der Stadt gibt, wollen sie kein Risiko eingehen.«

Cindy fragte nervös: »Scharlach? Hat er Scharlach? Dann müsste er doch sofort in Quarantäne!«

»Ja, *wenn* er es hat. Hoffen wir das Beste.« An Emily gewandt, sagte er: »So wie ich Mr Walsh kenne, würde er Paddy nicht in eine Quarantäneunterkunft zu all den anderen Kranken stecken. Dort kommt keiner lebend raus. Wenn er jedoch hier im Hause bleibt, brächte das für uns natürlich große Einschränkungen mit sich!«

Sie verließen den Raum. »Wer ist Paddy denn?«, fragte Emily in der Eingangshalle.

»Der Sohn einer Bediensteten. Er ist fast sechs. Er wurde hier geboren und ist allen ans Herz gewachsen. Die Walshs haben die Mutter damals eingestellt, obwohl sie zu dem Zeitpunkt kurz vor der Niederkunft stand. Ihr Mann war gerade erst gestorben.«

»Es ist eher ungewöhnlich, dass jemand eine Witwe mit Kind einstellt.«

»Ja, alle unverheirateten, schwangeren Frauen hier sind natürlich Witwen.« Er zog eine Augenbraue hoch. »Aber sie hatte ihre Überfahrtspapiere bei sich. Kam auf einem Passagierschiff als freie Siedlerin und Mrs Walsh hat ihr geglaubt. Die Familie hat sehr viel für Paddy getan. Die Kindermädchen der Familie kümmern sich auch immer wieder stundenweise um ihn, sodass seine Mutter arbeiten kann.«

»Wenn er unter Quarantäne gestellt werden müsste, was bedeutete das für uns?«

»Wir müssten einen großen Bogen um ihn machen. Dürften nichts anfassen, mit dem er in Berührung gekommen ist. Er würde getrennt von allen anderen auf dem Dachboden logieren. Da ist er übrigens jetzt schon.«

Edward führte sie in die Küche und zeigte ihr, wie man in dem großen Herd Feuer machte. »Jeder darf sich hier jederzeit Tee machen«, sagte er. Mit einem Knall platzierte er den Kessel auf dem Herd, öffnete die Feuerklappe, stocherte mit dem Haken darin herum und hängte ihn wieder an die Wand. Mit verschränkten Armen lehnte er sich an die Wand und berichtete ihr von den Walshs, bis das Wasser kochte. »Mr Walsh hat sich hier einen Namen gemacht. Schade, dass seine Frau nicht mehr bei uns ist. Sie war diejenige, die hier all die guten Regeln eingeführt hat. Draußen vor der Tür schlagen sich die Leute mittlerweile darum, eine Anstellung in diesem Haus zu bekommen. Sie können sich glücklich schätzen, Miss Winslow.«

Emily fragte sich einen Moment lang, was die Bediensteten wohl über sie und ihren Vater geredet hatten. Damals, in einem anderen Haus, in einem anderen Land, in einer anderen Welt.

»Es hat mich überrascht, dass Mr Walsh mich nicht persönlich kennenlernen wollte, bevor er mich einstellte.«

»Man findet hier fast keine Lehrer«, sagte Edward schulterzuckend. »Und der Mann weiß, was er tut. Bestimmt hat er eine Probezeit vereinbart.«

Als das Wasser kochte, verabschiedete er sich augenzwinkernd. »Lassen Sie mir eine Tasse übrig.«

Den Rest des Tages verbrachte sie damit, einen Brief an Charlotte zu schreiben und Mr Walshs ausgelesene australische Zeitungen durchzublättern. Nachrichten aus Europa trafen hier mit dreimonatiger Verspätung ein. *Die Queen könnte schon monatelang tot sein*, dachte Emily, *und Frankreich könnte England regieren, ohne dass es hier jemand weiß.* Sie blätterte zu den Todes- und Hochzeitsanzeigen und studierte sie genau. Im Hauptteil fand sie einen Artikel über Van-Diemens-Land, der von einem weiteren Protest gegen die Aufnahme von Sträflingen berichtete. Auch dieser Protest würde erst in drei Monaten von der Krone wahrgenommen werden. Wenn überhaupt.

Auf der nächsten Seite entdeckte sie einen kurzen Artikel über Irland. Das Land hatte mindestens ein Viertel seiner Menschen verloren.

Als sie am nächsten Morgen ihr Teetablett wieder in die Küche brachte, stand eine Frau über den Spülstein gebeugt. Vor ihrer Silhouette dampfte kochendes Wasser. Ihr Rücken war durch die Arbeit gekrümmt, ihre Bewegungen wirkten jedoch grazil. Ein schlichtes braunes Arbeitskopftuch bedeckte ihr Haar. Sie drehte sich um. Erschrocken blickte sie Emily an.

Emily blieb stehen und starrte zurück. Fast hätte sie das Tablett fallen lassen. »Ryanne!«

Ryanne hatte sich verändert. Sie war älter geworden und ihre Wangenknochen traten stärker hervor als früher. Doch sie war noch genauso schön wie damals. Hastig wischte Ryanne sich mit dem Handrücken über die Wange. »Das ist ja was!«, sagte sie leise. »Sind Sie etwa die neue Gouvernante? Sean hat mir geschrieben, dass Sie in Van-Diemens-Land sind.«

Emily öffnete den Mund und schloss ihn wieder.

Ryanne sagte: »Ahm, ich …, Sie dürfen mir nicht zu nahe kommen … ich habe nur schnell meine Tasse abgekocht. Ich … Paddy hat Fieber.« Sie lächelte nervös. »Paddy ist mein Sohn. Ich muss wieder zu ihm.«

Emily nickte. Zu mehr war sie nicht fähig. Ryanne rauschte mit rotem Kopf an ihr vorbei. Emily drehte sich benommen um und blickte ihr nach. Zum Glück war sie alleine in der Küche. Eine Zeit lang stand sie still da. Dann stellte sie das Tablett lautlos auf den Tisch, zog sich mit zittrigen Händen einen Stuhl heran und setzte sich langsam.

Erst hatte sie Sean wiedergetroffen, dann Ryanne.

Jetzt fehlten nur noch die O'Neills.

Doch Brendan würde sie auf dieser Welt nicht wiedersehen, denn Ryanne war Witwe.

Sie riss alle ihre Kleider aus dem Schrank, warf sie aufs Bett und sortierte sie neu wieder ein. Sie holte einen feuchten Lappen und wischte ihre Kisten ab. Anschließend verstaute sie sie umständlich auf dem Schrank. Was gab es noch zu tun? Ihre Augen wanderten durch den kleinen Raum und blieben am Bücherstapel hängen. Sie sortierte die wenigen Bücher, die sie besaß, nach Themen, stellte die Schulbücher ordentlich auf ihren kleinen Sekretär und nahm ein Blatt Papier zur Hand, um eine Liste mit Unterrichtsthemen für die nächsten drei Monate anzufertigen. Als sie die Striche für die Tabellen zeichnete, zitterte ihre Hand. Sie zerriss das Papier und griff nach einem neuen. Diesmal nahm sie ihr Lineal zu Hilfe. Als die Tinte verschmierte, zerknüllte sie das Papier und schleuderte es in den Papierkorb.

Brendan O'Neill war tot.

Und er war mit Ryanne verheiratet gewesen.

Sie hatten einen fünfjährigen Sohn.

Also hatte ihr Verdacht damals gestimmt. Wie hatte er zwei Frauen gleichzeitig schöne Augen machen können? Sie hatte sich schon wieder in einem Menschen geirrt. Und nun war er tot.

Am nächsten Morgen wurde das Personal im Westflügel zusammengerufen. Mr Walsh stellte sich auf die zweite Stufe der Hintertreppe und sagte: »Paddy hat Scharlach.«

Die Bediensteten warfen sich besorgte Blicke zu.

»Ich habe mich nach einigem Abwägen entschlossen, Paddy hierzubehalten«, sprach er weiter. »Dr. Beckett unterstützt meine Entscheidung. Wenn wir gewisse Sicherheitsvorkehrungen einhalten, gibt es keinen Grund zur Sorge. Wir müssen nur sehr diszipliniert sein. Ryanne wird Paddy pflegen. Die beiden bleiben im Dachgeschoss – unter Quarantäne. Wenn der Doktor oder Ryanne den Raum verlassen, legen sie alle Kleider ab und ziehen sich neue an. Und sie schrubben ihre Hände. Trotzdem sollten sie keinerlei Kontakt zu uns haben. Das verbrauchte Wasser tragen sie in Kübeln hinunter und leeren es in eine Sickergrube im Garten. Wir selbst entsorgen unser Wasser wie immer vor dem Haus in die Abwasserkanäle. Ich lasse heute eine weitere Toilette hinterm Haus bauen. Wir benutzen nur die neue. Ryanne und Dr. Beckett nehmen die Haupttreppe zum Dachgeschoss, da das die einzige ist, die hinaufführt. Wir alle benutzen ab sofort nur noch die Hintertreppe.

Verstehen das alle? Niemand darf etwas anfassen, womit Paddy oder Ryanne in Kontakt gekommen sind. Nun ist Disziplin gefordert. Ich hoffe, jeder hier versteht, wie ernst die Situation ist.«

Emily atmete tief durch.

Mr Walsh sprach weiter: »Ich möchte Margret bitten, das Essen für Ryanne und Paddy auf einem Tablett unten an der Haupttreppe abzustellen. Ryanne wird es dann dort abholen. Das jeweilige Tablett und das gebrauchte Geschirr werden im Dachgeschoss verbleiben, bis die Ansteckungsgefahr vorbei ist. Wir werden also eine Menge Tabletts und Geschirr benötigen.«

»Was ist mit den Zimmern der Bediensteten, die nahe der Haupttreppe liegen?«, fragte Edward.

»Sie können weiterhin Ihre Zimmer benutzen, doch halten Sie sich einfach von der Haupttreppe fern.«

Emily sah sich unauffällig um. Auf den Gesichtern zeichneten sich Sorgenfalten ab.

»Besteht die Möglichkeit, außer Haus zu wohnen?«, fragte Abigail.

»Wenn das die Arbeit nicht beeinträchtigt, können Sie für die Zeit der Quarantäne gerne außer Haus logieren, sofern Ihnen das mehr behagt.«

Emily fragte sich, ob sie sich eine Unterkunft suchen sollte, aber sie würde die Mädchen trotzdem im Haus unterrichten müssen. Außerdem war Scharlach in der ganzen Stadt. Woanders zu wohnen, war kein Schutz vor Ansteckung.

Mr Walsh forderte sie zum gemeinsamen Gebet auf. Sie falteten die Hände und senkten die Köpfe. Mr Walsh betete um Gesundheit für Paddy und Schutz für alle. Bevor er alle wieder zurück an die Arbeit schickte, schenkte er ihnen ein ermutigendes Lächeln. »Paddy wird es schaffen. Und wir auch.«

KAPITEL 31

Die Arbeit im Haushalt lief weiter. Zwar waren zunächst alle angespannt, doch am nächsten Tag hörte Emily, wie Edward und das Dienstmädchen wieder flirteten und kicherten. Nachdem Dr. Beckett da gewesen war, versammelten sich alle in der Küche, um zu hören, wie es Paddy ging. Edward verkündete, dass der Junge immer noch Fieber habe und man nichts Weiteres sagen könne.

Emily beschloss, ihre Sorgen zu vertreiben und gleich mit dem Unterricht zu beginnen. Sie ließ Samantha Buchstaben schreiben, während Edith mit bunten Kreiden rote Pferde und gelbe Blumen malte, die bis in die Wolken wuchsen. Sie beschloss, die nächsten Tage hauptsächlich Zeichenstunden zu planen. Den Kindern würde Entspannung und Ablenkung guttun. Und ihr ebenso.

Während die beiden Mädchen sich auf ihre Kunstwerke konzentrierten, trommelte Emily mit den Fingern aufs Pult. Als sie es merkte, hörte sie auf. Sie beobachtete Samantha. Sie hatte die Zungenspitze zwischen die Lippen geschoben, während sie mit der Kreide über ihre Tafel fuhr.

Emily stand auf, ging zum Fenster und strich sich über ihre Frisur. Dann ging sie zum Regal und ließ ihre Finger über die Schulbücher wandern. Schließlich wischte sie die saubere Tafel noch einmal nass ab. Sie wusste, dass sie die beiden nervös machte, aber sie konnte nicht sitzen bleiben.

Sie zwang sich, am Fenster stehen zu bleiben und hinauszuschauen. Unter ihr erstreckte sich die blasse Straße zwischen grauen Häuserfassaden. Sie hob den Blick. Der Himmel war milchig, verhangen von flimmerndem Dunst. Obwohl sie die ganze Zeit gewusst hatte, dass sie Brendan nie mehr wiedersehen würde, war die Welt immer noch reich gewesen, weil es diesen besonderen Menschen irgendwo da draußen gegeben hatte.

Doch jetzt war sie farblos geworden.

Am nächsten Morgen quälte sie sich und die Mädchen durch den Unterricht. Als die Glocke zum Essen geläutet wurde, stürmten die Mädchen freudig aus dem Raum. Emily blieb zurück. Wieder trommelte sie mit den Fingern aufs Pult. Sie konnte nichts essen, sie würde sich ihr Tablett nicht abholen. Stattdessen besorgte sie sich in der Küche einen Eimer und einen Lappen und wischte die Möbel ab. Die Unruhe von gestern flirrte wieder um sie. Doch heute fühlte sie sich anders an. Heute entsprang sie nicht ihrem Inneren, sondern umkreiste sie von außen in immer engeren Bahnen. Sie wusste, dass es nicht allein Trauer war. Diesmal schwebte etwas Geheimnisvolles im Raum, aber sie bekam es nicht zu fassen. Es lag ihr auf der Zunge wie ein unbekannter Ausspruch. Gott wollte etwas von ihr, sie spürte es ganz deutlich. Es stand direkt vor ihr, unsichtbar.

Als sie den Boden fertig geschrubbt hatte, trat sie mit dem Eimer auf die Straße und goss das Wasser in die Gosse. Sie richtete sich wieder auf und blickte die Straße hinab. Sie wollte das Geheimnis gerne zu fassen bekommen. Ihr Herz kribbelte. Sie stellte den Eimer in die Abstellkammer beim Dienstboteneingang und verließ das Haus wieder. Ziellos bog sie rechts in eine Straße ein, sah in die Gesichter, die ihr entgegenkamen, lauschte Gesprächen, hielt die Augen offen, hoffend, dass Gott zu ihr sprach. Sie folgte zwei kleinen Mädchen, die Hand in Hand die Straße hinabgingen. Das größere von beiden trug einen Korb, in dem ein Huhn saß. Die Häuser wurden schäbiger, waren dreckiggrau verputzt, die Dächer notdürftig gedeckt, in der Mitte durchhängend, als würden sie in den nächsten Tagen zusammenfallen. Die Abwasserrinne in diesem Viertel war nicht von Steinen eingefasst, sondern suchte sich mäandernd einen Weg auf der Straße. Sie bog wieder rechts ab, dann noch einmal nach rechts. Sie hoffte, dass sie auf diese Weise wieder in die Nähe ihres Hauses gelangen würde. Am Ende einer engen Seitenstraße, die weiter vorne auf eine breitere Straße mündete, erkannte sie ein rotes Schild an einem zweistöckigen Haus. Sie änderte die Richtung, ging langsam die Straße hinab auf das Schild zu und blieb stehen. Die tief stehende Sonne schob sich in den Spalt zwischen dem Haus und dem Nachbarhaus und blendete sie. Sie legte sich die Hand über die Augen. Das Schild trug die Aufschrift: *Achtung! Scharlach!* Auf der Straße stand ein Einspänner. Das Pferd schnaubte und stampfte mit dem Vorderfuß auf der Stelle, als rieche es die Krankheit durch die Ritzen. Die Tür öffnete sich und sie trat noch näher an die schattige Hauswand in der Gasse. Zwei Männer trugen einen Kindersarg aus dem Haus. Eine Krankenschwester erschien, blieb in der Tür stehen und sagte etwas zu den Männern.

Das Haus musste das Quarantänehaus sein, von dem Edward gesprochen hatte. Sie stellte sich vor, wie die Kranken, die meisten von ihnen wohl Kinder, Bett an Bett lagen, sich übergaben und weinten.

Die Männer hatten den Sarg auf den Wagen geladen und verschwanden wieder im Haus. Eine Minute später erschienen sie mit einem zweiten Sarg, groß genug für einen Erwachsenen.

In der Nacht fand Emily keinen Schlaf, wälzte sich von einer Seite auf die andere und flüsterte unruhige Gebete. Sie fiel in einen Dämmerschlaf und schreckte wieder auf. Ihr Herz hämmerte. Eine tiefe Klarheit durchdrang sie wie frischer Seewind und wirbelte ihre Seele auf. Sie wusste auf einmal, was Gott von ihr wollte. Blinzelnd lag sie auf dem Rücken, während sie ihren Herzschlag spürte.

Oh nein, Gott, bitte nicht.

Als sie sich die Situation ausmalte, wurde ihr heiß, dann kalt. Ihr Gesicht glühte, der Schweiß schwelte unter der Haut. Das Blut rauschte in ihrem Kopf. Sie drehte sich auf die Seite, hin zum offenen

Fenster, atmete hektisch ein und aus, zog die Beine an und umfasste die Knie. Vor Kälte zitterte sie, gleichzeitig klebte der Schweiß warm an ihr. Sie zog die Knie noch enger an die Brust und holte tief Luft.

Atmen, es geht vorüber. Die Augen schließen und an etwas anderes denken. Sie öffnete die Augen wieder. Nein, sie würde diesen Gedanken durchstehen. Denn darum ging es hier.

Sie schloss die zittrigen Lider und versprach Gott, dass sie es tun würde.

Nach einer Weile wurde das Zittern schwächer und hörte schließlich auf. Verschwitzt blickte sie zum Fenster, beobachtete den dünnen Vorhang, der sich leicht aufbäumte. Es wehte ein Luftzug. Sie würde nicht ersticken.

Sie würde leben. Oder sterben. Aber sie würde Gott gehorchen.

Sie lag wach, bis die ersten Sonnenstrahlen in ihr Zimmer schienen. Kurz darauf war das Zimmer von Licht geflutet.

Die Nacht war vorüber. Die Vergangenheit war vorbei.

Sie stand auf und spritzte sich kühles Wasser ins Gesicht. Sie nahm den Waschlappen zur Hand und drückte ihn gegen die Augen. Bunte Farben schwammen vor einem schwarzen Hintergrund. Als sie die Handballen wieder wegnahm, war ihr, als wäre durchs geöffnete Fenster eine Frühlingsbrise gewirbelt, die erwartungsvoll durch den Raum tanzte und sie schließlich mit Frieden umwehte.

Emily war überrascht, dass Mr Walsh so schnell zustimmte. Kein anderer Arbeitgeber hätte sich so bereitwillig darauf eingelassen, die neue Gouvernante seiner Töchter für die nächsten zwei Wochen freizustellen.

Denn statt zu unterrichten, würde sie Ryanne helfen.

Das war es, was Gott von ihr verlangte.

Während sie auf ihrem Zimmer ihr Haar bürstete, sagte sie sich immer wieder, dass ihr eigentlich nichts passieren konnte. Denn wenn sie sich ansteckte und erkrankte, wäre sie immer noch in Gottes Hand. Er war es, der sie ins Krankenzimmer schickte. Und wenn sie starb, war sie bei ihm.

Sie legte die Bürste beiseite und sah in den Spiegel. Dann stand sie abrupt auf.

Ryanne lag schlafend auf dem Boden in der Ecke des Zimmers. Emily hatte sie erschöpft angetroffen, mager, blass, mit müden Augen. Sie schien Emilys Worte nicht zu begreifen, als sie erklärte, warum sie hier war. Nun lag sie wie ein Kind zusammengerollt auf der Matte auf dem harten Boden, ihr Haar wie ein roter Heiligenschein auf dem Boden ausgebreitet. Emily betrachtete sie. Sie suchte nach harten Zügen in ihrem Gesicht, doch sie fand keine. Eher wirkte sie verletzlich, wie sie so verloren auf dem Boden lag. Emily setzte sich zu Paddy, wischte ihm die Stirn ab und flehte Gott an, dass er gesund würde. Paddy glühte. Er war nicht bei Bewusstsein, aber das war gut so, denn sicherlich hatte er starke Schmerzen. Der Raum war gelüftet, doch der Gestank von Erbrochenem lag wie ein saurer Teppich auf alle Flächen und Fasern. Emily wusste nicht viel über Scharlach, und Ryanne war zu erschöpft gewesen, um ihr etwas zu erklären. Sie würde auf Dr. Beckett warten müssen. Paddy öffnete die Augen. Seine Pupillen waren geweitet, umgeben von einem dünnen grauen Ring. Er wimmerte und schloss die Lider. Am liebsten hätte sie ihn umarmt. Sie legte ihm die Hand auf die Stirn und flüsterte: »Es wird alles gut, Paddy.«

Alle paar Minuten stand sie vom Stuhl auf, kühlte Paddy mit Wasser die Stirn und wickelte seine roten Ärmchen und Waden in feuchte Tücher. Zwischendurch saß sie an seinem Bett und betrachtete ihn. Sein nasses Haar schien blond zu sein. Ansonsten ähnelte er jedoch kaum Brendan, eher seiner Mutter, er besaß die gleiche helle, zarte Haut und den geschwungenen Mund. Er würde einmal ein schöner Mann werden. Wenn er überlebte.

Ryanne erwachte und hob den Kopf. Sie richtete sich halb auf und blieb auf dem Boden sitzen. Eine Weile stützte sie sich mit den Händen ab, während sie still beobachtete, wie Emily Paddys Waden umwickelte. »Keine Veränderung«, sagte Emily leise, ohne Ryanne anzusehen.

Ryanne schwieg. Nach einer Weile band sie sich, immer noch auf dem Boden sitzend, ihr Haar zusammen und wickelte es zu einem Knoten. Sie erhob sich vom Boden, ging zu ihrem Sohn und legte eine Hand auf seine Stirn. Die Schatten unter ihren Augen schienen noch dunkler als zuvor. Sie setzte sich wieder in die Ecke des Raumes auf die Matte, die hinter Emilys Rücken am Boden lag. So mussten sie sich nicht ansehen. »Sie haben mir noch nicht gesagt, warum Sie hier oben sind«, sagte sie mit monotoner Stimme.

»Sie können das hier nicht alleine schaffen. Sie brauchen Hilfe.« Emily wrang den Lappen aus.

»Und wenn Sie sich anstecken?«

»Das werde ich schon nicht.« Emily drehte sich zu ihr. »Was muss ich wissen, um Ihnen zur Hand zu gehen?«

»Sie haben ihm Wadenwickel gemacht. Das ist gut. Hier liegt ein Schwamm. Wir müssen ihn ab und zu mit warmem Sodawasser abreiben und versuchen, ihm Wasser einzuflößen. Mehr können wir im Moment nicht tun. Dr. Beckett wollte später noch einmal kommen.«

Sie schwiegen wieder. Paddy wimmerte.

Ryanne stand auf, ging zur Dachluke und blickte minutenlang hinaus. Nach einer Weile hörte Emily sie leise sagen: »Ich habe seit Tagen nicht mehr richtig geschlafen. Ich habe Angst, dass er stirbt, während ich schlafe.«

»Wir können uns jetzt abwechseln, Miss … Mrs O'Neill.«

Es folgte eine betretene Pause. Draußen sang ein Vogel. Ryanne ging langsam im Zimmer auf und ab. Sie faltete ein Tuch zusammen und legte es auf den Holztisch in der Ecke des Raumes. Sie lehnte sich eine Weile an die Wand und starrte in Richtung Fenster. Dann setzte sie sich ans Bett, ergriff Paddys Hand und beobachtete ihn eine Zeit lang. Sie streichelte ihm über die Wange und erhob sich wieder, schritt zurück in die Ecke, wo sie geschlafen hatte, und setzte sich wieder auf den Boden. Niemand sprach ein Wort.

»Ich weiß nicht, warum Sie das hier machen, aber – danke«, sagte sie nach einer Weile.

Emily drehte sich halb um und lächelte sie an.

Ryanne lächelte schwach zurück.

Nach ein paar Minuten sagte sie leise: »Paddy ist alles, was ich habe.«

Er wimmerte wieder. Ryanne stand auf, setzte sich erneut auf die Bettkante und streichelte sein Gesicht. Sie nahm den Schwamm und tupfte es ab. Dann setzte sie sich auf den Stuhl an der Wand, beugte sich nach vorne und stützte ihren Kopf auf die Hände. Nach einer Weile fragte sie: »Wie ist es Ihnen in den letzten Jahren ergangen?«

»Ich habe in einer kleinen Schule gearbeitet. In Hobart in Van-Diemens-Land. Ich habe dort Ihren Bruder getroffen. Er brachte die Schülerinnen aus dem Waisenhaus zur Schule.«

Ryanne hob den Kopf und lächelte. »Wie sieht er aus? Geht es ihm gut?«

Emily erzählte ihr, was sie wusste. »Er war derjenige, der mir von Mr Walsh erzählt hat.«

»Wir schreiben uns ab und zu«, sagte Ryanne. »Ich habe ihn gleich am Anfang unserer Zeit hier in einem der Gefängnisse ausfindig gemacht.« Als Emily nichts erwiderte, fragte Ryanne: »Warum haben Sie die Stelle dort aufgegeben?«

Emily beugte sich über Paddy und träufelte ein paar Tropfen Wasser auf seine Lippen. »Es gab keinen Platz mehr für mich, weil die Tochter der Leiterin geheiratet hat und ihr Mann jetzt ebenfalls als Lehrer arbeitet. Das war ein Lehrer zu viel.«

»Wie sieht es in Van-Diemens-Land aus?«

Emily erzählte. Sie merkte, dass Ryanne erschöpft war, nicht nur körperlich, sondern auch geistig. Deshalb beschrieb sie ihr alles, was ihr einfiel. Sie erwähnte das milde Klima, schilderte die Bauweise der

Stadt, berichtete von den Emanzipisten und den Arbeitstrupps, versuchte zu beschreiben, wie Sean aussah, wobei sie die Wunden nicht erwähnte, und erzählte ausführlich von Charlottes Hochzeit, dem Brautkleid, das die Schülerinnen genäht hatten. Ryanne hörte aufmerksam zu.

Sie schwiegen eine Weile. Plötzlich sagte Ryanne: »Ich heiße nicht O'Neill.«

Emily hielt einen Moment inne und sah sie an.

Ryanne blickte sie mit leeren Augen an. »Ich war nie mit Brendan verheiratet.«

»Aber Paddy ist sein Sohn?«

Sie schüttelte langsam den Kopf. »Nein, das ist er nicht. Er sieht ihm doch auch überhaupt nicht ähnlich.«

Emily antwortete nicht. Sie wandte sich wieder Paddy zu und wischte ihm erneut die Stirn ab. Sie führte die Bewegung bewusst langsam aus, um Ruhe zu bewahren. Dann trug sie ihren Stuhl zur Wand, sodass sie neben Ryanne saß. Beide blickten zum gegenüberliegenden Fenster.

»Wissen Sie etwas von den O'Neills?«, fragte Emily, so ruhig sie konnte.

»Nein. Ich weiß nichts von ihnen.«

»Als Sie sie das letzte Mal sahen – waren da alle noch am Leben?«

Ryanne nickte.

Niemand sprach ein Wort.

Schließlich fragte Ryanne, ohne sie anzusehen: »Sie wussten, dass ich ein Kind erwartete, als wir uns das letzte Mal sahen, oder?«

»Ich habe es vermutet.«

Ryanne sann vor sich hin. Mit einem bitteren Lächeln sagte sie: »Eigentlich hatte ich immer Brendan gewollt, lange bevor wir nach Australien aufbrachen.« Sie machte eine Pause, ehe sie fortfuhr. »Doch es hat nicht so geklappt, wie ich mir das vorgestellt hatte.«

»Ich habe die ganze Zeit gedacht, dass es eine Verbindung zwischen Ihnen beiden gab.«

Sie legte den Kopf in den Nacken und lehnte ihn an die Wand. »Ich wurde schwanger. Aber nicht von ihm. Ich hielt es geheim. Ich hätte ihm das Kind gerne untergeschoben. Aber er hat sich nicht auf mich eingelassen. Als wir dann im Outback ankamen und mein Bauch so rund war, dass ich ihn nicht mehr verstecken konnte, legte ich die Karten offen auf den Tisch und erzählte ihnen von meinem Kind. Sie waren bereit, weiterhin mit mir zusammenzuwohnen. Aber ich konnte das nicht ertragen.«

Ohne Emily anzusehen, fuhr sie fort: »Brendan war mir wirklich wichtig.« Sie lachte traurig. »Aber es war klar, dass er mich nicht wollte. Nicht unbedingt wegen des Kindes, so ein Mann ist er nicht. Eher weil er eine andere liebte.« Sie atmete tief durch. »Ich hielt die Spannung in seiner Gegenwart nicht länger aus und verließ sie. Ich kehrte nach Sydney zurück, um von dort nach Van-Diemens-Land zu reisen, damit ich in Seans Nähe sein konnte. Aber mir ging das Geld aus. Ich trieb mich in den Rocks rum, wo die Armen hausen. Fand mal hier Unterschlupf, mal da. Lernte Leute kennen – ein paar nette, ein paar nicht so nette. Es war unmöglich, Arbeit zu finden. Ich war verzweifelt. Es ging ja nicht mehr nur um mich, sondern auch um mein ungeborenes Kind.«

»Und Sie haben nicht daran gedacht, zu den O'Neills zurückzukehren?«

»Zunächst war ich zu stolz dazu, aber nach einer Weile hätte ich es fast getan. – Wenn die Walshs mich nicht eingestellt hätten. Als ich kurz vor der Niederkunft stand, nahm ich allen Mut zusammen, putzte mich heraus – was gar nicht so einfach war in meinen Lebensumständen – und läutete an den Türen der vornehmen Häuser. Ich verlangte die Haushälterin oder Herrin zu sprechen und bat um eine Anstellung. Mrs Walsh hatte Erbarmen mit mir und stellte mich ein.«

»Haben Sie sich deshalb als Witwe ausgegeben?«

»Das war eine Notlüge.«

Eine Weile sprach niemand ein Wort. Dann stand Emily auf und trat an Paddys Bett. Während sie einen kalten Lappen auf seine Stirn legte, fragte sie wie beiläufig: »Haben Sie ihn mittlerweile vergessen?«

Ryanne schwieg. Dann sagte sie langsam: »Ich denke schon. Und Sie?«

Emily antwortete nicht.

Dr. Beckett untersuchte Paddys Hals und hörte seine Brust ab. Er stellte Ryanne ein paar Fragen und runzelte bei den Antworten die Stirn.

»Sie wissen, dass Sie nun unter Quarantäne stehen, Miss Winslow?«, fragte er.

»Ja, ich weiß. Ich bin mit den Vorkehrungen vertraut.«

»Brauchen Sie noch etwas hier oben? Waschutensilien, Kleidung, Bettzeug?«

»Nein, ich habe alles für zwei Wochen. Danke.«

»Wenn sich bei Ihnen Unwohlsein einstellt, lassen Sie mich bitte sofort rufen. Das gilt auch für Sie, Mrs Lawlor.«

Die Frauen nickten.

Dr. Beckett verließ den Raum. Sie hörten, wie er sich auf dem Flur umzog und sich die Hände schrubbte. Die Tür zum Treppenhaus fiel zu und sie waren alleine.

Ryanne träufelte Wasser auf Paddys Lippen. Angespannt beobachtete sie ihn.

»Legen Sie sich noch etwas hin«, sagte Emily. »Ich mache das. Ich werde ihm schon etwas einflößen.« Sie nahm ihr die Tasse und das Tuch ab.

In der Nacht wechselten sie sich dabei ab, Paddys Lippen zu beträufeln und ihm Halswickel zu machen. Er schien tatsächlich ein kleines bisschen Flüssigkeit aufzunehmen und Ryanne war glücklich. Emily schlief ein paar Stunden in der kleinen Kammer, die dem Krankenzimmer gegenüberlag.

Am Morgen pochte ihr Kopf und ihr Rücken schmerzte. Sie wusch sich und frisierte sich notdürftig. Bevor sie zu Ryanne und Paddy ging, setzte sie sich aufs Bett und redete mit Gott.

Irgendwo da draußen war Brendan. Wenn er noch lebte.

Sie kehrte in die Krankenkammer zurück. Paddy atmete flach, er glühte noch immer. Sie wusch sein Gesicht, legte sanft die Hände auf seinen Bauch und bat Gott, dass er ihn rettete.

Dr. Beckett kam wieder und untersuchte Paddy. Als er seine Instrumente wusch, erzählte er Emily, dass er seit gestern zu fünf neuen Scharlachfällen gerufen worden war. »Was für eine Krankheit«, seufzte er.

Nachdem er gegangen war, fing Ryanne an zu reden. Sie erzählte, dass Paddy nach der Geburt nicht geschrien habe und sie gedacht habe, er sei tot. Mit einem Jahr war er die Treppe hinuntergefallen und hatte sich wie eine Katze abgerollt, sodass er ohne Blessuren davongekommen war. In ihren Augen standen Tränen. Sie schwieg. Dann wechselte sie plötzlich das Thema, als wollte sie ihre Gedanken in eine andere Richtung lenken. »Haben Sie etwas von Ronald Tuppence gehört?«, fragte sie.

Emily, die am Fenster stand und auf die Dächer blickte, drehte sich überrascht um. »Wie kommen Sie denn jetzt auf Ronald Tuppence?«

Ryanne sah ihr einen Moment lang in die Augen. Dann sagte sie leise: »Ich habe ihn gut gekannt.«

»Ach ja? Das wusste ich gar nicht.«

»Schauen Sie sich Paddy an.«

Emily sah sie fragend an.

Ryanne lachte kurz bitter auf, bevor sie sagte: »Er hat graue Augen und blonde Haare.«

Emily blickte zu Paddy, dann wieder zu Ryanne. »Das ist nicht Ihr Ernst«, sagte sie langsam.

Ryanne erwiderte schweigend ihren Blick.

Ein ungläubiges Lächeln erschien auf Emilys Gesicht. Sie schnaubte leise. Dann schüttelte sie lächelnd den Kopf. Ryanne sagte leise: »Keinem Menschen habe ich bis jetzt erzählt, wer Paddys Vater ist. Es tut gut, dass es endlich einmal heraus ist. Wie ironisch, dass ich es gerade Ihnen sage.«

Sie sahen sich an. Dann lächelten sie beide.

Emily saß weitere Stunden an Paddys Seite. Ryanne hatte recht gehabt, sie konnten nicht viel ausrichten. Hier saß sie und hielt die Hand von Ronalds Sohn, dem Mann, vor dem sie geflohen war. Bis ans andere Ende der Welt. Und er hatte sie wieder eingeholt.

Sie wollte nicht mehr an ihn gefesselt sein. Sie wollte frei sein. Ihm vergeben. Und ihn segnen – Schicht für Schicht, bis die Zwiebel sich aufgelöst hatte.

Am nächsten Tag hatten sie beide den Eindruck, dass Paddys Fieber etwas zurückgegangen war. Ungeduldig warteten sie auf Dr. Beckett. Doch entgegen seiner Versprechungen erschien er nicht.

Das Warten erschöpfte die Frauen. Während Ryanne schlief, setzte sich Emily vors Bett auf den Boden, zog die Knie an und legte den Kopf auf die Arme.

Als sie sich mit steifen Gliedern wieder am Bettrahmen hochzog, flatterten Paddys Lider, er warf sich hin und her und öffnete die Augen. Emily weckte Ryanne. Eine Weile blickte er seine Mutter mit leeren Pupillen an, dann fing er an zu wimmern. Ryanne streichelte ihn und redete beruhigend auf ihn ein. »Hast du Durst?«, fragte sie. Er nickte schwach. Ryanne schaffte es, ihm einen halben Becher Wasser einzuflößen. Das Schlucken war schwierig und die Hälfte floss an seinen Wangen entlang aufs Kissen, aber etwas davon hatte er getrunken. Als Ryanne den Becher abstellte, streiften sich ihre Blicke. Beide hatten Tränen in den Augen. Die Tränen brannten Emily im Hals. Ihre Lider waren schwer. Sie rieb sich über die Augen, setzte sich wieder vors Bett und sehnte den Abend herbei. Ryanne legte ihr besorgt die Hand auf die Schulter. »Gehen Sie, legen Sie sich in Ihrem Zimmer hin.«

Langsam ging Emily über den Flur, öffnete die Tür und legte sich in Kleidern aufs Bett. Mitten in der Nacht erwachte sie. Ihr Gesicht glühte, sie hatte Durst, ihr Hals schmerzte. Aber sie hatte keine Kraft, nach dem Glas zu greifen. Sie schloss die Augen.

Die Stimme war da und war nicht da. Sie echote in einer Halle, zog sich zurück in einen Tunnel.

Emily öffnete die Augen und schloss sie. Öffnete sie und schloss sie. Es war dunkel. Ein Licht leuchtete auf, grell und blendend, immer heller, in sprühenden Funken tanzte es vor der roten Dunkelheit. Die Stimme war zurück, wand sich in ihrem Kopf, zog sich zurück in den Tunnel und hallte in der Stille nach.

Sie trieb dahin, schaukelte in einem Ozean, in Wellen aus Schmerz. Sie brandeten in ihren Schädel, in ihren Hals. Da war eine andere Stimme. Sie umgarnte sie, umwob sie, spann sie ein, rief ihren Namen von weit her. Von weit her.

Jemand war bei ihr und hielt ihre Hand. Er entfernte sich, ohne sie loszulassen. Sein Gesicht ein Schatten, sich spiegelnd in Facetten, unscharf in einem Kaleidoskop.

Ein regelmäßiges Geräusch in einem Tunnel. Gedämpft, abgehackt, einlullend. Schritte. Sie drangen durch den Nebel zu ihr hindurch, aus einer anderen Welt. Sie erkannte den weißen Kragen des Mannes, sein blondes Haar, die Kieselaugen. Er beugte sich über sie und verlangte, dass sie den Mund öffnete. Sie konnte sich nicht bewegen. Ihre Glieder wogen Tonnen. Ihr Kopf war in Metall gegossen. Der Mann lächelte sie an, redete liebevoll mit ihr. Es war Brendans Stimme. Die Worte schwammen in ihrem Kopf. Sie wollte ihm etwas sagen. Aber ihre Augen fielen zu.

Der Mann stand im Schatten der Flügel des Allmächtigen. Er redete nicht mit ihr, sondern mit einer anderen Welt.

Als Erstes fiel ihr Blick auf die schräge Decke. Sie starrte auf die Schlieren im Putz, die grauen Schatten. Sie war wach und war nicht wach. Ihre Augen wanderten weiter. Sie kannte das Zimmer nicht.

Als sie die Frau sah, wusste sie, dass es Ryanne war. Sie sagte etwas. Sie schien glücklich. Sie sprach von Paddy, während sie Emilys Arme und ihr Gesicht wusch. Sie erzählte ihr, dass sie zwei Tage lang nicht bei Bewusstsein gewesen war.

Nach einer Weile wurde Emily klar, dass sie diese Dachschräge über ihrem Bett doch schon einmal gesehen hatte. Und sie wusste auch, wer Paddy war. Sie erinnerte sich, dass er sehr krank gewesen war. Nach Ryannes Auftreten zu urteilen, musste es ihm besser gehen. Bestimmt hatte sie es Emily bereits gesagt. Aber sie hatte es nicht verstanden.

Sie schlief wieder. Als sie erwachte, merkte sie, dass sie Durst hatte. Unstillbaren Durst. Neben ihr stand ein Becher Wasser. Es kostete sie Mühe, sich im Bett aufzusetzen. Nachdem sie eine Weile aufrecht dagesessen hatte und die Sternchen vor ihren Augen verschwunden waren, wagte sie, nach dem Wasser zu greifen. Sie verlagerte unsicher das Gewicht, beugte sich zum Nachttisch, schloss zitternd die Hände um den Becher und führte ihn langsam zum Mund. Das Schlucken schmerzte, aber die Flüssigkeit tat gut. Als sie den Becher behutsam zurückstellte, streifte ihr Blick ihre Hände. Ihre Haut war fleckig. Verwundert nahm sie sie in Augenschein und streifte ihre Ärmel hoch. Der Ausschlag war überall.

Jemand klopfte. Sie erkannte Dr. Beckett, der nun den Raum betrat. Er wirkte blass und hatte Ringe unter den Augen. Sie versuchte ihn anzulächeln. Er kam an ihr Bett und packte seine Instrumente aus.

»Wie geht es Ihnen?«, fragte er.

»Ich glaube, wieder besser.«

Er reagierte mit einem Lächeln. Er fühlte ihren Puls, dann inspizierte er ihren Rachen. »Sie scheinen noch mal davongekommen zu sein. Sie müssen sich jedoch noch schonen. Sie benötigen noch mindestens eine Woche strenge Bettruhe, erst danach dürfen Sie allmählich aufstehen. Seien Sie vorsichtig.«

Nachdem er gegangen war, kam Ryanne herein. »Was hat Dr. Beckett gesagt?« Sie sah Emily seltsam aufgeregt an, als hätte sie spannende Neuigkeiten.

»Ich werde überleben.« Sie lächelte. »Aber wie geht es Paddy?«

Ryanne strahlte. »Er hat schon wieder Appetit. Er war schon außer Lebensgefahr, als Sie krank wurden.«

»Ich bin froh, das zu hören«, erwiderte Emily. »Ich wollte Ihnen doch eigentlich helfen und stattdessen mache ich Ihnen nur noch mehr Arbeit.«

»Sie *haben* mir geholfen.«

Ryanne blieb einen Moment unschlüssig stehen und sah aus, als wollte sie zum Reden ansetzen, überlegte es sich dann aber anders und ging wieder.

Stirnrunzelnd blickte Emily ihr hinterher.

Sie ruhte und aß sogar ein wenig. Am nächsten Tag wurden vier Eimer warmes Wasser, ein Sitzzuber, Seife und frische Tücher an die Treppe gestellt. Ryanne brachte alles in ihre kleine Kammer.

»Vielen Dank, Ryanne. Ich denke, ich schaffe den Rest alleine. Wenn ich Probleme habe, rufe ich einfach.«

Ryanne nickte und verließ fröhlich den Raum.

Vorsichtig nahm Emily ein Bad. Ryanne fragte ein paarmal an der Tür, ob alles in Ordnung sei. Erschöpft schlief Emily danach ein, ohne Abendessen, und erwachte erst spät am nächsten Morgen.

Die Tage zogen sich dahin. Sie saß in ihrer Kammer auf dem Bett und las Bücher, die Dr. Beckett ihr brachte. Ab und zu kam Ryanne herein und plauderte mit ihr.

Nach einer Woche erlaubte ihr Dr. Beckett, das Zimmer zu verlassen. Endlich durfte sie Paddys Krankenzimmer betreten. Er saß ordentlich gekämmt im Bett und blätterte in einem Bilderbuch, während Ryanne das Zimmer mit dampfendem Wasser schrubbte. Paddy sah auf und lächelte sie an.

Emily schluckte. Es war Ronalds umwerfendes Lächeln. »Hallo Paddy, ich bin Miss Winslow. Es freut mich, dass es dir wieder besser geht. Oh, du hast hier ja eine ganze Kiste voller Spielsachen!«

»Ja, toll, nicht? Schauen Sie mal, das Boot ist von Louis.« Lächelnd nahm er ein fein geschnitztes Boot mit Stoffsegeln vom Nachttisch und reichte es ihr. Während sie das Boot bewunderte, strahlten seine Kieselsteinaugen.

Am Nachmittag kam Ryanne in ihre Kammer und begann, die Möbel heiß abzuwaschen.

»Lassen Sie mich das machen, ich schaffe das schon. Ich habe ja jetzt Zeit, viel Zeit.« Emily legte das Buch zur Seite und setzte sich auf die Bettkante.

Ryanne hielt kurz inne und sah sie an. »Ich sterbe vor Langeweile! Ich bin froh, wenn ich etwas zu tun habe.«

Emily lächelte. »Sie auch?« Sie nahm das Buch vom Kissen und legte es auf den Nachttisch. »Ist Paddy wieder ganz der Alte?«, fragte sie.

Ryanne lächelte: »Ja, er schläft noch viel. Aber ich denke, er hat es ohne Schäden überstanden.«

»Gott sei Dank.« Emily zögerte kurz. »Wie geht es eigentlich Ihrer Familie in Irland?« Sie hatte sich bis jetzt nicht getraut, diese Frage zu stellen, da sie fürchtete, dass die Lawlors alle tot waren.

Ryanne ließ den Lappen in den dampfenden Eimer sinken und sah

Emily an. »Die ersten Jahre ging es. Dank meiner Schwester. Doch dann hatten auch die Stroms kein Geld mehr.« Sie atmete tief durch. »Meine Eltern und meine Großmutter haben es nicht geschafft. Wie so viele andere. Bridget und Thomas, das ist einer der Zwillinge, haben aber bis jetzt überlebt. Sie sind bei meinem Bruder. Zumindest waren sie noch am Leben, als ich Post von ihm bekommen habe. Der Brief wurde vor einem Jahr abgeschickt.«

»Das tut mir leid zu hören«, sagte Emily leise. Ryanne wandte sich wieder den Möbeln zu.

Nach einer Weile fragte Emily: »Haben Sie irgendwelche Neuigkeiten von Ronald?«

Ryanne warf den Lappen wieder in den Eimer und richtete sich auf. »Ich weiß von meiner Familie, dass er für eine kurze Zeit zurück nach Grenmore kam und versuchte, die Pacht einzufordern. Als ihm klar wurde, dass die Leute nichts zu geben hatten, reiste er wieder ab.«

»Wirklich? Er war so unverfroren, wieder aufzutauchen? Hat er vielleicht auch noch behauptet, das Land gehöre ihm?«

»Das weiß ich nicht. Vielleicht.« Sie zuckte mit den Schultern. »Er ist ein Draufgänger. Eine Spielernatur. Es würde mich nicht wundern, wenn er es einfach aus Spaß versucht hätte. Dann hätte er jeden Tag den Nervenkitzel gehabt, dass Sie wieder auftauchen könnten.«

Emily schürzte die Lippen. »Sie haben ihn besser gekannt als ich«, sagte sie. »Wussten Sie, dass er verheiratet war?«

Ryanne schüttelte den Kopf.

»Er hat meinen Vater umgebracht«, sagte Emily mit trockener Stimme.

Ryanne sah ihr in die Augen. »Nein, Miss Winslow. Das war er nicht.«

Emily erwiderte ihren Blick. »Woher wollen Sie das wissen?«

»Weil er zu dem Zeitpunkt gar nicht bei Ihrem Vater war. Er war mit mir zusammen. In der alten Hedge-School-Ruine.« Sie wurde rot, aber ihr Blick war weiterhin fest auf Emily gerichtet. »Wir beide haben

Ihren Vater gemeinsam auf dem Weg gefunden, als er schon tot war.«

Emilys Augen wurden groß. Sie spürte wieder den Klotz im Magen, wie damals, als Ronald ihr die Nachricht überbracht hatte. Leise sagte sie: »Er war es nicht? Aber ich dachte immer …«

»Es war Donovan.«

Emily schüttelte den Kopf. »Nein, Brendan hat gesagt, dass …«

»Wirklich, es war Donovan. Da bin ich mir sicher.«

»Vielleicht waren es ja die Stroms! Die sich rächen wollten für ihre Schwester.«

»Rächen, für ihre Schwester? Was meinen Sie denn damit?«

»Ach, nichts.« Emily fuhr sich mit dem Zeigefinger an der Nase entlang.

»Miss Winslow, jeder in Grenmore weiß, dass Donovan Ihren Vater erschossen hat.«

»Jeder? Woher denn?«

»In einem Dorf wie Grenmore lässt sich nichts geheim halten. Jeder weiß, dass Donovan sich für seinen Sohn rächen wollte. Er hat das Gewehr, mit dem er auf Ihren Vater schoss, im Grab seines Sohnes vergraben und es stolz herumerzählt. Sie können auf dem Friedhof danach suchen. Sie werden es finden. Es wird zur Kugel passen, die die Polizei hat.«

Emily fasste sich an die Nasenwurzel. »Aber … warum behauptete Brendan etwas anderes?«

»Brendan war – seit er in Ihre Geschichte verwickelt wurde – absolut blind. Keiner vertraute ihm mehr, weil er Sie dauernd in Schutz nahm. Keiner sagte ihm etwas und Donovan führte ihn ebenfalls an der Nase herum.«

Emily ließ die Nachricht sinken. Sie hatte die ganze Zeit die falsche Fessel mit sich herumgeschleppt. »Ich war damals bei Donovan, um ihn über den Mord zu befragen. Er hat mich nicht verstanden. Er war so schwach und krank, dass ich mir nicht vorstellen kann, dass er gezielt schießen konnte.«

Ryanne lächelte bitter. »Donovan hat nicht ständig gezittert. Nur manchmal. Wenn es gerade günstig für ihn war. Es ging ihm nicht so schlecht, wie er vorgab. Er war gewieft, der Mann.«

Emily erhob sich von der Bettkante und ging zum Fenster. Ryanne beobachtete sie schweigend. Emily rieb sich den Nacken.

Schließlich sagte Ryanne: »Außerdem hat er Sie sehr wohl verstanden. Er sprach Englisch. Er hat sich manchmal mit Aedan auf Englisch unterhalten. Ich habe es selbst gehört.«

Emily blickte aus dem Fenster ins Leere, während sie sich darauf konzentrierte, die Wut wegzuatmen. Sie hörte, wie Ryanne nach einer Weile wieder schweigend ihre Arbeit aufnahm. Emily sagte, ohne sie anzusehen: »Luke Rafferty hat versucht, mich umzubringen, Ryanne. Mit einem Seil.« Sie drehte sich zu Ryanne um. »Sean hat mir gesagt, dass Rafferty derjenige war, der ihn verraten hat. Ich glaube, Rafferty hatte Angst, dass irgendjemand ihn als Verräter entlarven könnte. Denn das hätte sehr unangenehm für ihn werden können – nachdem die Kerle so unverfroren waren, mein Haus niederzubrennen, will ich mir nicht ausmalen, was sie mit einem Verräter angestellt hätten. Offenbar hatte Ronald ihm gesagt, dass ich Bescheid über Ronalds Taten wusste – obwohl ich keine Ahnung hatte. Das war Ronalds Trick, sich vor einem Anschlag zu schützen. Ich war sozusagen seine erfundene Lebensversicherung. Ronald war irgendwann nicht mehr da. Rafferty hatte also schon mal einen der Mitwisser los. Blieb nur noch ich.«

Ryanne hielt mit dem Putzen inne. »Lukes Mutter sagte mir, dass er mitten in der Nacht nach England gegangen sei. Es war alles sehr merkwürdig.«

Emily nickte. Das Stehen bekam ihr nicht. Der Raum drehte sich. Sie hielt sich einen Augenblick an der Fensterbank fest.

Ryanne musterte sie prüfend. »Sie sehen nicht gerade gesund aus! Legen Sie sich wieder hin. Schlafen Sie noch ein bisschen.«

Emily lächelte bitter. »Schlafen? Ich habe gerade erfahren, wer der Mörder meines Vaters ist.« Sie spürte, wie ihr die Tränen in die Augen traten, und wandte sich wieder zum Fenster um. Als Ryanne nicht antwortete, sagte sie: »Wenn ich Ronald finden wollte, wo müsste ich ihn wohl suchen?«

Ryanne kam zum Fenster, stellte sich neben sie und sah sie an. »Sie werden ihm aber nichts von Paddy erzählen.«

Emily erwiderte ihren Blick. »Ich werde niemandem etwas sagen.«

»Ich weiß es nicht genau. Ich glaube, er kam aus Shropshire. Das behauptete er zumindest.«

Emily nickte. »Danke, für alles«, sagte sie leise. »Wenn ich Sie schon damals bei der Überfahrt gefragt hätte, wäre mir viel Grübeln erspart geblieben.«

»Ich glaube nicht, dass ich Ihnen damals irgendwelche Auskünfte gegeben hätte«, seufzte Ryanne.

Die beiden sahen sich an. Dann lächelten sie.

Sie verließen das Dachgeschoss und Emily richtete sich wieder in ihrem Zimmer ein. Nachdem sie einen Tee getrunken hatte, beschloss sie, dass es Zeit war, mit ihrem Arbeitgeber zu reden. Edward kündigte sie im Studierzimmer an und Mr Walsh rief sie herein.

»Sir.« Sie trat ein und faltete die Hände. »Ich möchte mich bei Ihnen bedanken, dass Sie mich freigestellt haben. Ich denke, ich kann den Unterricht nächste Woche wieder aufnehmen.«

Er sah vom Schreibtisch auf und legte die Feder beiseite. »Sie machen Sachen, Miss Winslow.« Er lehnte sich zurück. »Sie wären fast umgekommen!«

Sie lächelte unsicher. Dann fragte sie nach den Arztrechnungen.

»Dr. Beckett hat uns die Rechnungen schon zugesandt«, sagte er, »ich übernehme sie.« Als sie etwas erwidern wollte, winkte er ab. »Das ist die Regel in diesem Haus.« Er legte die Hände wieder auf den Schreibtisch. »Die Rechnung von Dr. Donell fehlt noch.«

»Wer ist Dr. Donell?«

Er blickte sie eine Sekunde lang verwirrt an, dann sagte er: »Sie wissen das nicht? Als Sie krank waren, erkrankte auch Dr. Beckett. Er schickte eine Vertretung.«

»Ich weiß nichts von einem Dr. Donell. Hat er mich behandelt?«

»Ja, das hat er, soweit ich weiß. Vielleicht hieß er auch anders.«

»Und Ryanne hat ihn gesehen?«

Ratlos sah er sie an. »Ich denke schon.«

Emily bekam eine Gänsehaut. Jemand war ihr so nahe gewesen und sie hatte es nicht gemerkt? Warum hatte Ryanne ihr nichts erzählt?

»Danke, Mr Walsh.«

Sie stieg die Treppen hoch, so schnell es ihre Verfassung zuließ, und klopfte an Ryannes Tür. Schon wieder schwankte der Boden. Als Ryanne »Herein!« rief, trat Emily ein. Ryanne stand an der Kommode und legte Hemden von Paddy zusammen.

Emily schloss die Tür. »Ich habe gerade erfahren, dass mich ein anderer Arzt behandelt hat.«

Ryanne lächelte nervös, wandte Emily den Rücken zu und legte die Hemden in eine Schublade. Zu laut schloss sie die Lade wieder. Das Poltern hallte in Emilys Kopf. Ryanne drehte sich wieder um, lehnte sich gegen die Kommode und wirkte unschlüssig. Eine Weile sah sie Emily an, dann sagte sie: »Setzen Sie sich erst mal.«

So gefasst wie möglich, machte Emily einen Schritt zu dem Stuhl neben der Tür und ließ sich nieder. »Ich habe im Traum mitbekommen«, sagte sie, »dass da jemand Fremdes war. Ich dachte, ich sah Ronald.«

»Ronald? Wie kommen Sie denn auf ihn? Nein, es war nicht Ronald. Und es hat ja sowieso keinen Sinn, es geheim zu halten.« Ryanne stieß sich von der Kommode ab und kam langsam auf Emily zu. »Wissen Sie, ich wollte Sie nicht noch mehr schockieren. Nach all dem, was ich Ihnen über Ronald, Donovan und Luke Rafferty berichtet habe.

Das war doch alles ein bisschen viel für Sie – vor allem nach der Krankheit …« Ryanne stand vor ihr und ließ ihren Blick bedeutungsvoll auf ihr ruhen. Dabei konnte sie das Grinsen kaum unterdrücken. »Der Arzt war relativ neu in der Stadt. Hatte sein Handwerk bei einem Professor aus Schottland gelernt. Im Outback. Die beiden sind seit ein paar Monaten in Sydney und wollen die medizinische Fakultät an der Universität aufbauen.«

Emily sah sie verwirrt an. »Und warum haben die beiden Ihnen das alles erzählt?«

»Es war nur der Schüler bei Ihnen. Er hat mit das alles erzählt, weil wir alte Bekannte sind.« Ihr Grinsen wurde breiter. »Er hat sich schon immer aufs Heilen verstanden. Aber in Irland gab es keine Möglichkeit für ihn, sich weiterzubilden. Obwohl er immer predigte, wie wichtig es sei, dass Irland sich fortentwickelte. Er konnte einem ganz schön auf die Nerven gehen damit.«

KAPITEL 32

Emily konnte nichts tun. Gelähmt saß sie auf dem Stuhl und blickte Ryanne an, die grinsend wie ein kleines Mädchen vor ihr stand.

»Er … Er war da?«, flüsterte sie schließlich heiser.

Ryanne nickte eifrig.

Emily entfuhr ein hustender Laut, eine Mischung aus Schnauben und Lachen. Sie starrte Ryanne an und wusste nicht, was sie sagen sollte. Dann fragte sie: »Wie geht es ihm?«

»Gut, schätze ich.«

»Wo ist er? Warum ist er nicht wiedergekommen?«

Ryanne stand vor ihr und schaute auf sie herab. »Sachte, meine Liebe. Jetzt beruhigen Sie sich erst einmal. Ich hatte schon befürchtet, dass die Nachricht Sie beunruhigen würde.«

»Warum ist er nicht wiedergekommen? Und warum hat er sich bis jetzt nicht gemeldet?«

Ryanne lächelte sie an. »Er hat eine kurze Notiz geschickt und mitgeteilt, dass er zurzeit viele Patientenbesuche machen muss, aber bald eine Nachricht schicken wird.«

»Wieso ist er plötzlich Arzt?«

Ryanne zuckte mit den Schultern.

»Wie geht es ihm? Hat er sich verändert?«

»Er ist älter geworden – natürlich.«

Emily kam es vor, als säße sie minutenlang vor Ryanne, unfähig, irgendetwas zu erwidern, aber es waren wohl nur Sekunden. Schließlich erhob sie sich. »Ich bin richtig benommen«, murmelte sie.

Ryanne lächelte sie mitfühlend an. »Ja, das ist schon ein Ding, nicht?«, sagte sie leise.

»Hat er gesagt, wo er wohnt?«

Ryanne schüttelte den Kopf.

Emily fand kaum den Weg auf ihr Zimmer. Als sie endlich vor der Zimmertür stand, fiel ihr ein, dass sie seit Wochen nicht in ihr Postfach gesehen hatte. Einen Schritt vor den anderen setzend, schlich sie wieder die Treppe hinab ins Erdgeschoss zu den Fächern der Bediensteten. Eine Weile stand sie vor dem Holzregal, auf dessen Fächern ordentlich Schildchen mit Namen befestigt waren. Schließlich fasste sie in ihr Fach und nahm den Umschlag, der darin lag, an sich. Sie wendete ihn. Als ihr Blick auf den Absender fiel, begann ihr Herz zu rasen. Tief durchatmen. Sie setzte sich wieder in Bewegung, einen Schritt vor den anderen setzend. Endlich hatte sie ihr Zimmer erreicht. Langsam schloss sie die Tür. Mit weichen Knien ließ sie sich am Schreibtisch nieder und starrte auf den Brief. Dann riss sie ihn mit zitternden Fingern auf.

Meine liebe Emily,
du kannst dir nicht vorstellen, wie erleichtert ich über Dr. Becketts Bericht von deiner Genesung bin.

Ich möchte dich gerne sehen und würde mich freuen, wenn du mich am Dienstagnachmittag um vier Uhr empfingest.

Brendan

Sie hatte erwartet, dass sie die dreißig Stunden bis zu seinem Besuch in vorfreudiger Erwartung verbringen würde, doch es war die verwirrendste Zeit ihres Lebens. Freude ging in Nervosität und Anspannung über, die von stechender Angst abgelöst wurde. Sie konnte an nichts anderes denken. Und fürchtete nichts so sehr, wie ihm gegenüberzutreten. Sie holte sich zwar Essen aus der Küche, saß dann jedoch in ihrem Zimmer vor dem Teller, ohne etwas anzurühren. Sie wollte ihn endlich wiedersehen. Und gleichzeitig wollte sie fliehen. Als sie sich erhob, um das Tablett wieder hinunterzutragen, sah sie einen Moment lang in den Spiegel. Ihr Gesicht war fahl, die Haut schuppig trocken. So konnte sie ihm nicht entgegentreten.

Es war kurz vor vier Uhr. Sie wartete in dem Raum neben der Küche, den das Personal für den Empfang von Besuchern nutzen durfte. Eine Weile stand sie in der Mitte des Zimmers, unbeweglich, schwerelos, ohne Bodenhaftung. Sie wagte nicht, sich zu bewegen, wollte nicht aus dem Fenster auf die Seitenstraße blicken, aus Angst, ihn zu sehen. Weil sie die Nacht nicht geschlafen hatte, war ihr schwindlig vor Müdigkeit. Zum dritten Mal ging ihr Blick zum Spiegel über dem Vertiko. Es war kein Wunder geschehen. Im Gegenteil, ihr Gesicht war aschgrau, ihre Lippen dunkellila. Sie sah aus wie ein Geist.

Sie konnte sich immer noch davonstehlen.

Gott, wer war sie denn? Hatte sie die letzten Jahre mit Gott nichts gelernt? Trotzig wandte sie den Blick vom Spiegel ab.

Sie atmete tief durch und zwang sich, an den Tisch zu treten und den *Sydney Morning Herald* zur Hand zu nehmen, den Edward hatte liegen lassen. Sie versuchte, den Leitartikel zu lesen, kam nicht einmal über die Überschrift hinaus, las sie ein zweites und ein drittes Mal, ohne den Sinn der Worte zu erfassen.

Vor dem Dienstboteneingang fuhr ein Einspänner vor. Sie zwang sich, weiterhin die Augen auf den Text zu richten. Es klopfte an der Außentür. Sie hörte Edward im Flur reden und dann vernahm sie seine tiefe Stimme.

Hastig legte sie die Zeitung weg, drehte sich um und starrte gebannt auf die Tür. Die schweren Schritte näherten sich. Sie stand gelähmt da. Es klopfte. Die Tür ging auf. Da stand er.

Er blieb im Türrahmen stehen. Sie sahen sich an. Er hatte sich kaum verändert, hatte immer noch das volle schwarze Haar und dieselben breiten Schultern.

»Da habe ich dich also endlich wiedergefunden«, hörte sie ihn sagen. Er war so nah, hier direkt vor ihr, aber seine Stimme klang wie von weit her.

Sie merkte, dass sie ihn anstrahlte. Immer noch in der Tür stehend, lächelte er zurück. Es war nicht irgendein Lächeln. Alles in ihm lachte. Seine Augen leuchteten. Er kam langsam auf sie zu. Sie rührte sich nicht. Als er vor ihr stand, sagte er leise: »Ich weiß, das gehört sich eigentlich nicht …« Er legte seine Hände an ihre Oberarme und zog sie langsam an sich. Ihre Stirn ruhte auf seiner Brust. Er war größer, als sie es in Erinnerung hatte. Als er sie wieder losließ, taumelte sie einen kleinen Schritt zurück.

Er griff wieder nach ihren Schultern. »Du bist noch nicht wieder bei Kräften. Du solltest dich setzen.« Er zog einen Stuhl für sie heran.

Sie setzte sich und faltete die Hände fest im Schoß. Nur nicht die ganze Zeit nervös mit den Fingern spielen. Sie würde sowieso alles falsch machen. Sie konnte keinen klaren Gedanken fassen. Alles, was sie sagen würde, würde hohl klingen.

Hier war er also. Direkt vor ihr. Atemberaubend wie eh und je.

Er zog sich einen Stuhl heran und ließ sich ihr gegenüber nieder. Er musterte sie neugierig mit fröhlichen Augen. Ein paar Fältchen umspielten seine Augen, die immer noch die tiefe Farbe hatten. Er wirkte dennoch jünger als fünfunddreißig. Es schien alles noch in ihm zu sein. Die Stärke, die Autorität, die Tiefe. Aber es war etwas Neues hinzugekommen. Sie hatte ihn noch nie so fröhlich gesehen.

»Wie geht es dir?«, fragte er.

»Besser als das letzte Mal, als du mich gesehen hast.«

»Ja, da ging es dir weiß Gott nicht gut.«

Sie sah auf ihre Hände und wurde rot. »Ich habe unser Wiedersehen verschlafen.« Sie sah auf.

Er lachte und ließ seinen Blick auf ihr ruhen. Sie strich sich nervös mit dem Finger über den Nasenrücken. »Ich konnte es kaum glauben, als mir Ryanne von dir erzählte.« Sie lächelte und räusperte sich. »Und dennoch habe ich irgendwie wahrgenommen, dass du bei mir warst.

Aber ich hielt es für einen Fiebertraum. Du bist im Raum umhergegangen. – Und du hast gebetet? Oder habe ich mir das nur eingebildet?«

Er lächelte sie einen Moment lang an. »Ich war da«, sagte er schließlich.

»Erzähle mir von dir. Wie ist es dir ergangen? Seit wann bist du Arzt?«

»Das ist eine lange Geschichte.«

»Erzählst du sie mir?«

»Das werde ich. Aber ein anderes Mal. Du musst dich noch schonen. Du bist noch ziemlich blass.«

Sie rieb sich mit der Hand am Auge entlang.

»Du siehst schrecklich aus.« Er grinste.

Sie grinste zurück. »Ich wusste, dass der Satz fallen würde.«

Sie lächelten sich wieder an. Dann räusperte er sich. »Nein, die Wahrheit ist, du sahst in deinem ganzen Leben noch nie schrecklich aus. Selbst jetzt nicht.« Er machte eine Pause. »Du bist wunderschön. Und es ist schön, dich wiederzusehen.«

Die Tür wurde schwungvoll aufgestoßen. Ein kleiner, dunkelhaariger Junge von ungefähr vier Jahren rannte ins Zimmer und stürmte auf Brendan zu. Emily hatte ihn nie zuvor gesehen und dennoch kam er ihr irgendwie bekannt vor. Sie betrachtete ihn verwirrt. Der Kleine stellte sich an Brendans Stuhl und atmete schwer. Dann sah er Emily an.

Und plötzlich wusste sie, warum er ihr vertraut war. Er war das dreißig Jahre jüngere Abbild von Brendan O'Neill.

Sie faltete die Hände und schluckte.

»Ich hatte dir doch aufgetragen, in der Küche bei der Köchin zu warten!«, schalt Brendan. Er stand auf und legte stolz die Hände auf die Schultern des Kleinen. »Darf ich vorstellen? Das ist Jeremy.«

Jeremy. Er hatte ihn nach seinem Bruder benannt.

Und Jeremy hatte natürlich eine Mutter.

Sie hätte es wissen müssen. Jemand wie Brendan würde nicht unverheiratet bleiben, selbst wenn in diesem Land auf eine Frau drei Männer kamen.

»Hallo Jeremy. Es freut mich, dich kennenzulernen«, sagte sie. Ihre Stimme klang heiser.

Brendan lächelte stolz, seine Hände immer noch auf den Schultern des Jungen. Er sah sie entschuldigend an. »Es tut mir sehr leid, dass dieser Besuch so kurz ausfällt, aber ich muss leider weiter. Ich habe drei Patienten, deren Zustand sich verschlechtert hat. Ich muss heute noch nach ihnen sehen und vorher Jeremy nach Hause bringen. Bist du noch bei Dr. Beckett in Behandlung?«

Er sah eine Sekunde lang auf ihre Hände, die sie immer noch gefaltet hielt. Sie folgte seinem Blick und sah, dass sie ihre Hände so verkrampft hielt, dass die Knöchel weiß hervortraten. Als sie es merkte, legte sie die Hände locker in den Schoß. Bemüht, das Richtige zu sagen, erwiderte sie: »Er hat mir seine Rechnungen bereits gesandt. Wahrscheinlich betrachtet er meine Behandlung als abgeschlossen.«

»Wenn du erlaubst, würde ich dich gerne bei Gelegenheit noch einmal untersuchen. Manchmal gibt es nach Scharlach Komplikationen. Ich würde spätestens in einer Woche noch einmal vorbeikommen. Ich melde mich vorher an. Aber bitte komm uns doch in der Zwischenzeit besuchen.«

Sie konnte nicht anders, als ihren Blick auf seinen Sohn zu heften. Er sah ihm nicht nur ähnlich, er hatte exakt dieselbe Augenpartie wie sein Vater. Der Kleine merkte, dass ihre Aufmerksamkeit ihm galt, und ergriff stolz das Wort: »Er hat uns schon von Ihnen erzählt.«

Brendan lächelte. »Du musst uns unbedingt besuchen kommen«, sagte er.

»Ich komme gerne.« Was sprach sie denn da? Nie im Leben würde sie ihn besuchen und seiner Frau gegenübertreten. Eher würde sie einen *Afternoon Tea* mit Ronald Tuppence trinken. Sie erhob sich mit bebenden Knien.

»Hier ist meine Karte«, sagte er und streckte sie ihr entgegen. Einen Augenblick lang berührten sich ihre Hände, und sie hatte das Gefühl, als ziehe jemand an dem Teppich, auf dem sie stand. Er lächelte zum Abschied, drehte sich um und schob Jeremy vor sich aus der Tür heraus. Ihre fröhlichen Stimmen verhallten im Flur.

Verlassen stand sie in dem Raum und wusste nicht, was sie als Nächstes tun sollte. Sie würde nie wieder wissen, was sie tun sollte. Hätte sie ihn doch bloß nicht wiedergetroffen.

In der Nacht wälzte sie sich schlaflos umher, stellte sich Brendans kleine Familie vor und fragte sich, wie sie vor ihm fliehen konnte. Wenn sie beide weiterhin hier in Sydney blieben, würden sie sich bestimmt hin und wieder begegnen. Oder war die Stadt mittlerweile so groß, dass sie ihn meiden konnte? Trotzdem würde sie immer Angst haben, ihn zu sehen, wenn sie in eine Straße bog, mit den Mädchen spazieren ging oder einen Brief an Charlotte aufgab. Aber wohin sollte sie fliehen? Nach England? Oder zurück nach Irland?

Irland. Sie malte sich aus, wie Ronald aufrecht auf einem Pferd über ihre Ländereien ritt. Sie konnte nicht glauben, dass er es gewagt hatte, wieder nach Grenmore zurückzukehren. Bestimmt spekulierte er immer noch, dass es endlich wieder eine Ernte gab.

Sie seufzte. Sie wusste nicht, was schlimmer war: in einer schlaflosen Nacht an Brendan zu denken oder an Ronald.

Doch, natürlich wusste sie es. Alles war besser, als an Brendan zu denken.

Sie erhob sich, zündete eine Kerze an und setzte sich im Nachthemd an ihren Schreibtisch. Es war Zeit, mit der Vergangenheit abzuschließen. Sie würde den Kontakt zu Brendan abbrechen. Sie würde ihm nicht mal einen Abschiedsbrief schreiben.

Aber Ronald würde sie schreiben.

Sie tauchte die Feder in die Tinte.

Sydney, im Januar 1852
Ronald,
wie du siehst, lebe ich leider immer noch. Und wie ich höre, hast du versucht dir zu holen, weswegen du bei uns aufgetaucht bist. Zusätzlich zu den zweitausend Pfund, die du mir gestohlen hast.

Ich weiß, dass du verheiratet warst, als du dich mit mir verlobt hast. Dein Bruder Edmond hat es mir geschrieben. Ich bin mir nicht sicher, welche Rolle du bei all den Anschlägen auf das Leben meines Vaters und auf mein Leben gespielt hast.

Ich verstehe nicht, wie du das alles tun konntest, aber ich entscheide mich hiermit, dir für meinen Teil zu vergeben.

Emily

Der Brief war nicht wirklich durchdacht, das war ihr klar. Aber sie fühlte sich befreit. Sie fertigte eine zweite Kopie an und steckte sie mit jeweils einem kurzen Begleitschreiben in zwei Umschläge. Einen adressierte sie an Mr Reddock – von dem sie hoffte, dass er noch lebte – und den anderen an Ronalds Bruder Edmond. Nachdem sie die beiden Briefe auf ihren Nachttisch gelegt hatte, blies sie die Kerze aus und versuchte zu schlafen.

Monoton las sie den Mädchen ein übersetztes Märchen der Brüder Grimm vor. Sie hatte es am Vortag im Literaturteil der Zeitung entdeckt. Es handelte von einer Prinzessin und einem Prinzen. *Das ist alles Unsinn*, dachte sie. In Wirklichkeit gab es keine Prinzen und Prinzessinnen, die sich gegenseitig retteten. »Und wenn sie nicht gestorben sind, dann leben sie noch heute«, las sie feierlich und faltete die Zeitung zusammen. Mittlerweile waren sieben lange Tage verstrichen, in denen sie sich nach dem Abend gesehnt hatte, um zur Ruhe zu kommen und alles zu vergessen. Sie bemühte sich, einer Routine zu folgen. Aufstehen, unterrichten, in der Mittagspause auf ihrem Zimmer ein leichtes Mahl einnehmen, obwohl sie keinen Hunger hatte.

Sie hatte sich vorgenommen, Brendan nicht zu empfangen, falls er käme. Irgendeine Entschuldigung würde ihr schon einfallen.

Während sie mit den Mädchen Rechnen übte, klopfte es an der Tür. »Herein«, rief sie. Edward erschien, schenkte ihr ein spitzbübisches Lächeln und sagte: »Meine liebe Miss Winslow, ein Dr. O'Neill hat sich für den späten Nachmittag angekündigt.« Sie faltete die Hände vor dem Bauch und dankte ihm so gefasst wie möglich. Als er die Tür wieder hinter sich geschlossen hatte, sagte sie zu den beiden Mädchen: »Rechnet weiter. Schiebt dazu die blauen und die roten Perlen nach rechts und zählt sie dann zusammen.«

Sie ging zum Fenster und öffnete es. Ein Kälteschauer strich über ihren Rücken, obwohl es draußen heiß war. Wenn sie sich entschuldigen ließ, wäre das eine Lüge. Sie wusste das und Brendan würde es auch wissen. Sie wandte sich um, brach die Rechenübung ab und begann ein lautstarkes Ratespiel, das auch von ihr Konzentration forderte.

Nach Unterrichtsende trank sie mit zitternden Händen eine Tasse Tee auf ihrem Zimmer. Essen konnte sie nichts. Sie zog sich ein grünes, freundlich wirkendes Kleid an, das die Farbe ihrer Augen unterstrich, und frisierte sich. Sie setzte sich auf den Stuhl und wartete.

Eine eiskalte Ruhe überkam sie. Sie hatte das Gefühl, neben sich zu stehen und sich selbst anzusehen.

Es klopfte an der Tür. »Ich komme, Edward«, sagte sie. Stoisch erhob sie sich und öffnete die Tür. Doch vor der Tür stand nicht Edward. Sie blickte direkt auf Brendans Brust.

Er wirkte angespannt, lächelte aber freundlich. »Ich bin es«, sagte er. »Nicht erschrecken.«

Bei seinem Anblick war ihre innere Ruhe verflogen. Sie hielt sich mit einer Hand am Türgriff fest und zwang sich zu lächeln. »Du? Unverhofft in meinem Schlafgemach?«

»Solange du dich nicht hinter den Vorhängen versteckst.« Ein nervöses Lächeln huschte über sein Gesicht.

»Das hätte ich fast getan.«

Es folgte ein betretenes Schweigen. »Darf ich?« fragte er, mit seinem Blick ins Zimmer deutend.

»Ich schätze, es ist schicklich, dass der Arzt das Zimmer des Patienten betritt?« Sie ließ ihn in den kleinen Raum eintreten und schloss die Tür.

»Du kannst die Tür gerne offen lassen, wenn dir das angenehmer ist«, sagte er.

Die Bemerkung versetzte ihr einen Stich und sie fragte sich, warum. »Wäre dir das lieber?«

Er lächelte nervös. »Nein.«

Befangen standen sie voreinander, einen ordentlichen Abstand wahrend.

»Wie geht es dir?«, fragte er. Er hatte seinen Blick fest auf sie gerichtet, wie ein Arzt seine Patientin mustert.

Sie wich seinem Blick aus. »Ich bin noch nicht ganz auf der Höhe, aber es wird von Tag zu Tag besser.« Es wurde von Tag zu Tag schlimmer. Zumindest, was ihre innere Verfassung anging.

Ihr kam der Gedanke, dass sie dieses Treffen am besten überstehen würde, wenn sie nur ihre Rolle als Patientin spielte, und so setzte sie sich auf die Bettkante und sah ihn erwartungsvoll an. Er stand unschlüssig da und unternahm nichts.

»Ich schätze, du hast noch mehr zu tun heute. Ich will dich nicht unnötig aufhalten«, brachte sie so ruhig wie möglich hervor, während die Welle der Panik erneut über ihr zusammenschwappte. Ihre Worte schienen eine seltsame Wirkung auf ihn zu haben. Obwohl er sich keinen Zentimeter bewegt hatte, war ihr, als wäre er einen kleinen Schritt zurückgewichen.

»Ja, natürlich«, murmelte er, stellte seine Arzttasche auf den Sekretär und machte sich mit dem Rücken zu ihr gewandt daran zu schaffen. Er schien unverhältnismäßig lange zu hantieren, bevor er sich wieder umdrehte. Ohne zu lächeln, aber mit einem seltsamen Ausdruck in den Augen, den sie nicht einordnen konnte, fragte er: »Hattest du seit deiner Krankheit erhöhte Temperatur, Fieber oder Gelenkschmerzen?« Fast meinte sie, Angst vor ihrer Antwort in ihm erkennen zu können.

Sie schüttelte den Kopf. Er wirkte erleichtert, aber es lag noch immer etwas in seinem Blick, das sie nicht deuten konnte. Er räusperte sich. »Ich würde jetzt gerne deinen Puls fühlen, wenn du erlaubst.«

Da sie fürchtete, dass ihr die Stimme versagen könnte, nickte sie nur. Sie ließ ihn nicht aus den Augen, als er auf sie zukam. Auch er blickte sie unsicher an, als er sich ihr näherte. Sie wurde plötzlich daran erinnert, dass sie sich schon einmal so angesehen hatten, damals auf O'Learys Totenwache, als sie seinen Blick unverhofft aufgefangen hatte. Sie hatte ihm standgehalten. Nun war alles anders. Heute war ihre Begegnung kein Machtspiel, kein kindisches Ausloten der eigenen Wirkung, heute stand mehr auf dem Spiel. Heute würde es Verletzte geben. Und auf einmal wusste sie den Ausdruck seiner Augen zu deuten. Es war Verletzlichkeit.

Aber wie konnte es sein, dass Brendan O'Neill ihr gegenüber verletzlich war?

Vor ihr stehend, ergriff er ihre Hand, und erst jetzt merkte sie, dass sie eiskalt war. Alles in ihr war eiskalt. Doch sie merkte, wie sie schwitzte. Eine Hälfte ihres Körpers war heiß, die andere kalt. Sanft legte er die Finger seiner anderen Hand auf die pulsierende Stelle über ihrem Handgelenk. Die Berührung schickte Schockwellen durch ihren Körper.

Sie richtete ihren Blick starr auf die Zimmerwand, während ihr Herz gegen ihre Rippen hämmerte. Nach einer Weile ließ er ihre Hand los.

»Dein Herz rast«, sagte er leise.

Sie erwiderte nichts.

»Leg dich bitte mal hin«, sagte er.

Sie legte sich aufs Bett. Vor ihren Augen tanzten Flammen vor einem schwarzen Hintergrund. Er setzte sich zu ihr auf die Bettkante und fühlte erneut ihren Puls. Sie betete, dass er sie wieder losließ.

Nach einer Weile legte er ihre Hand vorsichtig aufs Bett zurück und berührte ihren Hals. Sie wollte sich wegdrehen, zwang sich jedoch, still zu halten. Behutsam tastete er ihren Hals ab. Sie wollte ihn anflehen aufzuhören. Er entzog ihr seine Hände und legte sie auf ihre Stirn. Schließlich hörte sie ihn leise sagen: »Emily, es geht dir nicht gut. Dein Puls rast und du hast kalten Schweiß auf der Stirn.« Er hielt inne. »Als guter Arzt sollte ich dich jetzt abhören …« Er ließ den Satz unvollendet.

Sie sah an die Decke und hörte sich flüstern: »Wenn du das tust, sterbe ich.«

Er saß regungslos da.

Sie flüsterte, ohne ihn anzusehen: »Warum meinst du wohl, rast mein Herz?«

Für den Bruchteil einer Sekunde blickte er sie überrascht an. Ein zartes Lächeln erschien auf seinem Gesicht. Sie schloss die Augen. Nun hatte es Verletzte gegeben. Sie hatte sich selbst ausgeliefert.

Er sagte eine Weile nichts. Plötzlich ergriff er erneut ihre Hand. Sie dachte, er würde ihr wieder den Puls fühlen, doch er umschloss sie fest mit seinen beiden Händen. »Komm, setz dich zu mir – wenn du kannst«, sagte er. »Lass uns reden.«

Während sie sich mit seiner Hilfe aufrichtete, beobachtete sie ihn, um herauszufinden, was er vorhatte. Er ließ ihre Hand los, als sie beide nebeneinander auf der Bettkante saßen.

»Ich werde dir jetzt meine Geschichte erzählen«, begann er. »Vielleicht hilft uns das. Möchtest du sie hören?«

»Natürlich. Wenn du die Zeit dafür hast.«

»Zeit spielt jetzt keine Rolle.« Er machte eine kurze Pause und begann: »Als ich dich in Sydney zurückließ, wusste ich nicht, was ich tat. Ich konnte monatelang nur an dich denken.« Er richtete sich unmerklich auf. »Wir kamen auf der Shubart-Station an und lebten uns ein. Ryanne verließ uns eines Morgens ohne jegliche Vorwarnung oder Erklärung. Wir machten uns große Sorgen und haben erst jetzt wieder etwas von ihr gehört. Wir waren noch nicht lange auf der

Farm, als wir mitten in der Nacht aufgeweckt wurden. Die Station stand in Flammen. Die Menschen rannten wild umher und versuchten, irgendetwas zu retten, bis sie merkten, dass der ganze Busch in Flammen stand und wir uns in Lebensgefahr befanden. Um mich herum fingen alle an zu beten und um ihr Leben zu laufen. Auf einem nassen Heuwagen gelang uns die Flucht durchs Feuer. Nach ein paar Tagen abenteuerlicher Reise zusammen mit ein paar anderen Arbeitern von der Shubart-Station erreichten wir die Molan-Station. Wir fragten, ob sie Hilfe benötigten, und erhielten sofort eine Anstellung. Es ging uns dort sehr gut. Ich hatte noch nie so viele Schafe gesehen. Wir hausten in gut ausgestatteten Baracken und richteten uns ein. Ich arbeitete mit den Schafen, lernte, worauf es beim Zusammentreiben mit dem Pferd ankam, und gewann irgendwann sogar den Scherwettbewerb.« Er lächelte. »Abends las ich immer in meinem Lehrbuch über Medizin, und es dauerte nicht lange, bis ich gerufen wurde, wenn sich jemand verletzt hatte oder jemand krank war. Weil es kaum Ärzte im Outback gibt, verbreitete sich die Nachricht über mein Wissen. Na ja, eigentlich war es ja alles nur Halbwissen, aber das war den Leuten gleichgültig, da sie Hilfe brauchten und kein richtiger Arzt zur Stelle war. Jedenfalls stand eines Tages George Thorndike vor unserer Baracke, Medizinprofessor an der Universität Edinburgh.« Er hielt inne und lächelte wieder. »George ist ein außergewöhnlicher Mann, der sich für alles interessiert. Du wirst ihn sicherlich noch kennenlernen. Er wohnt jetzt auch hier in Sydney. Er war auf unsere Station gekommen, weil er sich für die Ureinwohner interessierte, die in der Nähe lebten, jedoch sehr scheu waren. Er hatte sich vorgenommen, mit ihnen in Kontakt zu treten. Er erzählte mir, dass er auf den anderen Stations von mir gehört habe, und fragte mich, ob ich auf seine Erkundungstouren mitkommen wolle. Er blieb eine Weile bei uns und erzählte uns von seinem Vorhaben. Er war den ganzen Weg von Edinburgh nach Australien gekommen, nicht nur um die Gewohnheiten der Ureinwohner wissenschaftlich zu dokumentieren, sondern er hatte Größeres vor. Er wollte für sie ein Krankenhaus errichten, da er wusste, dass die Einwanderer Krankheiten mitgebracht hatten, die für die Ureinwohner verheerend sind. Auf unseren Ausflügen erzählte er mir auch von dem, was für ihn das Wichtigste im Leben war, und ich dachte: Oh Gott, erst schickst du mir Emily und dann George.«

»Was meinst du damit?«, fragte sie unsicher.

Er blickte sie fröhlich an. »George wollte nicht aufhören, mit mir über eine Sache zu reden, die er ›das Gesetz‹ nannte. Er wagte tatsächlich, mir so oft die Zehn Gebote vorzuhalten, dass ich sie irgendwann im Schlaf herunterbeten konnte. Das Interessante daran war, dass er ein netter, umgänglicher Mann mit einem großen Herz und einer enormen Ausstrahlung ist und ich es ihm deshalb nicht übel nehmen konnte, dass er mich ständig mit Gottes Gesetzen konfrontierte. Leider scheiterte er mit seinem Vorhaben. Die Ureinwohner wollten weder etwas von seiner Medizin noch von seinem Glauben wissen. Nach einem Jahr gab er frustriert auf. Einen großen Erfolg konnte er jedoch verbuchen. Seine Bemühungen mit mir brachten schließlich Früchte.« Er machte eine Pause. »Er fragte mich eines Tages direkt, ob ich mich für einen guten Menschen hielt. Als ich zögernd bejahte, wollte er wissen, warum. Ich stammelte irgendetwas davon, dass ich schließlich noch nie jemanden umgebracht hätte. Dann wollte er wissen, ob Gott mich wohl für einen guten Menschen hielt, und ich antwortete nichts. Schließlich fragte er mich, ob ich schon einmal den Namen des Herrn gedankenlos verwendet, meine Eltern missachtet, schlecht über jemanden geredet oder jemanden beneidet hätte. Wenn mir irgendetwas davon vertraut wäre, könnte ich nicht vor Gott bestehen. Und müsse Gott um Entschuldigung bitten.« Er lächelte wieder, bevor er fortfuhr: »Natürlich tat ich ihn als religiösen Fanatiker ab, um mich besser zu fühlen. Aber seine Worte gingen mir nicht aus dem Kopf. George wurde für mich unerträglich. Schließlich überlegte ich, ob ich mich von ihm trennen sollte oder lieber doch einmal über das nachdenken sollte, was er behauptete. Ich entschied mich fürs Nachdenken.« Wieder hielt er kurz inne. »Ich verstehe dich jetzt, Emily. Ich glaube, ich kann jetzt auch wie du sagen, dass ich weiß, wie Gott ist. Zumindest lerne ich ihn jeden Tag besser kennen. Und ich bin mir auch bewusst, dass du für mich gebetet hast.«

Sie wischte sich mit dem Handballen über die Wange.

»George nahm mich zu seinen Krankenbesuchen im Outback mit und erklärte mir die Grundlagen der Medizin. Er ließ noch mehr Bücher aus Europa kommen und gab sie mir zu lesen. Er baute seine Praxis im Outback aus und ich wurde sein Schüler. Er nahm mich zu seinen halbjährlichen Routinebesuchen auf sämtliche Stations in der Umgebung mit. Wir wurden auch zu vielen Notfällen gerufen. Ich assistierte ihm bei Notoperationen und Entbindungen, bis er mich schließlich alleine praktizieren ließ und nur noch beobachtend im Hintergrund saß. Nach drei Jahren drängte er mich dazu, die Anerkennung als Arzt anzustreben. In Europa gibt es dafür ärztliche Behörden, hier in Australien ist das alles noch nicht geregelt. Das inspirierte George zu seinem nächsten Projekt. Er will die Approbation einheitlich regeln. Er wirkt in Sydney beim Aufbau der medizinischen Fakultät mit. Seit fünf Monaten sind wir in der Stadt. Vor zwei Monaten nahmen Georges Kollegen mir an der Universität offiziell die Prüfung ab.«

Sie konnte eine Weile nichts sagen. Schließlich fragte sie: »Was ist mit Erin, Deirdre und deiner Mutter?«

»Es geht ihnen gut. Sie sind auch hier. Wir wohnen alle zusammen.«

»Und wie hast du deine Frau kennengelernt?«

»Meine Frau?«, fragte er überrascht. Dann blickte er ihr direkt in die Augen. In ihnen stand Wärme und sie konnte einen Moment lang nicht mehr atmen. Dabei wusste sie, dass die Wärme nicht ihr galt. »Ich denke, es ist an der Zeit, dass du uns besuchst.« Mit diesen Worten erhob er sich, nahm ihre Hand und zog sie ebenfalls hoch.

»Hast du nicht noch andere Patienten heute?«

»Nicht heute«, sagte er und ließ ihre Hand langsam los. Er verschloss seine Tasche und nahm seine Jacke. Sie wollte ihm sagen, dass sie sich nicht wohlfühlte und es vorzog hierzubleiben, aber er stand schon in der Tür und blickte sie erwartungsvoll an. Sie atmete kurz durch und folgte ihm benommen auf die Straße hinaus, wo sein Einspänner wartete. Er half ihr auf den Sitz und legte seine Jacke um sie. Als er das Pferd losband und auf den Sitz kletterte, schenkte er ihr ein aufmunterndes Lächeln. »Vertrau mir, es wird gut werden«, sagte er leise und setzte das Pferd in Bewegung.

Sie wollte nur eines: Den Besuch so schnell wie möglich hinter sich bringen. Sie würde seine Frau und seinen Sohn kurz anlächeln, drei Worte sagen, Erin, Deirdre und Moya umarmen und dann für immer verschwinden. Danach wäre sie von Brendan O'Neill kuriert.

Auch er schien zu wissen, dass die Bekanntschaft mit seiner Frau das Beste für alle sein würde. Das war auch der Grund, weshalb er sie zu diesem Besuch drängte.

»Warst du die ganze Zeit in Sydney?«, fragte er sie, während er das Gefährt über die staubigen Straßen lenkte.

»Nein, in Van-Diemens-Land.« Sie erzählte ihm stockend von Charlotte, Mrs Haffner und der Schule. Es fiel ihr schwer, sich zu konzentrieren.

Als sie ihren Bericht abgeschlossen hatte, fragte er: »Warum warst du eigentlich da oben in der Quarantäneetage, bevor du krank wurdest?«

»Ich wollte helfen.«

»Du bist einfach oben hineinspaziert und wolltest helfen?«

»Na ja, mir hat mal jemand gesagt, dass man auch durch kleine Schritte etwas Gutes bewirken kann.«

Er lachte.

Sie sagte: »So richtig funktioniert hat es allerdings nicht. Statt etwas Gutes zu bewirken, bin ich krank geworden.«

Er sagte leise: »Wenn du nicht krank geworden wärst, hätten wir uns nicht wiedergetroffen. Wir hätten vielleicht in derselben Stadt gewohnt, ohne es zu wissen. Und dann wäre einer von uns weitergezogen.«

Vielleicht wäre das gar nicht so schlecht gewesen, dachte Emily bitter.

Sie fragte: »Wie kam es eigentlich, dass Dr. Beckett dich zu uns geschickt hat?«

»Dr. Beckett schrieb an George, dass er krank sei und eine Vertretung brauche. Und George schickte mich hin, weil er keine Zeit hatte.«

»Du wusstest also nicht, wen du antreffen würdest.«

»Nein. Erst sah ich Ryanne. Das war schon Überraschung genug. Aber als sie mir dann sagte, wer in der Krankenkammer lag, musste ich mich erst mal setzen.«

Sie lächelte. »Hast du Neuigkeiten aus Grenmore?«

»Nein, leider nicht. Alles, was ich über Irland weiß, habe ich aus den Zeitungen.« Er sah aus, als wollte er etwas hinzufügen, und sie wartete. Er lenkte das Pferd in eine Seitenstraße. »Ich würde gerne wieder zurück nach Irland gehen«, sagte er.

»Und was sagt deine Frau dazu?«

Er lächelte versonnen vor sich hin. »Ich habe sie noch nicht gefragt.«

»Kommt sie auch aus Irland?«

Anstatt zu antworten, hielt er am Straßenrand an. Die Reihenhäuschen hier sahen neu und gepflegt aus. Er sprang vom Wagen, und sie erhob sich zitternd, um herunterzuklettern, doch er stand bereits vor ihr. »Meinst du, ich würde dich bei deiner gesundheitlichen Verfassung alleine hier herunterklettern lassen?«, fragte er leise, während er seine Hände um ihre Taille legte und sie herunterhob. Sie wich seinem Blick aus. Er stellte sie ab. »Du zitterst«, sagte er leise.

»Es geht schon.«

»Hier ist es.« Er bedeutete ihr, ihm zu folgen, und klopfte laut an die Tür.

Sie strich ihr Kleid glatt. Die Tür öffnete sich und eine Frau stand vor ihnen im Eingang. Sie stieß einen kurzen Schrei aus und strahlte dann über das ganze Gesicht. Obwohl Emily vorbereitet war, benötigte sie eine Sekunde, um zu reagieren. »Erin!«, sagte sie freudig, als sie sie erkannte. Sie umarmten sich lachend. Erin sah nach all den Jahren jünger aus denn je, wohlgenährt, mit einer gesunden Hautfarbe. »Mutter, komm schnell und sieh, wer da ist!«, rief sie aufgeregt ins Haus, während sie Emily hineinzog.

Moya kam strahlend auf sie zu. Sie streckte ihre Hände aus und erfasste Emilys. »Ich freue mich«, sagte sie, während sie sie mit gütigen Augen musterte. Ihr Haar war nun voll ergraut. Da ihr Gesicht voller geworden war, wirkten die ehemals tiefen Runzeln jetzt wie Fältchen.

Die Frauen führten sie in eine kleine, gemütliche Wohnküche, in der es nach Gebäck duftete. Brendan sagte: »Emily ist noch nicht ganz gesund, habt Erbarmen mit ihr und bestürmt sie nicht zu sehr.« Ein Stuhl wurde für sie herangezogen und sie ließ sich mit weichen Knien darauf nieder. Ihr war schwindlig.

»Entschuldigt mich bitte, ich muss mich schnell umziehen«, sagte Brendan und verschwand.

»Das macht er immer, wenn er von den Krankenbesuchen kommt. Da ist er sehr diszipliniert«, sagte Erin. »Aber wie geht es dir?«

»Ich war sehr krank, aber mittlerweile geht es mir wieder gut.« Emily atmete tief ein, um den Schwindel zu vertreiben.

Moya sagte lächelnd: »Wir konnten es nicht glauben, als Brendan eines Abends bleich wie ein Geist hier erschien und uns erzählte, dass er Sie wiedergefunden habe, aber dass es nicht gut um Sie stehe. Welch Ironie des Schicksals wäre es gewesen, wenn Sie von uns gegangen wären! Die ganzen Jahre hatte er gehofft und gebetet, Sie wiederzufinden!«

Um sie herum begann sich alles zu drehen, und sie betete, dass sie sich auf dem Stuhl würde halten können. »Ist Deirdre auch hier?«, fragte sie.

Erin antwortete: »Nein, leider nicht. Sie macht gerade Besorgungen. Wenn sie wüsste, dass du hier bist!«

Moya sagte: »Sie ist ein hübsches junges Mädchen geworden, unsere Deirdre.«

Schritte näherten sich, und Emily registrierte dankbar, dass sie zu einem Kind gehören mussten und nicht zu einer Frau. Jeremy betrat die Küche. Er blickte sie schüchtern an und setzte sich auf Erins Schoß. Sie strich ihm die Haare glatt. »Sag Miss Winslow Guten Tag, Jeremy«, sagte sie liebevoll und stellte ihn wieder auf seine Füße. Er trat verlegen an Emily heran und verbeugte sich leicht. »Guten Tag, Madam.« Er drückte sich wieder an Erin. »Wann sind die Kekse fertig, Mama?«

Mama? Hatte er eben »Mama« gesagt?

»Es dauert nicht mehr lange«, antwortete Erin.

»Er ist dein Sohn?«, fragte Emily.

Sie lachte. »Ja, Jeremy ist mein Sohn. Hat Brendan dir denn gar nicht erzählt, dass ich wieder verheiratet bin?«

»Ich hatte geglaubt, Jeremy sei sein Sohn.«

»Sein Sohn?«, wiederholte sie lachend. »Nein, nein, Brendan ist nicht verheiratet.«

Die Küche stand plötzlich schräg. *Bitte nicht,* dachte sie. *Und bitte nicht hier.* Die Menschen vor ihr verschwammen, dann wurde es dunkel.

Starke Arme umgaben sie und trugen sie durchs Haus und eine Treppe hinauf. Benommen öffnete sie die Augen. Sie lag in Brendans Armen, ihr Kopf lehnte an seiner Brust. Sie schloss die Augen wieder. Er betrat einen Raum und legte sie vorsichtig auf eine weiche Liege. Sie nahm wahr, wie er mehrere Kissen unter ihre Füße legte, sodass sie hoch gelagert waren. Sie hielt die Augen geschlossen, während sie spürte, wie er sich einen Augenblick prüfend über sie beugte. Dann drehte er sich zur Tür und sagte: »Sie wird gleich wieder ganz zu sich kommen. Gönnt ihr noch ein bisschen Ruhe.«

Dann war es ruhig. Mit geschlossenen Augen lag sie da. Sie musste Zeit gewinnen. Sie musste klar denken, bevor sie die Augen wieder öffnete.

Brendan O'Neill war nicht verheiratet. Galt die Wärme, die sie in seinen Augen gesehen hatte, am Ende doch ihr? Es war zu schön, um wahr zu sein.

Ihre Augenlider begannen zu flattern und nach einer Weile öffnete sie sie. Die Decke war weiß getüncht. Die Dämmerung hatte eingesetzt und der Raum lag im Schatten. Sie drehte den Kopf, um das Zimmer zu sehen. Ihre Schulter schmerzte, wahrscheinlich vom Sturz. Sie lag in einem kleinen Studierzimmer.

Vor dem Fenster, das den Blick auf ein paar Hinterhöfe freigab, stand ein Schreibtisch. Bücher stapelten sich auf der Tischfläche. Die Wand zu ihrer Linken war ein einziges Bücherregal, voll mit dicken Bänden.

Sie richtete sich langsam in die Sitzposition auf und wartete, bis der Schwindel verflogen und das Rauschen in den Ohren ausgeklungen war. Die Zeit verstrich und es wurde dunkel draußen.

Nach einer Weile vernahm sie Schritte. Die Tür öffnete sich und im einfallenden Licht vom Ende des Korridors sah sie Brendans Silhouette. Er trat ein, schloss die Tür, lehnte sich mit dem Rücken dagegen und suchte ihren Blick. Trotz des Halbdunkels konnte sie sein Gesicht gut erkennen. Eine Weile blieb er so stehen. Keiner von ihnen sagte ein Wort. Sein Brustkorb hob und senkte sich. Still sah er sie an.

Sie richtete sich auf der Liege auf und wartete darauf, dass der Schwindel verflog. Ihre Schulter schmerzte, aber sie spürte es nicht. Alles, was sie wahrnahm, war ein wütendes Grollen. Es rollte heran wie ein Beben, rüttelte von innen an ihr und wollte sich Bahn brechen.

Angriffslustig sah sie ihm in die Augen. »Du willst ein Arzt sein?«, sagte sie gepresst. Es war albern, sie wusste es, aber sie konnte nicht anders. »Du willst Leute heilen?« Sie erhob sich langsam. »Sieh doch, was du machst! Krank machst du sie!« Während sie ihm die Worte entgegenschleuderte, ging sie zu ihm, bis sie direkt vor ihm stand. Sie grub ihre Finger in seine Oberarme. Er ließ es geschehen und sah sie weiterhin fest an, während sie ihm ihre Worte an den Kopf warf. »Du lässt mich glauben, du wärst verheiratet! Wolltest du mich ins Grab bringen? Bereitet es dir Freude, deine Patienten zu quälen? Bis sie vor dir in Ohnmacht sinken?« Sie schlug frustriert mit der flachen Hand auf seine Brust.

Er tat das einzig Mögliche. Er umfasste ihre Fäuste und hielt sie fest. »Emily …«, sagte er leise. Er zog sie an ihren Händen langsam an sich. Jede Faser ihres Körpers reagierte auf seine Nähe.

Sie war am Ende ihrer Kräfte. Sie konnte nur noch eines tun. Langsam ließ sie ihre Stirn an seine Brust sinken. Er legte seine Arme um sie und hielt sie fest, als würde er sie nie mehr loslassen. Sie ließ ihre Arme sinken und lehnte sich mit ihrem ganzen Gewicht an ihn. Sie fühlte die Wärme, die von ihm ausging, spürte seinen regelmäßigen Herzschlag an ihrer Stirn.

»Ich habe nie aufgehört, an dich zu denken«, flüsterte er.

Sie hob ihren Kopf und sah zu ihm auf, umfangen in seinen Armen.

Er blickte sie an. »Wie kannst du glauben, dass ich je eine andere lieben werde?«, sagte er ernst.

»Das ist nur ein Traum, oder? Vielleicht liege ich ja immer noch im Delirium und bilde mir dies alles nur ein?«, flüsterte sie.

Er antwortete nicht. Sie spürte seinen Atem auf ihrer Stirn und dann die sanfte Berührung seiner Lippen auf ihren. Es war nur eine Berührung, aber sie entfachte einen erneuten Schwindel, diesmal wie ein Rausch. Als sie wieder sprechen konnte, sagte sie leise: »Gleich falle ich wieder in Ohnmacht.«

»Das tun die Frauen andauernd in meiner Gegenwart. Es blieb mir nichts anderes übrig, als Arzt zu werden.«

Sie lächelte und schlug ihm wieder sanft gegen die Brust.

Er wurde wieder ernst. »Ich war ein Idiot, als ich dich in Sydney zurückließ. Ich redete mir ein, dass es für dich das Beste sei. Aber es war das Schlimmste. Zumindest für mich. Es war der größte Fehler meines Lebens. Jeden Tag habe ich es bereut. Ich habe täglich gebetet, dass ich dich wiederfinde.«

»Schön für dich. Ich habe täglich gebetet, dass ich dich vergessen kann.«

»Als ich plötzlich an deinem Krankenbett stand, zog es mir fast den Boden unter den Füßen weg. Gott hatte mich direkt zu dir geschickt und da lagst du und kämpftest mit Scharlach. Einen Moment lang war ich kurz davor, Gott zu beschimpfen, statt ihm zu danken.«

»Danke, dass du mich gesund gemacht hast. Du hast dein Hobby, mich zu retten, immer noch nicht aufgegeben.«

Er zog sie noch näher an sich. »Ich habe dich nicht gerettet. Ich konnte nichts tun außer beten.«

»Ich habe gehört, dass du gebetet hast. Gottes Gegenwart war plötzlich im Raum, sie drang sogar zu meinem benebelten Bewusstsein durch.«

»Weißt du«, sagte er leise, »du hast mich ebenso gerettet.« Er legte seine Stirn an ihre. »Du hast uns damals in Irland mit Essen versorgt. Und wenn du uns nicht zur Überfahrt gedrängt hättest, wären wir jetzt wahrscheinlich tot.« Er schloss einen Moment lang die Augen. »Und du hast mir meinen Stolz wiedergegeben. Durch das Buch. Ohne das Medizinbuch hätte ich mir im Outback keinen Namen gemacht und George Thorndike hätte nicht vor unserer Hütte gestanden. Jetzt habe ich geschafft, was ich immer wollte. Ich bin ein gebildeter Mann. Ich könnte Irland Gutes tun, auf meine Art und Weise.«

Sie sah zu ihm auf und lächelte ihn an. Dieser stolze Ire. Er hatte ihr damals, als sie ihn das erste Mal gesehen hatte, Angst eingejagt. Und jetzt standen sie hier zusammen im Halbdunkel. Zärtlichkeit lag in seinem Blick. Sie fragte: »Warum hast du mich glauben lassen, du seiest verheiratet?«

»Ich habe nie behauptet, dass ich verheiratet bin.«

»Doch, das hast du!«

»Nein, du warst es, die plötzlich davon angefangen hat. Und da kam mir die Idee, dich einfach in dem Glauben zu lassen.«

Sie blickte ihn tadelnd an.

Er sprach weiter: »Ich wollte dich eifersüchtig machen. Ich wollte sehen, wie du reagierst. Ich konnte schließlich nach all den Jahren nicht einfach davon ausgehen, dass ich dir noch etwas bedeute.«

»Sehr witzig«, sagte sie.

Er durchdrang sie mit seinem Blick. »Emily, würdest du mit mir nach Irland zurückkehren?«

Sie betrachtete ihn eine Weile schweigend, bevor sie sich zutraute, einen Satz zu beginnen. »Ich schätze, du musst erst deine Frau fragen.«

»Das tue ich hiermit«, sagte er leise.

»Das sind dann also zwei Fragen gleichzeitig?«

Er nickte. Wenn sie jetzt blinzelte, würden die Tränen über ihr Gesicht strömen. Sie konnte ein glückliches Lachen kaum unterdrücken. Als er sie wieder an sich zog, klang es gedämpft an seiner Brust.

KAPITEL 33

Sie standen im dunklen Hausflur vor der verschlossenen Küchentür. Ein Lichtschein bahnte sich einen Weg unter der Tür hindurch. Drinnen waren Stimmen zu hören.

Brendan zog sie an sich. »Ich liebe dich«, flüsterte er ihr ins Ohr. Dann öffnete er die Tür und ließ sie zuerst eintreten. Erin, Moya, Jeremy, ein Mann, den sie nicht kannte, und Deirdre saßen um den runden Esstisch herum beim Abendessen. Der Raum war warm und erhellt von gemütlichem Licht.

Die Runde blickte auf und alle sahen sie freudig an. »Miss Winslow!« Mit einem Ruck schob Deirdre ihren Stuhl zurück. Sie steuerte strahlend auf Emily zu und umarmte sie. Emily drückte sie fest an sich, dann schob sie sie etwas von sich, um sie anschauen zu können. Deirdre war so groß wie sie, ihr Haar war in einem Knoten zusammengebunden. »Deirdre, du bist ja schon fast erwachsen! – Du glaubst gar nicht, wie ich mich freue, dich zu sehen«, sagte sie strahlend.

Der Mann am Tisch erhob sich lächelnd und verbeugte sich leicht. Da er zwischen Erin und Moya an der Wand saß und er nicht ohne Weiteres aus seiner Ecke hervorkommen konnte, blieb er an seinem Platz stehen. Sein nettes Lächeln entblößte zwei schräg stehende Eckzähne, die ihn sympathisch wirken ließen. Sein dunkles Haar war an den Schläfen ergraut, in der Mitte des Kopfes wurde es schütter. »Miss, ich freue mich sehr, Sie kennenzulernen. Mein Name ist George Thorndike. Meine Frau …«, er blickte kurz lächelnd zu Erin, »hat mir schon viel von Ihnen erzählt und …« Er hielt inne und sah Brendan herausfordernd an.

Brendan sagte lachend: »Sag es ruhig.«

»… und mein Freund erst! Ich glaube, ich weiß fast alles über Sie.«

Brendan stellte sich hinter Emily und legte seine Arme um sie. Sie wurde rot. »Aber eines wisst ihr noch nicht!«, sagte er.

Während sie in die freudigen Gesichter blickte, wurde ihr klar, dass Brendan sie gerade vor allen Leuten umarmte. Sie musste schmunzeln, als sie daran dachte, wie die feine englische Gesellschaft bei diesem Anblick fächerwedelnd in Ohnmacht fallen würde. Sie würde nie mehr zur feinen Gesellschaft gehören und es machte ihr nichts aus. Denn sie gehörte zu etwas viel Besserem.

»Dachte ich es mir doch!« George Thorndike lachte. »So strahlend, wie ihr die Küche betratet, hätte selbst ein Blinder sofort seine Schlussfolgerungen gezogen!« Während er sprach, hatte sich Erin erhoben, und beide bahnten sich nun doch einen Weg aus der Ecke hervor. Er ging auf Brendan zu, lachte und umarmte ihn. Brendan ließ es glücklich über sich ergehen.

Moya saß still am Tisch und lächelte nicht. Als alle bei ihnen standen und gratuliert hatten, sahen alle verwundert zu ihr. Die alte Frau hob den Blick und blickte ernst zu ihnen auf. »Wir hatten uns ein Versprechen gegeben.«

Niemand antwortete.

Schließlich fragte Emily unsicher: »Welches Versprechen?«

»Dass wir nach Irland zurückkehren.«

Brendan sagte ruhig: »Ich weiß, dass du zurückwillst, und ich habe das Versprechen nicht vergessen. Auch ich will zurück. Immer noch.«

»Und wie stellt ihr euch das vor? Du bist Katholik, sie ist Anglikanerin!« Als niemand etwas erwiderte, sprach sie weiter: »Selbst hier, wo ihr euch gesellschaftlich angenähert habt, werden die Leute euch das Leben zur Hölle machen. Was glaubt ihr, wie es erst in Irland sein wird?«

Emily trat einen kleinen Schritt zu ihr. »Mrs O'Neill, es ist sogar noch schlimmer, als Sie ahnen. Ich bin nicht nur Anglikanerin, sondern methodistisch getaufte *Palatine*. Mein Vater war ein reicher Anglikaner, meine Mutter eine unzulängliche *Palatine*-Methodistin, die man in der Gesellschaft nicht vorzeigen konnte. Er schämte sich für sie. Deshalb gab er vor, dass sie mein Kindermädchen sei. Seine eigene Frau! Und hat es ihm, ihr oder mir irgendetwas Gutes gebracht? Nein – wir waren alle unglücklich.« Emily zog einen Stuhl heran und legte die Hand auf die Lehne. Ruhig sprach sie weiter: »Durch seine Verleugnung gewann er nichts, vielmehr zerstörte er meine Mutter dadurch.« Sie machte eine Pause. »Ich werde niemanden verleugnen, weder mich selbst noch Brendan. Ich bin den Graben zwischen den Konfessionen leid. Schauen wir auf Jesus, es geht allein um ihn, um sonst nichts. Und das würde ich gerne in die Welt hinausschreien – und die Welt dadurch ein kleines bisschen verändern.« Sie drehte sich zu Brendan um. »Deshalb bin ich bereit, nach Irland zurückzukehren.« Sie setzte sich auf den Stuhl neben Moya an den Tisch. »Aber ich weiß, dass Sie es nur gut meinen, und ich danke Ihnen dafür.« Sie legte ihre Hand auf Moyas Hand.

Sie spürte alle Blicke auf sich. »Deine Verlobte hat Mumm, Brendan«, sagte George Thorndike.

Emily lächelte in sich hinein. Die Zeit der Flut war vorbei.

Nach dem Essen brachte Brendan sie nach Hause. Er half ihr auf den Einspänner und zündete die Laternen am Wagen an. Emily sah ihm nachdenklich zu. »Wusstest du damals eigentlich, dass Ryanne ein Kind erwartete?«, fragte sie.

Er überprüfte, dass die Laternen oben und unten angebunden waren, und kletterte zu ihr auf den Wagen. »Als sie es uns auf der Shubart-Station endlich eröffnete, gelang es nicht einmal Deirdre, überrascht zu tun. – Auf der Überfahrt wusste ich es aber noch nicht. Na ja, wenn ich zurückblicke, waren die Anzeichen schon ziemlich deutlich, aber ich habe einfach nicht mit so was gerechnet.« Er trieb das Pferd an und sprach weiter. »Meine Mutter hatte es als Erste bemerkt. Sie sagte jedoch nichts. Kurz nach unserer Ankunft auf der Shubart-Station nahm sie mich beiseite und stellte mich wie einen Siebzehnjährigen zur Rede.« Bei der Vorstellung musste Emily lächeln. Brendan fuhr fort: »Sie glaubte mir aber schließlich, dass ich nichts damit zu tun hatte.«

»Hast du eigentlich nie daran gedacht, Ryanne zu heiraten?«

»Doch, mit dreizehn.«

Sie lachte leise. Dann schloss sie die Augen und ließ sich den Fahrtwind übers Gesicht streichen. Sie legte ihre Hand auf die Bank zwischen ihr und Brendan, und ihr Herz klopfte, als er seine Hand auf ihre legte. Als sie sich dem Haus der Walshs näherten, nahm er die Zügel wieder in beide Hände und brachte das Pferd zum Stehen. Mit einem Funkeln in den Augen drehte er sich zu ihr und küsste sie auf die Stirn. »Ich frage mich, wie ich die nächsten Stunden überstehen soll, bis ich dich wiedersehe«, sagte er leise.

»Zuerst wartest du mehr als drei Wochen, bis du mir eine Zeile zukommen lässt, dann betrittst du für genau fünf Minuten mein Leben und tauchst erst nach weiteren acht Tagen wieder auf. Und jetzt sagst du mir, dass du die Stunden zählst?«

Er lächelte und zog sie in seine Arme.

Sie flüsterte in sein Ohr: »Wir mussten fünfeinhalb Jahre überstehen. Da wirst du es wohl bis morgen aushalten.«

Er lachte und half ihr vom Wagen. Dann griff er nach ihren Händen und zog sie nochmals in seine Arme. Als sie sich schließlich zögernd aus seiner Umarmung löste, leise »Gute Nacht« flüsterte und sich umdrehte, um den Bediensteteneingang aufzuschließen, ergriff er ihre Hand nochmals und zog sie lachend zurück zu sich.

EPILOG

Dreizehn Monate später, Februar 1853

Es war ein spätsommerlicher, sonniger Nachmittag und ein frischer Wind blies vom Meer über den menschenleeren Coogee Beach.

Hand in Hand gingen sie an der Brandung entlang, während ihre Stiefel wässrige Abdrücke im Sand hinterließen.

»Ryanne und Paddy waren heute zum Mittagessen da. Schade, dass du nicht dabei sein konntest«, sagte Emily. Als eine Welle über den Sand gefährlich nahe an ihre Stiefel züngelte, machte sie einen Satz und sprang Brendan in den Weg. Er blieb stehen und lächelte. *Seine Augen sind blauer als das Meer*, dachte sie, während der Wind seine Haare zerzauste.

»Wie geht es den beiden?«, fragte er.

»Gut. Sie hat sich nach dir erkundigt und war enttäuscht, dass du ausgerechnet heute zu der Entbindung gerufen wurdest.« Sie setzte sich wieder in Bewegung und tastete über ihrem gewölbten Bauch nach dem runden Gegenstand und dem Papier in ihrer Rocktasche. »Sie hat mir einen Brief mitgebracht. Er wurde an meine alte Adresse bei Mr Walsh geschickt.«

Sie blieb stehen, öffnete das Blatt und zeigte es Brendan. Stirnrunzelnd warf er einen Blick darauf. Sie hatte den Brief in den letzten beiden Stunden zwanzigmal gelesen und kannte ihn auswendig. »Soll ich ihn dir vorlesen?«, fragte sie. Ohne seine Antwort abzuwarten, begann sie.

Meine liebe Emily,
ich habe deinen Brief über Edmond erhalten und hoffe, meine Antwort erreicht dich im fernen Australien.

Ich wusste bereits, dass du mit Ryanne und den O'Neills nach Australien gesegelt bist. Ich habe es bei meinem letzten Aufenthalt in Irland erfahren. In einem Dorf wie Grenmore ist kein Geheimnis sicher. Verzeih mir, die Anspielung auf »sicher« war ein dummer Scherz, ich möchte dir keine Angst einjagen. Das wollte ich nie.

Ich wollte dir auch nie Schmerzen zufügen. Es stimmt, dass ich verheiratet bin. Und trotzdem war mein Heiratsantrag ernst gemeint. Unsere Ehe wäre natürlich ungültig gewesen, aber es wäre schließlich nicht die erste ungültige Ehe gewesen, die jemals geschlossen wurde. Vielleicht wäre es nie herausgekommen. Es gibt Männer, die ein Leben lang Bigamisten sind und damit durchkommen. Nun versuche ich wieder, mich herauszureden. Dabei gibt es keine Entschuldigung. Bitte verzeih mir.

Ich bin vielleicht ein Heiratsschwindler, aber kein Mörder. Ich habe deinen Vater nicht umgebracht. Das ist die Wahrheit.

Ich versichere dir auch, dass ich nichts mit den Anschlägen auf dein Leben zu tun hatte. Zumindest nicht direkt. Vielleicht indirekt, indem ich die Eskalation vorantrieb und vor Rafferty womöglich unbedachte Äußerungen gemacht habe.

Die Zwangsräumungen gehörten zu meiner Mission, denn ich sollte im Auftrag der Regierung die Untergrundorganisationen in Südwestirland auskundschaften. Es erschien mir eine gute Idee, sie zu provozieren, um sie zum Handeln zu zwingen.

Ein paar Tage vor meiner Abreise erhielt ich einen Brief von meiner Frau. Ein Bekannter von ihr, der ebenfalls in Irland für die Regierung arbeitet, hatte von unseren Hochzeitsplänen gehört und ihr davon berichtet. Sie drohte mir, mich anzuzeigen. Ich musste akzeptieren, dass ich dieses Mal verloren hatte, und hielt es für das Beste, zu meiner Frau zurückzukehren. Was hätte ich sonst tun können?

Ich gebe zu, dass ich ein Schuft bin und die Frauen liebe. Du kannst froh sein, dass du mich nicht geheiratet hast.

Da du mich kontaktiert hast, werde ich dich nicht weiter belästigen. Die Ländereien gehören dir.

Für immer dein Ronald

Brendan schüttelte ungläubig den Kopf. »Der Mann hat Nerven.«

»Was meint er wohl damit, wenn er sagt: ›Da du mich kontaktiert hast, werde ich dich nicht weiter belästigen. Die Ländereien gehören dir‹?«

»Ich habe keine Ahnung«, sagte Brendan.

Sie faltete das Blatt zusammen, steckte es in ihre Tasche und tastete nach dem runden Gegenstand in der anderen Seitentasche. »Als ich den Satz las, musste ich daran denken, dass es in Grenmore all das Land gibt, das uns gehört. Was hältst du davon: Wir gehen so schnell wie möglich dorthin zurück und bauen alles neu auf.«

Sie drehte sich schwungvoll zu ihm: »Weißt du noch, wie wir damals im Stall standen und vereinbarten, dass wir dem anderen jeweils eine Chance geben würden?« Sie lächelte ihn an. »Wer hätte gedacht, dass das damit enden würde, dass das Land um Ashton Manor nach all den Hunderten von Jahren endlich wieder einen irischen Namen tragen wird?«

Er lächelte. »Ja, wer hätte das gedacht?« Er sah liebevoll auf sie herab. Dann trat er hinter sie und legte seine Hände auf ihren gewölbten Leib. »Wann genau wir zurückgehen, müssen wir nicht jetzt entscheiden«, sagte er leise. »Von mir aus müssen wir auch nicht nach Grenmore zurückkehren, wenn du diesen Kampf nicht kämpfen willst. Denn dort wird es sicherlich nicht leicht werden für uns. Wir können auch woanders wohnen und das Land in gute Hände geben. Ich könnte in Dublin als Arzt arbeiten.« Er streichelte über ihren Bauch.

Sie steckte das Papier ein, lehnte sich mit dem Rücken an ihn, atmete die salzige Luft ein, legte ihre Hände auf seine und spürte den Ring an ihrer Hand. Nach einer Weile drehte er sie behutsam um, sah ihr in die Augen und küsste sie.

Dann ergriff er ihre Hand, und sie gingen schweigend weiter, bis sie am Ende des Strandes zu ein paar flachen Felsblöcken kamen. Brendan machte einen großen Schritt hinauf und zog sie hoch. Sie fasste in ihre Manteltasche, griff nach dem Brief und holte aus der anderen Tasche die Zwiebel hervor, die sie mitgebracht hatte.

»Was hast du denn noch alles dabei?«, fragte er belustigt.

»Oh, ich trage recht viel mit mir herum.« Sie lächelte ihn an. »Sogar ein Kind – aus einem alten irischen Königsgeschlecht. Nicht schlecht, oder?«

Sie legte die Zwiebel in die Mitte des Briefes.

»Was genau wird das?«, fragte er mit einem amüsierten Blick auf die Zwiebel und den Brief.

»Keine Angst, ich bin nicht verrückt geworden. Ich brauche diese Zwiebel. Sie steht für Donovan.«

»Eine Zwiebel für Donovan?«

Sie lächelte. »Ja, Charlotte hat mich darauf gebracht. Ich brauche ein Symbol. Dafür muss jetzt die Zwiebel herhalten.«

Er beobachtete sie neugierig. Sie wickelte die Zwiebel in Ronalds Brief ein, hielt das kleine Päckchen eine Weile in der Hand, dann streckte sie es Brendan hin. »Wirf es für mich ins Meer. So weit du kannst.«

Er schüttelte lächelnd den Kopf. »Das musst du machen.«

»Aber ich kann nicht so weit werfen! Stell dir vor, es landet in der Brandung und wird sofort wieder zurückgespült – das wäre dramaturgisch völlig verunglückt.«

»Es wird wahrscheinlich sowieso nicht untergehen«, sagte er.

»Ich weiß, aber vielleicht ja doch. Zumindest wird sie irgendwann verrotten, Schicht für Schicht. Das kommt am Ende aufs Gleiche raus.«

Er lachte, nahm vorsichtig ihre Hand und schloss ihre Finger um das Päckchen. Dann trat er an ihre Seite und blickte mit ihr aufs Meer.

»Ronald schuldet mir immer noch zweitausend Pfund«, sagte sie, während sie den Horizont betrachtete, »aber natürlich erwähnt er das nicht, denn dann hätte ich ja etwas gegen ihn in der Hand.« Sie machte eine Pause, dann sagte sie ruhig: »Also gut.« Gefasst fuhr sie fort: »Vergib uns unsere Schuld, wie auch wir vergeben unseren Schuldigern.«

Sie schloss einen Augenblick lang die Augen, öffnete sie wieder, holte aus und warf. Gemeinsam sahen sie dem Päckchen nach, wie es einen Bogen über dem Meer beschrieb, das Papier sich löste, in der Luft tanzte, etwas entfernt von der Zwiebel ins Meer segelte und von einer Welle überspült wurde.

NACHWORT

Die Figuren dieses Romans habe ich mir ausgedacht, die Handlung beruht jedoch auf Tatsachen. Die Konflikte zwischen den Pächtern und den Grundherren in Irland gab es tatsächlich. Die Oberschicht Irlands bestand hauptsächlich aus nicht-katholischen Grundherren. Sie waren nicht daran interessiert, die Iren kennenzulernen und zu verstehen. Ihnen war die Gefahr von Rebellionen bewusst, deshalb hielten sie Abstand zur Bevölkerung, wodurch sich die beiden Gruppen fremd blieben und die Konflikte weiterschwelten. In manchen Gegenden bildeten sich irische Untergrundgruppen, die abgelegene katholische oder protestantische Höfe überfielen, um Waffen zu erbeuten. Aus Protest gegen die zu hohen Pacht- und Zehntforderungen griffen sie mit den gestohlenen Waffen die Grundbesitzer an, zündeten deren Landsitze an und drohten mit Mord. In den von Unruhen betroffenen Gegenden verstärkte die Polizei ihre Präsenz und forderte zusätzlich Einheiten der Armee an. Manchmal verzögerte sich jedoch die Ankunft der Truppen, wie auch in meiner Geschichte.

Die im Buch erwähnten Morde an den Grundherren Lord Mountmorris und William Clements geschahen wirklich. Nachdem Clements zwei Dörfer hatte niedermachen lassen, weil er dort einen Park voller Bäume für sein Anwesen anlegen lassen wollte, machte er sich noch unbeliebter: Er ließ einen Bauern, der ohne Erlaubnis Ziegen gehalten hatte, die ganze Herde vor seinen Augen auf der Stelle abschlachten. Die beiden Morde ereigneten sich allerdings nicht in den Jahren, in denen der Roman spielt, sondern ein paar Jahrzehnte später. Ich habe sie aus dramaturgischen Gründen vorverlegt.

Die Vertreibungen der Pächter aus ihren Häusern spielten sich tatsächlich so ab, wie im Buch beschrieben. Es kam auch vor, dass Pächterfamilien nach der Zerstörung ihres Hauses in Erdlöchern hausten.

In England verachtete man die harschen Maßnahmen. Die englischen Grundbesitzer schüttelten den Kopf über ihre »unzivilisierten Cousins« – wie sie ihre irischen Pendants nannten – und lästerten über die irischen Landsitze, die sie für vergammelt und ungepflegt hielten. Doch obwohl die Engländer die Vertreibungen nicht guthießen, kümmerten sie sich nicht weiter um das Wohlergehen der irischen Bevölkerung. Allerdings führte die britische Regierung 1838 das Modell der Armenhäuser in Irland ein – ein Schritt, auf den man stolz war.

Dass die Familien in den Armenhäusern getrennt wurden, stellte jedoch eine große psychische Belastung für die Menschen dar. Auch Charlie Chaplin berichtete in einer Biografie von seinem Aufenthalt in einem englischen Armenhaus, das sich sicherlich nicht sehr von den irischen unterschied. Als seine Mutter die Trennung von Charlie und seinem Bruder Spencer nicht länger aushielt, veranlasste sie ihre Entlassung. Sie verbrachte den Tag mit ihren Kindern auf der Straße und klopfte am Abend wieder an die Tür mit der Bitte, erneut aufgenommen zu werden.

Im Buch berichtet Brendan von der Diskriminierung der Katholiken. Auch das entspricht den Tatsachen. Zu Beginn des 18. Jahrhunderts wurde der Katholizismus verboten, alle katholischen Ausbildungsstätten geschlossen und alle Bischöfe verbannt. Auf diese Weise wollte man die katholische Kirche auslöschen. Da die Strafverfolgung jedoch hauptsächlich die Oberschicht erfasste, konnte sich die Unterschicht mit der Zeit wieder viele Freiheiten zurückerobern und ihre traditionellen katholischen Bräuche erneut ausüben. Trotzdem waren die Katholiken auch zur Zeit, in der der Roman spielt, stark benachteiligt: Sie konnten aufgrund ihrer Armut nicht wählen (1829 waren nur 14 000 Katholiken wahlberechtigt), und sie mussten den Zehnten an die Kirche Irlands abgeben, die anglikanisch war und der offiziell nur 12 % der Bevölkerung angehörten.

Manche anglikanischen Gemeinden bestanden nur aus 2-6 Personen. Obwohl die anglikanische Kirche Irlands vornehmlich aus Besserverdienern wie Grundbesitzer, Anwälte, Mediziner, Architekten, Banker und Ingenieure bestand, reichten ihre Gelder nicht aus. Ihre Kirchengebäude waren in manchen Gegenden so stark vernachlässigt, dass die Mauern innen grün bewachsen waren und der Talar des Pfarrers Stockflecken aufwies.

Weil die Katholiken auch ihre eigenen Priester zu versorgen hatten, mussten sie doppelt zahlen – was viele nicht konnten. In jedem Kirchspiel gab es einen Platz, wo das Vieh derjenigen Katholiken zusammengetrieben wurde, die mit ihrem anglikanischen Zehnt im Rückstand waren. Wenn das Vieh nach acht Tagen nicht ausgelöst wurde, wurde es versteigert. Nach Aufständen wurde der anglikanische Zehnt 1839 um ein Viertel reduziert, stellte aber immer noch eine hohe Belastung für die Armen dar.

Dass sich die Katholiken mit Irland identifizierten und die Protestanten mit England, verlieh dem Konfessionsstreit auch eine starke politische Note. Eine Grabschändung, wie sie im Buch beschrieben ist, trug sich tatsächlich so zu. Das Zitat »Neben Kämpfern gegen die protestantische Armee des Oraniers werden keine Ungläubigen ruhen«, das auf einem Zettel neben dem ausgegrabenen Sarg lag, habe ich einem Bericht von Rüdiger Renzing entnommen.

Die Verachtung, die sich die Konfessionen entgegenbrachten, schlug sich auch im Alltag nieder: Wie im Buch erwähnt, gab es Hotels, die nur protestantische beziehungsweise anglikanische Gäste aufnahmen, und solche, die nur Katholiken beherbergten. Ebenso waren getrennte Postkutschen für Katholiken und Protestanten im Einsatz.

Auch die in Irland gesprochenen Sprachen spiegelten den kulturellen Graben zwischen der protestantischen Oberschicht und der katholischen Unterschicht wider. Gälisch war die ursprüngliche Sprache des irischen Volkes. 1800 sprach noch die Hälfte der Bevölkerung Gälisch, 1827 hielt ein Priester die Predigt abwechselnd auf Englisch und Gälisch. Da die Kinder in den Hedge-Schools Englisch lernten und dies auch von den Eltern gewünscht wurde, weil man es zum Vorankommen in der Gesellschaft brauchte, ging Gälisch im Laufe der Zeit verloren. Mitte des 19. Jahrhunderts sprach nur noch ein Viertel aller Einwohner Gälisch und nur 5% verstanden kein Englisch. Im Laufe des 19. Jahrhunderts entwickelte sich Gälisch immer mehr zum Zeichen für Armut.

Die Armut trieb die Iren aus ihrem Land in alle Gegenden des British Empires, auch nach Australien. Heute geht man davon aus, dass ein Drittel der Australier irische Vorfahren hat. Bei ihrer Auswanderung nach Australien im Frühjahr 1846 wäre der Weg für die Romanfiguren eigentlich über England gegangen; eine Direktverbindung aus Cove wurde erst ein paar Jahre später eingeführt. Der Einfachheit halber habe ich die Figuren jedoch direkt nach Sydney segeln lassen.

Vor meinen Recherchen hatte ich mir die Auswanderung chaotisch vorgestellt, doch sie lief organisierter ab als gedacht. 1840 wurde in England die *Colonial Land and Emigration Commission* gegründet, die die Auswanderung aus England und Irland gezielt steuerte. Man schätzt, dass 64 % aller Überfahrten nach Australien subventioniert waren. Ein Repräsentant der Kommission besuchte jedes Armenhaus in Irland, um Emigranten auszuwählen. Wegen des Männerüberschusses in vielen britischen Kolonien wurden in den Armenhäusern oft alleinerziehende Mütter mit ihren Kindern ausgewählt. Ob sie ein Mitspracherecht über ihr Schicksal hatten, geht aus meinen Quellen nicht hervor, wahrscheinlich aber schon, denn sie waren ja keine Strafgefangenen. Auch die Überfahrt selbst war weitgehend geregelt: Durch ein Kopfgeld, das die Reedereien für jeden gesunden Passagier am Zielort erhielten, wurde sichergestellt, dass die Reisenden angemessene Kleidung und Hygieneartikel mit sich führten und auch auf das Wohlbefinden der Passagiere geachtet wurde. Auf jedem Schiff reiste ein Bordarzt mit, und es gab eine Kabine, die nur für Kranke reserviert war. Trotzdem starben in der Regel 1-10% der Passagiere während der Überfahrt.

Krankheiten verliefen damals oft tödlich, so auch Scharlach. Mitte des neunzehnten Jahrhunderts erreichte die Aggressivität von Scharlach den Höhepunkt, der Ausbruch der Krankheit bedeutete in vielen Fällen das Todesurteil. Gegen Ende des neunzehnten Jahrhunderts – noch vor der Einführung von Antibiotika – nahmen sowohl die Ansteckungs- als auch die Sterblichkeitsrate von Scharlach ab, was man einer Veränderung des Bakteriums *Streptococcus pyogenes* sowie der Verbesserung der hygienischen Verhältnisse zuschreibt.

Van-Diemens-Land – heute Tasmanien – wurde als Strafkolonie gegründet. Während meiner Recherchen habe ich mich gefragt, was Sträflinge wohl verbrochen haben mussten, um dorthin deportiert zu werden. In der Unibibliothek Freiburg fand ich die Kopie einer Seite einer Passagierliste eines Gefangenentransports mit irischen Frauen auf der *Pyramus 2*, auf der Namen und Vergehen der Sträflinge aufgelistet sind. Viele der deportierten Frauen waren noch recht jung. Für die achtzehnjährige Rachael Alexander zum Beispiel gibt es folgenden Eintrag: Sie konnte lesen, aber nicht schreiben, war katholisch, kam aus Armagh, von Beruf war sie Kindermädchen, ihre Haut war rötlich und voller Sommersprossen, sie hatte eine Narbe über der linken Augenbraue und eine Verbrennungsnarbe an der Ferse und der rechten Hand. Ihre Augen waren grau, die Haare braun. Sie wurde am 18. April 1834 zu sieben Jahren Haft und Deportation verurteilt. Ihr Vergehen: Sie hatte Kartoffeln gestohlen.

Eine andere Strafgefangene, Elisabeth Lawless (was so viel heißt wie »gesetzlos« – hieß sie wirklich so oder war das ein Scherz des Schreibers?), war verheiratet und bekam auf der Überfahrt ihr zweites Kind. Blieb ihr Mann in Irland? Von den 29 Frauen, deren Namen auf der Seite aufgelistet sind, durften zehn Frauen Kinder mit aufs Schiff nehmen. Ich frage mich, wie viele Kinder wohl zurückgelassen wurden. Und bei wem.

Das Thema Ehe taucht mehrmals im Roman auf, einmal als heimliche Ehe, ein anderes Mal als Bigamie. Die Idee mir der heimlichen Ehe kam mir, als ich ein Buch von Bill Bryson las, das mir meine Lektorin geschenkt hatte: *At Home, A Short History of Private Life* (auf Deutsch: *Eine kurze Geschichte der alltäglichen Dinge*, Goldmann

2013). Darin berichtet der Autor von einem Dienstmädchen namens Hannah Culwick, das für einen englischen Regierungsbeamten und Poeten namens Arthur Munby arbeitete. Nach seinem Tod 1910 stellte sich heraus, dass die beiden sechsunddreißig Jahre lang verheiratet gewesen waren. Aus Angst um sein Ansehen hatte er die Ehe geheim gehalten und Hannah hatte jeden Tag ihre Rolle als herkömmliche Hausangestellte gespielt.

Das Thema Bigamie mag uns heute befremdlich und weit hergeholt erscheinen, beschäftigte aber Generationen von Menschen. Da es früher keine Standesämter gab, konnte man eine lästige Ehefrau oder einen Ehemann kurzerhand loswerden, indem man einfach sein Dorf verließ und weiterzog. Man musste nicht einmal seinen Namen ändern, denn hundert Meilen weiter kannte einen keiner mehr. Fand man einen neuen Partner, gab man einfach vor, ledig zu sein. Wer sollte schon beweisen, dass man bereits verheiratet war? Sicherlich kennen Sie den schönen Passus, der bei englischen Trauungen vorgelesen wird: »If any person present knows of any lawful impediment to this marriage, he or she should declare it now.«* Die Worte haben ihren Ursprung nicht etwa in Hollywood, damit der Protagonist in letzter Sekunde in die Kirche stürmen kann und seine wahre Liebe zur Braut bekennt, sondern sie wurden vor Hunderten von Jahren in dem Versuch eingeführt, doppelte Eheschließungen zu vermeiden.

Die Worte, die ich Sir William Denison, dem Gouverneur von Van-Diemens-Land, in den Mund gelegt habe, beruhen ebenfalls auf Tatsachen. Nachdem er sein Amt angetreten hatte, stellte er fest, dass 6060 der 9767 Kinder der Kolonie zwischen 4 und 14 Jahren keine Schulbildung erhielten. Mehrmals versuchte er, eine Steuererhöhung zur Einrichtung eines Schulsystems durchzusetzen, doch seine

---

* »Hat jemand etwas gegen diese Ehe einzuwenden, so möge er oder sie jetzt sprechen oder für immer schweigen.« (Wörtlich: »Weiß jemand der Anwesenden von einem gesetzlichen Hinderungsgrund für diese Ehe, so möge er ihn jetzt bekunden.«)

Gesetzesvorlagen scheiterten. Die am härtesten umkämpfte Front bei der Einführung des Schulwesens waren jedoch nicht die Finanzen, sondern die Frage, welche Konfession die Hoheit über den Religionsunterricht und den Lehrplan erhalten würde. Während sich die Konfessionen stritten, wuchs eine Generation von Kindern heran, die wegen des Streits keine Schulbildung erhielt.

Als ich auf den Buchtitel *Pfälzer in Irland* von Rüdiger Renzing stieß, musste ich erst mal schmunzeln, weil ich noch nie etwas von Irland-Pfälzern gehört hatte und die Kombination auf den ersten Blick so unglaubhaft klingt. Die Fülle der Details, die Renzing zusammengetragen hat, ist faszinierend. Zur Zeit des Romans hatten sich die Irland-Pfälzer den Iren bereits in vielen Aspekten des Lebens angenähert. Trotzdem unterschieden sie sich immer noch in einigen landwirtschaftlichen Gepflogenheiten: Sie kultivierten auch während der Hungersnot Gemüsegärten; bauten die Kartoffeln mit einer anderen Häufelungstechnik an und hielten die Tiere im Winter in Ställen. Daher konnten sie mehr Dünger als die Iren sammeln und hatten reichere Ernten. Weil sie sich im 18. Jahrhundert loyal zur britischen Besatzung verhalten hatten, wurden sie angefeindet. Der Pfälzer George Sparling, der als Zehnteintreiber arbeitete, wurde mehrmals von den Einheimischen verprügelt. Am 19. Oktober 1821 wurde ein anderer Pfälzer, Christopher Sparling, auf dem Weg von seinem Pachtbesitz in Rourka nach Newcastle ermordet. Er hatte die Pachtstelle erst kurz vorher erworben, nachdem der vorherige Pächter wegen Pachtschulden vertrieben worden war.* In den 1820er-Jahren fanden immer wieder Überfälle auf Höfe von Pfälzern statt, ihr Vieh wurde getötet und die Häuser angezündet. Einige Pfälzer verließen Irland und wanderten nach Amerika aus.

---

* Siehe Rüdiger Renzing: *Pfälzer in Irland*, 1989, S. 327.

Heute gibt es in Irland die *Irish Palatine Association*, die auch ein Museum betreibt.* Auf ihrer Homepage findet sich auch eine Auflistung der Nachnamen der eingewanderten deutschen Familien, eine noch ausführlichere Liste findet man in Renzings Buch.

Die meisten Irland-Pfälzer wandten sich dem Methodismus zu. Einige wurden Missionare in Amerika. Obwohl sich die Methodisten letztlich von der anglikanischen Kirche abspalteten und verächtlich »Enthusiasten« genannt wurden, »geprägt von Leichtgläubigkeit, Aberglauben und Fanatismus«**, war John Wesley, der Begründer des Methodismus, nicht daran interessiert gewesen, die Christen zu spalten, vielmehr dachte er ökumenisch. »Auch wenn wir nicht gleich denken, können wir nicht trotzdem in gleicher Weise lieben? Können wir nicht eines Herzens sein, auch wenn wir nicht einer Meinung sind?«, fragte er in einem seiner Texte, *A Catholic Spirit*. »In der Liebe sind alle Kinder Gottes eins, ungeachtet aller Differenzen.«

Steinen, im Juni 2016

---

* http://www.irishpalatines.org/index.html (abgerufen am 27.06.2016, 16:24 Uhr).

** Vgl. den satirischen Holzschnitt von William Hogarth »Credulity, Superstition, and Fanaticism« von 1762.

DANK

Ich danke meiner Lektorin Sandra Binder für ihr Vertrauen und ihre hervorragende Arbeit. Sie hat den Text geschliffen und ihren Finger genau auf die Stellen gelegt, die geändert und ergänzt werden mussten, damit die Geschichte runder wurde.

Danke, Dietrich, Joel und Alena, dass ihr mich inspiriert!

Besonders danken möchte ich meiner Mutter Michaela Rupp, die geduldig verschiedene Fassungen des Textes las, und Nele Platte, die sich in Rekordzeit in eine vorläufige Version des Manuskripts vertiefte und mir clevere Anregungen gab. Damaris Rieger bin ich sehr dankbar fürs Lesen, ihre Unterstützung, ihre wichtigen Hinweise und ihre Irlandexpertise. (Alle Erwähnungen von Regenbögen im Text sind dir gewidmet. ☺)

Ich danke Henrike Borbet-Unger für ihr Feedback; Mariella Steinebrunner, Cornelia Rhein, Christa Strüber, Esther Käser, Martina Fink, Susanne Fritz, Lisa Mette, Jannah Rapp, Judith Pfänder, Friederike Schweigler, Salome Wasiewicz und Ulrike Tenggara für ihre Rückmeldungen zur ersten Idee zum Buch, Maria Rupp-Sporrer für Fachliteratur, den Frauen aus dem Literaturkreis Schriesheim/Heidelberg – Damaris Rieger, Myriam Berger, Damaris Platte, Elisabeth Miller, Maren Schenk und Steffi Eicke – für ihre Anteilnahme; meiner Kleingruppe aus der Kirchengemeinde – den Familien Rhein, Windisch und Mischkowsky – sowie meiner Gebetsgruppe – Dorothee Steitz, Martina Fink und Katharina Haug – für die wertvolle Unterstützung im Hintergrund.

Und danke, Dilek, für alles!